Die Vermissten

JANE CASEY

DIE VERMISSTEN

Thriller

Aus dem Englischen
von Franka Reinhart

Weltbild

Die englische Originalausgabe erschien 2010 unter dem Titel
The Missing bei Ebury Press, London.

Besuchen Sie uns im Internet:
www.weltbild.de

Genehmigte Lizenzausgabe für Verlagsgruppe Weltbild GmbH,
Steinerne Furt, 86167 Augsburg

Übersetzung: Franka Reinhart
Redaktion: Kerstin Kubitz
Umschlaggestaltung: JARZINA kommunikations-design, Holzkirchen
Umschlagmotiv: © Thomas Jarzina; Corbis, Düsseldorf (© Lawrence Manning)
Gesamtherstellung: GGP Media GmbH, Pößneck
Printed in the EU
ISBN 978-3-86800-457-1

2013 2012 2011 2010
Die letzte Jahreszahl gibt die aktuelle Lizenzausgabe an.

Für meine Mutter und meinen Vater, in Liebe

Die Häuser, in denen ein Geist umgeht, sind sehr still,
Bis der Teufel erwacht.

John Webster, *Die Herzogin von Amalfi*

An manches kann ich mich noch sehr gut erinnern. Anderes ist mir heute weniger gegenwärtig. Im Laufe der Jahre habe ich fehlende Details dazuerfunden, sodass ich inzwischen nicht mehr so genau sagen kann, was wahr ist und was meiner Fantasie entstammt. Doch so hat wohl alles angefangen.
Ich glaube, dass es sich so zugetragen hat.
Mehr kann ich nicht tun.

1992

Ich liege im Garten auf einer kratzigen, karierten Picknickdecke und tue so, als würde ich lesen. Es ist heller Nachmittag, die Sonne brennt mir heiß auf Kopf und Rücken und versengt mir fast die Fußsohlen. Meine Schule ist heute geschlossen, weil die Lehrer Weiterbildung haben. Also kann ich stundenlang draußen sein. Auf der Decke liegen Grasbüschel, die ich von der Wiese gerupft habe. Sie kitzeln auf der bloßen Haut. Mein Kopf wird allmählich schwer, und mir fallen die Augen zu. Die Wörter auf der Buchseite schwirren umher, sosehr ich mich auch abmühe, sie in geordneten Zeilen zu halten. Schließlich gebe ich auf, schiebe das Buch beiseite und lasse den Kopf auf die Arme sinken.

Vertrocknetes Gras raschelt unter der Decke; die wochenlange Hitze hat es ausgedörrt und gelb gefärbt. In den Rosenblüten summen die Bienen, und irgendwo, nicht weit, dröhnt ein Rasenmäher. In der Küche läuft das Radio, die monotone Frauenstimme wird gelegentlich durch einen Schwall von Musik unterbrochen. Die Worte der Sprecherin sind nicht zu verstehen und verschwimmen ineinander. Ein regelmäßiges Bing-bong-bong kommt von meinem Bruder, der Tennisbälle an die Hauswand schlägt. Schläger, Wand, Boden. Bing-bong-bong. Ich habe ihn schon gefragt, ob ich mitspielen kann. Aber er spielt lieber allein als mit mir. So ist das eben, wenn man vier Jahre jünger und noch dazu ein Mädchen ist.

Durch meine Armbeuge hindurch beobachte ich einen Marienkäfer, der einen Grashalm hinaufklettert. Ich mag Marienkäfer, in der Schule haben wir gerade ein Projekt über sie gemacht. Ich strecke meinen Finger aus, damit der Käfer draufkrabbeln kann, aber er breitet seine Flügelchen aus und fliegt davon. An meiner Wade kitzelt es – schon wieder eine von diesen fetten schwarzen Fliegen, die diesen Sommer überall sind und mich schon den ganzen Nachmittag nerven. Ich vergrabe den Kopf noch tiefer in meinen Armen und schließe die Augen. Die Decke riecht nach warmer Wolle und herrlichen Sommertagen. Die Sonne brennt, und die Bienen summen mir ein Schlaflied.

Minuten oder Stunden später höre ich jemanden über die Wiese kommen, das trockene Gras raschelt bei jedem Schritt. Es ist Charlie.

»Sag Mum, dass ich bald wieder da bin.«

Die Schritte entfernen sich wieder.

Ich schaue nicht auf. Ich frage ihn nicht, wohin er geht. Ich schlafe mehr, als dass ich wach bin. Vielleicht träume ich sogar schon.

Als ich die Augen öffne, spüre ich, dass etwas geschehen ist, aber was? Ich weiß nicht, wie lange ich geschlafen habe. Die Sonne steht noch immer hoch am Himmel, der Rasenmäher dröhnt nach wie vor, das Radio dudelt, aber irgendetwas fehlt. Es dauert ein Weilchen, bis ich merke, dass der Ball nicht mehr zu hören ist. Der Schläger liegt auf dem Boden, und mein Bruder ist verschwunden.

1

Ich war nicht losgegangen, weil ich sie suchen wollte, sondern ich hielt es zu Hause einfach nicht aus. Gleich nach der letzten Stunde hatte ich die Schule verlassen, ohne noch einmal ins Lehrerzimmer zu gehen. Ich war direkt zum Parkplatz geeilt, wo mein kleiner, altersschwacher Renault beim ersten Startversuch bereitwillig ansprang – es war das Erste, was heute rundlief.

Normalerweise verließ ich die Schule nicht unmittelbar nach dem Unterricht. Vielmehr hatte ich mir angewöhnt, noch ein Weilchen in meinem leeren Klassenzimmer sitzen zu bleiben. Manchmal arbeitete ich dann Stundenpläne aus oder korrigierte Hausaufgaben. Oft saß ich auch einfach nur da und schaute aus dem Fenster. Die Stille drückte mir auf die Ohren, als befände ich mich tief unter dem Meeresspiegel. Es gab keinen Anlass, wieder aufzutauchen, denn ich hatte ja keine Kinder, um die ich mich kümmern musste, und keinen Ehemann, mit dem ich verabredet war. Zu Hause erwartete mich nichts als Trübsal, und zwar in jeder Hinsicht.

Heute aber war es anders. Mir reichte es. Es war ein warmer Tag Anfang Mai, und mein Auto hatte sich in der Nachmittagssonne unangenehm aufgeheizt. Ich kurbelte das Fenster herunter, aber im zähflüssigen Verkehr war ich so langsam, dass ich keinen Windhauch in meinen Haaren spürte. Ich war es nicht gewohnt, mich durch den Stoßverkehr direkt nach Schulschluss zu quälen, und meine Arme schmerzten, weil ich das Lenkrad zu fest umklammert hielt. Ich drehte das Radio an, schaltete es jedoch nach ein paar Sekunden wieder aus. Von der Schule bis nach Hause war es nicht weit – normalerweise dauerte die Fahrt fünfzehn Minuten. Doch an diesem Nachmittag saß ich fast fünfzig qualvolle Minuten im Auto.

Im Haus war es still, als ich ankam. Zu still. Ich stand im kühlen, düsteren Flur und lauschte. Dabei spürte ich, wie sich durch den Temperaturunterschied die Härchen auf meinen Armen aufstellten. Mein Shirt war unter den Achseln und am Rücken verschwitzt, und ich fröstelte. Die Wohnzimmertür stand offen – genauso, wie ich sie am Morgen verlassen hatte.

Das einzige Geräusch aus der Küche war das rhythmische Tropfen des Wasserhahns in die Müslischale, die ich nach dem Frühstück in der Spüle hatte stehen lassen. Ich hätte einiges darauf verwettet, dass niemand hier drinnen gewesen war, seit ich am Morgen aus dem Haus gegangen war. Was bedeutete …

Missmutig begann ich nach oben zu steigen und hängte im Vorbeigehen meine Tasche an den Treppenpfosten. »Bin wieder da.«

Als Antwort war ein schlurfendes Geräusch aus dem Zimmer am Ende des Flurs zu hören. Da die Tür geschlossen war, zögerte ich auf dem Treppenabsatz, ob ich anklopfen sollte oder nicht. Exakt in dem Augenblick, als ich beschlossen hatte mich zu trollen, bewegte sich die Türklinke. Bis in mein Zimmer konnte ich es nicht mehr schaffen, ehe die Tür sich öffnete. Also blieb ich stehen und wartete resigniert. Aus den ersten Worten würde ich vollständig erfahren, wie ihr Tag gewesen war.

»Was willst du?«

Streitlust, kaum verhohlen.

Nichts Ungewöhnliches also.

»Hallo Mum«, antwortete ich. »Alles in Ordnung?«

Die Tür, die zunächst einen Spaltbreit geöffnet war, ging weiter auf. Ich konnte Charlies Bett sehen. Das Bettzeug war an der Stelle, wo sie gesessen hatte, leicht zerknittert. Sie war immer noch in Morgenmantel und Pantoffeln, hielt sich an der Türklinke fest und schwankte wie eine Kobra. Sie legte die Stirn in tiefe Falten und versuchte ihren Blick zu fokussieren.

»Was machst du denn?«

»Nichts.« Unvermittelt überkam mich eine heftige Müdigkeit. »Ich bin eben von der Arbeit gekommen, das ist alles. Ich wollte dir nur Hallo sagen.«

»Ich habe noch gar nicht mit dir gerechnet.« Sie schaute mich verwirrt und ein wenig misstrauisch an. »Wie spät ist es denn?«

Als ob das für sie eine Rolle spielen würde. »Ich bin heute ein bisschen früher dran als sonst«, erwiderte ich ohne weitere Erklärung. Die war auch gar nicht nötig, da es ihr sowieso egal war. Wie eigentlich fast alles.

Außer Charlie. Ihr Charlie-Schatz. Charlie war eben ihr Goldkind. Sein Zimmer war unberührt. Seit sechzehn Jahren war dort nichts verändert worden: kein Spielzeugsoldat hatte seinen Posten verlassen, kein Plakat hing lose von der Wand. Ein Stapel zusammengelegter Kleidung wartete darauf, in die Kommode geräumt zu werden. Die Uhr auf dem Nachttisch tickte nach wie vor. Seine Bücher in den Regalen über dem Bett waren ordentlich sortiert: Schulbücher, Comics, dicke Wälzer über Flugzeuge im Zweiten Weltkrieg. Jungsbücher eben. Alles sah noch so aus wie damals, als er verschwand – als könne er jeden Moment hereinspazieren und einfach dort weitermachen, wo er aufgehört hatte. Ich vermisste ihn – tagtäglich vermisste ich ihn –, aber ich hasste dieses Zimmer.

Jetzt wurde Mum unruhig und spielte nervös mit dem Gürtel ihres Morgenmantels. »Ich war gerade dabei aufzuräumen«, erklärte sie. Ich fragte nicht nach, was genau in einem Zimmer aufzuräumen war, in dem sich nie etwas veränderte. Die Luft darin war verbraucht. Mir wehte ein Hauch von ungewaschenem Körper und Alkoholdunst entgegen, und der Ekel schüttelte mich. Ich wollte nur noch weg von hier, so weit wie möglich weg von diesem Haus.

»Tut mir leid, ich wollte dich nicht stören.« Ich zog mich hastig in mein Zimmer zurück. »Ich gehe gleich joggen.«

»Joggen«, wiederholte Mum und kniff die Augen zusammen. »Dann lass dich bloß nicht von mir aufhalten.«

Ihr veränderter Tonfall irritierte mich. »Ich … Ich dachte, ich störe dich.«

»Aber nein, mach nur, was du willst. Das tust du ja sowieso immer.«

Ich hätte nicht reagieren sollen. Ich hätte mich nicht einwickeln lassen dürfen. Eigentlich wusste ich, dass ich hier nicht gewinnen konnte.

»Was soll das heißen?«

»Ich denke, das weißt du ganz genau.« Mit Hilfe der Türklinke richtete sie sich vollends auf. Sie war gut einen Zentimeter kleiner als ich, also nicht sonderlich groß. »Du kommst und gehst, wie es dir gerade passt. Es geht immer nur nach dir, Sarah!«

Ich hätte wohl bis eine Million zählen müssen, um meine Fassung zu wahren. Trotzdem schluckte ich hinunter, was ich eigentlich hatte sagen wollen, nämlich: *Halt den Mund, du egoistisches Biest. Ich bin nur hier, weil ich mich unsinnigerweise dazu verpflichtet fühle und weil Dad nicht wollte, dass du allein bleibst – aus keinem anderen Grund. Denn jegliche Liebe zu dir, die ich vor langer Zeit noch empfunden habe, hast du längst verheizt, du undankbare, von Selbstmitleid zerfressene Kuh.*

Stattdessen sagte ich: »Ich dachte nicht, dass du etwas dagegen hast.«

»Du dachtest? Du hast überhaupt nichts gedacht. Du denkst nie.«

Ihre Miene wurde schlaff, als sie leicht schwankend in Richtung ihres Schlafzimmers an mir vorbeistakste. In der Tür hielt sie noch einmal inne. »Stör mich nicht, wenn du zurückkommst. Ich gehe zeitig schlafen.«

Als ob ich Wert auf ihre Gesellschaft legte. Ich nickte verständnisvoll, doch als sie die Tür hinter sich zugeknallt hatte, veränderte sich mein Nicken zu einem langsamen, bitteren Kopfschütteln. Erlöst schloss ich mich in meinem Zimmer ein. Sie war eine echte Zumutung, teilte ich dem Foto meines Vaters auf dem Nachttisch mit. »Dafür bist du mir was schuldig«, murmelte ich. »Und zwar einiges.«

Er lächelte ungerührt weiter, während ich mich ein paar Augenblicke später daranmachte, meine Laufschuhe unter dem Bett hervorzuangeln.

Es war eine Erlösung, meine verschwitzten, zerknitterten Sachen auszuziehen, die kurzen Laufsachen überzustreifen, meine dichten Locken zurückzubinden und die kühle Luft im Nacken zu spüren. Ich überlegte kurz und zog dann doch noch eine leichte Jacke über, denn nach der Hitze des Tages war die abendliche Kühle bereits spürbar. Mit einer Wasserflasche und meinem Handy machte ich mich auf den Weg. Vor der Eingangstür atmete ich tief die frische Luft ein und lockerte meine erschöpften Beine. Es war erst kurz vor fünf, die Sonne schien noch immer und tauchte alles in ein goldgelbes, warmes Licht. Die Amseln sangen im Chor von Garten zu Garten, und ich lief in mäßigem Tempo los, die Straße hinunter. Ich spürte, wie sich meine Atemfrequenz erhöhte, ehe sie sich dem Takt meines Laufrhythmus anpasste. Ich wohnte in einer kleinen Sackgasse in *Wilmington Estate,* einer Wohnsiedlung, die in den Dreißigerjahren für stadtflüchtige Londoner gebaut wurde. Unsere Straße hieß *Curzon Close* und war eine verträumte Ansammlung von zwanzig Häusern, wobei der eine Teil der Bewohner dort schon seit Jahren wohnte, wie Mum und ich, der andere Teil vor den horrenden Immobilienpreisen in London hierhergeflohen war. Einer dieser neuen Bewohnerinnen, die gerade in ihrem Vorgarten stand, lächelte ich im Vorbeilaufen schüchtern zu. Keine Reaktion, was nichts Überraschendes war. Im Allgemeinen hatten wir nicht viel mit den Nachbarn zu tun, selbst mit jenen nicht, die schon so lange hier wohnten wie wir oder noch länger. Vielleicht mieden wir die Alteingesessenen sogar besonders. Diejenigen, die sich vielleicht noch erinnern konnten. Die noch Bescheid wussten.

Als ich zur Hauptstraße kam, beschleunigte ich das Tempo, um meinen Gedanken davonzulaufen. Den ganzen Tag über hatte ich schon mit lange verdrängten Erinnerungen gekämpft, die ständig wieder hochkamen wie Gasblasen in einem modrigen Teich. Merkwürdig, ich hatte nicht die leiseste Vorahnung gehabt, als es fünf vor zwölf an der Tür meines Klassenzimmers klopfte. Ich war allein und bereitete mich gerade auf den Unterricht in meiner achten Klasse vor. Als ich die Tür öffnete, stand Elaine Pennington vor mir, die außerordentlich strenge und furchteinflößende Direktorin der Edgeworth-Mädchenschule. Hinter ihr stand ein großer und finster dreinblickender Mann. Ein Vater, und zwar der von Jenny Shepherd, wie ich bei näherem Hinsehen erkannte. Er sah verzweifelt und aufgelöst aus, und mir war auf der Stelle klar, dass etwas passiert sein musste.

Ohne dass ich etwas dagegen tun konnte, lief die Szene wieder in meinem Kopf ab, so wie den ganzen Tag schon. Elaine war ohne Umschweife zur Sache gekommen.

»Haben Sie in der nächsten Stunde Ihre achte Klasse?«

Obwohl ich nun schon seit fast einem Jahr hier arbeitete, verunsicherte Elaine mich noch immer enorm. Ihre bloße Anwesenheit genügte, dass mir die Zunge vor lauter Furcht förmlich am Gaumen klebte. »Äh … ja«, brachte ich schließlich heraus. »Wen suchen Sie denn?«

»Die ganze Klasse.« Es war Mr. Shepherd, der das gesagt hatte und damit Elaine kurzerhand das Wort abschnitt. »Ich muss sie fragen, ob sie wissen, wo meine Tochter ist.«

Inzwischen waren beide hereingekommen, und Mr. Shepherd lief ruhelos auf und ab. Ich hatte ihn im November bei einem meiner ersten Elterngespräche kennen gelernt, wo er gut gelaunt und lautstark einen Witz nach dem anderen riss, während seine hübsche, charmante Frau gutmütig die Augen verdrehte. Jenny hatte die zierliche Statur und die ausgesprochen langen Wimpern ihrer Mutter sowie das Lächeln ihres Vaters geerbt. Heute hatte dieses Lächeln in meinem Klassenzimmer gefehlt. Seine Sorge war geradezu körperlich spürbar, die Stirn über seinen dunklen, ausdrucksvollen Augen lag in Falten. Er überragte mich um einiges, doch seine physische Kraft verblasste angesichts seiner offensichtlichen Verzweiflung. Vor einem Fenster blieb er stehen und lehnte sich gegen das Fensterbrett, als würden ihm die Beine den Dienst versagen. Mit kraftlos herabhängenden Armen schaute er uns hoffnungslos an und wartete.

»Ich sollte Sie wohl erst einmal informieren, was geschehen ist, Sarah. Mr. Shepherd hat mich heute Morgen aufgesucht und mich gebeten, ihm bei der Suche nach seiner Tochter Jennifer zu helfen. Sie hat das Haus am Wochenende verlassen – am Samstag, nicht wahr?«

Shepherd nickte. »Samstagabend. Etwa um sechs.«

Ich rechnete und biss mir auf die Lippe. Samstagabend, und nun war es schon beinahe Montagmittag. Fast zwei Tage. Nicht sehr lange – oder eine Ewigkeit, je nachdem, wie man es sah.

»Er und seine Frau haben abgewartet, doch als sie bei Einbruch der Dunkelheit noch immer nicht zurück war und auch auf ihrem Handy nicht erreichbar, haben sie sich auf die Suche gemacht und sind den Weg abgelaufen, den sie höchstwahrscheinlich gegangen ist, jedoch ohne Erfolg. Also sind sie zurück nach Hause gegangen und haben bei der Polizei angerufen, wo man sich allerdings nicht sonderlich kooperativ gezeigt hat.«

»Dort haben sie mir gesagt, dass sie schon wieder auftauchen wird.« Seine Stimme war leise, heiser und schmerzerfüllt. »Sie meinten, Mädchen in diesem Alter hätten keine richtige Zeitvorstellung. Wir sollten weiterhin versuchen, sie auf ihrem Handy zu erreichen, und wenn das nichts hilft, ihren ganzen Freundeskreis abtelefonieren und bei den Eltern nachfragen, ob sie wissen, wo sie steckt. Erst wenn sie längere Zeit als vermisst gemeldet sei, würden sie etwas unternehmen. Sie meinten, dass in Großbritannien alle fünf Minuten ein Kind verschwindet – können Sie sich das vorstellen? – und dass sie erst jemanden dafür abstellen, wenn das Kind in Gefahr ist. Ihrer Ansicht nach sei eine Zwölfjährige nicht besonders gefährdet. Sie werde schon wieder auftauchen und sich entschuldigen, dass sie uns in Aufregung versetzt hat. Als ob es an der Tagesordnung wäre, dass sie einfach losgeht, ohne uns zu sagen, wo sie hinwill, und dann nicht wiederkommt. Die kennen meine

Tochter doch gar nicht.« Dann sah er mich an. »Aber Sie kennen sie doch, oder? Sie wissen, dass sie niemals einfach losgehen würde, ohne uns zu informieren.«

»Ich kann mir nicht vorstellen, dass sie das tun würde«, erwiderte ich vorsichtig und überlegte, was ich von Jenny Shepherd wusste. Sie war zwölf Jahre alt, eine hübsche und fleißige Schülerin, die stets freundlich lächelte. Sie zeigte keinerlei Hang zu jenem rebellischen Zorn, wie ich ihn bei manchen der älteren Schülerinnen wahrnahm, denen es offenbar einen grausamen Genuss bereitete, ihre Eltern in Sorge zu versetzen. Vor lauter Angst um sie hatte ich einen Kloß im Hals, waren mir doch seine Worte – *seit zwei Tagen vermisst* – so schmerzlich vertraut. Ich musste mich räuspern, ehe ich fragen konnte: »Nimmt man Ihr Anliegen bei der Polizei denn inzwischen ernst?«

Er lachte nervös auf. »Oh, selbstverständlich. Seit der Hund aufgetaucht ist, nehmen sie mich durchaus für voll.«

»Der Hund?«

»Samstagabend war sie mit dem Hund draußen. Sie hat einen kleinen Westie – einen West Highland Terrier. Es gehört zu ihren Aufgaben, ihn zweimal am Tag auszuführen, es sei denn, sie ist aus triftigem Grund verhindert. Das war eine der Bedingungen, auf die sie sich einlassen musste, ehe wir den Hund angeschafft haben. Sie sollte Verantwortung für ihn übernehmen.« Er lehnte sich an die Fensterbank und wirkte plötzlich sehr matt. »Und das hat sie auch getan. Sie geht wirklich ganz wunderbar mit diesem Tier um. Auch bei schlechtem Wetter oder ganz früh morgens geht sie mit ihm hinaus. Richtig fürsorglich. Deshalb war mir, als ich dann den blutverschmierten Hund sah, klar, dass ihr etwas zugestoßen sein musste.« Er holte tief Luft und blinzelte seine Tränen weg. »Ich hätte sie niemals allein gehen lassen dürfen, aber ich dachte doch, sie sei sicher …«

Er schlug die Hände vors Gesicht, und Elaine und ich warteten, bis er sich wieder gefasst hatte, da wir ihm in seiner Trauer nicht zu nahetreten wollten. Ich weiß nicht, wie Elaine es empfand, aber für mich war es nur schwer auszuhalten. Kurz darauf schrillte die Pausenklingel durch den stillen Raum, sodass er zusammenzuckte und wieder zu sich kam.

»Der Hund kam also wieder nach Hause gelaufen?«, erkundigte ich mich, nachdem die Klingel verstummt war.

Einen Moment lang schaute er mich verwirrt an. »Oh … ja. Es war ungefähr um elf. Wir machten die Tür auf, und da stand er.«

»War denn die Leine noch dran?« Es war unübersehbar, dass beide meine Frage für völlig unangebracht hielten, aber ich wollte einfach wissen, ob Jenny den Hund vielleicht losgemacht und dann aus den Augen verloren hatte. Möglicherweise hatte sie noch lange nach ihm gesucht und dann einen Unfall gehabt. Oder die Leine war ihr entglitten – vielleicht weil jemand nachgeholfen hatte. Kein Hundehalter würde seinen Vierbeiner unbeaufsichtigt mit schleifender Leine laufen lassen, da er sich darin verfangen und sich dabei verletzen könnte.

»Ich weiß es nicht mehr«, erwiderte er schließlich und rieb sich nachdenklich die Stirn.

Elaine schaltete sich ein. »Michael – Mr. Shepherd – hat daraufhin persönlich das Polizeirevier aufgesucht und die Beamten aufgefordert, endlich nach ihr zu suchen. Etwa um Mitternacht haben sie dann schließlich angefangen, die entsprechenden Formulare auszufüllen.«

»Da war sie schon seit sechs Stunden verschwunden«, warf Shepherd ein.

»Das ist einfach unglaublich. Wissen die denn nicht, wie wichtig es ist, nach vermissten Kindern so schnell wie möglich zu suchen?« Ich konnte nicht fassen, dass sie derart schwerfällig waren und seine Aussage erst so spät aufgenommen hatten. »Die ersten vierundzwanzg Stunden sind die kritischen, die absolut entscheidenden, und davon haben sie ein Viertel einfach verstreichen lassen.«

»Ich wusste gar nicht, dass Sie sich damit so gut auskennen, Sarah«, merkte Elaine an und lächelte säuerlich. Ihre Miene sagte allerdings: Halt den Mund, und hör zu, du dumme Gans.

»Der Polizeihubschrauber ist ungefähr um zwei Uhr morgens gestartet«, fuhr Michael Shepherd fort. »Mit Hilfe einer Infrarotkamera haben sie das Waldstück abgesucht, wo sie immer mit Archie spazieren gegangen ist. Sie meinten, dass sie sie durch die Wärme ihres Körpers selbst im Unterholz orten könnten. Aber sie konnten nichts finden.«

Also war sie entweder nicht dort, oder ihr Körper hat keine Wärme mehr abgegeben. Man musste kein Experte sein, um zu begreifen, worauf das hinauslief.

»Sie sagen immer wieder, dass es dauern könne, bis Ausreißer gefunden werden, obwohl ich ihnen erklärt habe, dass sie gar keine Ausreißerin ist. Nachdem sie im Wald keinen Erfolg hatten, begannen sie die Aufzeichnungen von Überwachungskameras der umliegenden Bahnhöfe auszuwerten, um zu überprüfen, ob sie vielleicht nach London gefahren ist. Aber das würde sie niemals tun. Immer wenn wir mit ihr dort waren, fand sie es ganz schrecklich. Als wir voriges Jahr in London Weihnachtseinkäufe gemacht haben, hat sie die ganze Zeit meine Hand nicht losgelassen. Es herrschte ein solches Gedränge, dass sie Angst hatte, verloren zu gehen.« Er schaute hilflos von mir zu Elaine und dann wieder zu mir zurück. »Sie ist irgendwo da draußen, keiner findet sie, und sie ist mutterseelenallein.«

Mein Herz krampfte sich vor Mitleid mit ihm und seiner

Frau zusammen angesichts dessen, was die beiden gerade durchmachten. Doch meine Gedanken kreisten noch immer um das, was er gesagt hatte, und eine Frage musste ich ihm unbedingt noch stellen: »Warum gibt es denn keinen Suchaufruf? Wäre es nicht gut, die Leute zu fragen, ob jemand sie gesehen hat?«

»Sie wollen noch abwarten. Sie haben uns gesagt, dass es das Beste sei, wenn sie erst einmal selbst nach ihr suchen, ehe sie durch Fehlinformationen und eigenmächtige Suchaktionen bei ihrer Arbeit behindert werden. Wir wollten auch auf eigene Faust suchen, aber sie haben uns gebeten, zu Hause zu warten, falls sie zurückkommt. Aber inzwischen glaube ich nicht mehr daran, dass sie von allein wieder auftauchen wird.« Er fuhr sich durch die Haare und grub seine Fingernägel in die Kopfhaut. »Gestern haben sie den Fluss abgesucht, die Bahnstrecke in der Nähe unseres Hauses, den Stausee an der A3 und den Wald. Aber sie haben nichts gefunden.«

Ich fragte mich, ob ihm vielleicht entgangen war, was die Suche in diesen Gegenden zu bedeuten hatte. Ganz gleich, was die Eltern glaubten, die Polizei war offenbar zu der Überzeugung gelangt, dass sie nach einer Leiche suchen musste.

Ehe ich michs versah, war ich am Waldrand angelangt. Ich legte einen Schritt zu, schlüpfte zwischen zwei Eichen hindurch und folgte einem kaum erkennbaren Pfad, der sich kurz darauf gabelte. Von rechts kam mir ein schokoladenbrauner Labrador entgegengestürmt, im Schlepptau eine schlanke ältere Dame, die tadellos gekleidet und perfekt geschminkt war. Der Hund sah zwar nicht aus, als würde er sich schnell losreißen, aber trotzdem bog ich nach links ab, wo normalerweise weniger Leute unterwegs waren. Der

Pfad, den ich einschlug, sah unwegsam aus. Er führte direkt in den Wald hinein, wo die Wege schmal und steil wurden und gelegentlich unerwartet im Dickicht endeten. Die Wege näher zur Straße hin waren bei Hundebesitzern beliebt und daher breit und eben. Ein breiter, ausgetretener Pfad würde mich jedoch nicht von der düsteren, hämmernden Anspannung ablenken, die schon den ganzen Tag erbarmungslos in meinem Kopf dröhnte. Ich lief bergauf und dachte an Jennys Vater.

Die Stille im Klassenzimmer wurde erneut gestört, diesmal durch Scharren, Schritte und Stimmen vor der Tür. Es waren Jennys Mitschüler von der 8a. Gelächter war zu hören, und Michael Shepherd zuckte zusammen.

Ich holte sie herein und bat sie, rasch ihre Plätze einzunehmen. Als sie sahen, dass die Direktorin und ein Vater anwesend waren, machten sie große, neugierige Augen, denn das war natürlich um Längen spannender, als über *Jane Eyre* zu reden. Michael Shepherd straffte die Schultern, als müsse er gleich eine Runde im Boxring bestreiten, und trat dann vor die Mitschülerinnen seiner Tochter. Die Opferrolle behagte ihm ganz und gar nicht. Er war in die Schule gekommen, weil er das Bedürfnis hatte, etwas zu tun. Er wollte nicht herumsitzen und auf die Polizei warten, sondern tun, was er für richtig hielt, und sich um die Konsequenzen später kümmern.

Als alle stumm vor Erwartung auf ihren Plätzen saßen, wandte sich Elaine an die Klasse.

»Einige von euch werden Mr. Shepherd sicher kennen. Für diejenigen, denen er unbekannt ist: Er ist Jennifers Vater. Ich möchte, dass ihr aufmerksam zuhört, was er zu sagen hat. Falls ihr ihm irgendwie helfen könnt, erwarte ich von euch, dass ihr es auch tut.«

Die Klasse nickte gehorsam. Auf Elaines Zeichen kam Michael Shepherd nach vorn. Er schaute sich um und wirkte ein wenig verunsichert.

»In euren Schuluniformen seht ihr ganz anders aus«, sagte er schließlich. »Einige von euch kenne ich ja schon, aber ich weiß nicht so recht …«

Eine Welle der Erheiterung ging durch die Reihen, und auch ich musste mir ein Lächeln verkneifen. Mir war es selbst schon so gegangen, wenn ich Schülerinnen von mir am Wochenende in der Stadt traf. Ohne die Uniform sahen sie immer wesentlich älter und viel schicker aus. Wirklich verwirrend.

Schließlich erkannte er doch noch ein paar von den Mädchen. »Hallo Anna, Rachel …«

Sie erröteten, murmelten einen Gruß und waren geschmeichelt und erschrocken zugleich, direkt angesprochen zu werden.

»Das hört sich jetzt wahrscheinlich komisch an«, begann er und versuchte zu lächeln, »aber wir haben unsere Tochter verloren. Sie ist nun schon seit ein paar Tagen verschwunden, und ich möchte euch fragen, ob jemand von euch etwas von ihr gehört hat oder eine Idee hat, wo sie sein könnte.« Er wartete einen Augenblick, aber niemand meldete sich zu Wort. »Ich weiß, dass es viel verlangt ist – bestimmt hat Jenny ihre Gründe, weshalb sie nicht nach Hause kommt. Aber ihre Mutter ist sehr besorgt und ich natürlich auch. Wir wollen einfach nur wissen, dass es ihr gut geht. Falls ihr sie nicht gesehen habt, möchte ich von euch wissen, ob jemand seit Samstagabend Kontakt mit ihr hatte – per SMS, E-Mail oder wie auch immer.«

Aus der Klasse kam ein unisono gemurmeltes »Nein«.

»In Ordnung, also ich bitte euch zu überlegen, wann ihr das letzte Mal etwas von Jenny gehört habt und was sie da gesagt hat. Weiß jemand, ob sie vorhatte, übers Wochenende wegzufahren? Sie wird keinen Ärger bekommen, wir müssen nur wissen, dass sie in Sicherheit ist.«

Die Mädchen schauten ihn schweigend an. Er hatte zwar ihr Mitleid gewonnen, bekam jedoch keine hilfreichen Antworten. Elaine schaltete sich wieder ein.

»Ich möchte, dass ihr alle über das, worum euch Mr. Shepherd gebeten hat, sorgfältig nachdenkt. Wenn euch etwas noch so Kleines einfällt, das für uns wichtig sein könnte, dann erwarte ich, dass ihr es uns mitteilt. Ihr könnt mit mir oder Miss Finch vertraulich sprechen oder eure Eltern bitten, mich anzurufen, wenn ihr es lieber ihnen erzählen wollt.« Ihre Miene verfinsterte sich. »Ich bin mir sicher, dass ihr vernünftig genug seid, uns nicht aus falsch verstandener Freundschaft zu Jennifer etwas zu verschweigen.« Dann wandte sie sich an mich. »Sie können jetzt mit Ihrem Unterricht weitermachen, Miss Finch.«

Ich spürte deutlich, dass Michael Shepherd nur ungern das Klassenzimmer verließ, ohne etwas Brauchbares von den Mitschülerinnen seiner Tochter erfahren zu haben. Doch er hatte keine andere Wahl, als der hinauseilenden Elaine zu folgen. Im Gehen nickte er mir zu, und ich lächelte ihn an, während ich krampfhaft nachdachte, was ich ihm mit auf den Weg geben konnte. Aber noch ehe mir etwas auch nur ansatzweise Sinnvolles eingefallen war, war er schon verschwunden. Er ging mit gesenktem Kopf – wie ein Bulle, der zur Schlachtbank geführt wird: Kraft und Mut hatten ihn verlassen, zurück blieb nur noch Verzweiflung.

Im Wald verebbte der Verkehrslärm, als hätte jemand hinter mir einen schalldichten Vorhang zugezogen. Die Vögel zwitscherten, und eine leichte Brise wisperte durch die Baumkronen, was sich wie Wasserrauschen anhörte. Das rhythmische Auftreffen meiner Schritte auf dem festen dunklen Boden begleitete meinen keuchenden Atem und wurde hin und wieder vom Schnippen eines dürren Zweiges gegen meinen Ärmel akzentuiert. Hohe, alte Bäume mit knorrigen Stämmen bildeten über mir ein leuchtend grünes Blätterdach. Sonnenlicht drang in schrägen Streifen und gleißend hellen Lichtpunkten hindurch, die von Oberflächen reflektiert wurden und im nächsten Augenblick wieder verschwunden waren. Für einen Moment war ich beinahe glücklich.

Ich rannte eine lange, steile Steigung hinauf, meine Zehen suchten Halt im modrigen Laub, mein Herz schlug heftig, und meine Muskeln schmerzten. Der Untergrund war dunkel und schwer wie Schokoladenkuchen und federte gerade richtig. Vorigen Sommer war ich auf ausgedörrtem, steinhartem, die Gelenke quälendem Grund gelaufen und im Winter bei lausigen Temperaturen durch schmierigen Schlamm geschlittert, der an meinen Beinen pechschwarze Spritzer hinterließ. Heute dagegen waren die Bedingungen ideal, da gab es keine Ausreden. Ich kämpfte mich tapfer den Weg hinauf und wurde anschließend damit belohnt, dass es wieder bergab ging. Es fühlte sich an, als würde ich fliegen.

Doch nach einer Weile verflog die Euphorie natürlich wieder. Ich begann die Anstrengung in den Beinen zu spüren, und meine Oberschenkelmuskeln schmerzten. Solche kleineren Beschwerden machten mir beim Laufen zwar nicht viel aus, aber bald darauf begannen sich auch meine Knie zu melden, was schon wesentlich unangenehmer war. Dann trat ich auf dem unebenen Untergrund fehl und verdrehte mir das linke Knie, woraufhin ich einen stechenden Schmerz an der Außenseite meines Oberschenkels spürte. Mit einem Blick auf die Uhr stellte ich überrascht fest, dass schon eine halbe Stunde vergangen war, seit ich das Haus verlassen hatte. Demzufolge war ich bereits fünfeinhalb Kilometer gelaufen. Das reichte aus, um zusammen mit dem Rückweg als passables Pensum durchzugehen.

Ich machte also kehrt und lief parallel zu jenem Weg zurück, den ich gekommen war. Es hatte stets etwas Frustrierendes, auf dem Rückweg über denselben Untergrund zu laufen wie auf dem Hinweg; ich mochte das überhaupt nicht. Diesmal ging es auf einem schmalen Grat entlang, der zu beiden Seiten steil abfiel. Der Pfad war voller Geröll und knorriger Wurzeln. Ich verlangsamte mein Tempo, damit ich nicht umknickte, und richtete meinen Blick starr zu Boden. Trotzdem passierte es. Auf einer glatten Wurzel, die steil nach unten ragte, rutschte ich aus. Mit einem unterdrückten Schrei fiel ich mit ausgestreckten Händen der Länge nach hin. Einen Moment lang blieb ich schwer atmend so liegen. Der Wald um mich herum erschien mir plötzlich seltsam still. Mühsam setzte ich mich auf die Fersen und begutachtete die Folgen meines Missgeschicks. Nichts gebrochen, kein Blut. *Ein Glück.* Ich rieb den Schmutz von meinen Händen und Knien. Prellungen, allenfalls eine Schramme am rechten Handballen, nichts Ernsthaftes. Ich stand auf, stützte mich an einem nahe stehenden Baumstamm ab und verzog das Gesicht, als ich meine Beine ausstreckte. Ich war heilfroh, dass niemand meinen Sturz beobachtet hatte. Dann beugte ich mich nach vorn, dehnte meine hinteren Beinmuskeln, lief im Kreis herum und versuchte mich zum Weiterlaufen zu motivieren.

Als ich gerade wieder aufbrechen wollte, hielt ich nochmals inne. Irgendetwas stimmte nicht. Aus dem Augenwinkel hatte ich etwas bemerkt, das dort nicht hingehörte. Zu diesem Zeitpunkt war ich noch nicht einmal beunruhigt, obwohl ich den ganzen Tag an das verschwundene Mädchen gedacht hatte.

Auf Zehenspitzen versuchte ich, durch die sich zusammenballenden Schatten etwas zu erkennen. In der Senke zu meiner Linken bildete das Blätterdach eine Lücke, weil dort ein alter Baum umgestürzt war. Die Sonne beleuchtete diese Stelle im Unterholz wie eine Art Bühnenbild. Die Senke war rings um den umgestürzten Baum über und über mit blauen Glockenblumen bedeckt. Der blauviolette Hauch der Blumen war wie ein Spiegelbild des klaren Abendhimmels darüber. Die Lichtung wurde von silbrig weißen Birken gesäumt, die Rinde von klaren schwarzen Linien durchzogen und das frisch ausgetriebene Laub noch frühlingshaft apfelgrün. Im Sonnenlicht über den Blüten tanzten winzige Fliegen und Mücken in einem endlosen, goldgelb schimmernden Kreis.

Doch das war es nicht, was mir aufgefallen war. Die Hände in die Hüften gestemmt, suchte ich mit den Augen die gesamte Lichtung ab. Irgendetwas passte nicht ins Bild, aber was? Bäume, Blumen, Sonnenschein – eine perfekte Idylle. Wo war der Fehler?

Da. Es war etwas Weißes zwischen den Glockenblumen. Etwas Blasses hinter dem Baumstamm. Vorsichtig stieg ich die Böschung hinunter, näherte mich der verdächtigen Stelle und versuchte Genaueres zu erkennen. Die Stängel der Glockenblumen knirschten, und die glänzenden Blätter quietschten unter meinen Sohlen, während ich mich langsam vorwärtstastete. Jetzt war ich nahe genug und sah …

Eine Hand.

Es verschlug mir den Atem, als hätte mir jemand einen Stoß versetzt. Ich glaube, mir war auf Anhieb klar, was ich da sah. Dennoch ging ich näher heran, kroch um den alten Baumstamm herum und stieg über das zersplitterte, morsche Ende. So schockiert ich über diesen Fund auch war, erschien er mir dennoch seltsam folgerichtig. Es kam mir vor, als hätte ich mich unaufhaltsam auf diesen Moment zubewegt, seit ich von Jennys Verschwinden erfahren hatte. Als ich neben dem Baumstamm in die Hocke ging, schlug mein Herz schneller als zuvor beim Bezwingen des steilen Anstiegs.

Jenny lag im Schatten des umgestürzten Baumes, eigentlich sogar halb darunter. Eine Hand war sorgfältig auf ihrer schmalen Brust platziert, die Beine lagen ordentlich nebeneinander. Sie war mit Jeans, schwarzen Converse und einem ehemals rosafarbenen Fleecepullover bekleidet, der jetzt an den Ärmeln jedoch ganz grau war. Die Hand, die ich gesehen hatte, war ihre linke, die schräg nach außen gerichtet war. Zwischen den Blumen sah sie wie hingeworfen aus.

Aus der Nähe war erkennbar, dass die Blässe ihrer Haut ins Bläuliche ging und die Fingernägel das Grauviolett eines im Abheilen begriffenen blauen Flecks angenommen hatten. Ich wusste auch ohne sie zu berühren, dass ihr schon längst niemand mehr helfen konnte, aber trotzdem streckte ich meine Hand aus und strich mit der Rückseite eines Fingers über ihre Wange. Die Kälte ihres leblosen Körpers ließ mich erschauern. Ich zwang mich, ihr Gesicht zu betrachten, um die Wahrheit wirklich fassen zu können – würde ich das Gesehene doch niemals wieder vergessen können. Ihr Gesicht sah aschfahl aus und war eingerahmt von verfilzten, schmutzig blonden Haarsträhnen. Ihre Augen waren geschlossen; die Wimpern wirkten wie Fächer auf den farblosen Wangen. Ihre Lippen waren grau und blutleer. Der schlaffe Unterkiefer hing herunter, sodass ihr Mund leicht geöffnet war. Die Zähne standen etwas stärker hervor, als es zu ihren Lebzeiten der Fall gewesen war. Auf Gesicht und Hals trug sie unverkennbar Spuren von Gewalt: leichte blaue Flecken auf der Wange und Blutergüsse an den zarten Schlüsselbeinen. Auf der Unterlippe zeichnete sich eingetrocknetes Blut als schmale dunkle Linie ab.

Sie lag dort, wo sie jemand nach der Tat abgelegt und so platziert hatte, wie sie gefunden werden sollte. Die Haltung war in grotesker Weise einer Aufbahrung nachempfunden, wie sie Bestatter üblicherweise vornehmen, eine Imitation von Würde. Doch das konnte nicht von dem ablenken, was man ihr angetan hatte. Missbraucht, verletzt, beseitigt, tot. Gerade einmal zwölf Jahre alt. Nichts von all ihren unendlichen Möglichkeiten war geblieben, nur eine leere Hülle in einem stillen Wäldchen.

Zunächst hatte ich Jennys Leichnam beinahe teilnahmslos, eher nüchtern analytisch betrachtet, ohne wirklich zu begreifen, was ich da vor mir sah. Doch nun war es, als wäre in meinem Kopf ein Damm gebrochen, sodass mir das ganze Ausmaß des Grauens in einem gewaltigen Schwall zu Bewusstsein kam. All meine Befürchtungen um Jenny hatten sich bestätigt, und es war noch weitaus schlimmer, als ich mir jemals hätte vorstellen können. Das Blut toste in meinen Ohren, und der Boden unter meinen Füßen geriet ins Wanken. Ich hielt meine Wasserflasche mit beiden Händen umklammert, deren geriffelte Plastikoberfläche sich kühl und angenehm vertraut anfühlte. Obwohl ich schweißüberströmt war, zitterte ich vor Kälte. Wogen von Übelkeit überkamen mich, ich schauderte und vergrub den Kopf zwischen den Knien. Es gelang mir nicht, auch nur einen klaren Gedanken zu fassen. Ich war wie gelähmt, und der Wald um mich herum hörte nicht auf, sich zu drehen. Einen Augenblick lang sah ich mich selbst in Jennys Alter vor mir – dasselbe Haar, dieselbe Gesichtsform. Aber ich war nicht tot, ich war es, die lebte …

Ich weiß nicht, wie lange ich gebraucht hätte, wieder zu mir zu kommen, wenn ich nicht unvermittelt dazu gebracht worden wäre. Irgendwo hinter mir, nicht sehr nahe, jaulte ein Hund auf, eindringlich, verstummte dann jedoch, als hätte ihn jemand zum Schweigen gebracht. Rasend schnell strömte mein Bewusstsein zurück zu mir.

Was, wenn ich nicht allein war?

Ich stand auf und schaute mich ängstlich auf der kleinen Lichtung um, ob sich in meiner Nähe etwas regte. Ich stand neben einer Leiche, die dort jemand – vermutlich der Mörder – versteckt hatte. Und Mörder kehrten gelegentlich an den Ort der Tat zurück, wie ich gelesen hatte. Ich schluckte und hatte vor lauter Angst einen Kloß im Hals. Der durch die Bäume rauschende Wind übertönte alle anderen Geräusche, und ich zuckte zusammen, als irgendwo rechts von mir ein Vogel aus seinem Versteck aufflatterte und durch die Zweige davonflog. Was hatte ihn aufgeschreckt? Sollte ich um Hilfe rufen? Aber wer würde mich mitten im Wald hören, wohin ich extra entflohen war, um allein zu sein? Dumme, dumme Sarah …

Ehe ich vollends in Hysterie verfiel, gewann doch noch der gesunde Menschenverstand die Oberhand in mir. Ich war wirklich dumm gewesen, schließlich hatte ich doch mein Handy in der Tasche, das ich nur benutzen musste. Vor Erleichterung fast schluchzend, zerrte ich es hervor und geriet erneut in Panik, als die Empfangsanzeige auf dem aufleuchtenden Display lediglich einen einzigen Balken anzeigte. Das reichte nicht aus. Atemlos kraxelte ich die steile Böschung wieder hinauf und hielt dabei das Telefon fest umklammert. Es war schwer hinaufzukommen, und ich versuchte verzweifelt, mit meiner freien Hand an Grasbüscheln und Wurzeln Halt zu finden, die jedoch in der weichen Erde leicht nachgaben. *Bitte, bitte, bitte,* hämmerte es in meinem Kopf. Als ich oben ankam, erschienen in der Anzeige zwei weitere Balken. Ich lehnte mich mit dem Rücken an einen hohen alten Baum und tippte mit zitternden Händen den Notruf 999 ein. Es war ein seltsam unwirkliches Gefühl. Mein Herz schlug so heftig, dass der dünne Stoff meines Oberteils vibrierte.

»Rettungsleitstelle, welchen Notdienst brauchen Sie?«, fragte eine leicht näselnde Frauenstimme.

»Die Polizei«, keuchte ich, noch immer ganz außer Atem vom Erklimmen der Böschung und dem Schrecken, der mir in den Gliedern saß. Es kam mir vor, als hätte jemand meinen Brustkorb mit einem festen Band eingeschnürt, das meine Rippen zusammenpresste. Ich konnte einfach nicht tief genug Luft holen.

»Einen Moment bitte, ich verbinde.« Sie hörte sich derart gelangweilt an, dass ich beinahe lachen musste.

Dann klickte es und eine andere Stimme sagte: »Hallo, Sie sind mit der Polizei verbunden.«

Ich schluckte. »Ja also, ich … ich habe eine Leiche gefunden.«

Die Stimme klang gänzlich unbeeindruckt: »Eine Leiche. In Ordnung. Wo sind Sie gerade?«

Ich bemühte mich nach Kräften, die Stelle so gut es ging zu beschreiben, wurde allerdings bald nervös, als die Beamtin weitere Einzelheiten erfragte. Es war wirklich nicht einfach, einen Standort exakt anzugeben, wenn es nirgends brauchbare Straßenschilder oder Gebäude gab, die als Orientierung dienen konnten. Deshalb wurde ich vollends konfus, als sie mich fragte, ob ich mich östlich von der Hauptstraße befände, was ich zunächst bejahte, dann jedoch revidierte. In meinem Kopf schwirrte es, als ob zwischen meinen Gedanken elektrostatische Störungen aufträten. Doch die Dame am anderen Ende der Leitung war äußerst geduldig und geradezu herzlich, weshalb ich mich noch schlechter fühlte, weil ich so hoffnungslos überfordert war.

»Kein Problem, Sie machen das ganz prima. Können Sie mir bitte Ihren Namen nennen?«

»Sarah Finch.«

»Und Sie sind noch immer bei der Leiche?«, erkundigte sich die Beamtin.

»Ich bin in der Nähe«, antwortete ich, um ganz korrekt zu sein. »Ich … Ich kenne sie. Ihr Name ist Jenny Shepherd. Sie wurde als vermisst gemeldet – ich habe heute Morgen mit ihrem Vater gesprochen. Sie …« Ich kämpfte mit den Tränen und konnte erst einmal nicht weitersprechen.

»Sind noch Lebenszeichen vorhanden? Könnten Sie bitte kontrollieren, ob die Person noch atmet?«

»Sie fühlt sich kalt an – ich bin mir sicher, dass sie tot ist.«
Bedeckt ihr Gesicht, es blendet mich, sie ist jung gestorben.

Der Wald begann sich wieder zu drehen, und während mir die Tränen in die Augen stiegen, streckte ich meine Hand nach hinten aus und tastete nach dem Baumstamm. Er fühlte sich wohltuend fest und beständig an.

Die Beamtin sprach weiter: »Gut Sarah. Die Polizei wird gleich eintreffen. Bleiben Sie bitte, wo Sie sind, und lassen Sie Ihr Handy eingeschaltet. Die Kollegen melden sich eventuell noch einmal, falls sie weitere Hinweise brauchen.«

»Ich kann auch zur Straße kommen«, bot ich an, weil mir die Stille plötzlich unheimlich war, wenn ich an den grausigen Fund hinter dem Baum unten in der Senke dachte.

»Bleiben Sie an Ort und Stelle«, entgegnete die Beamtin bestimmt. »Die Kollegen werden Sie finden.«

Als sie aufgelegt hatte, sank ich zu Boden, mein Telefon noch immer fest umklammert – mein Rettungsanker. Der Wind hatte aufgefrischt, sodass mir trotz meiner Jacke kalt war. Ich war vollkommen durchgefroren und total erschöpft. Aber das spielte jetzt keine Rolle. Die Polizei wusste Bescheid und würde bald hier sein. Ich musste also nichts weiter tun als warten.

1992

Seit drei Stunden vermisst

Als ich Mum rufen höre, laufe ich schnell in die Küche. Anfangs ist es ein komisches Gefühl da drinnen – dunkel und kühl, ich komme mir vor wie unter Wasser. Die Bodenfliesen sind eiskalt unter meinen nackten Füßen. Ich setze mich an den Küchentisch, auf dem zwei Gedecke stehen: eins für mich und eins für Charlie. Mum hat zwei Gläser Milch eingegossen, und ich trinke einen großen Schluck aus dem Glas, das vor mir steht. Die angenehm kühle Flüssigkeit rinnt meine Kehle hinab bis in den Magen und lässt mich ein wenig frösteln. Vorsichtig und geräuschlos stelle ich das Glas wieder ab.

»Hast du dir die Hände gewaschen?«

Sie steht am Herd und dreht sich nicht einmal um, als sie diese Frage stellt. Ich schaue mir meine Handflächen an. Sie sind eindeutig zu schmutzig, als dass ich sie hätte belügen können. Seufzend stehe ich auf und gehe zum Spülbecken. Ich lasse das Wasser eine Zeitlang über meine Finger laufen, halte dann beide Hände auf und fülle sie bis zum Überlaufen. Weil ich zu träge bin und Mum gerade nicht hinsieht, benutze ich keine Seife, obwohl meine Hände so verdreckt und verschwitzt sind, dass sie richtig kleben. Das Wasser prasselt geräuschvoll ins Spülbecken und übertönt die Stimme meiner Mutter. Erst als ich den Wasserhahn zudrehe, kann ich sie wieder hören.

»Ich habe gefragt, wo dein Bruder ist.«

Die Wahrheit zu sagen, käme mir wie Verrat vor. »Ich habe ihn nicht gesehen.«

»Und seit wann?« Sie wartet meine Antwort nicht ab, sondern geht zur Hintertür und schaut hinaus. »Also wirklich, er weiß doch ganz genau, dass er nicht zu spät zum Essen kommen soll. Wehe, wenn du als Teenager auch so aufmüpfig wirst.«

»Aber er ist doch gar kein Teenager.«

»Noch nicht, aber er benimmt sich manchmal so. Na warte, wenn erst dein Vater davon erfährt.«

Ich trete mit dem Fuß immer wieder gegen das Stuhlbein. Mum sagt ein Wort, das nicht für meine Ohren bestimmt ist. Ich merke es mir, obwohl ich genau weiß, dass ich es nicht wiederholen darf – zumindest nicht in ihrer Gegenwart. Sie geht zurück zum Herd und holt mit raschen und wütenden Bewegungen Pommes aus dem Backofen. Einige rutschen vom Blech und landen auf dem Fußboden, woraufhin sie scheppernd den Löffel fallen lässt. Als sie mir meinen Teller hinstellt, ist er völlig überladen. Zwei fettglänzende Spiegeleier starren mich an, daneben türmt sich ein Berg Pommes wie ein Wurf Mikadostäbchen. Vorsichtig ziehe ich von ganz unten eines heraus und pikse es in ein rundes, zitterndes Ei. Das Eigelb läuft aus und vermischt sich mit dem Ketchup, das ich kringelförmig über den gesamten Teller verteilt habe. Ich warte darauf, dass ich ausgeschimpft werde, weil ich mit meinem Essen spiele, aber Mum lässt mich allein am Tisch zurück, und ich höre sie vor dem Haus nach Charlie rufen. Ich arbeite mich durch den Pommes-Berg, und mein Kaugeräusch kommt mir in der stillen Küche viel zu laut vor. Ich esse so lange, bis mir der Bauch wehtut und mein Kiefer schmerzt. Als Mum wieder hereinkommt, erwarte ich, dass sie verärgert ist, weil ich nicht aufgegessen habe. Aber sie nimmt einfach meinen Teller und kippt die Reste wortlos in den Mülleimer.

Als ich noch ganz benommen vom vielen Essen am Tisch sitze, geht Mum hinaus in den Flur und ruft meinen Vater an. Ihre Stimme klingt vor Sorge merkwürdig schrill. Das beunruhigt mich, obwohl gar nicht ich es bin, die in Schwierigkeiten steckt.

Die Zeiger der Küchenuhr wandern einmal herum. Noch immer kein Zeichen von Charlie, und ich bekomme es mit der Angst zu tun. Obwohl ich es gar nicht will und auch nicht richtig weiß, warum, fange ich an zu weinen.

2

Am Ende dauerte es doch ziemlich lange, bis die Freunde und Helfer der Grafschaft Surrey eintrafen.

Ich saß mit dem Rücken an den Baum gelehnt und beobachtete, wie das Blau des Himmels allmählich blasser wurde und die Sonne sich dem Horizont näherte. Die Schatten rings um mich her wurden immer länger und verschmolzen miteinander. Unter den Bäumen wurde es langsam dunkel und auch empfindlich kühl. Ich schlang die Arme um die Knie und zog sie eng an mich, um weniger zu frieren. Minütlich schaute ich auf die Uhr, ohne zu wissen, weshalb. Die Dame in der Zentrale hatte nichts darüber gesagt, wie lange es dauern würde, bis die Beamten eintrafen. Aber das war jetzt eigentlich auch egal. Ich hatte ja ohnehin nichts Besseres zu tun.

Obwohl ich eigentlich nicht glaubte, dass Jennys Mörder noch einmal an diese entlegene Stelle im Wald zurückkehren würde, klopfte mein Herz bei jedem plötzlichen Laut und jeder halb wahrgenommenen Bewegung. Überall waren Geräusche zu hören, die von allerlei winzigem Getier stammten, das sich von meiner Anwesenheit nicht stören ließ und geschäftig umherhuschte. Doch bei jedem Rascheln im trockenen Laub zuckte ich zusammen. Da in diesem Waldstück die Bäume sehr dicht standen, konnte ich nur wenige Meter weit sehen, und es fiel mir schwer, das Kribbeln im Nacken, dieses Jemand-beobachtet-dich-Gefühl zu ignorieren.

Als in der Ferne endlich Stimmen und das Knacken und Rauschen von Polizeifunkgeräten ertönte, war ich ziemlich erleichtert. Ich stand auf, reckte unter Schmerzen meine steif gewordenen Glieder und rief laut: »Hierher!« Ich schwenkte die Arme über dem Kopf und schaltete die Display-Beleuchtung meines Handys ein, damit sie mich bemerkten. Jetzt konnte ich sie auch sehen, zumindest zwei von ihnen. Sie durchquerten zielstrebig den Wald, wobei ihre Warnwesten in der Dämmerung leuchteten. Es waren zwei Männer, einer untersetzt und in mittlerem Alter, der andere jünger und schlanker. Der Untersetzte ging voraus und war offensichtlich der Chef.

»Sind Sie Sarah Finch?«, fragte er und kam leicht stolpernd auf mich zu. Ich nickte. Er blieb stehen, stützte atemlos die Hände auf die Knie und fing an, besorgniserregend zu husten. »Ganz schön weit weg von der Straße«, keuchte er, ehe er sich lautstark räusperte und etwas Unsägliches nach links ausspuckte. »So viel Sport kann gar nicht gesund sein.«

Mit einem Taschentuch wischte er sich den Schweiß von den schlaffen, mit roten Äderchen durchzogenen Wangen. »Ich bin Police Constable Anson, und das ist mein Kollege McAvoy«, stellte er sich und den jüngeren Polizeibeamten vor. McAvoy lächelte mich zögernd an. Bei näherem Hinsehen erkannte ich, dass er wirklich noch sehr jung war. Überflüssigerweise ging mir die Frage durch den Kopf, ob dieses ungleiche Paar wohl gemeinsame Gesprächsthemen fand.

Inzwischen war Anson wieder zu Atem gekommen. »Also, wo befindet sich denn die Leiche, die Sie gefunden haben? Wir müssen das überprüfen, bevor die Kollegen auftauchen. Sie gehören zwar bestimmt nicht zu diesen Verrückten, die nichts Besseres zu tun haben, als nur mal eben zum Spaß den Notruf zu wählen,« er machte eine kurze Pause, »aber Sie glauben ja gar nicht, wie oft das vorkommt.«

Ich schaute ihn ungerührt an und deutete dann auf die Senke. »Sie liegt dort unten.«

»Den Abhang da runter? Ohne mich. Springen Sie doch mal eben nach unten, Mattie, und schauen Sie sich die Sache an, ja?«

Anson lehnte offenbar alles kategorisch ab, was mit körperlicher Anstrengung verbunden war. McAvoy eilte zum Rand des Abhangs und äugte hinunter.

»Wo muss ich suchen?« Seine Stimme klang angespannt vor lauter unterdrückter Aufregung.

Ich ging zu ihm hin, um ihn hinunterzubegleiten. »Die Leiche liegt hinter dem Baum dort. Am besten kommt man wahrscheinlich da links hinunter«, erklärte ich und deutete auf den rudimentären Pfad, den ich bei meiner Flucht nach oben hinterlassen hatte.

Doch er war bereits unterwegs. Zweige knackten unter seinen Füßen, als er den Abhang hinabrannte und dabei immer schneller wurde. Ich verzog das Gesicht und rechnete mit einem Sturz. Ungerührt verdrehte Anson die Augen und merkte an: »Jugendlicher Eifer. Wird er schon noch lernen. Schneller ist nicht immer besser, oder?«

Bei seinem ruppigen Tonfall sträubten sich mir die Haare.

McAvoy war inzwischen unten angekommen und schaute nervös hinter den umgestürzten Baum. »Ja, hier ist etwas«, rief er. Bei dem Wort »etwas« überschlug sich seine Stimme leicht.

»Schauen Sie es sich noch mal genau an, und kommen Sie dann wieder hoch, Mattie«, dröhnte Anson mit dem Funkgerät in der Hand, um die Informationen direkt weiterleiten zu können. Ich beobachtete, wie McAvoy um das Wurzelgeflecht des Baumes herumstieg, sich dann hinunterbeugte und nachsah, was dahinter lag. Selbst aus der Ferne konnte ich erkennen, wie er blass wurde. Abrupt wandte er sich ab, und ein Würgereiz ließ seine Schultern beben.

»Du lieber Himmel«, bemerkte Anson angewidert. »Das ist ein Tatort, Mattie. Ich will nachher keine Erklärung für eine hässliche Kotzlache mittendrin abgeben müssen.«

McAvoy ging ein paar Schritte beiseite und antwortete nicht. Kurz darauf wandte er sich um und begann die Böschung wieder heraufzuklettern, wobei er sorgfältig vermied, in die Richtung von Jennys Leiche zu sehen. »Es ist ein Mädchen, ein ziemlich junges. Sie können Meldung machen«, sagte er, als er mit starr auf den Boden geheftetem Blick wieder oben ankam. Beschämt war gar kein Ausdruck für seine Miene. Ich konnte es ihm gut nachfühlen; so schnell würde Anson McAvoys heute gezeigte Schwäche wahrscheinlich nicht vergessen. Doch zu meiner Überraschung gab der ältere Polizist keinerlei Kommentar ab, sondern schickte McAvoy lediglich zum Wagen, damit er die anderen Beamten zum Tatort lotsen konnte.

»Ich habe kein Bedürfnis, den ganzen Weg wieder zurückzugehen. Laufen Sie doch mal eben rüber, mein Junge.«

Ansons Gesichtsausdruck war freundlich, als er McAvoy hinterherschaute, wie er davoneilte. »Er braucht einfach ein bisschen Zeit, um sich an solche Sachen zu gewöhnen«, sagte er wie zu sich selbst. »Er ist ein guter Kerl.«

»Ich mache ihm bestimmt keinen Vorwurf, wenn ihn das mitnimmt.«

Anson schaute mich kalt an. »Sie werden noch hierbleiben müssen, fürchte ich. Die Kripo will sicher mit Ihnen reden. Die machen mir die Hölle heiß, wenn ich Sie einfach abziehen lasse.«

Ich zuckte die Schultern und ging hinüber zu meinem Platz, wo ich schon zuvor gewartet hatte. Dort ließ ich mich wieder an dem Baumstumpf nieder. Ich versuchte, es mir so bequem wie möglich zu machen, falls man überhaupt von Bequemlichkeit sprechen konnte. Mein Interesse an einer Unterhaltung mit Anson hielt sich deutlich in Grenzen, sodass er mich bald allein ließ und mir den Rücken zukehrte, die Hände in den Taschen vergraben. Leise pfiff er immer wieder ein und dieselbe Melodie vor sich hin. Ich brauchte ein Weilchen, ehe mir der Text zu dem Kinderlied einfiel.

»If you go down to the woods today, you're sure of a big surprise …«

Wie passend.

PC McAvoy erledigte seine Aufgabe ordentlich; in weniger als einer Stunde trafen ganze Heerscharen ein: uniformierte Polizisten, Männer und Frauen in Einweg-Papieranzügen mit Kapuze, Beamte mit blauen Overalls, einige auch in Freizeitkleidung oder Anzug. Die meisten brachten irgendetwas mit: Plastiktüten, Behälter, Sichtschutzwände, Scheinwerfer, eine Bahre mit Leichensack, einen stotternd anspringenden Generator, der einen widerlichen Maschinengeruch in die Luft blies. Immer wieder kam jemand auf mich zu und stellte mir Fragen: Wie hatte ich die Leiche gefunden? Was hatte ich berührt? Hatte ich beim Joggen jemanden gesehen? War mir etwas Ungewöhnliches aufgefallen? Ich beantwortete das Meiste davon so gut wie ohne nachzudenken und berichtete, wo ich herumgelaufen war, wo ich gestanden und was ich berührt hatte. Aus meinem Zittern war vor lauter Erschöpfung inzwischen ein regelrechtes Schlottern geworden. Anson und McAvoy waren verschwunden und widmeten sich wohl wieder ihren Routineaufgaben. An ihrer Stelle durchkämmte jetzt die Mordkommission das Waldgebiet. Was für eine merkwürdige Arbeit sie hatten, dachte ich unwillkürlich bei mir. Sie gingen ganz ruhig und gelassen zu Werke, so professionell und systematisch, als würden sie im Büro mit Papieren hantieren. Niemand sah gehetzt oder gar betroffen aus; alle waren hochkonzentriert. McAvoy war der Einzige, der angesichts des grausigen Fundes auf der kleinen Lichtung eine menschliche Reaktion gezeigt hatte, wofür ich ihm äußerst dankbar war. Ansonsten hätte ich wahrscheinlich an der Intensität meiner eigenen Gefühle gezweifelt. Andererseits hatten sie Jenny ja gar nicht gekannt. Ich hingegen hatte sie lebendig erlebt, wie sie in der letzten Reihe meines Klassenzimmers über einen Scherz lachte oder sich voller Ernsthaftigkeit meldete, wenn sie eine Frage hatte. Ich würde fortan immer die Lücke in den Reihen ihrer Mitschüler sehen, das fehlende Gesicht auf dem Klassenfoto bemerken. Für sie war es lediglich eine Akte, ein Stapel Fotos, Beweismaterial in Plastiktüten. Sie sahen in ihr einen Fall – nicht mehr und nicht weniger.

Jemand hatte eine abgewetzte Decke gefunden und sie mir um die Schultern gelegt. Ich hielt die Enden so fest umklammert, dass meine Fingerknöchel ganz weiß wurden. Die Decke roch seltsam muffig, aber das war mir egal. Hauptsache, sie wärmte. Ich beobachtete, wie die Polizisten umhereilten; im grellweißen Licht der inzwischen rings um die Lichtung auf Ständern montierten Scheinwerfer wirkten ihre Gesichter gespenstisch. Es war ein eigenartiges Gefühl, von oben auf die Menschen dort unten hinabzuschauen, die ihre jeweilige Rolle genau kannten und sich nach einem für mich unhörbaren Rhythmus bewegten. Ich war entsetzlich müde und wollte eigentlich nur noch eins: nach Hause.

Eine Beamtin in Zivil löste sich aus einer Personengruppe, die sich unweit der Stelle versammelt hatte, wo Jennys Leichnam noch immer lag. Sie erklomm die Böschung und kam direkt auf mich zu.

»Ich bin Detective Constable Valerie Wade«, sagte sie und streckte mir ihre Hand entgegen. »Nennen Sie mich einfach Valerie.«

»Ich bin Sarah.« Ich befreite einen Arm aus der schweren Decke und schüttelte ihr die Hand.

Sie lächelte mich aus blauen Augen an, die im kalten Licht der Scheinwerfer leuchteten. Sie hatte ein rundes Gesicht, hellbraunes Haar und wirkte etwas füllig. Ich nahm an, dass sie ein wenig älter war als ich, aber nicht viel.

»Das ist wahrscheinlich alles ziemlich verwirrend für Sie.«

»Alle sehen so geschäftig aus«, erwiderte ich matt.

»Wenn Sie wollen, kann ich Ihnen erklären, was dort unten geschieht. Die Leute in den weißen Anzügen da, das sind die Mitarbeiter der Spurensicherung. Sie suchen genau wie im Krimi den Tatort nach Hinweisen ab.« Sie sprach in einem leichten Singsang, als würde sie das alles einem Kind erklären. »Und der Mann dort drüben bei …«

Sie unterbrach sich, sodass ich mich zu ihr umdrehte und mich über ihren Gesichtsausdruck wunderte, bis ich begriff, dass sie Jennys Leiche nicht erwähnen wollte. Als ob ich vergessen konnte, dass sie dort lag.

»Der Mann, der dort drüben kniet, das ist der Gerichtsmediziner. Und die beiden hinter ihm sind Kriminalbeamte so wie ich.«

Sie zeigte auf zwei Männer, die ebenfalls keine Uniform trugen – einer über fünfzig, der andere um die dreißig. Der ältere Kommissar hatte graues, fast weißes Haar. Er beugte sich nach vorn, mit runden Schultern und den Händen in den Taschen seiner zerknitterten Anzughose, um genau zu verfolgen, was der Pathologe tat. Er wirkte ausgehöhlt vor Erschöpfung und schaute finster drein. Im geschäftigen Treiben rund um den Fundort war er der einzige Ruhepunkt. Der jüngere Kriminalbeamte war groß, breitschultrig, braunhaarig und eher von der mageren Sorte. Er wirkte dynamisch und energiegeladen.

»Der grauhaarige Herr ist Chief Inspector Vickers«, erklärte Nennen-Sie-mich-Valerie ehrfurchtsvoll. »Und der andere ist Detective Sergeant Blake.« Ihr veränderter Tonfall zwischen dem ersten und dem zweiten Teil des Satzes wirkte kurios. Anstelle von Ehrfurcht sprach aus ihren Worten nun diffuses Missfallen, und mit einem Seitenblick erkannte ich, dass ihre Wangen leicht gerötet waren. Vermutlich das alte Lied: Sie himmelt ihn an, während er nicht einmal ihre Existenz wahrnimmt. Allein die Nennung seines Namens versetzte sie daher in Missstimmung. Arme Valerie.

Der Gerichtsmediziner schaute auf und gestikulierte in Richtung einiger Polizisten in seiner Nähe, die daraufhin die etwas abseits abgestellten Sichtschutzwände herbeiholten und sie sorgfältig platzierten, sodass alles Folgende vor meinem Blick verborgen blieb. Ich wandte mich ab und versuchte, nicht daran zu denken, was dort unten wohl jetzt vor sich gehen mochte. Jenny spürte schon lange nichts mehr, versuchte ich mich zu trösten. Ihre sterblichen Überreste bekamen nichts von alldem mit, was hier mit ihr geschah, mochte es auch noch so demütigend sein. Aber trotzdem war es mir nicht egal – um ihretwillen.

Ich hätte alles darum gegeben, die Zeit um ein paar Stunden zurückdrehen und einfach eine andere Laufstrecke einschlagen zu können. Und dennoch wusste ich nur allzu gut, dass es schlimmer sein konnte, mit der Hoffnung weiterzuleben. Die Tatsache, dass ich Jennys Leichnam gefunden hatte, verschaffte den Eltern zumindest eine Spur Klarheit darüber, was ihrer Tochter zugestoßen war. Wenigstens wussten sie nun, dass sie alle Angst und Schmerzen hinter sich hatte.

Ich räusperte mich. »Valerie, glauben Sie, dass ich mich bald auf den Weg machen kann? Ich bin ja jetzt schon ziemlich lange hier und möchte wirklich gern nach Hause.«

Valerie schaute mich entsetzt an. »Oh nein, wir möchten auf jeden Fall, dass Sie so lange warten, bis der Chief Inspector mit Ihnen gesprochen hat. Wir befragen jemanden, der eine Leiche gefunden hat, immer gern so bald wie möglich. Ganz besonders in diesem Fall, da Sie ja das Opfer kannten.« Sie beugte sich zu mir. »Außerdem würde ich gern etwas mehr über das Mädchen erfahren, weil ich als Verbindungsperson für die Familie fungieren werde. Und es kann ja nicht schaden, wenn man vorab ein bisschen weiß, was auf einen zukommt.«

Für diese Aufgabe war sie bestimmt gut geeignet, dachte ich abwesend. Ihre weichen, rundlichen Schultern waren förmlich dazu angetan, sich daran auszuweinen. Dann merkte ich, dass sie mich gespannt anschaute und auf eine Antwort wartete. Doch plötzlich hatte ich nicht mehr das Bedürfnis, mit ihr zu reden. Dazu war ich viel zu durchgefroren, falsch gekleidet, schmutzig und durcheinander. Geschäftig befreite ich meinen Pferdeschwanz aus dem Haargummi und schüttelte mein Haar aus. »Ist es ein Problem, wenn ich darüber im Moment nicht sprechen möchte?«

»Nein, auf keinen Fall«, entgegnete sie freundlich nach kurzem Zögern. Vermutlich hatte sie das in ihrer Ausbildung gelernt: *Lassen Sie einen Zeugen niemals Ihre Enttäuschung spüren. Stellen Sie ein Gefühl von Nähe her.* Sie legte mir die Hand auf den Arm. »Sie wollen so schnell wie möglich nach Hause, nicht wahr? Es kann wirklich nicht mehr lange dauern.« Bei einem Blick über meine Schulter hellte sich ihr Blick auf. »Da sind sie ja schon.«

DCI Vickers kam direkt auf uns zu. Er war noch ganz außer Atem vom Erklimmen der Böschung. »Tut mir leid, dass Sie hier herumsitzen mussten, Miss …«

»Finch«, ergänzte Valerie hilfsbereit.

Die bei näherem Hinsehen erkennbaren Tränensäcke unter den Augen des Oberinspektors und die senkrechten Furchen in seinen Wangen deuteten auf notorischen Schlafmangel hin. Seine Augen waren rot gerändert und von feinen Äderchen durchzogen; ihre Iris leuchtete jedoch in hellem Blau, und ich hatte den Eindruck, dass ihnen kein noch so winziges Detail entging. Seine Ausstrahlung war eher matt und das Gegenteil von Charisma, aber dennoch war er mir auf Anhieb sympathisch.

»Miss Finch«, sagte er und reichte mir die Hand. »DS Blake und ich würden uns gern zuallererst mit Ihnen unterhalten.« Sein Blick ging über die Decke, mit der ich krampfhaft versuchte mich warm zu halten, dann zu meinem Gesicht, und ich bemühte mich zu verbergen, dass mir die Zähne klapperten. »Aber dazu sollten wir uns unbedingt ein wärmeres Plätzchen suchen. Wahrscheinlich sind wir auf dem Revier besser aufgehoben, wenn Sie nichts dagegen haben, mit uns dorthin zu fahren?«

»Nein, ganz und gar nicht«, erwiderte ich, fasziniert von der einfühlsamen Art des Oberinspektors.

»Soll ich fahren, Chef?«, fragte Inspektor Blake, sodass meine Aufmerksamkeit auf ihn gelenkt wurde. Er sah ausgesprochen gut aus, hatte ein schmales Gesicht und fein gezeichnete Lippen. Es war offensichtlich, dass er diese Gelegenheit nutzen wollte, um so viel wie möglich über Jenny zu erfahren und sich damit einen Vorsprung zu verschaffen. Valerie Wade sprang verzweifelt in die Bresche: »Sie müssen Ihre wertvolle Zeit nicht mit Taxifahren verschwenden, Andy. Ich kann sie fahren.«

»Gute Idee«, antwortete Vickers etwas geistesabwesend. »Ich werde auf dem Revier eine Lagebesprechung abhalten und würde gern unterwegs noch ein paar Dinge mit Ihnen erörtern, Andy.« Dann wandte er sich wieder an Valerie. »Lassen Sie Miss Finch in meinem Büro Platz nehmen, und besorgen Sie ihr bitte einen Tee, ja?«

Unverzüglich hastete Valerie mit mir los und schob mich auf den Beifahrersitz ihres Wagens. Es war ein komisches Gefühl, in einem fremden Auto – noch dazu einem Polizeiwagen – durch die vertrauten Straßen meiner Wohngegend zu fahren. Das Funkgerät sonderte laufend unverständliche Geräusche ab, und obwohl sich Valerie redlich um Konversation mit mir bemühte, lauschte sie höchst konzentriert dem verrauschten, für mich vollkommen unergründlichen Geplärr. Inzwischen hatte sich die Straßenbeleuchtung eingeschaltet, und ich beobachtete das Spiel von Hell und Dunkel auf der Motorhaube. Valerie hielt sich peinlich genau an sämtliche Verkehrsregeln, als wäre ich ihre Fahrprüferin. Als sie schließlich vor dem Polizeirevier parkte, war ich gerade ein wenig eingedöst. Sie geleitete mich durch den Eingangsbereich mit der Rezeption und tippte dann mit ausladender Geste einen Code in eine kleine Tastatur, woraufhin sich eine schwere Tür öffnete. Sie war mattgrün gestrichen und wies vier wirklich eindrucksvolle Dellen auf, als hätte sie jemand voller Wut einzutreten versucht.

Ich folgte Valerie durch einen schmalen Flur in ein überheiztes und unaufgeräumtes Büro und ließ mich auf dem Stuhl nieder, den sie mir anbot. Er stand neben einem Schreibtisch, auf dem sich Aktenberge türmten. Der Stuhl war ein reines Zweckmöbel mit einem kratzigen, orangefarbenen Stoffbezug, der im Laufe der Jahre einen dezenten

Grauschleier bekommen hatte. Jemand hatte ein Loch in die Sitzfläche gepult, sodass kleine gelbe Schaumstoffkrümel herausquollen und an meinen Laufshorts hängen blieben. Anfangs unternahm ich einen halbherzigen Versuch sie zu entfernen, gab es aber bald auf.

Anschließend brachte mir Valerie wie angeordnet einen starken schwarzen Tee in einem Henkelbecher mit der Aufschrift *Fun Run '03*. Dann eilte sie wieder hinaus und ließ mich allein, sodass ich in aller Ruhe die Plakate studieren konnte, die jemand an die Wände des kleinen Raumes geheftet hatte. Die Silhouette von Florenz, aufgenommen vom oberhalb der Stadt gelegenen Belvedere. Ein grüner Kanal, gesäumt von malerisch verfallenen Häusern – in hysterischem Kursivdruck der Schriftzug *Venezia* am unteren Bildrand. Jemand liebte also offensichtlich Italien, allerdings nicht genug, um das Venedig-Poster ordentlich aufzuhängen. Eine Ecke, an der sich der Klebstoff gelöst hatte, wellte sich nach oben, und gerade hatte es wahrscheinlich noch nie gehangen.

In meiner Tasse war nur eine kleiner Schluck Tee übrig, als sich die Tür öffnete und Inspektor Blake schwungvoll eintrat.

»Entschuldigen Sie bitte die Wartezeit. Wir hatten vor Ort noch ein paar Dinge abzuklären.«

Er klang ein wenig barsch und geistesabwesend. Ich spürte, dass sein Gehirn auf Hochtouren arbeitete, und fühlte mich im Vergleich dazu noch lethargischer als zuvor. Er lehnte an einem Heizkörper hinter dem Schreibtisch, starrte vor sich hin und sagte kein weiteres Wort. Nach ein paar Minuten hatte er ganz offensichtlich vergessen, dass ich da war.

Kurz darauf ging die Tür erneut auf, und herein kam Vickers mit einem Ordner in der Hand. Er ließ sich auf den

Stuhl mir gegenüber fallen und saß einen Augenblick lang vornübergebeugt, seinen Kopf in die Hand gestützt. Ich konnte die Anstrengung förmlich sehen, die es ihn kostete, sich zu sammeln.

»Also, wie ich höre, haben Sie nicht nur die Leiche gefunden, sondern das Opfer obendrein gekannt«, sagte Vickers schließlich, während er sich mit geschlossenen Augen in die Nasenwurzel kniff.

»Ähm, ja. Also, nicht besonders gut. Ich meine, ich unterrichte sie.« Da hatte ich nun so viel Zeit gehabt mich zu fassen und was passiert? Gleich die erste Frage bringt mich völlig aus dem Konzept. Ich holte tief Luft und atmete so langsam und unauffällig wie möglich aus. Mein Herz raste. Wie unangenehm. »Ich bin ihre Englischlehrerin. Ich sehe – also *sah* – sie viermal in der Woche.«

»An dieser noblen Mädchenschule oben auf dem Berg? An der Straße nach Kingston? Die Edgeworth-Schule? Ist nicht gerade billig, oder?«

»Das ist wohl so.«

Vickers betrachtete ein Blatt Papier aus der Akte. »Die Familie wohnt aber in keiner sonderlich schicken Gegend. Morley Drive ist die Adresse.«

Meine Augenbrauen schossen nach oben. »Ich wohne nur ein paar Straßen weiter. Ich hatte keine Ahnung, dass sie direkt in meiner Nähe wohnt.«

»Finden Sie es verwunderlich, dass sie Jenny auf eine so teure Schule geschickt haben?«

»Ich hatte den Eindruck, dass die Shepherds das Schulgeld gern bezahlt haben. Sie wollten das Beste für Jenny und forderten einiges von ihr. Sie war ein kluges Mädchen. Sie hätte in ihrem Leben viel erreichen können.« Ich musste blinzeln und ärgerte mich über die Tränen, die meine Stimme erstickten. Während ich darauf wartete, dass

Vickers sich eine neue Frage ausdachte, beschäftigte ich mich damit, an der Stuhlfüllung herumzuzupfen. So hatte ich wenigstens etwas zu tun. Jetzt war mir auch klar, wie das Loch entstanden war. Selbst wenn Vickers etwas dagegen hatte, dass ich den Schaden noch vergrößerte, sagte er nichts dazu.

»Wussten Sie, dass sie vermisst wurde?«

»Michael Shepherd war heute Morgen in der Schule und hat versucht, von Jennys Mitschülerinnen etwas zu erfahren«, erklärte ich. »Er hatte das Gefühl, die Polizei …«

»… nimmt ihn nicht ganz ernst«, ergänzte Vickers, als ich mitten im Satz abbrach. Er winkte ab, als wollte er mir damit bedeuten, dass ihn das nicht interessierte. »Hat er denn etwas Brauchbares herausbekommen?«

»Er war so … verzweifelt. Ich glaube, er hätte alles versucht, um seine Tochter zu finden.« Ich schaute zu Vickers auf und traute mich kaum zu fragen: »Wissen sie es denn schon? Die Shepherds, meine ich.«

»Noch nicht. Aber bald.« Bei dem Gedanken daran sah er noch erschöpfter aus als zuvor. »Andy und ich werden ihnen die Nachricht selbst überbringen.«

»Das ist bestimmt schwer für Sie«, warf ich ein.

»Gehört zum Job.« Vickers klang allerdings nicht so, als wäre es reine Routine, und Blake schaute stirnrunzelnd auf seine Füße, als ich zu ihm hinsah.

Vickers öffnete die Akte und schloss sie wieder. »Sie hatten also keine engere Beziehung zueinander, die über das Lehrer-Schüler-Verhältnis hinausging? Keine persönlichen Kontakte außerhalb der Schule?«

Ich schüttelte den Kopf. »Also, ich hatte sie natürlich im Blick. Es gehört ja zu meinem Beruf, darauf zu achten, ob die Mädchen gut drauf sind oder ob sie vielleicht etwas bedrückt. Aber bei ihr schien mir alles in bester Ordnung.«

»Keinerlei Anhaltspunkte für Schwierigkeiten?«, fragte Blake. »Nicht der leiseste Grund zur Besorgnis? Drogen, Jungs, Disziplinprobleme, Schwänzen – solche Sachen?«

»Überhaupt nicht. Sie war vollkommen normal. Hören Sie, versuchen Sie aus Jenny nicht etwas zu machen, was sie gar nicht war. Sie war ein zwölfjähriges Mädchen. Ein Kind. Sie war … Sie war unschuldig.«

»Finden Sie?«, Blake verschränkte die Arme und strahlte puren Zynismus aus.

Ich starrte ihn wütend an. »Ja. Es gibt hier keinen Skandal, okay? Sie sind da total auf dem Holzweg.« Ich wandte mich an Vickers. »Sollten Sie nicht eigentlich alle Hebel in Bewegung setzen, um den Täter zu finden? Bänder von Überwachungskameras auswerten oder die einschlägig bekannten Pädophilen der Gegend überprüfen? Wissen Sie, da draußen läuft ein Kindermörder herum, und ich weiß wirklich nicht, was Jennys Anwesenheitsliste in der Schule damit zu tun haben soll. Wahrscheinlich war es ein Fremder – irgendein perverser Typ, der sie mit dem Auto mitgenommen hat oder so was.«

Noch ehe Vickers etwas sagen konnte, antwortete Blake in sarkastischem Tonfall. »Danke für Ihre Ratschläge, Miss Finch. Wir haben in der Tat Beamte im Einsatz, die verschiedenen Ermittlungsansätzen nachgehen. Aber es mag Sie überraschen zu erfahren, dass statistisch gesehen die meisten Morde von Personen verübt werden, die ihre Opfer kennen. Sehr häufig sind die Mörder sogar Familienangehörige.«

Er wollte niemanden verletzen. Seine Worte waren nicht herablassend gemeint. Er konnte ja nicht wissen, dass es das Falscheste war, was er zu mir sagen konnte.

»Als hätten die Shepherds nicht schon genug Probleme am Hals, wollen Sie jetzt auch noch sagen, dass sie selbst verdächtigt werden? Ich hoffe nur, dass Sie einen besseren Einstieg in das Gespräch mit ihnen finden als ›statistisch gesehen sind Sie es wahrscheinlich gewesen‹, ansonsten dürfte es ziemlich schwer werden, ihr Vertrauen zu gewinnen.«

»Also, es ist so, dass …«, begann Blake, verstummte dann jedoch, als Vickers die Hand ausstreckte und ihm beschwichtigend auf den Arm klopfte.

»Lassen Sie's mal gut sein, Andy«, murmelte er. Dann lächelte er mich an. »Wir müssen sämtliche Varianten in Betracht ziehen, Miss Finch. Selbst jene, über die anständige Leute wie Sie nicht gern nachdenken. Dafür werden wir bezahlt.«

»Sie werden dafür bezahlt, Verbrecher zu finden«, fauchte ich, noch immer außer Fassung. »Und da ich keine Verbrecherin bin, wäre es sehr freundlich, wenn Sie mich endlich nach Hause gehen lassen würden.«

»Selbstverständlich«, erwiderte Vickers und warf Blake einen wasserblauen Blick zu. »Fahren Sie bitte Miss Finch nach Hause, Andy. Wir treffen uns dann bei den Shepherds. Warten Sie einfach vor dem Haus auf mich.«

»Nicht nötig«, sagte ich hastig und sprang auf. Das brachte nunmehr *mir* einen eisigen Blick aus den verwaschen blauen Augen ein. Obwohl Vickers es gut zu verbergen wusste, war er hinter seinem knittrig grauen Äußeren keinesfalls zu unterschätzen.

»Bei der Lagebesprechung werden Sie nicht viel verpassen, Andy«, sagte er sanft. »Sie wissen ja, was ich denke.«

Blake fischte seinen Autoschlüssel aus der Tasche und schaute mich gleichgültig an. »Können wir?«

Ohne zu antworten ging ich zur Tür.

»Miss Finch?«, rief es hinter mir. Vickers. Der gestandene Kommissar beugte sich über seinen Schreibtisch und schaute mich mit vor Aufrichtigkeit gerunzelter Stirn an. »Miss

Finch, bevor Sie gehen, möchte ich Ihnen noch versichern, dass Gewaltverbrechen sehr, sehr selten sind. Die meisten Menschen kommen damit ein Leben lang nicht in Berührung. Bitte fühlen Sie sich durch das, was Sie heute erlebt haben, nicht bedroht. Es bedeutet wirklich nicht, dass Sie um Ihre Sicherheit fürchten müssen.«

Diese kleine Ansprache hatte er bestimmt schon öfter gehalten. Zum Dank lächelte ich ihn schweigend an. Mir fehlte der Mut, ihm zu erzählen, dass mir die Begegnung mit Gewaltverbrechen in gewisser Weise bestens bekannt war.

Blake fuhr einen silbergrauen Ford Focus, der am äußersten Ende des Parkplatzes stand. Völlig geschafft ließ ich mich auf den Beifahrersitz fallen. Die Uhr auf dem Armaturenbrett zeigte 21.34 Uhr an, und ich konnte vor lauter Erschöpfung kaum noch die Augen offen halten. Es kam mir vor wie Mitternacht.

Der Kommissar wühlte im Kofferraum herum. Da er mich dabei nicht im Blick hatte, schaute ich mich ein wenig um. Der Wagen war picobello aufgeräumt. Keine Spur von dem Krempel, der sich in meinem Auto immer ansammelte – kein Papierkram, keine leeren Wasserflaschen, keine Einkaufstüten oder Parkscheine. Der Innenraum war so sauber, als hätten ihn gerade Reinigungsprofis in der Mangel gehabt. Mit Unbehagen schaute ich auf meine Füße und musste feststellen, dass die schlammigen Sohlen meiner Laufschuhe zwei dunkle Abdrücke im zuvor makellos reinen Fußraum hinterlassen hatten. Ich stellte meine Füße vorsichtig wieder ab und zwar haargenau auf den beiden gerade entstandenen Abdrücken, um es nicht noch schlimmer zu machen. Außerdem würde auf diese Weise der Dreck erst wieder sichtbar sein, wenn ich schon ausgestiegen war.

Es gab nur zwei Dinge, die Rückschlüsse auf den Besitzer des Wagens zuließen: das Funkgerät auf dem Armaturenbrett und ein laminiertes Schild mit der Aufschrift »Polizeifahrzeug« in der Ablage neben der Handbremse. Es waren keinerlei persönliche Gegenstände zu sehen. Man musste wirklich kein Hellseher sein, um zu dem Schluss zu kommen, dass DS Blake voll und ganz für seine Arbeit lebte.

Dass es ihn nervte, mich nach Hause zu fahren, hätte ich auch gemerkt, wenn er nicht noch einmal unter einem Vorwand in Vickers Büro verschwunden wäre. Ehe die Tür ins Schloss fiel, hörte ich noch: »Könnte denn nicht Valerie …« Den Rest des Satzes konnte ich mir schon denken. Doch da die Antwort offensichtlich negativ ausgefallen war, mussten wir gezwungenermaßen eine Zeitlang miteinander auskommen. Und die Tatsache, dass ich mich unbehaglich fühlte und er verstimmt war, war nichts im Vergleich zu jener Reaktion, die ich auf dem Gesicht einer hübschen uniformierten Beamtin gelesen hatte, der wir auf dem Weg zum Parkplatz begegnet waren. Blake bekam ein gewinnendes Lächeln von ihr, während ich eine Mauer aus Missbilligung und Neid passieren musste. Einmal mehr hatte ich den Eindruck, dass es auf dem gesamten Revier von allergrößtem Interesse war, was Blake tat oder mit wem er sich zeigte.

Schließlich stieg auch er in den Wagen.

»Wissen Sie, wie Sie fahren müssen?«, fragte ich vorsichtig.

»Jo.«

Na großartig. Das konnte ja heiter werden.

»Hören Sie, es tut mir wirklich leid, dass Sie das tun müssen. Ich hatte versucht, DCI Vickers davon zu überzeugen …«

Blake fiel mir ins Wort. »Keine Sorge. Ich war dabei,

schon vergessen? Was der Chef verlangt, wird gemacht. Außerdem kenne ich die Wilmington-Siedlung ganz gut, ich finde schon hin.«

Nicht eben liebenswürdig, aber was erwartete ich eigentlich? Ich verschränkte die Arme und sagte mir, dass es vollkommen unsinnig war, in Tränen auszubrechen, nur weil jemand, den ich gar nicht kannte – und dessen Meinung überhaupt nicht maßgebend war –, mich angeblafft hatte.

Energisch legte Blake den Rückwärtsgang ein und stieß aus der Parklücke. An der Parkplatzausfahrt ließ er ungeduldig den Motor aufjaulen, während er auf eine Lücke im Verkehr wartete. Als er den Gang wechselte, streifte sein Ellbogen versehentlich meinen Ärmel. Ich rückte daraufhin noch ein Stück von ihm ab. Er sah erst geistesabwesend in meine Richtung und warf mir dann noch einen Blick zu.

»Alles okay mit Ihnen?«

Statt einer Antwort schniefte ich. Er stutzte.

»Du meine Güte … Ich wollte doch nicht … Beruhigen Sie sich …«

Ich versuchte, mich zusammenzureißen. »Es ist nicht Ihre Schuld. Wahrscheinlich posttraumatischer Stress oder so was. Es war einfach einer langer, entsetzlicher Tag. Keine Ahnung, wie Sie damit klarkommen, immerzu solche Sachen zu sehen.«

»Es ist ja nicht ständig so. Solche Fälle haben wir nicht allzu oft. Ich bin jetzt seit neun Jahren dabei, und das ist einer der schlimmsten, mit denen ich je zu tun hatte.« Er schaute mich von der Seite an. »Aber das ist schließlich mein Job, wissen Sie? Auch wenn es furchtbar ist, dass Jennifer Shepherd nicht mehr lebt, muss ich so rational wie möglich an die Sache herangehen. Ich werde dafür bezahlt, die Indizien zu prüfen, und das funktioniert am besten, wenn man einen klaren Kopf behält.«

Ich seufzte. »Ich könnte Ihren Job nicht machen.«

»Tja, und ich möchte Ihren auch nicht geschenkt haben. Ich kann mir nichts Schlimmeres vorstellen, als vor einer Schulklasse zu stehen und die Kids zu bändigen.«

»Oh, das geht mir oft genauso, das können Sie mir glauben.« *Ehrlich gesagt sogar fast jeden Tag.*

»Und wieso sind Sie dann Lehrerin geworden?«

Erstaunt blinzelte ich ihn an. Weil ich dämlich bin und keine Ahnung hatte, wie schwer es sein würde. Weil es mir damals einfach als die beste Wahl erschien und ich noch nicht wusste, dass ich dafür überhaupt nicht geeignet bin. Weil mir nicht klar war, wie gemein und gnadenlos Teenager Menschen gegenüber sein können, die Autoritätspersonen darstellen sollen, obwohl sie überhaupt nicht in der Lage sind, für Disziplin zu sorgen, geschweige denn zu unterrichten. Die letzten beiden Jahre waren die Hölle auf Erden gewesen.

Blake wartete noch immer auf eine Antwort. »Na ja, das war eben eine Möglichkeit, etwas zu tun. Ich mochte Englisch immer gern und habe es an der Uni studiert. Tja, und dann sind einige meiner Freunde Lehrer geworden, und ich halt auch.« Ich lachte, obwohl es in meinen Ohren nicht sehr überzeugend klang. »Ist schon okay. Man hat ja lange Ferien.«

Er schaute mich skeptisch an. »Das ist doch bestimmt nicht der einzige Grund, weshalb es Ihnen gefällt. Da steckt doch bestimmt noch mehr dahinter. Sie interessieren sich wirklich für Ihre Schüler – das habe ich an Ihrer Reaktion gesehen, als wir über Jenny sprachen.«

In Wirklichkeit habe ich erst angefangen, mich für sie zu interessieren, als sie vermisst wurde. Als sie noch lebte, habe ich mich nicht weiter um sie gekümmert; ich wusste ja nicht mal, dass sie gleich bei mir um die Ecke wohnte. Ich gab ihm keine Antwort, sondern saß einfach da und betrachtete im Seitenspiegel die Straße, die sich wie ein endloses Band dahinzog. Ich konnte nicht sagen, dass ich meinen Beruf liebte. Ja, ich mochte ihn nicht einmal. Auf keinen Fall konnte ich mir vorstellen, ewig in der gleichen Tretmühle zu sein und immer wieder dieselben alten Gedichte und Stücke durchzukauen, deren Zeilen mir durch die ständige Wiederholung schon ganz abgedroschen vorkamen. Ich wollte nicht mein Leben lang an der Tafel stehen, missmutigen Teenagern Antworten aus der Nase ziehen und zusehen, wie sie erwachsen wurden und fortgingen, während ich zurückblieb und auf der Stelle trat.

Der Wagen hielt am Straßenrand. Blake schaute mich an. »Curzon Close. Welche Nummer?«

Mit laufendem Motor standen wir am Anfang der Sackgasse.

»Das ist wunderbar so«, sagte ich hastig und wollte rasch aussteigen. Es war sogar geradezu perfekt. Neben uns war eine meterhohe Hecke, die mich vor neugierigen Blicken schützen würde.

»Ich kann Sie doch bis vor die Tür fahren.«

»Besser nicht.« Ich tastete nervös nach dem Türgriff.

»Hören Sie, ich bin wirklich nicht in Eile. Der Chef wird noch ein Weilchen in seiner Besprechung sitzen. Welche Hausnummer haben Sie denn nun?«

»Vierzehn, aber fahren Sie nicht weiter, ich bitte Sie. Es ist nicht mehr weit, ich kann zu Fuß gehen. Ich will einfach nicht, dass mich jemand aus Ihrem Auto aussteigen sieht.«

Schulterzuckend stellte er den Motor ab und ließ den Schlüssel im Zündschloss stecken. »Wie Sie wollen. Was ist denn das Problem – ein eifersüchtiger Freund?«

Schön wär's. »Ich will nur vermeiden, dass meine Mutter das Auto hört. Also, ich wohne mit ihr zusammen, und sie – nun ja – mag die Polizei nicht sonderlich. Ich will sie nicht vor den Kopf stoßen. Außerdem, die ganze Sache mit Jenny, dass ich sie gefunden habe – ich möchte heute einfach nicht mehr darüber reden. Ich will nicht erklären müssen, wo ich gewesen bin. Wenn ich also allein zurücklaufe und still und leise hineingehe, wird sie nie etwas davon erfahren.«

Ich riskierte einen Blick in seine Richtung, weil ich wissen wollte, ob er mich verstand. Er runzelte die Stirn. »Sie leben bei Ihrer Mutter?«

Danke fürs Zuhören. »Ja«, antwortete ich steif.

»Wieso denn das?«

»Hat sich halt so ergeben.« Sollte er sich doch selbst seinen Reim darauf machen. »Und Sie?«

»Ich?«, fragte Blake erstaunt, beantwortete jedoch trotzdem meine Frage. »Ich lebe allein. Keine Freundin.«

Na toll. Jetzt dachte er bestimmt, ich wollte ihn anbaggern – wie es die meisten Frauen an meiner Stelle wahrscheinlich tun würden. Er war ja auch wirklich ein attraktiver Typ. In einer anderen Situation hätte ich mich vielleicht sogar über die Information gefreut, dass er noch zu haben ist.

»Ich wollte eigentlich eher wissen, wo Sie wohnen.«

»Ich habe ein Wohnung in der alten Druckerei am Fluss.«

»Oh, wie schön«, erwiderte ich. Die Druckerei war eine ganz neue und ziemlich schicke Wohnanlage an der Ausfallstraße in Richtung Walton.

»Ja, das stimmt. Nicht dass ich allzu oft dort wäre. Mein Vater war zwar von meiner Entscheidung, Bulle zu werden, nicht eben begeistert, hat aber zum Wohnungskauf was beigesteuert.« Er musste gähnen, wobei seine weißen, ebenmäßigen Zähne sichtbar wurden. »Tut mir leid. Ich kriege einfach zu wenig Schlaf.«

»Ich sollte jetzt gehen«, sagte ich, als mir klar wurde, dass es keinen Grund gab, noch länger sitzen zu bleiben. »Danke fürs Heimfahren.«

»Jederzeit.« Ich fasste das als Gewohnheitsfloskel auf, doch er streckte seine Hand aus und legte sie mir auf den Arm. »Das ist ernst gemeint. Rufen Sie mich an, wenn Sie mich brauchen.« Er gab mir seine Visitenkarte. »Die Handynummer steht auf der Rückseite.«

Ich nahm sie entgegen, bedankte mich noch einmal und stieg aus. Unerklärlicherweise peinlich berührt, steckte ich die Karte in meine Jackentasche und ging mit raschen Schritten auf das Haus zu. Die kühle Nachtluft fühlte sich an meinen Wangen eisig an. Hinter mir leuchteten die Scheinwerfer von Blakes Wagen auf. Mein eigener Schatten breitete sich vor mir aus und schwenkte dann zur Seite, als der Wagen in der breiten Sackgasse wendete. Er fuhr los, und ich hörte das Motorengeräusch allmählich in der Ferne verklingen. Im Gehen schnippte ich mit dem Daumennagel an der Karte, eilte die letzten Meter zu unserem Haus und huschte zur Tür hinein. Der Flur war still und dunkel, alles sah noch so aus, wie ich es verlassen hatte. Einen Augenblick lang blieb ich stehen und lauschte der Stille. Es war ein langer, befremdlicher und anstrengender Abend gewesen. Kein Wunder, dass ich mich verstört fühlte. Aber eigentlich gab es keinen Grund zur Beunruhigung. Nichts deutete darauf hin, dass irgendetwas nicht stimmte. Warum nur, fragte ich mich und ließ meinen Blick durch die menschenleere Straße schweifen, ehe ich die Haustür schloss, wurde ich dennoch das Gefühl nicht los, dass da draußen jemand war und mich beobachtete.

1992

Seit sechs Stunden vermisst

Ohne die Uhr auf dem Kaminsims anzusehen weiß ich, dass es spät ist; längst Schlafenszeit für mich. Eigentlich könnte ich ja froh sein; schließlich bemühe ich mich schon länger darum, abends länger aufbleiben zu dürfen, aber ich bin müde. Angelehnt und die Beine von mir gestreckt, sitze ich auf dem Sofa, sodass meine Waden vom Rand der Sitzfläche plattgedrückt werden und meine Füße in der Luft hängen. Der Sofabezug ist flauschig weich, aber er kribbelt auf der Haut.

Ich gähne und betrachte meine Hände, die verschränkt auf meinem Schoß liegen – sonnengebräunt auf meinem blauen Baumwollrock. Wenn ich aufschaue, sehe ich meine Mutter auf und ab laufen, wobei ihre Sandalen kleine Dellen im Wohnzimmerteppich hinterlassen. Die Gestalt zu meiner Rechten ist mein Vater, der im Sessel sitzt und auf den ersten Blick ganz entspannt wirkt. Ich habe schwarze Schmutzränder unter den Fingernägeln. Quer über meinen linken Handrücken zieht sich ein frischer Kratzer, die Haut ringsum ist gerötet. Woher er kommt, weiß ich nicht. Jedenfalls tut er nicht weh.

»Das ist kein Spaß mehr, Sarah. Lass diesen Unsinn. Vergiss alles, was Charlie dir aufgetragen hat, und sag mir endlich die Wahrheit.«

Mühsam hebe ich den Blick von meinem Schoß und sehe Mum an. Unter ihren Augen sind dunkle Flecken, als hätte jemand die Daumen in schwarze Tusche getaucht und ihr ins Gesicht gedrückt.

»Keine Angst, dir passiert nichts«, sagt mein Vater sanft. »Du sollst es uns nur sagen.«

»Sag uns auf der Stelle, wo Charlie ist.« Mums Stimme klingt streng. Sie ist auch müde. »Mach endlich den Mund auf, mein Fräulein. Mach es nicht noch schlimmer für dich und deinen Bruder.«

Ich sage keinen Ton. Ich habe doch schon erzählt, dass ich nichts weiß und dass Charlie nichts weiter gesagt hat, als dass er gleich wiederkommt. Es ist das erste Mal, dass ich die Wahrheit sage und keiner mir glaubt. Den ganzen Abend habe ich immer wieder geweint und gehofft, dass Charlie nach Hause kommt und dass sie mich in Ruhe lassen. Jetzt schweige ich nur noch.

Ich lege sorgfältig meinen Rocksaum in Falten wie bei einem Akkordeon – erst breite Falten, dann schmale Falten. Danach ziehe ich den Saum glatt und fange wieder von vorne an. Der Stoff rutscht von meinen Knien. Sie stehen hervor, und die Haut spannt sich über den Kniescheiben. Manchmal male ich Gesichter darauf oder spiele, dass es Berge sind, doch heute sind es einfach nur Knie.

»Los jetzt, Sarah. In Gottes Namen, sag es uns doch endlich.« Mum hat wieder angefangen zu weinen, und mein Vater steht auf. Er nimmt sie in die Arme und flüstert ihr etwas ins Ohr, ganz leise, sodass ich nicht hören kann, was er sagt. Es ist mir auch egal. Ich spüre, dass beide mich ansehen, so wie sie mich den ganzen Abend immer wieder angesehen haben, seit Mum bemerkt hat, dass Charlie weg ist. Und ein Teil von mir – ein klitzekleiner Teil – findet beinahe Gefallen daran.

Auf meinem rechten Knie ist eine bläulich weiße Narbe, die der Größe und Form nach aussieht wie ein Apfelkern. Als kleines Mädchen war ich einmal gestolpert und in eine Glasscherbe gefallen. Mum und Dad hatten Charlie beim Fußballspielen zugesehen und nicht gemerkt, was mir passiert war, bis mein Kniestrumpf von dem herablaufenden Blut schon ganz rot war. Ich bekam Ärger, weil ich meine neuen Sommerschuhe schmutzig gemacht hatte, dabei war es gar nicht meine Schuld gewesen. Sie hatten nicht auf mich geachtet.

Ganz anders als jetzt.

3

Dieser Dienstag war wie kein anderer dazu angetan, sich krank zu melden. Ich saß in meinem Auto und schaute in den Rückspiegel, um mein Aussehen zu kontrollieren. Dabei fielen mir meine grünlich bleiche Gesichtsfarbe und die tiefen Schatten unter den Augen auf – Resultat einer alles andere als ungestörten Nachtruhe. Ich hatte sehr schlecht geschlafen, war ungefähr stündlich aufgewacht und zu nichts anderem in der Lage gewesen, als reglos in die Dunkelheit zu starren. Als mich schließlich der Wecker aus dem Schlaf riss, kamen mir die Ereignisse des vorangegangenen Abends so unwirklich vor, dass ich zu meinem Schrank gehen und in meine Jackentasche greifen musste. Ich wusste nicht recht, ob ich erleichtert oder enttäuscht sein sollte, als meine Finger das kleine rechteckige Kärtchen mit DS Blakes Telefonnummer ertasteten. Und während ich zum Frühstück eine Schälchen Müsli herunterwürgte, sah ich in den Morgennachrichten die – von den Medien noch nicht namentlich genannten – Shepherds, wie sie im fahlen Licht der Morgendämmerung unterwegs zu der Stelle waren, wo der Leichnam ihrer Tochter gelegen hatte. Mrs. Shepherds Frisur war völlig aufgelöst. Anstelle des gepflegten Pagenschnitts, den ich in Erinnerung hatte, hing ihr rotblondes Haar wirr und strähnig herunter. Bevor sie den Wald betraten, blieb Michael Shepherd kurz stehen und schaute mit rot geränderten, gehetzten Augen über die Schulter zurück, direkt in die Fernsehkamera. Ich musste meine Müslischüssel abstellen, weil mir plötzlich ganz flau im Magen wurde.

Im Rückspiegel waren auch meine Augen gerötet. Ich sah eindeutig krank aus. Doch zu Hause zu bleiben war kaum verlockender, als zur Arbeit zu gehen. Gestern Abend, als ich heimgekommen war, hatte Mum schon geschlafen, und auch heute Morgen hatte ich sie nicht zu Gesicht bekommen. Doch das konnte ja nicht immer so weitergehen. Wenn ich zu Hause blieb, musste ich ihr früher oder später über den Weg laufen. Und mich obendrein mit ihr unterhalten.

Also ließ ich den Motor an und legte den Rückwärtsgang ein, blieb dann jedoch wie erstarrt sitzen, während meine Hände das Lenkrad umklammerten, bis die Fingerknöchel weiß wurden. Ich fühlte mich nicht in der Lage, in die Schule zu fahren, hatte aber keine andere Wahl. Schließlich sagte ich laut »Scheiß drauf. Scheiß auf alles«, löste die Handbremse und ließ den Wagen in Richtung Straße rollen, um dann augenblicklich eine Vollbremsung hinzulegen, weil ein Motorrad mit lautem, ungehaltenem Hupen an mir vorüberdröhnte. Ich hatte es überhaupt nicht gesehen, hatte mich nicht einmal umgesehen. Mit rasendem Herzschlag und weichen Knien bog ich auf die Hauptstraße, krampfhaft darauf bedacht, nicht noch mehr Leute zu gefährden. *Jetzt lass dich nicht so hängen … reiß dich endlich zusammen …*

Was die Lage nicht gerade besser – genauer gesagt sogar unerträglich – machte, war der Umstand, dass ich genau wusste, wer dieser Motorradfahrer gewesen war: Danny Keane, Charlies bester Freund von früher. Solange ich denken konnte, wohnte er bei uns gegenüber. Aber er hätte ebenso gut auf dem Mond wohnen können. Die Zeiten, als ich einfach locker mit ihm plaudern konnte, waren schon lange vorbei. Ich ging ihm bewusst aus dem Weg, was er natürlich bemerkt hatte. Es war lange her, dass er mir zugelächelt, zugenickt oder auf sonstige Weise signalisiert hatte, dass er von meiner Existenz Notiz nahm. Dass er für mich mit den schlimmsten Momenten meines Lebens in Verbindung stand und ich unfähig war, die Verknüpfung von »Danny Keane« und »Verzweiflung« in meinem Gedächtnis aufzulösen, war nicht seine Schuld. Normalerweise verließ ich frühmorgens das Haus und kehrte erst so spät zurück, dass sich unsere Wege kaum kreuzten. Doch natürlich wusste ich noch, wer er war, und gewiss erinnerte auch er sich an mich. Ihn vom Motorrad zu fegen wäre ein denkbar schlechter Einstieg für eine Erneuerung unserer Freundschaft gewesen.

Die Straßen waren überfüllt, und der Verkehr floss ungewöhnlich zäh. An jeder Kreuzung standen Autoschlangen, in den Nebenstraßen bildeten sich Staus, und ich fragte mich, was eigentlich los war. Wie sich herausstellte, war wieder einmal die menschliche Natur am Werke. Entlang der gesamten an den Wald angrenzenden Hauptstraße waren die Randstreifen total ramponiert, weil die Räder der Übertragungswagen die weiche Erde aufgewühlt hatten. Über die auf den Fahrzeugdächern montierten Satellitenschüsseln sendeten sie das Unglück der Shepherds in alle Welt hinaus. Zu jedem der Fahrzeuge gehörte ein kleiner Trupp aus Kameramann, Tontechniker und Reporter. Das war offenkundig die Kehrseite dessen, was ich beim Frühstück im Fernsehen gesehen hatte. Zudem war es offenbar die neueste Touristenattraktion von Surrey. Die Autos schlichen im Schneckentempo vorbei. Das war besser als jeder Verkehrsunfall. Hier hatte man die einmalige Chance, einen Blick auf einen echten Promi in Gestalt eines mehr oder weniger bekannten Fernsehjournalisten zu erhaschen. Und hinzu kam die Möglichkeit, bei einem Kameraschwenk für ein oder zwei Sekunden im Bild zu erscheinen. Endlich berühmt. Kein Wunder also, dass der Verkehr buchstäblich zusammenbrach. Ich hielt den Abstand zum Wagen vor mir so gering wie mein Mut es mir erlaubte und schob mich Stück für Stück vorwärts, wobei ich versuchte, das provisorische Mediendorf, das da am Straßenrand aus dem Boden geschossen war, zu ignorieren.

Am Schultor fiel mir auf, dass dort mehr Eltern als üblich standen und eindringlich miteinander diskutierten. Ich übersah sie geflissentlich und fuhr an ihnen vorbei, ohne das Tempo zu verringern. Schon beim flüchtigen Hinsehen war mir klar, dass das alles beherrschende Gesprächsthema bei ihnen die Leiche war. Die Spekulationen, was passiert war, wer es gewesen war und ob es stimmte, wollte ich mir ganz gewiss nicht antun. Die Gerüchteküche brodelte heftig, so viel war klar.

Bei den Profis für Klatsch und Tratsch sah es nicht anders aus. Als ich auf dem Lehrerparkplatz direkt an der Mauer geparkt und den Motor abgestellt hatte, bekam ich vor Schreck beinahe einen Herzinfarkt, als jemand unvermittelt gegen die Autoscheibe hämmerte. In der Annahme, dass es jemand aus dem Lehrerkollegium war, fuhr ich herum und wollte mich lautstark über diesen Überfall beschweren. Doch das Gesicht, das mich durch das Autofenster anstarrte, gehörte keinem meiner Kollegen. Verärgert versuchte ich, die starrende Frau gedanklich einzuordnen. Sie war mittleren Alters und hatte ein aufgedunsenes Gesicht, das mit einer dicken Schminkschicht überzogen war. Der blassrosa Lippenstift ließ ihre Zähne gelblich wirken. Dazu trug sie einen graubraunen Mantel, was ihrer Figur und ihrer Gesamterscheinung nicht gerade zugutekam. Obwohl sie lächelte, war ihr Blick eiskalt. Aufmerksam betrachtete sie das Wageninnere, mich eingeschlossen, und registrierte sämtliche Details. Betont langsam kurbelte ich das Fenster herunter.

»Kann ich Ihnen behilflich sein?«

»Mein Name ist Carol Shapley. Ich bin Chefreporterin beim *Elmview Examiner*«, ließ sie mich wissen und lehnte sich durch das Fenster so weit in mein Auto hinein, dass sie mich beinahe berührte. »Sind Sie hier Lehrerin?«

Mit den Augen deutete ich auf das etwa drei Meter entfernte Schild an der Mauer, auf dem in ungefähr dreißig Zentimeter großen Buchstaben »Lehrerparkplatz« stand. »Suchen Sie jemand Bestimmtes?«

»Nicht direkt«, wich sie aus, und ihr Lächeln wurde noch breiter. »Ich berichte über diesen Mordfall an einer Ihrer Schülerinnen und habe da ein paar Informationen, die ich gern von Ihnen bestätigt bekommen würde.«

Sie sprach schnell und trug ihre kleine Rede beeindruckend flüssig vor, wodurch sie den Eindruck verbreitete, ohnehin schon alles zu wissen, was es zu erfahren gab. Meine Alarmglocken schrillten so laut, dass ich mich fast wunderte, dass sie es nicht hörte. Allmählich fiel mir wieder ein, sie schon hier und da bei diversen Schulaufführungen, Wohltätigkeitsveranstaltungen und lokalen Ereignissen gesehen zu haben – provinziell war gar kein Ausdruck für ihren Horizont. Und sich als Chefreporterin zu bezeichnen war ganz schön dick aufgetragen. Meines Wissens war sie die einzige Reporterin bei diesem Blatt.

»Tut mir leid, aber ich glaube nicht, dass ich Ihnen da weiterhelfen kann«, säuselte ich und schickte mich an, das Fenster wieder hochzukurbeln, während sie immer noch darauflehnte. Zunächst kämpfte sie sichtlich gegen ihren Drang, weiter mit mir zu reden, aber dann wich sie doch ein wenig zurück. Allerdings nicht weit genug.

Als ich meine Sachen zusammengesucht und die Fahrertür geöffnet hatte, musste ich feststellen, dass sie mir kaum Platz zum Aussteigen ließ.

»Ich habe nur ein paar Fragen.«

Ich baute mich zu meiner vollen Größe auf, die jedoch von ihr um einiges überragt wurde. Wieder einmal bedauerte ich, dass ich einfach zu klein war, um auf andere herabschauen zu können. Aber was bedeutet schon Körpergröße, wenn man moralisch überlegen ist …

»Jetzt muss ich aber wirklich hinein und mit meinen Schülerinnen sprechen. Ich bin ziemlich in Eile, wissen Sie.« Mit einiger Anstrengung brachte ich ein Lächeln zustande. »Ich weiß ja, dass Sie nur Ihre Arbeit machen, aber ich habe eben auch zu tun.«

»Oh, selbstverständlich, kein Problem. Dürfte ich noch Ihren Namen erfahren?« Mit einem A4-Blatt wedelte sie vor meiner Nase herum. »Ich habe hier nämlich eine Liste. Es ist doch viel netter, wenn ein Name auch ein Gesicht bekommt.«

Daran führte wohl kein Weg vorbei. »Sarah Finch.«

»Finch …« Mit einem Stift fuhr sie die Liste entlang und hakte schließlich meinen Namen ab. »Ich danke Ihnen einstweilen, Sarah. Vielleicht können wir uns ja später noch unterhalten.«

Oder vielleicht auch nicht.

Ich lenkte meine Schritte in Richtung Schule, aber selbstverständlich gab sie so schnell nicht auf. »Aus Polizeikreisen kam mir zu Ohren, dass eine Lehrerin von dieser Schule die Leiche der Schülerin gefunden hat. Das waren doch Sie, nicht wahr?«

Schlagartig blieb ich stehen und wandte mich zu ihr um. Meine Gedanken überschlugen sich. Aus naheliegenden Gründen wollte ich ihr natürlich unbedingt verschweigen, dass ich genau diese Lehrerin war, aber ich war unsicher, ob ich mit einer faustdicken Lüge so einfach durchkommen würde. »Oh mein Gott, das ist ja entsetzlich«, kommentierte ich schließlich.

»Fürchterlich«, bestätigte sie und wirkte dabei alles andere als betroffen.

Ich schenkte Carol noch ein nichtssagendes Lächeln und ein angedeutetes Achselzucken, bevor ich mich auf den Weg ins Lehrerzimmer machte. Während ich quer über den Parkplatz lief, spürte ich ihren Blick in meinem Rücken. Mir blieb nichts übrig, als zu hoffen, dass sie mich gerade als »dröge, nicht zitierfähig und total uninteressant« abgehakt hatte, denn wenn sie weiterbohrte, würde sie mit Sicherheit eins und eins zusammenzählen. Und nicht nur wegen Jenny. Sobald sie anfing, nach einem Anschlusstreffer für das zu suchen, was sich zweifellos zur Story des Jahres entwickeln würde, kam sie vielleicht auf die Idee, die Umstände von Jennys Tod mit anderen Mordfällen und ungelösten Rätseln dieser Gegend zu vergleichen. Und dass dabei auch Charlies Verschwinden wieder Thema sein würde, war nur allzu wahrscheinlich. Nicht zum ersten Mal war ich heilfroh, meinen Familiennamen geändert und keinem meiner Kollegen jemals etwas über Charlie erzählt zu haben. Für Carol würde es also nicht ganz so einfach sein, diese Verbindung herzustellen. Und warum sollte sie das auch tun? Das einzig verbindende Element dieser beiden Fälle war ich.

Obwohl das Lehrerzimmer so voll war, wie ich es noch nie erlebt hatte, war es nahezu totenstill. Allem Anschein nach war die gesamte Belegschaft der Edgeworth-Schule anwesend und ausnahmslos pünktlich. Beim Anblick der abgespannten, besorgten Gesichter um mich herum fühlte ich mich hundeelend. Dieser Fall betraf uns alle, keine Chance, sich auszuklinken.

Auf der einen Seite des Raumes stand Elaine Pennington und neben ihr DCI Vickers. Gleich daneben saß eine junge Frau mit Notizblock und tadellosem Make-up, die sich als Pressesprecherin der Polizei vorgestellt hatte. Die Schulleiterin hatte nun schon einige Zeit über Jenny, die Zusammenarbeit mit der Polizei und die Beantwortung von Elternfragen gesprochen. Sie mühte sich redlich, so souverän und professionell wie immer zu wirken, doch der Stichwortzettel zitterte in ihrer Hand. Die eine Hälfte ihres schmalen Gesichts wirkte erstarrt, fast wie gelähmt, und ein Augenlid zuckte unaufhörlich. Hoffentlich war sie so klug, sich von den Medien fernzuhalten, bis sie ihre Fassung einigermaßen wiedergewonnen hatte. Ihre Stimme klang seltsam näselnd, und ihr Blick huschte beim Sprechen im Raum hin und her. Ich zwang mich, auf den Inhalt ihrer Worte zu hören.

»Daher habe ich in Absprache mit der Polizei und im Hinblick auf die Beeinträchtigungen, die uns ja in den kommenden Tagen sicher alle betreffen werden, entschieden, den Unterricht vorerst auszusetzen.«

Unter den versammelten Lehrern kam Unruhe auf, und auf Elaines Hals bildeten sich rötliche Flecken, was normalerweise darauf hindeutete, dass sie kurz vor einem Nervenzusammenbruch stand.

Stephen Smith, ein sanftmütiger Mensch und einer der dienstältesten Lehrer an der Schule, meldete sich.

»Elaine, meinen Sie nicht, dass die Mädchen zur Ablenkung von den Geschehnissen ihren gewohnten Schulalltag gut gebrauchen könnten?«

»Vielen Dank, Stephen, das hatte ich zunächst ebenfalls erwogen. Aber ich bin zu dem Schluss gekommen, dass wir die nächsten Tage ohnehin abschreiben können, was Konzentration und Aufmerksamkeit angeht. Es ist schon jetzt unmöglich, bei all dem Lärm und der Unruhe zu arbeiten.«

Wie auf Befehl sahen wir aus dem Fenster, wo die eben eingetroffenen Fernsehteams ihre Technik aufbauten und entlang des gesamten Schulgebäudes Übertragungswagen standen. Sie waren vom Waldrand her vorgerückt. Offenbar brauchten die Sender einen neuen Hintergrund für ihre Mittagsnachrichten und hatten dafür die Schule auserkoren.

»Ich weiß nicht, ob jemand von Ihnen heute schon im Sekretariat vorbeigeschaut hat, aber dort geht es, gelinde gesagt, chaotisch zu. Janet ist seit heute früh damit beschäftigt, Anrufe von besorgten Eltern entgegenzunehmen. Sie haben Angst um die Sicherheit ihrer Kinder, obwohl niemand behauptet hat, dass die Schule mit dieser schrecklichen Tragödie in Verbindung steht.« Bei den letzten Worten kippte ihre Stimme ein wenig, und ich überlegte, vielleicht ungerechterweise, ob ihre Trauer eher dem Ruf der Schule galt als Jenny.

»Wir sind verpflichtet, die Sicherheit der Mädchen zu gewährleisten, und ich kann sie den Eltern derzeit nicht guten Gewissens garantieren. Obwohl ich nicht glaube, dass Übergriffe zu befürchten sind, ist mir doch bewusst, dass die Presse recht offensiv sein wird und wir diese Art von öffentlichem Aufsehen nicht gebrauchen können. Ich möchte unsere Schülerinnen einem solchen Klima nicht aussetzen.«

Dagegen war nichts einzuwenden.

Elaine schaute zu Vickers, der noch ausgelaugter wirkte als am Abend zuvor. Seine Augenlider hingen schwer herab, und nichts ließ auf seine Gedanken schließen. »Zudem hat Detective Chief Inspector Vickers darum gebeten, die Schulräume teilweise nutzen zu dürfen, daher möchte ich ihm ungehinderten Zugang gewähren.«

»Sehr freundlich von Ihnen«, bedankte sich Vickers. Er streckte sich ein wenig und bemühte sich, seine Stimmlage so anzupassen, dass alle ihn hören konnten. »Unser Einsatzzentrum befindet sich nach wie vor im Polizeirevier Elmview, aber einen Teil der Befragungen werden wir hier durchführen. Wir möchten uns mit Jennifers Freundinnen und Mitschülerinnen unterhalten, und erfahrungsgemäß ist es leichter für sie, wenn das in einer vertrauten Umgebung geschieht und nicht im Polizeirevier. Wir werden außerdem für eine im Laufe das Tages stattfindende Pressekonferenz die Aula nutzen, da dort alle nötigen Voraussetzungen gegeben sind.«

Es war mir ein Rätsel, was Elaine sich dabei gedacht hatte. An ihrer Stelle hätte ich versucht, die Schule so gut wie möglich aus den Ermittlungen herauszuhalten. Nach ihrem Blick zu urteilen, der immer wieder hilfesuchend zu Vickers wanderte, hatte er sie offenbar völlig um den Finger gewickelt. Mir kam das alles ausgesprochen ungelegen, besonders weil ich mit den Ermittlungen, dem ganzen Wirbel und all den Leuten nichts, aber auch gar nichts zu tun haben wollte.

»Da können wir jetzt also nach Hause gehen oder wie?«, rief Geoff Turnbull von ganz hinten, unsensibel wie immer und so ungerührt, als sei ein Ereignis wie dieses das Normalste von der Welt. Ich ersparte es mir, mich nach ihm umzudrehen. Ich konnte mir auch so lebhaft vorstellen, wie er mit seinen ach so blauen Augen, seinen muskulösen Oberarmen und seinem sorgsam gepflegten schwarzen Haar auf dem Stuhl flegelte. Er war einer von den Sportlehrern, und ich konnte ihn nicht ausstehen.

»Nein, Geoff«, fuhr Elaine ihn an. »Ich erwarte von allen Lehrkräften, dass sie sowohl für die Polizei als auch die Schülerinnen ansprechbar sind, auch wenn kein Unterricht im eigentlichen Sinn stattfindet. Da sehr viele Schülerinnen warten müssen, bis ihre Eltern sie abholen, ist Ihre Anwesenheit absolut unverzichtbar. Wir werden die Mädchen in Gruppen aufteilen und so lange beaufsichtigen, bis ihre Eltern oder Betreuer eintreffen und sie nach Hause bringen. Außerdem möchte ich Sie bitten, auch nach Unterrichtsschluss noch hierzubleiben. Ich werde heute Ihre Unterstützung brauchen und möchte Sie alle dafür um Verständnis bitten.«

»Und wie lange geht das dann so?«, erkundigte sich Jules Martin. »Wann können wir wieder mit Normalität rechnen? Ein Teil der Schülerinnen bereitet sich gerade auf die Prüfungen vor, und es wäre schlecht, wenn sie dabei gestört würden.«

Ich warf ihr einen skeptischen Blick zu und bekam ein ironisches Lächeln zurück. Wenn ich in diesem Lehrerzimmer überhaupt einen Vertrauten hatte, dann war sie es, und ihr Diensteifer war mit meinem durchaus vergleichbar. Ihre Bedenken waren zwar lobenswert, aber ziemlich sicher gespielt.

»Das Problem der Prüflinge ist mir sehr wohl bewusst«, entgegnete Elaine. »Für sie wird das eine Woche Selbststudium bedeuten. Janet bekommt die Aufgabe, für die betreffenden Klassen die Wiederholungspläne zu verschicken, die ich von Ihnen allen bis spätestens heute Mittag im Sekretariat erwarte. Zur Frage, wie lange das so geht …« Damit wandte sie sich wieder an Vickers.

»Das lässt sich im Moment noch nicht abschätzen. Meiner Erfahrung nach wird das Medieninteresse innerhalb der nächsten Tage deutlich abflauen, sofern sich nichts wesentlich Neues ergibt. Wir werden alles tun, Sie so wenig wie möglich zu behindern, sodass hoffentlich nächste Woche alles hier wieder normal ablaufen kann. Bis dahin dürften wir auch unsere Befragungen abgeschlossen haben. Ich habe eine große Mannschaft zur Verfügung, von daher sollten wir eigentlich schnell durchkommen.«

Elaine schaute auf die Uhr. »Also schön. Bitte gehen Sie jetzt in Ihre Klassen, kontrollieren die Anwesenheit und schicken die Mädchen in die Aula. Dort werde ich alle offiziell informieren. Ich halte es für wichtig, sie einzubeziehen und auf dem Laufenden zu halten.«

»Und was sollen wir sagen, wenn sie uns Fragen stellen?«, wollte Stephen mit besorgter Miene wissen.

»Denken Sie sich was aus«, zischte Elaine mit zusammengepressten Lippen und sichtlich mit den Nerven am Ende.

Im Handumdrehen leerte sich das Lehrerzimmer. Ich ging hinter DCI Vickers hinaus, und dabei trafen sich unsere Blicke kurz. Zu meiner großen Erleichterung nickte er mir nur unauffällig, beinahe unmerklich zu. Ich war definitiv nicht scharf darauf, alle anderen wissen zu lassen, dass ich DCI Vickers schon einmal – und zwar erst kürzlich – getroffen hatte. Die Frage, wer Jennys Leiche gefunden hatte, war Gesprächsthema Nummer eins gewesen, als ich in das Lehrerzimmer kam. Carol Shapley arbeitete gründlich, das musste ich ihr lassen. Wahrscheinlich hatte sie so ziemlich jeden ausgefragt, der durch die Tür wollte.

Die Aula war fast voll. Ich hatte einen freien Platz relativ weit vorn am Rand ergattert, von dem aus ich das Geschehen gut beobachten konnte. Die Mädchen, die sonst nie den Mund halten konnten, waren ebenso still wie zuvor die Lehrer. Kein Mucks unterbrach die gespannte Aufmerksamkeit, mit der sie Elaine zuhörten, die von der Bühne aus zu ihnen sprach, wiederum flankiert von Vickers und der Polizeisprecherin. In der knappen Stunde zuvor hatte Elaine noch ein paar Schwachstellen in ihrer Ansprache ausgebügelt und rasselte jetzt die Rede, ohne mit der Wimper zu zucken, herunter.

Die Aula war deutlich leerer, als sie hätte sein sollen. Während ich meinen Blick durch die Reihen der Mädchen wandern ließ, vermutete ich, dass ungefähr die Hälfte von ihnen gar nicht erst gekommen oder schon wieder zu Hause war. Das entsprach dem, was ich bei der Anwesenheitskontrolle in meiner eigenen, stark dezimierten Klasse festgestellt hatte. Die Nachricht, dass es sich bei der Toten um eine Schülerin der Edgeworth-Schule handelte, hatte sich inzwischen herumgesprochen. Jetzt wollten sie vor allem die Einzelheiten hören.

»Die kommenden Tage werden für uns alle nicht einfach sein«, sprach Elaine salbungsvoll, »und ich erwarte von euch allen Würde und Anstand. Bitte respektiert die Privatsphäre der Familie Shepherd. Solltet ihr von Journalisten angesprochen werden, gebt bitte keinerlei Kommentare ab zu Jenny, der Schule und allem, was mit den Ermittlungen zu tun hat. Ich möchte nicht eine einzige Edgeworth-Schülerin sehen, die mit einem Journalisten spricht. Wer es trotzdem tut, wird vom Unterricht ausgeschlossen. Mindestens.«

Manchen der älteren Schülerinnen schien das Medienverbot stärker zuzusetzen als die Informationen über Jenny. Wie mir auffiel, hatte ihr bitterliches Schluchzen dem sorgsam aufgetragenen Make-up nichts Ernstliches anhaben können.

»Während wir hier versammelt sind, nimmt die Sekretärin Kontakt zu euren Eltern auf«, fuhr Elaine fort. »Wir bitten sie, euch abholen zu kommen oder dafür zu sorgen, dass ihr in den nächsten Stunden betreut seid. Die Schule bleibt für den Rest der Woche geschlossen.«

DCI Vickers wirkte angesichts der daraufhin durch die

Aula wogenden Begeisterung ein wenig bestürzt. Mich ließ das kalt. Die Mädchen waren wie alle Teenager egozentrisch und manchmal von unüberlegter Brutalität. Wahrscheinlich waren sie ehrlich schockiert wegen Jenny, aber eben immer auch auf ihren eigenen Vorteil bedacht. Ganz überraschend eine Woche schulfrei, warum auch immer, war jedenfalls nicht zu verachten.

Elaine hob die Hand, und die Aufregung verebbte. »Das ist Detective Chief Inspector Vickers. Er leitet die Ermittlungen zu diesem außerordentlich tragischen Todesfall und möchte euch ein paar Dinge mitteilen.« Abermals kam im Saal Unruhe auf. Ich fragte mich, ob Vickers je zuvor im Zentrum von so viel überdrehter weiblicher Aufmerksamkeit gestanden hatte. Durchaus amüsiert beobachtete ich, wie seine Ohren sich allmählich dunkelrot färbten. Er trat nach vorn und beugte sich zum Mikrofon. Obgleich er etwas zerknittert, blass und angeschlagen wirkte, war von seiner Nervosität nichts zu spüren.

»Vielen Dank, Ms. Pennington.« Dabei stand er zu dicht am Mikrofon, wodurch das »p« in Pennington zu einem knallenden Geräusch verstärkt wurde. »Ich möchte euch alle bitten, falls ihr irgendetwas über Jenny Shepherd wisst, darüber mit mir oder einem meiner Kollegen zu sprechen.« Bei diesen Worten nickte er in Richtung des hinteren Teils der Aula. So wie alle anderen drehte ich mich um und zuckte zusammen, als ich dort Andrew Blake an den Türrahmen gelehnt stehen sah. Er wurde von zwei uniformierten Beamten begleitet. Valerie war vermutlich mit den Shepherds beschäftigt.

»Ihr könnt aber auch mit euren Lehrern sprechen, falls euch das leichter fällt«, fügte Vickers hinzu. Synchron wie bei einem Tennismatch wandten sich sämtliche Köpfe in der Aula wieder zu ihm. »Sie werden euch weiterhelfen.

Und nichts von dem, was ihr vielleicht wisst, ist zu unbedeutend, es uns zu erzählen. Ob etwas nützlich ist oder nicht, entscheiden wir. Was wir brauchen, sind Informationen über Jenny – vor allem über ihre Freunde in und außerhalb der Schule. Und alles, was ihr von ihr oder über sie gehört habt und was euch vielleicht seltsam vorkam. Alles, was irgendwie anders war als sonst. Hat sie sich über etwas Sorgen gemacht? Hatte sie Probleme irgendeiner Art? Hatte sie Streit mit ihren Mitschülerinnen oder anderen Leuten? Gab es etwas, das sie Erwachsenen nicht sagen wollte, weil es ein Geheimnis war? Wenn euch etwas einfällt, auch wenn es nur eine Kleinigkeit ist, behaltet es nicht für euch. Aber ich möchte euch dabei vor allem um eines bitten: Kein Tratsch untereinander – sprecht zuerst mit uns. Es geht so schnell, dass etwas herbeigeredet wird, und nach einer Weile weiß man dann nicht mehr, ob man sich wirklich daran erinnert oder es bloß von jemandem gehört hat.« Wieder ließ er seinen Blick durch die Aula schweifen. »Ich weiß, dass es sehr verlockend sein kann, mit Journalisten zu reden. Wenn es darum geht, an Informationen zu kommen, sind diese Leute sehr geschickt – manchmal besser als die Polizei. Aber man kann ihnen nicht trauen, und wie eure Direktorin schon gesagt hat, solltet ihr wirklich nicht mit ihnen sprechen. Wenn ihr etwas zu erzählen habt, sagt es uns.«

Die Mädchen nickten, noch immer ganz entrückt. Für jemanden, der auf der Promiskala mindestens tausend Punkte unter jedem TV-Kommissar rangierte, hatte sich Vickers gar nicht übel geschlagen.

Eines hatte er allerdings versäumt. Er hatte den Mädchen keine Antwort auf die Fragen gegeben, die sie wirklich beschäftigten. Also versuchte ich im Laufe des restlichen Tages, während ich Lerngruppen beaufsichtigte und Ad-hoc-Wiederholungspläne für die Prüflinge erstellte, nebenbei auf die wilden Spekulationen einzugehen, die in der Schule grassierten.

»Miss Finch, stimmt es, dass ihr Kopf abgeschnitten war? Jemand hat gesagt, dass ihr Kopf, also, dass er ab war?«

»Ich hab gehört, dass jemand tausende Male auf sie eingestochen hat, stimmt das? Und dass ihre Gedärme rausgehangen haben und dass man ihre Knochen und alles sehen konnte.«

»Ist sie gefoltert worden, Miss Finch? Alle sagen, dass sie überall verbrannt war und Schnitte hatte.«

»Wurde sie vergewaltigt, Miss Finch?«

»Wie ist sie denn gestorben?«

»Wer hat sie umgebracht?«

Ich versuchte sie zu beruhigen, so gut ich es vermochte. »Lasst euch nicht von eurer Arbeit ablenken, ihr habt genug zu tun. Die Polizei wird den Täter bald finden.«

Im Grunde taten mir die Mädchen leid. Sie gaben sich unerschrocken, aber eigentlich hatten sie Angst. Schonungslos war die Erkenntnis der Sterblichkeit in ihre Welt eingebrochen. Welches Mädchen in diesem Alter geht denn nicht davon aus, ewig zu leben? Dass jemand so grausam aus ihrer Mitte gerissen wurde, war ein großer Schock für sie, über den sie natürlich reden mussten. Völlig verständlich. Doch für mich war dieser Tag enorm aufreibend.

Ganz wie Elaine prophezeit hatte, saß ich um halb sechs immer noch in der Schule. Das letzte der von mir beaufsichtigten Mädchen war gerade von seinem Vater abgeholt worden, einem stiernackigen Typen mit teurem Anzug, der im Jaguar vorgefahren kam. Er nutzte die Gelegenheit, mir mitzuteilen, welche Zeitverschwendung es für ihn bedeutete, seine Tochter abzuholen, und dass die Schule wie üblich völlig überzogen reagiert hatte. Ich fragte mich, was genau für ihn das Übliche an der Ermordung einer Mitschülerin seiner Tochter war, schaffte es jedoch, den Mund zu halten, als seine Tochter schweigend und mit verzweifeltem Blick zu ihm ins Auto stieg. Ich konnte förmlich hören, wie sie mich anflehte, nicht mit ihm zu streiten und seine Stimmung nicht weiter anzuheizen. Also setzte ich ein souveränes Lächeln auf.

»Wir tun doch nur unser Bestes, damit die Mädchen in Sicherheit sind. Das ist schließlich das Wichtigste, nicht wahr?«

»Scheint mir ja ein bisschen spät zu kommen, ihr ganzes Sicherheitsgedöns. Schon mal was vom Kind und dem Brunnen gehört? Und dann auch noch für den Rest der Woche die Schule einfach dichtzumachen und sich einen netten Urlaub zu organisieren. Denken Sie eigentlich auch mal an die Eltern, die jetzt für vier Tage einen Babysitter auftreiben müssen?« Sein ohnehin schon rot angelaufenes Gesicht wurde noch röter. »Sie können Ihrer werten Frau Direktor bestellen, dass ich vom nächsten Schulgeld eine Woche abziehen werde. Dann kann sie mal nachdenken, worauf es wirklich ankommt.«

»Ich werde es ihr ausrichten«, sagte ich und trat geistesgegenwärtig einen Schritt zurück, als er den Motor aufjaulen ließ und davonraste, dass die Reifen den Kies aufwirbelten. Es wäre verlorene Liebesmüh gewesen, ihm zu sagen, dass die Shepherds alles geben würden, um an seiner Stelle zu sein, aber ich hätte es trotzdem fast getan.

Als ich zurück ins Schulgebäude gehen wollte, hörte ich jemanden meinen Namen rufen und sah mich suchend um. *Oh nein, nicht der, bitte.* Geoff Turnbull kam quer über den Parkplatz gerannt, direkt auf mich zu. Weglaufen wäre würdelos gewesen. Außerdem war er ziemlich durchtrainiert. Also musste ich das jetzt auch noch durchstehen.

»Hab dich den ganzen Tag nicht gesehen.« Er kam viel zu dicht vor mir zum Stehen und strich mir mit der Hand fürsorglich über den Arm. »Ist das nicht entsetzlich? Wie geht's dir denn?«

Zu meinem blanken Entsetzen stiegen mir bei dieser Frage die Tränen in die Augen. Es geschah einfach so, Erschöpfung und Stress bahnten sich wohl ihren Weg. »Alles okay.«

»He«, sagte er und rüttelte mich sanft am Arm. »Mir musst du nichts vormachen, das weißt du doch. Lass es ruhig raus.«

Ich wollte aber nichts rauslassen, und ganz bestimmt nicht vor ihm. Geoff war der Schwarm des gesamten Lehrerzimmers und stieg mir nach, seit ich an dieser Schule angefangen hatte. Der einzige Grund, weshalb er noch Interesse an mir hatte, bestand darin, dass ich keines an ihm hatte. Während ich noch darüber nachdachte, wie ich ihn möglichst geschickt loswerden konnte, fühlte ich mich durch eine wohl beruhigend gemeinte Umarmung an seinen Körper gezogen. Er schaffte es, sich so zu positionieren, dass er sich vollständig an mich anschmiegen konnte. Gänsehaut überfiel mich. Hilflos tätschelte ich seinen Rücken in der Hoffnung, er werde mich bald wieder loslassen. Unterdessen wägte ich ab, ob die Knie-in-Leistengegend-Taktik besser war oder ob ich lieber eine seiner gierigen Hände packen und seine Finger nach hinten umbiegen sollte. Da ich für beides viel zu höflich war, starrte ich nur dumpf über seine Schulter – und zwar direkt in die Augen von Andrew Blake, der ebenfalls über den Parkplatz gelaufen kam, weil er zur Aula wollte.

»Geoff«, sagte ich und fing an mich zu winden. »Lass mich endlich los, Geoff. Es reicht jetzt.«

Er gab mich ein wenig frei, sodass er auf mein Gesicht

herabsehen konnte. Sein Blick war noch immer enorm aufrichtig und sah aus, als hätte er ihn lange vor dem Spiegel geübt. »Die arme, kleine Jenny. Es ist doch kein Wunder, dass dich das mitnimmt. Hast du schon gehört, dass angeblich jemand von uns sie gefunden hat? Ich frage mich, wer das wohl gewesen sein könnte. Hast du eine Ahnung, wer hier in der Gegend joggen geht?«

Er wusste ganz genau, dass ich joggte, um mich fit zu halten, denn er hatte mir nicht nur einmal seine Begleitung angeboten. Ich zuckte die Schultern und schaffte es, keine Reaktion zu zeigen und gleichzeitig einen Schritt zurückzutreten und so ein paar sehr wesentliche Zentimeter Raum zwischen uns zu bringen. »Das ist alles wirklich entsetzlich. Aber ich komme ganz bestimmt zurecht. Ich hatte nur für einen winzigen Moment die Fassung verloren.«

»Dafür brauchst du dich doch nicht zu schämen.« Er suchte nach meiner Hand und hielt sie fest. »Das zeigt doch nur, was für ein mitfühlender Mensch du bist.«

Du meine Güte!

»Vielleicht sollten wir uns Zeit nehmen und bei einem gemütlichen Gläschen darüber reden. Verdient hast du es jedenfalls. Jetzt ist aber auch mal Schluss mit der Pflicht. Los, wir verschwinden von hier.«

Meine Gedanken drehten sich im Kreis, während ich meine Hand aus seinem Griff befreite. »Tut mir leid, Geoff. Ich will noch zur Pressekonferenz. Ich will einfach wissen, wie die Ermittlungen vorankommen, verstehst du?«

Ohne eine Antwort abzuwarten, ging ich auf das Schulhaus und die Tür zu, durch die Blake gerade verschwunden war. Die Pressekonferenz wird gerade angefangen haben, dachte ich mit einem Blick auf die Uhr. Eigentlich wollte ich gar nicht hingehen, aber das war immer noch besser, als in irgendeiner schäbigen Kneipe von Geoff ausgefragt zu werden, lauwarme Cola zu trinken und jede seiner Bewegungen im Auge zu behalten.

Ich schlüpfte durch die hintere Tür der Aula und schloss sie leise hinter mir. Der Saal war brechend voll – ganz vorn die Zeitungsjournalisten, in den Gängen die Fotografen und hinten die Kameraleute. Auch ein paar Lehrer waren da und standen an der einen Seite. Ich suchte mir einen Platz neben Stephen Smith, der mir wortlos zunickte. Er sah müde und mitgenommen aus. Wieder spürte ich die Wut auf denjenigen in mir aufsteigen, der das getan hatte.

Auf der Bühne stand ein langer Tisch, an dem in der Mitte DCI Vickers saß und direkt neben ihm Jennys Eltern. Nicht weit davon entdeckte ich Valerie Wade, die in Blakes Nähe stand. Auf der anderen Seite neben Vickers saß die Polizeisprecherin, die die Pressekonferenz leitete, und daneben hatte Elaine Platz genommen. Vermutlich hatte sie darauf bestanden, die Schule zu vertreten, falls Fragen gestellt wurden, die ein schlechtes Licht auf uns werfen konnten. Sie wirkte schrecklich nervös. Dasselbe ließ sich allerdings auch von Vickers sagen, der seine Unterlagen hin und her schob und seine Jackentaschen abklopfte, während die Polizeisprecherin ihn vorstellte.

»Also«, fuhr er fort, »ich werde lediglich die vorläufigen Ergebnisse der heute erfolgten Autopsie bekannt geben und dann Familie Shepherd das Wort überlassen, die sich mit einem Appell an die Öffentlichkeit wenden möchte. Von unserem Pathologen erhielten wir die Information, dass Jennifer Shepherd im Laufe des gestrigen Tages ertrunken ist.«

Ertrunken?

Nach dieser Mitteilung reckten sämtliche in der Aula anwesenden Journalisten den Arm in die Luft. Vickers, dem jeder Sinn fürs Theatralische abging, blätterte wieder in seinen Unterlagen. Unterdessen konnte ich meinen Blick nicht von den Shepherds abwenden, die sich aneinander festklammerten. Mrs. Shepherd weinte lautlos, und ihr Mann sah aus, als sei er im Laufe der letzten sechsunddreißig Stunden um zehn Jahre gealtert.

Die Polizeisprecherin wählte einen der armschwenkenden Journalisten aus, damit er die Frage stellen konnte, die alle bewegte. »Wie ist sie ertrunken? Ist es möglich, dass es ein Unfall war?«

Vickers schüttelte den Kopf. »Nein. Es gibt Verdachtsmomente, die einen Unfall so gut wie ausschließen. Die Autopsieergebnisse sind zwar noch vorläufig, aber der Pathologe ist sich hinsichtlich der Todesursache recht sicher.«

Meine Gedanken schossen zu der Fundstelle im Wald zurück, wo Jenny vollständig bekleidet in einer Senke gelegen hatte und weit und breit kein Wasser zu sehen gewesen war, nicht mal eine Pfütze. Wo immer sie ertrunken sein mochte, es war jedenfalls nicht die Stelle, an der ich sie gefunden hatte.

Vickers sprach immer noch, und ich stellte mich auf die Zehenspitzen, um ihn besser hören zu können. »Wir wissen noch nicht, wo und unter welchen Umständen Jenny gestorben ist. Aus diesem Grund hat sich ihr Vater Michael Shepherd einverstanden erklärt, sich mit einem Appell an die Öffentlichkeit zu wenden, falls es irgendwo einen Menschen gibt, der uns sagen kann, wo sich Jenny zwischen Samstagabend gegen achtzehn Uhr und Sonntagnacht aufgehalten hat.«

»Sonntagnacht«, wiederholte einer der Journalisten. »Sie nehmen also an, dass sie in dieser Zeit gestorben ist?«

Vickers schüttelte bedächtig den Kopf. »Darüber sind wir uns derzeit noch nicht im Klaren. Wir warten auf weitere

Informationen aus der Pathologie, doch dies ist der Zeitrahmen, der momentan von Interesse ist.

Wir wollen wissen, wo Jenny zu dieser Zeit gewesen ist und mit wem sie möglicherweise zusammen war. Wir wollen wissen, ob jemand sie gesehen hat, ob sich jemand verdächtig benimmt oder sich nach dem Wochenende eigenartig verhalten hat. Wir sind an jedweder Information interessiert, die uns zu ihrem Mörder führen könnte, ganz egal wie unwichtig sie im Moment vielleicht erscheint.«

Als das Wort »Mörder« fiel, schluchzte Diane Shepherd auf. Augenblicklich entlud sich in der Aula ein Blitzlichtgewitter. Ihr Mann sah sie kurz an und faltete ein Blatt Papier auseinander, das er mit beiden Händen auf dem Tisch vor sich glatt strich. Obwohl ich so weit hinten stand, konnte sogar ich deutlich erkennen, wie seine Finger zitterten. Auf ein Nicken der Polizeisprecherin hin begann er zu lesen, ein wenig stockend zwar, aber er hatte sich gut im Griff.

»Unsere Tochter Jenny war erst zwölf Jahre alt. Sie war ein wunderbares Mädchen, immer freundlich und gut gelaunt. Sie wurde uns viel zu früh genommen. Es ist ein entsetzlicher Albtraum, und jeder, der Kinder hat, wird das verstehen. Sollten Sie etwas über dieses Verbrechen wissen, selbst wenn es nur eine Kleinigkeit ist, teilen Sie es bitte der Polizei mit. Nichts vermag uns Jenny zurückzubringen, aber wir können zumindest versuchen, Gerechtigkeit für sie zu erlangen. Ich danke Ihnen.«

Als er fertig war, holte er tief Luft und nahm seine Frau, die jetzt hemmungslos weinte, in die Arme. Valerie eilte nach vorn und flüsterte Michael Shepherd etwas ins Ohr. Dieser nickte und half seiner Frau aufzustehen. Gemeinsam folgte das Paar Valerie zu einer Seitentür und verließ die Aula. Sobald sich die Tür hinter ihnen geschlossen hatte, brachen die Journalisten in ein heilloses Durcheinander von Fragen aus.

»War da ein Pädophiler am Werk?«, übertönte einer die Stimmen der anderen. Vickers lehnte sich zurück und sammelte sich erst einmal, ehe er antwortete.

»Das wissen wir noch nicht …«, hörte ich noch, als ich die Tür, durch die ich gekommen war, öffnete und mich wieder aus der Aula schlich. Noch mehr Spekulationen konnte ich heute nicht mehr verkraften. Die Journalisten taten einfach, was man von ihnen erwartete, aber ich fand die Atmosphäre im Saal unerträglich. Die Shepherds taten mir unendlich leid, und außerdem war ich zum Umfallen müde. Den Rest der Pressekonferenz hätte ich vermutlich nicht überstanden.

Gedankenversunken wie ich war, hatte ich nicht bemerkt, dass die Shepherds, angeführt von Valerie, mir entgegenkamen und schon fast an mir vorbeigegangen waren. Ich stand am Haupteingang, der direkt zum Parkplatz führte, wo ihr Auto bereitstand.

»Mr. Shepherd«, sagte ich spontan, »mein herzliches Beileid.«

Er wandte mir den Kopf zu und musterte mich mit feindselig düsterem Blick, sodass ich mich erschrocken gegen die Wand drückte. Mit einem angedeuteten, arroganten Nicken in meine Richtung geleitete Valerie die beiden weiter, und ich schaute ihnen mit offenem Mund hinterher. Dann ging mir schlagartig ein Licht auf. Natürlich – er wusste genau, wer die Leiche entdeckt hatte, jemand wird es ihm gesagt haben. Ich war diejenige, die ihnen den letzten Funken Hoffnung geraubt hatte, man könne ihre Tochter doch noch unversehrt finden. Plötzlich war es nachvollziehbar für mich, warum mein Anblick ihn so mitnahm, trotzdem war es alles andere als fair.

Ich atmete tief durch und versuchte, meine Fassung wiederzugewinnen. Ein bisschen verirrter Hass wirft mich doch nicht aus der Bahn, sagte ich mir, aber es schmerzte dennoch.

»Alles in Ordnung?«

Ich schaute auf und sah mich Andrew Blake gegenüber, der sich mit besorgter Miene über mich beugte.

»Kein Problem. Ich verstehe nur nicht, warum man die armen Leute nicht in Ruhe lässt. War es wirklich nötig, sie so vor die Presse zu zerren?«

»In diesem Stadium müssen wir das Medieninteresse ausnutzen – noch bevor sie anfangen, auf uns herumzuhacken, weil wir den Täter nicht finden. Die Eltern sorgen für Quote im Fernsehen. Ich denke, wir sind heute in allen Nachrichtensendungen die Spitzenmeldung.«

»Das nenne ich Pragmatismus«, bemerkte ich.

»Na und? Im Moment können wir nicht viel Nützliches tun. Mein Chef sitzt da drinnen fest und versucht mit diesen Geiern fertig zu werden. Jedes Mal, wenn ich entkommen und mich meiner eigentlichen Arbeit widmen will, rücken mir diese Typen auf die Pelle. Ganz davon zu schweigen, dass sie ihre eigenen Ermittlungen laufen haben und wahrscheinlich mehr Befragungen durchziehen als wir. Von meinen Kollegen, die geduldig an den Wohnungstüren klingeln, habe ich jedenfalls gehört, dass die Klatschpresse immer schon vor ihnen da war. Die stecken ihre Nase überall rein, stehen ständig im Weg und sind dann die ersten, die uns vorwerfen, wir hätten es vermasselt, obwohl sie es sind, die den Karren in den Dreck fahren.« Er war zum Schluss immer lauter geworden, fuhr sich mit den Händen durch die Haare und lief nervös auf und ab. Schließlich wandte er sich wieder mir zu. »Tut mir leid. Warum schreie ich Sie eigentlich an? Sie können ja nichts dafür.«

»Bin ich gewöhnt«, sagte ich leichthin. »Machen Sie sich mal keine Sorgen.« Er sah mich fragend an, aber ich schüttelte den Kopf. Ins Detail wollte ich dann doch nicht gehen.

»Es ist einfach nur frustrierend. Die ersten Tage der Ermittlungen sind die wichtigsten, und womit stümpern wir herum? Wir machen auf Schauspieler für die Medien, statt vernünftig zu ermitteln. Wenn wir die Medien mal für etwas brauchen, wobei sie uns wirklich helfen könnten, dann lassen sie uns im Regen stehen.« Er stieß einen tiefen Seufzer aus und fuhr fort. »Aber trotzdem müssen wir das Theater mitmachen, nur für den Fall, dass es doch etwas bringt. Und wenn wir ihnen unsere Informationen und den Zugang zur Familie verweigern würden, wären sie noch viel lästiger.«

»Glauben Sie, dass dieser Appell von den Shepherds etwas nützt?«

»Meiner Erfahrung nach bringen solche Sachen nie etwas. Welcher Mörder wird sich denn freiwillig stellen, bloß weil er gesehen hat, dass die Eltern kopfstehen? Wenn es jemand fertigbringt, ein Kind zu ermorden, kann mir doch keiner erzählen, dass ein paar Tränen vor der Kamera ihn plötzlich an sein Gewissen erinnern.«

»Aber vielleicht die Familie des Mörders – seine Frau, oder seine Mutter …«

Blake schüttelte den Kopf. »Ich bitte Sie, überlegen Sie doch mal, was da alles auf dem Spiel steht. Die Mehrheit der Leute schert sich den Teufel, sobald die Konsequenz so aussieht, dass sie ein Familienmitglied an die Bullen ausliefern müssten.«

»Allen Ernstes?« Das wollte mir nicht in den Kopf. »Lieber leben sie mit einem Mörder unter einem Dach?«

»Denken Sie doch mal nach«, sagte Blake und zählte an seinen Fingern auf: »Völliges Durcheinander – das gesamte Familienleben gerät aus den Fugen. Einkommensverlust – kann ja sein, dass es der Hauptverdiener ist, der da geschnappt wird, und dann muss der Rest der Familie von Sozialhilfe leben. Steine fliegen durchs Fenster, an der Hauswand tauchen Schmierereien auf, die Leute fangen an zu tuscheln. Der Hass der Nachbarn ist garantiert – das war's dann mit dem freundlichen Schwätzchen am Gartenzaun. Und zu dem Zeitpunkt hat man noch nicht mal darüber nachgedacht, dass die potenziellen Zeugen, die den Mörder entlarven sollen, höchstwahrscheinlich zu seinem engen Umfeld gehören. Würden Sie jemanden, den Sie gern haben, der Polizei übergeben?«

»Aber Jenny wurde ermordet! Sie war ein zwölfjähriges Mädchen, das niemandem etwas zuleide getan hat. Wie kann man nur zu jemandem halten, der für diesen Tod verantwortlich ist?«

Er schüttelte den Kopf. »Loyalität ist ein starkes Gefühl. Sich ihm zu widersetzen und das Richtige zu tun, ist außerordentlich schwer. Es ist durchaus verständlich, wenn Leute lieber wegschauen.«

Ich dachte zurück an die Fragen der Journalisten. Da Blake gerade so gesprächig war, musste ich ihn unbedingt etwas fragen. »Bei der Autopsie … Haben sie da … Wurde sie … missbraucht?«

Er zögerte einen Moment. »Nicht direkt.«

»Was soll das heißen?«

»Nicht in letzter Zeit«, sagte er langsam und presste die Lippen zu einem schmalen Strich zusammen, während ich die Augen weit aufriss.

»Also war es offensichtlich – gab es Anzeichen dafür?«

»Es war offensichtlich, dass sie im vierten Monat schwanger war. Damit war die Sache klar.« Er sprach leise, artikuliert und nüchtern. Ich konnte mich nicht verhört haben.

»Aber sie war ein *Kind«*, brachte ich schließlich heraus. In meiner Lunge war nicht genug Luft. Ich war nicht in der Lage, tief einzuatmen.

»Sie war fast dreizehn.« Er runzelte die Stirn. »Ich hätte Ihnen das nicht sagen sollen – nichts von alldem. Außer der Polizei sind Sie jetzt die Einzige, die davon weiß. Wenn es die Runde macht, weiß ich, dass Sie die undichte Stelle waren.«

»Sie brauchen mir nicht zu drohen. Ich werde nichts sagen.« Es war unvorstellbar für mich, mit jemandem über das zu sprechen, was Blake mir gerade offenbart hatte. Die Schlussfolgerungen waren zu furchtbar, um sie sich vorzustellen.

»Ich wollte Ihnen nicht drohen. Es ist nur – das kann richtig Ärger geben für mich, weil ich vertrauliche Informationen weitergegeben habe.«

»Warum haben Sie es mir denn dann überhaupt erzählt?«, fragte ich pikiert.

Er zuckte die Schultern. »Wahrscheinlich, weil ich Sie nicht anlügen wollte.«

Darauf erwiderte ich nichts – ich konnte nicht. Doch mein Gesicht brannte. Ich kannte diesen Polizeibeamten kaum, aber seine Gabe, mich immer wieder zu überrumpeln, war nicht zu leugnen.

Teilnahmsvoll sah er auf mich herab. »Gehen Sie jetzt lieber nach Hause. Es hält Sie doch heute nichts mehr hier fest, oder?«

Ich schüttelte den Kopf, und er schickte sich an, in die Aula zurückzukehren. Mit der Hand auf der Türklinke hielt er einen Moment inne, um sich zu sammeln. Dann öffnete er die Tür und war im nächsten Moment verschwunden.

1992

Seit acht Stunden vermisst

Meine Wange ist in einem unserer vielen Sofakissen vergraben. Wenn ich atme, bewegt sich der seidige Stoff vor meinem Mund hin und her. Ich beobachte es durch meine halbgeschlossenen Augenlider. Hin. Her. Hin. Her.

Ich habe ein Weilchen geschlafen, aber nicht lange. Von der unbequemen Lage ist mein Hals ganz steif, außerdem friere ich. Ich möchte zu Bett gehen und überlege, wovon ich aufgewacht bin. Stimmen sind zu hören: Die meiner Eltern und zwei, die ich nicht kenne – eine männliche und eine weibliche. Ich rühre mich nicht, atme möglichst gleichmäßig und lausche. Bitte keine Fragen mehr! Ich habe Riesenärger am Hals und hasse Charlie dafür.

»Probleme in der Schule vielleicht? Schikaniert ihn jemand? Keine Lust auf Hausaufgaben?«

Meine Mutter antwortet mit schwacher und abwesender Stimme: »Charlie ist ein zuverlässiger Junge. Er geht gern zur Schule.«

»Wenn ein Kind vermisst wird, gab es zuvor oft Ärger zu Hause – Streit mit Eltern oder Geschwistern. Ist vielleicht in dieser Richtung etwas vorgefallen?« Diesmal klingt die Frage vorsichtiger, die Stimme der Frau sanfter.

»Auf keinen Fall!«, entgegnet mein Vater. Er klingt nervös und wütend.

»Also, ab und zu gab es schon mal Ärger. Er wird ja auch größer und rebelliert ein bisschen. Aber nie was Ernstes.«

Mum verstummt, und es herrscht Stille. Meine Nase kitzelt. Ich möchte die Hand bewegen und an meiner Nase reiben, damit das Kribbeln aufhört, aber das würde mich verraten. Stattdessen fange ich an zu zählen. Als ich bei dreißig bin, ist das Kribbeln fast weg.

»Und Sie denken also, die junge Dame hier weiß, wo er ist?« Der Schreck fährt mir in die Glieder. Fast wäre ich zusammengezuckt. »Könnten Sie sie wecken, damit wir mit ihr reden können?«

Jemand berührt mein nacktes Bein knapp unter dem Knie und rüttelt es sanft. Als ich die Augen öffne, erwarte ich, meine Mutter vor mir zu sehen, aber neben mir steht mein Vater. Mum sitzt am anderen Ende des Zimmers seitlich auf einem Stuhl, die Augen starr zu Boden gerichtet. Den Arm hat sie um die Lehne geschlungen und beißt auf ihrem Daumennagel herum, wie sie es immer tut, wenn sie nervös oder wütend oder beides ist.

»Aufwachen«, sagt mein Vater. »Die Polizei ist da.«

Ich reibe mir die Augen und blinzele die beiden Fremden an. Sie tragen Uniform, hochgekrempelte weiße Hemdsärmel, und die zerknitterten dunklen Hosen sind ganz schlaff vom stundenlangen Tragen an so einem heißen Tag. Die Frau lächelt mich an. »Alles klar?«

Ich nicke.

»Wie heißt du denn, meine Kleine?«

»Sarah«, antworte ich. Meine Stimme klingt tief und ist vom langen Schweigen und vor Schüchternheit ein wenig heiser.

»Deine Eltern haben uns erzählt, dass dein Bruder verschwunden ist und du ihnen nicht sagen kannst, wo er ist. Stimmt das, Sarah?«

Ich nicke wieder.

Als die Polizistin mit mir spricht, ist ihr Tonfall höher als zuvor. Ihre königsblaue Wimperntusche hat sich in den Falten um ihre Augen ausgebreitet. Wenn sie mich anlächelt und sich zu mir herunterbeugt, werden die blauen Linien ganz eng zusammengedrückt. »Würdest du mir denn sagen, wo er ist?«

Ich schüttle sehr ernst den Kopf. *Ich würde, wenn ich könnte,* denke ich bei mir, sage es jedoch nicht laut. Die Polizistin wechselt einen Blick mit ihrem Kollegen. Einen Moment lang spiegelt sich sein eisiger Blick in ihren Augen, dann wendet sie sich wieder lächelnd an mich. »Dann zeig mir doch bitte mal das Zimmer von deinem Bruder.«

Ratsuchend schaue ich zu meiner Mutter. »Geh schon«, sagt sie und sieht mich nicht an. »Na los.«

Geruhsam stehe ich auf, gehe zur Treppe, und die Polizistin folgt mir. Ich habe sie noch nie gesehen, aber ich merke schon, dass sie sich einbildet, gut mit Kindern umgehen zu können. Sicher wird sie sich, gleich nachdem sie die Tür hinter uns geschlossen hat, zu mir herabbeugen, mir tief in die Augen schauen und mich wieder fragen, ob ich weiß, wo mein Bruder hingegangen ist. Langsam steige ich die Treppe hinauf, halte mich am Geländer fest und hoffe inständig, dass Charlie in seinem Zimmer ist, wenn ich gleich seine Zimmertür aufmache.

4

Als ich nach Hause kam, klingelte gerade das Telefon. Ich rannte hin, weil ich wusste, dass Mum sich nicht darum kümmerte. Zähneknirschend nahm ich den Hörer ab, weil ich an dem Tag eigentlich mit niemandem mehr reden wollte, aber im Gegensatz zu Mum das schrille Geklingel nicht aushielt. Wahrscheinlich wollte uns sowieso nur wieder jemand irgendwas aufschwatzen.

»Hallo?«

»Sarah?« Die Stimme am anderen Ende klang warm und ehrlich besorgt. »Ist alles in Ordnung bei euch, meine Liebe?«

»Mir geht es gut, Tante Lucy«, erwiderte ich, ließ mich auf die unterste Treppenstufe fallen und spürte, wie die Anspannung nachließ. Tante Lucy war Mums ältere Schwester. Obwohl nur drei Jahre zwischen ihnen lagen, hatte sie Mum immer bemuttert. Auf sämtlichen Kinderfotos schiebt sie Mums Kinderwagen oder zieht sie an der Hand hinter sich her. Selbstlos und ohne sich zu beklagen, war Tante Lucy immer für Mum dagewesen, als Charlie verschwand. Von allen ihren Freunden war sie die Einzige, die Mum noch nicht erfolgreich vergrault hatte. Ich hatte sie schon deshalb furchtbar gern, weil sie ihrer Schwester zuverlässig zur Seite stand, auch wenn sie schwierig geworden war. Tante Lucy gab eben niemals auf.

»Als ich von diesem armen Mädchen gehört habe, musste

ich gleich an euch denken. Wie geht es denn deiner Mutter?«

Ich schaute um die Ecke und vergewisserte mich, dass niemand in der Küche war. »Ich habe sie heute noch gar nicht gesehen, selbst heute früh nicht. Ich weiß nicht mal, ob sie überhaupt schon davon gehört hat.«

»Dann ist es vielleicht besser, sie nicht damit zu beunruhigen.« Tante Lucy klang besorgt. »Wer weiß, wie sie darauf reagiert. Ich war ja entsetzt, als ich das in den Nachrichten gehört habe. Der Fundort ist doch ganz bei euch in der Nähe, oder?«

»Ja«, antwortete ich, und unwillkürlich stiegen mir die Tränen in die Augen. Ich räusperte mich. »Jenny war auf der Edgeworth-Schule. Ich habe sie unterrichtet, Tante Lucy.« *Ach ja, und übrigens habe ich die Leiche gefunden.* Ich brachte es einfach nicht über die Lippen.

Sie klang ganz erschrocken: »Ich hatte keine Ahnung, dass du sie kanntest. Das ist ja furchtbar. Und für deine Mutter wird es dadurch sicher auch nicht gerade besser.«

Ich hielt den Hörer so fest umklammert, dass das Plastikgehäuse bedrohlich knackte, und verwarf die ersten drei Dinge, die ich spontan entgegnen wollte, weil sie zu unsensibel für meine arme, wohlmeinende Tante waren. Es war schließlich nicht Tante Lucys Schuld. Wir sorgten uns doch alle rund um die Uhr darum, wie Mum auf etwas reagieren würde, und wurden durch die immense Schwerkraft ihres Selbstmitleids in ihre emotionale Umlaufbahn gezogen. Fast hätte ich Tante Lucy dafür verurteilt, dass sie wieder nur an Mum dachte und nicht an die Shepherds oder an Jennys Freunde oder gar mich. Aber ich tat es nicht. Schließlich schaffte ich es sogar, den Ärger fast vollständig aus meiner Stimme zu verbannen, auch wenn meine Antwort etwas steif ausfiel: »Natürlich sage ich nichts, was sie zu sehr aufregen könnte. Und es würde mir nicht im Traum einfallen, einen Zusammenhang anzudeuten.«

Es verging ein Moment, bis Tante Lucy wieder etwas sagte, und ich fühlte mich schäbig. Sie kannte mich gut genug, um meine Verärgerung zu bemerken – auch wenn ihr der Grund vielleicht nicht klar war. Das hatte sie jedenfalls nicht verdient.

»Wie geht es deiner Mutter denn zur Zeit?«

»Eigentlich wie immer.«

Durch die Leitung kam ein mitfühlend-besorgtes Seufzen, und ich musste lächeln, als ich mir Tante Lucy vorstellte, wie sie perfekt frisiert und geschminkt auf der Bettkante saß – wahrscheinlich schlief sie sogar mit Wimperntusche. Um Onkel Harry nicht zu stören, telefonierte sie immer im Schlafzimmer. Er hatte gern seine Ruhe. Manchmal fragte ich mich, ob das der Grund war, weshalb sie keine Kinder hatten, oder ob sie einfach keine hatten bekommen können. Sie danach zu fragen, hatte ich mich nie getraut. Doch dadurch konnte sie mir eine wunderbare Tante sein – und gelegentlich sogar eine Mutter.

»Das ist bestimmt nicht leicht für dich«, sagte meine allerliebste Tante nun, und wie immer fühlte ich mich sofort getröstet.

»Ehrlich gesagt sehe ich sie gar nicht so oft. Ich halte ein bisschen Abstand.«

»Hast du noch mal darüber nachgedacht auszuziehen?«

Ich verdrehte die Augen. *Großartiger Vorschlag, Tante L. Danke, dass du mich daran erinnerst.* »Ich glaube, angesichts der Umstände ist gerade kein besonders guter Zeitpunkt dafür.«

Tante Lucy knurrte ungeduldig. »Wenn du immer nur auf den perfekten Zeitpunkt wartest, kommst du nie da weg. Es wird immer einen Grund geben, weshalb es gerade nicht geht. Aber mal ehrlich, eigentlich bist du es doch, die sich nicht lösen kann.«

Die gute alte Tante Lucy versuchte wieder einmal, die letzte Überlebende der Familienkatastrophe zu retten. Sie war diejenige gewesen, die mir zugeraten hatte, statt unseres Familiennamens Barnes Mums Mädchennamen anzunehmen, damit ich mich vor Gelegenheitsneugier und Mutmaßungen schützen konnte. Im Jahr vor meinem Schulabschluss hatte sie mir stapelweise Uni-Broschüren mitgebracht und bei den Bewerbungen geholfen. Sie hatte alles versucht, um mich davon abzuhalten, nach dem Studium mit der Lehrbefähigung in der Tasche wieder bei Mum einzuziehen. Aber ich fühlte mich einfach dazu verpflichtet, egal was Tante Lucy sagte.

Ein Geräusch hinter mir ließ mich zusammenzucken, und ich drehte mich um. Oben an der Treppe stand meine Mutter. Sie hatte zugehört. »Mum«, rief ich erschrocken und ging in Gedanken noch einmal durch, was ich gerade gesagt hatte – soweit ich mich erinnern konnte –, auf der Suche nach einem potenziellen Affront.

»Du musst endlich loslassen, Sarah. Denk nicht immer nur an sie«, flötete Lucy, die noch nicht mitbekommen hatte, was an meinem Ende der Leitung los war. »Ich mag deine Mutter wirklich sehr, aber sie ist eine erwachsene Frau und muss mit ihren Entscheidungen allein zurechtkommen. Du hast ein eigenes Leben zu leben; wie viel willst du ihr denn noch opfern? Außerdem ist es nicht gut für sie, in … in … einem *Museum* zu wohnen. Ich habe ihr schon vorgeschlagen, hierherzuziehen und sich ein neues Leben einzurichten. Ich würde mich doch um sie kümmern. Sie könnte im Handumdrehen wieder auf die Beine kommen.«

»Ähm, nein, Tante Lucy …«, stotterte ich und starrte

Mum dabei an. Sie war barfuß, trug ihr Nachthemd und eine uralte, mottenzerfressene Strickjacke.

»Lucy!« Mum kam die Treppe heruntergewankt und streckte die Hand nach dem Telefonhörer aus. »Ich will mit ihr reden.« Sie konnte kaum geradeaus schauen und hatte vermutlich schon etliche Gläser intus, obwohl sie noch recht kontrolliert wirkte. Ich überließ ihr den Hörer, stand auf und murmelte etwas vom Abendessen, das ich vorbereiten wollte. Als ich in die Küche ging, hörte ich sie sagen: »Oh Luce. Hast du die Nachrichten gesehen? Ich weiß nicht, ob ich das aushalte.«

Ganz sacht schloss ich die Küchentür hinter mir und stand in der Mitte des Raumes. Meine Fäuste waren geballt, und ich zwang mich, meine Finger einen nach dem anderen wieder zu lösen. Ich wartete, bis die brave Tochter in mir es der bösen Tochter ausgeredet hatte, die Küche zu Kleinholz zu verarbeiten. Es wäre wirklich zu viel von Mum verlangt gewesen, zuerst an Jenny oder ihre Eltern zu denken. Natürlich drehte sich alles – wie üblich – nur um sie.

Schließlich machte ich uns *Baked Beans* aus der Dose mit Toast. Im Kühlschrank herrschte gähnende Leere. Ich musste dringend etwas einkaufen und entsorgte erst einmal ein Bündel vergilbten, gummiartigen Sellerie aus dem Gemüsefach und einen Beutel Tomaten, die schon im eigenen Saft schwammen. Aber im Moment hatte ich einfach nicht genug Energie. Bohnen taten es auch. Zum Glück hatten wir beide ohnehin keinen richtigen Hunger. Ich stocherte auf meinem Teller herum – die knochenharten Bohnen schwammen in einer suspekten, zähflüssigen Sauce und hatten schwarze Stellen, weil ich sie im Topf hatte leicht anbrennen lassen. Verständlicherweise war ich beim Erwärmen nicht ganz bei der Sache gewesen. Mum unternahm nicht einmal den Versuch, etwas davon zu essen. Sie saß einfach da und starrte so lange ins Leere, bis ich das Abendessen für beendet erklärte und ihren unberührten Teller abräumte. »Geh ruhig ein bisschen fernsehen, Mum. Ich kümmere mich um den Abwasch.«

Sie schlurfte ins Wohnzimmer. Noch ehe ich den Wasserhahn aufdrehte, hörte ich, wie der Fernseher losplärrte, mitten in einen dümmlichen Werbespot hinein. Aber das Programm war ihr ohnehin egal. Es ging ihr nur darum, etwas zu tun zu haben, während sie ihre tägliche Dosis Flüssignahrung zu sich nahm.

Abwaschen war eine billige Form von Psychotherapie. Ich schrubbte die klebrige Pfanne, bis sämtliche Reste von Tomatensauce beseitigt waren, und dachte dabei über nichts Spezielles nach. Aus eigentlich nicht nachvollziehbaren Gründen war ich nervös. Vom Küchenfenster aus sah ich, wie der Garten allmählich in der Dämmerung versank. Es war ein klarer Abend, der still und friedlich alles in bläulich violettes Licht tauchte. Kaum zu glauben, dass es erst vierundzwanzig Stunden her war, dass ich mich im Auge des Sturms befunden hatte und die Polizei sich brennend für das Wenige interessierte, was ich wusste, so als läge der Schlüssel zur Aufklärung dieses Falles ganz allein in meinen Händen. Es fiel mir schwer, mich damit abzufinden, dass wir alle zu spät in den Wald gekommen waren. Jennys Mörder zu suchen war nur ein unbefriedigender Kompromiss im Vergleich dazu, sie lebendig zu finden. Seufzend trocknete ich mir die Hände an einem Geschirrtuch ab, und mir wurde bewusst, dass ich ziemlich deprimiert war. Ob das daran lag, dass ich mich am Rande des Geschehens befand – was ja schließlich mein ausdrücklicher Wunsch gewesen war –, oder ob es die verspäteten emotionalen Auswirkungen des Vortages waren, wusste ich nicht. Was wollte ich denn eigentlich? Eine neue Chance zum Schlagabtausch mit DS Blake? Einen weiteren Auftritt im Rampenlicht? Einen Platz im Zentrum der Ereignisse? Ich musste mich zusammenreißen und wieder meinem eigenen Leben zuwenden, so öde diese Aussicht auch war.

Vor Müdigkeit begann mir schon alles vor den Augen zu verschwimmen. Ich löschte das Küchenlicht und schleppte mich ins Wohnzimmer, wo gerade die Abendnachrichten begannen. Ich setzte mich neben Mum aufs Sofa und lehnte mich bewusst weit zurück in die Kissen, damit sie mein Gesicht nicht sehen konnte, ohne ihren Kopf zu drehen. Ich wollte mir die Sendung in Ruhe ansehen und nicht darüber nachdenken, was sie wohl denken mochte.

Ein Bild von Jenny wurde eingeblendet – ein Klassenfoto, das vor ein paar Monaten aufgenommen worden war. Die Krawatte war so ordentlich geknotet wie sonst nie und das Haar zu einem adretten Pferdeschwanz gebunden. Das Lächeln wirkte aufgesetzt; der Fotograf war unsympathisch und gereizt gewesen, erinnerte ich mich – er hatte die Mädchen wie Volltrottel behandelt, und alle fanden ihn unangenehm. Ich starrte das Foto auf dem Bildschirm an und versuchte es mit dem in Einklang zu bringen, was Blake mir erzählt hatte: *Es war offensichtlich, dass sie im vierten Monat schwanger war* … Aber das da auf dem Bildschirm war das Gesicht eines Kindes. Und genau das war Jenny doch auch gewesen. Seit sie an unsere Schule gekommen war, hatte ich sie fast jeden Tag gesehen, hatte mit ihr hunderte Male gesprochen. Das hier war keiner von diesen Fällen, bei denen die an die Presse herausgegebenen Bilder schon längst nichts mehr mit der Realität zu tun hatten, wo sich die Opfer vor ihrem unglückseligen Ende in Drogen oder Krawall geflüchtet hatten. Jenny sah wirklich aus wie das nette, freundliche Kind auf dem Foto. Ich hatte sie für unschuldig, unbeschwert und aufrichtig gehalten. Wie hatte ich mich nur derart täuschen können?

Der ernsthaft und seriös wirkende Moderator fasste kurz zusammen, was bislang über Jennys Tod öffentlich bekannt war. Der Filmbeitrag begann mit Aufnahmen von der Pressekonferenz, im Bild erschienen zuerst Vickers und dann die Shepherds selbst. Im grellen Scheinwerferlicht traten ihre dunklen Augenringe und die Furchen um Michael Shepherds Mund unbarmherzig hervor. Ich hoffte inständig, dass diese Bilder jemanden dazu veranlassen würden, sich bei der Polizei zu melden – ganz egal was Blake darüber gesagt hatte. Dann wurde die Reporterin vor Ort eingeblendet, hinter ihr sah man das Schulgebäude. Ich erkannte sie von der Pressekonferenz wieder; sie hatte relativ weit vorne gesessen. Ich hatte sie recht attraktiv gefunden, mit geschwungenen dunklen Augenbrauen, markanten Wangenknochen und einem breiten Mund. Ihr rotes Oberteil und das schwarz glänzende Haar machten sich auch vor der Kamera gut und wirkten im Scheinwerferlicht sehr lebendig. Ihre Stimme klang wohlmoduliert, sie drückte sich gekonnt aus und sprach dialektfrei. Ich zwang mich, auf den Inhalt ihrer Worte zu achten.

»Wir kennen jetzt also die Identität des Opfers, Jenny Shepherd, und wissen, wie sie gestorben ist. Doch selbst wenn die Polizei über weitere Erkenntnisse verfügt, gibt sie nichts davon bekannt. Unklar ist nach wie vor, wo sie ertrunken ist und wie sie in das nahe gelegene Waldstück gelangte und ebenso die drängendste Frage: Wer hat sie umgebracht?«

Danach wurde gezeigt, wie die Shepherds das Schulgebäude betreten, ihnen voraus Valerie, die ihnen wie ein kräftiger kleiner Eisbrecher den Weg durch die Menschenmenge bahnt. Dazu war weiter die Stimme der Reporterin aus dem Off zu hören: »Für die Eltern und Angehörigen von Jenny ein quälendes Martyrium. Für ihre Mitschülerinnen« – an dieser Stelle wurde eine Gruppe von eng beieinanderstehenden, schluchzenden Mädchen eingeblendet – »eine erschreckende Mahnung, dass die Welt ein Ort der Gewalt ist. Und für alle, die Jenny kannten, ein schrecklicher Verlust.« Während sie diese drei letzten Worte sagte, wechselte das Bild erneut. Entsetzt erkannte ich Geoff Turnbull, der eine verzweifelte junge Frau im Arm hielt. Sie war klein und zierlich, blonde Locken hingen ihr auf den Rücken herab. Das war ich! Sämtliche Muskeln in meinem Körper krampften sich vor Scham zusammen. Von allen Aufnahmen, die sie gemacht hatten, von all diesen emotionalen Bildern mussten sie ausgerechnet diese Szene verwenden! Ich wusste noch genau, wie mir in diesem Moment zumute war und dass ich eigentlich nur wegwollte. »Nicht zu fassen«, murmelte ich lautlos und schüttelte den Kopf. Mum starrte wie versteinert auf den Bildschirm.

»Vielen Dank, Louisa Shaw in Surrey«, sagte der Moderator und schaute in eine andere Kamera, während hinter ihm ein laufender Wasserhahn eingeblendet wurde.

Ich wartete darauf, dass Mum einen Kommentar dazu abgab, dass soeben ihre Tochter in den Nachrichten zu sehen war, doch sie blickte noch immer stur geradeaus, voll und ganz versunken in einen Beitrag über Wassergebühren. Vielleicht hatte sie mich ja gar nicht erkannt. Das ersparte mir wenigstens wortreiche Erklärungen. Ich war unglaublich müde. Ich hatte die Nase voll von diesem Tag, von dieser Woche, von allem. »Ich gehe jetzt schlafen, Mum.«

»Gute Nacht«, erwiderte sie mechanisch und hatte offenbar nicht bemerkt, dass es draußen noch gar nicht richtig dunkel war und ich dem Tagesablauf zwei Stunden voraus war. Ich ließ sie allein vor dem Fernseher sitzen. Ich hätte wetten können, dass sie an nichts anderes dachte als an Charlie.

Im Bad war die Glühlampe in der Fassung über dem Waschbecken durchgebrannt. Die Deckenlampe warf einen grauweißen Schein, der meine Haut totenblass erscheinen ließ, meine Lippen bläulich färbte und meine Augen dunkel und trüb machte. Ich schaute mich im Spiegel an und fühlte mich an Jenny erinnert. Einen Moment lang sah ich sie vor mir, wie sie lebendig ausgesehen hatte, und dann so, wie ich sie im Wald gefunden hatte. Im zweiten Bild fehlte etwas – es fehlte das, was sie ausgemacht hatte. Es war verschwunden. *Tu aus das Licht, und dann – tu aus das Licht.* Shakespeare hatte das gut hinbekommen mit seinem armen, ratlosen, mörderischen Mohren. *Pflückt ich deine Rose, Nie kann ich ihr den Lebenswuchs erneun, Sie muss, muss welken* … Ich schaltete das Badlicht aus und zog mich ins Halbdunkel meines Zimmers zurück, wo ich seufzend unter die Bettdecke kroch. Ich hätte wohl Zorn, Kummer oder so etwas wie Erleichterung empfinden müssen, aber eigentlich fühlte ich vor allem gar nichts.

Am nächsten Morgen fuhr ich ziemlich lustlos zur Schule. Elaine hatte uns unmissverständlich mitgeteilt, dass wir zu erscheinen hatten, obwohl die Schülerinnen vom Unterricht befreit waren. Ich vermutete, dass etliche meiner Kollegen die Fernsehnachrichten gesehen hatten, und bekam vor Scham eine Gänsehaut. Als ich mich dem Schultor näherte, sah ich als Erstes eine Gruppe von Mädchen aus Jennys Klasse – es waren drei: Anna Philips, Corinne Summers und Rachel Boyd. Sie trugen nicht ihre Schuluniform, sondern Jeans und Kapuzenpullover. Als ich auf das Schulgelände fuhr, umarmten sie sich gerade etwas verlegen vor den unzähligen Kamerateams und Reportern, die nach wie vor die Schule belagerten. Dennoch hatte ihre zur Schau gestellte Betroffenheit etwas Aufrichtiges und Glaubwürdiges an sich; ihre Gesichter waren gerötet und fleckig vom Weinen und keineswegs kameratauglich gestylt. Ich parkte auf dem erstbesten freien Platz ein, sprang aus dem Auto und eilte ins Schulhaus, um meiner Pflicht als Beschützerin, Beraterin oder Freundin – was auch immer von mir verlangt wurde – nachzukommen.

Beim Näherkommen erkannte ich, dass überall Blumen lagen. Der Zaun rund um die Schule fungierte als improvisierter Gedächtnisschrein und war mit Karten, Plüschtieren, sogar Luftballons und Plakaten geschmückt, die Zeitungsbilder und -ausschnitte zeigten. Überall sah man Jennys Gesicht in unscharfer Druckqualität und daneben zahllose Blumensträuße in knallbunter Folie. Kerzen flackerten matt im grellen Sonnenschein. Während ich wartete, bis die Mädchen ihre kleine Mahnwache beendet hatten, lief ich am Zaun entlang und las einige der Karten und Plakate durch. *Ein kleiner Engel, der uns viel zu früh genommen wurde. Wir werden dich nie vergessen, Jennifer. Auch wenn ich dich nicht kannte, werde ich immer an dich denken* ... Das alles zeugte vom verzweifelten Bedürfnis der Menschen, Anteil an dieser Tragödie zu nehmen und zu zeigen, wie betroffen sie der Vorfall machte. Und doch war es ein so durch und durch sinnloses Bestreben.

Ich brauchte mich gar nicht weiter um die drei Mädchen zu bemühen, denn kaum hatten sie mich bemerkt, kamen sie direkt auf mich zu. Genau das war wohl der Unterschied zwischen Kindern und Teenagern, sinnierte ich. In einem Jahr würden sie extra die Richtung wechseln, nur um nicht mit einer Lehrerin reden zu müssen. Doch diese Mädchen waren noch offenherzig und vertrauensvoll. Leichte Beute. Jenny war genauso gewesen.

»Wie geht es euch?«, fragte ich mitfühlend und ging mit ihnen zu einer etwas abseits der Medienmeute stehenden Bank auf dem Schulgelände.

Corinne, ein langes, dünnes, brünettes Mädchen, lächelte mich gequält an. »Geht schon. Ist nur schwer zu begreifen.«

»Hat die Polizei schon mit euch gesprochen?«, erkundigte ich mich. Die drei schüttelten synchron den Kopf.

»Wenn sie mit euch reden«, begann ich und wählte meine Worte mit Bedacht, »wenn sie etwas von euch wissen wollen, dann könnte es sein, dass sie euch Fragen über Jennys Leben stellen.«

Die drei Köpfe nickten.

»Sie könnten euch zum Beispiel nach Leuten fragen, die Jenny kannte – mit denen sie befreundet war.«

Sie nickten wieder.

»Es könnte sein, dass sie sich nach Leuten erkundigen, von denen ihre Eltern vielleicht gar nichts wussten«, deutete ich an.

Corinne und Anna, deren kleines, rundliches Gesicht und stämmige Statur mich unweigerlich an einen Hamster erinnerten, sahen mich daraufhin groß an, während Rachel ihre blauen Augen zu Boden richtete und nicht wieder aufsah. *Interessant.*

»Wisst ihr, wenn Jenny heimliche Freunde hatte, dann könnte das der Polizei helfen herauszufinden, wer sie umgebracht hat«, erklärte ich und beobachtete, ob Rachel darauf reagierte. Ihre Mundwinkel wiesen notorisch nach unten, wodurch sie immer ein bisschen verdrossen aussah. Normalerweise war das irreführend, aber heute vielleicht gerade nicht. Sie rührte sich nicht und starrte noch immer auf das Gras zu unseren Füßen.

Anna räusperte sich und sah jetzt noch betroffener aus

als zuvor. »Jenny war zwar unsere Freundin, aber wir wissen wirklich nichts darüber, wer sie umgebracht hat, ganz ehrlich ...«

Ich beeilte mich, sie zu beruhigen. »Niemand glaubt, dass ihr etwas damit zu tun habt, Anna. Es ist nur, falls sie einmal jemanden erwähnt hat, der sie aufgefordert hat, irgendetwas zu tun oder sich mit ihm zu treffen, dann würdet ihr euch doch bestimmt daran erinnern, oder? Jemanden außerhalb der Schule? Vielleicht einen Jungen?«

Corinne schüttelte den Kopf. »Sie hatte auf keinen Fall einen Freund. Bestimmt nicht.«

»Bist du ganz sicher?«, fragte ich noch einmal nach. »Gab es da wirklich niemanden? Rachel?«

Daraufhin hob sie den Blick und schaute mir mit einer derart unschuldigen Miene direkt in die Augen, dass ich schon von vornherein wusste, dass sie mich belügen würde. »Nein. Keinen.«

»Und wüsstet ihr davon, wenn es bei ihr zu Hause Probleme gegeben hätte? Hat sie etwas bedrückt?«

Dreimal Nein. Ich seufzte leise. Das war wirklich aussichtslos. »In Ordnung«, sagte ich betont umgänglich. »Also, wenn euch irgendwas einfällt, dann habt keine Angst, es jemandem zu sagen. Ihr bekommt deswegen keine Schwierigkeiten.«

Die drei Mädchen bedankten und verabschiedeten sich im Chor und rannten davon. Ich sah ihnen nach, wie sie hinter der Schule verschwanden. Obwohl ich mich redlich bemüht hatte, war es schwer, nicht den Mut zu verlieren. Wahrscheinlich sollte ich Vickers oder jemand anderen darauf hinweisen, dass Rachel möglicherweise etwas Wichtiges wusste. Aber wer würde mir schon zuhören? Und warum war ich mir eigentlich so sicher, dass ich Recht hatte?

Ich blieb noch ein paar Minuten auf der Bank sitzen und

überlegte. Doch ich kam zu dem Schluss, dass ich nichts tun konnte. Ich musste einfach darauf warten, dass sie auf mich zukam. Kaum hatte ich das gedacht, sah ich eine kleine Gestalt quer über den Parkplatz laufen. Es war Rachel, diesmal ohne ihre Freundinnen. Sie hatte die indifferente Maske abgelegt, und in ihrem runden, kindlichen Gesicht war deutlich zu erkennen, dass sie sehr beunruhigt war.

»Miss Finch, ich bin mir nicht ganz sicher, aber … also …« Sie warf über die Schulter einen Blick zurück. »Ich wollte vor den anderen nichts darüber erzählen, weil Jenny mich gebeten hat, es niemandem weiterzusagen.«

Ich straffte mich und versuchte ruhig zu bleiben. »Worum geht es denn, Rachel?«

Sie wirkte immer angespannter. »Sie wollten doch vorhin wissen, ob sie irgendjemanden kannte, der nichts mit der Schule zu tun hat. Also, sie hat mir mal ein Foto gezeigt. Darauf war sie mit … mit ihrem Freund zu sehen.«

»Mit ihrem *Freund*? Bist du sicher?« Meine Stimme klang viel zu aufgeregt. Rachel schaute mich zweifelnd an, und mir wurde klar, dass sie kurz davor war, davonzulaufen und ihr Geheimnis für sich zu behalten. Ich holte also tief Luft und fragte so sanft wie möglich: »Wer war das denn?«

»Ich weiß es nicht. Sie traf ihn immer nach der Schule.«

»Jeden Tag?«

Rachel schüttelte den Kopf. »Nein. Sie hatte einen Freund, einen Bekannten, den sie öfter in der Woche besuchte.«

»Und der war auf dem Bild?«

»Nein!« Rachel verlor allmählich die Geduld mit mir. »Das war doch nur ein ganz normaler Freund. Sein großer Bruder war der, mit dem sie richtig zusammen war.«

»Aha«, erwiderte ich betont ruhig. »Und wie hieß der Bruder?«

Sie zuckte die Schultern. »Das hat sie nie gesagt.«

»Und wie hieß der *normale* Freund?«

»Das hat sie mir auch nicht erzählt. Ich weiß nichts weiter über sie außer … außer …«

Ich wartete.

»Der, mit dem sie zusammen war – der auf dem Bild –, also, der war *alt*, Miss Finch. Erwachsen. Ich habe sein Gesicht nur von der Seite gesehen, weil er sie auf dem Bild gerade geküsst hat, aber er war auf jeden Fall ein Erwachsener.«

»Erwachsen wie deine Eltern oder eher wie ich?« Es hatte nicht viel Sinn, sie nach genaueren Einzelheiten zu fragen, da einer Zwölfjährigen jeder uralt vorkommt, der älter ist als sie. Trotzdem nahm ich an, dass sie einen Anfang-Zwanzigjährigen von einem Mittdreißiger oder noch älteren unterscheiden konnte.

»Erwachsen wie Sie«, antwortete sie. »Miss Finch, glauben Sie wirklich, dass er … Denken Sie, er weiß vielleicht, wer Jenny umgebracht hat?«

Der erwachsene Liebhaber einer Zwölfjährigen, eines Mädchens, das getötet und in einem einsamen Waldstück entsorgt wurde? Ich glaube schon, dachte ich bei mir, sagte aber stattdessen: »Vielleicht. Aber mach dir keine Sorgen. Es war vollkommen richtig, dass du mir davon erzählt hast. Und ich bin mir sicher, dass die Polizei ihren Freund schon gefunden hat.«

Ich redete, ohne wirklich nachzudenken, und versuchte dabei, nicht den Faden meiner eigenen Gedanken zu verlieren. War es also wirklich so simpel – eine falsch verstandene Schwärmerei führt zu einer unpassenden Beziehung, die mit einer ungewollten Schwangerschaft und einer panischen, gewaltsamen Lösung endete? Alle Puzzleteile passten zusammen. Die Polizei hatte ihn wahrscheinlich längst verhaftet. Ich musste sie dazu bringen, mit Rachel zu sprechen. Sie würde ihnen bestätigen, was sie bereits wussten. Damit wäre der Fall weitgehend geklärt. Jenny würde Gerechtigkeit widerfahren, die Shepherds und alle anderen würden trauern, aber ansonsten konnte wieder mehr oder weniger Normalität einkehren. Und ich hätte einen Beitrag geleistet. Das spielte schon eine Rolle, selbst wenn es zu spät war, Jenny zu retten.

Ich merkte, dass Rachel ganz nervös auf den Außenkanten ihrer Füße balancierte. War mir hier etwas Wichtiges entgangen? »Keine Sorge«, wiederholte ich. »Sie wissen bestimmt schon, wer es ist und wo sie ihn finden können. Jennys Eltern haben es ihnen sicher gesagt.«

Darauf entgegnete sie mit tränenerstickter Stimme: »Das ist es ja gerade. Sie hat ihren Eltern nie erzählt, wohin sie gegangen ist. Sie hat ihnen immer gesagt, dass sie bei mir ist, und sie haben es ihr auch geglaubt. Ich weiß nicht, wer ihr Freund war. Ich habe für sie gelogen, und nun ist sie tot.«

Kaum eine Stunde später erschien ich mit Rachel und ihrer Mutter im Schlepptau in Elaines Büro, wo ich auf DCI Vickers traf, der missmutig aus dem Fenster schaute. Vermutlich sah er die Birken draußen überhaupt nicht. Er wirkte zutiefst verzweifelt. Offensichtlich verliefen die Ermittlungen längst nicht so befriedigend, wie sein Pressesprecher noch am Morgen in den Nachrichten verkündet hatte. Andererseits sah ich ihn nun schon zum dritten oder vierten Mal, und immer hatte er so unglaublich mutlos ausgesehen, dass ich vielleicht nicht allzu viel in seinen Habitus hineininterpretieren sollte.

»Hallo?«, rief ich leise und klopfte vorsichtig an die offen stehende Tür. Er drehte sich um, und seine griesgrämige

Miene hellte sich ein wenig auf. Im nächsten Augenblick bemerkte er Rachel, die mit noch immer verweintem Gesicht ein Stück hinter mir stand und angestrengt die Ärmel ihres Sweatshirts über die Hände zog. Dann schaute er erwartungsvoll in meine Richtung. Schlagartig wich seine Erschöpfung jener messerscharfen Aufmerksamkeit, die mir bereits zuvor an ihm aufgefallen war.

»Das ist Rachel, eine von Jennys Freundinnen«, erklärte ich. »Sie hat mir gerade ein paar Dinge über Jennys Privatleben berichtet, die bestimmt auch für Sie interessant sind.« Ich wollte nicht übertreiben und hatte bewusst jegliche Aufregung vermieden, als ich Mrs. Boyd anrief und sie bat, in die Schule zu kommen. Sie sollte nicht denken, ihre Tochter sei die wichtigste Zeugin in diesem Fall, damit sie nicht vor Aufregung ihre Gluckenflügel über sie breitete. Ich hoffte darauf, dass Vickers zwischen den Zeilen lesen konnte.

Er lächelte sie an und sämtliche Falten in seinem Gesicht zogen sich freundlich in die Breite. »Rachel, nicht wahr? Danke, dass du hergekommen bist. Ist das deine Mutter? Wunderbar. Wir gehen einfach rüber in den kleinen Besprechungsraum und unterhalten uns ein bisschen, ja?«

Scheinbar ohne Hast nahm er die beiden mit in ein Zimmer, das mit Sesseln und einem kleinen Couchtisch für derartige Befragungen vorbereitet war. Wie aus dem Nichts tauchte eine seiner Beamtinnen auf und ließ sich mit einem Notizbuch an der Seite nieder. Im Flur zögerte ich einen Moment und überlegte, ob ich nicht besser versuchen sollte, Vickers zu erklären, dass ich Rachel rein zufällig getroffen und nicht vorgehabt hatte, mich einzumischen.

Der Inspektor wollte gerade die Tür schließen, als er mich bemerkte und kurz innehielt. Er beugte sich aus der Tür und murmelte so leise, dass man es drinnen nicht hören konnte: »Vielen Dank Sarah, das war sehr hilfreich von Ihnen. Ich will Sie nicht länger hier festnageln.«

Und damit schloss er die Tür. Perplex stand ich noch ein Weilchen davor und starrte auf das blanke, ausdruckslose Holz. Ich hatte ganz eindeutig das Gefühl, dass man mich gerade entlassen hatte.

1992

Seit drei Tagen vermisst

»Wir möchten, dass Sie noch einmal einen Fernsehspot aufnehmen.«

Der dicke Polizeibeamte sitzt am Küchentisch. Sein Hemd ist unter den Achseln dunkel verfärbt, und auf der Brust sind zwei sichelförmige Schweißflecken zu sehen. Obwohl es in der Küche und auch draußen wirklich heiß ist, schwitzt außer ihm niemand. Ab und zu wischt sich der Beamte die Tröpfchen ab, die ihm vom Haaransatz übers Gesicht laufen. Während er sich den Schweiß abtupft, wispert er immer wieder *»Du lieber Gott, du meine Güte«*, sodass ich erst recht zu ihm hinschaue und die Perlen auf seiner Haut beobachte, wie sie hervortreten, anschwellen und dann miteinander verschmelzen, bis sie schließlich schwer genug sind, hinabzurollen wie Regentropfen an einer Fensterscheibe.

»Noch einen?«, fragt Dad, und sein Gesicht sieht ganz grau aus. »Wozu denn das? Reicht einer denn nicht aus?«

Der Polizist breitet hilflos die Arme aus. »Er hat schon seinen Zweck erfüllt, aber …«

»Es war die reinste Zeitverschwendung. Ich habe Ihnen doch gleich gesagt, dass dieser ganze Schrott von wegen ›Bitte komm nach Hause, niemand ist dir böse‹ sinnlos ist. Als ob er nicht hier wäre, wenn er denn könnte.«

»Das hat wirklich nichts gebracht, da gebe ich Ihnen Recht.«

»Wozu es dann also wiederholen?«

»Wir verändern den Fokus des Beitrags. Wir wollen jetzt jemanden ansprechen, der möglicherweise bei Charlie ist. Wir befürchten inzwischen, dass er gefangen gehalten wird.«

Dad verschränkt die Arme. »Aha, dann sind Sie also endlich zu dem Schluss gekommen, dass ihn jemand entführt hat, ja?«

»Aus unserer Sicht ist das auf jeden Fall denkbar.« Tupf tupf tupf. »Du liebe Güte ...«, flüstert er und schaut dann mit kläglicher Miene in die Runde. »Wir müssen berücksichtigen, was die Psychologin sagt. Sie weiß, wie diese Leute ticken. Pädophile, meine ich. Sie empfiehlt, ihnen zu vermitteln, dass Charlie eine reale Person ist und zu einer Familie gehört. Die meisten von ihnen betrachten Kinder wie Charlie als eine Art Objekt, daher müssen wir ihnen klarmachen, dass er mehr ist als das.«

Mum stößt einen unterdrückten Laut aus. Sie hat die Augen geschlossen und sitzt schwankend auf ihrem Platz. Ich gehe um den Tisch herum und stelle mich ganz dicht neben sie. Sie fühlt sich schwach und schmächtig an, als könnte ich sie zerbrechen. Ich dränge mich an sie wie ein Zicklein, aber sie reagiert nicht.

»Was sollen wir Ihrer Meinung nach also tun?«, fragt Dad.

»Wir möchten, dass Sie vor der Kamera über Charlie sprechen. Wir wollen ihn in Familienbezüge einbetten – vielleicht können Sie gemeinsam Familienfotos anschauen, auf denen er mit drauf ist. Wir würden in den Medien gern ein paar neue Bilder von ihm platzieren. Außerdem soll ein Kamerateam Sie hier zu Hause filmen. Sie alle drei.«

Ich zucke zusammen. Die Vorstellung, ins Fernsehen zu kommen, finde ich aufregend. Ich kann nicht verhindern, dass sich ein Lächeln auf meinem Gesicht ausbreitet. Hoffentlich sehen mich dann auch die Mädchen aus meiner Klasse.

»Ich will sie da heraushalten.«

Ich verstehe nicht gleich, was Mum meint. Doch dann schauen alle am Tisch Versammelten zu mir.

»Ich verstehe, dass Sie Ihre Tochter vor der Öffentlichkeit schützen möchten, aber es ist wirklich wichtig, Mrs. Barnes«, entgegnet der Beamte mit ernstem Gesicht.

Mums Mund ist eine schmale Linie. »Ich denke, dass es nicht gut für sie wäre, wenn das Fernsehen sie zeigt.«

Sie will nicht, dass ich ins Fernsehen komme, weil sie genau weiß, wie sehr ich es mir wünsche. Sie will nicht, dass mir etwas Schönes passiert, weil ich es nicht verdient habe. Meine Knie zittern so sehr, dass ich kaum aufstehen kann. »Aber Mum …«, fange ich an.

Dad unterbricht mich. »Laura, wir müssen es tun.«

Sie antwortet ihm nicht, sondern schüttelt nur den Kopf und schaut auf ihre Hände, die sie krampfhaft in ihrem Schoß knetet. Ihr Gesicht ist leer und verschlossen.

Dad versucht es noch einmal. »Wir müssen das tun. Für Charlie.«

Genau das sagt er immerzu. Iss etwas, für Charlie. Sprich mit der Polizei, für Charlie. Ruh dich ein bisschen aus, für Charlie. Es ist das Einzige, was sie nicht ablehnen kann.

Das Kamerateam baut im Garten die Technik auf. Sie sagen uns, wo wir uns hinsetzen und was wir tun sollen. Ich sitze zwischen meinen Eltern, die Rüschen meines Lieblingskleides bauschen sich. Wir tun so, als würden wir zusammen in einem Fotoalbum blättern – Charlie als Baby, dann als Kleinkind mit einem roten Dreirad, das ich wiedererkenne. Ich bin früher auch damit gefahren. Es steht noch im Schuppen, doch die Farbe ist inzwischen abgeblättert.

Ich warte auf das erste Bild von mir, auf dem Charlie sich über mein Gitterbettchen beugt und mich anschaut. Ich weiß genau, auf welcher Seite es ist. Ich habe es schon unzählige Male betrachtet und versucht, mich in dem kleinen, runden, rotgesichtigen Bündel zu erkennen, das in eine Decke gewickelt ist, aus der eine winzige dicke Hand herausschaut. Mum blättert die Seiten langsam – viel zu langsam – um, hält ab und zu inne und seufzt. Als ich aufblicke, ist ihr Gesicht verzerrt vor Gram.

Hinter der Kamera hervor kommt die Anweisung: »Und jetzt leg die Hand auf den Arm deiner Mutter, Sarah.«

Ich gehorche und tätschle sie sacht. Ihre Haut fühlt sich kalt an, obwohl wir in der Hitze der Nachtmittagssonne sitzen. Sie zieht hastig ihren Arm weg, als hätte ich sie verbrannt. Zum ersten Mal begreife ich, dass ich sie niemals werde trösten oder glücklich machen können. Ich werde ihr niemals genügen.

Dann, ohne Vorwarnung, schießen mir die Tränen in die Augen. Ich sitze da und weine mir die Seele aus dem Leib, als könnte ich nie mehr aufhören. In den Abendnachrichten sieht es aus, als würde ich um Charlie weinen. Nur ich allein weiß, dass es meinetwegen ist.

5

Kurz nach dreizehn Uhr kam Andrew Blake ins Sekretariat der Schule, wohin mich Elaine abkommandiert hatte, da es nichts zu unterrichten gab. Meine Kollegen hockten im Lehrerzimmer herum und erledigten liegengebliebenen Papierkram. Das hatte ich ebenfalls vorgehabt. Doch zu meinem Pech war ich unterwegs Elaine in die Arme gelaufen und hatte zu meinem noch größeren Pech keine passende Ausrede parat gehabt, um ihren Aufträgen zu entgehen. Aber eigentlich hatte ich auch gar nichts dagegen. Den ganzen Morgen Post zu öffnen und Telefondienst zu schieben war nicht gerade anstrengend. Der einzige Wermutstropfen war eigentlich die Gegenwart von Janet, der Schulsekretärin. Diese spindeldürre Frau von Anfang fünfzig befand sich tagtäglich am Rande des Nervenzusammenbruchs, und zwar seitdem ich an der Edgeworth-Schule arbeitete. Schon unter normalen Umständen war sie eigentlich zu nichts zu gebrauchen, aber in der momentanen Situation war es ihr vollkommen unmöglich, etwas anderes zu tun, als tränenreich über ihre gesundheitlichen Probleme von damals bis heute zu palavern. Als ich ins Sekretariat kam und ihre entzündeten Augenlider und die gerötete Nase sah, wusste ich auf Anhieb, dass es keinen Sinn hatte, ihr ernsthaft zuzuhören. Es gelang mir so recht und schlecht, ihre Stimme auszublenden und mich in meine eigene Welt zurückzuziehen, während ich mechanisch einen Stapel Werbepost und Telefonnotizen durchging. Das Sortieren war eine geradezu therapeutische Beschäftigung. Janets Monolog plätscherte im Hintergrund unaufhaltsam wie ein Bach dahin. Wenn man nicht darauf achtete, was sie sagte, war es beinahe beruhigend.

Als sich die Tür öffnete und Blake seinen Kopf hereinsteckte, brauchte ich einen Moment, um wieder in die Realität zurückzukehren. Janet plapperte gerade: »Und ich wusste natürlich sofort, dass es ein Bandscheibenvorfall war, denn ich hatte ja schon einmal einen gehabt … Kann ich Ihnen helfen?«

Er strahlte sie an und ließ seinen ganzen Charme spielen. »Im Moment nicht, verbindlichsten Dank. Ich würde gern mit Miss Finch sprechen.«

Ich stand auf und strich die Falten meines Kleides glatt, um Zeit zu gewinnen. Weshalb wollte er wohl mit mir sprechen? Bestimmt hatte es etwas mit Rachel zu tun. Ich ging in Richtung Tür, während mein Kopf von allerlei Erinnerungsfetzen an das, was ich zuvor Vickers hatte berichten wollen, nur so schwirrte.

»Sind Sie lange weg?«, fragte es hinter mir. Janets Stimme klang frustriert und schrill. »Bei der Hektik sollte auf jeden Fall jemand von uns über Mittag hier sein.«

Ich blieb stehen und schaute irritiert zwischen den beiden hin und her.

»Ich hoffe, Sie haben nichts dagegen«, sagte Blake freundlich, ohne sich von seinem Ansinnen abbringen zu lassen. »Es dauert nicht sehr lange.«

Janet schniefte. »Auch gut. Dann gehe ich eben später essen. Ich habe im Moment sowieso keinen so großen Appetit.«

Ich wandte ihr den Rücken zu und schnitt in Blakes Richtung eine Grimasse, woraufhin dieser mit einem als Hustenanfall getarnten Lachen in den Korridor eilte, um Janets Blicken zu entgehen. Sobald sich die Tür hinter mir geschlossen hatte, fragte er amüsiert: »Was war denn?«

»Was, Janet? Sie ist schon was Besonderes, oder?«

»Das können Sie aber laut sagen. Die ist ja mindestens so witzig wie diese Strickerinnen am Fuß der Guillotine. Wie sind Sie denn da hineingeraten?«

»Akuter Schülermangel und zur falschen Zeit am falschen Ort gewesen. Immer noch besser, als gar nichts zu tun, aber trotzdem danke für die Rettung.« Ich zögerte einen Augenblick. »Worüber wollten Sie denn mit mir reden?«

Blakes Miene war jetzt ausgesprochen ernst, sodass ich seinem Anliegen mit einem gewissen Unbehagen entgegensah. »Ich wollte mich erkundigen, ob Sie vielleicht Hunger haben? Denn sollten Sie tatsächlich so taktlos sein, angesichts der gegebenen Umstände etwas essen zu wollen, könnte ich Ihnen gern an einem Ort Ihrer Wahl« – er hielt eine Papiertüte in die Höhe – »ein leckeres Sandwich anbieten. Es ist herrliches Wetter. Gibt es hier irgendwo ein grünes Fleckchen?«

Ich blinzelte überrascht und merkte, wie sich meine Stimmung schlagartig besserte. Es war in der Tat ein herrlicher Tag und somit nicht nötig, die Mittagspause im muffigen Schulsekretariat zuzubringen oder – noch schlimmer – im Lehrerzimmer, wo ich mir beim Essen das Klappern von Stephen Smiths Prothese anhören musste. Das war wirklich nicht besonders verlockend, zumal sich ja gerade eine erheblich angenehmere Variante eröffnete. Würde ich es bedauern, Blakes Angebot auszuschlagen? Kurz gesagt, ja.

»Ich weiß nicht so recht«, entgegnete ich und imitierte Blakes seriöses Gebaren. »Was haben Sie denn als Belag im Angebot?«

»Einmal Schinken mit Salat und einmal Käse mit Tomate.«

Ich überlegte. »Könnte ich Käse mit Tomate haben?«

»Unbedingt.«

»Tja, wenn das so ist, dann kommen Sie mal mit.« Ich ging voraus und steuerte auf das Tor zum Parkplatz zu. »Ein ruhiges Plätzchen an der frischen Luft, ist das die Vorgabe?«

Blake legte einen Schritt zu, um als Erster am Tor zu sein und es mir aufzuhalten. »Idealerweise ein Stück abseits von dieser Meute da.« Er nickte in Richtung des Reportergewimmels am Schultor.

»Kein Problem.« Ich ging voran, vorbei am Schulgebäude und am Hockeyfeld, bis zu einem kleinen, von hohen Mauern umgebenen Schulgarten. Dort konnten die Mädchen – mit recht unterschiedlichem Erfolg – ihren grünen Daumen ausprobieren. Das Gemüsebeet bot einen ausgesprochen traurigen Anblick; die verwelkten Salatköpfe waren dem Kampf gegen das üppig gedeihende Unkraut einfach nicht gewachsen. An den Mauern verströmte jedoch ein prächtiges Geißblatt seinen intensiven Duft, und zwei Apfelbäume warfen lichten Schatten auf die Wiese. Der Schulgarten hatte den Vorzug, dass man ihn nicht einsehen konnte, weshalb er in normalen Zeiten ein beliebter Rückzugsort für jene Schülerinnen war, die in der Mittagspause das strikte Rauchverbot unterwandern mussten. Jetzt war er allerdings einsam und verlassen.

»Perfekt«, befand Blake, als er über meine Schulter hinweg einen Blick durch das Gartentor warf. Er stand so dicht hinter mir, dass ich seine Gegenwart sehr intensiv wahrnahm und daraufhin einen Moment brauchte, um mich wieder zu sammeln. Ich entriegelte das Tor, trat hinunter auf die Wiese, und er folgte mir.

»Privatschulen sind doch wirklich unschlagbar, oder?«

»Schon möglich.« Ich betrachtete ihn skeptisch. Er trug einen ziemlich schicken Anzug. »Wollen Sie sich auf eine Bank setzen oder lieber auf der Wiese liegen?«

Er hockte sich hin und befühlte das Gras. »Trocken wie Zunder. Ich stimme für die Wiese.«

Er entledigte sich seines Jacketts und seiner Krawatte, krempelte seine Hemdsärmel hoch und machte es sich dann rücklings auf dem Rasen bequem. Amüsiert beobachtete ich, wie er die Handballen auf die Augenhöhlen presste. »Müde?«

»Nur ein bisschen«, antwortete Blake mit schläfriger Stimme.

Er lag in der Sonne, und ich ließ mich daneben an einem schattigen Fleckchen nieder und inspizierte den Inhalt der Lunchtüte. Doch allmählich wurde mir die Stille unbehaglich.

»Wie laufen die Ermittlungen denn?«, fragte ich schließlich.

Er schreckte hoch und schaute mich blinzelnd an, als hätte er mich noch nie gesehen. »Oh, tut mir leid, bin ich eingenickt?«

Statt zu antworten, biss ich in mein Sandwich. Blake stützte sich auf seinen Ellbogen und durchsuchte die Tüte. »In diesen Tagen weiß ich manchmal gar nicht mehr, ob ich hungrig oder müde bin. Seit Montag rotieren wir nur noch.«

»Und kommen Sie wenigstens voran?«

Mit vollem Mund murmelte er: »Mehr oder weniger. Dass Sie diese Freundin aufgetrieben haben, war eine echte Hilfe. Wie kam es denn dazu?«

Ich zuckte die Schultern. »Ich habe Rachel zufällig getroffen. Sie brannte darauf, jemandem davon zu erzählen, und da sie mich kennt …«

Er nickte. »Sie vertrauen Ihnen bestimmt, weil Sie jung sind. Sie sind ihnen ähnlicher als die meisten anderen Lehrer hier.«

»Wenn Sie sich da mal nicht täuschen. In Ihren Augen sehe ich vielleicht jung aus, aber ich glaube nicht, dass die Mädels mich als eine von ihnen betrachten. Für sie bin ich ganz klar eine Erwachsene.« Ich seufzte. »Diese ganze Sache mit Jenny – ich habe wirklich nichts davon bemerkt. Nicht ansatzweise.«

»Machen Sie sich keine Vorwürfe. Keiner hat davon gewusst. Selbst die Eltern hatten keine Ahnung. Wie hätten Sie es denn da mitbekommen sollen?«

Ich legte mein Sandwich ab und schlang die Arme um die Knie. »Trotzdem, ich hätte es merken müssen. Es lässt mich einfach nicht mehr los. Wissen Sie, manchmal ist sie nach dem Unterricht noch ein Weilchen dageblieben und wollte mit mir reden – über gar nichts Besonderes, einfach nur plaudern. Ich habe mir nie viel dabei gedacht, aber vielleicht hat sie ja auf eine Gelegenheit gewartet, mir davon zu erzählen. Und ich habe sie immer nur aufgefordert sich zu beeilen, damit sie nicht zu spät zu ihrer nächsten Stunde kommt.« Ich ließ meine Stirn auf die Knie sinken und verbarg mein Gesicht vor ihm, weil ich seinen kritischen Blick fürchtete. Doch sein entschlossener Tonfall ließ mich wieder aufblicken.

»Unsinn. Wenn sie mit Ihnen hätte reden wollen, dann hätte sie es auch getan. Also, ich möchte Sie ja nicht beeinflussen, was das Mädchen angeht, aber sie war absolut undurchsichtig. Wir haben ihr ganzes Zimmer auf den Kopf gestellt und Unmengen von Zeug kriminaltechnisch ausgewertet, aber nichts Verwertbares gefunden. Offensichtlich war Rachel die Einzige, mit der sie darüber geredet hat, und selbst sie weiß ja kaum etwas. Fällt Ihnen vielleicht noch jemand anders ein, dem sie sich anvertraut haben könnte?«

»Nein«, erwiderte ich bedauernd. »Ehrlich gesagt glaube ich, dass Jenny nur deswegen mit Rachel darüber gesprochen hat, weil sie eine Ausrede brauchte, und nicht, weil sie mit jemandem über ihren Liebhaber reden wollte.«

»Wie hat ihr Rachel denn diese Deckung verschafft?«, fragte Blake interessiert.

»Sie war die Einzige in der Klasse, die einigermaßen in der Nähe wohnte – mit dem Fahrrad vielleicht zehn Minuten entfernt. Rachel zufolge durfte Jenny zu ihr nach Hause radeln, damit sie gemeinsam Hausaufgaben machen konnten. Allerdings ist sie eben nie zu Rachel gefahren, sondern dorthin, wo sie sich mit diesem Freund und seinem Bruder getroffen hat.«

»Und die Eltern haben nie Verdacht geschöpft?«

»Das ist ja das Schöne am Handy. Wenn Diane Shepherd wollte, dass Jenny nach Hause kam, hat sie einfach kurz angerufen oder ihr eine SMS geschickt. Mit den Boyds hat sie nie telefoniert. Es bestand also keinerlei Gefahr, dass die Sache aufflog. Trotzdem hatte Jenny Rachel eingeschärft, sie zu decken, falls Mrs. Shepherd sie in der Schule einmal darauf ansprechen sollte.«

»Ziemlich clever. Sie hat wohl alle nach ihrer Pfeife tanzen lassen?«

»Offensichtlich.« Diese Vorstellung widersprach allerdings meinem Bild von Jenny derart, dass mir die Sache suspekt vorkam. »Aber vielleicht hat sich das alles ja eher ihr Liebhaber ausgedacht.«

»Mmm«, erwiderte Blake unbestimmt. »Vielleicht.«

Weiter sagte er nichts, und auch ich schwieg. Eine Ringeltaube gurrte in den Bäumen und durchbrach die Stille. Er starrte sinnierend ins Gras, und ich nutzte die Gelegenheit, ihn ausgiebig zu betrachten. Das grelle Sonnenlicht schimmerte in den Härchen auf seinen Armen und in den Wimpern, die sich fächerförmig auf seine Wangen legten. Ich hatte noch nie einen Mann mit so langen Wimpern gesehen. Allerdings waren sie der einzige feminine Zug an ihm. Er hatte sein Hemd so nachlässig in den Hosenbund gesteckt, dass über seinem Gürtel ein kleines Dreieck bloßer Haut zu sehen war: straff und gebräunt, und eine schwarze Haarlinie entführte meine Gedanken abwärts in Regionen, wo sie nicht hingehörten.

Er lag reglos da wie eine Fotografie. Das Einzige, was sich an ihm bewegte, war der Sekundenzeiger seiner Uhr. Ich umfasste meine Knie und spürte, wie sich etwas Ungewohntes in meinem Inneren ausbreitete, das ich nach kurzem Zaudern und mit einiger Überraschung als Glücksgefühl identifizierte.

Blake schaute unvermittelt zu mir auf, und ich spürte einen heftigen Stich in der Magengegend. »Essen Sie Ihr Sandwich denn nun oder nicht?«

Die zweite Hälfte lag noch immer eingewickelt da. »Ich habe gar nicht so großen Hunger.«

»Wenn Sie es nicht wollen, würde ich das übernehmen.«

Ich reichte ihm das Päckchen hinüber. Er verschlang das Brot mit drei Bissen, legte sich dann wieder hin und schützte mit dem Arm sein Gesicht vor der Sonne. »Wie geht es eigentlich Ihrer Mutter?«

»Mum?« Bis zu diesem Moment war mir überhaupt nicht mehr bewusst gewesen, dass ich sie gegenüber Blake schon einmal erwähnt hatte. Ich versuchte mich zu erinnern, was ich ihm wohl gesagt hatte, und zog mich schließlich mit einem »Ach, eigentlich wie immer« aus der Affäre.

»Haben Sie ihr gesagt, wo Sie am Montagabend waren? Dass Sie Ihre Zeit mit bösen Polizisten zugebracht haben?«

Ich lachte. »Nein, ich musste ihr gar nichts erklären. Sie schlief schon, als ich zurückkam.«

»Wieso hasst sie denn die Polizei so sehr?« Er nahm seinen Arm kurz vom Gesicht und blinzelte in meine Richtung. »Das frage ich mich schon die ganze Zeit, seit Sie es mir erzählt haben.«

»Das ist bei manchen Leuten eben so.« Ich wandte mich ab. »Wir hatten ein paarmal mit der Polizei zu tun, und das war – sagen wir mal – nicht besonders hilfreich.«

»Worum ging es denn?«

Einen Augenblick lang zögerte ich und war schon drauf und dran, ihm alles über Charlie zu erzählen. Aber das war eine viel zu lange Geschichte, die ihn zudem wahrscheinlich gar nicht interessierte. Vermutlich stellte er mir diese Fragen nur, weil sich das für einen guten Polizisten so gehörte.

»Alles Schnee von gestern. Sie wissen doch, wie das manchmal ist. Die Polizei hatte eben andere Prioritäten als meine Mutter. Dadurch fühlte sie sich irgendwie im Stich gelassen. Wenn sie nicht so nachtragend wäre, hätte sie die Sache bestimmt längst überwunden.«

»Leben Sie denn nur zu zweit? Kein Vater?«

»Dad lebt nicht mehr«, antwortete ich in – wie ich meinte – unverändertem Tonfall. Trotzdem setzte er sich auf.

»Wann ist er denn gestorben?«

»Als ich vierzehn war. Vor zehn Jahren. Mein Gott, es kommt mir noch gar nicht so lange vor.«

»Und wie kam er ums Leben?«

Ich hatte mich allmählich daran gewöhnt, davon ohne größere emotionale Regungen zu erzählen. »Autounfall. Es passierte, nachdem sie sich getrennt hatten. Er war schon ausgezogen und war gerade von Bristol mit dem Auto hierher unterwegs, weil er mich besuchen wollte und – tja, ein sinnloser Unfall eben.«

Kein Selbstmord. Auch wenn es viel Gerede gab.

»Das war bestimmt nicht einfach.«

»Hmm«, erwiderte ich, ohne ihn anzuschauen. »Danach wurde es zu Hause ziemlich haarig. Mum ging es nach der Scheidung ohnehin nicht besonders gut. Deshalb bin ich ja auch bei ihr wohnen geblieben. Und als Dad dann starb« – ich schluckte – »musste sie eine Zeitlang ins Krankenhaus. Sie ist einfach nicht mehr klargekommen.«

In Wirklichkeit war es noch viel schlimmer gewesen. Sie war vor lauter Kummer richtiggehend durchgedreht – total außer sich und wirklich gemeingefährlich. Zu ihrer eigenen und meiner Sicherheit wurde sie in die Psychiatrie eingewiesen, und Tante Lucy – dieser Engel – holte mich für ein paar Monate nach Manchester. Von dort aus schrieb ich Mum jeden Tag, bekam aber nie eine Antwort.

»Als sie aus der Klinik kam, war sie offen gestanden immer noch ziemlich neben der Spur. Und so richtig erholt hat sie sich seither eigentlich nicht. Und da nur noch wir beide übrig sind, kümmere ich mich eben um sie. Ich finde, das ist das Mindeste, was ich tun kann.«

»Was Ihrem Vater zugestoßen ist« – er streckte seine Hand aus und berührte meinen Knöchel –, »das ist nicht Ihre Schuld, wissen Sie.«

»Habe ich das gesagt?« Meine Stimme klang spitz; jahrelang hatte ich mir von Mum anhören müssen, dass ich dafür verantwortlich war. »Ich weiß, dass es einfach ein Unglück war. Es hätte nicht passieren dürfen, aber es ist nun mal geschehen. Niemand hätte gedacht, dass es Mum so mitnehmen würde, denn sie hatten ja schon zwei Jahre getrennt gelebt. Aber sie war vollkommen am Boden zerstört.«

»Vielleicht hat sie ihn ja noch geliebt. Wie kam es denn zur Trennung?«

»Dad hat sie verlassen. Aber sie hat auch wirklich alles dafür getan.« Ich schüttelte den Kopf. »Ich weiß doch, wie sie mit ihm geredet und was sie über ihn gesagt hat. Sie *hasste* ihn.«

»Hat sie ihren Ehering abgelegt?«

»Was?«

»Hat sie ihn nicht mehr getragen – nach der Scheidung?«

»Doch. Sie trägt ihn sogar immer noch.«

Blake zuckte die Schultern. »Dann liebt sie ihn auch noch.«

Ich dachte einen Augenblick lang darüber nach und spürte meinen Widerwillen, Mum irgendetwas zugutezuhalten. Aber vielleicht hatte er ja tatsächlich Recht. Und zum ersten Mal seit Jahren empfand ich aufrichtiges Mitleid mit meiner Mutter, die sich ihr Leben so ganz anders vorgestellt hatte und nicht klarkam mit dem Elend, das über sie gekommen war, und die sich eigentlich nur noch die ganze Welt vom Halse halten wollte.

Blake hatte sich wieder auf den Rücken gedreht und schloss die Augen. Mein Knöchel prickelte noch an der Stelle, wo seine Hand ihn berührt hatte. Völlig ohne nachzudenken, platzte ich heraus: »Wieso haben Sie eigentlich keine Freundin?«

Grinsend drehte er sich zu mir um. »Meine Arbeitszeiten sind katastrophal, schon vergessen? Das hält keine lange aus.«

»Ja, klar.« Viel wahrscheinlicher fand ich allerdings, dass er in dieser Hinsicht einen beträchtlichen Verschleiß hatte – an willigen Kandidatinnen mangelte es ja offenbar nicht. Doch das hatte ich nicht nötig. Ich hatte nicht vor, mich in die Warteschlange einzureihen. »Apropos Arbeit, ich sollte langsam wieder zurück; Janet wird schon fuchsteufelswild sein.«

Ich erwartete ein amüsiertes Lachen, doch seine Reaktion war ernst. Stirnrunzelnd setzte er sich auf. »Sarah, was diesen Fall betrifft … Seien Sie bitte vorsichtig. Halten Sie sich aus den Ermittlungen raus. Versprechen Sie mir das.«

Ich spürte, wie meine Miene erstarrte. »Was meinen Sie damit?«

»Schauen Sie, Sie sind ein anständiger Mensch. Sie fühlen sich für vieles verantwortlich, selbst wenn es vielleicht nicht immer gut ist. Aber das hier – das hier ist eine Sache, aus der Sie sich unbedingt heraushalten sollten.«

»Ich weiß überhaupt nicht, wovon Sie reden.« Aus Verlegenheit begann ich die Sandwichtüte sauber zusammenzufalten.

»Also, wie soll ich das erklären? Sie waren uns ja durchaus eine Hilfe. Das war wirklich toll. Aber Sie waren von Anfang an ein bisschen zu nahe dran an dem Fall. Ich mag Sie, Sarah, und ich will nicht, dass man Sie verletzt.«

Einerseits nervte mich sein Gerede, andererseits hätte ich zu gern gewusst, wie er das mit dem Mögen wohl gemeint hatte. Mochte er mich richtig, oder mochte er mich einfach so? Doch ich verbannte diese Frage vorerst aus meinen Gedanken und versuchte mich auf Wichtigeres zu konzentrieren: »Wie könnte man mich denn verletzen?«

»Da gibt es einige Möglichkeiten.« Blake stand auf und schaute zu mir hinunter. Die Sonne stand in seinem Rücken, sodass sich seine Silhouette vor dem strahlend blauen Himmel abzeichnete. Seinen Gesichtsausdruck konnte ich nicht erkennen. »In Fällen wie diesem bekommt früher oder später immer jemand die Schuld zugeschoben. Noch ist die Lage ruhig, aber wenn wir nicht bald Ergebnisse präsentieren, werden die Leute anfangen, Fragen zu stellen und darüber zu spekulieren, wem eigentlich etwas aufgefallen sein müsste. Glauben Sie mir, wenn die Leute erst mal anfangen, neugierig zu werden, ist es echt nicht ratsam, in ihrem Blickfeld zu stehen.«

»Kann ich mir ehrlich gesagt kaum vorstellen.«

»Ich habe es selbst schon miterlebt«, erwiderte Blake. »Kümmern Sie sich einfach wieder um Ihren Job, Sarah. Versuchen Sie nicht, unsere Arbeit zu machen. Gehen Sie kein unnötiges Risiko ein.«

Sprachlos schaute ich ihn an, woraufhin er plötzlich linkisch auf seine Uhr sah und sagte: »Ich sollte jetzt besser gehen. Danke für die gemeinsame Mittagspause.«

Ich sah ihm nach, wie er mit gesenktem Kopf über die Wiese davonging. Mein Hals tat mir weh, als ob ich gleich weinen müsste, aber was ich empfand, war eher Wut. Schließlich war *er* ja zu *mir* gekommen. Dass ich mit Rachel gesprochen hatte, lag doch nur daran, weil ich den Shepherds helfen wollte. Was sollte es denn schaden, wenn ich versuchte zu tun, was ich tun konnte?

Mangels Publikum für meine unschlagbaren Argumente spürte ich bald Flaute in meinen Segeln und stand auf, um zu gehen. Nachdem ich den Müll aufgesammelt hatte, deutete bis auf ein bisschen plattgedrücktes Gras nichts mehr auf unsere Anwesenheit hin.

Fälschlicherweise hatte ich angenommen, dass mein neu erworbenes Mitgefühl für Mum einer direkten Begegnung mit ihr standhalten würde. Noch keine zwei Minuten war ich zu Hause, als das Mitleid in mir verdorrte und jäh wieder erstarb.

Ich war müde und verschwitzt nach Hause gekommen, wo mir der typische Geruch von verbrauchter Luft und muffigen Stoffen entgegenwehte. Kein Gedanke an frisch gebackenes Brot oder dampfenden Kaffee. Mum saß auf dem Sofa und blätterte in einem großen, in Lederimitat gebundenen Erinnerungsalbum, das ich auf den ersten Blick erkannte.

Diese Erinnerungsalben waren Großmutters Idee gewesen. Nach Charlies Verschwinden hatte sie Wochen und Monate damit zugebracht, stapelweise Zeitungen zu durchforsten und alles auszuschneiden, was auch nur annähernd mit ihm zu tun hatte. Das tat sie mit einem absonderlichen Stolz, als ginge es um eine bemerkenswerte und erinnerungswürdige Leistung von Charlie – wie etwa sportliche oder schulische Erfolge. Was sie sich eigentlich davon versprach, habe ich nie begriffen. Als Großmutter starb, erbte Mum diese Alben: drei schwere Bände, die knirschten, wenn man die vom Leim ganz steifen Seiten umblätterte. Ich hatte sie schon unzählige Male gesehen, aber nie genauer betrachtet. Zum einen, weil ich es nicht wollte, und zum anderen, weil Mum sie wie ihren Augapfel hütete. Sie hielt die Bücher an einem sicheren Ort verborgen – vermutlich unter ihrem Bett, obwohl ich mir nie die Mühe gemacht hatte, dort nachzusehen. Ausgelöst durch die jüngsten Ereignisse hatte sie sie offenbar wieder hervorgeholt und schwelgte nun in den alten Erinnerungen.

»Bin wieder da«, sagte ich überflüssigerweise und ging durchs Wohnzimmer in die Küche, wo ich ein Glas aus dem Schrank nahm und es mit Leitungswasser füllte. Das Wasser war lauwarm und schmeckte leicht metallisch, aber ich war so durstig, dass ich es in einem Zug austrank. Ich füllte es erneut, ging dann ins Wohnzimmer und blieb neben dem Sofa stehen. Mum schaute kurz auf und wandte sich dann wieder der vor ihr aufgeschlagenen Seite zu. Ich verdrehte den Hals und versuchte, die aus meiner Sicht auf dem Kopf stehende Überschrift zu entziffern. Daraufhin schlug sie das Buch mit einem solchen Knall zu, dass ich zusammenzuckte. Sie starrte mich wütend an.

»Was willst du?«

Ich zuckte die Schultern. »Nichts. Ich habe nur geschaut.« Zögerlich ließ ich mich auf der Armlehne des Sofas nieder. »Geht es da um Charlie?«

Es fühlte sich an wie ein Stromschlag, als diese Worte meinen Mund verlassen hatten. Ich sprach seinen Namen sonst nie aus, vor allem nicht in Mums Gegenwart. *Es gibt zwei Dinge, die man nicht zurückholen kann, hatte einmal eine alte Lehrerin unserer Klasse erklärt, den abgeschossenen Pfeil und das ausgesprochene Wort.* Unsicher wartete ich auf ihre Reaktion.

Nach kurzem Zögern antwortete Mum recht gefasst: »Ich blättere nur ein bisschen darin.« Sie tätschelte das Album, das auf ihren Knien lag.

»Kann ich mal sehen?« Ohne eine Antwort abzuwarten, griff ich nach einem der dicken Alben auf dem Couchtisch. Wir könnten sie gemeinsam ansehen. Vielleicht könnten wir auf diese Weise mehr Verständnis füreinander entwickeln. Ich hatte immer mehr den Eindruck, dass ich sie überhaupt nicht kannte. Vielleicht war das ja unser Grundproblem.

Das Album lag ein bisschen zu weit von mir entfernt, deshalb schob ich einen Finger unter den Buchrücken und versuchte es zu mir heranzuziehen. Doch der Buchdeckel klebte am darunterliegenden Album fest. Mit einem Ruck versuchte ich die beiden Bücher voneinander zu lösen. Und da passierte es: Die Plastikbindung gab nach, und es entstand ein hässlicher, ausgefranster Riss, der sich am Falz des Einbandes ungefähr fünf Zentimeter nach oben zog. Durch den Riss hindurch wurde das darunter befindliche Papier sichtbar, das sich schneeweiß vom schokoladenbraunen Einband abhob. Ich erstarrte.

Mum beugte sich nach vorn, nahm das Album an sich

und strich wortlos mit den Fingern über die beschädigte Stelle.

»Es … es tut mir leid«, stammelte ich, aber sie schaute mich mit zornigem Blick an.

»Das ist wieder mal typisch für dich. So typisch. Alles musst du kaputt machen, was mir am Herzen liegt.«

»Das war doch keine Absicht. Die Bücher sind doch schon alt und waren ziemlich billig. Wahrscheinlich ist das Plastikzeug einfach brüchig geworden.«

»Ja, ja, dir bedeuten sie nicht viel, ich weiß schon. Aber mir sind sie wichtig, Sarah.« Ihr Stimme wurde immer lauter und höher. »Schau es dir an. Es ist völlig ruiniert!«

Ruiniert war maßlos übertrieben. »Wir können es doch wieder kleben«, sagte ich und hasste es, in der Defensive zu sein.

»Nein, das können wir nicht. Du wirst sie nämlich nie wieder anrühren.« Erbittert nahm sie die Bücher vom Tisch und umschlang sie mit den Armen. »Du bist ein rücksichtsloser Trampel – schon immer gewesen. Vor allem, wenn es um deinen Bruder geht.«

»Was soll denn das heißen?«

»Das brauche ich dir wohl nicht zu erklären«, fauchte Mum und erhob sich schwerfällig, noch immer die Alben umklammernd. »Du hast ihn doch immer abgelehnt. Immer.«

»Das ist doch überhaupt nicht wahr. Ich …«

»Es ist mir egal, Sarah!« Ihre Worte trafen mich wie Peitschenhiebe, und ich zuckte zusammen. »Du bist eine ganz große Enttäuschung für mich. Mein einziger Trost ist es, dass dein Vater nicht mehr erleben muss, was aus dir geworden ist. Er wäre tief enttäuscht, wenn er das wüsste.«

»Wenn er was wüsste?« Ich stand ebenfalls auf und zitterte. »Dass ich hier bei dir wohne und den Babysitter spiele, anstatt mein eigenes Leben zu leben? Oder welche Chancen ich habe sausen lassen, nur um dich nicht allein zu lassen?«

»Ich habe dich nie darum gebeten zurückzukommen«, zischte sie. »Das hat überhaupt nichts mit mir zu tun, sondern einzig und allein damit, dass du dein Leben nicht in die Hand nimmst. Es ist doch so viel bequemer, hier hocken zu bleiben und mich für das Leben, das du führst, zu verachten, anstatt endlich deinen eigenen Weg zu gehen. Aber dafür kannst du mich nicht verantwortlich machen. Ich will dich nicht hierhaben. Ich wäre viel lieber allein.«

»Ach so, weil du während meines Studiums so prima klargekommen bist. Du würdest doch keine Woche überstehen«, entgegnete ich kühl. »Es sei denn, du willst unbedingt sterben. Dann ist es in der Tat unpraktisch, mich hier zu haben, wenn du dich zu Tode saufen willst.«

»Untersteh dich!«

»Untersteh dich! Du solltest mich besser nicht dazu auffordern auszuziehen. Ich könnte es nämlich wahrmachen, verstehst du?«

»Darauf wage ich kaum zu hoffen«, konterte Mum.

Ich sah sie lange an. »Du hasst mich aus tiefster Seele, oder?«

»Nein, ich hasse dich nicht. Ich brauche dich bloß nicht.«

Lügen im Doppelpack. Aber sie wusste genauso gut wie ich, dass es ohnehin keine Rolle spielte. Was auch immer sie sagte – ich konnte nicht einfach gehen und sie auch nicht.

Ohne ein weiteres Wort ging ich an ihr vorbei und nach oben in mein Zimmer, wo ich wütend die Tür hinter mir zuknallte. Mit dem Rücken zur Tür schaute ich mich – zum ersten Mal seit langem – aufmerksam im Zimmer um. Es war deprimierend zu erkennen, wie wenig sich seit meiner Kindheit verändert hatte. Der Raum war klein und wurde dominiert von meinem Doppelbett, das ich mir von meinem ersten Gehalt gegönnt hatte, um mich wenigstens ein bisschen erwachsener zu fühlen. An dem winzigen Schreibtisch, der nur mit Müh und Not unter dem Erkerfenster Platz fand, hatte ich stundenlang, die Füße auf der Heizung, für zahllose Prüfungen gebüffelt. Neben dem Bett stand ein Regal, das vollgestopft war mit Büchern, die ich für die Uni und davor gelesen hatte – vor allem Klassiker, schon ganz abgegriffen vom vielen und wiederholten Lesen. Außerdem standen noch eine Kommode und ein Nachttisch im Zimmer, weiter nichts. Nichts spiegelte meinen persönlichen Geschmack. Nichts, das ich je vermissen würde – abgesehen vom Foto meines Vaters.

Irgendwo im Zimmer surrte eine Fliege. Ich ging hinüber, öffnete das Fenster und blieb dann vor dem Schreibtisch stehen, wo ich ziellos Schubladen öffnete und wieder schloss, ohne etwas Konkretes zu suchen. Die Schubladen waren vollgestopft mit Kontoauszügen, Quittungen und alten Ansichtskarten, die ich von Kommilitonen bekommen und nie aussortiert hatte. *Bin am Strand eingeschlafen und hab mir den Rücken verbrannt! Griechenland ist herrlich – muss bald wieder herkommen!* Oder: *Alain ist echt süß und ein total guter Skifahrer … Schade, dass du nicht mitkommen konntest!* Inzwischen stand ich bei niemandem mehr auf der Adressliste für die Urlaubs- oder Weihnachtspost. Wie soll man auch mit jemandem Kontakt halten, der auf die Frage »Und was gibt's bei dir Neues?« immer nur mit »Nichts« antwortet?

Die Fliege schwirrte an mir vorbei und zum offenen Fenster hinaus. Stimmte es, was Mum gesagt hatte? Gab ich ihr die Schuld an meinen Fehlern? In mir stieg ein Gefühl auf, das ich schon seit Ewigkeiten nicht mehr gespürt hatte – jener Leichtsinn, der aus Frust, Erschöpfung und

Überdruss entsteht. Normalerweise erlaubte ich mir Gefühlsausbrüche eher selten, sodass mich die Intensität dieser Empfindung ziemlich überrumpelte.

Auf dem Treppenabsatz knarrten die Dielen. Ich erstarrte und wartete ab, bis sich Mums Schlafzimmertür geschlossen hatte. Sie tauchte ebenfalls ab. Unsere stillschweigende Übereinkunft war, uns nach einem Streit für ein paar Tage aus dem Weg zu gehen. Damit war zwar nichts geklärt oder vergessen, aber die Zeit verging. Die Zeit verging, und es war kein Ende in Sicht.

Ich setzte mich auf die Bettkante und dachte über alles Mögliche nach, über Charlie, Jenny, Dad und die anderen, kam jedoch zu keinem rechten Entschluss – abgesehen davon, dass etwas passieren musste, und zwar bald. Ich fragte mich, was ich eigentlich wollte. Ich schaute den Wolken nach und ließ meine Gedanken schweifen, bis mir schließlich klar wurde, wonach ich mich sehnte. Dieser Gedanke ließ mich nicht mehr los, kreiste er doch um etwas, das in greifbarer Nähe war, falls ich die Zeichen nicht gänzlich falsch gedeutet hatte. Ich fahndete nach meinem Handy, suchte die Nummer heraus und schickte eine SMS, ohne zu lange darüber nachzudenken, was ich eigentlich vorhatte. Die Antwort kam prompt und hieß kurz und knapp: Ja.

Es wurde schon dämmerig, als ich aus meinem Zimmer ins Bad schlich, wo ich mich aus meinen Sachen schälte und die Dusche voll aufdrehte. Entschlossen stellte ich mich unter den noch kalten Strahl, neigte den Kopf nach hinten und ließ das Wasser eine ganze Weile einfach über mich hinwegströmen. Ich wusch mein Haar ganz langsam, sorgfältig und bedächtig, bis es vor Sauberkeit quietschte, während das Wasser immer noch über mich hinweglief und meine Haut schon prickelte. Als ich fertig war, wickelte ich mir ein Handtuch um den Kopf und massierte Lotion in jeden

Quadratzentimeter meines Körpers, bis ich rundum seidig schimmerte.

Dann ging ich zurück in mein Zimmer, wo ich mir ein zartes Nichts aus schwarzer Chiffonunterwäsche überstreifte, die ich mir vor einer halben Ewigkeit nur auf Drängen einer Freundin in Paris gekauft und noch nie getragen hatte. Es hatte ja auch keinen Grund gegeben. Seit Ben war da niemand mehr gewesen, der sie hätte sehen können. Doch ich wollte nicht mehr an Ben denken, und jetzt war erst recht kein guter Zeitpunkt, damit anzufangen.

Im hintersten Winkel der Kommode fand ich ein eng anliegendes schwarzes Oberteil mit tiefem Ausschnitt. Ich zog es an und dazu meine Lieblingsjeans, die zwar nicht mehr die neueste, dafür aber weich wie Wildleder war. Flache Sandalen und ein breiter Armreif waren das letzte i-Tüpfelchen. Ich wollte gut aussehen, ohne bemüht zu wirken, und betrachtete das Resultat zufrieden im Spiegel, ehe ich mich dem Thema Frisur zuwandte. Nach dem Föhnen kämmte ich einfach alles Haar zurück und steckte es zu einem tief sitzenden Knoten am Hinterkopf zusammen. Links und rechts von meinem Gesicht kringelten sich ein paar Strähnchen, die ich hängen ließ. Durch die Föhnwärme hatten meine Wangen Farbe bekommen, aber auch innerlich fühlte ich mich befeuert von Entschlossenheit und Verlangen.

Beim Schminken ließ ich mir Zeit. Mit dunklem Eyeliner und Wimperntusche betonte ich meine Augen, damit sie möglichst groß wirkten, und tupfte mir nur ein wenig Lipgloss auf die Lippen. Im Spiegel war mein Blick gelassen, aber aufmerksam. Sogar ich fand, dass ich verändert aussah – wie jemand, der ich schon lange nicht mehr gewesen war. Ich sah aus wie jemand, der ich schon immer hätte sein sollen, und nicht wie der Schatten meiner selbst, zu dem ich geworden war.

Als ich mein Werk vollendet hatte, war es schon nach zehn. Ich griff meine Tasche und rannte die Treppe hinunter. Ich dachte gar nicht daran, leise zu sein, sondern knallte die Eingangstür zu in der kindischen Hoffnung, dass Mum es gehört hatte und sich fragte, wohin ich um diese Zeit ging und warum.

Als ich mein Auto abstellte, war ich so aufgeregt, dass sich mein Mund ganz trocken anfühlte. Ich gab mir Mühe, die leise Stimme in meinem Kopf zu überhören, die mir einreden wollte, dass ich mich gleich zum Trottel und er bestimmt einen Rückzieher machen würde. Eigentlich konnte er gar nicht anders, sagte mir diese Stimme. Was ich vorhatte, war in mehrerlei Hinsicht reichlich idiotisch. Ich stieg aus, betrat entschlossenen Schrittes das Gebäude und fuhr mit dem Lift bis ins Dachgeschoss, als sei es das Normalste auf der Welt. Dann stand ich vor seiner Tür und hörte die leise Musik, die durch sie hindurchdrang. Ich klopfte sacht und schloss für einen Moment die Augen. Mein Herz flatterte wie ein gefangener Vogel.

Als Blake die Tür öffnete, begegneten sich unsere Blicke, und ich fühlte mich wie vom Schlag getroffen. Er war barfuß, in Jeans und T-Shirt, und sein Haar sah ein wenig zerzaust aus, so als hätte er gerade geschlafen. Einen endlosen Augenblick lang ruhte sein stoischer Blick auf mir, ehe er lächelnd zur Seite trat.

»Kommen Sie rein.«

»Danke.«

Ich ging an ihm vorbei in den Flur, wo ich meine Tasche auf dem Fußboden abstellte, ehe ich weiterging. Rechts von mir befand sich ein offener Wohnbereich mit Kochnische und angenehmer Beleuchtung. Bodentiefe Fenster ohne Gardinen gingen auf einen Balkon hinaus, der so lang war wie das Zimmer. Bei Tageslicht hatte man von hier aus vermutlich einen erstklassigen Ausblick auf den Fluss. Der Raum wirkte unverkennbar maskulin und funktional. An den cremefarbenen Wänden hingen keine Bilder, und die Möblierung war ausgesprochen sparsam: ein riesiges braunes Sofa, ein Esstisch mit Stühlen, eine gigantische Musikanlage und Regale mit Platten und CDs. Bücher gab es ebenfalls, und ich schlenderte hinüber, um nachzusehen, ob ich etwas von seiner Lektüre kannte. Es war ausschließlich Sachliteratur – Geschichte, Biografien, sogar Politik war dabei. Ich lächelte in mich hinein. Blake war offensichtlich ein Mann, der großen Wert auf Fakten legte. Kein Wunder, dass er so in seinem Job aufging. Die Küche wirkte makellos, und ich fragte mich, ob er jemals etwas darin gekocht hatte.

»Schlafzimmer und Bad sind auf der anderen Seite«, erklärte er aus dem Flur, von wo aus er mich beobachtete. Was auch immer er denken mochte, verbarg er hinter seiner typischen Selbstbeherrschung. Eine Metalljalousie hätte mich kaum wirksamer von ihm abgeschottet.

»Wirklich schön.« Ich durchquerte den Raum und ging zurück zu ihm in den Flur. »Ihre Eltern waren wirklich großzügig.«

»Ja, in dieser Richtung kann ich meinem Vater echt nichts vorwerfen«, bestätigte er grinsend. »In finanziellen Dingen war er nie knauserig. Seelische Unterstützung war Mangelware, aber Geld spielte keine Rolle.«

»Sie Glücklicher.«

»Wenn Sie meinen.« Er schaute um sich, als sähe er die Wohnung zum ersten Mal. »Tja, das ist es also. Mein Erbe. Eher ein Anlageobjekt als ein Zuhause.«

Es wirkte in der Tat alles recht unpersönlich, wie eine Art Bühnenbild oder eine Hotelsuite. Offenbar lebte Blake in dem Bewusstsein, jederzeit versetzt werden zu können.

»Sieht sehr aufgeräumt aus.«

Er zuckte die Schultern. »Ich mag es ordentlich. Außerdem bin ich viel zu selten hier, um Unordnung zu stiften.«

»Da habe ich ja Glück, dass Sie heute da sind«, sagte ich beiläufig. »Eigentlich hatte ich ja mit einer Absage gerechnet, weil Sie zu tun haben.«

»Vickers hat mir heute Abend freigegeben. Er meinte, dass es nichts bringt, wenn ich vor Müdigkeit nicht mehr denken kann.«

»Sie sehen aber auch wirklich müde aus.«

»Na schönen Dank auch.« Er ging ein paar Schritte in Richtung Wohnzimmer. »Wollen Sie sich eigentlich nur die Wohnung ansehen, oder kann ich Ihnen auch etwas zu trinken anbieten?«

Ich schüttelte den Kopf. »Ich bin nicht zum Trinken hergekommen.«

»Verstehe. Dann sehnen Sie sich also hauptsächlich nach einem guten Gespräch.«

»So würde ich das auch nicht ausdrücken.«

Zu dem Zeitpunkt standen wir ein paar Schritte voneinander entfernt. Ich ging bis auf Reichweite zu ihm hin. Die Luft zwischen uns schien zu knistern. Ich trat noch einen Schritt näher, so nahe, dass ich seine Körperwärme durch den dünnen Stoff seines T-Shirts spüren konnte, und wartete darauf, dass er etwas tat, während mein Blick sich in seinen verhakt hatte. Gemächlich ließ er seine Fingerspitzen von meinem Hals bis hinunter zum tiefen V-Ausschnitt meines Oberteils gleiten – eine hauchzarte Berührung, die mich vor Begehren erschauern ließ. Ich schmiegte mich an ihn, schob meine Hände aufwärts über seine Brust und wandte ihm mein Gesicht für einen zuerst ebenso zaghaften und dann immer tieferen und leidenschaftlicheren Kuss zu. Mit einer Hand löste er die Spange an meinem Hinterkopf, sodass mir das Haar über den Rücken fiel. Er vergrub seine Finger darin und hielt ein Büschel in meinem Nacken fest, sodass ich gar nicht von ihm wegkonnte, selbst wenn ich gewollt hätte. Ich drückte mich an ihn und genoss seufzend, wie er meinen Hals mit Küssen bedeckte, während seine Hand mich erforschte. Ich schmeckte ihn und spürte seinen Herzschlag hämmern.

Warum er plötzlich aufhörte, wusste ich nicht. Ohne Vorwarnung packte er mich an den Oberarmen und schob mich von sich weg. Ich war ganz benommen, als wäre ich gerade aus dem Tiefschlaf aufgewacht. Er atmete schwer und konnte mir nicht gleich in die Augen schauen.

»Was ist denn los?«

»Sarah … Ich sollte das nicht tun.«

»Warum denn nicht?«

Sichtlich verärgert schaute er mir ins Gesicht. »Jetzt tu nicht so, du weißt, warum. Es ist einfach unprofessionell.«

»Das hat doch nichts mit professionell sein zu tun – das ist was rein Persönliches.«

»Also ich …« Er unterbrach sich und suchte nach Worten. »Ich kann das einfach nicht.«

Ich wartete einen Moment, ob er es sich doch noch anders überlegte, und trat dann einen Schritt zurück. »Geht klar, hab's verstanden. Aber du hättest mir doch gleich sagen können, dass ich lieber nicht herkommen soll.«

Ich sprach bewusst beiläufig und nicht vorwurfsvoll, doch er verschränkte die Arme und schaute mich wütend an, als hätte ich ihn angegriffen. »Offensichtlich sind meine Entscheidungen nicht immer die besten, besonders wenn es um dich geht. Du bist Zeugin im größten Fall meiner Laufbahn. Ich darf es einfach nicht, sosehr ich es auch will. Das könnte mich meinen Job kosten.«

Ich brachte ein schiefes Lächeln zustande. »Jedenfalls schön zu wissen, dass du nicht abgeneigt wärst.«

»Hör auf damit. Mach dich nicht kleiner als du bist.« Seine Ton war gereizt. »Ich wollte dich schon, als ich dich zum ersten Mal gesehen habe. Wahrscheinlich hast du keinen Schimmer, wie du auf Männer wirkst.«

Er streckte seine Hand aus und strich mit einem Finger seitlich über mein Gesicht, der Kontur meiner Wange folgend. Für einen Moment schloss ich die Augen. Ich spürte, wie mir die Tränen kamen und musste schlucken. Aber ich konnte unmöglich vor Andy Blake weinen. So viel Stolz hatte ich dann doch.

Ich wandte mich ab, strich mir die Haare aus dem Gesicht und ging zum Fenster. Mein Gesicht brannte. Einen Augenblick betrachtete ich mein Spiegelbild vor dem dunklen Hintergrund – undeutlich und verschwommen. Dann lehnte ich mich gegen die Scheibe, schirmte die Augen seitlich mit den Händen ab und schaute hinaus auf die gegenüberliegenden Häuser und die auf dem Fluss tanzenden Lichter. »Das ist wirklich eine tolle Aussicht«, sagte ich in absurd plauderndem Ton, als sei unser Gespräch über die Wohnung durch nichts unterbrochen worden.

»Scheiß auf die Aussicht«, schnaubte Blake, kam mit wenigen Schritten zu mir ans Fenster und zog mich zu sich herum. Mit einer Art Verzweiflung sah er mich an. Dann waren seine Lippen wieder auf meinen, und widerstandslos gab ich mich ihm hin. Ich schlang die Arme um ihn, als er mich in sein Schlafzimmer trug, und half ihm und mir aus den Sachen. Von da an zählte nur noch seine Haut auf meiner, seine Hände, seine Lippen, und als ich meinen Rücken wölbte und aufschrie, war mein Kopf völlig frei, ohne einen einzigen Gedanken – es war wundervoll. Danach hielt er mich fest in seinen Armen, und erst als er meine Tränen abwischte, merkte ich, dass ich weinte.

1992

Seit zwei Wochen vermisst

Als ich höre, dass wir zusammen aufs Polizeirevier müssen, ist mir sofort klar, dass ich ganz schön in der Klemme stecke. Bisher haben Mum und Dad mich immer zu Tante Lucy gebracht, wenn sie wegen Charlies Verschwinden bei der Polizei waren. Ich sitze auf dem Rücksitz im Auto, hinter meiner Mutter, und am liebsten würde ich sagen, dass ich Bauchschmerzen habe. Das wäre nicht mal gelogen. Aber wahrscheinlich reicht es nicht, um Mum und Dad umzustimmen. Sie haben so einen seltsamen Gesichtsausdruck, der mir sagt, dass ich um diese Sache nicht herumkomme, und bei diesem Gedanken tut mein Bauch noch mehr weh.

Im Revier werden wir schon erwartet. Vater hält mich an der Hand, wir gehen hinein, und augenblicklich kommt eine kleine, kurzhaarige Frau auf uns zugerannt.

»Schön, dass Sie kommen konnten, Laura und Alan. Und du bist sicher Sarah. Wir werden uns gleich ein bisschen unterhalten, Sarah. Hast du Lust dazu?«

Wäre ich mutiger, würde ich jetzt nein sagen, aber der Griff meines Vaters spannt sich noch fester um meine Hand, und ich piepse etwas, das sich wie ein Ja anhört.

»Braves Mädchen. Kommst du gleich mit mir mit?«

Mein Vater schiebt meine Hand von sich, damit die Frau sie packen und mich hinter sich herzerren kann, direkt auf eine kahle, weiße Tür zu. Über die Schulter blicke ich zurück zu der Stelle, wo Mum und Dad stehen. Keine Berührung, nur ihre Augen sind auf mich gerichtet. Dads Gesicht wirkt sorgenvoll. Mums Blick ist leer und verschlossen, als ob ich ihr gar nichts bedeute. Plötzlich habe ich Angst, sie könnten ohne mich wegfahren, und will meine Hand aus der Umklammerung der Frau befreien, stemme mich gegen sie – weg von ihr, hin zu meinen Eltern. Ich schreie: »Mum, ich will da nicht rein!«

Dad macht einen Schritt auf mich zu, dann hält er wieder inne. Mum bewegt sich keinen Zentimeter.

»Jetzt sei nicht albern«, fährt die Frau mich an. »Ich will mich doch nur in einem Extraraum mit dir unterhalten. Deine Eltern können dich dabei in einem kleinen Fernseher sehen. Na, komm schon.«

Ich füge mich, folge ihr durch die Tür und einen Korridor entlang, in ein kleines Zimmer mit einem Sessel und einem uralten, durchgesessenen Sofa. In der Ecke liegt lauter Spielzeug auf einem Haufen – Puppen, Teddys, ein Action-Man mit Filzhaaren und erhobenen Armen.

»Such dir doch am besten eine Puppe aus, um die du dich ein bisschen kümmern kannst, während wir uns unterhalten.«

Ich stehe vor dem Spielzeughaufen und starre auf das Knäuel aus Armen und Beinen. Eigentlich will ich gar nichts davon anfassen. Schließlich nehme ich von ganz oben eine Stoffpuppe mit einem geblümten Rüschenkleid, die ein freundliches Gesicht und knallrote Wollhaare hat. Das Gesicht ist aufgemalt und da, wo der Mund und die Wangen sind, ist die Farbe schon ziemlich abgenutzt.

Ich setze mich auf das Sofa und halte unbeholfen die Puppe fest. Die Frau sitzt im Sessel und sieht mir zu. Sie ist nicht geschminkt, und ihr Mund sehr blass. Ihre Lippen sind eigentlich nur zu sehen, wenn sie lächelt. Aber sie lächelt ganz oft.

»Ich habe mich ja noch gar nicht vorgestellt, stimmt's? Ich

bin von der Kriminalpolizei. Ich heiße Helen Cooper, aber du kannst einfach Helen zu mir sagen. Du bist heute hierherbestellt worden, damit ich mit dir ein bisschen über deinen Bruder reden kann, denn den haben wir ja immer noch nicht gefunden, nicht wahr? Ich dachte, wir gehen das Ganze noch mal zusammen durch, für den Fall, dass dir inzwischen, seit die Polizei das erste Mal mit dir gesprochen hat, noch etwas eingefallen ist.«

Ich will ihr sagen, dass mir seitdem nichts eingefallen ist, obwohl ich nachgedacht habe, aber sie lässt mir gar keine Gelegenheit dazu.

»Das ist ein besonderer Raum mit Kameras, die alles aufnehmen, was wir beide miteinander besprechen. Da oben in der Ecke siehst du zum Beispiel eine.« Dabei deutet sie mit ihrem Kugelschreiber auf eine weiße, kastenförmige Kamera knapp unter der Decke. »Und da drüben auf dem Stativ, das ist auch eine Kamera. Was wir hier sagen, wird alles aufgezeichnet, damit andere Leute sich auch anhören können, was du zu berichten hast. Aber darüber brauchst du dir keine Gedanken zu machen. Sprich einfach ganz normal mit mir, denn wir unterhalten uns ja nur ein bisschen. Du brauchst keine Angst zu haben.«

Ich fange an, die Wollhaare der Puppe mit meinen Fingern zu kämmen. An manchen Stellen sind sie verklebt von etwas, das sich wie eingetrockneter Schnodder anfühlt.

»Gehst du gern in die Schule, Sarah?«

Ich nicke, ohne aufzuschauen.

»Was ist denn dein Lieblingsfach?«

»Literatur«, flüstere ich.

Sie lächelt mich breit an. »Mir hat Literatur auch immer Spaß gemacht. Ich mag Geschichten gern. Und du? Kennst du den Unterschied zwischen einer Geschichte, die sich jemand ausgedacht hat, und etwas, das wirklich passiert ist?«

»Ja.«

»Wie nennen wir denn das, wenn jemand sagt, dass etwas geschehen ist, was in Wirklichkeit gar nicht stimmt?«

»Eine Lüge.«

»Genau, prima. Jetzt stell dir mal vor, ich gehe aus dem Zimmer und lasse meine Papiere hier liegen, und eine andere Polizistin kommt rein und zerreißt sie. Wenn ich dann wiederkomme und frage: ›Wer hat meine Papiere zerrissen?‹ und die Polizistin sagt: ›Das war Sarah‹, was wäre das dann?«

»Eine Lüge«, sage ich wieder.

»Aber wenn die andere Polizistin sagen würde: ›Ich habe sie zerrissen‹, was wäre das?«

»Die Wahrheit.«

»Genau. Und wenn wir uns hier unterhalten, dann geht es nur um die Wahrheit. Wir wollen nur das hören, was wirklich passiert ist, okay?«

Aber das stimmt gar nicht. Sie wollen gar nicht hören, dass ich nichts weiß. Sie wollen mir nicht glauben, dass ich eingeschlafen war und Charlie wirklich nicht gefragt habe, wo er hingeht. Alle wollen von mir, dass ich die Wahrheit sage, aber sie wollen eine bessere Wahrheit hören als die, die ich ihnen erzählen kann, aber das geht doch gar nicht.

Die Fragen sind immer die gleichen: was ich gesehen habe, was ich gehört habe, was Charlie gesagt hat, wann er gegangen ist, ob noch jemand dabei war. Ich antworte vollkommen mechanisch, ohne viel über meine Antworten nachzudenken.

Dann beugt sich Helen urplötzlich nach vorn und fragt mich: »Versuchst du etwas zu verbergen, Sarah? Willst du jemanden beschützen?«

Ich schaue auf, und mir ist kalt. Wovon redet sie?

»Wenn jemand von dir verlangt hat, uns etwas zu erzählen, das nicht wahr ist, kannst du mir das sagen.« Ihre Stimme ist ruhig und sanft. »Hier bist du sicher. Dir passiert nichts.«

Wortlos sehe ich sie an. Ich kann nicht antworten.

»Manchmal werden wir von anderen gebeten, ein Geheimnis zu bewahren, stimmt's, Sarah? Möchte vielleicht jemand, den du lieb hast, dass du ein Geheimnis für dich behältst? Hat deine Mama dich gebeten, uns etwas nicht zu sagen?«

Ich schüttele den Kopf.

»Und was ist mit deinem Papa? Hat er dir gesagt, du sollst so tun, als ob etwas passiert ist, obwohl das gar nicht stimmt, oder dass du etwas abstreitest, was eigentlich doch geschehen ist?«

Wieder schüttele ich den Kopf, während ich sie anschaue. Mir fällt auf, dass sie nicht zwinkert. Sie starrt mich unverwandt an.

Nach einer Weile lehnt sie sich zurück. »Na gut, wir fangen noch mal an, ja?«

Ich antworte auf Helens Fragen so gut ich kann und flechte dabei zwei richtig schöne Zöpfe aus den roten Wollhaaren. Immer wenn ich sie fertig geflochten habe, kämme ich die Haare wieder auseinander, damit ich von vorn anfangen und es noch besser machen kann, bis die Zöpfe perfekt sind. Als Helen endlich aufgibt, habe ich die Stoffpuppe mit dem verblichenen, freundlichen Gesicht schon beinahe gern. Ich bin ein bisschen traurig, dass ich sie in dem muffigen kleinen Zimmer lassen muss, als ich sie wieder ganz oben auf den Spielzeughaufen lege. Unterdessen steht Helen an der Tür und klickt nervös mit dem Kugelschreiber. Ihr Lächeln ist längst verschwunden.

6

Später, geraume Zeit später, war Blake eingeschlafen. Selbst im Schlaf hatte er sich unter Kontrolle; sein Gesichtsausdruck war ernst und beherrscht. Ich richtete mich auf, stützte mich auf den Ellbogen und betrachtete ihn eine Zeitlang. Schlafen mochte ich noch nicht. Und ich hatte auch keine Lust, am nächsten Morgen aufzuwachen und mich, bei Tageslicht besehen, unerwünscht zu fühlen. Es war besser, wenn ich ging, ehe er befand, dass ich gehen solle.

Ich schob die Decke zurück und stahl mich aus dem Bett – ganz leise, um ihn nicht aufzuwecken – und machte mich im halbdunklen Schlafzimmer auf die Suche nach meinen Sachen. Meine Knie waren weich, und ich fühlte mich wie beschwipst. Jeans und Slip fand ich zusammen an der Stelle, wo ich sie ausgezogen hatte – oder war er es gewesen? Ich wusste es nicht mehr – doch mein BH war verschwunden. In größer werdenden Radien tastete ich mit den Händen über den Teppich, fand aber auf dem weichen, glatten Flor nur den Verschluss eines Ohrsteckers, der nicht zu mir gehörte. Leicht gequält lächelte ich in mich hinein. Ich hatte mir doch nicht wirklich eingebildet, dass Blake sich in seinem Schlafzimmer zum ersten Mal weiblicher Gesellschaft erfreut hatte. Ich ließ den Verschluss auf dem Teppich liegen und kroch hinaus in den Flur, wo mein Oberteil als Knäuel auf dem Boden lag. Noch immer keine Spur von meinem BH. Ich würde wohl oder übel darauf verzichten müssen. Die dünne Seide des Oberteils fühlte sich kühl an, und beim Überstreifen breitete sich ein kalter Schauer auf meiner erhitzten Haut aus. Als ich mich nach meiner Tasche bückte, die auf dem Boden stand, entfuhr mir ein leises Ächzen. An bestimmten Stellen meines Körpers begann sich ein leicht wundes Gefühl bemerkbar zu machen. Anfänglich war er ganz behutsam gewesen und war dann immer stürmischer geworden, was ich jedoch als Kompliment aufgefasst hatte. Unwillkürlich ließ ich die letzten Stunden immer wieder in meinem Kopf Revue passieren, insbesondere da ich sie für einen einmaligen Ausrutscher hielt. Was sollte es auch sonst gewesen sein? Er hatte völlig Recht, eigentlich war ich für ihn tabu. Ein nächstes Mal war ausgeschlossen.

Auf dem Weg zur Wohnungstür bekam ich mich im Flurspiegel kurz zu Gesicht und erkannte mich kaum wieder: Der Lidstrich unter den Augen war total verschmiert und meine Frisur ein einziges Chaos. Mit den Fingern versuchte ich notdürftig, meine Locken zu entwirren. Viel konnte ich im Augenblick nicht tun – nur froh sein, dass mich um diese Zeit höchstwahrscheinlich niemand sehen würde. Wie ich erstaunt feststellte, war es schon nach ein Uhr morgens, und ich fragte mich, wo ich die Zeit wohl vergessen hatte – wissend, dass es nur in Andy Blakes Armen gewesen sein konnte, beim ersten Mal oder vielleicht auch beim zweiten.

Ich zog die Tür hinter mir zu, wagte es jedoch nicht, sie richtig ins Schloss fallen zu lassen, weil ich fürchtete, er könne von dem Geräusch aufwachen. Ich hoffte einfach, dass schon kein Einbrecher kommen werde. Zu aufgewühlt, um auf den Fahrstuhl zu warten, lief ich die Treppen hinunter. Ich konnte ihn noch spüren, auf mir und in mir, als ich das Auto aufschloss. Bevor ich den Motor anließ, hielt ich einen Moment inne. Ich betrachtete meine Hände auf dem Lenkrad, als sähe ich sie zum ersten Mal. Es wäre besser gewesen, wenn ich vor dem Gehen noch kurz mit ihm gesprochen hätte. Mich so hinauszuschleichen war die beste Garantie für eine unbehagliche nächste Begegnung. Doch im Moment war ich von zu viel Realität schlichtweg überfordert. Ich hätte es nicht ertragen, beim Aufwachen Reue in seinem Gesicht zu lesen. Was wir getan hatten, ging keinen etwas an. Solange er es für sich behielt, würde ich das auch tun. Niemand brauchte je davon zu erfahren.

Als ich von der Hauptverkehrsstraße in die Wilmington-Siedlung einbog, entschloss ich mich spontan, nicht auf direktem Wege nach Hause zu fahren. Es gab da etwas, das ich schon länger vorhatte, und jetzt war der ideale Zeitpunkt, es unbeobachtet zu tun. Statt links in unsere Straße einzubiegen, fuhr ich auf der Hauptstraße weiter, die sich durch die ganze Siedlung schlängelt. Im grellen Orange der Straßenbeleuchtung wirkten die Häuser zu beiden Straßenseiten wie verlassen. Nichts regte sich, und für einen Moment fühlte ich mich wie das einzige lebendige Wesen in der gesamten Siedlung und in ganz Elmview. Ich bog rechts ab, dann noch einmal rechts und folgte einer mir dunkel erinnerlichen Strecke bis zu einem kleinen, offenen, von Häusern umstandenen Platz, wo die weitsichtigen Architekten der Dreißigerjahre den Kindern ein Fleckchen zum Spielen übrig gelassen hatten. Einmal hatten meine Eltern uns dorthin zu einem Feuerwerk mitgenommen, und ich hatte geweint, weil die Raketen so furchtbar laut gewesen waren. Ganz in der Nähe vermutete ich die Straße, die ich suchte, namens Morley Drive. Ich irrte noch ein wenig umher und bog ein paarmal falsch ab, aber die grobe Richtung stimmte, und schließlich erspähte ich das

Straßenschild. Ich fuhr die schmale Fahrbahn entlang und suchte mit den Augen beide Straßenseiten ab, bis ich ein auf dem Fußweg geparktes Polizeiauto sah. Das muss vor Jennys Haus stehen, dachte ich mir und hielt nach einer Parklücke Ausschau. Auf der gegenüberliegenden Straßenseite, nur ein paar Meter von dem Polizeiauto entfernt, entdeckte ich tatsächlich eine und fuhr hinein.

Das rote Backsteinhaus kannte ich aus den Nachrichten – es tatsächlich vor mir zu sehen, kam mir befremdlich vor. Alle Vorhänge waren zugezogen und gaben nichts über die Bewohner preis. Ich fragte mich, ob die Shepherds im Moment dort wohnten oder vor dem Medienansturm auf neutrales Gebiet geflohen waren. Im gelblichen Schein der Straßenlaternen wirkte das Haus unberührt, die Wände sauber gestrichen, die Hecke geschnitten, der Kirschbaum im Vorgarten noch immer in voller Blüte. Aber bei genauerem Hinsehen fiel mir auf der Veranda ein großes, selbstgemachtes Blumengesteck auf und daneben ein weiterer, auf dem Boden liegender Strauß. Das Gras wucherte über die Einfahrt, offenbar war das Rasenmähen schon mehrfach verschoben worden. Wer weiß, ob und wann sich die Shepherds über solche Dinge wieder Gedanken machen konnten. Wen kümmert es noch, wie ein Haus aussieht, wenn das Wichtigste darin fehlt?

Ich saß im Auto und betrachtete das Grundstück, ohne zu wissen, worauf ich eigentlich gehofft hatte. Ich wollte einfach nur dort sein und mit eigenen Augen sehen, in welch unmittelbarer Nähe von mir Jenny ihr kurzes Leben gelebt hatte, um meinen Respekt zu zollen und ein Gefühl für die Trauer der Shepherds zu entwickeln, wie für meine eigene. Die kleinen Anzeichen der Vernachlässigung, die ich von meinem Standort aus erkennen konnte, wirkten wie Flecken auf einer überreifen Birne, wie Hinweise auf tief reichende Verderbnis. Für den Makel in ihrer Tochter hatte es keine äußeren Anzeichen gegeben, gleichwohl war er da, und wenn die Presse erst davon erfuhr, würden die Shepherds ihre Jenny noch einmal verlieren. Es schauderte mich, wenn ich an das nette Mädchen mit dem Doppelleben dachte – Traum eines jeden Boulevardschreiberlings und Albtraum einer jeden gutbürgerlichen Mutter. Arme Jenny mit ihrem unschuldigen Gesicht und ihren Erwachsenensorgen. Sie war ein Einzelkind gewesen. Schmälerte das die Chancen der Shepherds, eines Tages darüber hinwegzukommen? Zählte es für sie, dass sie einander hatten? Vielleicht half es ihnen ja, wenn man herausfand, was Jenny zugestoßen war und wer dafür verantwortlich war. Das Nichtwissen war es schließlich, das meine eigene Familie zerfressen hatte. Meine Eltern hatten sich entzweit statt zusammenzurücken, und in die Kluft zwischen ihnen war ich gefallen.

Irgendwo in meinem Hinterkopf begann sich ein Gedanke zu formen – eine Idee. Ich hatte so lange Zeit nicht mehr an Charlie gedacht, ihn völlig aus meinem Leben verbannt. Ich hatte versucht, ihn zu vergessen, und das machte es umso schwerer, mit seiner Abwesenheit zu leben. Es war an der Zeit, mich dem, was ihm widerfahren war, zu stellen. Wenn ich es nicht tat, würde es niemand anders tun. Freilich war nicht damit zu rechnen, dass sich die Polizei bei einem Fall als hilfreich erwies, der schon vor sechzehn Jahren im Sande verlaufen war. Ich konnte nicht erwarten, dass sich noch jemand dafür interessierte. Aber mir bedeutete er noch sehr viel, wie ich mir selbst eingestehen musste. Jennys Tod fand seinen Nachhall in meinem Leben. Ich musste diverse Antworten finden oder mir zumindest sagen können, dass ich es versucht hatte. Ich wollte Jennys Eltern helfen, doch dabei war ich selbst es, der ich helfen musste. Und niemand sollte mir bitteschön einreden, dass ich dazu nicht in der Lage sei – wobei sich bei dem Gedanken an Blakes wenige Stunden alte Warnung meine Wangen röteten. Die Sache war ein paar Nachforschungen sehr wohl wert. Zugegebenermaßen war es eher unwahrscheinlich, dass ich den Fall löste, doch für mich war es an der Zeit, endlich zu verstehen, was meinem Bruder zugestoßen war. Die reinen Fakten waren mir wohlvertraut, aber ohne Zweifel gab es diverse Zwischentöne, die zu verstehen ich seinerzeit einfach zu jung gewesen war. Ganz davon zu schweigen, dass seit 1992 einiges an Wasser die verschiedensten Flüsse hinabgeflossen war. Es konnte schließlich nicht schaden, einen Blick darauf zu werfen, ob sich eine Verbindung zwischen Charlies Verschwinden und anderen seither in der Gegend verübten Verbrechen herstellen ließ. Vielleicht stieß ich ja auf etwas, das alle anderen übersehen hatten.

Es gefiel mir, diesen Vorsatz zu fassen. Zum zweiten Mal in jener Nacht hatte ich das Gefühl, das Heft in die Hand zu nehmen. Im Morley Drive hatte ich derweil genug gesehen. Mit einem letzten Blick auf das Haus der Familie Shepherd drehte ich den Zündschlüssel um. Der Motor hustete röchelnd und erstarb. Mit einem leisen Fluch versuchte ich es erneut und dann noch einmal, in dem schmerzhaften Bewusstsein, was für einen entsetzlichen Lärm ich dabei verursachte. Das Auto schepperte noch ein paarmal sinnlos und gab schließlich auf. Frustriert schlug ich aufs Lenkrad, und obwohl das herzlich wenig nützte und mir ziemlich wehtat, fühlte ich mich danach etwas besser. Es war nicht das erste Mal, dass mich mein Auto im Stich ließ, aber dieser Tag war dafür wirklich denkbar ungeeignet. Zu dieser nachtschlafenden Stunde war nicht daran zu denken, den Pannendienst anzurufen. Das hätte zu viel Aufruhr in der stillen

Straße erzeugt und Aufmerksamkeit auf mich gelenkt, die ich unbedingt vermeiden wollte. Außerdem hatte ich es ja gar nicht so weit bis nach Hause. Ich konnte also einfach laufen. Zum Glück war mir das nicht vor Blakes Haus passiert. Ich malte mir aus, wie ich, fünf Minuten nachdem ich mich davongeschlichen hatte, in seine Wohnung zurückgekehrt wäre, um ihn zu fragen, ob er mich vielleicht nach Hause fahren konnte. Peinlich war gar kein Ausdruck dafür.

Die Nachtluft strich mir wie eisige Hände über die nackten Arme. An eine Jacke hatte ich nicht gedacht. Ich schloss mein Auto ab, obwohl sich nichts von Wert darin befand und es eher unwahrscheinlich war, dass es gestohlen wurde, es sei denn, jemand war derart versessen darauf, dass er es abschleppen ließ. Nur zu, dachte ich missmutig und ließ den Autoschlüssel in meine Tasche fallen. Aber das meinte ich natürlich nicht ernst. Ich liebte mein Auto, meine launische Klapperkiste. Den Gedanken, dass es in unmittelbarer Nähe eines Polizeiautos stand, fand ich eher tröstlich, denn so würde bis zum nächsten Morgen, bis ich es wieder zum Rollen brachte, jemand ein Auge darauf haben. Dass die Geräusche, die es gerade von sich gegeben hatte, möglicherweise ein letztes Todesröcheln waren, war eine undenkbare Vorstellung für mich. Es musste einfach funktionieren. Aber für den Moment war ich praktisch gestrandet.

Meine Schritte hallten unnatürlich laut auf dem Straßenpflaster, als ich die Straße zurückeilte, und mir fiel auf, dass kaum etwas so einsam klingt wie jemand, der in den frühen Morgenstunden ganz allein unterwegs ist. Die Scheiben der Autos waren leicht beschlagen und zeigten mein Spiegelbild nur unscharf, wenn ich an ihnen vorbeilief, die Arme verschränkt, um mich selbst zu wärmen. Beim Ausatmen bildete sich für einen Moment eine kleine Nebelwolke vor mir. Hoch oben am Himmel stand der schneeweiße

Mond und leuchtete in eisiger Vollkommenheit. Die sternenklare Nacht hatte die Wärme des Tages entschwinden lassen. Meine Tasche schlug beim Gehen rhythmisch gegen meine Hüfte – ich klimperte so laut wie eine Karawane beladener Kamele in der Wüste. Im Grunde rechnete ich jederzeit damit, dass jemand die Vorhänge beiseiteschob und mir nachstarrte.

Es fühlte sich wie eine Ewigkeit an, bis ich wieder an der Hauptstraße ankam. Bevor ich sie überquerte, schaute ich mechanisch in beide Richtungen, obwohl es kilometerweit zu hören sein musste, wenn ein Fahrzeug nahte. Die Fahrbahn verlor sich in der Ferne. Von hier aus waren es noch gut zehn Minuten zu Fuß bis zur Curzon Close, unserer Straße. Ich wechselte vom Gehweg auf den Grasstreifen neben der Straße, um das Geräusch meiner Schritte zu dämpfen. Der Tau durchnässte meine Hosenbeine, und meine Füße rutschten in den nassen Sandalen hin und her. Zu meiner Rechten lag düster und verlassen ein Spielplatz. Ich schluckte und redete mir ein, dass ich keine Angst hatte. Gänsehaut, trockener Mund und feuchte Hände konnten schließlich auch andere Ursachen haben.

Fast da. So gut wie zu Hause.

Als ich in unsere Straße einbog, knirschte etwas unter meinen Füßen. Überall auf dem Gehweg lagen Glasscherben und da, wo sich das Straßenlicht in den verstreuten Überbleibseln einer Weinflasche brach, glitzerte es gelblich. In der Luft hing ein schwerer, moschusartiger Geruch nach billigem Wein. Vorsichtshalber verlangsamte ich meinen Schritt, da die Sandalen meinen Füßen nur wenig Schutz boten. Die Nacht war windstill, kein Lüftchen vertrieb den Geruch. Die Weinflasche konnte schon vor Stunden zu Bruch gegangen sein. Niemand war hinter mir, niemand verbarg sich im Schatten, und meine Nackenhaare sträubten sich völlig grundlos. Aber andererseits konnte es nicht schaden, sich dessen noch einmal zu vergewissern. Ich blieb stehen und wandte mich halb um, betont beiläufig, aber notfalls bereit zu rennen, und sah absolut nichts, das meinen Herzschlag hätte beschleunigen können. Genervt von mir selbst schüttelte ich den Kopf und kramte in meiner Tasche nach dem Hausschlüssel. Auf dem kurzen Weg zur Eingangstür fühlte ich mich unendlich erleichtert. Ich kann mich erinnern, dass ich nicht das kleinste Geräusch hörte und nur halb den Schatten wahrnahm, der sich aus dem Dunkel der wuchernden Hecke löste, als ich daran vorbeiging. Instinktiv, ohne zu begreifen, was gerade passierte, duckte und drehte ich mich zur Seite, sodass der Schlag, der eigentlich für meinen Hinterkopf gedacht war, auf meiner Schulter landete. Er traf mich mit solcher Wucht, dass ich stürzte und auf dem Knie landete. Der Schmerz schoss glühend heiß bis hinauf in die Hüfte.

Ich glaube nicht, dass ich ohnmächtig wurde, doch nach diesem Schlag war ich für einige Minuten alles andere als bei klarem Bewusstsein. Ich trieb dahin, in einem Meer aus Schmerz, und war viel zu erschrocken, um auch nur einen klaren Gedanken zu fassen. Als zwei Hände mich unter den Armen packten und auf die Füße stellten, leistete ich keinerlei Widerstand. Ich lehnte mich willenlos und schlaff wie eine Stoffpuppe gegen die massige Gestalt hinter mir. Mein linker Arm hing nutzlos herab, ich spürte ihn nicht. Seltsam distanziert wunderte ich mich darüber, während mir gleichzeitig dämmerte, dass ich wegen etwas viel Wichtigerem beunruhigt sein sollte. Langsam und schmerzhaft kamen die weit entfernt läutenden Alarmglocken immer näher. Schließlich schepperten sie direkt in meinem Kopf und übertönten alles andere. *Ich bin in Gefahr,* dachte ich. *Ich sollte etwas dagegen unternehmen.*

Während der noch funktionierende Teil meines Verstands versuchte, mein restliches Ich zu einer wie auch immer gearteten Reaktion zu bewegen, war mir trübe bewusst, dass sich der Angreifer bewegte. Er – aufgrund der Körperkraft und des Geruchs, einer beißenden Mischung aus Zigaretten, Motorenöl und pulsierender Anspannung war mir klar, dass es ein Mann war – zog mich hinter die Sträucher, aus dem Blickfeld möglicher Passanten. Da verfiel ich in Panik und öffnete meinen Mund zum Schrei, doch er stürzte sich auf mich wie eine Katze und presste mir seine Faust gegen den Hals und drückte auf meinen Kehlkopf. Ich konnte nicht schreien, nicht einmal atmen. Hinter meinen Augenlidern wirbelten weiße Lichtsalven, und ich spürte, wie meine Knie nachgaben. Hätte er mich nicht aufrecht gehalten, wäre ich sicher zusammengesunken.

Nach gefühlten hundert Jahren hörte der Druck gegen meinen Hals auf, und die Hand ließ von mir ab. Mit gewaltigen, keuchenden Atemzügen füllte ich meine Lunge. Als ich wieder einigermaßen sprechen konnte, krächzte ich: »Was … wollen … Sie?«

Eigentlich erwartete ich keine Antwort und bekam auch keine. Die Reaktion war ein Lachen, mehr fühl- als hörbar. Heißer Atem streifte seitlich mein Gesicht und fuhr durch meine Haare. Er strich mit einer Fingerspitze an meiner Wange entlang, und die Naht seines Handschuhs kratzte auf meiner Haut. Dann packte er mich am Unterkiefer und drückte meinen Kopf nach hinten, sodass die Sehnen in meinem Hals spannten, und ließ seine andere Hand über meinen Oberkörper gleiten, umfasste meine linke Brust, drückte sie zunächst sacht und danach so heftig, dass ich kurz aufstöhnte, halb vor Schmerz und halb vor Angst. Ich spürte ein verwundertes Innehalten, wahrscheinlich hatte er gerade entdeckt, dass ich nichts weiter unter meinem dünnen Hemdchen trug. Seine Hand bewegte sich zu seinem Gesicht, und mit den Zähnen zog er den Handschuh herunter. Ich hatte kaum Zeit, diese Bewegung zu erfassen, als er auch schon seine feuchtwarme Hand unter mein Top schob und mich wieder begrapschte. Mir stiegen die Tränen in die Augen. Ich konnte nicht fassen, dass das ausgerechnet mir passierte, direkt vor meinem Haus, keine zwei Meter von der Eingangstür entfernt. Ich sollte endlich anfangen, mich zu wehren, doch in dem Augenblick wusste ich wirklich nicht, wie. Hätte ich wenigstens sein Gesicht gesehen, wäre wenigstens mein linker Arm nicht außer Gefecht gewesen, wäre er nicht so viel größer und schwerer gewesen als ich, dann hätte ich vielleicht eine Chance gehabt.

»Bitte«, sagte ich und dann wusste ich nicht mehr weiter. *Bitte töten Sie mich nicht. Bitte vergewaltigen Sie mich nicht. Bitte tun Sie mir nicht weh.* Aber wenn er das wollte, würde er es wohl tun. So einfach war das.

Mit einem kleinen Seufzer lockerte er seinen Griff. Für einen Augenblick dachte ich, er wollte mich zu sich herumdrehen, da er mir die Hände auf die Schultern legte. Doch er zwang mich zu Boden, in die Knie. Das Gewicht auf meinem rechten Knie verursachte Höllenschmerzen, und ich war beinahe froh, als er mich grob zwischen die Schulterblätter stieß, sodass ich auf meine Hände fiel, mit dem Gesicht nur wenige Zentimeter vom Erdboden entfernt. Er legte die Hand auf meinen Hinterkopf und drückte mich weiter nach unten. Ich atmete Erdkrümel ein und würgte, versuchte aufzustehen und geriet erneut in Panik. Doch er drückte mich wieder zu Boden.

»Bleib unten«, befahl es hinter mir, als wäre ich ein Hund. Seine Stimme war allenfalls ein Flüstern, nicht identifizierbar und furchteinflößend. Ich hatte keine Ambitionen, ungehorsam zu sein. Dann konnte ich eher fühlen als hören, wie er abzog. Nur ein kleines scharrendes Geräusch verriet, dass er kurz stehenblieb, um etwas aufzuheben. Unter meiner Wange tickte meine Armbanduhr: zehn Sekunden, zwanzig Sekunden, eine Minute. Es war nichts mehr von ihm zu hören. Zitternd blieb ich liegen, bis ich keinen Zweifel mehr hatte, dass er weg war. Dennoch war es die größte Mutprobe meines Lebens, als ich mich schließlich aufrichtete und umsah. Das Gefühl der Erleichterung, das sich gerade in mir breitmachen wollte, wurde fast augenblicklich von Entsetzen erstickt. Der Angreifer war zwar weg, aber meine Tasche ebenfalls.

Sicher war es einfältig, viel Aufhebens wegen einer Handtasche zu machen, wenn man nur wenige Minuten zuvor noch Angst um sein Leben gehabt hatte. Aber die Feststellung, dass meine Tasche verschwunden war, machte mich wütend – ja, mehr als das: Es machte mich rasend. Mein gesamtes Leben war in dieser Tasche, nicht nur ersetzbare Dinge wie EC- und Kreditkarten. Ich hatte Fotos von meinen Eltern und meinem Bruder darin, mein kleines Tagebuch und ein Notizbuch, in das ich meine Listen kritzelte. Es war vollgestopft mit Visitenkarten, Zetteln mit Telefonnummern und Adressen und anderen wichtigen Informationen, die jetzt unwiederbringlich verloren waren. Hausschlüssel und Autoschlüssel: alles weg. Dabei war nicht einmal etwas besonders Wertvolles in der Tasche gewesen. Mein Handy war alt, zerschrammt und im Prinzip wertlos. Das hätte ich ihm sagen können, wenn er die Tasche von mir verlangt hätte. Ich hätte ihm das Bargeld und die Bankkarten gegeben und ihm viel Spaß damit gewünscht. Für seine Gewalttätigkeit hatte es nicht den geringsten Grund gegeben. Aber ich wurde den Gedanken nicht los, dass es ihm gefallen hatte, mich anzufassen – mir wehzutun –, und dass ihm die Idee mit meiner Tasche erst danach gekommen war. Bei der Erinnerung an seine Hände auf meinem Körper brannte mein Gesicht: Ich fühlte mich schmutzig.

Ganz langsam und unter großen Schmerzen zog ich mich hoch auf die Füße. Der Horizont schaukelte wie verrückt hin und her, und ich musste die Augen schließen und mich an den Zweigen festhalten, damit ich nicht wieder nach vorn umfiel. Natürlich war mir klar, dass es mit ein wenig Warten besser werden würde, aber ich konnte nicht warten. Was, wenn er zurückkam? Ich zwang mich, den Strauch loszulassen und auf das Haus zuzugehen, wo ich torkelnd wie eine Betrunkene ankam. Nicht besonders elegant, aber immerhin war ich da. Kraftlos klammerte ich mich am Mauerwerk fest und überlegte, ob es einen Funken Hoffnung gab, dass Mum wach war. Das Wohnzimmerfenster befand sich gleich neben mir, die Vorhänge waren nicht ganz zugezogen. Bläuliches Licht drang hindurch: Der Fernseher lief also. Ich schob mich an der Wand entlang und lugte nach drinnen. Mum lag lang ausgestreckt auf dem Sofa, ihr Gesicht wirkte im Flimmerlicht des Fernsehers graublau. Sie war völlig weggetreten. Auf dem Couchtisch stand ein leeres Glas. Ich klopfte sacht ans Fenster, überzeugt, dass es zwecklos war, und hoffend, dass ich mich irrte. Nicht die kleinste Bewegung.

Ich stand einen Moment da und versuchte zu überlegen, was ich tun konnte. Ganz langsam sah ich mich um. Hatte ich denn nicht nach meinem Hausschlüssel gesucht? Und hatte ich ihn nicht gerade gefunden, als ich durch die Pforte trat und der Schatten zu bösartigem Leben erwachte? Gebückt ging ich das Wegstück ab, die Augen auf den Boden geheftet, und wurde tatsächlich mit einem metallischen Blinken unter den Sträuchern belohnt, genau an der Stelle, wo mir der Schlüssel aus der Hand gefallen war. Ein Fuß, seiner oder meiner, hatte ihn in die weiche Erde hineingetreten, und nur der glänzende Schlüsselanhänger war noch zu sehen. Mit einem Hauch von Siegerstolz wischte ich die Erde davon ab. Wenigstens *den* hatte er nicht bekommen, auch wenn er mir so viel anderes gestohlen hatte.

Ich schleppte mich wieder zum Hauseingang und schob den Schlüssel ins Schloss. Mein Knie tat jetzt rasend weh. Als ich in den Flur hinkte und die Haustür hinter mir schloss, fiel ich beinahe hin. Aber bevor ich mich um etwas anderes kümmmerte, verriegelte ich die Tür so gut ich irgend konnte. Aus dem Wohnzimmer quäkte die musikalische Untermalung des Nachtprogramms, das ich trotz aller Schmerzen keinesfalls eingeschaltet lassen konnte. Also humpelte ich hinein und machte den Fernseher aus. In der sich daraufhin ausbreitenden Stille rasselte Mums Atem. Ich sah hinunter auf ihr ausdrucksloses Gesicht, ihren schlaffen Mund und den weißlich schimmernden Augapfel des rechten Auges, das nicht ganz geschlossen war, und fühlte nichts: keinen Hass, keine Liebe, kein Mitleid. Nichts. Nicht aus Fürsorge, sondern weil sie eben da hing, nahm ich die Decke von der Sofalehne und breitete sie über sie aus. Mum rührte sich nicht.

Allmählich kehrte das Gefühl in meinen linken Arm zurück. Ich bewegte probehalber die Finger und betastete alles mehrmals bis zur Schulter hoch. Es war nichts gebrochen, glaubte ich wenigstens, obwohl ich den Arm nicht über Schulterhöhe heben konnte und jede Bewegung so schmerzhaft war, dass ich nach diesem ersten Versuch nicht die geringste Lust auf eine Wiederholung spürte. Ich humpelte in der Küche herum und stürzte ein Glas Wasser hinunter. Mein Hals tat weh. In meinem Knie pulste der Schmerz. In einer Schublade fand ich zwei eingestaubte

Schmerztabletten, die ich sofort schluckte. Was ungefähr so sinnvoll war wie einen Eierbecher voll Wasser in ein loderndes Feuer zu kippen.

Krisenmanagement Teil zwei: Ich rief die Bankhotline und meinen Telefonanbieter an. Nicht das geringste Problem. Alles konnte innerhalb weniger Tage ersetzt werden. Ich bekam ein neues, besseres Telefon per Post zugeschickt. Die ganze Sache dauerte keine zehn Minuten, mitten in der Nacht, vermittelt über diverse Callcenter in Indien. Niemand stellte mir Fragen. Außer den persönlichen Dingen, die ich verloren hatte, war eigentlich nur noch mein Auto ein Problem. Der Ersatzschlüssel lag bei meiner Tante Lucy in Manchester, wo er vor meiner Mutter in Sicherheit war, die sich schon zweimal mitten in der Nacht und bestimmt nicht in der geeigneten Verfassung mein Auto ausgeborgt hatte. Es war einfach zu riskant, einen Zweitschlüssel im Haus zu haben. Also musste ich am nächsten Morgen Tante Lucy anrufen und sie bitten, mir den Schlüssel per Post zu schicken. In der Zwischenzeit hatte ich keine andere Möglichkeit, als mein Auto an Ort und Stelle warten zu lassen. Wenigstens stand es nicht im Parkverbot. Ein Stapel Knöllchen hätte mir gerade noch gefehlt.

Ich füllte mein Glas wieder auf und setzte mich sehr vorsichtig an den Küchentisch. Während ich an dem lauwarmen Wasser nippte, stellte ich weitere Überlegungen an: Wenn ich die Polizei rief, würde sie mir unweigerlich Fragen stellen, wo ich gewesen war und warum ich zu nachtschlafender Zeit durch die Siedlung spazierte. Blake wäre wenig erbaut, wenn herauskäme, dass ich bei ihm gewesen war. Zu erklären, was ich in der Straße vor dem Haus der Familie Shepherd verloren hatte, wäre unendlich peinlich. Also keine Polizei. Und, ganz abgesehen davon, würden sie den Kerl, der mich überfallen hatte, wahrscheinlich sowieso nicht finden. Soviel ich wusste, schafften sie es so gut wie nie, bei Verbrechen dieser Art jemanden zu verhaften, es sei denn, sie erwischten ihn auf frischer Tat.

Außerdem sollte ich wohl besser nicht überreagieren. Jemand hatte mir also die Handtasche gestohlen. Na, was für ein Drama. Wahrscheinlich wollte er einfach nur den Inhalt verticken, um sich damit Drogen zu besorgen. Selbst in einer Vorstadtsiedlung war das nun wirklich nichts Ungewöhnliches. Ein Gelegenheitsverbrechen eben. Kein Grund, die Nerven zu verlieren. Etwas Einmaliges. Natürlich konnte ich auch mehr hineininterpretieren, wenn ich das wollte, aber wozu sollte das gut sein? Ja gut, er hatte vor meinem Haus gestanden. Aber das war ganz einfach Pech gewesen. Er hatte bestimmt nicht speziell auf mich gewartet. Ich war ihm einfach dummerweise in die Quere gekommen, und er hatte zugegriffen. Ich beschloss, mir darüber nicht mehr den Kopf zu zerbrechen. Ich musste mich einfach aufrappeln und die Sache abhaken.

So weit, so gut. Es war höchste Zeit, etwas Vernünftiges zu tun. Ich hatte das unendliche Bedürfnis nach einer ausgedehnten Dusche und einer gehörigen Portion Schlaf. Bevor ich mich an die Treppe wagte, legte ich etwas widerstrebend einen Zwischenstopp im Flur ein, um den entstandenen Schaden zu begutachten. Zunächst schaltete ich das Deckenlicht ein, das mir sehr hell und unnötig grell vorkam, und begab mich zum Spiegel gleich neben der Tür. Ich machte mich auf alles gefasst und nahm für einen endlosen, fassungslosen Moment mein Spiegelbild in Augenschein: den Dreck in den Haaren und im Gesicht, das Make-up, das über die Wangen verschmiert war, den Fleck auf dem Wangenknochen, wo er mein Gesicht gnadenlos auf den Boden gedrückt hatte.

Dann schaltete ich das Licht aus und ging schlafen.

1992

Seit vier Wochen vermisst

Ich stehe neben Mum, die unschlüssig die Dosentomaten betrachtet. Die Reihe ist endlos lang, es gibt unterschiedliche Marken und Tomatensorten. Ich weiß nicht, welche wir nehmen sollen, und Mum offenbar auch nicht. Sie steht einfach nur da und schaut sich die Etiketten an. Es ist unser erster Einkauf im Supermarkt, seit Charlie verschwunden ist. Früher hatten wir dabei immer ein festes Ritual. Charlie schob den Einkaufswagen, Mum wählte die Sachen aus, und ich tat sie in den Wagen. Nach dem Einkaufen gingen wir noch in das kleine Café gegenüber, wo wir ein Rosinenbrötchen aßen und etwas tranken. Mum bestellte sich immer eine Tasse Kaffee. Der schmeckt mir zwar überhaupt nicht, aber er riecht so gut. Ich mochte es sehr gern, in diesem Café zu sitzen und die Leute zu beobachten, die im Supermarkt gegenüber ein und aus gehen.

Doch heute funktioniert unser Ritual überhaupt nicht. Ich lege Dinge in den Wagen und renne dann um ihn herum, um ihn weiterzuschieben. Aber Mum kriegt überhaupt nichts mit. An den Lebensmitteln, die wir normalerweise kaufen, geht sie vorbei und packt dafür lauter Zeug in den Wagen, das wir sonst nie essen: Tiefkühlpizza, Brathähnchen in einem fettigen Folienbeutel, ein Netz Limetten, eingeschweißte Wiener, die aussehen wie schweißige Finger. Ich traue mich nicht, etwas zu sagen. Sie ist heute sehr schweigsam und mit ihren Gedanken ganz woanders. Aber das ist mir lieber als ihre Schimpflaune, wenn ich Angst habe, sie anzusprechen.

Ich stehe neben ihr und halte mich an ihrem Rock fest – nur ganz leicht, dass sie es gar nicht merkt – und tue so, als wäre alles wie immer. Charlie ist nur um die Ecke. Gleich wird er mit einer Packung Frühstücksflocken auftauchen, und Mum wird ihn zurechtweisen, weil er die mit Schokoüberzug genommen hat. Danach gehen wir hinüber ins Café, trinken etwas, lachen über alberne Witze und beobachten die Leute.

Eine dicke Frau kommt uns vom anderen Ende des Ganges entgegen. Sie ist ganz rot im Gesicht, und ihr Einkaufswagen ist vollbeladen. Als sie uns sieht, bleibt sie stehen und starrt uns an. Ich starre zurück und frage mich, was sie wohl von uns will. Mum ist immer noch in die Tomatendosen vertieft, sodass sie weder die Frau noch ihren komischen Gesichtsausdruck bemerkt. Die Frau zieht ihren Wagen ein Stück zurück und schaut um die Ecke, wo sie mit jemandem tuschelt, den ich noch nicht sehen kann. Kurz darauf taucht eine zweite Frau auf, die klein und dünn ist und ebenfalls einen Wagen vor sich her schiebt. Sie steht jetzt neben der Dicken, und beide zusammen geben ein ulkiges Bild ab – dick und dünn, beide mit der gleichen Miene: überrascht, neugierig und voller Ablehnung. Mit ihren Einkaufswagen versperren sie den gesamten Gang und ich frage mich, wie wir an ihnen vorbeikommen sollen. Sie flüstern miteinander, während sie uns nach wie vor mustern. Ich begreife, dass sie uns erkannt haben, denn ich höre Satzfetzen wie »der arme Junge« und »selbst schuld«. Mum muss es ebenfalls gehört haben, denn sie schreckt auf, als wäre sie gerade aufgewacht. Sie schaut die beiden kurz an, und ich beobachte ihr Gesicht. Sie presst die Lippen aufeinander und sieht wütend aus.

»Komm«, sagt sie zu mir, packt den Wagen und wendet

ihn geschickt, sodass wir den Rückzug antreten können. Ihre Absätze klappern auf dem Fußboden, klack klack klack, und ich renne ihr hinterher in den nächsten Gang, wo wir nirgends haltmachen, und in den übernächsten, wo Mum nur hastig ein Glas löslichen Kaffee in den Wagen wirft. Ich bin froh, dass wir die Frauen los sind, aber ich merke, dass Mum ganz außer sich ist. Ich laufe hinter ihr her und muss ab und zu rennen, um Schritt zu halten. Die bunten Farben der Verpackungen in den Regalen verschwimmen vor meinen Augen, als wir durch die letzten Gänge mit Putzmitteln und Kosmetik hasten und schließlich leicht außer Atem an der Kasse ankommen.

Die Kassiererin grüßt lächelnd, ohne uns wirklich anzusehen. Sie zieht unsere Einkäufe über den Scanner und schiebt sie dann auf die Warenablage. Mum stößt mich von hinten an. »Geh einpacken.«

Ich würde eigentlich lieber unseren Wagen ausräumen. Es macht mir Spaß, auf dem Förderband alles so anzuordnen, dass keine Lücken entstehen. Mum dagegen wirft die Lebensmittel, die wir ausgesucht haben, achtlos auf das Band. Die Bananen hängen über den Rand, und die Konservengläser kullern jedes Mal klappernd umher, wenn das Band anruckt. Ich nehme mir einen Plastikbeutel und beginne ihn zu füllen. Ich hasse Mum, wirklich wahr. Einpacken macht überhaupt keinen Spaß. Mit Absicht packe ich schwere Dosen oben auf das Obst und presse viel zu viel in den Beutel, damit er ausleiert und ein Stück einreißt. Als ich aufblicke, ist Mum verschwunden, der Einkaufswagen steht noch vorn am Band. Für einen Moment gerate ich in Panik.

Die Kassiererin zieht ein weiteres Glas über den piepsenden Scanner. »Keine Sorge. Sie ist nur noch etwas holen gegangen.« Sie beäugt den Beutel in meiner Hand und greift zum Tütenspender. »Willst du eine neue haben?«

Ich nicke und beobachte dann angeekelt, wie sie ihre Finger

anleckt und das obere Ende der Tragetasche dazwischen reibt, damit sie sich öffnen lässt. Ich will sie am liebsten gar nicht anfassen, weil überall ihre Spucke dran ist, aber mir fällt nichts ein, wie ich es vermeiden könnte. Also fülle ich sie und danach noch eine, aber Mum ist noch immer nicht zurück. Die Kassiererin sieht mich jetzt an und runzelt die Stirn ein bisschen. Ich werde rot im Gesicht. Wenn Mum nicht wiederkommt, kann ich doch den Einkauf gar nicht bezahlen. Und nach Hause bekomme ich die Sachen auch nicht.

Doch plötzlich ist sie wieder da und hat den Arm voller Flaschen, die sie ganz ans Ende des Förderbandes stellt; drei Glasflaschen mit einer klaren Flüssigkeit. Alle haben einen silbernen Deckel und ein blaues Etikett, das von mir abgewandt ist. Die Frau scannt sie eilig, und Mum packt sie selbst in einen Beutel, nachdem sie mich beiseitegeschoben hat. Dann bezahlt sie und reicht dazu ihre Geldkarte hinüber. Als die Kassiererin den Namen liest, blickt sie auf, die Lippen zu einem verblüfften O geformt. Während Mum auf den Kassenzettel wartet, schaue ich die Kassiererin warnend an, damit sie nur ja keinen Kommentar dazu abgibt.

Draußen vor dem Supermarkt helfe ich Mum, alles ins Auto zu laden. Schweigend fahren wir nach Hause. Als wir dort angekommen sind, geht sie als Erstes zum Kofferraum und nimmt den einzelnen Beutel heraus. Er klirrt melodisch. Flaschen.

»Ich helfe dir, die Tüten reinzutragen.«

»Geh bitte einfach ins Haus.«

Sie schließt auf und schiebt mich zur Tür hinein. Dann geht sie schnurstracks in die Küche und nimmt ein Glas aus dem Schrank. Vom Eingang aus beobachte ich, wie sie sich an den Tisch setzt und die erste Flasche aus dem Beutel öffnet. Was sie in ihr Glas gießt, sieht aus wie Wasser. Sie schüttet das Glas in einem einzigen Zug hinunter und sitzt danach einen Moment lang mit geschlossenen Augen und komischem Gesicht da. Dann gießt sie sich noch ein Glas ein und tut wieder dasselbe. Und dann das Ganze noch einmal.

Die anderen Einkäufe bleiben im Kofferraum, und ich stehe wie angewurzelt im Eingang. Ich warte und sehe zu, wie meine Mutter zum ersten Mal vor meinen Augen trinkt und trinkt und trinkt – als wäre sie völlig unbeobachtet, als wäre ich gar nicht da.

7

Nachdem ich mich hingelegt und das Licht ausgeschaltet hatte, gab ich mir die allergrößte Mühe, einen klaren Kopf zu bekommen, aber mit der Dunkelheit kamen die Erinnerungen wieder – Bildfetzen der vergangenen Tage. Ein toter Zweig auf dem Waldboden, daneben eine blasse Hand im Gras. Ein gewelltes Plakat mit einem grünen Kanal darauf. Blake, wie er mit geschlossenen Augen auf der Wiese liegt. Glassplitter auf dem Asphalt. Ein gewalttätiger Mann, der aus dem Dunkeln auf mich zukommt. Vor allem das Letzte ließ mich nicht los. Ich konnte kein Gesicht damit verbinden; mir war völlig unklar, wer mich da angegriffen hatte. Ich sollte es am besten einfach vergessen. Aber das gelang mir nicht.

Wie unter Zwang musste ich immer wieder darüber nachdenken, was mir aufgefallen war, ob ich ihn vielleicht kannte oder ob ich ihn möglicherweise wiedererkennen würde. Wie die meisten Männer war er größer gewesen als ich, so eins siebzig bis eins achtzig, nahm ich an. Obwohl er schlank war, hatte er ziemlich viel Kraft. Er trug dunkle Schuhe, wahrscheinlich Turnschuhe, denn er war nahezu lautlos wieder verschwunden. Eine dunkle Hose. Seine Jacke war aus wetterfestem Material. Dazu Lederhandschuhe. Ansonsten nichts Besonderes, nichts, das Rückschlüsse auf seine Identität zugelassen hätte. Ich konnte also auf der Straße an ihm vorbeigehen, ohne ihn zu erkennen.

Das einzig Charakteristische, woran ich mich erinnern konnte, war die Geruchsmischung: Zigaretten und Motorenöl. Aber das war nicht gerade unverwechselbar. Das Motorenöl konnte von überallher stammen; Öllachen von parkenden Autos gab es en masse auf der Straße. Wenn er in eine hineingetreten war, konnte der Geruch bereits recht lange anhaften. Das war mir selbst schon passiert.

Aber was mir am meisten zusetzte, war nicht meine Angst, sondern der Ärger darüber, dass ich nicht besser aufgepasst hatte und so unvorsichtig gewesen war. Wenn er mich hätte vergewaltigen oder umbringen wollen, was hätte ihn davon abhalten können? Ganz bestimmt nicht ich, denn ich hatte mich ja nicht einmal wehren können. Wenn ich ihn rechtzeitig bemerkt hätte, hätte ich vielleicht noch weglaufen oder laut schreien können, um die Nachbarn aufzuwecken. Natürlich war es völlig zwecklos, sich mit all diesem »wenn« und »hätte« herumzuplagen, aber ich konnte einfach nicht anders, während mein Arm die ganze Zeit über missmutig pulsierte. Die Leuchtzeiger krochen träge über das Ziffernblatt der Nachttischuhr, und meine Gedanken kreisten unaufhörlich um das Wer und Warum dessen, was ich erlebt hatte, und kamen der Antwort doch kein Stück näher.

Erst kurz vor Tagesanbruch fiel ich in einen tiefen, traumlosen Schlaf und wachte erst weit nach meiner üblichen Aufstehzeit mit verquollenen Augen, Halsschmerzen und einem Gesicht auf, das sich anfühlte, als hätte es jemand mit der Zickzackschere abgeschnitten und anschließend mehr schlecht als recht wieder angetackert. Beim Gang ins Badezimmer musste ich feststellen, dass ich humpelte. Mein Knie war steif und ließ sich nur widerwillig beugen. Es war teigig angeschwollen und geprellt – das war allerdings gar nichts im Vergleich zu meiner höchst interessant getönten Schulter. Ich konnte den Arm nach wie vor nicht über Schulterhöhe anheben, und beide waren kräftig eingefärbt – von violett bis blauschwarz an der empfindlichsten Stelle. Die Prellung erstreckte sich vom Unterarm bis zur Mitte des Oberarms, sah aus wie die Tätowierung eines Hafenarbeiters und war ausnehmend schmerzhaft. Mein Anblick im Spiegel war erbärmlich. Ich fühlte mich entsetzlich erschöpft und viel zu zerschlagen, um auch nur daran zu denken, in die Schule zu fahren.

Also tappte ich mühsam die Treppe hinunter zum Telefon und rief im Sekretariat an, wo jedoch unglücklicherweise Elaine statt Janet abnahm. Gequält gab ich meine Entschuldigung durch und hoffte, dass sie sich nicht allzu sehr nach einer Lüge anhörte. Schließlich war Elaine von Natur aus skeptisch und ließ sich nicht so schnell einen Bären aufbinden. Daher verkaufte ich ihr meine *entsetzlichen, kaum auszuhaltenden Kopfschmerzen, die mir das Kommen unmöglich machten* so engagiert, als ginge es um mein Leben. Sie hüstelte vielsagend, und es kam mir so vor, als sei ich keineswegs die Einzige, die sich an diesem Tag krank meldete. Mit nochmals gesteigertem Tremolo beschrieb ich ihr die Übelkeit, unter der ich ebenfalls litt, woraufhin sie meine Abmeldung widerwillig akzeptierte.

»Aber in die Kirche müssen Sie trotzdem kommen. Heute Abend findet in St. Michael's ein Gedenkgottesdienst für Jenny Shepherd statt, bei dem ich alle Lehrer dabeihaben will.«

»Wann fängt er denn an?«

»Um sechs. Ich will doch hoffen, dass Ihre Kopfschmerzen bis dahin nachgelassen haben.«

Ich überhörte ihren sarkastischen Tonfall, versprach, anwesend zu sein, und legte auf. Wie um alles in der Welt sollte ich es hinbekommen, in nur zehn Stunden wieder einigermaßen präsentabel auszusehen? Eine Portion Schlaf war zunächst wohl die beste Lösung. Ich schrieb Mum einen Zettel, dass ich heute nicht zur Arbeit müsse und bitte nicht gestört werden wolle. Dann schlich ich auf Zehenspitzen ins Wohnzimmer. Mum lag noch immer auf dem Sofa und rührte sich nicht. Im Zimmer roch es widerlich nach Alkoholdunst und verbrauchter Luft; es war düster und stickig warm. Ich platzierte den Zettel gut sichtbar und stahl mich wieder hinaus.

Die Treppe kam mir länger und steiler vor als sonst, während ich mich mit Hilfe des Geländers nach oben quälte. Meine Glieder schmerzten, und sämtliche Gelenke protestierten. Ich fühlte mich, als hätte ich mir zusätzlich zu meinen Prellungen noch eine üble Grippe aufgeladen. Einzig die Aussicht auf Ruhe, kühle Laken und ein paar Stunden Einsamkeit gab mir die Kraft, es zurück in mein Zimmer zu schaffen. Dort hievte ich mich wieder ins Bett. Der Schlaf übermannte mich schnell und plötzlich – als würde ich von einer Klippe stürzen.

Vom Regen wachte ich wieder auf. Es war bereits Nachmittag und schüttete wie aus Eimern. Ein nasskaltes Tiefdruckgebiet vom Atlantik verdrängte die erste warme Sommerluft und trieb heftige Schauer vor sich her. Ich hatte mein Fenster offen gelassen und sah nun dunkle Flecken auf dem rosaroten Teppich und überall auf meinem Schreibtisch feine Spritzer von den prallen Regentropfen, die auf dem Fensterbrett landeten und dort wie winzige Granaten explodierten. Noch ganz benommen vom Schlaf streckte ich meine linke Hand aus, um das Fenster zu schließen. Doch ein stechender Schmerz durchzuckte meinen Arm so heftig, dass mir die Luft wegblieb. Wie hatte ich das nur vergessen können? Ich zog das Fenster mit der anderen Hand herunter und ließ es nur einen Spaltbreit offen, damit die regenfrische, saubere Luft hereinströmen konnte. Der Regen prasselte wie Trommelschläge auf das Dach und hing wie ein beinahe blickdichter Vorhang vor den Häusern gegenüber, wodurch sie nur noch schemenhaft und verschwommen erkennbar waren – wie mit schmutzigem Wasser gemalte Aquarelle. Ein paar Minuten lang beobachtete ich träge, wie das Regenwasser von der Straße abfloss und in Bächen den Fußweg hinunterströmte. Ein solcher Wolkenbruch hatte etwas Faszinierendes, geradezu Hypnotisches an sich. Vor allem dann, wenn man drinnen im Trockenen saß.

Da fiel mir schlagartig ein, dass ich nachher ja doch noch hinaus- und obendrein zu Fuß gehen musste. Den Gedenkgottesdienst einfach zu schwänzen, brachte ich aus Angst vor Elaine nicht fertig. Ich schaute auf die Uhr und stellte zu meinem großen Erschrecken fest, dass es schon halb fünf war. Meine einzige Hoffnung war Jules. Ihre Telefonnummer hatte ich glücklicherweise noch – sie stand in meinem Kalender vom vorigen Jahr, wo sie sich mit ihrer ausladenden, über zwei Zeilen reichenden Schrift selbst eingetragen hatte. Ich humpelte nach unten zum Telefon und wünschte dem Kerl, der meine Handtasche geklaut hatte, zähneknirschend viel Vergnügen mit meinem Nokia. Es hätte mir einiges erleichtert, wenn er mir wenigstens mein Handy gelassen hätte. Und meine Schlüssel. Und meine Brieftasche. Aber dann wäre es ja kein Raubüberfall gewesen.

»Hallo?«

»Jules, ich bin's, Sarah.«

»Sarah! Hab deine Nummer gar nicht erkannt. Meine Güte, fast wäre ich nicht rangegangen. Wie geht's denn?«

»Ganz gut«, sagte ich hastig. »Hör mal, ich hab Probleme mit meinem Auto. Könntest du mich vielleicht abholen, wenn du zum Gedenkgottesdienst in die St. Michael's Kirche fährst?«

»Zum was?«, fragte Jules verblüfft. »Ach so, ja. Nee, tut mir leid. Das spar ich mir.«

»Ich dachte, das wäre Pflicht für uns?«

»Ist nicht so mein Ding. Ich habe Elaine gesagt, dass ich eine unaufschiebbare familiäre Verpflichtung hätte.«

»Verstehe«, erwiderte ich und wünschte, mir wäre etwas Ähnliches eingefallen. »Schön für dich.«

»Elaine hatte soo einen Hals. Aber soll sie ruhig. Sie kann mich ja nicht feuern, nur weil ich nicht hingehe. Tut mir aber echt leid für dich. Kriegst du's anders gebacken?«

Eigentlich war es nicht sonderlich weit – nur ein paar Kilometer. Ohne mein lädiertes Knie wäre es überhaupt kein Problem gewesen, zu Fuß zu gehen. Ich lachte. »Na klar. Ich war nur ein bisschen wasserscheu.«

»Ich komme gerade vom Friseur«, raunte Jules durch den Hörer. »Wenn ich in der Kneipe ankomme, ist wahrscheinlich alles wieder im Eimer.«

»Aha, dort findet wohl deine familiäre Verpflichtung statt oder wie?«, erkundigte ich mich und hörte mir grinsend ihre ziemlich deftige Antwort an, ehe sie auflegte.

Doch als ich den Hörer vom Ohr nahm, verging mir das Grienen. Die Witzeleien waren ja gut und schön, aber jemand anders fiel mir nicht ein, den ich fragen konnte. Wenn ich also tatsächlich dorthin wollte, würde ich wohl oder übel laufen müssen. Und ob ich das in meinem gegenwärtigen Zustand schaffen würde, war ziemlich fraglich.

Auf wundersame Weise kam ich doch noch pünktlich an und war letztendlich sogar dankbar für das schlechte Wetter. Gegenüber der Kirche waren massenhaft Kameras versammelt, die den Besucherstrom in das Gotteshaus filmten. Doch unter meinem Regenschirm war ich sicher und anonym. Der Schirm schützte mein Gesicht vor neugierigen Blicken, die den unter der dicken Schminkschicht unzureichend verborgenen blauen Fleck direkt über meinem Wangenknochen hätten bemerken können.

Ich stellte meinen tropfenden Schirm zu den zahllosen anderen in einen Ständer im Vorraum, betrat vorsichtig die Kirche und schaute mich um. Hier war ich schon lange nicht mehr gewesen. Die Grundmauern von St. Michael's waren viele hundert Jahre alt, dennoch hatte die Kirche optisch nicht allzu schwer an ihrer Geschichte zu tragen. An den Wänden konkurrierten uralte Gedenktafeln und Grabmale längst vergessener Gemeindemitglieder mit Plakaten über christliche Nächstenliebe und die Armut in den Entwicklungsländern. Ein in den Siebzigerjahren hinzugekommenes, quietschbuntes Glasfenster bildete einen krassen Stilbruch angesichts des alten grauen Gesteins ringsum. Einen Teil des linken Seitenschiffs hatte man verglast, um quengelnden Kindern und ihren leidgeprüften Eltern während des Gottesdienstes Zuflucht zu gewähren. Doch glücklicherweise waren die alten, durch Türchen abgeschlossenen Kirchenbänke unverändert geblieben. Auf dem ausgetretenen, im Laufe der Jahrhunderte von den Füßen der Gläubigen glatt polierten Steinfußboden klangen meine Schritte gedämpft, als ich zum rechten Seitenschiff humpelte und dort Ausschau nach einem unauffälligen Sitzplatz hielt. Das war gar nicht so einfach, denn obwohl der Gottesdienst erst in einer Viertelstunde beginnen sollte, waren die Bänke bereits fast vollständig besetzt.

Unter den Anwesenden erkannte ich einige Eltern aus unserer Schule und Jennys Mitschülerinnen, hastete jedoch vorbei, noch ehe sie Notiz von mir nehmen konnten. Trotz meiner neuen, hüpfend-humpelnden Gangart kam ich recht schnell vom Fleck. Für den Fall, dass sich jemand erkundigte, was mir zugestoßen sei, hatte ich zwar eine kleine Geschichte parat, wollte aber nach Möglichkeit allen Nachfragen aus dem Weg gehen. Durch den Regen war es draußen so düster geworden, dass die Stimmung an diesem Frühlingsnachmittag eher an einen Winterabend erinnerte. Obendrein war die Kirche nicht sonderlich gut beleuchtet – welch ein Segen. Ich setzte mich in eine der vorderen Bänke neben zwei ältere, angeregt plaudernde Damen. Sie rückten ein Stück, um mir Platz zu machen, nahmen aber ansonsten keine Notiz von mir. Perfekt.

Als ich mich umschaute, sah ich eine kleine Gruppe von Kollegen inmitten des Hauptschiffs sitzen. Sie unterhielten sich und sahen müde und unglücklich aus. Letzteres hatte vermutlich weniger mit Trauer zu tun, als mit ihrem Unmut darüber, dass sie hierher abkommandiert waren. Von meinem Platz aus sah ich, wie sie ungeduldig und mit gerunzelter Stirn auf die Uhr schauten.

Elaine selbst saß in der ersten Reihe neben dem stellvertretenden Direktor, der zu diesem Anlass sogar eine Krawatte hervorgekramt hatte. Elaine war extra beim Friseur gewesen und trug Lippenstift. Offensichtlich hielt sie das für eine Gelegenheit, um Eindruck zu schinden. Die kleine alte Dame neben mir hatte ein A4-Blatt mit dem Gottesdienstablauf in der Hand, das ich am Eingang übersehen hatte. Ich fragte mich, ob die arme Janet das wohl alles allein hatte kopieren und falten müssen. Wenn ich ein wenig hinüberschielte, konnte ich die Schrift gerade so entziffern. Demnach würde Elaine eine Lesung halten und später der Schulchor singen.

Auf dem Weg zur Kirche hatte ich einen höflichen Hinweis gesehen, mit dem die Medien gebeten wurden, die Privatsphäre der Anwesenden zu respektieren und dem

Gottesdienst fernzubleiben. Doch zumindest eine Journalistin hatte diese Bitte offenbar ignoriert. Allerdings musste ich ihr zugutehalten, dass sie sich darauf berufen konnte, selbst zur Gemeinde zu gehören. Carol Shapley saß in der zweiten Reihe, direkt hinter der Bank, die für die Shepherds reserviert war. Sie hatte ihre Arme um zwei Teenager – vermutlich ihre Kinder – gelegt und sah aus, als könne sie kein Wässerchen trüben. Aber mir entging nicht, dass sie sämtliche Details in Kirche und Gemeinde sorgfältig registrierte. Ihr Kopf drehte sich ständig in alle Richtungen, wie bei einer Eule. Dieser Frau würde nicht die kleinste Kleinigkeit entgehen, und die Lokalzeitung bekam wieder mal einen Exklusivbericht.

Aus dem hinteren Teil der Kirche war nun ein dumpfes Raunen zu hören. Ich reckte den Hals, um etwas zu erkennen, und sah, dass die Polizei eingetroffen war, zusammen mit den Shepherds. DCI Vickers führte die Prozession durch den Mittelgang an und gab dabei wohl die absurdeste Braut aller Zeiten ab. Er nahm in der Bankreihe vor der Journalistin Platz, wobei sich ihre Blicke kurz kreuzten. Sie senkte den Kopf und errötete. Ich denke nicht, dass er etwas zu ihr gesagt hatte; vermutlich war das auch gar nicht nötig.

Kurz dahinter kamen die Shepherds in Begleitung des Pfarrers. Diane Shepherd wirkte, als wüsste sie nicht so recht, wo sie war, und schaute mit einem schwachen, wie versteinert wirkenden Lächeln um sich. Ihr Ehemann lief schwerfällig mit gesenktem Kopf. Seit Jennys Verschwinden hatte er beträchtlich abgenommen, sodass seine Kleidung schlapp an seinem Körper hing. Obwohl sein Hemdkragen offen stand, war er sorgfältig gekleidet. Er legte viel Wert auf Äußerlichkeiten und achtete trotz seiner Trauer auf angemessene Garderobe. Hinter ihnen ging Valerie, die ihr selbstgefälliges Gehabe auch angesichts der Situation nur mühsam im Griff hatte. Und ganz hinten stand Blake. Selbstverständlich. Flankiert von mehreren Kollegen bezog er direkt am Eingang Stellung. Sie standen mit dem Rücken zur Wand, die Hände in klassischer Fußballerpose vor dem Körper verschränkt. Obwohl sie abwesend wirkten, als hätte das Geschehen nichts mit ihnen zu tun, ließen sie ihren Blick aufmerksam durch die Gemeinde schweifen. Ich überlegte gerade, wonach sie wohl Ausschau halten mochten, als Blake mich bemerkte. Er hob unmerklich eine Augenbraue, woraufhin ich mich hastig umdrehte und meinen Blick nach vorn richtete. Es war mir äußerst peinlich, dass er mich dabei ertappt hatte, wie ich ihn anstarrte. In diesem Moment setzte der junge Pfarrer zum Eingangsgebet an. Es artete zu einer Art Predigt aus, was ihn augenscheinlich ebenso überraschte wie alle anderen. Sein Adamsapfel bewegte sich auf und ab, während seine Phrasen ins Bodenlose glitten. Nachdem er heillos vom Thema abgekommen war, versuchte er krampfhaft, wieder auf den Punkt zu kommen, verlor jedoch immer mehr den Faden.

»Denn wo kann Trost sein ohne Gott? Aber mit Gott, was kann da anderes sein als Trost – jener Trost, der von Gott und durch Gott kommt. Dieser Trost, der, welcher der eine wahre Gott ist. Und Jennifer ist bei Gott, in der Heiligkeit des Himmels, als eines seiner Kinder, wie wir alle es sind, und für ihre Familie muss das tröstlich sein. Tröstlich deswegen, weil …«

Auf der Suche nach einer Antwort blätterte er hektisch in seinen Zetteln, fand jedoch weder einen logischen Schluss für seinen Gedankengang, noch eine sinnvolle Fortsetzung und gab schließlich auf, indem er wenig inspiriert den Schulchor ankündigte. Der setzte zu einem Choral an – einer lautstarken und leidenschaftlichen Interpretation des Kirchenliedes »Be Thou My Vision«.

Blicklos starrte ich auf das Gesangbuch vor mir, ohne die Worte wahrzunehmen. Ich fragte mich, ob Jenny vor ihrem Tod wohl gebetet hatte und ob ihre Gebete erhört worden waren.

Es wäre untertrieben zu sagen, dass während des Gottesdienstes meine Gedanken gelegentlich abschweiften. Elaines Stimme war zu hören, die in gemessenem Tonfall zum Anlass passende Zeilen aus dem Prediger Salomo vortrug, und meine Gedanken drifteten erneut ab und kreisten um die herrliche Gewölbedecke und den gotischen Bogen, der zum Querschiff führte. Die verschiedensten Gedanken kamen mir in den Sinn, und ich ließ sie dort verweilen, ohne mich um das Geschehen um mich herum zu kümmern.

Doch jemand beobachtete mich. Als ich mich mit der übrigen Gemeinde erhob, um »The Lord is My Shepherd« zu singen, schaute ich mich kurz um und bemerkte Geoff, der mich unverhohlen anstarrte. Als er meinen Blick erhascht hatte, hob er seine Hand, umschloss damit ein unsichtbares Glas und neigte es – das universelle Zeichen für »Wollen wir dann noch was trinken gehen?«. Ich verzog abweisend das Gesicht und beugte mich über mein Gesangbuch, als hätte ich die Worte des Psalms noch nie zuvor gesehen.

Als die letzten Orgeltöne verklungen waren, trat der Pfarrer wieder ans Mikrofon und nestelte es aus dem Ständer. Lautes Fiepen und Quietschen begleiteten sein Tun, und die Gemeinde beobachtete teilnahmslos, wie er mit der Technik kämpfte. Dann verfiel er in ein weiteres ausuferndes Stegreifgebet, über dessen Inhalt er zuvor offenbar nicht nachgedacht hatte. Meine Aufmerksamkeit entschwand erneut.

»Und nun lade ich den Rest von Jennifers Klasse ein, zum Altar zu kommen und das Ausgangslied zu singen«, verkündete er mit belegter Stimme und wartete, während die

Mädchen von überallher aus der Kirche kamen. Sie wirkten selbstbewusst und gingen betont langsam, um keinesfalls als Erste vorn anzukommen. Manche von ihnen hatten schon die Größe von Erwachsenen und wirkten vom Äußeren und Auftreten her wesentlich älter als ihre Mitschülerinnen – dem aktuellen Emo-Trend folgend mit stilgerecht gescheiteltem, schwarzem Haar und viel schwarzem Eyeliner um die Augen. Aber es gab auch welche, die noch zart und schutzbedürftig aussahen wie Jenny – zierliche Mädchen mit kindlichem Gesicht. Eines hatten sie jedoch alle gemeinsam: die starre, verstörte Miene.

»Bitte fasst euch an den Händen …«, forderte der Pfarrer sie auf, was Jennys Mitschülerinnen auch folgsam taten. Die Chorleiterin tänzelte vor den Altar und nickte der Organistin zu. Aus einem langen Eingangston entwickelten sich die ersten Takte von »Amazing Grace«. Die Mädchen waren absolut textsicher. Sie hatten das Lied vor ein paar Monaten für ein Schulkonzert einstudiert. Ich fragte mich, wie es den Eltern wohl ging, als sie ihre Kinder dort vorn sahen. Waren sie ganz krank vor Angst angesichts der Vorstellung, dass es auch ihre Tochter hätte sein können, die dort vorn in der Reihe fehlte? Oder insgeheim dankbar, dass es nicht so war? Wer hätte ihnen das verdenken können?

Noch während des Gesangs, noch ehe Bewegung in die Gemeinde kam, begleiteten Vickers und Valerie die Shepherds hinaus. Ich fragte mich, wem dieser Gottesdienst eigentlich hatte helfen sollen. Beim Hinausgehen sahen die Shepherds jedenfalls genauso hilflos und leidvoll aus wie beim Hereinkommen.

Jemand zupfte mich am Ärmel. Es waren die beiden alten Damen, die aufbrechen wollten. Ich stand auf, damit wir alle drei in den Gang treten konnten. Zumindest war das mein Plan, der allerdings gleich zweifach durchkreuzt wurde. Zum einen gab augenblicklich mein Knie nach, als ich es zu belasten versuchte, sodass ich mich an eine Säule lehnen und abwarten musste, bis die Welt aufhörte, sich im Kreis zu drehen. Und zum anderen nutzte Geoff umgehend seine Chance und stürzte auf mich zu.

»Na du«, säuselte er und kam mir viel zu nahe. Ich fühlte mich wehrlos und angreifbar wie das schwächste Tier der Herde, und ich hatte den Eindruck, dass ihm das nicht entging. Er breitete seine Arme aus und umarmte mich überschwänglich. Der Druck auf meinen Arm verursachte stechende Schmerzen von der Schulter bis hinauf zum Hals, dass es mir den Atem verschlug. Geoff schaute prüfend zu mir herab. »War alles ein bisschen viel auf einmal, oder? Hat es dich sehr mitgenommen?«

»Geht schon«, murmelte ich, löste mich von der Säule und steuerte auf die Tür zu. Doch genau das wollten natürlich alle anderen auch gerade. Ich musste also wohl oder übel warten, während sich die Menge quälend langsam durch die zweiflügelige Tür drängte wie Rinder am Markttag. Geoff folgte mir selbstverständlich auf dem Fuße, und zwar so dicht, dass ich seinen Atem im Nacken spüren konnte. Ich arbeitete mich zu einer nicht existierenden Lücke vor und schob mich durch die Menge, um ein wenig Abstand zu gewinnen.

»Ich glaube, du kannst einen Drink gebrauchen«, raunte er mir ins Ohr und drängte ebenfalls vorwärts, was sämtliche meiner vorherigen Anstrengungen wieder zunichtemachte. »Na komm, wir suchen uns ein gemütliches Plätzchen.«

»Nein danke, ich will lieber nach Hause.« Mein Knie schmerzte heftig, und mir war ganz übel. Selbst wenn ich noch hätte ausgehen wollen – und den zutiefst unwahrscheinlichen Gedanken erwogen hätte, dies in Geoffs Begleitung zu tun –, fühlte ich mich einfach nicht danach.

Im nächsten Augenblick ging ich fast an die Decke, als sich zwei schwere Hände auf meine Schultern legten und anfingen, sie zu kneten. Offenkundig fühlten sie sich magisch angezogen von der Stelle, die am schmerzempfindlichsten war. Ich befreite mich aus seinem Griff und drehte mich zu ihm um, während ich eine Hand schützend auf meine Schulter legte, falls er es erneut versuchen sollte. »Geoff, lass das um Himmels willen!«

»Du bist so verspannt«, flüsterte er. »Beruhige dich doch.«

»Hör auf, mich zu malträtieren!«

Er hob die Hände. »Okay, weil du es bist. Was ist denn los? Hast du was mit dem Rücken?«

»Nicht der Rede wert«, entgegnete ich schnell, weil ich bemerkte, dass uns andere schon missbilligende Blicke zuwarfen. »Vergiss es einfach.«

Unterdessen waren wir vor der Tür angelangt. Der heftige Regen, der auf den Fußweg prasselte, erinnerte mich daran, dass ich meinen Schirm noch holen musste. Also kämpfte ich mich bis zu jener Stelle hinüber, wo ich ihn abgestellt hatte, musste allerdings feststellen, dass der Ständer leer war. Da stand ich nun und starrte belämmert auf die leere Stelle, bis ein Mann sich missgelaunt an mir vorbeidrängte.

»Keinen Regenschirm dabei?«, fragte Geoff mitfühlend. »Wo hast du denn dein Auto stehen?«

»Zu Hause«, antwortete ich, ohne nachzudenken. Angesichts meines streikenden Beines und des noch immer strömenden Regens würde der Heimweg ziemlich lang werden. Die Pfützen auf den Fußwegen waren inzwischen wahrscheinlich zu kleinen Seen angeschwollen.

»Bei diesem Wetter kannst du unmöglich zu Fuß gehen«, erklärte Geoff entschlossen und zog mich am Arm beiseite. »Ich kann dich doch fahren.«

Ich wollte gerade ablehnen, als ich Blake mit besorgtem Gesicht auf uns zukommen sah. Von allen Situationen, in denen ich ihn hätte wiedersehen wollen, war dies die denkbar unpassendste.

»Sie humpeln ja«, stellte er ohne Umschweife fest. »Was ist denn passiert?«

»Ich bin gestolpert und die Treppe runtergefallen.«

Er schaute mich skeptisch an. Noch ehe er etwas dazu sagen konnte, drängte Geoff zum Gehen: »Wir sollten uns jetzt wirklich auf den Weg machen, Sarah.« Er klang arrogant und vereinnahmend, und Blake starrte ihn finster an.

»Wie war noch mal Ihr Name?«

»Den habe ich Ihnen noch gar nicht gesagt. Geoff Turnbull.« Er streckte seine Hand aus, woraufhin Blake sie kurz schüttelte und sich dann kühl mit seinem Dienstrang vorstellte.

»Ich habe in der Schule gar nicht mit Ihnen gesprochen.«

»Eine Ihrer Kolleginnen hat mich befragt. Nettes Mädel.« Geoff bemühte sich, locker zu klingen, aber ich sah, wie sein Fuß nervös wippte. Offenbar war er hinter seiner lässigen Fassade ziemlich angespannt.

Nachdem die beiden genug Förmlichkeiten ausgetauscht hatten, schwiegen sie sich unverhohlen feindselig an. Verfahrene Kiste.

Ich wandte mich an Geoff. »Also, wenn es dir nicht allzu viel ausmacht, würde ich gern bei dir mitfahren. Wo hast du noch mal dein Auto geparkt?«

»Um die Ecke, aber du wartest am besten hier. Ist ja nicht nötig, dass du komplett nass wirst. Ich hole schnell den Wagen.« Und damit rannte er davon.

Blake sah ihm nach. »Du lässt dich von dem da nach Hause bringen? Wenn du noch einen Moment wartest, kann ich dich fahren.«

»Ich glaube, das ist keine so gute Idee.« Das sagte ich seinetwegen, falls jemand witterte, dass zwischen uns etwas im Gange war, aber einen Augenblick lang sah er gekränkt aus. Dann wurde seine Miene wieder ausdruckslos und undurchschaubar; er hatte seine Maske wieder aufgesetzt.

»Ach so, ich hab's gar nicht gleich kapiert. Lässt du dich von ihm auch vögeln?«

»Um Himmels willen«, zischte ich, packte ihn am Arm und zerrte ihn weg vom Ausgang, durch den die letzten Besucher die Kirche verließen. »Sprich doch bitte leiser. Das ist wirklich nicht der richtige Zeitpunkt.«

»Wann würde es dir denn passen? Letzte Nacht hattest du ja nicht besonders lange Zeit.«

»Ich kann das jetzt nicht mit dir besprechen«, erwiderte ich erschöpft. »Und gerade du solltest doch wohl darauf achten, dich in der Öffentlichkeit von mir fernzuhalten. Ich kann mir vorstellen, dass dein Chef nicht gerade begeistert wäre, von unseren gemeinsamen Aktivitäten zu erfahren.«

Blake runzelte die Stirn. »Genau das ist mein Problem.«

»Ja eben, und daher empfehle ich dir dringend, dich genau darum zu kümmern und nicht so ein Theater zu machen, bloß weil ein Kollege mich nach Hause fährt.« Ich wandte mich zum Gehen, drehte mich dann aber doch noch einmal um. »Ach so, und mehr als ein Kollege ist er übrigens wirklich nicht.«

»Für einen Kollegen aber ziemlich bemüht um dich, findest du nicht? Ist das nicht der Typ, den du neulich vor der Schule umarmt hast? Ich wusste doch, dass ich ihn irgendwoher kenne.«

»*Er* hat *mich* umarmt«, entgegnete ich genervt. »Aber ich bin nicht … Also ich habe nicht … Ich meine, das mit dir ist etwas ganz anderes.« Ich spürte, wie ich rot wurde und mein Gesicht glühte. Was zum Teufel redete ich da eigentlich?

Blakes Mundwinkel zuckten. Ehe er antworten konnte, hupte es, und ich sah durch den Regen, dass ein VW Golf am Kirchhoftor vorgefahren war.

»Da ist er. Ich muss los.« Ich humpelte davon und hoffte inständig, dass er nicht noch einmal nach meiner Verletzung fragen würde.

Ganz Gentleman beugte sich Geoff hinüber und öffnete von innen die Beifahrertür, damit ich einsteigen konnte. Zum zweiten Mal innerhalb von drei Tagen fiel mir auf, wie dicht in einem normalen PKW Fahrer und Beifahrer nebeneinandersitzen. Obwohl Blake sich sicher ausführlich nach meinem Knie erkundigt hätte und ich eigentlich nicht wollte, dass jemand erfuhr, was letzte Nacht zwischen uns passiert war, wäre er wahrscheinlich doch die bessere Wahl gewesen. Geoff schaute mir ins Gesicht, damit ich seine strahlend blauen Augen bewundern konnte. »Alles in Ordnung?«

»Schon okay. An der Ampel links abbiegen, und von da aus sage ich dir, wie es weitergeht«, erklärte ich kurz angebunden und nahm mir vor, nur das Allernötigste mit ihm zu reden. Doch Geoff hatte natürlich ganz andere Vorstellungen.

»Wie kommt es eigentlich, dass du nie etwas mit mir unternehmen willst, Sarah?« Dazu machte er ein wehleidiges Gesicht.

»Ich weiß nicht, wovon du redest. Hier wieder links.«

Geoff bog elegant um die Ecke. »Ich habe fast den Eindruck, dass du mich gar nicht magst.«

»Doch, doch, wie kommst du denn darauf?«, widersprach ich höflich. »Du bist … äh … sehr nett. Ein sehr netter Kollege.«

»Ich hatte gehofft, ein bisschen mehr für dich sein zu können als nur ein Kollege.«

Ich presste die Fingernägel in meine Handballen. *Lieber Gott, bitte nicht.* Wenn er mir jetzt zu nahe kommt, falle ich tot um. Und zwar auf der Stelle. Ironischerweise wehrte ich mich vor allem deshalb gegen seine Zuneigung, weil er mir so hartnäckig nachstellte. Manche Frauen litten Qualen, weil er nicht mit ihnen redete, und andere strahlten noch tagelang glückselig, wenn er ihnen ein einziges Lächeln geschenkt hatte. Warum konnte er denn nicht einer von denen hinterherrennen?

Er warf mir erneut einen Blick zu. »Hier muss ich rechts abbiegen, stimmt's?«

Ich nickte verblüfft. *Woher kennst du denn den Weg so genau, Geoff?*

Als hätte er meine Gedanken gelesen, erzählte er leichthin: »Ich erinnere mich noch, wie du irgendwann mal erwähnt hast, dass du in der Wilmington-Siedlung wohnst. Du bist doch nicht umgezogen, oder?«

»Nein.« Ich überlegte angestrengt, wann mir das in seiner Gegenwart wohl herausgerutscht war. Offenbar war ihm sehr daran gelegen, das Thema zu wechseln, denn von da an plapperte er ohne Pause belangloses Zeug über andere Kollegen. Ich war in Gedanken ganz woanders und nickte nur hin und wieder abwesend. Doch dann fiel mein Blick auf etwas, das mich augenblicklich in die Realität zurückholte. Ich beugte mich hinunter und angelte es unter meinem Sitz hervor. Den rot-weißen Aufdruck hatte ich sofort als zu einer Schachtel Marlboro-Zigaretten gehörig erkannt.

»Geoff, was machst du denn damit?«

Er schaute zu mir herüber. »Jetzt krieg dich mal bitte ein, ja? Ich rauche eben gelegentlich mal eine zur Entspannung.«

»Aber du bist doch Sportlehrer«, entgegnete ich.

»Ja, schon, aber doch kein Heiliger. Ich trinke ab und zu ein Gläschen, rauche ab und zu ein Zigarettchen – na und? Um Sport an einer Mädchenschule zu unterrichten, muss man kein Ausnahmeathlet sein, das kann ich dir versichern.« Dann warf er mir noch einen Seitenblick zu. »Elaine weiß selbstverständlich nichts davon – und das sollte möglichst auch so bleiben.«

»Ja, natürlich.« In meinem Kopf drehte sich alles. Ich war bislang überhaupt nicht auf die Idee gekommen, dass Geoff mich überfallen haben könnte; vielleicht deswegen, weil ich wusste, dass der Angreifer Raucher war. Aber jetzt ...

Ein alter Witz schoss mir durch den Kopf: *Nur weil ich paranoid bin, heißt das noch lange nicht, dass sie nicht hinter mir her sind.*

»Von hier an musst du mich lotsen«, sagte er und bog im Schritttempo in unsere Siedlung ein.

Ich verspürte den starken Drang, auf der Stelle auszusteigen. »Lass mich am besten gleich hier raus. Das kurze Stück kann ich laufen.«

»Kommt nicht in Frage. Ist doch gar kein Problem. Wo genau ist es?« Er trat kurz aufs Gaspedal und beschleunigte so, dass es zu gefährlich gewesen wäre, die Tür zu öffnen. Geoff hatte wieder mal das Heft in der Hand, und er genoss es sichtlich.

Ich gab mich geschlagen, nannte ihm die genaue Adresse und erklärte den Weg. Als er vor unserem Haus anhielt, musterte er es interessiert.

»Eigentlich gar nicht so übel, müsste aber ein bisschen aufgemöbelt werden, schätze ich.«

Er hatte Recht. In den Regenrinnen spross das Unkraut. Von den Fenstersimsen und der Eingangstür löste sich die Farbe in gewellten Fetzen wie abgestorbene Haut.

»Ich spiele ganz gern den Heimwerker«, verkündete Geoff und ließ unternehmungslustig seine ausgestreckten Hände knacken, dass die Muskeln in seinen gebräunten Oberarmen zuckten. »Hemd aus, rauf auf die Leiter, Fensterstreichen im Sonnenschein – was kann es Schöneres geben? Ich würde mich liebend gern auf eure Fenster stürzen, wenn es dir recht ist.«

»Ist wirklich nett gemeint«, antwortete ich, während ich mich abschnallte. »Aber lass mal gut sein, ich will dir keine Umstände machen.«

»Das sind doch keine Umstände, ich hätte wirklich Spaß dran«, konterte er sofort. Ich war einfach zu freundlich zu ihm. Ich sollte wohl endlich Klartext reden.

»Hör mal, Geoff, es ist mir ziemlich egal, wie das Haus aussieht, verstehst du? Vergiss es einfach.«

Er zuckte die Schultern. »Schon gut.« Als ich zum Türgriff langte, schoss seine Hand herüber und hielt ihn fest. Sein Arm drückte mich zurück in den Sitz. »Sarah«, sagte er heiser. »Warte doch.«

»Lass mich!« Mein Hals und mein Brustkorb waren wie zugeschnürt, und ich bekam kaum Luft. »Geoff, lass das sein!«

»Ich will doch nur mit dir reden«, flüsterte er und schnallte sich ebenfalls ab. »Sarah …«

Er ließ den Türgriff los, umfasste mein Gesicht mit beiden Händen und zog es zu sich heran. Er war viel, viel stärker als ich. Wie gelähmt begriff ich, dass er mich küssen wollte und ich nichts dagegen tun konnte. Sein Mund berührte meine zusammengepressten Lippen, und angewidert spürte ich, wie er daran saugte und seine forschende, feuchte Zunge versuchte, sie auseinanderzuschieben. Mit der Hand langte ich an ihm vorbei in Richtung Hupe und schlug mit aller Kraft darauf. Sie tutete so ohrenbetäubend, dass die Schallwellen den Wagen zum Vibrieren brachten.

»Um Himmels willen«, schrie er auf und ließ von mir ab. »Was sollte das denn jetzt?«

»Lass mich in Ruhe, Geoff«, sagte ich ruhig. »Ich meine es ernst. Ich habe kein Interesse an dir.« *Trenn dich nicht im Streit von ihm,* mahnte eine innere Stimme. *Du hast doch bestimmt keine Lust auf ein Lehrerzimmerdrama, oder*? »Hör zu, ich kann das einfach nicht im Moment. Ich bin nicht bereit für eine Beziehung.«

»Tja, das hättest du nur sagen müssen.«

Ich zwang mich, nicht die Augen zu verdrehen. Er schaute durch die Windschutzscheibe und seufzte. »Kann ich dich denn wenigstens dazu überreden, dass ich dir ein guter Freund bin, wenn es schon nicht mehr sein darf?«

Ich wand mich. »Geoff, du brauchst nicht …«

»Ich will aber«, beharrte er.

Geht es denn immer nur um dich? Jetzt war ich diejenige, die seufzte. »Wie du meinst.« Ich nahm meine Tasche. »Weißt du Geoff, ich bin hundemüde. Danke fürs Mitnehmen. Schwamm drüber?«

»Schwamm drüber.«

Als ich aus dem Auto stieg, sah ich am Haus gegenüber hinauf, wo Danny Keane wohnte. Da war etwas. Eine Bewegung. Das typische Gardinenwackeln. Ich wandte mich um und humpelte so schnell ich konnte die Einfahrt hinauf.

Als hätte Geoff bei den Nachbarn nicht schon genug Aufmerksamkeit erregt, musste er obendrein das Fenster herunterlassen und mir hinterherrufen: »Du bist etwas ganz Besonderes, Sarah, weißt du das? Bis bald!«

Ich wagte es nicht, mich zu ihm umzudrehen. Als ich im Haus war und die Tür von innen zugeschlossen und verriegelt hatte, fuhr er los und hupte zum Abschied noch einmal. Ich lehnte mich gegen die Tür und stöhnte entnervt. Jetzt wusste er also genau, wo ich wohnte – gesetzt den Fall, dass er es zuvor noch nicht gewusst hatte. Einer von uns beiden hatte sich verplappert. Falls ich in seiner Gegenwart meine Adresse erwähnt hatte, war ich natürlich selbst schuld, aber falls er es aus anderer Quelle wusste, hatte er sich soeben verraten. Die Nummer *»Von hier an musst du mich lotsen«* konnte ich ihm einfach nicht abkaufen. So wie er gestrickt war, gab er sich nicht eher zufrieden, als bis er alles herausgefunden hatte, was er wissen wollte. *Er kannte das Haus,* dachte ich. Er war schon einmal hier gewesen. Vielleicht hatte er mich ja beobachtet. Ich hatte immer gedacht, dass Geoff zwar eigenartig, aber im Grunde harmlos war. Was, wenn ich mich getäuscht hatte? Wenn er genau wusste, wie er mich provozieren konnte? Wenn er verantwortlich war für meine Verletzungen? Wenn er genau wusste, dass ich keinen Autoschlüssel hatte und jemanden brauchte, der mich mitnimmt?

Ich schluckte und versuchte mich zu beruhigen. Er war ein *Kollege, keine Bedrohung,* sagte ich mir. *Interesse ist etwas anderes als Besessenheit. Freundlichkeit ist nicht gleich Stalking.* Selbst wenn er der Angreifer war, hatte er doch nicht ahnen können, dass ich keinen Ersatzschlüssel besaß. Woher hätte er wissen sollen, dass ich keine andere Mitfahrgelegenheit hatte?

Ich musste aufhören, mir über Geoff den Kopf zu zerbrechen, denn es war mir zweifellos nicht gelungen, ihn abzuwimmeln. Irgendwie hatte ich ihm wohl gerade mein Versprechen gegeben, ihn besser kennen zu lernen. Ich hatte zugelassen, dass er mich bis vor meine Haustür brachte. Vielleicht war es ja auch nur wieder meine Paranoia, aber mich beschlich das Gefühl, dass genau das von Anfang an sein Plan gewesen war.

1992

Seit sechs Wochen vermisst

Ich stoße gegen Charlies Zimmertür, und sie geht auf. Mit meinen drei Barbiepuppen, die ich an den Füßen festhalte, stehe ich auf dem Treppenabsatz und lausche. Mum ist unten und sieht fern. Es ist ein kalter, verregneter Tag – viel zu kalt, um draußen zu spielen. Ich habe jetzt schon die zweite Woche schulfrei, aber das finde ich gar nicht so toll. Seit Charlie verschwunden ist, sind die Tage öde und langweilig. Der Schulalltag und der Spaß daran fehlen mir. Auch meine Freundinnen vermisse ich. Regentropfen spritzen ans Fenster, und draußen rauscht ein Auto vorbei. Von einer Sekunde zur anderen taucht es auf und ist ebenso schnell wieder verschwunden. Ich gehe einen Schritt in Charlies Zimmer hinein und dann noch einen. Der Teppich fühlt sich eigenartig an, ganz anders als auf dem Treppenabsatz oder in meinem Zimmer. Er ist dicker und federt unter den Füßen. Das hatte ich ganz vergessen, aber es ist ja auch schon ein paar Wochen her, dass ich das letzte Mal hier drin war. Eigentlich darf ich das gar nicht, aber das ist mir egal. Wenn ich ganz leise bin, merkt Mum überhaupt nichts davon.

Vorsichtig laufe ich in Charlies Zimmer herum und sehe mir seine Sachen an. Sein Geruch ist immer noch da, dieser typische Jungsgeruch nach Dreck und alten Socken. Es tut gut, ihn zu riechen; er fehlt mir. Ich setze mich auf den Boden und lehne mich an sein Bett. Meine Puppen lege ich neben mich.

So sitze und spiele ich eine Weile. Ich spiele Modenschau und lasse meine Lieblingsbarbie auf meinen Beinen auf und ab stolzieren, während die anderen beiden Puppen zuschauen. Darüber habe ich ganz vergessen, wo ich bin, und als ich im Flur ein Geräusch höre, kann ich nur mit Mühe den Blick heben.

»Sag mal, was fällt dir eigentlich ein?«

Mum steht in der Tür, sieht auf mich herab, und ihr Gesichtsausdruck macht mir Angst. Sie sieht ganz bleich aus, und ihr Blick ist starr. Ohne sie aus den Augen zu lassen, lege ich meine Puppen hin.

»Aber ich spiele doch bloß, Mum.«

»Du spielst?« Sie kommt auf mich zu, packt mich an den Haaren und zerrt mich nach oben.

»Mum, du tust mir weh!«, schreie ich auf.

Sie hält mich immer noch an den Haaren und schüttelt mich. »Du hast hier nichts zu suchen, hast du mich verstanden? Nie wieder will ich dich hier drin sehen.«

»Ich weiß, Mum. Entschuldigung, ich mache es nie wieder.« Ich habe angefangen zu weinen, aber das ist ihr egal. Ihr Blick fällt auf meine Puppen, die auf dem Fußboden liegen.

»Heb sie auf.«

Mit tränenverschleierten Augen gehorche ich.

»Gib sie her.«

Sie streckt die Hand aus und wartet. Ich weiß nicht, warum sie meine Puppen haben will. Mir bleibt keine andere Wahl, als sie ihr zu geben. Mit der freien Hand zerrt sie mich am Arm aus Charlies Zimmer und schiebt mich durch meine Zimmertür.

»Du bleibst so lange hier drin, bis ich dir sage, dass du rauskommen kannst«, ordnet sie an, und erst jetzt bemerke ich den süßsäuerlichen Geruch, der mir sagt, dass sie wieder getrunken hat. Sie zieht die Tür hinter sich zu, und ich sitze auf dem Bettrand und heule. Genauer gesagt brülle ich. Ich heule so sehr, dass mir ganz schlecht davon wird. Da höre ich plötzlich draußen vor dem Haus ein Geräusch. Von Husten geschüttelt stehe ich auf und schaue aus dem Fenster.

Mum steht an den Mülltonnen am Straßenrand. Sie hebt den Deckel unserer Tonne an und stopft meine Puppen hinein, mitten zwischen die alten Müllsäcke. Dann lässt sie den Deckel fallen und geht wieder ins Haus. Mit lautem Knall fällt die Haustür hinter ihr ins Schloss. Mir läuft die Nase, und ich muss mal, aber ich kann die Zimmertür nicht aufmachen. Dafür habe ich viel zu große Angst vor dem, was sie vielleicht tut, wenn sie mich im Flur erwischt und sieht, dass ich ihr wieder nicht gehorcht habe. Ich kann es nicht fassen, dass sie meine Puppen in den Müll geworfen hat. Ich kann nicht glauben, dass sie nicht noch einmal zu unserer Tonne geht und sie wieder rausholt, ehe die Müllmänner kommen. Aber tief in meinem Herzen weiß ich, dass sie für immer weg sind.

Es ist schon spät, als ich aufwache, und im ersten Moment weiß ich nicht, warum mir der Hals wehtut. Auf dem Bettrand spüre ich ein Gewicht. Mein Vater sitzt da. Seine eine Hand liegt auf meinem Rücken und in die andere hat er sein Kinn gestützt.

»Geht's dir gut, mein Schatz?«

Ich nicke, aber dann kommt mit einem Schlag die Erinnerung zurück. »Meine Puppen …«

»Es tut mir furchtbar leid, Sarah. Die sind nicht mehr da.« Dad beugt sich zu mir herunter und gibt mir einen Kuss auf die Wange. »Ich weiß, dass du dir nichts Böses dabei gedacht hast. Am Samstag gehen wir zusammen einkaufen, ja? Da kaufen wir dir neue Puppen. Viel schönere.«

Ich will keine neuen Puppen. Die alten hatte ich viel lieber. Ich stelle mir vor, wie sie im Müllauto herumgeschleudert werden, schon ganz kaputt und zerfetzt, oder wie sie auf der Müllkippe im Schlamm liegen, die Haare voller Dreck.

Dad sieht mich mit sorgenvollem Blick an, und ich setze mich auf, damit ich ihn umarmen kann. Ich tue so, als sei ich von der Idee mit den neuen Puppen begeistert. Ich lasse ihn glauben, dass er alles wieder in Ordnung gebracht hat und ich nicht mehr traurig bin. Er soll sich darüber freuen können, dass er mich wieder froh gemacht hat.

Denn das wünscht er sich.

8

Am nächsten Morgen musste ich mich auf dem Weg zur Bibliothek regelrecht dazu zwingen, mich nicht immer wieder umzuschauen. Ich hatte mich noch einmal krank gemeldet und hoffte nun inständig, dass mich niemand aus meiner Schule dabei ertappte, wie ich durch das Stadtzentrum von Elmview spazierte, augenscheinlich auch durchaus in der Lage, in einer leeren Schule herumzusitzen. Am Montag sollte der Unterricht wiederaufgenommen werden, hatte Janet wissen lassen. Was bedeutete, dass ich das Beste aus diesem Tag machen sollte. Früher oder später musste die Normalität zurückkehren, doch im Augenblick war an einen normalen Alltag nicht im Traum zu denken.

Die Aufsteller, die vor den Zeitungsläden in Elmview für diverse Blätter warben, waren ein deutlicher Beweis dafür, dass die Situation derzeit in der Tat alles andere als normal war. Eine der Zeitungen titelte DIE JAGD NACH JENNYS MÖRDER, eine andere schrieb DER GERAUBTE ENGEL, beide mit dem inzwischen vertrauten Foto von Jenny darunter. Sie sah darauf wirklich engelsgleich aus, und offenbar hatte Vickers die Nachricht von ihrer Schwangerschaft bislang erfolgreich vor den Medien zurückgehalten. Derzeit deutete nichts darauf hin, dass das öffentliche Interesse an diesem Mordfall in absehbarer Zeit nachlassen würde. Nach den Reportertrupps zu urteilen, die überall in der Stadt unterwegs waren, war es nach wie vor eine ziemlich heiße Story. Aber es gab noch mehr, was mich frösteln ließ: die Aushänge der Polizei in den Schaufenstern, auf denen die Bevölkerung um sachdienliche Hinweise gebeten wurde, und die vielen Blumen vor der Kirche, wo der Gedenkgottesdienst stattgefunden hatte. Die Menschen, die an mir vorübereilten, wirkten nervös und gehetzt, und es kam mir so vor, als unterhielten sich alle nur über ein einziges Thema.

In der Stadt war es ruhig, aber das war eigentlich nichts Ungewöhnliches. Wer in Elmview wohnte, fuhr zum Einkaufen entweder nach Guildford oder nach Kingston. Im winzigen Stadtzentrum besorgte man nur Kleinigkeiten. Folgerichtig starb es allmählich aus. Die kleinen Geschäfte gingen eins nach dem anderen ein, und es kamen keine neuen nach. Es war eigentlich nur eine Frage der Zeit, bis der letzte Laden dicht war.

Der Gemeinderat warf trotz allem die Flinte nicht ins Korn. Erst vor Kurzem war die Bibliothek gründlich aufgemöbelt worden. Der Geruch von frischer Farbe hing noch immer in der Luft und stach mir in die Nase. Vor mir stand eine lange Warteschlange. Aber als ich endlich zum Tresen vorgerückt war, wusste ich nicht so recht, was ich sagen wollte. Die Bibliothekarin war blutjung und gab sich alle Mühe, dem angestaubten Strickjackenklischee etwas entgegenzusetzen: sorgfältig geschminkt, perfekte Strähnchenfrisur, knappes Top und enge schwarze Hose, die sie in ihre Keilsohlenstiefel gestopft hatte. Ihr Namensschild war zu schwer für den dünnen Stoff ihres Oberteils, sodass es den Ausschnitt nach unten zog und die zerklüftete Landschaft um ihr knochiges Brustbein herum freigab. Ich schielte nach ihrem Namen, den ich schließlich als Selina entzifferte. Noch ehe ich meine Erläuterungen, dass ich gern einen Blick in das Verzeichnis des Zeitungsarchivs werfen würde, beendet hatte, sprang sie hinter ihrem Tresen auf.

»Sie werden staunen, wir haben sogar sämtliche zurückliegenden Ausgaben unserer Zeitung auf CD-ROM archiviert. Bis einschließlich 1932. Was genau suchen Sie denn?«

»Ja also, mehr so Heimatkundliches«, sagte ich und überlegte, dass es geschickter gewesen wäre, mir eine glaubwürdige Geschichte zurechtzulegen, bevor ich mich auf Diskussionen darüber einließ. »Ich hatte gedacht, ich fange so ungefähr mit 1992 an.«

»Da sind Sie wohl hierhergezogen oder so?«, erkundigte sich die Bibliothekarin und führte mich zum Computerterminal. Wortlos folgte ich ihr.

»Das System ist absolut fantastisch. Das haben sie extra fürs Millennium auf die Beine gestellt. Vor ein paar Jahren hätten Sie die Daten noch auf Microfiche lesen müssen. Die waren vielleicht ein Albtraum – das Lesegerät war ständig kaputt, und der Lärm erst.« Selina plapperte munter weiter und war dabei selbst nicht gerade leise. Sie tippte das Passwort ein. »Und davor hatten wir die Zeitungen noch in Sammelbänden – riesige, in Leder gebundene Wälzer. Sie glauben ja gar nicht, wie viel Platz die weggenommen haben. So … Sie suchen also nach dem Jahr 1992 …«

Mir kam es paradox vor, dass ausgerechnet eine Bibliothekarin Bücher in ihrer eigentlichen Form lästig fand, ich behielt diese Ansicht aber lieber für mich. Selina suchte in einem Aktenschrank gleich neben dem Terminal herum. Blitzschnell blätterte sie den Inhalt einer randvoll mit CDs in Plastikhüllen gefüllten Schublade durch.

»Hier auf dieser CD habe ich die Regionalnachrichten von 1992, und ich kann Ihnen auch die landesweiten Nachrichten geben, wenn Sie wollen.«

»Regional und landesweit wäre perfekt, vielen Dank. Falls

ich noch andere Jahrgänge brauche, kann ich mir die auch selbst suchen?«

»Kein Problem. Sie müssen nur daran denken, sich wieder auszutragen.« Sie wies auf eine Liste, die auf dem Aktenschrank bereitlag. »Einfach nur Datum, Zeit, Ihren Namen und die Seriennummer der CD eintragen. Und bitte legen Sie die CDs nicht selbst zurück. Bringen Sie sie einfach zu mir, und ich ordne sie wieder richtig ein. Das System ist gar nicht kompliziert, aber Sie glauben ja gar nicht, wie viele Leute partout nicht damit zurechtkommen. Damit meine ich nicht, dass Sie das nicht schaffen, aber wir haben eben unsere Anweisungen, wissen Sie. Ach ja, gleich hier unter dem Tisch steht ein Drucker. Damit können Sie alles ausdrucken, was Sie brauchen, wobei eine Seite fünf Pence kostet. Die bezahlen Sie dann einfach, wenn Sie fertig sind. Ich finde das wirklich nicht zu teuer. Wir wollen ja damit auch keinen Gewinn machen oder so. Im Internetcafé würde Sie das doppelt so viel kosten, aber ich nehme mal an, die müssen auch irgendwie auf ihr Geld kommen.«

Sie plapperte in ungebremster Lautstärke. Vorsichtig sah ich mich um und hoffte, dass sich niemand davon gestört fühlte. Aber die anderen Bibliotheksbenutzer schienen sie einfach auszublenden. Ich war froh, dass ich mich über meine Absichten eher bedeckt gehalten hatte, sonst hätte sie vielleicht die ganze Bibliothek mit den Einzelheiten unterhalten.

»Rufen Sie mich einfach, falls Sie nicht zurechtkommen«, legte sie mir noch nahe, ehe sie zurück zu ihrem Platz eilte. Nach ihrer eigenen stimmlichen Präsenz zu urteilen, meinte sie das wahrscheinlich sogar wörtlich.

Ich fing an, mich durch Einführungshinweise und Dateiverzeichnisse zu klicken. Der Tag, an dem Charlie verschwand – der zweite Juli – war fest in meinem Herzen eingraviert. Ich öffnete die Dateien für diesen Tag im Jahr 1992, und ein seltsames Gefühl durchfuhr mich, als auf dem Bildschirm die damalige Titelseite des *Elmview Examiner* erschien. Der Aufmacher drehte sich um die zu erneuernde Abwasserleitung an der Hauptstraße und um das dadurch zu erwartende Verkehrschaos. Nichts deutete darauf hin, dass an jenem Tag noch etwas Ungewöhnliches passieren sollte. Damals war die Zeitung nur einmal wöchentlich erschienen. Angstvoll klickte ich auf die Ausgabe der folgenden Woche. Und natürlich stand Charlie in den Schlagzeilen.

WACHSENDE SORGE UM VERMISSTEN JUNGEN

Die Sorgen um die Unversehrtheit des vermissten Schülers Charlie Barnes aus Elmview mehren sich. Der Zwölfjährige wurde vor einer Woche das letzte Mal gesehen. Die Polizei ermittelt intensiv, um seinen Verbleib zu klären. Charlie (unten im Bild) verschwand am Donnerstag, 2. Juli, aus dem elterlichen Anwesen in der Wilmington-Siedlung. Jeder, der Charlie seither gesehen hat oder weiß, wo er sich gegenwärtig aufhält, wird gebeten, sich umgehend beim nächsten Polizeirevier zu melden. Charlies Vater Alan Barnes erklärte gestern: »Wie sind sehr besorgt um unseren Sohn und hoffen sehnlichst, dass er bald nach Hause kommt. Wir wünschen uns nichts mehr, als ihn zu sehen und ihm zu sagen, wie gern wir ihn haben.«

Ich klickte mich durch die regionalen und überregionalen Zeitungsausgaben und verfolgte die Entwicklung der nachfolgenden Tage und Wochen. Von den gescannten Titelblättern sprangen mich die Schlagzeilen an. *Sunday Times,* 5. Juli 1992: SUCHE NACH VERMISSTEM JUNGEN GEHT WEITER. *Daily Mail,* 7. Juli 1992: WER HAT CHARLIE ENTFÜHRT? *Sun,* 9. Juli 1992: GEBT UNS UNSEREN SOHN ZURÜCK!

Ich hielt einen Moment inne und sah mir die Fotos genauer an. Auf einem davon war Mum zu sehen, den Kopf von der Kamera abgewandt, das Gesicht schmal und von Anspannung und Sorge gezeichnet. Sie hatte eine Hand an den Hals gelegt und den anderen Arm um ihren Körper geschlungen. Obwohl man ihr die Verzweiflung deutlich ansah, gefiel sie mir. Daneben waren kleinere Bilder von Charlie und mir abgedruckt, wie wir ein paar Jahre zuvor neben dem Weihnachtsbaum stehen und Geschenke in der Hand halten. Außerdem Charlie auf dem Fahrrad, Charlie in Schuluniform mit breitem Grinsen und aufgeknöpftem Hemdkragen, damit auch jeder sein blödes Halsband bewundern konnte – ein Lederband mit drei Perlen daran. Das trug er immerzu. Manchmal konnte er ein echter Sturkopf sein.

Mein Blick blieb an einzelnen Passagen hängen, die den zermürbenden, vergeblichen Fortgang der Ereignisse schilderten, als es nicht gelang, meinen Bruder oder seinen Entführer ausfindig zu machen.

> Augenzeugenberichte über einen Mann mittleren Alters, der sich im fraglichen Zeitraum des Verschwindens von Charlie Barnes in der Wilmington-Siedlung verdächtig verhalten haben soll, wurden von der Polizei in Surrey nicht bestätigt. Trotz umfangreicher Ermittlungen ist die Polizei bei ihrer Suche nach dem vermissten Schüler auf keinerlei Hinweise gestoßen. Detective

Chief Inspector Charles Gregg, der die Ermittlungen leitet, sagte: »Wir wissen, dass die Öffentlichkeit bestrebt ist, in jeder erdenklichen Weise zum Auffinden von Charlie beizutragen. Für alle bereits eingegangenen Hinweise sind wir sehr dankbar, doch leider hat keiner davon zu einem Ergebnis geführt. Jeder, der sich an irgendetwas erinnern kann, das uns bei der Suche nach Charlie weiterhelfen könnte, ist dringend aufgefordert, sich umgehend bei uns zu melden.«

Auf der gestrigen Pressekonferenz reagierte Chief Constable Harold Spark verärgert auf die Frage, ob der Polizei bei ihrer Suche nach Charlie Barnes die Ideen ausgegangen seien. Innerhalb der vergangenen fünf Wochen wurde eine Acht-Kilometer-Zone rund um das Wohnhaus des vermissten Schülers sorgfältig durchkämmt, was jedoch leider ergebnislos blieb. Seit seinem Verschwinden vor zehn Tagen gibt es keine ernstzunehmenden Hinweise darauf, dass der Schüler gesehen wurde …

Die Polizei bestreitet Ermittlungen gegen Charlies Vater Alan Barnes im Zusammenhang mit dem Verschwinden seines Sohnes. Anwohner erwähnten jedoch, dass neuerdings der Schwerpunkt der Ermittlungen auf die Familie des Jungen verlagert worden sei. So sei Alan Barnes kürzlich erneut vernommen und gebeten worden, zu seinem Aufenthaltsort zum fraglichem Zeitpunkt Stellung zu nehmen.

Wieder fröstelte ich. Als die Tage so ohne jede Spur von Charlie ins Land gingen, wurde das Mitgefühl allmählich von Verdächtigungen verdrängt. Statistiken zufolge, so hatte Blake gesagt, sind es weit häufiger Familienmitglieder als Fremde, die einem Kind Leid zufügen. Mangels eines konkreten Verdächtigen hatte sich die allgemeine Aufmerksamkeit wieder uns zugewandt. Der Ton der Berichte veränderte sich, als die Journalisten über den Zustand der Ehe meiner Eltern zu spekulieren begannen. Sie sprachen nun aus, was noch kurz zuvor nicht druckfähig war.

> Laura und Alan Barnes sind, wie sie sagen, Opfer einer Verleumdungskampagne, bei der Misstrauen gegen sie geschürt werde. Fast einen Monat nachdem Charlie zum letzten Mal gesehen wurde, wächst der Verdacht, dass sie möglicherweise etwas über sein Schicksal wissen. Ein Nachbar, der nicht namentlich genannt sein möchte, formulierte es so: »Man wird ja doch stutzig. Keiner weiß, wo dieses Kind hin ist, und sie sind da überall im Fernsehen und in der Zeitung und geben Interviews wie die großen Stars. Man hat ja schon beinahe das Gefühl, dass sie diesen Rummel genießen.« Ein anderer Anwohner berichtete: »Ihre Geschichte ist einfach nicht schlüssig. Das ist so eine belebte Gegend hier. Wenn jemand aufgetaucht wäre, um ein Kind zu entführen, wäre das doch jemandem aufgefallen.« Die Eltern des Jungen weisen verärgert jeglichen Verdacht von sich, die Aufmerksamkeit der Medien zu genießen, und beharren darauf, die Medien nur zu nutzen, um das öffentliche Interesse an Charlies Fall wachzuhalten, damit die Leute ihn erkennen, falls sie ihm begegnen. Wie dem auch sei – vorerst bleiben wohl viele Fragen offen.

Meine Familie war gewissermaßen zum Freiwild und zum Gegenstand der Massenunterhaltung geworden.

Schon beinahe widerwillig startete ich eine neue Suchanfrage nach den Namen meiner Eltern und tauschte die CDs aus, um zu sehen, was 1996 über sie berichtet wurde. Und richtig, vier Jahre nach Charlies Verschwinden erschien ein Randartikel, dessen Überschrift mir sofort ins Auge sprang. CHARLIES ELTERN GESCHIEDEN. Dabei handelte es sich wiederum um eine Ansammlung versteckter Andeutungen und aufgewärmter Zitate. Der Artikel enthielt den nichtssagenden Kommentar eines Beziehungsberaters zu den möglichen Auswirkungen von Stress auf die Ehe und ein paar trockene Zahlen über Ehescheidungen infolge traumatischer Ereignisse. Das wahre Ausmaß der Tragödie vermittelte er nicht ansatzweise.

Langsam wurde ich müde, vom langen Starren auf den Bildschirm brannten mir die Augen. Ich streckte mich, sah mich um und merkte, dass ich viel länger in meine Recherchen vertieft gewesen war, als ich gedacht hatte. Selina unterhielt sich angeregt am Telefon, und die Bibliothek hatte sich sichtlich geleert. Es ging schon auf die Mittagszeit zu, aber ich verspürte nicht den geringsten Hunger. Ich beschloss eine neue Taktik auszuprobieren und wandte mich noch einmal den frühen Neunzigerjahrgängen zu. Ich schob die erste CD ein, tippte »Wilmington-Siedlung« in das Suchfeld und überflog die Suchergebnisse: regionale Ereignisse, Bagatelldelikte, eine Zunahme von Einbrüchen und Autodiebstählen in dieser Gegend. Dann suchte ich nach Entführungsversuchen und Verurteilungen wegen Pädophilie. Für einen Moment blieb ich an einem Artikel über einen Fall von Kindesvernachlässigung am anderen Ende der Siedlung hängen, aber zwischen einem unterernährten Säugling und dem, was meinem Bruder zugestoßen war, gab es wohl doch keinen Zusammenhang.

Kurz darauf war ich wieder im Jahr 1992 angekommen.

Charlies Name tauchte schon in der ersten Trefferliste auf. Auf der zweiten Seite stand: »… Spendensammlung der Anwohner in der Wilmington-Siedlung zugunsten von Laura und Alan Barnes …« Das war ziemlich am Anfang gewesen, als sich die öffentliche Meinung noch nicht gegen uns gewandt hatte. Ich tauschte wieder die CDs aus und durchsuchte die Jahre 1993 und 1994. Immer dieselbe Leier – kleine Gaunereien, grassierende Graffiti-Schmierereien, Vandalismus und versuchte Brandstiftung. Die unablässige Wiederholung ewig gleicher Geschichten. Doch ich arbeitete mich unbeirrt durch die Suchergebnisse, obwohl sich in mir schon langsam Enttäuschung breitmachte. Die Ergebnisse für 1996 waren wieder etwas spannender, denn sie brachten eine Reihe von Berichten über einen Anwohner zutage, der wegen Kindesmissbrauchs verurteilt worden war. Allerdings war er erst 1993 zugezogen und hatte sich außerdem eher für kleine Mädchen interessiert.

Das Kinn in die Hand gestützt scrollte ich geistesabwesend durch die Dateien. Monate und Jahre flogen nur so an mir vorüber, als mir plötzlich ein Name ins Auge sprang. »… Derek Keane (41), wohnhaft Curzon Close Nr. 7, muss sich vor Gericht verantworten. Er ist angeklagt wegen Totschlags …« Diesen Namen kannte ich. Derek Keane war Dannys Vater. Augenblicklich klickte ich auf den Link.

UNSCHULDSBETEUERUNG IM TOTSCHLAGSFALL

Derek Keane (41), wohnhaft Curzon Close Nr. 7, muss sich vor Gericht verantworten. Er ist angeklagt wegen Totschlags an seiner Frau Ada (40). Keane gab lediglich seinen Namen und seine Adresse an und beteuerte seine Unschuld. Ada Keane war am Samstag verstorben, nachdem sie in ihrem Haus in der Wilmington-Siedlung die Treppe hinuntergestürzt war. Sie hinterlässt zwei Söhne, Daniel (18) und Paul (2). Nachbarn berichten, dass dem Sturz Auseinandersetzungen vorangegangen seien. Keane wurde am Montag von der Polizei verhaftet. Die Gerichtsverhandlung wurde für Oktober angesetzt.

1998 war ich 14 Jahre alt und vollständig mit meinem eigenen Elend befasst. Außerdem hatte ich den größten Teil des Jahres, während Mum im Krankenhaus war, bei Tante Lucy und Onkel Harry in Manchester verbracht. Es war also kein Wunder, dass ich mich nicht an Adas Tod erinnerte. Irgendwann allerdings musste es mir jemand gesagt haben, denn ich wusste, dass sie gestorben war, nur nicht, wie. Ich klickte auf »Artikel drucken« und gab danach »Derek Keane« in das Suchfeld ein.

KEANE WEGEN TOTSCHLAGS AN SEINER FRAU VERURTEILT

Die wochenlangen Verhandlungen im Fall Derek Keane am Kingston Crown Court wurden gestern mit einem einstimmigen Schuldspruch beendet. Dem Gericht lag ein gerichtsmedizinisches Gutachten vor, aus dem hervorging, dass Ada Keane unmittelbar vor dem tödlichen Sturz in tätliche Auseinandersetzungen verwickelt war. Keane (41) gab zwar zu, Streit mit seiner Frau gehabt zu haben, stritt Tätlichkeiten während des Streits jedoch ab.

Die Staatsanwaltschaft warf Keane vor, seine 40-jährige Ehefrau geohrfeigt und dabei ein Hämatom auf ihrer Wange verursacht zu haben, das nach Aussagen des Gerichtsmediziners in Größe und Form in etwa seiner Hand entsprach. Staatsanwalt Edward Long appellierte an die Geschworenen: »Wenn Sie davon ausgehen, dass Mr. Keanes Handlungen in direkter Weise zum tragischen Tod seiner Frau führten, können Sie ihn nur schuldig sprechen, selbst wenn Sie keinen Vorsatz erkennen.« Keane behauptete, der Sturz seiner Frau sei ein Unfall gewesen, doch die Geschworenen schlossen sich der Sicht der Staatsanwaltschaft auf die Ereignisse am Abend des 20. Juli dieses Jahres an. Keane wurde zu einer fünfjährigen Gefängnisstrafe verurteilt.

Das Foto, mit dem der Artikel illustriert war, zeigte einen untersetzten Mann mit graumeliertem Haar, der sich die mit Handschellen versehenen Hände vor das Gesicht hält, um es vor den Kameras zu schützen, die vor dem Gerichtsgebäude auf ihn warten. Ich kniff die Augen zusammen und versuchte Ähnlichkeiten mit Danny festzustellen, aber von dem Gesicht war nicht genug zu erkennen. Trotzdem machte ich einen Ausdruck davon. Ich konnte mich kaum an Mr. Keane erinnern. Charlie und Danny hatten immer bei uns zu Hause oder auf der Straße vor unserem Haus gespielt, niemals bei Danny. Und Dannys Mutter? Wenn ich an sie denke, habe ich eine schmale Frau mit kurzem Haar vor Augen. Sie hatte ständig eine Zigarette im Mund und balancierte sie mit zitternder Asche auf der Unterlippe. Ich hätte sie für wesentlich älter als 40 gehalten.

Danny stand also mit 18 Jahren plötzlich ohne Mutter, mit einem Vater im Gefängnis und einem zweijährigen Bruder da, um den er sich kümmern musste. Unsere Tragödie war also längst nicht die einzige in unserer Straße gewesen. Langsam kam es mir so vor, als sei 1998 ein durch und durch schlechtes Jahr gewesen. Ich kehrte zur Suchmaske zurück und tippte »Alan Barnes« ein, obwohl ich wusste, was mich erwartete und ich es nur schwer ertragen konnte, die Worte auf dem Bildschirm schwarz auf weiß zu lesen. VATER DES VERMISSTEN CHARLIE TRAGISCH UMS LEBEN GEKOMMEN. Mir zog sich der Hals zu, und ich musste schlucken, während der Mauszeiger über dem Link stehen blieb.

Bis zu dem Moment, als sich eine Hand auf meinen Handrücken legte und an meiner Stelle die Maustaste drückte, hatte ich nicht die leiseste Ahnung gehabt, dass mir jemand über die Schulter schaute. Als der Bildschirm schwarz wurde und die CD hektisch im Laufwerk zu surren begann, beendete ich das Programm und hoffte, damit die Anweisungen zum Öffnen der Datei über den Tod meines Vaters zu umgehen. Ich hatte die bleiche, pummelige Hand, die da auf meiner lag, sofort erkannt. Sie gehörte Starreporterin Carol Shapley, die mal wieder einer brandheißen Story auf der Spur war.

»Bin gerade fertig«, sagte ich und sammelte die CDs und meine Ausdrucke zusammen.

»Oh, kein Problem. Ich hab's nicht eilig. Und die CDs können Sie mir gleich dalassen.« Auf ihrem Gesicht erschien ein vollkommen humorfreies Lächeln. »Sieht ja ganz so aus, als wären wir am gleichen Thema interessiert.«

»Woher soll ich das wissen?«, erwiderte ich unbeholfen und drückte die Silberscheiben an meine Brust. »Tut mir leid, aber die Bibliothekarin hat mich gebeten, die CDs persönlich bei ihr abzugeben. Die haben hier ein spezielles System.«

Carol warf einen kurzen Blick zum Tresen. »Selina? Sie hat nichts dagegen, wenn Sie mir die Dinger gleich in die Hand geben. Sie weiß, dass ich gut damit umgehe.«

Ich schüttelte den Kopf. »Tut mir leid, aber ich finde das nicht in Ordnung.« Von Carol Shapley ließ ich mich doch nicht in die Enge treiben. Ich schaute ihr so unbewegt wie möglich direkt ins Gesicht und bekam einen versteinerten Blick zurück.

Als sie sah, dass ich nicht bereit war zurückzuweichen, produzierte sie ein kleines Gähnen. »Na schön. Dann bringen Sie sie halt zurück. Aber Selina wird ein Weilchen brauchen, um sie wieder einzuordnen. Vielleicht können Sie mir ja in der Zwischenzeit behilflich sein.«

»Das glaube ich ehrlich gesagt nicht.« Ich nahm meine Tasche, schwang sie mir über die schmerzfreie Schulter und humpelte in Richtung Bibliothekstresen. Während ich durch die Ausdrucke blätterte, um auszurechnen, wie viel ich zu bezahlen hatte, merkte ich, dass meine Hände zitterten.

»Fünf Seiten?«, fragte Selina bestens gelaunt. »Das macht exakt 25 Pence. Viel haben Sie ja nicht ausgedruckt. Dabei waren Sie so lange vertieft, dass ich schon dachte, Sie hätten tonnenweise Papier bedruckt.«

»Sie ist sehr wählerisch«, warf Carol hinter mir ein, bevor ich etwas sagen konnte. »Sie wusste ganz genau, wonach sie suchte.«

»Das ist ja super«, flötete Selina strahlend und platt wie immer. Ich krümmte mich innerlich.

Sie brauchte eine halbe Ewigkeit, um mir auf mein 50-Pence-Stück herauszugeben. Anschließend musste ich noch beteuern, dass ich ganz sicher keinen stabilen Umschlag brauchte, um meine Ausdrucke zu schützen.

»Haben Sie denn auch alles gefunden, wonach Sie gesucht haben?« Dabei zwinkerte sie mich treuherzig an.

Ja, hatte ich, versicherte ich ihr und bedankte mich für ihre Hilfe, steckte die zusammengefalteten Ausdrucke in meine Handtasche und bewegte mich so schnell es ging in Richtung Tür. Doch Carol war mir auf den Fersen.

»Eigentlich will ich mich schon seit einigen Tagen mit Ihnen unterhalten, und ich nehme an, Sie wissen, worum es geht, Sarah«, flüsterte sie und war noch vor mir an der Tür. »Beim letzten Mal haben Sie ja ein bisschen geschwindelt, nicht wahr?«

»Ich weiß nicht, was Sie meinen«, stellte ich mich dumm und verfluchte im Stillen mein fehlendes Auto. Mit den Augen suchte ich die Straße in alle Richtungen nach einem Fluchtweg ab, sah aber keine Möglichkeit zu entkommen.

»Ein Vöglein hat mir gezwitschert, dass Sie diejenige waren, die Jennys Leiche gefunden hat«, gurrte Carol mir ins Ohr. »Das klang beim letzten Mal ein wenig anders, wissen Sie noch?«

»Darüber möchte ich eigentlich nicht sprechen.« Meine Gedanken überschlugen sich. Wer zum Teufel konnte ihr gesagt haben, dass ich Jenny gefunden hatte? Sicher nicht die Shepherds, auch nicht Vickers, und ganz bestimmt nicht Blake – aber möglicherweise Valerie Wade. Sie war bestimmt anfällig für Carols Schmeicheleien. Aber im Grunde spielte das auch gar keine Rolle. Fakt war, dass Carol es wusste.

Aber wenn sie das wusste, war es durchaus wahrscheinlich, dass sie noch eine ganze Menge mehr wusste, beispielsweise was die Ermittlungen betraf. Ich sollte also nicht länger darüber nachdenken, wie ich ihr entfliehen konnte, sondern wie ich ihr am besten entlockte, was sie wusste. Wenn ich auf dem Laufenden bleiben wollte, brauchte ich eine neue Informationsquelle. Blake hatte mir ziemlich unmissverständlich klargemacht, dass ich mich aus der Sache raushalten sollte, und würde mir demzufolge auch keine

Details verraten. Davon abgesehen hatten er und ich noch ganz andere Dinge, über die wir nachdenken sollten. Ganz ohne Vorwarnung brach eine Flut nicht hundertprozentig willkommener Bilder über mich herein: Blake auf mir, mit entschlossenem Blick, seine gebräunten Hände auf meiner hellen Haut, langsam und gezielt. Ein Schauer durchfuhr meinen Körper. Der Zeitpunkt war jetzt wirklich unpassend. Für einen winzigen Moment schloss ich die Augen und konnte mich gerade noch rechtzeitig von Blakes Bett losreißen, um Carol säuseln zu hören: »Kommen Sie schon, Sarah. Ein Gespräch ganz unter uns. Und ich schreibe kein Wort über Dinge, die nicht erscheinen sollen.«

»Und ich bleibe dabei anonym?«, fragte ich und versuchte, immer noch unentschlossen zu wirken. Dabei hoffte ich inständig, dass ihr mein kleines Aufmerksamkeitstief entgangen war.

»Selbstverständlich. Ich halte Sie vollständig raus aus der Sache.« In ihren Augen funkelte Siegeserwartung.

»Na gut, aber wirklich nur unter dieser Bedingung«, lenkte ich betont zögerlich ein und heftete mich an ihre Fersen, während sie den Weg zu einem nahe gelegenen Café einschlug. Sie bestellte belegte Brötchen für uns beide und bezahlte mit großem Trara die komplette Rechnung. Sie hatte das Heft in der Hand, und das musste sie mir unbedingt unter die Nase reiben.

Das Café war klein und schummerig. Carol steuerte auf einen Tisch am Fenster zu und holte ein Aufnahmegerät aus der Tasche. »Das stört Sie doch nicht?« Sie überprüfte, ob es auch funktionierte. »Ich möchte absolut korrekt sein.«

Das bezweifle ich nicht, dachte ich bei mir.

»So«, sagte sie, als die Kellnerin zwei randvoll mit dunkelbraunem Tee gefüllte Porzellanbecher auf unseren Tisch stellte. »Fangen wir also ganz von vorn an. Erzählen Sie mir doch etwas über Jenny.«

Mit so wenig Pathos und Gefühlsduselei, wie es nur ging, beschrieb ich, wie es gewesen war, Jenny als Schülerin zu haben, und welchen Eindruck ich von ihr im Allgemeinen hatte. Das alles versuchte ich so banal und uninteressant wie möglich rüberzubringen. »Sie war sehr nett. Ausgesprochen fleißig. Sie hat immer ihr Bestes gegeben.«

Carol gab mehr Gas: »Und dann – was ist dann passiert? Sie kam nicht in die Schule, oder?«

Ich nickte.

»Wussten Sie, dass sie als vermisst galt?«

»Erst als am Montagmorgen ihr Vater in die Schule kam«, gab ich zu. »Er war sichtlich besorgt, weil sie seit Samstag niemand mehr gesehen hatte, und wollte mit ihren Klassenkameradinnen sprechen. Aber keine wusste etwas.«

»Genau.« Carol nickte anspornend. Wahrscheinlich hatte ich ihr bis zu dem Zeitpunkt nichts Neues geliefert. »Und dann sind Sie joggen gegangen.«

»Ja.«

»Und dabei haben Sie sie gefunden«, soufflierte sie weiter.

»Hm.« Ich schaute aus dem Fenster.

»Erzählen Sie mir davon«, hakte sie nach einigen Sekunden nach, als sie merkte, dass ich von allein nicht näher darauf eingehen würde.

»Na ja, es ist gar nicht so einfach, sich an Einzelheiten zu erinnern. Ich habe eben etwas Seltsames gesehen, festgestellt, dass es eine Leiche ist, und die Polizei gerufen. Die ist gekommen, und den Rest wissen Sie ja.«

»Wann wurde Ihnen denn bewusst, dass sie keine Fremde war? Zu welchem Zeitpunkt haben Sie Jenny erkannt?«

»Da bin ich mir nicht sicher.«

»Haben Sie die Leiche genauer betrachtet, als Sie sie fanden?«

Ich hatte das schwindende Tageslicht auf ihrer blassen, kalten Haut betrachtet und auch die trockenen, halbmondförmigen Linien, die ihre Zähne auf der Unterlippe hinterlassen hatten.

»Ich bin wirklich nicht besonders dicht herangegangen«, redete ich mich heraus.

Jetzt war der richtige Moment, den Spieß umzudrehen. Ich hatte schon genug geredet. »Sie scheinen ja einiges zu wissen über den Vorfall, wenn Sie auch herausgefunden haben, dass ich die Leiche entdeckt habe.«

»Ich habe eben meine Quellen.« Selbstgefällig nippte sie an ihrem Tee.

»Und wie laufen die Ermittlungen? Gibt es schon einen Verdächtigen?«

»Genau genommen haben sie mehrere Leute im Visier, aber ich bezweifle ehrlich gesagt, dass sie den richtigen Durchblick haben. Die Leiche hat keinerlei Hinweise gebracht. Nichts von Interesse für den Gerichtsmediziner. Das Mädel war absolut sauber.«

Das war ja höchst interessant. »Haben sie inzwischen herausgefunden, wie sie gestorben ist?«

Carol warf mir einen verschmitzten Blick zu. »Ich dachte, es wurde offiziell mitgeteilt, dass sie ertrunken ist?«

»Ja, richtig«, bestätigte ich und erkannte meinen Fehler.

»Sah es für Sie denn nicht nach Ertrinken aus? Sie haben die Leiche ja gesehen. Warum kommt Ertrinken Ihnen komisch vor? Lag sie nicht direkt neben einem Teich?«

Ich zuckte die Schultern. »Muss ich vergessen haben.«

Carol schüttelte ungehalten den Kopf. »Jetzt kommen Sie mir nicht so. Natürlich haben Sie gemerkt, dass da was nicht stimmte. Wollen Sie mich veralbern, oder was?«

»Wie kommen Sie denn darauf?« Ich versuchte, einen Hauch empörter Unschuld mitschwingen zu lassen, was sie mir aber nicht abkaufte.

»Sarah, Sie wissen ganz genau, dass die Leiche nicht neben einem Gewässer lag. Weil sie nämlich gar nicht dort gestorben ist. Inzwischen hat man herausgefunden, dass sie in chemisch behandeltem Wasser ertrunken ist.«

»Wie meinen Sie das?« Jetzt war ich ehrlich verblüfft.

»Leitungswasser. Sie wurde in einem Haus ertränkt. In der Badewanne oder im Waschbecken oder so.«

Carol redete ganz sachlich. Sie schaufelte sich einen Löffel voll Zucker in ihren Tee und rührte so heftig um, dass das Metall gegen die Becherwand klirrte.

Unter dem Tisch presste ich meine Hände zusammen. Carol sollte nicht sehen, wie sie zitterten. Jemand hatte also kaltblütig Jennys Leben ausgelöscht, entweder in einem Badezimmer oder in einer Küche. Jemand hatte einen so sicheren Ort wie ein Zuhause in ein Schlachthaus verwandelt.

»Wie nehmen es die Shepherds auf?«, fragte ich, weil mir plötzlich auffiel, wie still es zwischen uns geworden war.

»Die Mutter ist selbstverständlich völlig am Boden«, antwortete sie zwischen zwei Bissen Schinkenbrötchen. »Von ihr habe ich keine brauchbaren Äußerungen. Sie ist ständig entweder im Tablettenrausch oder in Tränen aufgelöst. Ich bezweifle auch, dass die Polizei inzwischen etwas Hilfreiches von ihr gehört hat. Der Vater – nun ja, das ist eine andere Geschichte. Er kocht vor Wut. Ich habe noch nie einen Trauernden so angespannt erlebt.«

Als ich ihn das erste Mal sah, sprach vor allem Angst aus seinen Augen. Die Wut musste später hinzugekommen sein. Ich nahm einen kleinen Bissen von meinem Brötchen. »Menschen reagieren eben verschieden.«

»Sie kennen sich damit ja aus«, konterte Carol.

Argwöhnisch schaute ich auf. Die Journalistin starrte mich an, eiskalt wie immer.

»Ich habe ein bisschen recherchiert, wissen Sie – ungefähr so wie Sie vorhin in der Bibliothek, nehme ich an. Und was glauben Sie wohl, was ich da gefunden habe? Noch ein anderes Kind, das verschwunden ist, allerdings schon vor längerer Zeit. Fünfzehn Jahre ist das jetzt her, nicht wahr?«

»Sechzehn«, korrigierte ich. Ausflüchte waren offensichtlich zwecklos.

Sie lächelte schwach. »Richtig. Sie waren ja noch ein kleines Mädchen damals. Ehrlich gesagt war ich überrascht, dass ich Sie überhaupt erkannt habe. Aber mir war auf Anhieb alles klar. Sarah, Sie glauben ja gar nicht, wie überrascht ich war, Sie auf einem Bild zusammen mit Ihren armen Eltern in der Zeitung zu sehen. Nicht mal die Namensänderung hat mich irritiert – war ein Kinderspiel, das rauszufinden. Der Mädchenname Ihrer Mutter, hab ich Recht?«

Ich sagte nichts. Es wäre sowieso überflüssig gewesen.

»Ich habe mir also überlegt«, hob Carol an und biss dabei wieder herzhaft in ihr belegtes Brötchen, sodass ein Klumpen aus Weißbrot, Schinken und Ketchup ihre Worte dämpfte, »einen kleinen Beitrag darüber zu schreiben, wie es in solchen Fällen den Familien ergeht, also was mit denen geschieht, die zurückbleiben, verstehen Sie?«

Unwillkürlich entfuhr mir ein missbilligender Laut, der Carol nicht entging. »Oh nein, ich bitte Sie ganz bestimmt nicht um Ihre Mitarbeit. Ich informiere Sie nur. Sie denken wohl, mir ist nicht aufgefallen, dass Sie einen heißen Draht zu den Ermittlern haben? Glauben Sie allen Ernstes, dass Sie mir dafür nichts schuldig sind? Ich bin sicher, das wird eine wunderbare Geschichte mitten aus dem Leben. Zwei Tragödien an einem Ort, und Sie sind das Bindeglied. Das ist doch schon beinahe, wie soll ich sagen, geradezu *unheimlich.* Und ich bin die Einzige, die das Puzzle richtig zusammensetzt, was das Ganze zu einem absolut marktfähigen Unterfangen macht.«

»Hören Sie«, erwiderte ich kraftlos, »ich will mich dazu wirklich nicht äußern.«

»Nein, jetzt hören Sie *mir* mal zu. Es gibt genau zwei Möglichkeiten, wie wir das regeln können. Ich kann mit Ihrer freundlichen Unterstützung einen netten kleinen Artikel verfassen, bei dem die Leser gerührt in ihre Morgenzeitung schluchzen, oder aber ich lasse mich minutiös über die Gerüchte aus, die sich einst um Sie, Ihre Familie und Ihren armen Vater rankten, weil schließlich jedermann überzeugt war, dass er erheblich mehr wusste, als er durchblicken ließ. Das war doch so, oder? Und noch eins. Ich finde es schon ein bisschen merkwürdig, dass diese Sache Sie so intensiv beschäftigt. Ohne die regelmäßige Dosis Drama fehlt Ihnen was, habe ich das Gefühl. Wahrscheinlich stehen Sie nicht mehr so schön im Mittelpunkt wie früher. Und außerdem haben inzwischen alle Ihren Bruder vergessen, stimmt's? Ist das nicht ungerecht? Sie wollen doch sicher auch, dass sich die Leute an Charlie erinnern.«

Ich blieb stumm. Sie lehnte sich zu mir herüber, sodass sich ihre Brüste auf der fettigen Tischplatte breitdrückten. »Es ist Ihre Entscheidung, Sarah. Sie haben die Wahl, ob Sie mit mir reden oder nicht. Ich kann den Artikel durchaus ohne Sie schreiben. Oder« – sie lächelte scheinheilig – »ich kann auch gleich zu Ihrer Mutter gehen.«

»Nein, tun Sie das bitte nicht«, begehrte ich verzweifelt auf. »Lassen Sie meine Mutter aus dem Spiel.«

»Aber warum denn? Sie kann mir doch sicher wertvolle Einblicke geben.« Carol lehnte sich zurück. »Sie wissen doch, warum Ihr Vater sich umgebracht hat, Sarah …«

»Es war ein Unfall.«

Carol legte noch einen Zahn zu: »Ein Unfall, mit dem Sie und Ihre Mutter ausgesorgt hatten. Hübsches kleines Sümmchen von der Lebensversicherung. Ihre Mutter braucht seitdem nicht mehr zu arbeiten.«

Brauchte sie nicht, das stimmte zwar, aber es war alles andere als gut für sie. Wortlos stand ich auf und griff nach meiner Tasche. Ich war zu wütend, um noch etwas zu sagen.

»Bevor Sie einfach rausrennen, sollten Sie noch mal kurz nachdenken«, sagte Carol. »Wenn Sie mitspielen, unterhalten wir uns einfach ein bisschen, und ich sorge dafür, dass Sie wie ein Engel dastehen. Ich werde nicht mal Ihren Namen verraten. Sie bekommen Gelegenheit, ein paar Missverständnisse aus dem Weg zu räumen. Und ich bekomme eine nette Geschichte, wie sie das Leben schreibt und die sich ausgezeichnet in den Sonntagszeitungen macht. Ich denke, die *Sunday Times* ist der beste Platz dafür. Oder auch der *Observer*. Auf alle Fälle eins von den richtig großen Blättern.«

Hin- und hergerissen zögerte ich immer noch. Carol war nicht zu trauen. Aber andererseits konnte ich mich absolut darauf verlassen, dass Sie mich in ein denkbar schlechtes Licht rücken würde. »Es war nicht leicht für mich, meine Privatsphäre zu wahren. Ich will nicht fotografiert werden. Ich will nicht, dass aus diesem Artikel meine Identität erkennbar wird.«

»Selbstverständlich – das ist gar kein Problem. Sie wissen doch«, schnatterte sie, »das hängt ganz allein von Ihnen ab.«

Das stimmte natürlich nicht. Eigentlich hätte ich ihr sagen sollen, dass sie sich zum Teufel scheren sollte. Mir war die Sinnlosigkeit dieses Gesprächs klar bewusst. Aber das Risiko konnte ich auch nicht auf mich nehmen.

Schachmatt ließ ich mich auf die Stuhlkante sinken. »Also, was wollen Sie wissen?«

1992

Seit sieben Wochen vermisst

Der typische Schulgeruch am ersten Tag nach den Ferien – Kreidestaub, frische Farbe, Desinfektionsmittel, neue Bücher. Vorn steht meine neue Lehrerin. Sie ist neu an der Schule, groß und schlank mit sehr kurzen, dunklen Haaren und grünen Augen. Miss Bright heißt sie.

Ich komme als Letzte herein, bin aufgeregt, unruhig und ein bisschen ängstlich. Dad hat mir eine neue Schultasche und ein dazu passendes Federmäppchen mit *Belle* aus *Die Schöne und das Biest* gekauft. Ich merke, wie Denise Blackwell sie anschaut, als sie sich in meine Nähe setzt. Ich schaue sie lächelnd an. Mit ihr wollte ich schon immer befreundet sein. Denise hat weißblondes Haar, winzige glitzernde Ohrstecker und steht immer so mit den Füßen nach außen da wie eine Tänzerin.

Doch statt zurückzulächeln, schaut mich Denise ungefähr eine Minute lang an, dreht sich dann weg und fängt an, mit Karen Combes zu flüstern. Karen läuft immerzu die Nase, und gleich am ersten Schultag hat sie sich eingepinkelt. Ich merke, dass es bei ihrem Geflüster um mich geht, denn Karen beugt sich nach vorn und starrt mich an, während Denise mit ihr redet. Ich verziehe das Gesicht und bedecke mit dem Arm meine Augen.

Neben meinem Tisch taucht eine Gestalt auf: Miss Bright. »Oje. Da langweilt sich wohl jemand schon? Das ist aber kein guter Start. Du siehst ja aus, als wolltest du gleich einschlafen. Na komm schon, setz dich gerade hin. Gib dir ein bisschen Mühe.«

Alle anderen in der Klasse lachen, eine Spur zu laut, in der Hoffnung, dass Miss Bright sie dann mag. Mein Gesicht brennt. Mit herunterhängenden Haaren schaue ich nach unten auf meinen Schoß.

»Wie heißt du denn, du Schlafmütze?«

»Sarah Barnes«, antworte ich rasch.

Einen Moment lang steht Miss Bright schweigend da. Dann tätschelt sie mir den Arm. »Ist schon gut. Versuch einfach nur, aufmerksam zu sein, einverstanden?«

Ich schaue auf und sehe sie wieder nach vorn gehen. Sie ist ganz rot im Gesicht, als würde sie sich schämen. Zuerst weiß ich nicht weshalb, aber dann begreife ich es. Sie hat gesagt bekommen, dass sie nett zu mir sein soll wegen Charlie.

Ich bin nicht mehr wie die anderen. Ich bin anders.

In der Pause frage ich, ob ich im Zimmer bleiben kann. Ich sage Miss Bright, dass ich mich nicht wohlfühle, und sie erlaubt es mir. Ich bleibe auf meinem Platz sitzen und lege den Kopf auf die Arme, während alle anderen hinaus zum Spielen gehen. Mit meinem Atem mache ich Wolken auf der glänzenden Tischoberfläche. Im Klassenzimmer ist es ganz still, man hört nur die Wanduhr ticken. Auch in der Mittagspause bleibe ich drinnen. Alle anderen gehen in den Speiseraum zum Essen und hinterher nach draußen. Ich höre sie lachen und lärmen.

Als es zum Schulschluss klingelt, stehe ich auf und stelle mich mit den anderen vor der Tür an. Ich spüre, wie alle mich anstarren. Ich schaue zu Boden und halte den Griff meiner neuen Schultasche fest umklammert, bis Miss Bright endlich die Tür öffnet.

Mum ist noch nicht da. Andere Eltern sind ebenfalls unpünktlich, und um mich herum spielen die anderen Kinder Fangen, springen lachend herum und schreien aus voller Kehle. Ich schaue unaufhörlich zum Schultor, wo eigentlich Mum stehen sollte. Jedes Mal, wenn ich einen dunklen Haarschopf sehe, schlägt mein Herz höher, aber es ist immer jemand anders. Schließlich laufe ich zum Tor, damit ich besser auf die Straße schauen kann, und gehe dann hinaus. Auf dem Schulhof ist es viel zu laut, und mir tut der Kopf weh.

Als ich draußen stehe, wird mir klar, dass das ein Fehler war. Kinder, darunter auch einige meiner Mitschüler, umringen mich, ohne dass es ein Erwachsener merkt. Denise kommt mit Karen im Schlepptau auf mich zu. Ich kann weder zurück auf den Schulhof noch weglaufen, denn dazu ist es zu spät. Denise kommt jetzt ganz nahe an mich heran und sagt halblaut: »Du hältst dich wohl für was Besonderes, oder?«

Ich schüttle den Kopf.

»Wegen dir haben wir alle Post von der Schule bekommen. Da steht drin, dass wir nett zu dir sein sollen.« Denise sieht mich böse an und kneift die Augen zusammen. »Hast du geheult, als dein Bruder weggerannt ist?«

Ich weiß nicht, was ich darauf antworten soll. »Ja«, sagte ich schließlich.

»Heulsuse«, zischt Denise, und Karen fängt an zu lachen.

»Nein, hab ich gar nicht«, rufe ich und bin total verzweifelt. »Ich habe nicht geheult, jedenfalls nicht richtig.«

»Ist dir denn dein Bruder so egal?« Diesmal war es Karen. »Fehlt er dir überhaupt nicht?«

Ich spüre, wie mir die Tränen in die Augen steigen, aber vor denen werde ich nicht weinen, ganz bestimmt nicht.

Denise kommt noch näher heran. »Meine Mutter sagt, dein Dad weiß, wo er ist. Sie meint, deine Eltern verheimlichen, was mit ihm passiert ist. Sie tun nur so, als ob er weggelaufen ist. Mein Vater sagt, dass er wahrscheinlich tot ist.«

Inzwischen haben sich noch mehr Kinder um uns herum versammelt. Jemand rempelt mich von hinten an, und alle lachen. Ich drehe mich um und will sehen, wer es war. Michael Brooker steht am nächsten. Vor Aufregung ist er knallrot im Gesicht, aber seine Miene ist ausdruckslos. Ich weiß, dass er es war, denn alle Blicke wandern zwischen ihm und mir hin und her.

»Du hast mich geschubst«, sage ich vorwurfsvoll, woraufhin er weit die Augen aufreißt.

»Ich? Wieso ich? Ich war's nicht, ich schwöre. Und wie meinst du das überhaupt, geschubst? Ich hab gar nichts gemacht.«

Ersticktes Gelächter. Jemand stößt mich von der anderen Seite an. Ich drehe mich wieder um und gerate langsam in Panik, weil es so viele sind. In ihren Gesichtern lese ich nichts als Gehässigkeit. Ehe ich überlegen kann, was ich tun soll, schiebt sich ein langer Arm durch die Menge und ergreift mich.

»Verpisst euch, allesamt«, droht eine raue Stimme, und ich erkenne Danny, Charlies besten Freund. Danny geht auf die Sekundarschule oben auf dem Berg und ist gerade so eine Art Schutzengel für mich. »Komm, Sarah. Ich bring dich nach Hause.«

Ich drängle mich an meinen Mitschülern vorbei, und niemand versucht mich daran zu hindern.

»Ich soll eigentlich auf Mum warten.«

»Keine Sorge. Wir treffen sie bestimmt unterwegs.«

Ich bin Danny unendlich dankbar. Er ist immer nett zu mir gewesen, auch wenn Charlie von ihm verlangt hat, mich nicht zu beachten. »Danke, dass du mich vor ihnen beschützt hast.«

»Das sind doch alles kleine Arschlöcher. Ich bin gerade aus der Schule gekommen und hab dich gesehen.« Danny beugt sich zu mir herunter und kommt mit seinem Gesicht ganz dicht heran. »Sarah, wenn jemand versucht, dich wegen Charlie zu ärgern, sag ihnen einfach, sie sollen sich verpissen. Und wenn sie dich nicht in Ruhe lassen, dann sag mir Bescheid. Ich schaff sie dir vom Hals.« Er ballt seine Hände zu Fäusten. »Ich werd es ihnen zeigen. Keine Angst, ich pass auf dich auf.«

»Bis Charlie wiederkommt«, sage ich und bereue es sofort, als ich sehe, wie sich sein Gesicht verfinstert.

»Ja, bis Charlie wiederkommt.« Danny schaut nach vorn und stupst mich an. »Da kommt deine Mum. Los, renn schnell hin.«

Noch ehe ich etwas sagen oder mich auch nur verabschieden kann, ist Danny über die Straße verschwunden, ohne sich noch einmal umzusehen. Mum steht mit ärgerlicher Miene an der Ecke. Als ich bei ihr ankomme, schimpft sie mit mir. »Ich habe dir doch gesagt, dass du auf mich warten sollst.«

Ich rieche, dass sie wieder getrunken hat, und zucke die Schultern. »Ich wusste ja nicht, ob du noch kommst oder nicht.«

Erst klingt es, als wolle sie mir widersprechen, doch sie seufzt nur. Den restlichen Heimweg gehen wir schweigend nebeneinander her. Ich denke an Danny und wie er gesagt hat, dass er auf mich aufpassen will. Zum ersten Mal seit langer Zeit wird mir wieder warm ums Herz.

9

Letzten Endes musste ich zu Fuß nach Hause gehen. Als Carol fertig war, raffte sie ihre Sachen zusammen und hastete aus dem Café, ohne sich noch einmal umzudrehen und selbstverständlich ohne mir anzubieten, mich in ihrem Auto mitzunehmen. Auf dem Heimweg verschlechterte sich meine Laune im selben Maße, wie die Schmerzen in meinem Knie zunahmen. Ich hoffte inständig, vor ihr nicht zu viel preisgegeben zu haben.

Als ich in unsere Straße einbog, ertappte ich mich dabei, wie ich immer wieder zu Danny Keanes Haus hinübersah. Nachdenklich kaute ich auf meiner Unterlippe. Mir war inzwischen klar geworden, dass ich ihm nicht mehr länger aus dem Weg gehen konnte. Zu wichtig war die Verbindung, die er zu Charlie darstellte. Es war allerhöchste Zeit und längst überfällig, mit ihm zu reden – ganz egal was zwischen uns vorgefallen war. Obwohl mich der Gedanke daran immer noch erröten ließ. Ich schüttelte den Kopf, als könnte ich mich damit der Erinnerung entledigen. Ich durfte nicht zulassen, dass eine Demütigung aus meiner Jugendzeit zwischen mir und der Wahrheit stand. Dass ich gelesen hatte, was den Keanes Schlimmes widerfahren war, machte es mir leichter. Wir waren beide Überlebende. Wie kein anderer würde er verstehen, was mich trieb.

Das Haus der Keanes war in einem miserablen Zustand.

Auf dem Pflaster im Vorgarten hatte ein Auto Öl verloren und einen Fettfleck in der Form Australiens hinterlassen. Zwischen den Platten spross das Unkraut. Die Klingel war abgebaut, und aus der offenen Fassung hingen Drähte heraus, die nicht ganz ungefährlich aussahen. Die Gardinen an den Fenstern waren ein Zugeständnis an vorstädtische Konventionen, wenngleich schmutzig grau verfärbt und stellenweise zerrissen. Das gesamte Haus machte einen lieblosen Eindruck, was es mit jenem gemein hatte, das ich selbst bewohnte. Beide Gebäude sahen aus wie seelenlose Wracks.

Obwohl Dannys Motorrad nicht draußen stand, klopfte ich auf gut Glück, falls er wider Erwarten doch zu Hause war. Die Tür war ein billiges Kunststoffmodell, das ein dumpfes Geräusch erzeugte, als ich mit den Fingerknöcheln dagegenhämmerte. Es war die einzige Möglichkeit, mich bemerkbar zu machen, denn die Aussparungen für einen Türklopfer waren nie genutzt worden. Jemand hatte sie mit Toilettenpapier zugestopft, damit keine Zugluft eindrang.

Ich fühlte mich ziemlich unbehaglich und hoffte, dass Mum mich nicht gesehen hatte. Außerdem fragte ich mich, wie lange ich warten sollte, ehe ich nochmals klopfte oder aufgab. Nach einer Weile war hinter der Tür ein Schlurfgeräusch zu hören, doch niemand öffnete. Ich klopfte erneut mit demselben Ergebnis und beugte mich schließlich zum Briefschlitz hinunter.

»Hallo … Hier ist Sarah. Sarah von gegenüber. Tut mir leid, wenn ich störe. Ich … Ich möchte nur kurz mit Danny sprechen, falls es passt …«

Als ich Dannys Namen nannte, ging die Tür plötzlich auf und gab den Blick auf einen Flur frei, in dem sich Pappkartons und nicht identifizierbare Maschinenteile stapelten. Es sah ziemlich chaotisch aus und alles andere als sauber. Hinter der Tür tauchte ein fettiger Haarschopf und ein kleines misstrauisches Auge auf.

»Hallo«, versuchte ich es nochmals. »Ich bin Sarah.«

Der Haarschopf antwortete nicht.

»Ähm … Bist du vielleicht Paul?«

»So isses«, antwortete der Schopf und nickte erwartungsvoll.

»Ich wohne auf der anderen Straßenseite«, erklärte ich und deutete auf unser Haus. »Ich … Also ich kannte mal deinen Bruder.«

»Ich weiß, wer Sie sind«, kam mir Paul zuvor.

Ich hatte mit meiner Erklärung fortfahren wollen, hielt jedoch verblüfft inne. In Pauls Tonfall lag etwas, das mich überraschte. Er hörte sich zwar träge und monoton an, aber andererseits auch sehr gewichtig. Das brachte mich aus dem Konzept.

»Oh, prima«, antwortete ich unsicher. »Aber kennen tun wir uns noch nicht, oder?«

Eine Schulter tauchte auf, offensichtlich, um ein Zucken zu anzuzeigen.

»Nett, dich kennen zu lernen, Paul. Ist Danny zu Hause?«

»Der ist auf Arbeit«, entgegnete Paul langsam, in leicht anmaßendem Ton. Blöd von mir. Logisch, es war ja erst früher Nachmittag, wo normale Leute arbeiten mussten. Ich selbst hatte ja nur deshalb frei, weil die Schule geschlossen war. Aber das lieferte mir meine nächste Frage.

»Was machst du denn eigentlich zu Hause? Müsstest du nicht in der Schule sein?«

Ich war unversehens in meinen Lehrerton verfallen und erntete ein freches Grinsen dafür.

»Schule hat sich für mich erledigt.«

Ich muss recht ratlos ausgesehen haben, denn der Junge öffnete nun vollständig die Tür und kam dahinter hervorgeschlurft. Er war übergewichtig – nicht nur ein bisschen dick, sondern richtiggehend fett. Obwohl er für sein Alter zu groß war, sah er dadurch keinesfalls proportionierter aus. Gewaltige Fleischwülste hingen an seinen Armen herab, die an den Handgelenken Falten warfen. Sein Oberkörper war von Speckringen umgeben, die unter einem zeltförmigen T-Shirt waberten. Er trug eine schmuddelige Trainingshose, und seine geschwollenen, unförmigen Füße waren nackt. Seine viel zu langen und schartigen Zehennägel waren gelblich, die Haut darunter blaugrau verfärbt, was auf eine schlechte Durchblutung hindeutete. Sein Körper war viel zu stark belastet, um noch richtig zu funktionieren. Ich zwang mich, meinen Blick davon abzuwenden und schaute ihm wieder ins Gesicht. Seine Miene wirkte trotzig und auch ein wenig gekränkt.

»Die haben mich fertiggemacht«, erklärte er. »Hab jetzt Heimunterricht.«

»Ah, verstehe«, antwortete ich, obwohl ich den Eindruck hatte, dass es nicht einfach war, allein in einem solchen Zuhause zu lernen. »Und wie gefällt es dir?«

Der Junge zuckte die Schultern.

»Ist schon okay«, meinte er. »Mein IQ ist Spitze. Schule war sowieso ätzend.«

»Schön. Das ist wirklich prima.« Ich lächelte. »Tja also, ich wollte ja eigentlich mit Danny sprechen. Weißt du, wann er wiederkommt?«

»Nee. Der kommt, wann er kommt.«

»Aha.« Ich trat den Rückzug an. »Es war schön, dich kennen zu lernen, Paul. Ich komme einfach später noch mal wieder wegen Danny. Du kannst ihm ja sagen, dass ich hier war.«

Paul sah enttäuscht aus. »Wollen Sie denn nicht reinkommen?«

Ich hatte nicht vor, das Haus zu betreten. Paul würde mir sowieso nichts über Charlie sagen können, weswegen ich ja gekommen war. Ich wusste weder, wann Danny zurückkam, noch ob ich es überhaupt fertigbringen würde, mit ihm zu reden. Und außerdem war das Haus unglaublich verdreckt. Aber andererseits war Paul ganz offensichtlich einsam. Wenn er nicht zur Schule ging und Danny den ganzen Tag arbeitete, waren seine Kontakte zur Außenwelt vermutlich minimal. Ich hatte ihn noch nie kommen oder gehen sehen – was freilich nicht viel zu sagen hatte, denn ich war eher zu ungewöhnlichen Zeiten zu Hause und bekam auch dann kaum etwas mit. Doch ich hatte den Verdacht, dass Paul nur sehr selten das Haus verließ. Wie alt mochte er sein? Zwölf? Zu jung jedenfalls, um derart eingesperrt zu sein. Ich wusste, dass ich ein schlechtes Gewissen haben würde, wenn ich jetzt einfach ging und ihn im Stich ließ. Wir Überlebenden mussten schließlich zusammenhalten.

»Danke«, sagte ich also erfreut und trat über die Schwelle, wobei es mich einige Mühe kostete, nicht den Atem anzuhalten. Im Haus roch wie es wie in einem Umkleideraum: nach alten Socken, feuchter Kleidung und Schweiß. Paul schloss die Tür hinter mir und geleitete mich durch den Flur in die Küche. Der Grundriss des Hauses war so wie unserer, doch der Flur kam mir anders vor, viel dunkler. Als ich mich umschaute, sah ich, dass die Tür zum Wohnzimmer geschlossen war. Zu Hause hatten wir eine Tür mit Glaseinsatz, diese hier war undurchsichtig. Dadurch wirkte der Flur um einiges kleiner. Ich war froh, als wir in die Küche kamen, wo die Nachmittagssonne sämtliche Staubkörnchen sichtbar machte, die in der Luft schwebten. Das

Zimmer war angenehm warm und gar nicht so ungemütlich. An einer Wand stand ein Sofa und in der Mitte ein mit Büchern und losen Blättern bedeckter Tisch, dazwischen ein Laptop. Offenbar diente der Raum als Wohnzimmer und Küche zugleich und hatte trotz der Unordnung etwas Anheimelndes. Im Abtropfkorb türmten sich Geschirr und Töpfe, jedoch alles sauber gespült. Es gab nur wenige Schränke, die offensichtlich die Überreste einer Einbauküche waren, denn an den Wänden sah man noch die Spuren, wo der größte Teil davon herausgerissen worden war. Eine Schranktür hing lose in den Angeln und offenbarte etliche Reihen von Dosenbohnen und Cornflakes-Packungen, die gleich en gros gekauft worden waren. Eine etwas ramponierte Mikrowelle sah aus, als sei sie in den letzten Jahren im Dauereinsatz gewesen. In der Ecke summte eine gigantische Tiefkühltruhe vor sich hin, und daneben stand ein ebenfalls recht großer, verbeulter Kühlschrank. Oben auf dem Kühlschrank befand sich jedoch eine ausgesprochen teuer aussehende iPod-Musikanlage, und an der Wand gegenüber dem Sofa hing ein gigantischer Fernseher. Danny gab sein Geld also offenbar lieber für Unterhaltungselektronik als für Wohnkomfort aus.

»Setzen Sie sich doch«, sagte Paul und zeigte zum Tisch. Ich trat näher und zog einen der Plastikstühle hervor. Als ich ihn losließ, kippte er bedrohlich zur Seite, weil er, wie ich feststellen musste, nur drei Beine hatte.

Hinter mir kicherte es. »Nicht den da. Das vierte Bein ist hier.« Paul deutete auf die Arbeitsfläche, wo ein zersplittertes Stuhlbein lag. »Das hat Danny neulich zerlegt und …«

Ohne ersichtlichen Grund unterbrach er sich und wirkte plötzlich nervös. Ich ging nicht weiter darauf ein und suchte mir einen anderen Stuhl.

»Tee?« Paul trottete hinüber zum Wasserkocher.

»Ja, das wäre nett.« Ich hoffte inständig, dass die Tasse einigermaßen keimfrei war, und beobachtete, wie er mit Tassen und Teebeuteln hantierte. Trotz seiner Körpermasse bewegte er sich erstaunlich flink, obwohl die leichte Anstrengung ihn bereits zum Keuchen brachte. Er agierte mit einer Selbstsicherheit, die ich für einen Jungen seines Alters ungewöhnlich fand. Mein Nachbar wurde mir allmählich sympathisch. Er bemerkte, dass ich ihn beobachtete und grinste mich gewinnend an. Allem Anschein nach freute er sich darüber, dass ich geblieben war – nur der Grund war mir nicht ganz klar.

»Milch?«, fragte er und öffnete den Kühlschrank, in dem sich etliche Zwei-Liter-Kartons Vollmilch, eine Palette Bierdosen, becherweise Schokopudding und zahlreiche Packungen Scheibenkäse und Kochschinken befanden. Von Obst oder Gemüse keine Spur.

Paul hielt den Milchkarton schon über eine der Tassen und wartete auf eine Antwort.

»Einen kleinen Schluck«, erwiderte ich rasch.

»Zucker?«

»Nein danke.«

Paul kippte in seine Tasse vier gehäufte Teelöffel Zucker und rührte kräftig um. Beeindruckt sah ich ihm zu und schenkte meinem eigenen Zahnschmelz einen fürsorglichen Gedanken. Er schob einen Papierstapel beiseite und stellte meine Tasse vor mir ab. Dann schlurfte er zum Regal und zog ein Paket Schokokekse heraus. Nachdem ich dankend abgelehnt hatte, ließ er sich auf den Stuhl mir gegenüber fallen, nahm drei Kekse auf einmal aus der Packung, tauchte sie für einige Sekunden in seinen Tee und beförderte die klebrige Masse in den Mund. Ich beobachtete fasziniert, wie sich seine Wangen ausbeulten gleich dem mit lebendiger Beute gefüllten Leib einer Python.

Als er wieder sprechen konnte, sagte er: »Man muss sie in einem Schwung reinschieben.«

Ich nickte. »Tolle Technik.«

»Alles eine Frage der Übung.«

Ich lächelte in meine Tasse hinein. Wie er selbst schon gesagt hatte, war er ein ziemlich schlauer Bursche. Vor ihm auf dem Tisch lag ein Stapel dicker Bücher, den ich ein Stück zu mir drehte, um mir die Buchrücken anzusehen. Programmierung, Maschinensprache, Theoretische Informatik, Höhere Mathematik, Technikphilosophie. Ich hatte von alldem keinen blassen Schimmer und konnte kaum mit den Titeln etwas anfangen.

»Interessieren Sie sich für Computer?«, fragte Paul, während er das oberste Buch aufschlug und darin blätterte. Schon bei dem Wort hellte sich seine Miene auf, und unter seiner viel zu großen Hülle aus überdehnter Haut kam plötzlich der Junge zum Vorschein.

»Ich weiß ehrlich gesagt nicht so viel darüber«, entgegnete ich entschuldigend. »Und du?«

»Ich find sie super.« Er begann zu lesen, und seine Augen klebten förmlich an den Seiten. »Absolut genial.«

»Kennst … du dich gut mit Computern aus?« Ich wusste kaum, was ich dazu fragen sollte.

»Jo«, antwortete Paul eher nüchtern als überheblich. »Hab mir selbst einen zusammengebaut. Mit 'nem eigenem Betriebssystem – also, es basiert schon auf Linux, aber ich hab es so eingerichtet, wie ich es brauche. Später will ich unbedingt mal was mit Computern machen.« Er schaute kurz von seinem Buch auf und strahlte vor Begeisterung. »Denn das mach ich ja jetzt schon.«

»Wie meinst du das?«

Er zuckte die Schultern. »Es läuft alles übers Internet, verstehen Sie? Keiner weiß, dass ich erst zwölf bin. Ich mach für andere so Testgeschichten, probiere halt Zeugs aus. Dann baue ich noch Websites für Leute und arbeite an ein paar Sachen. Ich hab 'nen Freund in Indien, der studiert da. Wir versuchen gerade eine Gleichung zu lösen, die bisher noch niemand hingekriegt hat.«

Mit meiner Vermutung, dass er hier eingesperrt war, hatte ich also falschgelegen. Solange sein Breitbandzugang funktionierte, konnte er sich überallhin begeben, treffen, wen er wollte, und einfach er selbst sein, ohne schief angesehen zu werden.

»Woher bekommst du denn die Bücher?«

»Meistens aus dem Internet. Wenn man sie gebraucht kauft, kosten sie nicht so viel. Manchmal bestelle ich auch welche in der Bibliothek, und Danny holt sie für mich ab. Aber das find ich nicht so toll, weil man die dort so schnell wieder abgeben muss. Das nervt.«

»Kennt sich Danny auch so gut mit Computern aus?«

Paul schüttelte den Kopf. »Er checkt's nicht so ganz. Danny hat's mehr mit mechanischen Sachen wie Autos und so. Er benutzt Computer schon auch gern, aber er *liebt* sie nicht.«

Es war unverkennbar, dass Paul seinen Bruder dafür bedauerte. Ich selbst hatte auch nur wenig Ahnung davon, wie Computer eigentlich funktionieren; E-Mail und Online-Shopping waren so ziemlich das Einzige, was ich in dieser Richtung hinbekam. Aber ich wollte keinesfalls, dass Paul mich mit solchen Halbgebildeten wie seinem Bruder in einen Topf warf. Es war mir wichtig, sein Vertrauen zu gewinnen, denn ich hatte das Gefühl, Paul helfen zu können. Vielleicht konnte ich ihn ja retten und wieder auf die richtige Bahn bringen. Er brauchte eigentlich nur ein bisschen Ermutigung.

»Danny geht also zur Arbeit, und du bleibst hier?«, fragte ich vorsichtig und achtete sorgfältig darauf, keine Kritik mitschwingen zu lassen.

»Jo. Ich muss jetzt nicht mehr raus. Einkaufen und so mach ich online, und die liefern dann. Alles andere, was wir brauchen, besorgt Danny. Er kümmert sich um mich.«

Natürlich gab es verschiedene Arten, sich um jemanden zu kümmern. Danny verschaffte seinem Bruder ein Dach über dem Kopf und stand ihm bei, als er die Schule geschmissen hatte. Ganz offensichtlich unterstützte er auch sein Computerinteresse. Vermutlich war er ihm ein besserer Vater als sein eigener Dad. Doch dem entgegen stand Pauls katastrophale Gewichtszunahme, gegen die er nichts unternommen hatte. Er hatte zugelassen, dass Paul vor seinen Problemen in der Schule davonlief, statt sich ihnen zu stellen. Das war alles andere als ideal.

Während ich ihn beobachtete, tunkte Paul zwei weitere Kekse ein und blätterte in Gedanken versunken zum Inhaltsverzeichnis des Buches. Vielleicht war es ja unfair, Danny zu kritisieren. Paul hatte etwas Entschlossenes, Stählernes an sich, das allerdings durch seine weichliche, aufgedunsene Erscheinung überlagert wurde. War es überhaupt möglich, ihn in seiner Esslust aufzuhalten? Schließlich war es mir ja auch nicht gelungen, meine Mutter vom Trinken abzuhalten. Konnte ich da von Danny erwarten, dass er bei seinem Bruder mehr Erfolg hatte?

Das Kinn in die Hand gestützt, beobachtete ich Paul beim Lesen. Durch eine unabsichtliche Bewegung rutschte mein Ellbogen auf einem losen Blatt ab und stieß gegen einen Bücherstapel, der daraufhin krachend zu Boden fiel. Augenblicklich sprang ich von meinem Stuhl auf und sammelte sie wieder ein. Ich strich die zerknitterten Seiten glatt und stapelte die Bücher ordentlich aufeinander. Unter erheblichen Mühen holte Paul ein paar eng beschriebene

Blätter unter seinem Stuhl hervor. Durch die Anstrengung ächzte er wie ein alter Mann, und es tat mir unendlich leid, dass er – aus welchem Grund auch immer – seinen Trost im Essen suchte. Es war eine Katastrophe, dass ein Zwölfjähriger sich kaum noch bücken konnte, um ein Blatt Papier aufzuheben.

Als ich mich wieder aufgerichtet hatte und den Bücherstapel auf den Tisch zurücklegte, fiel mein Blick auf eine Ausgabe der Lokalzeitung, die unter dem Stapel verborgen gewesen war. Unter dem Namenszug Carolin Shapleys war ein Bericht über Jennys Tod abgedruckt und daneben ein großformatiges Farbfoto des Mädchens. Ich legte die Zeitung ein Stück beiseite, da ich die Bücher nicht auf Jennys Foto ablegen wollte. Das kam mir respektlos vor. Paul starrte mit seltsamer Miene ebenfalls auf die Zeitung.

»Sie waren ihre Lehrerin.«

Ich war verblüfft. »Von Jenny? Stimmt. Woher weißt du das?«

»Ich hab sie aus der Grundschule gekannt.« Bei näherem Hinsehen hatte er gar nicht solche Schweinsäuglein wie vermutet, sondern dunkelbraune, schöne Augen. Aber sie verschwanden nahezu in zwei fleischigen Schluchten, die sich bis zu seinen Schläfen hinaufzogen. Ich sah, dass es in den faltigen Wülsten feucht war. Mit seiner schmuddeligen Pranke wischte er darüber. »Wissen Sie, was passiert ist?«

Ich schüttelte den Kopf. »Aber die Polizei hat die Ermittlungen aufgenommen. Ich bin mir sicher, dass sie denjenigen finden, der ihr das angetan hat.«

Er warf mir einen kurzen Blick zu und starrte dann wieder auf die Zeitung. »Ich kann gar nicht glauben, dass sie nicht mehr lebt.«

»Hast du sie oft gesehen?«, fragte ich ihn.

Er zuckte die Schultern. »Ab und zu. Manchmal hab ich ihr in Mathe geholfen, wenn sie es nötig hatte. Sie war total nett, und sie hat nie was Blödes über mich gesagt und sich nicht geschert um … um das hier.« Er deutete auf seinen Körper, und seine Bewegungen wurden plötzlich unbeholfen. Ich biss mir auf die Lippe, als er das Gesicht verzog, den Kopf in den Armen vergrub und seine Schultern bebten. Ich streckte meinen Arm über den Tisch, strich über seinen Arm und versuchte ihn zu trösten. Nach einer Weile hob er den Kopf und schaute mich an; sein Gesicht war rot und tränennass.

»Ich … Ich *vermisse* sie halt so sehr.«

»Ich auch«, flüsterte ich, selbst den Tränen nahe. »Ich auch.«

Als ich das Haus verließ, sagte ich zu Paul noch, dass er mehr tun müsse, als den ganzen Tag vor dem Computer zu sitzen.

»Es wäre bestimmt nicht schlecht für dich, wieder zur Schule zu gehen.«

»Schule ist ätzend.«

»In der Schule wärst du aber am besten aufgehoben«, gab ich zurück. »Es gibt noch mehr im Leben als Computer. Wann hast du denn zum letzten Mal ein Buch gelesen, in dem es nicht um Mathe oder Technik geht?«

Er verdrehte vielsagend die Augen. »Geht klar, Frau Lehrerin. Werd mir mal was anderes vornehmen.«

»Unbedingt.« Ich winkte ihm zum Abschied zu und ging zurück über die Straße. Unterwegs dachte ich darüber nach, welche Romane ihm vielleicht gefallen würden; ich könnte sie für ihn in der Schulbibliothek ausleihen. Er war eindeutig ein kluger Kerl, der jedoch unbedingt seinen Horizont erweitern musste. Ich musste mit Danny darüber reden, beschloss ich. Und bei der Gelegenheit konnte ich ihm gleich ein paar Fragen über Charlie stellen. Während für so viele von uns – Charlie, Danny, Mum und mich – das Leben in Scherben lag, ließ sich das von Paul vielleicht noch retten.

Noch Stunden später hing der Geruch dieses Hauses in meinen Sachen und meinem Haar. Ohne recht zu überlegen weshalb, begann ich nach meinem Besuch, wie besessen unser Haus zu putzen. Ich wischte Staub, saugte den Boden, kehrte – das volle Sauber-Programm. Ich wienerte das Bad und mein Zimmer, ließ allerdings das Wohnzimmer aus, wo Mum den lieben langen Tag fernsah, während sich das Glas vor ihr wie von Zauberhand immer von neuem füllte, wenn sie es in einem Zug leergetrunken hatte. Als ich meinen Kopf durch die Tür steckte, warf sie mir einen Blick zu, der Medusa alle Ehre gemacht hätte. Also zog ich mich zurück.

Erst als ich auf Knien den Herd schrubbte, kam mir in den Sinn, dass meine Putzattacke vermutlich eine Reaktion auf das verdreckte Haus von gegenüber war, wo alles, was ich berührt hatte, von einem Fettfilm überzogen war und auf sämtlichen Flächen eine dicke Staubschicht lag. Ich konnte den Gedanken nicht ertragen, dass unser Haus auf Fremde ebenso wirkte – ungepflegt, chaotisch, seelenlos. Ich goss die Pflanzen auf dem Fensterbrett, obwohl sie schon halb verdorrt und reichlich unansehnlich waren. Ich brachte Fenster und Fußböden zum Glänzen und ersetzte die stickige, abgestandene Luft durch frischen Wind von draußen und den Zitrusduft der Reinigungsmittel. Ich räumte sogar sämtliche Küchenschränke aus und säuberte sie bis in den letzten Winkel. Gerätschaften, von deren Existenz ich bisher keine Ahnung gehabt hatte, geschweige denn wusste, wie sie funktionieren, standen mit

Steckern, die an verdrehten Stromkabeln herabhingen, auf der Arbeitsfläche aufgereiht. Vermutlich würde kein einziges von ihnen heutige Sicherheitstests bestehen – sie sahen eher aus, als würden sie augenblicklich in Flammen aufgehen, sobald man sie unter Strom setzte. Bei meiner Aktion förderte ich diverse Mixer und Rührgeräte zutage; selbst einen Joghurtbereiter entdeckte ich ungläubig. Ohne viel Federlesens packte ich den ganzen antiquierten Küchenkram in eine Kiste. Kürzlich hatten wir einen Spendenaufruf im Briefkasten gehabt. Am frühen Samstagmorgen sollten in unserer Gegend nicht mehr gebrauchte Haushaltsgegenstände abgeholt werden. Und was ich aussortiert hatte, wurde definitiv nicht mehr gebraucht. Offen gestanden konnte ich mir zwar nicht vorstellen, dass jemand anders Interesse daran haben könnte, aber es war immer noch besser, als die Dinger einfach wegzuwerfen. In einem anderen Schrank entdeckte ich ganz hinten, noch hinter einem Stapel Teller mit rosa Blumenmuster, an die ich mich nicht mehr erinnern konnte, einen kleinen, mit Erdbeeren verzierten Plastikteller und eine dazugehörige Tasse. Neben der offenen Schranktür setzte ich mich auf die Fersen und drehte und wendete den Fund in meinen Händen. Schon seit Jahren hatte ich diese beiden Dinge nicht mehr gesehen. Als ich noch nicht zur Schule ging, hatte ich partout kein anderes Geschirr benutzen wollen. Es gibt sogar ein Bild im Fotoalbum von Mum und mir im Garten, auf dem ich ungefähr drei bin und von exakt diesem Teller ein Sandwich esse. Mum hält dabei einen Sonnenschirm über mich, um mir Schatten zu spenden, und lacht mich an. Sie trägt ein gestreiftes Kleid mit Spaghettiträgern. Die Erinnerung daran, wie ich mit Mum auf der Wiese sitze, ist noch ganz klar und lebendig. Liebe, Nachsicht, Fürsorge, Zärtlichkeit – all das hatte auch ich einst erlebt. Mein Glück war nur eben zu Ende gegangen, als auch Charlies Glück plötzlich abbrach.

Ich blinzelte meine Tränen weg. Aus irgendeinem Grund rührte es mich, dass Mum den Teller und die Tasse aufgehoben hatte. Natürlich bewahrte sie zwanghaft alles Mögliche in unserem Haus auf, doch das hing alles mit Charlie zusammen. Damit versuchte sie so zu tun, als hätte sich seit dem Tag seines Verschwindens nichts verändert. Das hier war jedoch etwas anderes. Hier ging es um mich. Mehr noch, es war etwas, was eine ganz normale Mutter tun würde. Es war eine zarte, zerbrechliche Verbindung zu einer Frau, die ich nie gekannt hatte; etwas, worüber ich vielleicht mit ihr gelacht hätte, wenn es anders gekommen wäre. Wenn nicht alles in Scherben läge. Seufzend stellte ich den kleinen Teller und die Tasse zurück in den Schrank und räumte weiter auf.

Als ich fertig war, wurde es bereits dunkel, und ich schleppte die Kiste mit den alten Elektrogeräten bis ans Ende der Straße und stellte sie so ab, dass die Spendensammler sie nicht übersehen konnten. Ich richtete mich gerade wieder auf und stemmte die Hände in die Hüften, als im selben Moment eine Autotür zuschlug. Erschrocken drehte ich mich um, da ich vollkommen sicher war, dass jemand hinter mir stand. Mein Herz hämmerte. Aber beim Anblick der menschenleeren Straße und der Häuser mit den verwaisten Fenstern, die aussahen wie die Scheinfassaden einer Westernkulisse, ebbte mein Adrenalinspiegel wieder ab. Alles war wie ausgestorben – kein Laut, keine Bewegung. Vorsichtig spähte ich nach links und rechts, ob nicht doch im Dunkeln jemand lauerte, und eilte zurück zum Haus. Ich kam mir zwar ein bisschen albern vor, als ich vom Eingang aus noch einmal die Umgebung kontrollierte, ehe ich von innen die Tür zuschloss und verriegelte, aber schließlich zeugten meine Prellungen noch eindrucksvoll von meinem erst kürzlich demonstrierten, unbedachten Heldenmut. Fortan wollte ich angemessener reagieren, wenn ich mich bedroht fühlte. Wenn mir mein Leben lieb war, musste ich auf meine Instinkte hören.

Natürlich hat alles Verriegeln und Verrammeln keinen Sinn, wenn man die Tür sofort öffnet, kaum dass jemand klingelt. Das war mir schon klar. Doch obwohl es schon nach zehn war und ich niemanden erwartete, rannte ich stehenden Fußes zur Eingangstür. Das Klingelgeräusch hatte mich zusammenfahren lassen, und mein Herz klopfte, als ich bei vorgehängter Kette argwöhnisch die Tür öffnete. Durch den engen Spalt erspähte ich einen riesigen Strauß Lilien und Rosen in glänzender Folie mit gekräuseltem Schmuckband daran. Die Blumen wackelten einladend und verbargen das Gesicht der Person, die sie in den Händen hielt.

»Ja?«, fragte ich und war kaum überrascht, aber dennoch enttäuscht, als der Strauß sich senkte und den Blick auf Geoffs Gesicht freigab.

»Zwar nicht ganz die Begrüßung, die ich mir erhofft hatte, aber schon in Ordnung.« Er grinste breit, und seine Augen leuchteten vor Begeisterung, als hätte er einen Witz gemacht, den nur wir beide verstehen. »Die sind für dich.«

Ich starrte ihn mit versteinertem Blick an. »Warum denn das?«

»Muss es denn einen Grund dafür geben?«

»Dass du mir Blumen schenkst? Ich denke schon.«

Geoff seufzte. »Ich habe sie einfach gesehen und dachte mir, dass sie genauso schön sind wie du. Er drückte gegen die Tür und die Kette spannte sich. Er runzelte die Stirn. »Willst du die Tür nicht richtig aufmachen?«

»Ich denke, ich lasse sie so, wie sie ist«, entgegnete ich

und widerstand dem Drang, die Tür zuzuschlagen und ihm die Hand einzuklemmen.

Er lachte ein bisschen nervös. »Na gut, aber die Blumen werden wohl kaum durch den Türspalt passen, Sarah. Es sei denn, ich reiche sie dir Stängel für Stängel durch.«

»Geoff, bitte. Ich will wirklich nicht undankbar sein, aber ich brauche eigentlich keine Blumen.«

»Natürlich *braucht* niemand Blumen, Sarah. Trotzdem freut man sich darüber.«

Ich hielt mich am Türriegel fest und versuchte, entschlossen zu wirken. »Ich aber nicht.«

»Das ist echt schade. Dann bekommst du eben keine Blumen.« Ehe ich etwas erwidern konnte, warf er den Strauß einfach über die Schulter. Ich hörte, wie er hinter ihm auf der Erde landete. Ich öffnete den Mund, war jedoch viel zu perplex, um einen Kommentar dazu abzugeben.

Da er nun die Hände frei hatte, lehnte er sich lässig gegen den Türrahmen, und ohne dass ich etwas dagegen tun konnte, schob er eine Hand durch den Türspalt, ließ sie über meine Hüfte gleiten und zog mich zu sich heran. »Ein bisschen unorthodox zwar, aber wenn du auf solche Spielchen stehst, von mir aus gern …«

Geschickt trat ich einen Schritt zurück, sodass er mich nicht mehr erreichen konnte. »Nach Spielchen ist mir ganz bestimmt nicht zumute. Was zum Teufel machst du hier eigentlich?«

Er stieß erneut gegen die Tür, diesmal ziemlich kräftig. Sein Gesicht war rot angelaufen. »Herrgott noch mal, ich versuche doch nur ein bisschen nett zu sein, das ist alles. Wieso benimmst du dich, als würde ich dich bedrohen?«

»Vielleicht, weil ich mich bedroht fühle?«

»Ich wollte dir doch nur ein paar Blumen schenken«, verhandelte er unbeirrt weiter, als hätte ich gar nichts gesagt. »Nichts weiter als einen Strauß Blumen. Kein Grund, derart zickig zu werden. *Du* wolltest schließlich, dass wir Freunde sind. Das hast du selbst gesagt. Das ist jetzt nicht gerade höflich von dir, Sarah.«

»Tja, vielleicht war das mit der Freundschaft keine so gute Idee«, konstatierte ich und begriff, dass ich Geoff im Guten wohl nicht so schnell loswerden würde. Ich hatte versucht, ihn zu ignorieren, und ich hatte versucht, freundlich, aber bestimmt zu sein. Jetzt war es wohl an der Zeit, Klartext zu reden. »Es tut mir leid, wenn ich dir falsche Hoffnungen gemacht habe, Geoff. Ich habe schlichtweg kein Interesse an dir. Ich mag dich nicht einmal, wenn ich ganz ehrlich bin. Am besten, du lässt mich einfach in Ruhe.« Das konnte man eigentlich kaum missverstehen.

Er biss sich auf die Lippe und schlug dann so heftig gegen den Türrahmen, dass ihm bestimmt die Hand davon wehtat, doch er ließ sich nichts anmerken. Ich zog mich auf die unterste Treppenstufe zurück und hielt mich mit klopfendem Herzen am Treppenpfosten fest.

»Es geht immer nur um dich, stimmt's? Was *ich* möchte, spielt überhaupt keine Rolle.«

»Es geht *immer* nur darum, was du willst! Du hörst mir überhaupt nicht zu. Ich habe dich nie ermuntert, etwas mit mir anzufangen. Nie und nimmer würde ich was mit einem Kollegen anfangen. Und selbst wenn du nicht an unserer Schule arbeiten würdest, hätte ich mich niemals für dich interessiert. Wir haben doch überhaupt nichts gemeinsam.« Ich schüttelte den Kopf. »Meine Güte Geoff, du kennst mich doch gar nicht.«

»Das liegt daran, dass du jedes Mal wegläufst, wenn ich versuche, dir näher zu kommen.« Er seufzte. »Hör doch endlich auf, dich gegen mich zu wehren, Sarah. Warum lässt du mich denn nicht an dich heran? Hast du Angst davor, mit mir zusammen zu sein? Angst davor, ausnahmsweise mal etwas zu empfinden?« Er senkte die Stimme. »Ich weiß doch, dass diese ganze Mauerblümchennummer nur gespielt ist. Ich könnte dich glücklich machen. Ich weiß, was Frauen wollen. Ich könnte dir beibringen, dich – und deinen Körper – so zu lieben, wie ich es tue.«

Gegen meinen Willen musste ich lachen. »Glaubst du wirklich, ich bin frigide, nur weil ich nicht mit dir schlafen will?«

»Ja, wo liegt denn sonst dein Problem?« Er klang beleidigt. Offensichtlich konnte er partout nicht nachvollziehen, dass ich ihn nicht attraktiv fand.

»Ich mag dich nicht. Ich begehre dich nicht. Und ehrlich gesagt vertraue ich dir auch nicht.«

»Das ist wirklich ganz reizend von dir. Geradezu charmant. Was glaubst du, wie es mir gerade geht? Ich gebe mir alle erdenkliche Mühe, nett zu dir zu sein. Ich scheue keine Umstände, um für dich da zu sein. Und was bekomme ich dafür? Nichts. Ich habe dich immer gemocht, Sarah, obwohl du manchmal eine ganz schön eingebildete Zicke sein kannst. Aber jetzt habe ich offen gestanden genug.«

Ich verschränkte die Arme. Vielleicht war ja jetzt seine Schmerzgrenze erreicht. Er sollte herzlich gern das letzte Wort haben, solange es auch tatsächlich sein letztes zu diesem Thema war.

»Wahrscheinlich denkst du, dass ich mich wie ein Arschloch benommen habe. Tja, nicht zu ändern. Es überrascht mich jedenfalls nicht.« Geoff lief ein paarmal auf und ab. »Ich weiß schon, dass dich der Tod dieses Mädchens arg mitgenommen hat, und da dachte ich, dass ich dir vielleicht helfen könnte, das alles durchzustehen, Sarah. Wenn du meine Hilfe nur annehmen würdest …«

»Ich brauche deine Hilfe nicht, Geoff«, entgegnete ich ruhig.

Durch den Türspalt zeigte er mit dem Finger auf mich. »Du *denkst,* dass du sie nicht brauchst, aber ich weiß es. Ich werde jedenfalls nicht zulassen, dass du das alles allein durchstehst, selbst wenn du es von mir wolltest.«

Ich setzte mich auf die unterste Treppenstufe und stützte den Kopf in die Hände. »Warum lässt du mich nicht endlich in Ruhe?«

»Weil du mir wichtig bist, Sarah.«

Aber ich war ihm überhaupt nicht wichtig. Wichtig war ihm einzig und allein, mich auf seiner imaginären Liste abhaken zu können. Er war ein ehrgeiziger Typ, der es partout nicht ertragen konnte zu verlieren. Das war das Einzige, worum es ihm ging. Ich brachte es kaum über mich, ihm ins Gesicht zu sehen.

Er tippte gegen die Tür. »Kannst du denn nicht mal aufmachen? Ich würde lieber richtig mit dir reden.«

»Ich glaube nicht. Ich bin wirklich müde, Geoff. Du solltest besser nach Hause fahren.«

»Ach, komm schon, lass mich herein. Was muss ich denn noch alles sagen, um dich zu überreden?«

»Darum geht es nicht«, erwiderte ich und wünschte mir sehnlichst, dass er verschwand. »Ich brauche einfach ein bisschen Zeit für mich. Du hast mir ja – äh – reichlich Stoff zum Nachdenken gegeben.«

Er nickte. »Okay, dagegen ist natürlich nichts einzuwenden.«

»Also fährst du jetzt nach Hause?«

»Ja. Gleich.«

»Wie, gleich?«

Er wies irgendwohin hinter sich. »Ich werde noch ein Weilchen hier warten und mich vergewissern, dass alles in

Ordnung ist. Ich glaube, du brauchst jemanden, der ein bisschen auf dich aufpasst. Ich bin froh, dass ihr so eine stabile Kette vor der Tür hängen habt, hier laufen nämlich eine Menge seltsame Typen herum. Du lebst gefährlich, so ganz allein mit deiner Mutter. Ist dir das eigentlich klar, Sarah?«

Stirnrunzelnd versuchte ich herauszufinden, was es mit Geoffs Stimmungswechsel auf sich hatte, und fragte mich, ob er mich vielleicht einschüchtern wollte. Auch wenn ich es nicht zeigte, fühlte ich mich ziemlich beklommen. Das Argument stachelte ihn offenbar eher an, als dass es ihn vertrieb. Es gefiel mir nicht, und mein Vertrauen zu ihm war auch nicht gerade gewachsen. Erneut beschlich mich das Gefühl, dass *er* der Angreifer in der Einfahrt zwei Nächte zuvor gewesen sein könnte. Ich lachte gequält. »Aber ich fühle mich nicht gefährdet, sondern einfach nur müde. Ich gehe jetzt schlafen, Geoff. Bitte bleib nicht mehr allzu lange da draußen.«

»Nur noch ein Weilchen. Wir sehen uns dann vielleicht morgen.«

»Gut«, erwiderte ich, innerlich fluchend.

Er entfernte sich vom Eingang, winkte mir – nun wieder ganz der nette Kerl – gut gelaunt zu und ging den Weg hinunter. Ich machte die Tür zu und verschloss und verriegelte sie nach allen Regeln der Kunst. Als ich noch einmal nach draußen schaute, saß er auf der Mauer am Ende des Gartens und zündete sich eine Zigarette an, als sei er hier zu Hause.

Ein Geräusch hinter mir ließ mich zusammenzucken. Als ich mich umdrehte, stand Mum in der Wohnzimmertür.

»Wer war das?«

»Niemand.«

»Dafür hast du dich aber ziemlich lange mit ihm unterhalten.« Sie nahm einen tiefen Zug aus ihrem Glas. Ihre Augen funkelten boshaft. »Warum hast du ihn nicht reingelassen? Schämst du dich meinetwegen? Hattest du Angst, dass dein Freund einen schlechten Eindruck von dir bekommt?«

»Er ist gar kein Freund, Mum«, erklärte ich und fühlte mich unendlich müde. »Ich wollte ihn eben nicht hier drin haben. Das hat nichts mit dir zu tun.« Plötzlich schoss mir ein Gedanke durch den Kopf, der ziemlich beängstigend war. »Sprich bitte nicht mit ihm, wenn du ihn siehst. Mach auf keinen Fall die Tür auf, ja?«

»In meinem Haus mache ich die Tür auf, wie es mir passt«, gab Mum empört zurück. »Ich lasse mir von dir doch nicht vorschreiben, was ich zu tun oder zu lassen habe.«

»Nur zu.« Ich hob entnervt die Hände. »Lass ihn ruhig herein, wenn dir danach ist. Ist doch sowieso egal.«

Da es darüber vorerst nichts mehr zu streiten gab, verlor sie das Interesse und zog sich nach oben zurück. Als ich ihr nachsah, wie sie langsam und schwankend die Treppe hinaufstieg, war mir zum Weinen zumute. Ich wusste nicht, was ich wegen Geoff tun sollte und hatte niemanden, mit dem ich darüber reden konnte. Ich wusste nicht, ob ich überzogen reagiert hatte oder nicht. Außer Mutmaßungen hatte ich nichts in der Hand. Das einzige Indiz bestand darin, dass er mich mochte. Die Tatsache, dass er mir Angst einjagte, war für die Polizei nicht relevant.

Aber immerhin einen Polizisten gab es, dem die Sache vielleicht nicht ganz egal war. Vielleicht konnte ich Blake bitten, ihn abzuwimmeln, falls ich den Mut dazu aufbrachte. Blake hatte Geoff unsympathisch gefunden, als sich die beiden vor der Kirche begegnet waren. Die beiden Männer waren umeinander herumgeschlichen wie steifbeinige Hunde, die vor einem Kampf ihre Chancen ausloten. Ich war jedenfalls fest davon überzeugt, dass Blake immer gewann.

Ich ging ins Wohnzimmer, setzte mich aufs Sofa und unterdrückte ein Gähnen. Ich würde mich erst einmal ausschlafen, ehe ich einen Entschluss fasste. Schließlich stellte Geoff da draußen keine Gefahr dar, und wir waren hier drinnen in Sicherheit. Und morgen früh würde ich wahrscheinlich viel klarer sehen.

1992

Seit drei Monaten vermisst

»Du gehst an einem herrlichen Strand spazieren, und die Sonne steht hoch oben am Himmel«, leiert die Stimme hinter mir in schleppendem Singsang.

Spaziiiiieren. Sooonnnne. Ich langweile mich. Aber ich muss ganz still und leise sein, darf die Augen nicht aufmachen und muss der Frau zuhören, die immer noch von diesem Strand redet.

»Und der Sand ist ganz feiner, weißer Sand, herrlich warm und angenehm unter deinen Füßen.«

Ich überlege, wann ich das letzte Mal am Strand war. Davon würde ich der Frau, die Olivia heißt, gern erzählen. Wir waren in Cornwall. Charlie wollte, dass ich mich dicht ans Wasser stelle, und fing an, um mich herum einen Graben zu buddeln. Einen tiefen, breiten Graben. Als er mit dem Verbindungskanal vorn am Wasser angekommen war, strömte es hinein. Mit jeder Welle stieg das Wasser höher. Ich bekam Angst. Und dann wurde auch noch die Insel aus Sand, auf der ich stand, langsam weggespült. Dad musste mich retten. Er krempelte die Hosenbeine hoch, watete ins Wasser und trug mich auf dem Arm bis zu der Stelle, wo Mum wartete. Charlie nannte er einen gefährlichen Idioten.

»Idiot«, murmelte ich vor mich hin, ganz leise, leiser als ein Flüstern.

Olivias Stimme ist jetzt noch langsamer geworden. Sie hört sich ganz konzentriert beim Reden zu. Mich hört sie nicht.

»So, jetzt hole ich dich wieder zurück, Sarah.« Ich habe plötzlich das Bedürfnis zu zappeln, zu lachen oder mit den Füßen zu trampeln. »Du bist hier in völliger Sicherheit, Sarah.«

Ja, ich weiß, dass ich in Sicherheit bin. Ich öffne die Augen zu einem winzigen Schlitz und gucke im Zimmer umher. Die Vorhänge sind geschlossen, obwohl heller Tag ist. Die Wände sind rosa. Hinter einem Schreibtisch voller Papiere steht ein Bücherregal. Nicht gerade besonders interessant. Ich schließe die Augen wieder.

»Kehren wir also zu dem Tag zurück, an dem dein Bruder verschwunden ist«, gurrt Olivia. »Es ist ein Sommertag. Was siehst du?«

Ich weiß, dass ich mich jetzt an Charlie erinnern soll. »Meinen Bruder«, sage ich also.

»Gut, Sarah. Und was macht er gerade?«

»Er spielt.«

»Und was für ein Spiel?«

Inzwischen habe ich allen erzählt, dass Charlie Tennis gespielt hat. Sie erwartet jetzt von mir, dass ich Tennis sage. »Tennis«, sage ich.

»Ist er allein?«

»Nein.«

»Wer ist noch da, Sarah?«

»Ich.«

»Und was tust du gerade?«

»Ich liege auf der Wiese«, sage ich entschlossen.

»Und was passiert dann?«

»Ich schlafe ein.«

Eine kleine Pause entsteht. »Gut, Sarah, das machst du wirklich ganz prima. Ich möchte jetzt, dass du noch einmal über das nachdenkst, was passiert, bevor du einschläfst. Was siehst du?«

»Charlie spielt Tennis.« Langsam geht mir das Ganze auf die Nerven. Es ist zu warm im Zimmer. Der Stuhl, auf dem ich sitze, hat eine glänzende Sitzfläche aus Plastik, und meine Beine kleben daran fest.

»Und was passiert noch?«

Ich weiß nicht, was sie von mir hören will.

»Kommt noch jemand, Sarah? Wird Charlie von jemandem angesprochen?«

»Ich … Ich weiß nicht«, sage ich schließlich.

»Denk nach, Sarah!« Olivias Stimme klingt aufgeregt. Auf einmal hat sie vergessen, Ruhe auszustrahlen.

»Ich habe Hunger«, sage ich. »Kann ich jetzt gehen?«

Hinter mir höre ich ein Seufzen und das Geräusch eines zuklappenden Notizbuchs. »Ich glaube, du warst gar nicht in Hypnose«, sagt sie, steht auf und kommt zu mir herüber, um mich anzusehen. Ihr Gesicht ist rötlich und ihre Lippen sind ganz trocken.

Ich zucke die Schultern.

Sie rauft sich die Haare und seufzt noch einmal.

Mum und Dad haben im Flur gewartet. Als wir herauskommen, springen sie auf.

»Wie ist es gelaufen?«, erkundigt sich Dad, aber an Olivia gewandt. Ihre Hand liegt in meinem Nacken.

»Gut. Ich denke, wir machen Fortschritte«, antwortet sie, und ich schaue überrascht zu ihr auf. Sie lächelt meine Eltern an. »Kommen Sie nächste Woche mit ihr wieder. Dann probieren wir noch eine Sitzung.«

Ich spüre ihre Enttäuschung. Mum wendet sich ab, und Dad beklopft seine Taschen. »Wegen der Bezahlung …«, setzt er an.

»Schon in Ordnung«, beschwichtigt Olivia. »Sie können alles zusammen nach der abschließenden Sitzung begleichen.«

Er nickt und versucht ein Lächeln. »Na komm, Sarah«, sagt

er und hält mir seine Hand entgegen. Olivia schüttelt mich kurz durch, bevor sie meinen Nacken loslässt. Es fühlt sich wie eine Warnung an. Erleichtert renne ich zu Dad, an seine Seite. Mum ist schon draußen im Korridor.

Während der Rückfahrt rinnt der Regen an den Autoscheiben herunter und trommelt auf das Dach. Ich sage meinen Eltern, dass ich da nicht wieder hinwill.

»Das ist mir völlig egal«, sagt Mum. »Du gehst da wieder hin, ob du willst oder nicht.«

»Aber …«

»Wenn sie es doch nicht will, Laura …«

»Warum stellst du dich eigentlich immer hinter sie?« Mums Stimme klingt schrill und wütend. »Ständig verhätschelst du sie. Und es ist dir völlig egal, wie wichtig diese Sache für mich ist. Sogar dein Sohn ist dir egal.«

»Jetzt red doch keinen Unsinn«, erwidert Dad.

»Es ist bestimmt kein Unsinn, alles zu tun, was wir tun können, um ihn zu finden.« Mit dem Daumen weist sie nach hinten in meine Richtung. »Sie ist unser einziges Bindeglied zu dem, was mit Charlie passiert ist. Und sie kann – oder will – uns nicht sagen, was passiert ist. Das soll doch auch ihr helfen.«

Tut es aber nicht. Das weiß ich ganz genau.

»Es ist jetzt Monate her«, beschwichtigt sie Dad. »Wenn sie etwas Wichtiges gesehen oder gehört hätte, wüssten wir es inzwischen. Du musst dich von dieser Vorstellung lösen, Laura. Du musst uns weiterleben lassen.«

»Und wie zum Teufel sollen wir das schaffen?« Mums Stimme versagt, und sie bebt am ganzen Körper. Sie dreht sich zu mir um und schaut mich an. »Sarah, ich will von dir nicht die kleinste Beschwerde mehr hören. Du wirst da wieder hingehen und mit Olivia sprechen. Und du wirst ihr sagen, was passiert ist – du sagst ihr gefälligst, was du gesehen hast – und wenn nicht … wenn nicht …«

Das Fenster neben mir ist angelaufen. Mit dem Ärmel wische ich ein Stück der Scheibe frei, damit ich sehen kann, wie die Welt da draußen vorbeigleitet. Ich beobachte die Autos und die Leute, und ich versuche, nicht auf das Weinen meiner Mutter zu hören. Es ist das traurigste Geräusch auf der ganzen Welt.

10

Der Morgen kam wesentlich früher als erwartet. Licht pulste durch die Vorhänge, und ich brauchte eine Weile, bis mir auffiel, dass das Licht viel heller war als das der kühlen, blauen Morgendämmerung – und dass Morgenlicht üblicherweise auch nicht im Zweisekundentakt blinkt.

Ich richtete mich halb auf, stützte mich auf einen Ellbogen, und wie bei einem Kaleidoskop, das man schüttelt, löste sich die diffuse Geräuschkulisse plötzlich in erkennbare Bestandteile auf. Auf den Bäumen vor meinem Fenster stießen die Vögel schrille, abgehackte Warnrufe aus und tschilpten verdrießlich angesichts der Störung. Wie zur Antwort krächzten und piepten Funkgeräte. Etliche Stimmen murmelten eindringlich. Mehrere Fahrzeugmotoren liefen. Und während ich lauschte, kam noch ein weiteres Auto hochtourig in die Sackgasse hineingefahren. Dann quietschten Bremsen, und das Motorengeräusch hörte auf. *Da hat es aber jemand eilig,* dachte ich, setzte mich vollständig auf und strich mir die Haare aus dem Gesicht. Dann hörte ich Schritte. Sie waren gleichmäßig, gezielt und zu nahe am Haus, um beruhigend zu wirken. Losgetretene Kieselsteine schlitterten die Straße entlang. Ich fröstelte und hatte plötzlich keine Eile mehr herauszufinden, was sich vor unserem Haus abspielte. Dafür spürte ich den beinahe unwiderstehlichen Drang, mich einfach umzudrehen und mir die Decke über den Kopf zu ziehen.

Doch ich brachte es nicht fertig. Einen Augenblick später sprang ich aus dem Bett und war mit zwei Schritten am Fenster. Ich schob den Vorhang ein wenig zur Seite und spähte hinaus auf die Straße. Es war noch Nacht oder ganz früh am Morgen. Auf der anderen Straßenseite standen zwei Polizeiwagen mit eingeschaltetem Blaulicht, dessen Takt mich aus dem Schlaf geholt hatte. Direkt vor dem Haus parkte ein Krankenwagen. Die Hecktüren standen offen, und durch die halb lichtdurchlässigen Fenster an der Seite konnte ich Bewegung erkennen. Daneben stand eine kleine Gruppe von Polizisten. Der Schreck fuhr mir in die Glieder, als ich in einem von ihnen Blake erkannte. Das Auto, das ich gehört hatte, als es in die Sackgasse hineingeschossen kam, war seins gewesen. Jetzt stand es ein paar Meter entfernt ziemlich schief am Straßenrand. Vor lauter Eile hatte er beim Aussteigen die Fahrertür offen gelassen. Auf dem Beifahrersitz erkannte ich Vickers. Zum Schutz vor dem grellen Licht hielt er sich die Hand über die Augen. Die Furchen in seinem Gesicht wirkten noch dunkler und tiefer, aber ich war mir nicht sicher, ob das dem Licht oder der frühen Morgenstunde geschuldet war oder ob ihn Sorgen quälten. Vielleicht kam ja alles zusammen.

Ich ließ den Vorhang los und lehnte mich gegen die Wand. Was ich gerade gesehen hatte, konnte ich mir nicht erklären. Ich konnte es nicht einmal richtig glauben. Hätte ich den Vorhang ein zweites Mal aufgezogen und die Straße völlig verlassen vorgefunden, wäre ich wahrscheinlich nicht einmal überrascht gewesen. Es hatte etwas Surreales an sich, all diese Leute direkt vor meiner Haustür zu sehen. Und das beinahe buchstäblich, wie ich feststellte, als ich wieder nach draußen sah – diesmal direkt auf den Hinterkopf eines Mannes, der von unserem Hauseingang aus in Richtung Straße lief. Was hatte er da gewollt? Was ging hier vor? Wozu die vielen Polizisten?

Am Ende der Straße stand der kleine Milchwagen der nahe gelegenen Molkerei. Und da entdeckte ich tatsächlich auch den Milchmann, der – warm eingepackt gegen die kalte Nachtluft und mit Warnweste bekleidet – geflissentlich auf einen der Polizisten einredete. Dieser hörte geduldig zu, nickte hier und da, machte sich zwar keine Notizen, hielt sich aber das Funkgerät vor den Mund, als wartete er nur auf eine Gelegenheit zum Sprechen. Ich hoffte, dass der Milchmann nicht in der Patsche saß. Er war ein netter Kerl, der immer schon ganz früh am Morgen auf Achse war, gemeinsam mit den letzten Nachtschwärmern und den allerersten Frühaufstehern, die stumm durch seine schattenhafte Welt eilten. Es war mir ein Rätsel, was er angestellt haben könnte, dass er die Aufmerksamkeit so vieler Polizisten auf sich zog. Und dann war da außerdem noch dieser Krankenwagen.

Die Scheibe vor mir war beschlagen, daher wechselte ich ungeduldig zur anderen Seite des Fensters. Diese kleine Bewegung reichte aus, um Vickers' Aufmerksamkeit auf mich zu lenken. Er war inzwischen aus dem Auto ausgestiegen, lehnte an der offenen Tür und war mit Blake ins Gespräch vertieft. Als ich mich am Fenster bewegte, trafen unsere Blicke aufeinander. Ohne erkennbare Reaktion redete er weiter, sah mich dabei aber unverwandt an. Blake warf mir über seine Schulter hinweg einen Blick zu, so kurz und beiläufig, dass es sich wie eine Beleidigung anfühlte. Dann wandte er sich wieder Vickers zu und nickte kurz. Schlagartig wurde mir klar, dass ich den weiteren Fortgang des Geschehens nicht mehr ungestört würde verfolgen können. Mit einem Ruck riss ich mich von Vickers' blassblauem, bohrendem Blick los und ging zu meinem

Kleiderschrank, um mich anzuziehen. Ich wollte unten an der Haustür sein, bevor jemand klingelte und Mum aufweckte. Sie hatten schon genug Probleme da draußen, auch ohne hysterische Anfälle meiner Mum angesichts der Polizistendichte vor ihrer Tür.

Ich zog meine weichen Ugg-Fellstiefel von ganz unten aus dem Schrank hervor, schlüpfte hinein und stopfte meine Schlafanzughose oben in den Stiefelschaft. Dazu fand ich eine Fleecejacke, die ich mir eilig über den Kopf zog, ohne erst umständlich den Reißverschluss zu öffnen. Da ich gesehen hatte, wie die Männer draußen vor der Tür beim Reden die Hände aneinanderrieben und ihr Atem im Licht der Autoscheinwerfer Wolken bildete, zog ich mich lieber warm an.

Ich brauchte eine halbe Ewigkeit, um die Haustür aufzuschließen. Die Schlüssel klemmten, und die Riegel hakten. Während ich mit ihnen kämpfte, fluchte ich leise vor mich hin. Auf der anderen Seite erkannte ich eine vertraute Silhouette und hoffte inständig, dass Blake weitsichtig genug war zu begreifen, dass ich damit beschäftigt war, die Tür aufzubekommen und er nicht zu klingeln oder den Türklopfer zu benutzen brauchte, weil sonst garantiert Mum aufwachen würde … Der letzte Riegel schnappte zurück, und ich öffnete die Tür. Blakes Gesicht wechselte für den Bruchteil einer Sekunde von professionellem Ernst zu schierer Erheiterung, als er meine im Kuh-Look bekleidete untere Körperhälfte in Augenschein nahm.

»Superschick.«

»Ich hatte nicht mit Besuch gerechnet. Was ist denn los? Was macht der Krankenwagen hier?«

»Wir haben einen Anruf bekommen …«, setzte er an und hielt irritiert inne, als ich ihm bedeutete, leiser zu sprechen. »Was ist denn?«

»Ich möchte nicht, dass Mum dich hier sieht.«

Mit einem finsteren Blick in meine Richtung langte Blake nach drinnen und zog den Haustürschlüssel ab. Dann schob er mich aus dem Haus und ließ die Tür leise hinter mir ins Schloss gleiten. Auf dem kurzen Stück zur Straße ließ ich mir betont Zeit und fühlte mich angesichts der vielen Leute, die dort standen und uns beobachteten, plötzlich sehr verlegen. An der Gartenpforte sagte ich daher: »So, das ist weit genug vom Haus weg. Und dann hätte ich auch gern meinen Schlüssel wieder, falls es keine Umstände macht.«

»Na gut.« Er ließ ihn in meine Hand fallen, und ich steckte ihn außer Reichweite in die Jackentasche, wo ich ihn fest mit der Hand umschloss. »Ich erzähle dir, warum wir hier sind, wenn du mir sagst, was dein Kumpel Geoff in deiner Gegend zu suchen hat. Er wohnt nirgendwo im Umkreis dieser Siedlung, und trotzdem finden wir ihn mitten in der Nacht ausgerechnet hier. Hat das vielleicht irgendwas mit dir zu tun?«

Wie unendlich peinlich. »Er hat doch hoffentlich keinen Ärger veranstaltet? Ich hatte gedacht, er beruhigt sich schon wieder und fährt dann nach Hause.«

In Blakes Augen flackerte etwas, und sein Gesicht verlor stark an Ausdruck, abgesehen von seinem kühl-amüsierten Blick, was mir inzwischen als sein Pokerface vertraut war. »Er war also tatsächlich hier bei dir.«

Ich wand mich bei dem Versuch zu erklären. »Er ist hier vorbeigekommen. Ich wollte das nicht … Ich meine, ich wusste nicht, dass er kommt, und ich habe ihn nicht reingelassen.«

Blake wartete wortlos. Ich biss mir auf die Unterlippe.

»Er hat mir Blumen mitgebracht. Einen ziemlich großen Strauß. Aber ich … Ich wollte ihn nicht.«

»Waren das rein zufällig diese Blumen hier?«

Sie lagen achtlos mitten im Vorgarten, wo Geoff sie hingeworfen hatte, ein trauriger Haufen zerknickter Stängel und gequetschter Blüten. Auf der Plastikfolie hatten sich kleine Wassertröpfchen gesammelt.

»Also, ich wollte Geoff wirklich nicht in Verlegenheit bringen«, sagte ich und meinte das zu meiner eigenen Überraschung genau so, wie ich es sagte. »Er hat es gestern Abend einfach ein bisschen übertrieben. Ich glaube nicht, dass er mir etwas tun wollte. Er war nur ein bisschen frustriert, denn ich konnte nicht … Ich konnte das nicht …«

»Erwidern«, half Blake mir auf die Sprünge.

»Genau. Danke. Und da habe ich ihn hier draußen allein gelassen, damit er sich beruhigt.«

»Alles klar. Und wie spät war das?«

»Halb elf ungefähr?« Ich runzelte die Stirn und versuchte mich zu erinnern. »Es war kurz nach zehn, als er klingelte, und dann haben wir eine Zeitlang geredet. Es war so gut wie unmöglich, ihn loszuwerden.«

»Und du hast ihn nicht reingelassen?«

»Ich hab nicht mal die Kette abgenommen«, erklärte ich. »Er war irgendwie seltsam.«

»Hat er dich eingeschüchtert?«

Ich sah Blake an und erkannte plötzlich, dass er erbost war – regelrecht wütend. Jedoch nicht auf mich.

»Na ja, irgendwie schon. Ich weiß nicht, ob ich mich zu Recht bedroht gefühlt habe, aber die ganze Situation mit Geoff – die war eben etwas außer Kontrolle geraten. Er konnte meine Ablehnung einfach nicht akzeptieren.« Plötzlich hatte ich Mühe, meine Tränen zurückzuhalten, und musste kurz durchatmen, um die Fassung nicht ganz zu verlieren. »Sag's mir lieber gleich. Was hat er angestellt?«

In diesem Moment sprang einer der Sanitäter aus der

Hecktür des Krankenwagens, schlug sie zu und rannte zum Fahrerhaus. Gekonnt wendete er das Fahrzeug und brauste mit Blaulicht davon, gefolgt von einem der Polizeiwagen, der ebenfalls unter Blaulicht fuhr. Das Motorengeräusch verebbte in Richtung Hauptstraße, und dann heulte das Martinshorn auf. Vielleicht bildete ich es mir nur ein, aber ich meinte einen Anflug von Mitgefühl in Blakes Gesicht zu lesen. Doch statt etwas zu sagen, schaute er an mir vorbei, straffte sich und setzte einen indifferenten Blick auf. »Hallo Chef. Sarah hat sich gerade nach Mr. Turnbull erkundigt.«

Ich wandte mich zu Vickers um. Aus der Nähe betrachtet erinnerte er noch mehr als sonst an eine Schildkröte. Sein Gesicht wirkte runzlig und verwittert.

»Üble Sache. Haben Sie etwas gehört, Sarah? Etwas Ungewöhnliches?«

Ich schüttelte den Kopf und schlang die Arme um meinen Körper. Mir war plötzlich kalt. »Worum geht es denn? Was hätte ich hören sollen?«

Die Polizisten tauschten Blicke aus, und nachdem Vickers stillschweigend sein Okay gegeben hatte, begann Blake: »Wir haben einen Anruf von Harry Jones bekommen. Das ist der Milchmann, der immer hier in der Gegend unterwegs ist. Das war vor ungefähr« – er sah auf seine Uhr – »einer Dreiviertelstunde. Ihm war etwas aufgefallen.«

Statt weiterer Erklärungen legte Blake seine Hand wieder auf meinen Arm und zog mich weiter. Dieses Mal widersetzte ich mich nicht, sondern folgte ihm durch die Gartenpforte auf den Fußweg. Links von mir stand Geoffs Auto. Es war mit zwei Rädern auf dem Gehweg geparkt, das Fahrzeugheck zeigte zu uns. Rechts war ein Reifen aufgeschlitzt und lag als schwarzer Pfuhl aus Gummifetzen auf dem Pflaster. Die Heckscheibe war ein feines Geflecht aus geborstenem Glas, und auf der Straße glitzerten noch mehr

Splitter. Vor Schreck presste ich die Hand auf den Mund. Mit weichen Knien ging ich noch zwei Schritte näher. Aus diesem Winkel konnte ich die Seitenfenster sehen – leere schwarze Löcher, das Glas in winzigen Splittern am Boden, nur einige wenige Scherben steckten wie spitze Zähne noch im Rahmen.

»Aber warum sollte Geoff sein Auto so demolieren?«, fragte ich Blake und begriff immer noch nicht.

»Hat er auch nicht. Der Milchmann hat ihn auf dem Fahrersitz gefunden. Aber derjenige, der das Auto so zugerichtet hat, ist mit ihm genauso umgegangen.«

»*Was?*«, fuhr ich die beiden Polizisten an. Mein Herz raste, und meine Kehle war zugeschnürt, als ob jemand sie zusammenpresste. »Aber er ist doch nicht …«

»Er ist nicht tot, nein.« Mühsam brachte Vickers die Worte mit seiner rostigen, angestrengten Stimme hervor. »Aber er ist in ziemlich kritischem Zustand, so viel ist sicher.«

»Kopfverletzungen«, erläuterte Blake. »Sieht so aus, als ob der Angreifer aus unmittelbarer Nähe mit einem stumpfen Gegenstand äußerst brutal auf ihn eingedroschen hat. Man braucht sich ja nur anzusehen, was er mit dem Auto angestellt hat.«

Da hatte er Recht, und es war mir schleierhaft, wie man einen solchen Angriff überleben konnte. Als hätte er meine Gedanken gelesen, nickte Vickers in Richtung Auto. »Wahrscheinlich hat es ihm das Leben gerettet, dass er da dringesessen hat. Der Rahmen hat ihn vor dem Schlimmsten bewahrt. Begrenzter Raum, verstehen Sie? Nicht genug Platz, um ordentlich auszuholen.« Er imitierte die entsprechende Bewegung, und mir krampfte sich der Magen zusammen. Ich schwankte und fühlte, wie mir der Schweiß auf dem Rücken ausbrach und unter der Brust hervorperlte. Meine Hände und Füße waren wie Eisklumpen, und in meinem Kopf drehte sich alles. Ich schloss die Augen vor dem, was ich sah, als könnte ich es dadurch verschwinden lassen. Das Dunkel war zum Greifen nahe, es war so einfach, mich hineingleiten zu lassen, weg von allem. Zwei Hände, von denen ich wusste, dass sie zu Blake gehörten, hielten mich an den Schultern und drückten kräftig zu.

»Ganz ruhig. Schön tief Luft holen.«

Mit geschlossenen Augen atmete ich die kühle Nachtluft ein, wobei mir schemenhaft bewusst war, dass Blake mich weg von dem Auto führte, weg von der Stelle, wo der Boden mit einer schwärzlichen Flüssigkeit bedeckt war – mit Blut, wie mir jetzt klar wurde. Er bugsierte mich zur Gartenmauer und drückte mich hinunter, sodass ich mich setzen konnte. Er hielt mich so lange fest, bis ich in der Lage war abzuwinken und ihm zu versichern, dass ich nicht wieder umfiele.

Aus weiter Ferne konnte ich hören, wie er Vickers auseinandersetzte, dass Geoff hergekommen war, um mich zu besuchen, ich ihn jedoch nach halb elf nicht mehr gesehen hatte. Dann schwiegen die beiden Polizisten, und ich konnte beinahe hören, wie Vickers' Verstand arbeitete.

»Nun gut«, sagte er schließlich. »Unser Bursche ist also hier aufgetaucht und hat sich einen Korb geholt. Aber dann ist er nicht mehr weit gekommen. Die Frage ist, warum?«

Inzwischen hatte ich mich so weit erholt, dass ich wieder sprechen konnte. »Er sagte, er wolle noch ein wenig hier warten. Er meinte … Er hat gesagt, dass hier manchmal seltsame Typen herumlaufen.«

»Hat er das genau so gesagt?«, hakte Vickers postwendend nach.

Ich nickte.

»Was mag er damit gemeint haben?«, fragte er, doch die

Frage war mehr an sich selbst gerichtet. »Vielleicht hatte er ja etwas gesehen.«

»Aber vielleicht war es auch nur ein Vorwand, um noch eine Weile hier rumzusitzen«, warf Blake ein.

Ich spürte, wie ich rot wurde. »Das hatte ich auch vermutet. Ich dachte, er wollte einfach noch ein bisschen abtouren, bevor er wieder nach Hause fährt. Er war gerade dabei, eine Zigarette zu rauchen, als ich noch einmal aus dem Fenster gesehen habe.«

Vickers strich sich mit den Händen über das Gesicht, wobei die Stoppeln, die sein Kinn allmählich überzogen, ein trockenes, raspelndes Geräusch erzeugten. »Unser Bursche ist also total aus dem Häuschen und weiß nicht so richtig, wo's langgeht, und beschließt, da draußen erst mal zur Besinnung zu kommen.«

»Ich denke, er wollte mir damit auch demonstrieren, dass er nicht einfach verschwindet, bloß weil ich das so will.«

Vickers nickte. »Sehr wahrscheinlich. Er sitzt also da draußen und ist, soweit wir wissen, mit sich selbst beschäftigt … Sobald die Tageszeit etwas menschenfreundlicher ist, tun Sie mir doch den Gefallen und klopfen ringsum mal ein bisschen an die Türen. Okay, Blakey? Nur um zu klären, ob vielleicht jemand am frühen Morgen seltsame Geräusche gehört hat. Obwohl dieses Haus ja wirklich am nächsten dran ist.« Er sah mich an. »Ist das Ihr Schlafzimmer da oben, zur Straße hin? Tja, wenn nicht mal Sie was gehört haben, frage ich mich, wer sonst. Gibt es denn keine jungen Mütter in der Straße?«

Unwillkürlich musste ich lächeln und schüttelte den Kopf, was ihn sichtlich enttäuschte. »Junge Mütter sind die allerbesten Zeugen, die man finden kann. Sie sind zu den unmöglichsten Zeiten auf den Beinen und haben nichts anderes zu tun, als ihr Baby zu füttern und aus dem Fenster zu gucken. Stillende Mütter und Rentner sind mir die allerliebsten.«

Ein undeutlicher Gedanke machte sich plötzlich bemerkbar. Ich schaute auf die Pappkartons und Plastiksäcke auf der Straße und runzelte die Stirn.

»Was ist los?«, fragte Blake, der seine Augen überall hatte.

»Nichts weiter – es ist nur so, dass heute Morgen ein Wohltätigkeitsverein hier eine Straßensammlung machen wollte. Und mir war so, als hätte ich das Geklapper schon gehört. Ich denke, ich war noch im Halbschlaf – ich kann mich wirklich nicht erinnern, um welche Zeit das war. Aber selbst jetzt wäre es doch noch viel zu früh für sie, finden Sie nicht auch?« Ich sah geistesabwesend auf mein Handgelenk und stellte fest, dass ich meine Armbanduhr nicht umhatte. Als ich aufschaute, sah ich, wie Blake und Vickers vielsagende Blicke austauschten. »Glauben Sie ... Ich meine, ich habe doch nicht *das* gehört, oder?«

Keiner der beiden antwortete. Sie ließen mich meine eigenen Schlüsse ziehen. »Oh mein Gott.«

Blake räusperte sich. »Wenn Sie nichts dagegen haben, Chef, rede ich mal mit den Kollegen. Wir müssen uns um den Abtransport des Fahrzeugs kümmern.«

»Richtig, das kann hier nicht stehen bleiben«, bestätigte Vickers nickend. »Aber machen Sie erst noch ausreichend Fotos – die Spurensicherung sollte den Fall ernst nehmen. Es handelt sich immerhin um versuchten Mord.«

Ich schaute von ihm zu Andrew Blake und versuchte in den Gesichtern zu lesen, was keiner der beiden wirklich aussprach. Ihre Absicht war es also, die Sache wie eine Morduntersuchung zu behandeln – was die Möglichkeit, dass Geoff sterben könnte, sehr wohl einschloss.

Blake ging über die Straße, wo noch immer eines der Einsatzfahrzeuge wartete. Die beiden Insassen stiegen aus, um mit ihm zu sprechen. Ich beobachtete, wie sie redeten und scherzten, während Vickers neben mir weitersprach, obwohl ich seine Worte gar nicht so recht wahrnahm und er wohl auch eher mit sich selbst redete.

»Er sitzt also hier, mitten in der Nacht. Vielleicht ist er ein paar Schritte gegangen, damit er besser über die kleine Szene mit ihnen hinwegkommt. Hat er sich dabei blamiert? Höchstwahrscheinlich. Hat sich vor einem Mädel, das er gern hat, ganz schön zum Trottel gemacht. Das muss er jetzt verkraften. Er fährt einen Golf. Hübsches kleines Auto. Aber jemanden, der einen Golf fährt, überfällt man nicht, um ihm das Auto abzuknöpfen. Vielleicht einen Benz oder einen Jaguar oder einen BMW, aber doch nicht so einen kleinen VW. Und außerdem verdrischt man niemanden in dem Auto, auf das man scharf ist. Man will ja schließlich nicht das ganze Blut und so in dem Wagen haben. Wer würde denn mit so einer Sauerei im Auto herumfahren wollen? Man zerrt den Fahrer raus auf die Straße, prügelt ein paarmal auf ihn ein, damit er nicht so schnell wieder aufsteht und Ärger macht, und fährt dann in aller Ruhe los.«

Vickers seufzte und ließ seinen Blick auf dem Fahrzeugheck ruhen. Ich wusste, dass er nicht das demolierte Gefährt vor sich sah, sondern das Auto, das es noch vor wenigen Stunden gewesen war, tipptopp in Schuss und picobello gepflegt. »Ich komme also hier vorbei und will randalieren«, fuhr er mit weicher Stimme fort. »Ich lege mich mit dem Fahrer an, nicht wahr? Ich hindere ihn am Losfahren, dann reiße ich die Tür auf und schlage auf ihn ein. Er wehrt sich, aber vielleicht kommt er auch nicht dazu und rutscht weg auf den Beifahrersitz, und ich komme nicht mehr richtig an ihn ran. Ich denke, der Fahrer hat genug, aber ich bin immer noch auf hundertachtzig. Ich bin immer noch nicht zufrieden. Und das Auto ist ja auch noch da. An dem kann ich meinen Frust ablassen. Ich schlage also auf der Seite, auf der ich gerade bin, die Scheiben ein und wende mich dann der Heckscheibe zu. Hübsch große Angriffsfläche. Dann hole ich mein Messer raus und zerlege die Reifen. Aber aus irgendeinem Grund habe ich keinen Bock, mich mit der linken Autoseite zu befassen. Wieso bloß?«

»Nicht genug Platz?«, schlage ich vor. Die Hecke der Nachbarn musste dringend geschnitten werden – die grüne Pracht hing weit bis auf den Fußweg über. Zwischen den verwilderten Sträuchern und den parkenden Autos war kaum genug Platz zum Vorbeigehen.

Vickers runzelte die Stirn. »Könnte sein. Könnte aber auch sein, dass ich das Auto von dieser Seite einfach nicht sehe. Ich habe die ganze Zeit auf die rechte Seite geschaut – vielleicht sogar gestarrt. All meine Gefühle konzentrieren sich auf diese Seite. Ich setze sie mit der überfallenen Person gleich.« Er drehte sich um, damit er über die Straße auf die gegenüberliegenden Häuser sehen konnte. »Es kommt mir fast so vor, als hätte ihn jemand beobachtet. Ich frage mich, ob jemand von Ihren Nachbarn komische Gestalten hat hier herumschleichen sehen.«

Ich schaute in dieselbe Richtung wie er, und plötzlich kamen mir die Vorgärten alle wie das perfekte Versteck vor. Wieder fühlte ich dieses seltsame Kribbeln, das mich schon seit Tagen verfolgte – dieses ungute Gefühl, beobachtet zu werden. Ich wusste nicht, ob ich Vickers davon erzählen sollte. Ich wusste nicht, ob ich langsam verrückt wurde.

Bevor ich etwas sagen konnte, redete Vickers weiter. »Eins sagt mir der Tatort allerdings. Nämlich, dass der Täter sein Opfer kannte und wusste, dass ihm sein Auto viel bedeutete. Wir sollten uns also bei Mr. Turnbull mal nach seinen Bekannten erkundigen, sobald er wieder in der Lage ist, mit uns zu reden.« Sein Tonfall verriet, dass er eigentlich dachte: *Falls er jemals wieder in der Lage sein sollte,* mit uns zu reden.

Geoff war ausgesprochen pingelig, was sein Auto anging. Vor dem Einsteigen polierte er immer noch einmal darüber, wischte Schmutz und trockene Blätter unter den Scheibenwischern hervor und begutachtete es von vorn und hinten, ob alles in Ordnung war. »Sein Auto war so gut wie neu. Man sah schon von Weitem, dass er es über alles liebte«, sagte ich nachdenklich. »Dazu brauchte man ihn noch nicht mal zu kennen.«

»Aber man musste ihn kennen oder etwas über ihn wissen, um ihn so zuzurichten, verstehen Sie?«, hielt er mir entgegen. »Ich habe schon so einiges an Gewalttaten gesehen, aber bei dieser hier scheint es mir vor allem um Hass zu gehen.« Kopfschüttelnd und die Hände in die Hüften gestemmt sah er noch einmal zum Wagen hinüber. »Ich wüsste nur zu gern, wie das zusammenpasst.«

»Zusammenpasst? Womit zusammenpasst?«

Vickers schaute mich an. »Glauben Sie nicht, dass das alles auch damit zu tun hat, was der armen kleinen Jenny Shepherd zugestoßen ist? Warum sonst wären Blake und ich wohl hier?«

»Aber ich sehe keinen …«, setzte ich an. Er legte mir die Hand auf den Arm.

»Sarah, sehen Sie den Tatsachen ins Auge. Wir haben eine tote Schülerin. Dieser Mann – sie kannte ihn, weil er ihr Lehrer war – taucht weit entfernt von seiner Wohnung in einer Straße auf, die per Luftlinie unweit des Hauses liegt, in dem Jenny gewohnt hat. Er wurde von einem oder mehreren Unbekannten halb totgeprügelt. Jenny kam auf gewaltsame Weise ums Leben. Das sind einfach zu viele Zufälle, um sie zu ignorieren. Alles, was in dieser Siedlung passiert – wirklich alles –, könnte in Zusammenhang mit dem Mord an Jenny stehen. Wir haben es mit zwei äußerst brutalen Verbrechen zu tun, die sich von den üblichen Kriminalfällen in dieser Gegend ganz erheblich unterscheiden. Wenn ich jedes der beiden nur für sich betrachte, komme ich sicher hier und da ein wenig voran. Vielleicht habe ich sogar Glück und treffe zufällig auf einen Zeugen, oder mein Mörder wartet auf eine Gelegenheit, ein Geständnis abzulegen. Das ist zwar eher unwahrscheinlich, kommt aber ab und zu vor. Wenn ich beide Ereignisse weiterhin isoliert betrachte, warte ich auf einen Durchbruch, der sich möglicherweise bei keinem der beiden jemals einstellen wird. Wenn ich sie aber zueinander in Beziehung setze, ergeben sich plötzlich Muster, verstehen Sie? Linien überschneiden sich. Das ist wie Algebra: Man muss zwei Seiten des Problems kennen, um an die dritte zu gelangen.« Das Gesicht des Kommissars leuchtete vor lauter Begeisterung für seinen Beruf, er liebte ihn ganz offensichtlich. Ich ließ mich für einen Moment von seinem Algebra-Vergleich ablenken. Wie einem Kaninchen jagten meine Gedanken jener Erinnerung hinterher, als mir einst bescheinigt wurde, über keinerlei mathematisches Verständnis zu verfügen, nicht das geringste …

Vickers fuhr fort. »Jetzt glauben Sie aber bloß nicht, ich schließe daraus, dass derjenige, der Jenny umgebracht hat, auch für das hier verantwortlich ist. Das ist eine Variante, der wir natürlich nachgehen werden, aber ich lege mich bestimmt nicht darauf fest, verstehen Sie? Es gibt jede Menge Möglichkeiten, wie diese zwei Verbrechen miteinander zusammenhängen können, Sarah. Jede Menge.«

Ich registrierte einen Seitenblick seiner scharfen Augen, und wie eine brave Schülerin nannte ich einen Vorschlag. »Rache?«

»Ganz recht.« Onkelhaft strahlte er mich an. »Unser lieber Geoff könnte bis zum Hals in die Sache mit Jenny verwickelt sein. Um zu diesem Schluss zu kommen, braucht man kein Genie zu sein. Wie ich gehört habe, ist er ein ziemlicher Draufgänger. Uns ist bekannt, dass Jenny mit jemandem geschlafen hat. Und er hatte sicherlich Gelegenheit, sie kennen zu lernen, ihr zu erzählen, dass sie etwas ganz Besonderes sei, und sie gefügig zu machen. Wäre ja schließlich nicht das erste Mal, dass ein Lehrer zugreift, nicht wahr?«

»Aber das passt nicht zu dem, was Jenny ihrer Freundin Rachel erzählt hat«, widersprach ich. »Oder zu den Fotos, die sie ihr gezeigt hat.«

»Ich würde nicht unbedingt«, sagte Vickers bedächtig, »alles glauben, was Rachel uns erzählt hat. Jenny kann sie belogen haben, um sie abzulenken. Und Rachel könnte uns auch jetzt noch die Unwahrheit sagen. Vielleicht versucht jemand, uns auf eine falsche Fährte zu locken. Wir haben schließlich weder das Foto noch irgendetwas anderes gefunden, das uns beweist, dass Rachel die Wahrheit gesagt hat.«

Ich konnte mir einfach nicht vorstellen, dass Geoff mit Jenny geschlafen hatte. So einer war er nicht. Aber mir war klar, dass Vickers mir kaum mehr Glauben schenken würde als Rachel. »Jenny war schwanger. Lässt sich denn nicht mit einem DNA-Test feststellen, ob er der Vater war?«

»Keine Sorge, schon passiert. Aber es dauert eine Weile, bis wir das Ergebnis haben. Davon abgesehen geht es im Moment gar nicht um die Frage, ob Geoff Turnbull tatsächlich Jenny Shepherd missbraucht hat, sondern ob jemand *glaubt,* dass er es getan hat. Jemand zählt eins und eins zusammen. Vielleicht hat dieser Jemand ein paar Informationen mehr als wir. Vielleicht ist es ja auch nur eine Vermutung. Aber wie dem auch sei: Jemand will unbedingt

Gerechtigkeit für Jenny und ist nicht bereit zu warten, bis die Gesetzeshüter das endlich hinbekommen.«

Vor meinem geistige Auge tauchte Michael Shepherd auf, ein von Gram verzehrter Mann mit finsterem Blick, und ich wusste genau, dass Vickers dasselbe sah. Ich konnte mir vorstellen, welche Sprengkraft entfesselt werden konnte, wenn solche geballten Gefühle von Wut, Schuld und Verdächtigungen ein Ziel fanden.

»Andy wird demnächst ein paar Worte mit den möglichen Interessenten wechseln«, sagte Vickers mit einem Nicken in Blakes Richtung. »Wir können nicht einfach losgehen und sie ohne jeden Beweis mitten in der Nacht aufwecken, aber einen kleinen Plausch sollte es schon wert sein, finden Sie nicht auch?«

Es war mir durchaus klar, wie sich all das ineinanderfügte, trotzdem hegte ich starke Zweifel. Ich konnte mir einfach nicht vorstellen, dass Geoff fähig sein sollte, ein Kind zu missbrauchen – und das nicht nur, weil er so fixiert auf mich war. Es passte einfach nicht zu dem, was ich über ihn wusste, über die leidenschaftliche Zuneigung, die er Frauen – und eben nicht kleinen Mädchen – entgegenbrachte. Ich fand es unbegreiflich, dass er sie missbraucht haben sollte, und gänzlich undenkbar, dass er sie umgebracht haben könnte. Andererseits hatte ich ihn nur wenige Stunden zuvor sehr unkontrolliert erlebt, sodass es mir ebenso schwer fiel, die Bedenken zu zerstreuen, die das in mir auslöste. Genau genommen wusste ich ja gar nicht, wozu Geoff fähig war. Ich musste davon ausgehen, dass er sich etwas hatte zuschulden kommen lassen – warum sonst sollte er jetzt mit eingeschlagenem Schädel im Krankenhaus liegen?

Außerdem fühlte ich mich auch selbst schuldig. Für Vickers wäre sicher eine weitere Gewalttat von großem Interesse, nämlich der Überfall auf meine Person. Obwohl ich sein Vertrauen in die Macht des Zufalls nicht teilen konnte, wäre dieser Vorfall natürlich ein weiteres Element in dem Gesamtbild, an dem er gerade arbeitete. Doch kaum hatte ich den Mund aufgemacht, um ihm davon zu erzählen, erstarben meine Worte unausgesprochen. Zum Ersten bestanden die Gründe, weshalb ich die Sache für mich behalten hatte, natürlich nach wie vor. Zum Zweiten hätte er diese Gründe wahrscheinlich nicht verstanden. Und zum Dritten hielt ich den Zwischenfall immer noch für unerheblich. Falls meine Vermutung tatsächlich zutraf und Geoff derjenige war, der mich überfallen hatte, dann, nun ja, war von dieser Seite vorerst nichts zu befürchten. Solange er im Krankenhaus lag, brauchte ich mir seinetwegen keine Gedanken zu machen.

Aber der eigentliche Grund, weshalb ich Vickers gegenüber nichts davon erwähnte, wog viel schwerer: Ich traute ihm nicht. Und ich war mir recht sicher, dass er mir auch nicht traute. Vielleicht weil ihm meine Verwirrung, was Geoff betraf, nicht entgangen war, oder weil er so seine eigenen Vorstellungen hatte – jedenfalls hörte ich zum ersten Mal Vorbehalte aus seinen Äußerungen mir gegenüber heraus. Das alles im Hinterkopf schien es mir doch angeraten, vorsichtig zu sein. Mühsam holte ich mich in die Gegenwart zurück, in die Wirklichkeit, zu meinen kalten Füßen und meiner bleiernen Müdigkeit, und stellte mich innerlich auf ein Kräftemessen mit diesem Polizeibeamten ein.

Vickers war unterdessen in Schweigen versunken, doch jetzt wandte er sich mit einem Funkeln in seinen scharfsichtigen Augen noch einmal an mich. »Falls Sie etwas wüssten, das angesichts dessen, was ich gerade sagte, von Bedeutung sein könnte – ich meine, falls Ihnen Zusammenhänge bekannt wären, von denen ich wissen sollte – dann würden Sie mir das doch sagen, oder?«

»Wissen Sie, Sie haben das Nächstliegende bisher ganz außer Acht gelassen«, erwiderte ich ein wenig hölzern. Mir war sehr wohl bewusst, dass Vickers mich in diese Richtung dirigiert hatte und dass ich, wenn ich diesen Aspekt weiterhin auszuklammern versuchte, sicher mehr Verdacht schürte als zerstreute. »Ich habe Jenny auch gekannt. Ich war ihre Lehrerin. Ich habe ihre Leiche gefunden. Und diese ganze Sache hier«, erklärte ich weiter und deutete auf Geoffs Auto, wobei ich nicht an das denken wollte, woran es die ganze Zeit erinnerte, »hat unmittelbar vor meiner Haustür stattgefunden. Ich befinde mich also inmitten Ihrer Überschneidungslinien, finden Sie nicht auch?«

Vickers lächelte schwach, und betrübt musste ich feststellen, dass meine Zweifel berechtigt waren. *Eigentlich mochte ich Sie* … Ich sammelte all mein logisches Denkvermögen.

»Ich denke aber, dass Ihre Argumentationskette einen Fehler hat.«

Er hob die Augenbrauen.

»Das alles hat mit mir nichts zu tun. Ich habe keine Ahnung, was passiert ist, weder mit Jenny noch mit Geoff.« Meine Stimme hatte einen dünnen und schwächlichen Klang bekommen, der meine Erschöpfung verriet. »Manchmal treffen Ereignisse eben einfach aufeinander. Warum muss es unbedingt einen Zusammenhang geben zwischen den beiden?« *Oder sogar dreien?* Mehr denn je war ich überzeugt, dass es besser war, Vickers dieses kleine Geschoss nicht in die Hand zu geben.

»Es muss nicht unbedingt einen Zusammenhang geben, aber bis auf Weiteres gehe ich davon aus, dass einer besteht. Nur weil Sie nicht willens oder in der Lage sind, ihn zu erkennen, heißt das nicht, dass Sie nicht etwas wissen, das mir weiterhelfen würde. Zwei Verbrechen wie diese –

zwei brutale Überfälle – selbstverständlich sehe ich da eine Verbindung.«

»Ich glaube, Sie suchen nach Mustern, die es gar nicht gibt, weil Sie noch nicht einmal wissen, was Jenny zugestoßen ist. *Das* sollten Sie nämlich auch in Ihre Gleichung aufnehmen.«

»Wir gehen mehreren Ermittlungsansätzen nach, die wir natürlich nicht öffentlich diskutieren werden. Aber seien Sie sicher, dass die Ermittlungen in vollem Gange sind.«

»Das sieht mir aber gar nicht danach aus«, entgegnete ich bissig. »Es kommt mir eher so vor, als ob Sie weder Ideen noch Beweise haben und stattdessen versuchen, das Ganze in diese Hypothese zu pressen, mit der Sie beschäftigt sind, seit Jennys Leiche entdeckt wurde. Ich weiß doch, wie das bei der Polizei läuft. Wenn Sie nichts in der Hand haben, fangen Sie an, kreativ zu werden.« Das Gesicht meines armen Vaters, der immer und immer wieder vernommen wurde, kam mir in den Sinn. Für den Ermittlungsbeamten wäre es ein Leichtes gewesen, den Verdacht, der sich über unserer Familie zusammengebraut hatte, zu zerstreuen. Er hätte es nur tun müssen. Leise und leidenschaftlich sagte ich: »Vergessen Sie's. Ich lasse mich da nicht hineinziehen. Ich habe damit nichts zu tun und weiß wirklich nicht, warum sich die Umstände so gegen mich verschworen haben, dass Sie mir das nicht glauben. Ich weiß nur, dass ich von Anfang an alles getan habe, um zu den Ermittlungen beizutragen. Ich weiß nicht, warum das mit Geoff passiert ist oder warum Jenny ermordet wurde. Wenn ich es wüsste, hätte ich es Ihnen schon längst gesagt.«

»Wir werden sehen«, sagte Vickers mit frostigem Blick. »Wir werden sehen.«

»Brauchen Sie mich noch?«

»Vorerst nicht. Aber gehen Sie davon aus, dass wir mit

Ihnen in Kontakt bleiben.« Vickers machte sich auf den Weg zu Blakes Auto. »Keine langen Urlaubsreisen, bitte.«

Ich stakste ins Haus zurück. Im Flurspiegel sah ich meine zornig funkelnden Augen und mein wirres Haar. Die Lippen hatte ich zu einem Strich zusammengepresst, und es kostete mich einige Mühe, sie zu entspannen. Mir war bewusst, dass Vickers mich aus dem Konzept bringen wollte, und das war ihm auch gelungen. Der Raubüberfall war ein reines Täuschungsmanöver, aber das konnte ich ihm im Moment nicht sagen – dabei hätte ich genügend Gelegenheiten dazu gehabt. Nun verschwieg ich der Polizei also etwas, fühlte mich deswegen schuldig und wirkte daher wohl auch schuldbewusst. Ich musste mächtig aufpassen, dass die ganze Geschichte nicht total aus dem Ruder lief.

Eine Sache, über die ich wirklich nicht nachdenken wollte, war die mit Geoff. Doch kaum hatte ich mir das klargemacht, kreisten meine Gedanken um nichts anderes. Ich schaute auf die Küchenuhr, wie spät es war – fast fünf – und ließ die Absicht fallen, wieder schlafen zu gehen. Während ich mir eine große Tasse Tee machte, ging ich die Fakten noch einmal ganz in Ruhe durch. Geoff lag im Krankenhaus. Das war schlecht. Sehr schlecht sogar. Er hatte Kopfverletzungen. Bei dieser Vorstellung krampfte sich mein Magen zusammen. Er konnte sterben. Er konnte überleben, wenn auch knapp. Er konnte eine dauerhafte Schädigung davontragen. Er konnte wieder vollständig genesen. Ich versuchte mir einzureden, dass die letzte Variante die wahrscheinlichste war, aber ich wusste es natürlich nicht. Blake und Vickers hatten finster dreingeschaut, als sie von ihm sprachen. Ich rührte Milch in den Tee und hatte eigentlich gar keinen Appetit mehr darauf, doch das Ritual gab mir etwas zu tun. Wollten sie mir ein schlechtes Gewissen einreden, damit ich ihnen alles sagte, was ich wusste?

Ich setzte mich an den Küchentisch und sah den Dampfwölkchen zu, die aus meiner Teetasse aufstiegen. Das Ironische dabei war, dass ich Vickers zwar angefaucht hatte, aber im Grunde geneigt war, ihm Recht zu geben. Ja, ich hatte ein schlechtes Gewissen. Wenn ich nur ein bisschen netter zu Geoff gewesen wäre, wenn ich dieses Gefühl, unter Beobachtung zu stehen, nur ernster genommen hätte, wenn ich sie gebeten hätte herauszufinden, wer mich überfallen hat – dann sähe jetzt wahrscheinlich alles ganz anders aus. Völlig unbeabsichtigt war ich im Mittelpunkt sämtlichen Geschehens gelandet. Ich hätte nur zu gern gewusst, warum.

1993

Seit zehn Monaten vermisst

Eine Amsel pickt auf der Wiese herum. Es ist ein sonniger Aprilabend, und ich sitze auf der Türschwelle und wackle mit den Zehen in den Schuhen. Die Regeln sind klipp und klar festgelegt: Ich darf hier zwar sitzen, den Vorgarten jedoch nicht verlassen. Wenn mich jemand anspricht, muss ich sofort reingehen und Mum Bescheid sagen. Da ich mich von anderen Leuten fernhalten soll, bin ich sehr scheu geworden.

Die Amsel sieht schön aus – ein schwarzglänzender Vogel mit bernsteingelben Augen, aus denen er mich ohne zu blinzeln anschaut, während er über die Wiese hüpft, im Gras herumzupft und Moosstückchen zutage fördert. Er baut gerade in der Stechpalme nebenan ein Nest und stopft sich so viel Nistmaterial in den Schnabel, wie er tragen kann, während seine braungefiederte Partnerin den Bau bereits emsig vorantreibt und ihm mit ihrem ununterbrochenen Gesang Mut macht. Ich schirme die Augen mit der Hand ab, damit ich sie im Geäst besser erkennen kann, als plötzlich jemand »Hallo« sagt. Aufgeregt flattert die Amsel davon. Ich springe erschrocken auf und will ins Haus laufen, aber der Mann vor der Einfahrt sieht sehr freundlich aus. Er hat einen Hund an der Leine, einen Roten Setter, der mit wedelndem Schwanz aufgeregt herumtänzelt.

»Schöner Abend, oder?«

»Ja«, antworte ich beinahe tonlos.

»Wohnst du hier?«

Ich nicke.

»Wir sind gerade erst hergezogen. Nur ein paar Häuser weiter, in die Nummer 17.« Er nickt in diese Richtung. »Meine Tochter ist ungefähr in deinem Alter. Sie heißt Emma und ist neun. Wie alt bist du denn?«

»Auch neun«, sage ich.

»Das ist ja prima. Vielleicht kannst du ja bei Gelegenheit mal vorbeikommen und mit ihr spielen. Sie sucht nämlich eine neue Freundin.«

Ich nicke strahlend. Eine neue Freundin. Schon stelle ich mir ein Mädchen vor, das ebenso dunkelhaarig ist, wie ich blond bin, das sich nicht vor Spinnen ekelt, keine Höhenangst hat, das Tiergeschichten und Ballett mag und sich gern mit Mamas aussortierten Sachen verkleidet, um Szenen aus Büchern nachzuspielen.

Da wird hinter mir die Tür so heftig aufgerissen, dass sie gegen die Wand im Flur kracht.

»Verschwinden Sie!« Das Gesicht meiner Mutter ist so verzerrt, dass man sie kaum noch erkennen kann. »Lassen Sie meine Tochter in Ruhe!«

Starr vor Schreck weicht der Mann zurück und zieht den Hund zu sich heran. »Es tut mit leid … Ich … Es ist meine Schuld. Es ist nur … Wir sind gerade erst eingezogen, hier in der Straße und …«

»Er hat eine Tochter«, sage ich zu Mum, damit sie sich beruhigt und aufhört, ihn so böse anzustarren.

»Erlauben Sie ihr etwa, mit Fremden zu sprechen? Scheren Sie sich gar nicht um ihre Sicherheit?« Ihre Stimme ist viel zu laut.

Der Mann entschuldigt sich hastig und geht davon, ohne sich zu verabschieden. Ich hoffe, dass er noch einmal mit seiner

Tochter wiederkommt, damit wir trotzdem Freunde werden können, wenn ich ihnen die Sache mit meiner Mutter, Charlie und unseren Regeln erklärt habe.

Mum wartet, bis der Mann außer Sichtweite ist und packt mich dann fest am Arm. »Geh rein, und verschwinde in dein Zimmer! Ich habe dir doch gesagt, dass du mit niemandem sprechen sollst.«

»Aber ...«, fange ich an und will mich verteidigen.

»Rein mit dir!« Sie zerrt mich ins Haus und stößt mich in Richtung Treppe, sodass ich das Gleichgewicht verliere, hinfalle und mit dem Kopf heftig ans Geländer stoße. Ich fange an zu weinen und jammere nach meinem Vater, meiner Mutter, nach Trost.

Mum steht mit dem Rücken zur Eingangstür, lehnt sich dagegen und schlägt die Hände vors Gesicht. Ihre Augen sind weit aufgerissen, und ich sehe, wie ihr Rock vibriert, weil sie zittert. Links von mir bewegt sich etwas. In der Wohnzimmertür steht mein Vater, die Augen jedoch nicht auf mich, sondern auf Mum gerichtet. Ich höre auf zu schreien, wimmere jedoch weiter leise vor mich hin, um Dad daran zu erinnern, dass ich mir wehgetan habe und noch am Boden liege.

»Laura«, sagt er mit einer Stimme, die ganz fremd klingt, »das kann so nicht weitergehen. Du tust anderen weh. Und du tust Sarah weh. Du musst damit aufhören.«

Mum rutscht an der Tür hinunter und hockt nun zusammengekauert mit bebenden Schultern da. Sie flüstert so leise, dass ich es kaum hören kann: »Ich kann das nicht ...«

Dad hebt die Hände und greift sich an den Kopf. »Das kann so nicht weitergehen«, sagt er noch einmal. »Ich kann nicht so leben.« Dann dreht er sich um, knallt die Wohnzimmertür hinter sich zu und lässt uns beide allein.

Ich rapple mich auf und gehe nach oben, während Mum im Treppenhaus zurückbleibt. Ich gehe ins Schlafzimmer meiner

Eltern und sehe im Spiegel, dass ich ganz rot und aufgelöst aussehe. Meine Augen sind tränennass, und über meinem rechten Auge bildet sich eine Beule. Auf meinem Arm sind fünf rote Abdrücke zu sehen. Daneben prangen fünf dunkelrote Halbmonde, wo sich die Fingernägel meiner Mutter in meine Haut gegraben hatten. Die Gewissheit, dass sie mich nicht liebt und dass ich sie schon wieder enttäuscht habe, formt sich zu einem schmerzhaften Kloß in meinem Hals. Ich schlucke ihn hinunter, sodass er mir nun als schwerer Klumpen im Magen liegt. Ich weiß nicht genau, was zwischen meinen Eltern passiert ist, aber ich bin mir sicher, dass ich daran schuld bin. Ich habe nicht auf Mum gehört und ihr Scherereien gemacht. Von nun an will ich immer brav sein, so brav es nur geht. Ich werde nie wieder etwas falsch machen und sie nie mehr im Stich lassen.

11

Obwohl Krankenhäuser rund um die Uhr geöffnet sind, rief ich erst nach acht in der St.-Martins-Klinik an, wohin man Geoff nach Aussagen der Polizei gebracht hatte. Es war das größte Krankenhaus der Gegend – in viktorianischer Zeit gegründet und dann in den 1960er Jahren im Brachialstil jener Ära umgebaut. Es beanspruchte ein ausgedehntes Gelände in der Nähe einer vierspurigen Fernverkehrsstraße und verfügte über eine leistungsfähige Unfallchirurgie und Notaufnahme sowie zahlreiche weitläufige Gebäude mit diversen Spezialabteilungen. Dort hatte Geoff trotz seiner schweren Verletzungen hoffentlich eine Chance. Ich saß am Küchentisch und beobachtete, wie sich die Zeiger unaufhaltsam um das Ziffernblatt der Uhr bewegten. Einerseits wollte ich gern anrufen, andererseits hatte ich Angst davor, schlechte Nachrichten oder gar von seinem Tod zu erfahren. Meine Hoffnung, dass er überlebte, war nicht geheuchelt. Ich hatte doch nicht gewollt, dass Geoff stirbt, sondern nur, dass er mich in Ruhe lässt.

So hochmodern die St.-Martins-Klinik auch ausgestattet sein mochte, ihre Telefonzentrale war es jedenfalls nicht. Als man mich endlich in die Notaufnahme durchgestellt hatte, war ich mit den Nerven so gut wie am Ende. Eine Frau mit betörendem südafrikanischem Akzent erklärte, ja, Geoff Turnbull sei Patient bei ihnen und nein, er sei noch nicht bei Bewusstsein. Mehr könne sie mir über seinen Zustand derzeit nicht sagen.

»Ach bitte …«, flehte ich sie an, aufgeputscht von zu viel Koffein und Ungeduld.

»Ich kann nicht, weil ich eben erst zum Dienst gekommen bin, okay?«, fuhr sie mich entnervt an. »Mehr als das, was ich Ihnen gesagt habe, weiß ich auch nicht.«

»Verstehe«, erwiderte ich kleinlaut. »Kann ich ihn denn besuchen?«

Es entstand eine kurze Pause. »Wenn Sie *unbedingt* wollen«, entgegnete die Stimme, als sei das die absurdeste Frage, die ihr je gestellt worden war.

Ich bedankte mich, legte auf und fühlte mich unsinnigerweise erleichtert. Solange Geoff nicht tot war, gab es noch Hoffnung. Ich konnte mich an sein Bett setzen, und auch wenn er nicht gleich aufwachte, hatte ich damit wenigstens etwas zu tun. Vielleicht half das sogar ein bisschen gegen mein schlechtes Gewissen.

Das Krankenhaus war zu weit entfernt, als dass ich zu Fuß hätte hingehen können. Statt mir ein Taxi zu bestellen oder mich mit dem Busfahrplan herumzuschlagen, rief ich kurzerhand Jules an. Das ging schneller. Außerdem war sie mir noch etwas schuldig. Gelegentlich hatte ich sie von gescheiterten Dates abgeholt. Da konnte sie mir ruhig auch einmal einen Gefallen tun.

Als Jules vor unserem Haus hielt, sah ich sofort, dass sie schlechte Laune hatte. Kein Lächeln erschien auf ihrem Gesicht, als ich eilig auf ihr Auto zulief. Kein Make-up, die verfilzten Haare zum Pferdeschwanz zusammengebunden, Kapuzenpullover und Jogginghose. Das war eine Jules, die an ihrem freien Tag gerade erst aufgestanden war.

»Das ist wirklich ganz lieb von dir«, sagte ich und nahm auf dem Beifahrersitz Platz. Sie fuhr einen Toyota, der eindeutig schon bessere Tage gesehen hatte. Auf dem Rücksitz lagen Schachteln mit Papiertüchern und lose CDs herum. Die Filzverkleidung über ihrem Kopf war mit Wimperntusche beschmiert, weil sie die Angewohnheit hatte, sich an der Ampel zu schminken. Wenn sie dann die Wimpern mit dem Fingernagel voneinander trennte und dazu die Bürste zwischen die Finger geklemmt hatte, stieß sie immer damit an der Decke an. Dadurch sah es so aus, als hätte sie daran Spinnen zerquetscht.

»Du kannst mir aber echt dankbar sein. Als ich auf die Uhr gesehen hab, bin ich fast umgefallen.«

»Tut mir leid«, erwiderte ich halbherzig.

»Wann genau ist denn dein Termin?«

»Äh, um halb zehn.« Ich hatte ihr erzählt, dass ich einen Krankenhaustermin hätte und mein Auto in der Werkstatt sei. Das erschien mir einfacher, als ihr zu erklären, weshalb ich Geoff besuchen wollte – denn sie wusste ja, was ich von ihm hielt. Als ich mir das Gespräch mit ihr ausgemalt hatte, war mein Stresspegel noch weiter in die Höhe geschossen. Daher war mir eine Lüge als einzig denkbare Lösung in den Sinn gekommen. Doch jetzt, als ich neben Jules saß, überlegte ich, ob ich mich ihr anvertrauen sollte. Immerhin waren wir Freundinnen. Nur hatte ich keinen blassen Schimmer, wo ich eigentlich anfangen sollte. Bisher stand sie mir nicht so nahe, dass ich ihr die Wahrheit über meine Familie – weshalb ich so geworden war, wie ich bin – hätte sagen wollen, und jetzt war einfach nicht der richtige Zeitpunkt dafür.

»Dein Auto ist eine echte Scheißkiste«, fluchte Jules zähneknirschend. »Du brauchst unbedingt ein neues.«

Was ich unbedingt brauchte, war vor allem mein Ersatzschlüssel, den Tante Lucy immer noch nicht geschickt hatte. Sie hatte mir versprochen, dass er spätestens am Montag ankommen würde. Bis dahin stand mein Auto bei den Shepherds fast vor dem Haus, so hoffte ich zumindest. Mich selbst davon zu überzeugen, hatte ich ganz bestimmt keine Ambitionen.

»Bist du nervös?« Jules betrachtete mich mit aufrichtiger – wenn auch verspäteter – Besorgnis. Da erst fiel mir auf, dass ich auf meiner Lippe herumgekaut hatte.

»Nein, eigentlich nicht. Ich lasse nur mal meinen Rücken kontrollieren.«

»Ich wusste gar nicht, dass du Rückenprobleme hast. So was kriegen doch immer nur besonders große Leute. Aber als du gerade aus dem Haus kamst, ist mir schon aufgefallen, dass du ein bisschen humpelst. Wie lange quälst du dich denn schon damit rum?«

»Eine Weile«, antwortete ich ausweichend und schaute aus dem Fenster. Jetzt war es nicht mehr weit bis zum Krankenhaus. Es herrschte dichter Verkehr. An diesem sonnigen Samstagmorgen waren die Leute scharenweise unterwegs zum Einkaufen. Jules reihte sich in eine Autoschlange ein und sah auf die Uhr im Armaturenbrett.

»Ist noch reichlich Zeit.«

»Äh, ja.«

Als ich nichts weiter sagte, machte Jules das Radio an und summte ein Lied mit, das ich nicht kannte. »Oh, because you lied to me … Don't try to deny me …«

Endlich waren wir im Schneckentempo so weit vorangekommen, dass sie aus der Schlange ausscheren und auf die Abbiegespur zum Krankenhaus wechseln konnte. Als wir die Einfahrt passiert hatten, hielten wir vor einer Hinweistafel an, die informierte, wie man zu den rund zwanzig Stationen kam.

»Wo müssen wir lang?«

Entgeistert starrte ich auf den Wegweiser und las hektisch, was dort stand. Zur Notaufnahme mussten wir nach links.

»Nach links, bitte.«

Der Wagen rührte sich nicht von der Stelle. »Bist du sicher?«, fragte Jules ungläubig. »Ich dachte, du willst in die Ambulanz?« Der Pfeil zur Ambulanz war wie ein Fragezeichen gebogen und sah aus, als sei es von dort aus endlos weit bis zu meinem eigentlichen Ziel.

»Tja also, nein. Der Spezialist, bei dem ich bestellt bin, hat seine Praxis gleich neben der Notaufnahme«, stammelte ich. »Also, dort muss ich mich auch melden.«

»Wirklich? Das ist ja komisch. Normalerweise versuchen sie das doch strikt zu trennen, oder?«

Ich nickte in der Hoffnung, dass sie endlich aufhörte, Fragen zu stellen, und mich einfach dahin brachte, wo ich hinwollte.

Sie sah mich seufzend an. »Also gut, weil du es bist, lasse ich meinen Vormittag sausen.«

»Was?«

»Ich komme mit. Du bist doch total durch den Wind, Sarah. Ich weiß nicht, ob du mit den Nerven runter bist oder was, jedenfalls siehst du aus, als hättest du die ganze Nacht nicht geschlafen. Außerdem bist du so komisch schweigsam.« Sie klopfte mir beruhigend aufs Knie. »Aber kein Problem, ist schon okay. Ich suche nur schnell einen Parkplatz, und dann komme ich mit rein.«

»Nein!«, rief ich und drehte fast durch. »Bitte, Jules. Ich möchte lieber allein gehen.«

»Entschuldige, war ja nur ein Angebot. Ich dachte, das hilft dir vielleicht.« Sie steuerte die Reihe für Kurzzeitparker an, direkt vor dem Haltepunkt für die Nottransporte, und sah echt böse aus. »Ich nehme doch an, dass du nach deiner *Untersuchung* selbstständig nach Hause findest.«

»Ja, gar kein Problem.« Ich überhörte ihren spitzen Tonfall; es war offensichtlich, dass sie mir nicht glaubte. Sie war eine bessere Freundin, als ich verdient hatte. Aber im Moment wollte ich einfach nur herausfinden, wie es Geoff ging und was eigentlich passiert war. Ich griff nach meiner Tasche und öffnete die Tür. »Danke dir fürs Herfahren.«

»Sarah, ich hab keine Ahnung, was hier eigentlich abgeht«, antwortete Jules und blickte stur geradeaus, »aber es kommt mir ziemlich suspekt vor. Du solltest das unbedingt geregelt kriegen, bevor wir wieder arbeiten müssen, okay?«

Ich antwortete nicht, aber auf dem Weg zum Krankenhaus blieb ich kurz stehen und sah ihr nach, wie sie davonfuhr. Ich hoffte, dass sie mir zuwinken und mir das alles verzeihen würde.

Drinnen reihte ich mich in die Schlange der potenziellen Patienten ein. Sie belagerten den Anmeldetresen mit den unterschiedlichsten Problemen, welche es offenbar ausnahmslos erforderlich machten, auf einem der orangefarbenen Plastikstühle Platz zu nehmen und zu warten, bis der entsprechende Name aufgerufen wurde. Hinter einer zweiflügeligen Tür befand sich das gelobte Land, wo einem ärztliche Behandlung zuteilwurde. Doch obwohl das Personal emsig hinein- und herauseilte, hatte ich nicht den Eindruck, dass auch nur einem der Wartenden Einlass gewährt wurde. Das Wartezimmer füllte sich immer mehr. Meine Lust, dort herumzusitzen, hielt sich sehr in Grenzen, und ich hoffte inständig, nicht ebenfalls zum Warten aufgefordert zu werden. Diese Notaufnahme war zwar erheblich größer als jene in dem kleinen Krankenhaus, in dem ich meist mit Mum gelandet war, aber effizienter ging es hier offensichtlich nicht zu.

Als ich endlich an der Reihe war, hellte sich das Gesicht der Anmeldedame merklich auf. Im Gegensatz zu den meisten anderen in der Schlange war ich weder blutüberströmt, noch stammelte ich unverständliches Zeug. Zudem hatte ich ein eindeutiges Anliegen – ich wollte schlicht und einfach Geoff besuchen. Trotzdem sagte sie ihren üblichen Vers auf, dass ich bitte auf den Plastikstühlen zur Linken Platz nehmen solle und so weiter. In diesem Moment schoss ein Arzt in zerknitterter blauer OP-Kleidung durch die Doppeltür und unterbrach sie.

»Karen, haben Sie die Angehörigen von Geoff Turnbull schon erreicht?«

»Nein, ich bin noch nicht dazu gekommen«, entgegnete sie ungerührt und deutete auf die Warteschlange. »Ich bin gerade ein klein wenig beschäftigt.«

Seufzend fuhr sich der Arzt durch die ungekämmten Haare. »Ohne sie zu informieren, können wir nicht operieren.«

Das war meine Chance. »Vielleicht könnte ich ja behilflich sein.«

»Und wer sind Sie, wenn ich fragen darf?« Der Arzt schaute mich von oben herab an. Er hatte eine lange, spitze Nase, und ich fühlte mich wie ein Käfer, der von einem hungrigen Vogel beäugt wird.

»Ich bin eine Kollegin von Geoff – also ich meine, eine Freundin. Ich könnte die Nummer seiner Eltern über die Schule besorgen, in der wir arbeiten, wenn Sie wollen.«

Der Arzt, der dicke Tränensäcke unter den Augen hatte, deutete in Karens Richtung. »Ach, machen Sie sich keine Umstände. Um solche Sachen kümmert sie sich schon, falls sie es irgendwann noch schaffen sollte.«

Das trug ihm einen giftigen Blick der Anmeldedame ein, was ihn jedoch kein bisschen aus der Ruhe brachte. »Sie können ihr ja die Telefonnummer geben«, fügte er dezent grinsend hinzu. »Dann hat sie es nicht so schwer.«

Ich kritzelte die Nummer auf einen Zettel, den sie mir unter der Glasscheibe hindurch zuschob. »Sie erreichen die Schulsekretärin zu Hause, wenn Sie der automatischen Ansage folgen«, erklärte ich. Zu Janets großem Leidwesen musste sie für Notfälle am Wochenende jederzeit telefonisch erreichbar sein. Und das hier war aus meiner Sicht eindeutig ein Notfall.

»Vielen Dank«, sagte Karen mit süßlichem Lächeln, als ich den Zettel wieder zurückschob. Im nächsten Moment setzte sie erneut eine finstere Miene auf, die dem Arzt galt.

Er sprach mich nochmals an.

»Wollen Sie Mr. Turnbull besuchen?«

»Äh, ja – wenn es möglich ist?«

Der Arzt nickte und ging, ohne sich noch einmal umzudrehen, zur Doppeltür, wo er mir in der Erwartung, dass ich ihm folgte, einen Flügel aufhielt. Ich setzte mich in Trab.

»Dazu müssen Sie auf die Intensivstation. Ich bin übrigens Dr. Holford.«

»Sarah Finch«, erwiderte ich, leicht außer Atem. Er war groß, schlaksig und hatte es ziemlich eilig. Ich musste mich anstrengen, mit seinem Tempo mitzuhalten. Wir hasteten durch die weitverzweigten Gänge der Notaufnahme. Pfeile auf dem Boden wiesen zunächst den Weg zur Radiologie, später zur Hämatologie. Dr. Holford hatte offenbar seinen persönlichen Schleichweg zur Intensivstation. Ich bezweifelte, dass ich von dort aus jemals wieder hinausfinden würde. Langsam bedauerte ich, Jules nicht dabeizuhaben. Oder wenigstens ein Knäuel Bindfaden.

»Sein Zustand ist nicht gerade berauschend. Wir werden ihn die nächsten vierundzwanzig Stunden noch beobachten. Wenn die Hirnschwellung bis dahin nicht abgeklungen ist, müssen wir operieren.« Dr. Holford sprach in abgehacktem Tonfall und stieß immer eine Salve Wörter auf einmal hervor, als würden sie sich in ihm anstauen und dann herausplatzen. »Und Sie sind seine Freundin, sagten Sie?«

Ich zögerte, weil ich befürchtete, nicht zu ihm zu dürfen, wenn meine Beziehung zu ihm nicht eng genug war. So entschloss ich mich zu einem: »Also, wir stehen uns schon ziemlich nahe.«

»Ich will Sie nicht belügen, die Lage ist sehr ernst. Die nächsten Stunden sind entscheidend. Seien Sie also darauf gefasst, dass er nicht im Bett sitzen und mit Ihnen plaudern wird.«

Ich versuchte mir vorzustellen, wie es mir ginge, wenn ich tatsächlich eine enge Beziehung zu Geoff hätte, wenn er mein Freund wäre, mein Geliebter. Würde mich dann Dr. Holfords knappe Art eher beruhigen oder irritieren? Würde ich weinen?

Vor einer Tür mit der Aufschrift »Intensivstation« blieb Dr. Holford stehen. Da neben der Tür ein Schild mit einem durchgestrichenen Mobiltelefon hing, wühlte ich in der Tasche nach meinem Handy, während der junge Arzt den Code in den Türöffner eingab. Als wir den Raum betraten, fiel der Geräuschpegel sofort ab. Das Licht war gedämpft, im angenehmen Gegensatz zu den grellen Leuchtstoffröhren, die das übrige Krankenhaus so trostlos wirken ließen. Sechs Einzelkojen gingen von einer Überwachungszentrale ab, in der zwei Schwestern saßen und Tabellen ausfüllten. Beim Anblick von Dr. Holford hellte sich ihre Miene auf.

»Wie halten Sie durch?«, fragte ihn die eine.

»Nicht so gut.« Dann erläuterte er: »Doppelschicht. Fast geschafft. Fünfundzwanzig Minuten Schlaf in zweiundzwanzig Stunden.«

Das erklärte also die roten Augen und den erschöpften Eindruck. Ich nickte und lächelte matt. Mein Interesse an Dr. Holfords Arbeitstag ließ schlagartig nach, als ich vor einer der Kojen einen zeitungslesenden Mann sitzen sah. Das letzte Mal war ich ihm in der Kirche zum Gedenkgottesdienst für Jenny begegnet, wo er neben Blake stand. Er war groß und kräftig, hatte eine Boxernase und hockte verkrampft auf einem für ihn viel zu kleinen Stuhl, ein Bein weit von sich gestreckt. Dr. Holford stieg behutsam darüber hinweg, wobei er mich an einen Storch erinnerte.

»So, hier haben wir ihn«, verkündete er und führte mich hinein. Wortlos schlich ich mich an dem Polizisten vorbei und hatte dabei riesige Angst, dass er mich aufhalten oder fragen könnte, was ich hier zu suchen habe. Ich vermied es, ihm in die Augen zu schauen, bemerkte jedoch sehr wohl, dass sein Blick mich verfolgte. Selbst als ich schon am Fußende von Geoffs Bett stand, rechnete ich immer noch damit, erklären zu müssen, weshalb ich eigentlich hier war. Dr. Holford kontrollierte die Geräte, die links und rechts neben dem Bett vor sich hin surrten, sodass ich unbeobachtet einen ersten Blick auf Geoff werfen konnte. Das verschaffte mir Gelegenheit, mich kurz zu sammeln, denn der Anblick war erschütternd.

Hätte der Arzt mir nicht gesagt, dass es Geoff war, der dort lag, hätte ich ihn sicher nicht erkannt. Sein Gesicht war geschwollen, verfärbt und glänzte unnatürlich. Seine Augenlider waren schwarz und blutunterlaufen. In seine Nase führte ein Sauerstoffschlauch, und ein anderer Schlauch hing an seinem Mundwinkel. Fast der gesamte Kopf war bandagiert, nur ganz oben schaute ein verfilztes Haarbüschel heraus. Der Kontrast zu seinem übrigen Körper war schockierend. Vom Hals abwärts sah er gesund und athletisch aus – ganz wie es seinem Schönheitsideal entsprach. Seine Arme lagen mit den Handflächen nach unten reglos auf der Bettdecke, die ihm bis zu den Achseln reichte. Sein Oberkörper war unbekleidet.

Ich musste einen erschrockenen Laut von mir gegeben haben, denn Dr. Holford drehte sich zu mir um.

»Ich habe Sie ja gewarnt. Sieht gar nicht gut aus, oder?«

Ich räusperte mich. »Wie geht es ihm denn? Sein Zustand … Bessert er sich?«

»Unverändert.« Der Arzt schaute mich an, und seine Miene wurde zusehends offener. Neben dem scharfen Verstand kam nun eine zurückhaltende Freundlichkeit zum Vorschein. »Setzen Sie sich doch einfach, und bleiben Sie ein Weilchen bei ihm. Reden Sie mit ihm, wenn Sie mögen.«

»Hilft das denn?«

»Vielleicht hilft es Ihnen.« Dann verschwand er wieder und murmelte im Vorbeigehen noch etwas in Richtung der Schwestern.

Auf der Intensivstation war es warm und stickig. Ich zog meine Jacke aus und legte sie mir über den Arm. Ich traute mich nicht so recht, mich auf den Stuhl zu setzen, der am Kopfende des Bettes stand, da ich ja gewissermaßen eine Hochstaplerin war. Der Stuhl war schließlich für diejenigen gedacht, die zusammen mit den Ärzten und Schwestern um das Leben ihrer Lieben kämpften und ihnen ihre Gebete und Versprechen zuflüsterten. Zum allerersten Mal verbrachte ich gerade freiwillig Zeit mit Geoff. Aber ich konnte mir nichts vormachen – dass er im Koma lag, machte es ein ganzes Stück leichter.

Vorsichtig näherte ich mich dem Stuhl, legte meine Tasche und meine Jacke auf dem Boden ab und beobachtete, ob das Geräusch eine Reaktion hervorrief. Aber nichts regte sich.

Ich hörte, wie draußen eine der Schwestern den Polizeibeamten ermahnte. Sie sprach mit starkem karibischem Akzent. »Oh nein, Schätzchen. Kein Handy bitte. Sie kennen doch die Regeln.«

Vorsichtig ließ ich mich auf dem Stuhl nieder. Von hier aus hatte ich den massigen Oberkörper des Polizisten im Blick, der sich in das Schwesternzimmer hineinbeugte und, eine Hand ans Ohr gepresst, deren Telefon benutzte. Seine Lederjacke wellte sich über dem gebeugten Rücken und spannte in den Nähten wie ein Leinensegel bei starkem Wind.

Während ich ihn beobachtete, kam die Schwester herein und versperrte mir die Sicht. »Sie können ruhig seine Hand nehmen«, ermutigte sie mich. »Nur keine Angst.«

Geoffs Hand zu halten war so ziemlich das Letzte, was ich tun wollte, aber das konnte ich vor der Schwester natürlich keinesfalls zugeben. Sie wartete und lächelte mich aufmunternd an. Zaghaft berührte ich seinen Handrücken und bedeckte ihn mit meiner Hand. Er war heiß und trocken, fühlte sich jedoch trotzdem klebrig an. Ich drehte seine Handfläche nach oben und sah in den Rillen seiner Ballen und Fingerkuppen dunklen Schmutz, der das Profil seiner Fingerabdrücke betonte. Außer dem Schmutz war auch dunkles, eingetrocknetes Blut erkennbar. Seine Fingernägel waren damit verkrustet. Ich schauderte und legte mit flauem Gefühl seine Hand wieder ab.

Das alles war vor meinem Haus geschehen. Vielleicht sogar meinetwegen.

Ich lehnte mich an die Stuhllehne und verschränkte die Arme. Dabei presste ich die Hand, die Geoff berührt hatte, so fest zusammen, dass sich meine Fingernägel ins Fleisch eingruben. Mit aller Macht versuchte ich, die Erinnerung an seine heiße, leicht klebrige Haut auszulöschen, die ich noch immer spürte wie ein Amputierter sein abgenommenes Körperglied. Dieses Phantomgefühl wurde ich einfach nicht los. Ich starrte auf die gegenüberliegende Wand und wünschte mir ein Fenster herbei. Ich fragte mich, wer wohl diesen an den Inhalt von Babywindeln erinnernden Beigeton ausgewählt hatte. Ich überlegte, warum ich eigentlich hier war. Ob Geoff mir jemals verzeihen würde, wenn er wieder aufwachte? Würde ich mir selbst vergeben können?

Ich weiß nicht, wie lange ich so dagesessen hatte, als ich plötzlich Blakes Stimme hörte. In der Isolation der Intensivstation war es schwer, ein Zeitgefühl zu bewahren. Blake sprach vor der Tür leise mit dem Polizisten, sodass ich nur den Tonfall mitbekam, der sich ernst anhörte. Ich erkannte seine Stimme, noch ehe ich ihn sah. Als ich mich mit dem Stuhl zurücklehnte und versuchte, ihn zu erspähen, sah ich direkt in die Gesichter der beiden Männer. Die vom Leben gezeichneten Gesichtszüge des älteren Mannes wirkten ausgesprochen feindselig, und Blake schaute finster drein. Ohne mir zuzunicken, stieß er den anderen Beamten an und verließ als Erster die Intensivstation. Ich fühlte mich ertappt und hatte das kindische Bedürfnis, ihnen hinterherzurennen und nachzurufen: »Ich habe gar nicht zugehört! Was ihr über mich redet, ist mir sowieso egal. Es interessiert mich *überhaupt* nicht.«

Neben mir schlief Geoff ungerührt weiter. Seine Eltern hatten inzwischen einer Operation zugestimmt, und Dr. Holford war mit dem Chirurgen dagewesen, um sich ein Bild von ihm zu machen. Währenddessen war ich unaufgefordert hinausgegangen und stand nun allein im Flur. Ich konnte an nichts anderes denken als daran, dass Geoff hier nicht liegen würde, wenn ich mich anders verhalten hätte. Wenn ich besser Nein sagen könnte. Wenn ich ihn ins Haus gelassen und mit ihm geredet hätte. Wenn er es auf eine andere abgesehen hätte. Wenn ich an einer anderen Schule unterrichten würde. Wenn ich gar nicht erst Lehrerin geworden wäre. Die Schuldgefühle lasteten schwer auf mir. An ein Gespräch war nicht zu denken. Ich lehnte an der Wand, während die Schwestern in aller Ruhe ihren Aufgaben nachgingen, ohne mich zu behelligen. In der Nachbarkoje lag ein Sturz aus großer Höhe von einem ungesicherten Gerüst, der zwischen Leben und Tod schwebte. Ein schwerer Schlaganfall auf der anderen Seite hatte inzwischen das Schlimmste überstanden. Um beide Patienten drängten sich Besucher, die entweder aschfahl vor Entsetzen aussahen oder mit dankbar gerötetem Gesicht herumstanden. Zu Geoff war außer mir niemand gekommen. Seine Eltern seien zu gebrechlich, hatten die Schwestern gesagt. Ich wusste nicht, ob er Geschwister hatte. Eigentlich wusste ich überhaupt nichts über ihn, außer dass er mich mochte und mich dazu bringen wollte, ihn zu mögen. Aber das hatten wir beide nicht geschafft. Ich kam allmählich zu dem Schluss, dass ich wahrscheinlich überzogen reagiert hatte. Ich ließ alles, was er mir gegenüber gesagt oder getan hatte, noch einmal Revue passieren und sah es nun in einem ganz anderen Licht. Er hatte es doch nur gut gemeint, dachte ich. Er wollte bestimmt niemandem wehtun.

Ein leises Klopfen an der Tür ließ mich zusammenzucken.

»Entschuldige die Störung. Können wir kurz reden?« Es war Blake – mit ernster Miene.

Ich stand langsam auf und reckte meine vom langen Sitzen ganz steif gewordenen Glieder. Seine Wortwahl ärgerte mich auf Anhieb. Wobei meinte er denn zu stören? Und was wollte er überhaupt von mir? Als ich ihm durch die Station zu einer Tür mit der Aufschrift »Angehörigen-Zimmer« folgte, spürte ich, wie sich die schlechte Laune in mir zusammenballte wie eine Gewitterwolke. Die Glasscheibe in der Tür war sorgfältig mit einem tristen grünen Vorhang verhängt, um wenigstens ein bisschen Privatsphäre zu schaffen. Der Raum war klein und mit Möbeln vollkommen zugestellt, aber wenigstens hatte er ein Fenster. Man blickte allerdings nur auf den Schornstein der Verbrennungsanlage, der gerade dunkelgrauen Rauch in den freundlich hellen Tag blies.

Blake wartete an der Tür und schloss sie sorgfältig hinter mir. Ich schlängelte mich zwischen den Stühlen hindurch und um einen Kaffeetisch herum und trat schließlich ans Fenster, damit ich hinausschauen konnte.

»Ziemlich überraschend, dich hier zu sehen.«

Ich wandte mich nicht um. »Wieso überrascht dich das?«

»Ich dachte, du mochtest ihn nicht«, antwortete er betont beiläufig.

»Tue ich auch nicht.«

»Würdest du dich bitte umdrehen?«

Obwohl als Frage formuliert, war es eindeutig als Anweisung gemeint. Ich drehte mich um und lehnte mich gegen das Fensterbrett. Blake nahm an einer Seite des Kaffeetisches Platz. Da wurde mir schlagartig klar, dass das Zimmer umgeräumt worden war, um einen improvisierten Vernehmungsraum zu schaffen. Deshalb standen also die Stühle so gedrängt und alles wirkte so unsortiert.

»Komm, setz dich«, sagte Blake und deutete auf den Stuhl ihm gegenüber.

Doch ich blieb stur. »Ich möchte lieber stehen bleiben. Gesessen habe ich ja schon eine Weile.«

»Ach, tatsächlich?«

»Ja«, erwiderte ich befangen. »Ich musste herkommen und sehen, wie es Geoff geht. Er … Er hat ja sonst niemanden.«

Blake lehnte sich auf dem niedrigen Stuhl zurück und verschränkte die Hände hinter dem Kopf. »Ah, verstehe. Wieder jemand Neues, für den du dich aufopfern kannst.

Kein Wunder, dass du hier einen auf Florence Nightingale machst.«

»Was soll denn das heißen?« Ich war froh, dass ich mit dem Rücken zum Licht stand, denn mein Gesicht war knallrot angelaufen.

»Nach diesem Muster läuft das bei dir immer ab, oder? Jemandem, den du kennst, passiert etwas Schlimmes, und du musst dich dann um ihn kümmern.«

Missmutig schaute ich ihn an. »Zum Beispiel?«

»Zum Beispiel diese klitzekleine Sache mit deinem Bruder?« Er griff unter den Stuhl und zog die Zeitung hervor, die sein Kollege zuvor gelesen hatte. Es war ein Boulevardblatt mit fetten schwarzen Überschriften. Von meinem Platz aus konnte ich die Schlagzeile eines doppelseitigen Beitrags lesen: UNGLÜCKLICHE LEHRERIN: ICH HABE JENNY GEFUNDEN, ABER MEINEN BRUDER NICHT. Und darunter ein Bild von mir, eine Nahaufnahme vor der Schule, auf der ich mich mit verärgerter Miene von der Kamera abwende.

»Wann hattest du denn vor, uns davon zu erzählen?«, fragte Blake und hielt mir die Zeitung hin.

Ich stieß mich vom Fenster ab, lief wie ferngesteuert zum Tisch und griff nach der Zeitung. Diese ekelhafte Carol Shapley. Sie hatte offenbar im Eiltempo gearbeitet, um unser Interview derart schnell in die Zeitung zu bekommen. So sah also bei ihr eine wohlwollende Story aus.

Mit erstickter Stimme erzählte mir Sarah Finch, wie sie die Leiche ihrer Lieblingsschülerin fand. Da sie selbst einen schweren Schicksalsschlag verkraften musste, ist ihr das Thema Verlust nur allzu vertraut. »Ich weiß, wie es Jennys Familie jetzt gehen muss«, sagte sie mit Tränen in den Augen. »Aber wenigstens haben sie eine Leiche, die sie begraben können.«

»Das habe ich überhaupt nicht gesagt«, murmelte ich, hauptsächlich zu mir selbst, und überflog hastig die Absätze des Beitrags. Sie hatte buchstäblich nichts ausgespart: Charlies Verschwinden, Mums Nervenzusammenbruch, Dads Tod, Jennys Tod – aber die Geschichte an sich war fast nicht wiederzuerkennen, aalglatt poliert und für die sensationshungrige Leserschaft in leicht verdauliche Häppchen zerhackt. Ich las weiter bis zur dritten und letzten Seite, wo Carol darüber spekulierte, was Jenny möglicherweise zugestoßen war und welche frommen Hoffnungen ich für Jennys Eltern hegte (»Ich hoffe, dass sie beisammenbleiben und sich unterstützen. Selbst wenn das Schlimmste überstanden ist, werden sie es niemals vergessen.«) Nachdem ich diese Zeilen gelesen hatte, schloss ich für einen Moment die Augen. Ich musste sie mir nicht noch einmal durchlesen – wahrscheinlich hätte ich sie sogar wortwörtlich zitieren können. Trotzdem blätterte ich noch einmal zurück zum Anfang und starrte auf den Text, ohne die Worte wahrzunehmen. Nur mit großer Mühe gelang es mir, die Zeitung abzulegen und dem Blick zu begegnen, der mich die ganze Zeit fixierte.

»Es tut mir leid, dass ich nichts über meinen Bruder gesagt habe, aber ich dachte nicht, dass es von Interesse ist«, sagte ich schließlich, setzte mich und umfasste meine Knie, um Halt zu finden.

Er hob die Augenbrauen. »Wirklich? Ich hätte aber sehr gern vor den Medien davon erfahren. Wie haben die überhaupt Wind davon bekommen?«

In dumpfem Tonfall berichtete ich ihm von Carol und wie hartnäckig sie war. Ich erklärte ihm, dass ich keinen anderen Ausweg gesehen hatte, als mich kooperativ zu zeigen.

»Sie hat mich belogen«, sagte ich und schnippte mit dem Fingernagel gegen den Zeitungsrand. »Sie hat mir versichert, weder meinen Familiennamen zu erwähnen, noch sonst etwas, das Rückschlüsse auf meine Person zulässt. Deshalb gibt es auch kein gestelltes Foto. Ich weiß nicht, wann sie das hier aufgenommen haben. Wahrscheinlich an dem Tag, als alle die Schule belagert haben – an dem Tag, nachdem Jenny gefunden worden war.«

»An dem Tag, nachdem *du* sie gefunden hast«, korrigierte Blake mit Nachdruck.

Ich schaute auf. »Und wenn schon.«

Er antwortete nicht direkt, sondern schaute mit entnervter Miene an mir vorbei.

»Hör mal«, fuhr ich fort und redete mich schon wieder in Rage, »jetzt glaub bloß nicht, dass hier mehr als der pure Zufall im Spiel war. Ich habe niemandem von Charlie erzählt. Ich rede überhaupt nie über ihn. Es ist nämlich nicht gerade ein Thema, das sich mal eben locker in eine Unterhaltung einflechten lässt, weißt du? Und ich kann nicht von anderen erwarten, dass sie sich dafür interessieren, dass mein Bruder verschwunden ist und ich nie darüber hinweggekommen bin. Aber es ist eben geschehen. Ich musste als Kind damit leben und muss es immer noch. Der Unterschied ist nur, dass die meisten Leute sich nicht mehr daran erinnern oder es ihnen egal ist. So habe ich das, was ich empfinde, wenigstens ganz für mich allein.« Außerdem hatte ich mich inzwischen so daran gewöhnt, es zu verbergen, dass ich gar nicht wusste, wie ich anfangen sollte, offen darüber zu reden. Dinge zu verheimlichen war mittlerweile etwas ganz Natürliches für mich geworden.

Er zuckte die Schultern. »Warum bleibst du eigentlich dort wohnen? Es muss doch schrecklich sein, in diesem Haus zu leben.«

»Wegen Mum«, sagte ich schlicht und erklärte, dass sie unbedingt dort bleiben wollte, wo wir immer gewohnt hatten, falls Charlie auf wundersame Weise wieder auftauchen würde.

Er schüttelte den Kopf. »Das ist genau das, was ich meine, Sarah. Wenn sie nicht umziehen will, okay. Soll sie ihren Willen haben. Aber warum musst du unbedingt bei ihr bleiben? Sie ist eine erwachsene Frau. Nur weil sie ihr eigenes Leben verpfuscht hat, musst du doch nicht zwangsläufig auch deins ruinieren.«

»Ich kann sie nicht im Stich lassen.« Stumpfsinnig strich ich mit dem Fingernagel immer wieder über die Naht meiner Jeans. »Alle anderen haben sich von ihr abgewandt. Ich kann ihr das nicht auch noch antun.«

»So wie du Geoff nicht allein im Koma liegen lassen kannst, oder was?«, gab Blake heftig zurück. »Ich muss gestehen, dass ich nicht überrascht war, dich hier anzutreffen.« Er beugte sich nach vorn. »Wenn es anders gelaufen wäre und du mir von seinem Auftritt erzählt hättest, hätte er gute Chancen auf eine Anklage wegen Belästigung gehabt – ist dir das eigentlich klar?«

Ich hielt meinen Blick gesenkt.

»Wegen solcher Typen solltest du dir jedenfalls keine Vorwürfe machen«, sagte Blake halb ärgerlich, halb mitfühlend. »Vielleicht hat er ja sogar das bekommen, was er verdient hat.«

»Das glaubst du doch nicht im Ernst.«

Blake seufzte. »Er war ein eingebildetes kleines Arschloch, Sarah, das sich mit einem Nein nicht abfinden konnte. Du wirst doch von allen Seiten nur ausgenutzt. Fang endlich an, dich um dich selbst zu kümmern.«

Als ich versuchte, die Tränen wegzuschniefen, die mir unweigerlich in die Augen stiegen, angelte Blake eine Packung Taschentücher von einem Beistelltisch und gab sie mir.

»Ist das deine professionelle Meinung?« Ich machte mir nicht die Mühe, den sarkastischen Tonfall zu unterdrücken.

»Entschuldige«, antwortete er steif. »Offenbar fällt es mir schwer, mich professionell zu verhalten, wenn ich mit dir rede.«

Kurzzeitig herrschte betretenes Schweigen, während wir beide an das letzte Mal dachten, als er sich in meiner Gegenwart ausgesprochen unprofessionell verhalten hatte. Ich traute mich nicht, ihn anzusehen.

»Ich hatte mir eigentlich fest vorgenommen, das nicht zu tun«, murmelte er, mehr zu sich selbst, »aber Tatsache ist, dass ich aus dir einfach nicht schlau werde. Ich weiß nicht, warum du humpelst oder woher du den blauen Fleck im Gesicht hast – habe ich heute Morgen schon gesehen, du musst das jetzt nicht mehr versuchen zu verbergen. Ich begreife nicht, wie das hier«, er deutete mit der Hand in den Raum, »dazu passt, dass du neulich abends in meiner Wohnung aufgetaucht bist.«

Ich putzte mir die Nase und antwortete dann zunächst auf den zweiten Teil. »Das tut mir wirklich leid. Ich hätte das nicht tun sollen. Es war nur – ich hatte das Gefühl, mal etwas Unüberlegtes tun zu müssen, zur Abwechslung mal etwas spüren zu müssen. An diesem Abend habe ich mich gefühlt, als würde ich in Treibsand versinken. Und du warst jemand, an dem ich mich festhalten konnte.« Ich riskierte einen Blick zu ihm. »Ich dachte nicht, dass du etwas dagegen hast.«

Er zuckte die Schultern. »Hatte ich auch nicht. Aber darum geht es gar nicht.«

»Weiß du, was neulich passiert ist, das war wunderbar. Aber es hat nichts mit meinem Leben zu tun. Mein Leben besteht darin, Tag für Tag in die Schule zu fahren –

in der Hoffnung, meine Arbeit dort einigermaßen gut zu machen. Abends komme ich heim und weiß vorher nie, was mich erwartet. An guten Tagen bleibe ich zu Hause und korrigiere Arbeiten, während Mum trinkt, bis sie umfällt. Und an schlechten Tagen – tja, da läuft es ungefähr genauso. Auch wenn es mir nicht unbedingt gefällt, so ist es eben. Nur vor ein paar Tagen hatte ich einen Moment lang das Bedürfnis, das alles für ein Weilchen hinter mir zu lassen, und war tatsächlich mutig und dumm genug, dem nachzugeben. Wahrscheinlich hätte ich lieber mit jemanden schlafen sollen, der nichts mit dem Fall zu tun hat, aber ich hatte …« Ich beendete meinen Satz nicht. In diesem kahlen, trostlosen Zimmerchen brachte ich die nächsten Worte einfach nicht über die Lippen. … *Lust auf dich.* Das war zu viel.

»Wie schon gesagt, ich hatte nichts dagegen.« Blake hörte sich an, als ob er mit den Gedanken ganz woanders war.

Ich lehnte mich zurück. »Lass mich einfach das tun, was ich für richtig halte.« Eigentlich meinte ich: *Versuch nicht, mich zu verstehen. Du kriegst mich eh nicht wieder hin. Ich bin viel zu kaputt.*

Er dachte allerdings, ich rede von Geoff. »Aber du gehst da jetzt nicht wieder rein und spielst die leidende Jungfrau, oder?«, fragte er entrüstet. »Ich hätte wirklich etwas anderes von dir erwartet, Sarah. Du tust vor den Schwestern hier so, als sei das eine riesige Tragödie für dich und genießt in Wirklichkeit nur ihre Aufmerksamkeit.«

»Das ist nicht wahr!«, rief ich empört. »Ich wollte doch nur …«

»Du wolltest dir nur einen weiteren Grund suchen, um deinem eigenen Leben aus dem Weg zu gehen. Hast du vor, seine Chefpflegerin zu werden, wenn er wieder zu sich kommt? Willst du hinter ihm hertrippeln und ihm alle Entscheidungen in deinem Leben überlassen, so wie er es sich schon immer vorgestellt hat? Soll er deine Mutter dabei ablösen, dich herumzukommandieren?«

»Ich treffe meine Entscheidungen selbst«, fauchte ich wütend zurück und sprang auf. »Vielleicht kannst du sie ja nicht verstehen, aber es sind immerhin meine eigenen. Niemand zwingt mich dazu, so zu sein. Ich bin halt wie ich bin. Und das ist in Ordnung so.«

Er stand ebenfalls auf, ging mit schnellen Schritten um den Tisch herum und blieb dann so nahe vor mir stehen, dass sein Gesicht nur wenige Zentimeter von meinem entfernt war. »Du belügst mich in einer Tour, und dich selbst auch. Vielleicht schaffst du es ja irgendwann sogar, dir einzureden, dass du glücklich bist. Aber früher oder später wirst du es bereuen.«

»Das ist dann mein Problem und nicht deins.«

Er sah mich mit finsterer Miene an. Mir war schwindlig, und ich fühlte mich, als würde ich fallen. »Was neulich zwischen uns passiert ist«, erklärte er dumpf, »das war echt. So solltest du dein Leben leben. Damit«, und er tippte mit den Fingerspitzen an meinen Oberkörper, direkt über dem Herzen.

Ich ärgerte mich über ihn und noch mehr über mich selbst, doch als er mich berührte, vergaß ich alles um mich herum, schmiegte mich an ihn, wollte ihn spüren und wandte mein Gesicht seinem Mund zu. In seinem Kuss lag keine Wärme, sondern nur Missmut und Zorn. Aber das war mir egal. Es spielte keine Rolle. Nichts spielte eine Rolle.

Im nächsten Moment klopfte es kurz an, während sich die Tür schon öffnete. Synchron schossen wir auseinander, wohl wissend, dass es zu spät war, dass wir ertappt worden waren.

»Ich will ja nicht stören«, verkündete die karibische

Krankenschwester süffisant, »aber Ihr Chef ist am Telefon.«

Blake fluchte leise, nahm seine Papiere einschließlich der Zeitung und hastete an der Schwester vorbei, ohne ein Wort zu ihr oder mir zu sagen. Ich schaute sie an, die Röte in meinem Gesicht sehr wohl spürend, sagte aber ebenfalls kein Wort.

»Mm-hmm«, machte sie vielsagend und ging dann ihrer Wege.

Nun konnte ich unmöglich weiter an Geoffs Krankenbett sitzen. Ich schlich zurück in seine Koje und holte meine Sachen. Im Gehen murmelte ich eine Entschuldigung in seine Richtung. Egal was Blake gesagt hatte – ich ahnte, dass ich Geoff mit auf die Liste derer setzen musste, denen ich etwas schuldig war. Ich war ihm gegenüber in der Verantwortung, ob es mir nun gefiel oder nicht. Das war ganz und gar nicht unsinnig, da täuschte sich Blake gewaltig. Überhaupt war es wieder mal typisch für ihn, dass er zu wissen glaubte, was gut für mich war. Sosehr ich mich dafür schämte, von der Schwester in seinen Armen erwischt zu werden, sosehr ärgerte ich mich auch darüber, dass ich so wenig Selbstachtung hatte, dass ich mich ihm gleich wieder an den Hals warf. Doch selbst jetzt spürte ich in meinem Körper – diesem Verräter – noch die Erregung und Enttäuschung.

Auf dem Weg aus dem Krankenhaus verlief ich mich ein paarmal. Ohne den schlaksigen Doktor als Fremdenführer war ich völlig verloren. Als ich endlich eine Tür fand, die zur Außenwelt führte, stürmte ich umgehend hinaus – überglücklich, endlich wieder an der frischen Luft zu sein. Es war ein milder, sonniger Tag. Ich schirmte die Augen mit der Hand ab, denn das von den Autos auf dem Krankenhausparkplatz reflektierte Sonnenlicht blendete mich. Ich überlegte, in welche Richtung ich gehen sollte, und bemerkte zunächst gar nicht, dass ein Auto neben mir hielt.

»Sarah«, rief eine gut gelaunte Stimme vom Fahrersitz. »Wo wollen Sie denn hin?«

Ich beugte mich hinunter und sah das Gesicht von DCI Vickers. Zwischen uns saß Blake, der starr geradeaus blickte, um mich nicht ansehen zu müssen.

»Äh … also, ich will nur nach Hause«, antwortete ich zögernd.

»Das trifft sich gut, wir wollen gerade zurück in Ihre Gegend. Steigen Sie ein«, bot Vickers an.

Dieses Angebot konnte ich wohl kaum ablehnen. Der Rückweg führte etliche Kilometer an der vierspurigen Fernstraße entlang – nicht eben eine nette Wanderung. Vickers würde mir niemals abnehmen, wenn ich behauptete, diesen Weg lieber zu Fuß gehen zu wollen.

»Danke«, sagte ich also und setzte mich hinter Vickers auf den Rücksitz. Blake drehte sich nicht zu mir um; seine Ohren waren knallrot. Ich begegnete Vickers' Augen im Rückspiegel. Diesen prüfenden Blick hatte ich bereits bei unserem Gespräch in den frühen Morgenstunden bemerkt.

»Ja, ich weiß, ich hätte Ihnen von meinem Bruder erzählen sollen«, sagte ich leise.

Die Falten um seine Augen herum verzogen sich, und ich erkannte, dass er lächelte. »Das stimmt. Aber Sie hatten sicher Ihre Gründe.«

»Ich wollte Ihnen nichts verschweigen. Ich dachte nur nicht, dass es für Sie wichtig ist.«

»Offen gestanden wusste ich es schon«, erwiderte Vickers und bekam einen heftigen Hustenanfall von mindestens zwanzig Sekunden. »Entschuldigung«, brachte er schließlich heraus. »Das Rauchen. Fangen Sie bloß nicht damit an.«

Offenbar war ich heute prädestiniert für kostenlose Ratschläge von der Polizei. Ich lächelte höflich, während es in meinem Hirn heftig arbeitete. »Sie wussten es also schon?«

»Ich habe ein bisschen recherchiert«, plauderte Vickers und warf mir durch den Rückspiegel wieder einen ironischen Blick zu. »Nach Ihrer Zeugenaussage musste ich Sie überprüfen. Es war nicht schwer, das alles herauszufinden. Ganz trauriger Fall.«

»Und … und Sie finden es nicht schlimm, dass ich Ihnen nichts davon gesagt habe?« Ich wollte nicht über Blake sprechen, wenn er dabei war, aber hatte er sich deswegen nicht gerade erst total aufgeregt? Weshalb spielte es Vickers dann so herunter? Und warum hatte er seine Kollegen nicht darüber informiert?

Der Chefinspektor krächzte: »Eines habe ich im Laufe der Jahre gelernt. Nämlich, dass jeder das eine oder andere kleine Geheimnis hat, das er der Polizei nicht unbedingt auf die Nase binden will. Manche davon sind für uns von Interesse, andere eher nicht. Die Erfahrung sagt einem, welche wichtig sind. Da nicht alles relevant ist, versuche ich zu selektieren, was meine Leute wissen müssen und was nicht. Ich bin jedenfalls zu dem Schluss gekommen, dass der Fall Ihres Bruders für unsere jetzigen Ermittlungen keine Rolle spielt.«

»Davon bin ich eben auch ausgegangen«, antwortete ich, während mir ein riesiger Stein vom Herzen fiel.

»Aber wenn da noch etwas anderes wäre, das Sie vor uns verheimlichen«, mahnte Vickers und bog auf die Hauptstraße ein, »das würden Sie uns doch sagen, oder? Von nun an keine Geheimnisse mehr, ja?«

Unsere Blicke begegneten sich erneut im Rückspiegel, und diesmal war ich es, die zuerst wegschaute. Trotz all der Wärme und oberflächlichen Freundlichkeit konnte man diesen kalten blauen Augen nicht trauen. Vickers hatte einen Verdacht, und ich wusste nicht, welchen. Ich antwortete nicht, und für den Rest der Fahrt herrschte Schweigen im Wagen. Es war das lauteste Schweigen, das ich je gehört hatte.

1992

Seit einem Jahr und acht Monaten vermisst

»Mrs. Barnes! Mrs. Barnes!«

Die Stimme hinter uns kenne ich. Es ist Mrs. Hunt, meine Klassenlehrerin. Ich blicke auf zu Mum, ob sie das Rufen gehört hat und ob sie stehen bleibt. Zögernd schaut sich Mum um.

»Ja?«

Mrs. Hunt ist ganz außer Atem. »Dürfte ich Sie bitten … noch einmal … zurückzukommen … für ein kurzes Gespräch?« Sie legt die Hand auf die Brust und sieht mich an. »Du bitte auch, Sarah.«

Mum folgt ihr quer über den Spielplatz zurück zur Schule, und ich trotte hinter ihnen her, den Blick auf Mums Füße geheftet. Links, rechts, links, rechts. Ich weiß schon, was Mrs. Hunt sagen wird. Die grauhaarige, dicke Mrs. Hunt ist nun schon seit einigen Monaten meine Klassenlehrerin. Das reicht aus, um einen Eindruck von mir zu bekommen. Inzwischen bin ich bereits mehrmals verwarnt worden. Ich beschließe, nicht weiter darüber nachzudenken und schalte auf Durchzug. Diesen Trick habe ich mir selber beigebracht. Wenn es mir zu viel wird, schalte ich einfach ab. Das mache ich oft.

Wir kommen im Klassenzimmer an, in ihrem persönlichen Reich. Mrs. Hunt zieht für Mum einen Stuhl heran und bedeutet mir, dass ich mich in die erste Bankreihe setzen soll. Ganz langsam lasse ich mich auf dem Platz von Eleanor Price nieder.

Ich stelle mir vor, ich sei Eleanor mit ihren dicken Brillengläsern und den hellroten Haaren. Eleanor ist die Lieblingsschülerin aller Lehrer. Sie liebt es, ganz vorn beim Lehrertisch zu sitzen, damit sie Mrs. Hunt immer zeigen kann, auf welcher Seite im Geschichtsbuch wir gerade sind, oder um freiwillig Mitteilungen zu anderen Lehrerinnen zu tragen.

»Mrs. Barnes, ich wollte mit Ihnen über Sarah reden, weil ich wegen ihrer derzeitigen Leistungen sehr besorgt bin. Ich habe auch schon mit anderen Kollegen gesprochen, bei denen sie Unterricht hat, und wir haben alle das Gefühl, dass sie sich einfach nur keine Mühe gibt. Sie erledigt ihre Hausaufgaben nicht, Mrs. Barnes. Sie sitzt im Unterricht und träumt vor sich hin. Zu ihren Mitschülerinnen ist sie manchmal sehr unhöflich, und mir gegenüber riskiert sie oft eine freche Lippe.«

Genau das ist es nämlich, was sie nicht leiden kann, denke ich mit einer gewissen Genugtuung. Mrs. Hunt gehört zu den Lieblingslehrerinnen der Schule – immer warmherzig und freundlich und bei jedermann beliebt. Aber ich vertraue ihr nicht. Ich brauche keine Hilfe. Normalerweise verziehe ich mich immer aus dem Klassenzimmer, bevor sie dazukommt, mich anzusprechen.

Mum gibt sich alle Mühe, bei ihr gut Wetter zu machen. »Das ist wirklich bedenklich. Aber ich bin mir ganz sicher, dass sie sich künftig mehr anstrengen wird. Habe ich Recht, Sarah?«

Ich starre Löcher in die Luft. Ich bin Eleanor Price. Das Gespräch hat nichts mit mir zu tun.

»Sie wirkt immer so verschlossen«, flüstert Mrs. Hunt und heftet gespannt ihre Augen auf Mums Gesicht. »Gibt es bei Ihnen zu Hause vielleicht Probleme, von denen ich wissen sollte?«

Sag es ihr, will ich schreien. Bitte erzähl ihr, dass du trinkst und dass wir uns deswegen ständig streiten.

Linkisch hebt Mum eine Hand und streicht sich das Haar aus

der Stirn. Dabei rutscht ihr Ärmel zurück, und in Mrs. Hunts Gesicht spiegeln sich Schreck und Neugier. Mums Unterarm ist übersät von blauen Flecken. Ich weiß, dass sie noch mehr von der Sorte hat, noch mehr Spuren. Sie ist eine ziemlich ungeschickte Alkoholikerin und fällt oft hin.

Ich warte darauf, dass sie ihr das erklärt, aber noch bevor Mum etwas sagt, beugt sich meine Lehrerin zu ihr hinüber. »Es gibt Adressen, an die Sie sich wenden können, Frauenhäuser. Wenn Sie möchten, kann ich Ihnen eine Telefonnummer …«

»Das ist nicht nötig«, weicht Mum aus.

»Aber wenn Sie häuslicher Gewalt ausgesetzt sind – wenn Ihr Mann …«

»Bitte.« Mum hebt abwehrend die Hand. »Nicht vor Sarah.«

Jetzt höre ich aufmerksam zu. Sie kann Mrs. Hunt doch nicht in dem Glauben lassen, dass Dad an ihren Verletzungen schuld ist. Das kann sie nicht tun.

»Es gibt eben ein paar Dinge, mit denen ich mich abfinden muss, aber die will ich von ihr fernhalten«, sagt sie mit gesenkter Stimme. »Sie weiß nichts davon …«

»Aber das geht doch nicht!« Mrs. Hunts Finger versinken in ihrem Gesicht, als wären die Wangen aus Teig. »Wie können Sie das vor ihr verbergen?«

Mum schüttelt den Kopf. »Wir bekommen das schon hin, Mrs. Hunt. Wir schaffen das schon. Es ist schon viel besser geworden zwischen uns, wirklich, viel besser. Und Sarah schafft das auch. Haben Sie vielen Dank, dass Sie sich die Zeit genommen haben, mich über ihre Probleme zu informieren.« Sie steht auf und nimmt ihre Handtasche. »Ich versichere Ihnen, Sarah steht bei uns an allererster Stelle.«

Mrs. Hunt nickt, und ihre Augen sind feucht. »Falls ich irgendetwas für Sie tun kann …«

»Sage ich Ihnen Bescheid.« Mum lächelt tapfer und sagt zu mir: »Komm Sarah, wir gehen nach Hause.«

Ich spreche erst wieder, als wir das Schulhaus verlassen haben und auf der Straße sind, weit genug weg von dem Gedränge am Schultor.

»Warum hast du Mrs. Hunt nicht die Wahrheit gesagt?«

»Das geht sie nichts an«, erwidert Mum schroff.

»Aber jetzt glaubt sie, dass Dad – ich meine, sie hat es doch so gesagt, als ob sie glaubt, dass Dad das war.«

»Ja und?« Mum fährt herum und sieht mich wütend an. »Weißt du, dein Vater ist ganz bestimmt nicht perfekt, auch wenn du dir das vielleicht anders vorstellst.«

»Aber das war er nicht«, sage ich und zeige auf ihren Arm. »Das warst du selber.«

»Eines Tages«, sagt Mum mit butterweicher Stimme, »wirst du verstehen, dass mir dein Vater eine Menge Verletzungen zugefügt hat, auch wenn man davon keine blauen Flecken sieht.«

»Das glaube ich dir nicht.«

»Glaub doch, was du willst. Aber es ist die Wahrheit.«

Mir stehen die Tränen in den Augen, und mein Herz klopft ganz schnell. »Ich wünschte, du wärst tot.« Das meine ich so, wie ich es sage.

Für einen Moment zuckt Mum zusammen und fängt dann an zu lachen. »Eines solltest du dir merken, meine liebe Sarah: Wünsche gehen nur selten in Erfüllung.«

Damit hat sie ausnahmsweise einmal Recht, das weiß ich nur allzu genau.

12

Als wir in unsere Straße einbogen, schrie ich überrascht auf: Schon zum zweiten Mal an diesem Tag stand die Sackgasse voller Polizeifahrzeuge.

Ohne den Kopf zu wenden, kommentierte Blake knapp: »Wir machen eine Hausdurchsuchung.«

»Ach so? Ich dachte, so etwas erledigen Sie um fünf Uhr morgens?«

»Nur wenn wir denken, wir könnten jemanden im Schlaf überraschen«, erklärte Vickers schräg über seine Schulter hinweg. »Wir sind ziemlich sicher, dass das Haus diesmal leer ist.«

Ein ungutes Gefühl sagte mir, von welchem Haus gerade die Rede war.

»Als sich unsere Beamten wegen letzter Nacht in der Nachbarschaft umgehört haben, ist so gut wie nichts dabei herausgekommen«, fuhr Vickers fort. »Keiner war sonderlich hilfreich, um ehrlich zu sein. Die Leute scheinen hier einen gesunden Schlaf zu haben, aber wenigstens haben sie sich alle Mühe gegeben, unsere Fragen zu beantworten. Es gehört zum Standardprogramm, dass wir sämtliche Nachbarn überprüfen, um zu sehen, ob nicht vielleicht doch einer darunter ist, der, nun ja, von Interesse ist – um es mal so auszudrücken. Und was glauben Sie, auf wen wir dabei gestoßen sind? Auf keinen Geringeren als Ihren Nachbarn von gegenüber, einen gewissen Daniel Keane. Kennen Sie ihn?«

Ich fing an, den Kopf zu schütteln, ließ es dann wieder sein und antwortete schließlich: »Mehr oder weniger. Ich habe schon seit Jahren kein Wort mehr mit ihm gesprochen. Nein, eigentlich kenne ich ihn nicht. Das heißt, ich habe ihn mal gekannt.«

Hirnloses Geplapper. Ich unterbrach mich und biss mir auf die Lippe.

Sowohl Vickers als auch Blake sahen mich an. Sie wirkten beide höchst interessiert.

Ich seufzte. »Wie soll ich das erklären, er war eben Charlies Freund, verstehen Sie? Und nachdem Charlie verschwunden war, durfte ich nicht mehr mit ihm sprechen. Natürlich sind wir inzwischen erwachsen, aber ich rede halt nicht mit ihm. Ich sehe ihn schon ab und zu, aber ich kann wirklich nicht behaupten, ihn zu kennen.«

Vickers wirkte zufrieden. »Nun, wenn das so ist, wissen Sie wahrscheinlich auch nichts über Mr. Keanes jüngere Vergangenheit. Vor ein paar Jahren steckte er in allerhand Schwierigkeiten. Diverse Strafen wegen Körperverletzung, was im Wesentlichen auf Kneipenschlägereien hinauslief, ein paar Diebstähle und Verkehrsdelikte, solcher Kram eben. Typischer Kleinganove. Dann wurde er nach einem ziemlich üblen Fall von schwerer Körperverletzung aufgegriffen, bei dem einem armen Kerl der Schädel zertrümmert wurde, aber die Beweise waren zu dünn. Und dann: Oh Wunder, keine Vergehen mehr, keine Scherereien, nichts. Er suchte sich einen Job, und wir verloren ihn ziemlich bald aus den Augen. Bis gestern. Wir haben die Autowerkstatt angerufen, bei der er arbeitet, und dort ist er heute nicht aufgetaucht. Er hätte heute morgen ganz normal antreten müssen, aber er hat sich nicht gemeldet. Übrigens gibt es dort keinerlei Beschwerden über ihn. Nicht mal verschlafen hat er bisher.«

Blake wurde langsam unruhig. »Wir sollten uns beeilen. Die Jungs warten auf uns.«

Jetzt erst wurde mir bewusst, dass ich sie aufhielt. Irritiert griff ich nach meiner Tasche und meiner Jacke und murmelte ein Dankeschön fürs Mitnehmen in Vickers' Richtung. Blake würdigte ich keines Blickes, als ich zur Haustür eilte, wobei ich die Beamten, die vor Dannys Haus Stellung bezogen, nur schemenhaft wahrnahm. Erst als ich den Schlüssel ins Schloss schob, fiel mir plötzlich Paul ein. Wenn er zu Hause war, würde er ganz bestimmt nicht der Polizei die Tür öffnen. Bestimmt hatte er panische Angst. Wahrscheinlich war er auch jetzt da drinnen. Ich drehte mich wieder um, zögerte aber und war mir nicht sicher, ob ich etwas sagen sollte. Falls Danny verschwunden war, wie die Polizei offenbar annahm, hatte er doch sicher seinen Bruder mitgenommen?

Während ich noch unschlüssig vor der Tür stand, überschlugen sich plötzlich die Ereignisse auf der Straße. Auf ein Nicken von Vickers hin postierte sich eine Gruppe uniformierter Polizisten vor der Haustür gegenüber. Der erste in der Reihe brüllte: »Polizei! Machen Sie die Tür auf!« und ging, ohne eine Antwort abzuwarten, mit einem roten Rammbock auf die Tür los. Unter der wiederholten Krafteinwirkung, die sich vor allem gegen die Scharniere richtete, bog und krümmte sich die Tür. Letztendlich gab sie nach und der erste Polizist trat zur Seite, um den anderen, die hinter ihm gewartet hatten, Platz zu machen. Sie stürmten ins Haus und riefen dabei immer wieder so laut sie konnten: »Polizei!«

Mit eng um den Körper geschlungenen Armen ging ich wieder zurück zur Gartenpforte. Trotz des strahlenden Sonnenscheins war mir kalt. Vickers und Blake standen draußen und warteten. Aus dem Haus drangen Lärm und Getrampel, Befehlsschreie, das Krachen aus den Angeln fliegender Türen. Dann gab es eine Pause. Jemand rüttelte an einem Fenster auf der Straßenseite, schob es auf und rief: »Chef, wir bekommen eine der Türen nicht auf!«

»Nicht lockerlassen«, rief Blake zurück.

Wieder krachte es im Haus. Ich überlegte hin und her; schließlich raffte ich mich auf und steuerte entschlossen quer über die Straße auf Vickers zu.

»Inspektor«, sprach ich ihn von hinten an, »es gibt da noch etwas, das Sie wissen sollten: Danny hat einen jüngeren Bruder …«

Während ich das sagte, ertönte aus dem Haus ein Schrei: »Wir brauchen einen Krankenwagen!«

»Warten Sie hier«, unterbrach mich Vickers und rannte auf den Hauseingang zu. Blake hinterher. Nun stand ich allein auf der Straße, trat von einem Fuß auf den anderen und behielt die Haustür im Blick, um einen Anhaltspunkt zu bekommen, was los war. *Wenn Paul etwas zugestoßen ist …*, dachte ich und konnte den Satz nicht vollenden.

Es dauerte eine gefühlte Ewigkeit, bis die Rettungsmannschaft eintraf und an mir vorbeieilte, angeführt von dem Polizisten, der beim Klang des Martinshorns an der Tür aufgetaucht war. Während sie hineingingen, drängte sich Blake an ihnen vorbei nach draußen und kam auf mich zugelaufen.

»Du kennst doch den Bruder. Kannst du ihn identifizieren?«

»Was ist passiert?«, flüsterte ich mit vor Angst zugeschnürter Kehle. »Er ist doch nicht etwa …«

»Tot? Nein. Jedenfalls noch nicht. Wie sieht er aus?«

Ich schluckte und überlegte. »Dunkle Haare, braune Augen. Er ist zwölf, wirkt aber älter.«

»Statur?«, fragte Blake ungeduldig.

»Er ist stämmig. Na ja, eigentlich regelrecht fettleibig.« Ich kam mir schäbig vor, als ich das sagte.

Er seufzte. »Ja, das stimmt so ziemlich überein. Zwölf? Lieber Himmel. Wie kann man sich in zwölf Jahren nur so zurichten? Da muss man sich aber ganz schön anstrengen.«

»Er hat einiges durchgemacht«, erwiderte ich barsch und hatte das Bedürfnis, ihn zu beschützen. »Ich glaube, er mag sich selbst nicht sonderlich.«

»Sieht ganz so aus. Schließlich hat er gerade versucht, sich das Leben zu nehmen.«

»Wie denn?«, brachte ich mühsam hervor.

Einer der uniformierten Männer, die an uns vorbeikamen, warf die Antwort ein: »Hat sich an der Tür aufgehängt, das arme Würstchen. Kein Wunder, dass wir sie nicht aufgekriegt haben.« Er sah Blake an: »Hier, wir wissen jetzt, warum es nicht ging. Er hat nur die Wäscheleine ausgeleiert. Das war so eine mit Plastikmantel, deswegen ist der Knoten verrutscht, den er gemacht hatte. Er war viel zu schwer dafür, und deshalb hing das Seil am Ende so weit herunter, dass er mit den Füßen auf dem Boden aufgekommen ist. Viel zu fett zum Baumeln. Guter Gott … Und ich dachte, ich hätte schon einiges gesehen.«

»Kommt er durch?«, fragte ich und hasste den Polizisten für die Gleichgültigkeit, mit der er über Paul sprach.

Er zuckte die Schultern. »Kann schon sein. Die Sanitäter sind jedenfalls dran. Als wir ihn gefunden haben, war er bewusstlos.«

Dann hörte man es im Inneren des Hauses mehrfach laut rumpeln und Blake sagte: »Sie bringen ihn raus.«

»Halt deine Seite hoch, Mann«, rief einer der Sanitäter, als sie sich durch die Tür zwängten. Zwei Polizisten halfen dabei, die Trage zu schleppen. Paul zu schleppen. Sein Gesicht war unter einer Sauerstoffmaske verborgen, aber der massige Bauch und der Haarschopf am Kopfende der Trage ließen keinen Zweifel. Eine fleischige Hand hing leblos unter der Decke hervor.

»Jetzt strengt euch mal ein bisschen an«, rief es hinter mir, wo der Polizist, der mit mir gesprochen hatte, grinsend an seinem Auto lehnte.

»Fass lieber mit an«, murrte einer der Träger.

»Mit meinem Rücken? Vergiss es. Ich hol mir doch keinen Dauerschaden.«

»Er ist keine Witzfigur«, sagte ich erbost zu Blake. »Er ist kein Tier oder so. Das ist ein Kind, das da auf der Trage liegt.«

Doch Blake beachtete mich nicht, und so ballte ich frustriert die Hände zur Faust.

Die Rettungssanitäter setzten die Trage auf dem Gehweg ab und klappten die Räder aus. Dann kamen sie damit an mir vorbeigeeilt. Aus der Nähe sah Paul entsetzlich aus. Seine Haut war bläulich verfärbt, und ich fragte mich, wie lange er wohl schon in diesem Zustand war. Und wie lange er überlebt hätte, wenn die Polizei nicht gekommen wäre. Was hatte Danny sich nur dabei gedacht, ihn einfach so zurückzulassen?

Blake folgte ihnen und beugte sich in den Krankenwagen, nachdem sie Paul hineinbefördert hatten. Mit finsterer Miene kam er zu mir zurück, aber was er zu sagen hatte, klang eher beruhigend.

»Sie konnten schon mit ihm sprechen. Im Augenblick tritt er immer wieder weg. Sie glauben, dass er durchkommt, aber hier warten wollen sie nicht.«

In diesem Augenblick fuhr der Rettungswagen mit Blaulicht und Sirenengeheul davon.

»Es ist also so, dass du zwar Danny nicht kennst, dafür aber Paul«, wandte sich Blake wieder an mich.

Der Klang seiner Stimme ließ mich aufschrecken. »Nicht besonders gut. Ich habe nur ein einziges Mal mit ihm gesprochen. Davon abgesehen hast du mich ja nie nach Paul gefragt.«

»Ich wusste ja nichts von Paul«, entgegnete Blake ruhig.

Ich zuckte die Schultern. »Ich hab ihn gestern zum ersten Mal getroffen. Ich war rübergegangen …« Einen Augenblick zögerte ich, fuhr dann aber fort und erklärte, warum ich mit Danny hatte reden wollen und dass ich gedacht hatte, er könnte mir etwas über Charlie erzählen. »Paul ist ein netter Kerl. Gutartiger Typ. Und du solltest ihn nicht unterschätzen, bloß weil er übergewichtig ist. Er ist echt intelligent und weiß mehr über Computer und Technik als wir beide zusammen, möchte ich wetten.« Ich wollte unbedingt, dass Blake in Paul ein menschliches Wesen sah und nicht einfach nur einen Fettwanst.

Mit ungerührter Miene sah Blake mich an. »Du warst gestern zum allerersten Mal in diesem Haus?«

»Ja.«

»Du hattest dir also einfach so in den Kopf gesetzt, etwas über deinen Bruder zu erfahren?«

Ich nickte. »Ich denke, durch die Sache mit Jenny ist das alles wieder hochgekommen. Plötzlich musste ich immerzu darüber nachdenken, was ihm passiert ist. Normalerweise denkt man ja nicht tagtäglich über so etwas nach. Man nimmt es irgendwann einfach als gegeben hin, meistens zumindest.«

Blakes Blick ging an mir vorbei, und als ich mich umdrehte, sah ich Vickers aus dem Haus kommen. Sein Gesicht war noch grauer und resignierter als sonst. Mit der rechten Hand hielt er etwas nach oben, etwas Silbriges mit Quasten, und jetzt fühlte ich mich erst recht, als ob ich träumte, denn was er da in der Hand hatte, ergab absolut keinen Sinn.

»Das ist meine Tasche!«

Es war die Tasche, die ich vor drei Tagen dabeigehabt hatte – die Tasche, die mir der rätselhafte Straßenräuber abgenommen hatte. Ich ging auf Vickers zu und streckte meine Hand danach aus. Doch er hielt sie von mir weg und aus dem Augenwinkel sah ich, dass Blake mir gefolgt war.

»Das ist meine«, wiederholte ich. »Woher haben Sie die?«

Vickers wirkte abgespannt. »Sie lag im Wohnzimmer, Sarah. Da, wo Sie sie vergessen haben.«

Ich schüttelte den Kopf. »Nein, Sie verstehen mich falsch. Diese Tasche habe ich verloren. Also, nicht direkt verloren. Sie wurde mir gestohlen.«

»Bitte nicht noch eine Geschichte«, sagte Blake. »Sieht aus, als hätten Sie für alles eine Ausrede parat.«

»Aber es ist die Wahrheit«, sagte ich würdevoll und wandte mich dabei ausschließlich an Vickers. »Am Donnerstagabend wurde ich überfallen. Jemand hat mich zu Boden gestoßen und mir die Tasche abgenommen. Das ist auch der Grund, weshalb ich zurzeit nicht Auto fahren kann – weil ich den Schlüssel nicht habe. Sie haben ja gesehen, dass ich zu Fuß gehen muss; eben haben Sie mich in Ihrem Auto mitgenommen. Warum sollte ich nicht mit dem Auto zum Krankenhaus fahren, wenn ich es könnte?«

Vickers zog den Reißverschluss meiner Handtasche auf und schaute hinein. Ein ausgesprochen unpassendes Bedürfnis zu kichern überkam mich. Es wirkte so unbeschreiblich daneben, wie dieser graue Mann in seinem grauen Anzug ganz selbstverständlich eine Handtasche aus silberfarbenem Leder durchwühlte, als wäre es seine.

»Keine Schlüssel«, verkündete er schließlich, und augenblicklich verging mir das Lachen.

»Was? Aber die müssen da drin sein. Haben Sie auch in der Seitentasche nachgesehen?«

Vickers sah mich vorwurfsvoll an. »Da habe ich zuerst nachgesehen. Meine Frau hat ihre Schlüssel nämlich auch immer in der Seitentasche.«

»Dürfte ich bitte selbst nachschauen?«

Wortlos reichte er mir die Tasche, und ich durchforstete sie sorgfältig, während mich die beiden Männern unangenehm streng beobachteten. Auf der Suche nach meinem Schlüssel durchkämmte ich mit den Fingern die zerknüllten Zettel und Quittungen, die sich im Laufe der Zeit auf dem Boden meiner Tasche angesammelt hatten. Ich entdeckte einen Kajalstift und einen Lippenpflegestift, einen Kugelschreiber, der schon lange nicht mehr schrieb, und ein paar Büroklammern, aber keinen Schlüssel und auch sonst nicht viel mehr. Mir blieb nichts anderes übrig, als mich geschlagen zu geben. »Aber der Schlüssel war in der Tasche, als sie gestohlen wurde. Und es war noch mehr darin gewesen – mein Kalender und ein paar Fotos zum Beispiel.« Ich versuchte mich zu erinnern, was außerdem noch fehlte.

»Kommen Sie«, sagte Vickers und trat zur Seite. »Kommen Sie, und sehen Sie selbst.«

Blake versuchte, mich aufzuhalten. »Chef, denken Sie an die Spurensicherung – wir können doch nicht …«

»Sie hat ausgesagt, bereits in dem Haus gewesen zu sein«, sagte Vickers bedächtig. »Ich kann mir nicht vorstellen, dass die Spurensicherung so oder so etwas belegen kann. Aber wir werden für alle Fälle darauf achten, dass sie nichts anfasst.«

Blake biss sich auf die Unterlippe, sagte aber nichts weiter und ließ mich durch.

Hinter ihm betrat ich den Flur und sah mich um.

Von dem Schaden abgesehen, den die Polizei beim Aufbrechen der Tür angerichtet hatte, hatte sich seit dem Vortag nichts verändert. Dort, wo die Tür gegen die Wand geprallt war, lag abgeblätterte Farbe auf dem abgetretenen Teppich. Wieder nahm ich den üblen Geruch von alten Socken wahr, der mir schon das letzte Mal aufgefallen war, und dann lag da noch etwas anderes in der Luft – irgendwie beißender. Es roch nach Angst.

Im Gegensatz zum letzten Mal stand die Wohnzimmertür angelehnt. »Haben Sie meine Tasche in diesem Zimmer gefunden?«, erkundigte ich mich. »Darf ich mich selbst darin umsehen?«

»Nur zu«, nickte Vickers. »Sie werden nicht lange brauchen, nehme ich an.«

Als ich die Tür weiter aufschob, war mir sofort klar, was er damit meinte. Die Körpergerüche, die das Haus durchzogen, waren hier viel konzentrierter und kaum noch zu ertragen. Ich atmete ganz flach durch den Mund, um den Würgereiz zu unterdrücken. Das Fenster war von billigen Rollos verdunkelt. Das wenige Licht kam von der Sonne, die an den fadenscheinigen Stoffbahnen vorbei in den Raum drang. Als Vickers den Schalter neben der Tür betätigte, ließ mich die brutale Helligkeit der nackten Glühbirne an der Zimmerdecke zunächst die Augen zukneifen. Dann nahm ich den erbärmlichen Anblick wahr, der sich mir darbot.

Das Zimmer war im Prinzip leer. Ein mit einem schmuddeligen, fleckigen Spannlaken bezogenes Doppelbett stand mit dem Kopfende an der gegenüberliegenden Wand. Das Kopfteil war mit speckigem, blassgrünem Velours gepolstert und sah aus, als stammte es aus den Siebzigern. Auf der einen Seite stand eine Schachtel mit Papiertüchern auf dem Boden. Rings herum lagen gebrauchte Taschentücher. Auf der anderen Seite sah ich einen kleinen Stapel zerlesener Zeitschriften – Pornomagazine, wie ich angewidert feststellte. Halb über dem Fußende des Bettes und halb auf dem Boden hing eine dünne, klumpige Steppdecke. Den

Fußboden bedeckte ein dunkelbrauner Teppichboden aus Kunstfaser, der im Lampenlicht glitzerte und unter meinen Füßen ganz leise quietschte. An den Wänden klebte eine beigefarbene Prägetapete mit Perlmutteffekt, die im Kontrast zum übrigen Interieur seltsam gediegen und bürgerlich wirkte. Ein langer Schmutzstreifen entlang der einen Wand ließ darauf schließen, dass dort einmal etwas Großes gestanden haben musste, ein Sofa vielleicht.

»Aber das Haus hat doch drei Schlafräume. Wieso haben sie das hier als Schlafzimmer benutzt, obwohl sie doch nur zu zweit waren?«, wandte ich mich fragend an Vickers.

Statt einer Antwort führte er mich weiter in den Raum hinein, bis ich sehen konnte, was vorher für mich hinter der Tür verborgen war. Das einzige Möbelstück im gesamten Raum war ein kleines, ramponiertes Bücherregal, vorausgesetzt, man zählte eine Kamera auf einem Stativ nicht als Möbelstück. Ratlos betrachtete ich die Kamera und bat Vickers um eine Erklärung. Wortlos deutete er auf das Regal.

»Ihre Tasche stand hier im oberen Fach. Gibt es da noch mehr, das Sie wiedererkennen?«

Vorsichtig stakste ich über den Teppich. Ich wollte gar nicht wissen, was für Tierchen darin hausten und wann er das letzte Mal einen Staubsauger gesehen hatte. Als ich erkannte, was sich alles in dem Regalfach befand, lief mir ein Schauer den Rücken hinunter.

»Diese Fotos gehören mir. Ich hatte sie in meiner Tasche.«

Jemand hatte sie an der Rückwand des Regals aufgestellt. Es waren sehr kleine Fotos, kaum größer als Passbilder. Sie an dieser Stelle zu sehen, wirkte auf mich sehr unangebracht. Die beiden Kommissare kamen näher und schauten mir über die Schulter, als ich nacheinander auf die Fotos zeigte. »Das ist Charlie. Charlie und ich. Mum und Dad.«

Daneben lag, mit der aufgeschlagenen Seite nach unten, mein Kalender, und mit einem verärgerten Schnalzen angesichts der zerknitterten Seiten wollte ich ihn an mich nehmen. Doch Blake hielt mich zurück. »Noch nichts anfassen«, bat er ruhig.

»Na gut, das ist also mein Kalender.« Ich inspizierte den Regalinhalt weiter. »Und das da ist mein Füllhalter – na so was!«

»Was ist damit?«, fragte Vickers hastig.

»Das ist einfach seltsam, sonst nichts. Ich dachte, ich hätte ihn verloren. Dabei war er offenbar die ganze Zeit in meiner Tasche.«

»Wann haben Sie ihn verloren?«

»Schon vor Monaten. Ich habe überall danach gesucht. Er hat meinem Dad gehört, wissen Sie.« Es war ein silberner Füllfederhalter mit seinen eingravierten Initialen auf dem Schaft und einer in das Metall getriebenen, ganz besonderen Kreuzschraffur. »Ich dachte, ich hätte ihn in der Schule verloren. Ich habe alles auf den Kopf gestellt, um ihn zu finden. Nicht zu fassen, dass ich ihn die ganze Zeit in meiner Tasche hatte.«

Die Polizisten sagten keinen Ton, und ich begutachtete den Rest des Regals, ein Sammelsurium zusammengewürfelter Gegenstände – ein Amulett in Form eines Lochsteins, ein abgewetztes Lederband mit drei daraufgefädelten Perlen, der Schädelknochen irgendeines kleinen Tieres, vielleicht einer Spitzmaus. Ein paar Münzen und anderer unnützer Kleinkram. Ich betrachtete systematisch das ganze Zeug und versuchte, ohne etwas zu berühren, zu erspähen, was vielleicht noch darunter verborgen war. Hinter einer aufrecht gestellten Postkarte aus Schottland lugte der Anhänger meines Schlüsselbunds hervor. Als ich Vickers darauf hinwies, schob er die Postkarte mit Hilfe seines Kugelschreibers zur Seite und nickte, nachdem er den Schlüssel persönlich gesehen hatte. In einem der unteren Fächer erspähte ich eine Haarspange, von der ich wusste, dass ich sie seit mindestens sechs Wochen nicht mehr gesehen hatte, und außerdem ein billiges Armband, das ich einmal in der Schule getragen hatte und irgendwann im Laufe des Tages ablegen musste, weil mir das Geklapper beim Schreiben an der Tafel auf die Nerven ging. »Dieses Armband hatte ich definitiv zum letzten Mal in der Schule an«, sagte ich zu Vickers. »Es war hundertprozentig nicht in meiner Tasche, sondern lag auf dem Lehrerpult in meinem Klassenzimmer. Wie zum Teufel kommt es hierher?«

»Genau das wüssten wir auch gern«, erwiderte Vickers. »Hier scheinen sich eine ganze Menge Dinge aus Ihrem Besitz zu befinden, wenn man bedenkt, dass Sie – nach Ihren eigenen Angaben – bis gestern keinerlei Kontakt zu den Bewohnern dieses Hauses hatten.«

»Es ist mir unerklärlich«, sagte ich und war vollkommen durcheinander. »Ich verstehe überhaupt nichts. *Was* hat es mit diesem Zimmer auf sich?«

Blake winkte mich zu der Videokamera herüber und zeigte auf den Sucher. »Fassen Sie nichts an, aber schauen Sie hier durch, und sagen Sie mir, was Sie sehen.«

»Sie ist auf das Bett gerichtet.« Nachdem ich die Worte ausgesprochen hatte, klickte es plötzlich in meinem Kopf. »Oh nein … Heißt das, dass sie hier drin Videos gedreht haben? Selbst produzierte Pornos? Das ist ja widerlich.« Plötzlich war ich froh, dass ich nichts hatte berühren dürfen. »Und wahrscheinlich war Paul mit im Haus, während sie das taten. Das arme Kind. Ich hoffe, dass Danny es wenigstens vor ihm geheim gehalten hat.« Ich schaute Vickers an. »Aber wieso sind denn die ganzen Sachen von mir hier drin? Was soll denn das?«

Er seufzte. »Sarah, wir müssen davon ausgehen, dass Sie in einem gewissen Maße hieran beteiligt waren.«

»Was?« Ich konnte nicht fassen, was er da gerade gesagt hatte. »Ich habe Ihnen doch gesagt, dass mir jemand die Tasche gestohlen hat! Das sind zwar meine Sachen, aber nicht ich habe sie hier zurückgelassen – ich habe keine Ahnung, wie sie hierherkommen.«

Blake war zur Tür gegangen und hatte sich im Flüsterton mit einem der Polizisten verständigt, die das Haus durchsuchten. Jetzt kam er zurück. »Chef, kann ich kurz mit Ihnen sprechen?«

»Fassen Sie *auf keinen Fall* etwas an«, wiederholte Vickers mit Nachdruck und wartete mein Nicken ab, bevor er Blake in den Flur folgte. Ein uniformierter Beamter tauchte auf, stellte sich in die Tür und bewachte mich. Er sagte kein Wort und ich auch nicht. Ich stand einfach nur da, starrte auf den kärglichen, trostlosen Raum und fühlte mich hundeelend.

Als sie schließlich wiederkamen, fragte ich: »Was ist denn los?«

Die beiden schauten noch düsterer drein als zuvor. Vickers lehnte sich gegen die Wand, als seien seine Beine zu schwach, um ihn zu halten, und überließ Blake das Reden.

»Wir waren gerade oben, wo die Kollegen Unmengen von selbst produzierter Kinderpornografie entdeckt haben. In einem der oberen Zimmer steht Technik vom Feinsten – Computer mit Highspeed-Internetzugang, perfekte Video-Software, haufenweise DVDs.« Er zeigte auf die Kamera. »Das Ding nimmt direkt auf Festplatte auf. Hier unten haben sie gefilmt, und dann sind sie nach oben gegangen und haben alles auf eine Website hochgeladen. So etwas ist ziemlich schwer zurückzuverfolgen. Die Betreiber wissen ganz genau, wie man IP-Adressen fälscht und sich in die Computer anderer Leute hackt, um deren persönliche Daten zu verwenden. Deshalb ist es verdammt schwer für uns, die Verbindungswege aufzudecken und rauszufinden, wer diesen Dreck veröffentlicht.«

»Aber warum tun sie das?« Ich hatte angefangen zu zittern.

»Geld«, sagte Blake nüchtern. »Mit diesem Geschäft lässt sich eine Menge Geld machen. Wenn du ein gutes Produkt anbietest, kannst du dafür so viel verlangen, wie du willst. Was unter den Pädos so kursiert, sind im Allgemeinen die ewig gleichen Videos und Fotos. Und irgendwann haben sie es eben satt, immer nur dieselben Kinder und dieselben Vergewaltigungen und Folterungen zu sehen. Eine große Kundschaft ist bereit, für frischen Kindesmissbrauch auf ihrem Monitor zu bezahlen. Richtig gute Anbieter produzieren auf Bestellung. Bei denen kannst du die Produktion deiner Fantasien in Auftrag geben. Und wenn du genug zahlst, lassen sie das Kind sogar deinen Namen schreien. Das ist dann, als wärst du live dabei und nicht nur am Bildschirm.«

Ich zuckte zurück vor dem brutalen Ton, mit dem er davon sprach.

»Das hier ist ein Profistudio.« Blake deutete mit der Hand auf das Zimmer. »Nichts erlaubt einen Rückschluss darauf, wo die Filmaufnahmen stattfinden. Der Raum wurde komplett leer geräumt – im Bild erscheint nichts Privates. Nur das Bett und ein Stück leere Wand. Nichts, worauf sich die Polizei stützen könnte, wenn wir diese Videos oder Fotos im Internet aufspüren. Dieser Raum könnte so gut wie überall sein. Uns bleibt nur, die Kunden ausfindig zu machen, diejenigen, die blöd genug sind, dafür mit der eigenen Kreditkarte zu bezahlen.«

»Ich fasse es nicht«, sagte ich und schüttelte den Kopf.

»Hier? In diesem Haus? Inmitten einer kleinen, ruhigen Vorstadtsackgasse?«

Da mischte sich Vickers wieder ins Gespräch, nüchtern, mit leiser, matter Stimme. »Solche Dinge *sind* möglich, ohne dass irgendjemand davon etwas mitbekommt. Es ist verblüffend, was die Leute alles nicht sehen, wenn sie nicht wissen, wonach sie suchen sollen. Denken Sie nur an das Serienmörderpaar Frederick und Rosemary West. In der Cromwell Street hatte niemand die leiseste Ahnung, was bei Familie West vor sich ging, weil man sich einfach nicht vorstellen konnte, dass Menschen so böse sein können. Gute Menschen denken nicht an solche Dinge. Böse Menschen können dagegen an nichts anderes denken.«

Mit der Wortgewalt und Strenge eines alttestamentlichen Propheten sprach er von Gut und Böse, und mir wurde klar, dass er an das Böse glaubte – an das gute alte Böse; nicht an die Rechtfertigungen der Psychologen von wegen schwerer Kindheit und widriger Umstände.

»Das hat schon fast etwas Kreatives«, sinnierte er. »Es ist ihre Art von Kunst, könnte man sagen. Bei all dem Aufwand, den sie treiben, wie sie das alles organisieren.«

Entrüstet drehte ich mich wieder zu Blake um.

»Wir haben oben einen ersten Blick auf die Bilder geworfen – Fotos und DVDs, wir haben kurz reingesehen. Wird eine Weile dauern, bis wir das komplett gesichtet haben, aber momentan entsteht der Eindruck, dass sie bei ihrer Arbeit so eine Art Leitmotiv hatten.«

»Wie meinen Sie das?«, flüsterte ich.

»Mehrere Täter, ein Opfer.«

»Doch nicht Paul?« Mir brach das Herz, als mir langsam aufging, was ihn zu dem gemacht hatte, der er war. Kein Wunder, dass er es nicht mehr ausgehalten hatte, als sein Geheimnis ans Licht kam.

Aber Vickers schüttelte den Kopf. »Nein, nicht Paul. Es geht um Jenny Shepherd.«

Völlig verständnislos starrte ich die beiden an. »*Jenny*? Wie das denn? Was hatte sie denn in diesem Haus zu suchen?«

»Genau das wüssten wir gern«, entgegnete Blake, und ich fühlte mich wie Alice, die in das Kaninchenloch hinabfällt. Ich fühlte, wie der Boden unter mir nachgab. Nichts ergab noch Sinn, außer dass ich nun wenigstens wusste, warum das kindliche, unterentwickelte Mädchen, das in meinen Englischstunden gesessen hatte, im vierten Monat schwanger war.

»Und was ist mit Paul?«, fragte ich schließlich. »Er kann einfach nichts damit zu tun gehabt haben.«

Vickers wirkte bekümmert. »Ich weiß, er ist noch ein Kind, Sarah. Und ich weiß, es geht ihm schlecht. Aber so traurig es ist: Wir haben den dringenden Verdacht, dass er aktiv daran beteiligt war.«

»Sie haben uns selbst erzählt, dass er sich bestens mit Computern auskennt«, gab Blake zu bedenken. »Wie es momentan aussieht, war er für die technische Seite verantwortlich. Die Computer stehen alle in seinem Zimmer.«

Vickers seufzte. »Falls Ihnen Einzelheiten bekannt sind, die den Jungen entweder be- oder auch entlasten, dann würde ich sie gern erfahren. Jetzt sofort oder auf der Wache.«

Schweigend starrte ich ins Leere. Ich wusste einfach nicht, was ich sagen sollte. Ich hatte nur das Gefühl, dass Paul niemals freiwillig eine Rolle in einem so erbärmlichen und bösartigen Unterfangen übernehmen würde, doch im Moment häuften sich wohl gerade die Beweise gegen ihn.

»Ich weiß nicht«, sagte ich nach einer Weile. »Ich kann Ihnen nur so viel sagen, dass ich ihn als nett erlebt habe.«

Blake rührte sich wieder. »Viele Menschen wirken nett und unschuldig. Manchmal ist es schwer für uns, gleich zu Beginn die Schuldigen herauszupicken, aber meistens kommen wir ihnen früher oder später auf die Spur.« Mit einer Geste verwies er auf den Stapel von Gegenständen, die ich als meine identifiziert hatte. »Denken Sie nicht, dass Sie uns mittlerweile einige Erklärungen schuldig sind?«

»*Ich*? Sind Sie verrückt geworden? Damit habe ich absolut nichts zu tun. Ich weiß *nichts* darüber.« Selbst in meinen Ohren hörte sich das wie eine Lüge an. Ich sah von einem zum anderen. »Sie müssen mir glauben.«

»Sie haben das Mädchen gekannt«, verkündete Vickers. »Sie wohnen in derselben Straße. Gegenstände von Ihnen befinden sich hier. Sie sind das verbindende Glied, Sarah. Wie ich schon immer gesagt habe, Sie sind das Bindeglied.«

»Sie können doch nicht ernstlich annehmen, dass ich damit etwas zu tun habe.« Allerdings deutete nichts in ihren Gesichtern darauf hin, dass sie mir glaubten. Vickers' Augen waren kalt und blau wie Gletschereis, und Blake schaute finster drein. Ich spürte einen Anfall schierer Panik, konnte ihn jedoch vorerst abwehren. Sie spielten hier eine Art Spiel – ich kannte nur nicht die Regeln.

»Sarah, es wäre wirklich besser, wenn Sie uns jetzt sagen, was sich abgespielt hat, bevor das alles weitere Kreise zieht.«

»Da gibt es nichts zu sagen. Ich kann Ihnen nicht weiterhelfen. Der Tag war so schon lang genug, und ich bin müde.« Das klang launisch und gereizt, aber das war mir egal. »Ich gehe jetzt nach Hause. Sie finden am besten selbst heraus, was sich hier abgespielt hat, und sagen mir Bescheid, wenn Sie es wissen. *Ich* jedenfalls habe nichts damit zu tun und bin genauso ratlos wie Sie.«

Als Schlusswort fand ich das gar nicht übel, und ohne

eine Antwort abzuwarten, wandte ich mich zum Gehen. Es waren nur noch zwei Schritte bis zur Tür, als mich eine Hand am Arm packte und dahin zurückzog, wo ich gerade gestanden hatte.

»Lassen Sie mich los!«, fauchte ich Blake wütend an.

»Geht leider nicht.«

Vickers warf mir einen müden Blick zu. »Wenn Sie nicht mit uns reden, Sarah, bleibt uns nur eine Möglichkeit.«

»Ich verstehe nicht, was Sie meinen.«

»Ich meine, dass wir Sie dann zwingen müssen, mit uns zu reden.«

Damit drängte er sich an mir vorbei durch die Tür und ließ mich stehen, sodass ich über seine Worte nachdenken konnte. Ich hörte, wie er sich im Flur halblaut mit jemandem besprach, den ich nicht sehen konnte.

»Sie können doch nicht ernstlich annehmen, dass ich damit etwas zu tun habe.« Ich versuchte, etwas aus Blakes Gesicht zu lesen, und wartete darauf, dass er endlich damit herausrückte, dass das alles nur ein Scherz war und dass sie das natürlich nicht ernst meinten.

»Ich weiß nicht, was ich glauben soll«, sagte er, und seine Stimme klang schroff, ganz anders als sonst. Ich sah ihm ins Gesicht, und ich sah einen Fremden.

Bevor ich etwas entgegnen konnte, kam Vickers mit einem Mann zurück, den ich nicht kannte. Er war um die vierzig, übergewichtig und hatte bereits recht lichtes Haar. Auch wenn er nicht neben Vickers gestanden hätte, wäre mir wahrscheinlich sofort klar gewesen, dass er Polizist war. Argwohn und tiefe Ernüchterung lagen in seinem Blick, und er sah aus wie jemand, der schon viel zu viele Lügen gehört hatte. Mit schwacher, eintöniger Stimme und betonungslos ineinanderfließenden Worten sagte er einen Text auf, den er sicher schon unzählige Male vorgetragen hatte.

»Sarah Finch, ich verhafte Sie unter dem Verdacht des Mordes an Jenny Shepherd. Sie haben das Recht zu schweigen, es kann jedoch Ihrer Verteidigung schaden, wenn Sie bei der Vernehmung etwas verschweigen, auf das Sie sich später vor Gericht berufen. Alles, was Sie sagen, kann vor Gericht gegen Sie verwendet werden. Haben Sie mich verstanden?«

Unwillkürlich klappte mir der Unterkiefer herunter – sicher eine ganz normale Reaktion auf einen solchen Schock. Ich schaute zu Vickers, um zu sehen, wie er reagierte, doch sein Blick verharrte verschwommen im Nirgendwo. Blake starrte auf seine Füße und vermied es, mich anzusehen.

»Das können Sie nicht machen«, sagte ich und war außerstande zu glauben, was ich gerade erlebte. »Das können Sie unmöglich für richtig halten.«

Vickers überhörte mich demonstrativ und sagte: »DC Smith, kann ich es Ihnen und DC Freeman überlassen, Miss Finch aufs Revier zu bringen? Handschellen sind nicht nötig, denke ich. Wir treffen uns dann dort.«

Smith nickte und winkte mich heran. »Beeilen Sie sich.«

»Nehmen Sie mich nicht selbst mit?«, fragte ich Blake und Vickers, und gab mir keine Mühe mehr, meine Verbitterung zu unterdrücken.

Vickers schüttelte den Kopf. »Ab jetzt werden Sie nicht mehr direkt mit uns zu tun haben. Das liegt daran, dass wir Sie kennen, wissen Sie. Das könnte Interessenskonflikte geben, wenn es zur Gerichtsverhandlung kommt.« Blake wandte sich brüsk ab, und ich fragte mich, ob Vickers möglicherweise gewittert hatte, dass da etwas zwischen uns war, oder ob es sich wirklich nur um Routine handelte. Der Chief Inspector ignorierte seinen Sergeant und resümierte: »Es ist das Beste, wenn von jetzt an andere Kollegen übernehmen.«

»Das Beste für wen?«, fragte ich, bekam aber keine Antwort mehr.

DC Smith legte mir seine fleischige Hand auf den Arm und führte mich in den Flur, wo wir zunächst einen Strom von Polizeibeamten passieren lassen mussten, die Kisten und Säcke voller Beweismaterial zu den bereitstehenden Fahrzeugen schafften. In den stabilen, transparenten Plastiksäcken sah ich Computerfestplatten, CDs, DVD-Hüllen und eine Webcam. Einer der Polizisten trug etwas Langes und Schweres, das in braunes Packpapier gewickelt war – einen Golfschläger? Oder vielleicht ein Schürhaken? Es war nicht zu erkennen. Im Vorbeigehen warf er Vickers einen vielsagenden Blick zu, und dieser nickte wortlos und nüchtern zurück. Es kamen noch mehr Säcke, jetzt mit persönlichen Dingen – Kleidungsstücke, Spielzeug von Paul, gerahmte Fotos, Dokumente aller Art. Sie nahmen das gesamte Haus auseinander. Am Ende würde nichts mehr davon übrig sein.

Und dasselbe hatten sie vermutlich auch mit mir vor. Verstohlen warf ich Vickers einen Seitenblick zu. Ich sah die tiefen Falten in seinem Gesicht und den entschlossenen Zug um seinen Mund. Keine Spur von Milde. Aber ich konnte ihm keine Schuld geben. Was sich in diesem Haus abgespielt hatte, wagte man sich kaum auszumalen. Ich war buchstäblich nicht in der Lage, darüber nachzudenken.

Während um mich herum die Polizei tätig war, stand ich da wie ein Zombie. Ich hörte kaum, worüber sie knapp und eilig sprachen. Der Fairness halber musste man sagen, dass keiner viel Aufhebens um das machte, was da zum Vorschein kam. Allenfalls betroffene Gesichter waren zu sehen. Es war unbegreiflich, dass hier in diesem Haus ein Kind furchtbar gelitten hatte und niemand ihm zu Hilfe gekommen war.

Ich selbst fühlte mich wie betäubt. Von nun an lag die Verantwortung nicht mehr in meinen Händen. Jegliche weitere Rechtfertigung schien zwecklos. Es war mir absolut unerklärlich, was hier vor sich ging. Selbst abgesehen davon, dass ich offenbar gerade in ernsthafte Schwierigkeiten mit der Polizei geraten war, hatte ich immer noch keine Antwort auf die Frage, wie die Dinge aus meinem persönlichen Besitz in dieses Haus gelangt waren. Gut, Danny war also derjenige, der mich überfallen und mir die Handtasche geraubt hatte. Das erklärte zwar, wer es getan hatte, aber nicht, warum. Und die anderen Gegenstände, von denen ich genau wusste, dass sie nicht in meiner Tasche gewesen waren und die ich schon wochen- oder monatelang vermisst hatte – wieso waren sie hier?

Blake war hinausgegangen, und als er wiederkam, nickte er Vickers zu. »Noch keine Presse in Sicht. Ich würde mich aber beeilen – die werden nicht lange brauchen, um mitzukriegen, was ihnen gerade entgeht.«

Was ihnen gerade entgeht. Ich spürte einen bitteren Geschmack im Mund. Was ihnen entging, war eine Verhaftung. Ein leibhaftiger Verdächtiger, der zum Verhör abgeführt wurde. Dabei wurde mir nur langsam klar, dass ich höchstwahrscheinlich in dem Haus stand, in dem Jenny gestorben war.

Smith drängte zum Gehen. »Los jetzt. Wir müssen uns beeilen.«

Ohne mich noch einmal nach Blake und Vickers umzuschauen, ob sie uns folgten, trat ich aus dem dämmerigen, feuchtkalten Flur hinaus in die Mittagssonne und war für einen Moment völlig geblendet. Auf einen Schlag setzte ein seltsames Wispern ein. Ein Geräusch wie Blätterrascheln in den Bäumen. Das Geräusch wurde immer lauter und menschlicher. Am Ende der Sackgasse stand fast die gesamte Nachbarschaft versammelt – kleine Kinder, die von ihren Müttern schützend an den Schultern festgehalten wurden; ältere Herrschaften, die, um ihrer Einsamkeit zu entfliehen, dreimal am Tag einkaufen gingen; Frauen mittleren Alters mit säuerlicher, argwöhnischer Miene. Ich vermied es, ihnen in die Augen zu sehen, obwohl ich körperlich spüren konnte, wie sie mich mit stumpfsinniger Neugier angafften. Der Ärger lief mir den Rücken hinunter. Die erste Sensation des Tages hatten sie verpasst, weil der arme Geoff zu so unmenschlich früher Stunde gefunden worden war. Aber jetzt würden sie nichts mehr versäumen. Und nicht nur sie. Mangels massenmedialer Präsenz ruhte die ganze Last der Ereignisdokumentation auf den Schultern meiner Nachbarn, welche diese Verpflichtung auch denkbar ernst nahmen. Anfangs begriff ich nicht, weshalb einige von ihnen den Arm in die Luft reckten, aber dann erkannte ich, dass sie mit ihren Handys filmten, um den Moment einzufangen, wenn ich aus dem Haus komme – angeführt von Smith und mit einem weiteren Polizeibeamten im Rücken – und zum Auto gebracht werde. Unwillkürlich straffte ich meinen Rücken. Ich trug keine Handschellen. Ich hatte nicht vor, mein Gesicht zu verbergen und mich wie eine Schuldige ins Auto zu ducken. Erhobenen Hauptes wollte ich gehen, sodass niemand sah, dass man mich verhaftet hatte. Es gab keinen Grund, mich zu verstecken. Doch auf dem letzten Stück des Weges schoss mir dann doch noch die Schamesröte ins Gesicht.

Smith hielt mir die hintere Wagentür des Zivilfahrzeugs auf, das vorgefahren war. Wie ein Chauffeur stand er daneben und wartete, bis ich eingestiegen war. Ich vermied es, ihn anzusehen. Die Tür schlug zu, und zum ersten Mal fühlte ich mich wie eine Gefangene. Der Fahrer war noch jung, hatte rotes Haar und ein schmales Gesicht wie ein

Fuchs. Das musste DC Freeman sein, dachte ich und sagte kein Wort zu ihm, obwohl er mich unverhohlen musterte. Während ich darauf wartete, dass Smith auf dem Beifahrersitz Platz nahm, sah ich an dem jungen Beamten vorbei hinüber zu unserem Haus. Dort war kein Lebenszeichen zu erkennen, kein äußerlicher Hinweis darauf, wie meine Mutter und ich lebten. Für einen Moment erwog ich, um die Erlaubnis zu bitten, ihr zu sagen, wohin sie mich brachten, aber als ich auf das Haus starrte, das da im Sonnenschein vor sich hin brütete, verließ mich der Mut. Es war anzunehmen, dass sie von all diesen Ereignissen nicht die geringste Ahnung hatte. Andererseits konnte ich ihr das auch nicht direkt zum Vorwurf machen. Offenbar war uns beiden so einiges nicht aufgefallen. Wie war es möglich, dass mir der Missbrauch entgangen war, dem nur wenige Meter von mir entfernt ein schutzloses Kind zum Opfer gefallen war?

Ich spürte den Drang, aus dem Auto zu springen, zu unserer Haustür zu laufen und so lange dagegenzuhämmern, bis Mum aufmachte und ich mich ganz fest an sie klammern konnte. Sie könnte mich vor der Polizei schützen und für mich eintreten, wie eine gute Mutter es tun sollte. Wer weiß, was passiert wäre, wenn ich es tatsächlich versucht hätte, vorausgesetzt sie wäre überhaupt an die Tür gekommen. Wütend blinzelte ich meine Tränen weg. Ich hatte Heimweh nach einem Ort, den es nicht gab, und sehnte mich nach einer Mutter, die ich eigentlich nicht kannte. Ich war mutterseelenallein.

In diesem Augenblick donnerte Smith die Beifahrertür mit solcher Wucht zu, dass das Auto in den Achsen schaukelte, und Freeman sagte zu ihm: »Die hatte ich mir aber ganz anders vorgestellt.«

»Stimmt, sie sieht wirklich überhaupt nicht danach aus«,

pflichtete Smith ihm bei. »Das heißt aber noch lange nicht, dass sie's nicht war.«

Mein Gesicht brannte. »Zufälligerweise war ich es tatsächlich nicht. Das ist alles nur ein Missverständnis.«

»Das sagen sie alle.« Smith klopfte seinem Kollegen auf die Schulter. »Los, beeilen wir uns.«

Der Motor sprang an, und ich lehnte mich auf meinem Sitz zurück. Eigentlich überraschte es mich nicht, dass sie mir nicht glaubten. Das konnte ich wirklich nicht von ihnen erwarten, wenn es mir schon nicht gelungen war, Vickers und Blake zu überzeugen, die mich um einiges besser kannten.

»Sie irren sich gewaltig«, sagte ich, während das Auto auf die Hauptstraße bog, im Grunde nur, um das letzte Wort zu behalten. Doch bei all meiner zur Schau gestellten Selbstsicherheit konnte ich nicht verhehlen, dass ich Angst hatte. Jetzt blieb mir zur Verteidigung nur noch, meine Unschuld zu beteuern, und mich beschlich das ungute Gefühl, dass das nicht ausreichte.

1996

Seit vier Jahren vermisst

»So, jetzt sind Entscheidungen gefragt. Welche Eissorte soll es sein?«

Ich tue so, als ob ich überlege. »Hmm. Ich glaube, vielleicht … Schoko?«

»Schoko? Wirklich ungewöhnlich«, kommentiert Dad. »Sicher ist es ein bisschen unkonventionell, aber ich werde wohl – ja, ich nehme das Gleiche. Bestimmt eine gute Wahl.«

Wenn wir zusammen Eis essen, gibt es eigentlich immer Schokoladeneis. Das ist so eine Art ungeschriebenes Gesetz. Selbst wenn ich einmal Appetit auf eine andere Sorte hätte, würde ich sie auf keinen Fall bestellen, weil Dad dann sicher enttäuscht wäre.

Er nimmt das Eis entgegen, und wir spazieren hinunter zum Hafen. Es ist ein strahlender, heißer Tag im Hochsommer, und auf der Promenade drängen sich Massen von Tagestouristen wie wir. Ein Stück entfernt entdecke ich eine freie Bank und renne los, um sie zu besetzen, ehe sie uns jemand anders wegschnappt. Dad kommt langsam hinterhergeschlendert. Er leckt sein Eis ganz systematisch, sodass oben eine Spitze entsteht.

»Los, schnell«, rufe ich ihm zu, weil ich Angst habe, dass sich jemand dazusetzen könnte, wenn ich ganz allein auf der Bank warte. Aber das bewirkt allenfalls, dass er noch langsamer geht. Er bummelt jetzt ganz unverhohlen, und ich schaue frustriert weg. Manchmal bin ich entsetzt, wie kindisch Dad in seinem Alter noch sein kann. Unreif ist wohl das richtige Wort dafür. Es kommt mir beinahe so vor, als sei ich die Erwachsene und er das Kind.

»Gut gemacht«, sagt Dad und lässt sich endlich neben mir nieder. »Das ist wirklich perfekt.«

Und er hat Recht. Das Meer schimmert blausilbern, und der Kiesstrand leuchtet weiß in der Sonne. Über uns kreisen kreischend die Möwen. Um uns herum herrscht Gedränge, aber mit Dads Arm um meine Schultern fühle ich mich wie in einer Seifenblase. Niemand kann uns etwas anhaben. Ich schlecke mein Eis und kuschle mich selig an Dads Seite. Ich liebe unsere Ausflüge, die wir nur zu zweit unternehmen. Auch wenn ich es Dad niemals so sagen würde, bin ich heilfroh, dass Mum nie mit dabei ist. Sie würde alles verderben. Sie würde bestimmt nicht entspannt auf der Bank sitzen, Eis essen und über zwei dicke, nasse Hunde lachen, die in der Brandung herumtoben.

Nachdem wir ein paar Minuten so dagesessen haben und ich an meiner Eiswaffel knabbere, nimmt Dad seinen Arm von meinen Schultern, legt ihn auf die Banklehne und sagt: »Weißt du, mein Schatz, ich muss dir etwas sagen.«

»Was denn?« Ich erwarte einen albernen Witz oder so.

Dad seufzt und fährt sich mit der Hand über das Gesicht, ehe er weiterredet. »Deine Mutter und ich – also, wir kommen ja schon seit Längerem nicht mehr so gut miteinander aus. Und deshalb sind wir zu dem Schluss gekommen, dass es wohl das Beste ist, wenn wir uns trennen.«

Ich starre ihn fassungslos an. »Wie, trennen?«

»Wir lassen uns scheiden, Sarah.«

»Scheiden?« Ich muss aufhören, ständig seine Worte zu wiederholen, denke ich sinnloserweise. Aber mir fällt nichts anderes dazu ein.

»Wir werden schon klarkommen, mach dir keine Sorgen.

Wir sehen uns noch ganz oft. Und solche Ausflüge können wir doch trotzdem machen. Ich werde mich bemühen, jedes Wochenende zu kommen. Und du kannst mich ja auch besuchen. Ich habe eine neue Arbeitsstelle in Bristol. Das ist eine schöne Stadt. Da haben wir bestimmt eine Menge Spaß.«

»Wann ziehst du denn um?«

»In zwei Wochen.«

In zwei Wochen ist mir viel zu bald. »Das wisst ihr doch bestimmt schon seit Ewigkeiten«, entgegne ich vorwurfsvoll.

»Wir wollten es dir erst sagen, wenn wir sicher sind, dass auch alles klappt.« Dads Stirn liegt in mindestens hundert Falten. Er sieht total gestresst aus.

Ich versuche, die ganzen Informationen so schnell wie möglich zu verarbeiten und alles zu begreifen. »Warum kann ich denn nicht mit dir mitkommen?«

Dads Miene ist ausdruckslos. »Na ja, zum einen wegen der Schule.«

»Aber in Bristol gibt es doch auch Schulen.«

»Würdest du denn deine Freunde nicht vermissen?«

Ich zucke die Schultern. Die Antwort auf diese Frage lautet eindeutig nein, aber ich will Dad nicht verunsichern. Er fragt mich andauernd nach meinen Freunden. Ich rede ihm dann immer ein, dass ich einigermaßen beliebt bin, und verschweige, dass ich die Mittagspause meistens allein in der Schulbibliothek mit Lesen verbringe. Ich bin nicht ausgesprochen unbeliebt, die anderen nehmen mich nur kaum wahr. Und das ist mir auch ganz recht so.

»Ich könnte doch im September wechseln. Das wäre ein guter Zeitpunkt für einen Neuanfang.«

»Ja, Sarah, aber … ich denke, es ist besser für dich, wenn du bei deiner Mutter bleibst.«

»Aber du weißt doch, wie sie ist. Wieso sollte es besser sein, bei ihr zu bleiben?«

»Sarah …«

»Du lässt mich einfach mit ihr allein, stimmt's? Du kannst weggehen, und ich muss bleiben.«

»Sie braucht dich, Sarah. Sie liebt dich sehr, auch wenn du es vielleicht nicht so merkst. Wenn du mit mir gehen würdest – ich glaube nicht, dass sie das schaffen würde. Ich will sie nicht ganz allein zurücklassen. Das wäre nicht fair.«

»Aber warum gehst du denn dann?«, frage ich und fange an zu weinen. Meine Nase läuft, und durch die Tränen kann ich meinen Vater kaum noch erkennen. »Wenn du dir solche Sorgen um sie machst, wieso ziehst du dann weg?«

»Weil ich es muss«, sagt er leise und sieht ganz elend dabei aus. »Sarah, das ist nicht meine Entscheidung. Ich habe mir nicht ausgesucht wegzugehen.«

»Dann wehr dich doch endlich! Sag ihr, dass du uns nicht verlassen willst. Hau nicht einfach ab«, schreie ich so laut, dass sich die Leute umdrehen und sich gegenseitig anstoßen. Aber das ist mir egal. »Warum tust du alles, was sie sagt, Dad? Wieso lässt du dich von ihr so schikanieren?«

Er hat keine Antwort darauf, und ich muss so sehr weinen, dass ich ihm die letzte Frage nicht stellen kann – diese eine, die mir wirklich am Herzen liegt.

Warum bin ich dir nicht wichtig genug, damit du einfach Nein sagst?

13

Freeman nahm einen Umweg zum Polizeirevier und fuhr durch Seitenstraßen, Wohngebiete und kleine Gassen, bis wir schließlich die hintere Toreinfahrt erreichten. Keiner der Polizisten sagte ein Wort zu mir, bis der Wagen anhielt, weil wir warten mussten, dass der Schlagbaum geöffnet wurde. Smith räusperte sich.

»Falls Sie sich wundern, weshalb auf dem Hof so viel los ist – über Funk wurde mitgeteilt, dass Sie gleich reinkommen. Und das will sich natürlich keiner entgehen lassen. Sie sind hier also gewissermaßen die Attraktion des Tages.«

Mir war gar nicht aufgefallen, dass so viele Leute draußen waren. Aber durch die Frontscheibe konnte ich erkennen, dass uniformierte Beamte in Grüppchen zusammenstanden und zum Wagen schauten. Sie hatten allesamt den gleichen Gesichtsausdruck, aus dem vor allem Abscheu sprach, gepaart mit unverhohlener Neugier und einer gewissen Genugtuung. Auftrag erledigt, Täter gefasst. Unter die Uniformierten hatten sich auch Zivilangestellte gemischt, die nicht minder selbstgerecht dreinschauten. Einer feindseligeren Meute hatte wahrscheinlich selbst Marie Antoinette bei ihrem letzten öffentlichen Auftritt nicht gegenübergestanden.

Freeman fluchte leise; es war ihm sichtlich unangenehm, bei so viel Publikum im Hof vorzufahren. Er ließ den Motor aufheulen, bog schwungvoll in eine Parklücke an der

Rückseite des Reviers ein und trat etwas zu heftig auf die Bremse.

»Immer schön sachte«, brummte Smith und drehte sich zu mir um. »Alles klar dahinten? Bereit für den großen Auftritt?«

Sein leutseliger Ton prallte an mir ab. Dass er mich für etwas verhaftete, das ich nicht getan hatte – und was mir nicht einmal im Traum einfallen würde –, lag mir zu schwer im Magen. Ich antwortete ihm nicht. Stattdessen knetete ich nur nervös die Hände im Schoß. Ich fror entsetzlich und war zudem seltsam abwesend – als würde das alles nicht mir passieren.

Freeman zeigte nach vorn. »Wenn man durch diese Tür geht, kommt man zum Haftbeamten. Sie müssen nichts weiter tun, als DC Smith zu folgen und stehen zu bleiben, wenn er es Ihnen sagt.«

Ich nickte stumm, und als Smith die Wagentür öffnete, stieg ich anweisungsgemäß aus und folgte ihm eine Rampe hinauf und dann durch eine Tür mit der Aufschrift »Untersuchungshaft«. Ich wagte es nicht, nach links und rechts zu schauen, sondern richtete meinen Blick starr auf seinen breiten Rücken und versuchte mit ihm Schritt zu halten. Hinter mir ertönte ein Pfiff, so schrill und unerwartet, dass ich zusammenzuckte. Er war wie ein Signal für die bis dahin schweigende Menge im Hof. Während sich die Tür hinter mir schloss, hörte ich einen Schwall von Buhrufen und hässlichen Kommentaren. In einer Glastür, durch die wir gingen, erkannte ich mein Spiegelbild und empfand diffuses Mitleid für die junge Frau im fröhlich gestreiften T-Shirt und in der verwaschenen Jeans, mit dem für ihren kleinen Kopf viel zu schwer wirkenden Wust blonder Locken, dem wie versteinert wirkenden Gesicht und den vor Angst weit aufgerissenen Augen.

Das Erste, was mir auffiel, war der Geruch. Über dem süßlichen Gestank von Erbrochenem lag der Duft von Desinfektionsmittel. Der Fußboden war leicht klebrig, sodass meine Sandalen beim Gehen an den Füßen zogen. Ich war so nervös, dass ich meine Beine kaum spürte. Mein Magen krampfte sich zusammen.

Dann erreichten wir einen Gang, der fast vollständig von einem großen Schreibtisch versperrt wurde. DC Smith stolzierte darauf zu. Dahinter stand eine Beamtin, eine mütterliche Frau mit blitzblankem, rosigem Teint. Sie schaute zuerst mich an, dann wieder Smith. Gleichgültig fragte sie: »Na, wen haben wir denn da?«

»Servus, Chefin«, sagte Smith mit einem Nicken und stellte sich ein wenig aufrechter hin wie ein Kind, das den kleinen Katechismus aufzusagen hat. »Ich bin DC Thomas Smith, und das ist Sarah Finch. Sie wurde von mir auf Anweisung von DCI Vickers heute Mittag um 12.25 Uhr in der Curzon Close 7 unter Verdacht des Mordes an Jennifer Shepherd verhaftet.«

Ich hörte Schritte, und plötzlich stand Vickers neben mir. Ich schaute an ihm vorbei und sah Blake an der Wand lehnen. Er hatte die Hände in den Taschen und starrte ins Leere. Ich war mir sicher, dass er meinen Blick spürte, aber nichts auf der Welt hätte ihn wohl dazu gebracht, mich anzusehen. Ich richtete meine Aufmerksamkeit wieder auf Vickers, der die Umstände meiner Festnahme bestätigte. *Meiner Festnahme.*

Die Haftbeamtin beugte sich über den Tisch. »Nur noch ein paar Fragen an Sie.« Ihr Tonfall war sachlich und routiniert.

Die Fragen bezogen sich allesamt auf mein Wohlergehen, und ich beantwortete sie im Flüsterton. Nein, ich sah mich nicht als gefährdete Person an. Nein, ich hatte keine besonderen Bedürfnisse. Nein, ich nahm keine Medikamente und brauchte auch keinen Arzt.

»Und möchten Sie einen Anwalt konsultieren?«, wollte die Beamtin als Nächstes wissen und klang dabei, als nähere sie sich dem Ende eines schon zahllose Male hergebeteten Textes.

Ich zögerte erst und schüttelte dann den Kopf. Anwälte nahmen sich nur solche Leute, die etwas zu verbergen hatten. Ich hingegen hatte mir nichts zuschulden kommen lassen. Bestimmt konnte ich meine Unschuld viel besser – und wahrscheinlich auch viel schneller – erklären, wenn ich nicht erst einen Anwalt hinzuzog.

»Also nein«, konstatierte sie und vermerkte dies auf dem Formular. »Bitte zeichnen Sie den Haftaufnahmebericht ab, und unterschreiben Sie in diesem Kästchen.«

Ich nahm den Stift, den sie mir entgegenhielt, und setzte meine Unterschrift an die vorgeschriebene Stelle. Alles den Vorschriften entsprechend erledigt.

Dann leerten sie an Ort und Stelle meine Taschen, und nahmen mir eine alte, ausgeblichene Quittung, etwas Kleingeld und einen Knopf ab, den ich eigentlich hatte annähen wollen. Meine Tasche und mein Gürtel verschwanden ebenfalls. Schnürsenkel oder sonstige Gegenstände, mit denen ich mir hätte Schaden zufügen können, hatte ich nicht. Dass ich alle persönlichen Gegenstände abgeben musste, war eigentlich das Allerschlimmste. Es war entwürdigend und beleidigend. Mit glühendem Gesicht stand ich vor ihnen und war kurz davor, in Tränen auszubrechen.

Die Haftbeamtin holte einen Schlüsselbund und kam hinter ihrem Schreibtisch hervor. Sie summte abwesend vor sich hin und sagte dann: »Hier lang, bitte.«

Ich folgte ihr durch eine ziemlich ramponierte Tür, die zu einer Reihe von Zellen führte, von denen einige offenbar belegt waren. Bei anderen stand die schwere Tür offen. Es stank unerträglich nach Urin, Erbrochenem und menschlichen Exkrementen. Am äußersten Ende des Ganges blieb die Beamtin stehen.

»Da wären wir«, verkündete sie.

Ich schaute durch die offene Tür und sah eine komplett leere Zelle. Drinnen gab es lediglich einen Betonblock so groß wie ein Bett und in der Ecke eine Toilette, die ich lieber nicht näher in Augenschein nehmen, geschweige denn benutzen wollte. Ich ging hinein, blieb in der Mitte des Raumes stehen und sah mich um. Nackter Betonfußboden. Beige Wände. Hohe Fenster. Ein einziges Nichts. Hinter mir fiel die Tür zu. Das metallische Geräusch, als der Schlüssel sich im Schloss drehte, strapazierte meine ohnehin schon angegriffenen Nerven bis aufs Äußerste. Ich drehte mich um und sah durch die Luke in der Zellentür die Augen der Haftbeamtin. Anscheinend war sie zufrieden mit dem, was sie sah, denn ohne weiteren Kommentar schloss sie die Luke und ließ mich allein.

Als sie Stunden später wiederkamen, hatte ich es mir inzwischen so bequem gemacht, wie es auf einer kahlen Betonplatte eben möglich war, und saß mit hochgezogenen Knien gegen die Wand gelehnt. Obwohl auf den ersten Blick alles sauber wirkte und vermutlich sorgfältig desinfiziert worden war, musste ich die ganze Zeit darüber nachdenken, wer vor mir hier schon alles gesessen haben mochte. Vermutlich hatten sich in der Zelle schon alle erdenklichen Körperfunktionen abgespielt – bis auf Entbindungen vielleicht.

Ich hatte sehr lange warten müssen. Jedes Mal, wenn die Haftbeamtin im Gang mit ihrem Schlüsselbund klimperte, krampfte sich mein Herz zusammen. Jedes Mal fielen Angst und Erwartung nur langsam wieder von mir ab. Abgesehen davon, dass ich eine Tasse Tee angeboten bekam, die ich ablehnte, und ein Glas Wasser, das ich annahm, war ich allein, seit ich in der Zelle eingeschlossen worden war. Das Wasser in dem kleinen Pappbecher war lauwarm und fühlte sich ölig an. Obwohl es viel zu wenig war, traute ich mich nicht, um einen weiteren Becher zu bitten.

Während ich also dasaß und mich bemühte, nicht in Panik zu verfallen, überlegte ich, was ich bei der Vernehmung sagen könnte. Vickers kannte mich doch. Ich würde an ihn appellieren, vielleicht sogar an Blake. Ich war doch ein anständiger und ehrlicher Mensch, und sie mussten einem schrecklichen Irrtum aufgesessen sein. Ich würde sie doch bestimmt überzeugen können.

Zwar war ich noch nicht so weit, dass ich anfing, die Ziegel in der Wand zu zählen oder ruhelos auf und ab zu laufen, aber ich hatte es schon gründlich satt, eingesperrt zu sein. Da hörte ich endlich, wie ein Schlüssel im Schloss klapperte. Kurz darauf öffnete sich meine Zellentür. Herein kam die Haftbeamtin mit einem Mann, den ich noch nie zuvor gesehen hatte. Er war klein und schmächtig und hielt sich sehr aufrecht. Er hatte ein finsteres Gesicht und trug einen tadellos sitzenden, dunkelblauen Anzug und eine silbergraue Krawatte.

»Das ist DS Grange«, erklärte die Haftbeamtin. »Er wird sie hinunter zur Vernehmung begleiten. Los, kommen Sie schon. Lassen Sie uns nicht warten.«

Langsam erhob ich mich von meiner Bank, Adrenalin schoss mir in die Adern, und das Blut pulsierte in meinen Ohren. Aus der Nähe sah ich, dass DS Grange graue Strähnen im schwarzen Haar hatte, und ich schätzte ihn auf Mitte vierzig. Durch seine tadellose Haltung wirkte er größer, als er tatsächlich war. Eigentlich war ich daran gewöhnt, kleiner zu sein als mein Gegenüber, doch sein Größenvorteil war deutlich geringer als bei den meisten anderen Männern. Die Haftbeamtin beispielsweise überragte ihn um gut fünf Zentimeter.

»Da lang«, sagte Grange kurz angebunden, und ich folgte ihm durch die Tür am Ende des klammen, von Zellen gesäumten Ganges. Wir erreichten einen weiteren düsteren Korridor, den er raschen Schrittes durchquerte, wobei er sich vergewisserte, dass ich ihm folgte. Er hielt mir eine Brandschutztür auf und ließ mich durch. Er war zuvorkommend, ohne freundlich zu sein, und als wir vor einer Tür mit der Aufschrift *Vernehmungsraum 1* ankamen, fühlte ich mich ausgesprochen unwohl. Grange hielt mir erneut die Tür auf und ich ging hinein.

Die Einrichtung des Raumes erkannte ich sofort; sie sah genauso aus wie in sämtlichen Krimis oder Kriminaldokus, die ich je gesehen hatte. Die Mitte des Raumes füllte ein Tisch aus, an dessen Längsseiten je zwei Stühle standen. Eine Schmalseite war an die Wand gerückt. Dort stand ein überdimensionales Tonbandgerät, das mit Stahlschellen sowohl am Tisch als auch an der Wand befestigt war – vermutlich damit es nicht von aufgebrachten Delinquenten gegen die Vernehmungsbeamten geschleudert werden konnte. An der Decke waren in gegenüberliegenden Ecken zwei auf den Tisch gerichtete Videokameras montiert. Die unterschiedlichen Winkel lieferten ein vollständiges Bild dessen, was im Raum vor sich ging. Ein weiterer Mann beugte sich über das Tonbandgerät und hantierte daran herum. Als ich hereinkam, schaute er kurz auf und begutachtete mich routiniert. Er war jünger als Grange, um die dreißig, etwa einen Kopf größer und bestimmt zwanzig Kilo schwerer. Er wirkte eher wie ein Rugbyspieler auf mich. Sein Hemd spannte über den muskulösen Schultern, und als er den

Kopf drehte, schnitt sein Kragen in den Hals ein, sodass ein heller Abdruck auf seiner gebräunten Haut zurückblieb.

»Das ist DC Cooper«, erklärte Grange und deutete auf eine Seite des Tisches. »Setzen Sie sich bitte, Sarah.«

Ich zögerte. »Moment mal, wer sind Sie denn eigentlich? Wo ist DCI Vickers? Oder DS Blake? Oder die Männer, die mich verhaftet haben?« Ihre Namen hatte ich schon wieder vergessen.

Grange ließ sich auf einem der Stühle nieder. Umständlich legte er Notizblock und Stifte bereit, ehe er meine Frage beantwortete.

»Wir wurden extra hinzugezogen, um Sie zu vernehmen. Als Verhörspezialisten gehören wir zum Ermittlerteam. DCI Vickers hat uns in den Fall eingewiesen.« Er blickte kurz auf und sortierte dann weiter seine Stifte mit mathematischer Präzision. »Keine Sorge. Wir wissen alles über Sie.«

Alles andere als beruhigt sank ich auf den Stuhl, den er mir zugewiesen hatte. Cooper war inzwischen mit seinen wie auch immer gearteten Vorbereitungen fertig und setzte sich neben den älteren Detective. Dabei stieß er gegen ein Tischbein und der Tisch wackelte bedenklich. Er murmelte eine Entschuldigung, denn die von Grange präzise arrangierten Stifte waren wieder durcheinandergerollt. Der ältere Beamte presste vor Ärger die Lippen aufeinander, nickte Cooper jedoch zu, der daraufhin das Tonbandgerät einschaltete und zu sprechen begann. Seine Stimme war tief und heiser, und obendrein lispelte er – was überhaupt nicht zusammenpassen wollte. Dankbar für die Ablenkung entdeckte ich, dass seine beiden Schneidezähne abgebrochen waren. Dort stieß seine Zunge bei jedem Zischlaut an, während er allerlei einleitenden Kram wie Uhrzeit, Datum, Raumbezeichnung, Polizeirevier sowie ihre Namen und Dienstränge aufs Band sprach. Als er damit fertig war, schaute er mich an. »Diese Vernehmung wird auf Tonband und Video aufgezeichnet, in Ordnung?«

Ich räusperte mich. »Ja.«

»Würden Sie bitte Ihren Namen und Ihr Geburtsdatum nennen?«

»Sarah Anne Finch. 17. Februar 1984.«

Cooper blätterte in den Papieren herum, die er vor sich hatte, und suchte offenbar etwas. »Gut«, sagte er. »Ich werde Sie jetzt nochmals über Ihre Rechte aufklären.«

Er las die Rechtsbelehrung vom obersten Blatt ab und unterbrach sich gelegentlich, um die einzelnen Klauseln zu erläutern. Es fiel mir schwer, mich zu konzentrieren. Ich wollte ohne Umschweife zur eigentlichen Vernehmung kommen, damit ich endlich erklären konnte, dass ich vollkommen unschuldig war und auf der Stelle hier rauswollte. Es war absolut ausgeschlossen, dass diese Sache zur Anklage kam. Man konnte mich doch nicht für etwas vor Gericht stellen, das ich nicht getan hatte. Völlig undenkbar. Ich hörte kaum zu und wurde natürlich umgehend ertappt, als Cooper mir eine Frage stellte.

»Entschuldigung, was haben Sie gesagt?«

»Sie haben auf einen Rechtsbeistand verzichtet. Können Sie bitte erklären, weshalb?«

Ich zuckte die Schultern und wurde rot, als er auf das Tonband zeigte. »Äh, ich glaube nicht, dass ich mich rechtlich vertreten lassen muss.«

»Fühlen Sie sich gesundheitlich in der Lage zu dieser Vernehmung?«

Obwohl ich nervös, müde und durstig war und leichte Übelkeit verspürte, hatte ich auf keinen Fall vor, alles noch weiter in die Länge zu ziehen. »Ja.«

»Ich möchte nur noch einmal kurz die Umstände Ihrer

Verhaftung festhalten. Sie wurden heute, am 10. Mai, in der Curzon Close 7 unter dem Verdacht des Mordes an Jennifer Shepherd festgenommen.«

»Ja.«

»Sie wurden vor Ort über Ihre Rechte belehrt, haben sich jedoch bislang nicht dazu geäußert.«

»Das ist richtig.« Ich versuchte, ruhig zu wirken, hob den Kopf und schaute dem Detective in die Augen, während ich antwortete.

Cooper kritzelte etwas in ein Formular, und Grange beugte sich nach vorn.

»Wissen Sie, weshalb Sie verhaftet wurden, Sarah?«, fragte er leise und bedächtig, was mich aus unerfindlichen Gründen einschüchterte.

»Ich glaube, dass hier ein Irrtum vorliegt. Ich habe nichts mit Jennys Tod zu tun. Ebenso hatte ich keine Ahnung, was in diesem Haus vor sich ging. Ich bin nur ein einziges Mal da drinnen gewesen, und das war vor zwei Tagen.«

Obwohl Grange nickte, hatte ich nicht das Gefühl, dass er mir zustimmte. Vielmehr kam es mir so vor, als hätte er erwartet, dass ich das sagen würde. »Sie können sich also nicht erklären, warum wir mit Ihnen reden wollen?«

»Eigentlich nicht. Ich kannte Jenny – ich habe sie ja unterrichtet. Und ich habe ihre Leiche gefunden. Aber das habe ich der Polizei doch alles schon gesagt. Ich habe mit Chief Inspector Vickers gesprochen und ihm alles erklärt. Ich weiß, dass Sachen von mir im Haus entdeckt wurden, aber ich habe keine Ahnung, wie sie da hingeraten sind. Ganz bestimmt habe *ich* sie nicht dort *liegen* lassen.« Meine Stimme wurde immer höher und schneller. Ich ärgerte mich, dass ich so nervös klang, und verstummte erst einmal.

Grange hob die Hand. »Dazu werden wir hoffentlich gleich kommen, Sarah. Zunächst möchte ich ein paar Ausführungen dazu machen, wie wir Ihre Rolle in dem Fall sehen. Sie können mir dann sagen, wie Sie darüber denken.«

»Ich denke, Ihr allererster Fehler liegt darin, anzunehmen, dass ich überhaupt etwas damit zu tun habe«, sagte ich beharrlich.

Ohne meine Worte zur Kenntnis zu nehmen, blätterte Grange eine Seite in seinem Notizbuch um und las darin. Ich nahm an, dass er sich noch einmal die gegen mich erhobenen Anschuldigungen ins Gedächtnis rief. Hochrot vor Zorn funkelte ich ihn an und konnte es nicht erwarten, dass er mir endlich sagte, wie sie eigentlich auf die Idee kamen, dass ich in den Fall verstrickt sein könnte. Aber da Grange keine Reaktion zeigte, wandte ich mich dem anderen Beamten zu. Cooper fixierte mich mit seinen runden, leicht vorspringenden Augen, und sein Stift schwebte über dem Notizbuch – jederzeit bereit, meine Reaktionen auf ihre Darstellung unverzüglich festzuhalten. Ich lehnte mich zurück und verschränkte die Arme. Ich hasste sie und wollte ihnen das deutlich zeigen.

»Sie befanden sich von Anfang an im Visier des Ermittlerteams«, begann Grange schließlich, und mein Entsetzen über das Gesagte spürte ich geradezu körperlich. Zum Ermittlerteam gehörten Vickers, Valerie Wade und Andy Blake. Sie konnten mich unmöglich verdächtigt haben. *Er* zumindest ganz bestimmt nicht.

»Die Person, die in einem Mordfall die Leiche findet, ist meistens mit einem Fragezeichen versehen, insbesondere dann, wenn eine Verbindung zwischen ihr und dem Opfer besteht. Das deutet darauf hin, dass der Betreffende im Vorfeld möglicherweise Kenntnis davon hatte, wo die Leiche zu finden ist. Häufig ist das vor allem dann der Fall, wenn die Suche bereits eingeleitet wurde. Damit hat die Person eine perfekte Erklärung parat, wenn forensische Beweise wie Spurenmaterial, Finger- oder Fußabdrücke am Tatort gefunden werden. Das erschwert uns natürlich die Arbeit ganz enorm. Ihre Anwesenheit am Fundort im Wald hat uns dort alles verdorben. Wir können dadurch nicht nachweisen, dass Sie bereits zu einem anderen Zeitpunkt dort waren – beispielsweise, als Sie die Leiche dort abgelegt haben.«

Ich fiel ihm ins Wort. »Ich bin 1,53 Meter groß und vielleicht sieben Kilo schwerer als Jenny. Ich hätte sie gar nicht bis zu der Stelle schleppen können, wo sie gefunden wurde. Es ist ein abgelegener Fleck und unwegsames Gelände. Das hätte ich schon rein körperlich gar nicht schaffen können.«

»Nicht allein, in der Tat. Wir glauben, dass Ihnen dabei jemand anders geholfen hat. Sie haben dann dafür gesorgt, dessen Spuren zu beseitigen, da Sie ja wussten, dass Ihre *eigenen* problemlos erklärbar wären.«

»Wer sollte das denn gewesen sein?«

»Dazu komme ich gleich, wenn es recht ist«, entgegnete Grange mit einem tadelnden Blick in meine Richtung. Er hatte einen Leitfaden vor sich, den er einzuhalten gedachte, während ich versuchte vorzugreifen. Ich gab nach, wollte ich doch unbedingt hören, was sie mir vorzuwerfen hatten.

»Von dem Moment an, als die Leiche entdeckt wurde, sind Sie der Polizei immer wieder aufgefallen. Sie haben sich alle Mühe gegeben, in die Ermittlungen einzugreifen, indem Sie kurzerhand selbst mit Jennys Freundinnen gesprochen haben, noch ehe die Ermittler sie befragen konnten. Ihre Neugier wurde selbstverständlich registriert und hat das Team in seinem Verdacht bestärkt. Wir gehen davon aus, dass Sie Ihren Komplizen über die Ermittlungen informiert haben. Als klar wurde, dass seine Verhaftung drohte, konnte er daher entkommen.«

»Danny«, flüsterte ich.

»Daniel Keane, genau«, bestätigte er mit einer gewissen Genugtuung. »Aber Sie müssen sich seinetwegen keine Gedanken machen. Wir sind gut über ihn informiert und werden ihn uns schon holen.«

»Das will ich doch hoffen. Er wird Ihnen sagen, dass das alles vollkommen frei erfunden ist. Ich habe seit Jahren nicht mit ihm gesprochen, geschweige denn ein Verbrechen mit ihm geplant oder was auch immer Sie da andeuten wollen.«

»Es muss jedenfalls ein ziemlicher Schock für Sie gewesen sein«, legte Grange nach und beugte sich über den Tisch, »als Ihnen klar wurde, dass die Polizei Sie nicht mal eben nach Hause fährt. Sie hatten somit keine Zeit mehr, Danny oder Paul noch schnell eine SMS zu schicken und sie vor der bevorstehenden Hausdurchsuchung zu warnen. Es blieb keine Zeit, die Unterlagen zu vernichten, Festplatten zu löschen oder Beweismittel beiseitezuschaffen. Auch Ihre persönlichen Gegenstände konnten Sie nicht mehr aus dem Haus holen.«

»Ich weiß nicht, wie diese Sachen dort hingekommen sind«, erwiderte ich hilflos. »Das habe ich Ihnen doch schon gesagt. Und DCI Vickers auch.«

»Er meinte, Sie hätten dabei eine oscarverdächtige Darbietung hingelegt«, kommentierte Cooper. »Doch selbst die hat niemanden überzeugt.«

Grange ergriff wieder das Wort. »Dann haben Sie versucht, Paul in Schutz zu nehmen und die Beamten zu überreden, ihn nicht zu vernehmen, weil er ja ach so schutzbedürftig sei. Aber allen war klar, dass Sie schlichtweg Angst hatten, Paul würde die Lügengeschichte vergessen, die Sie miteinander vereinbart hatten, als sie vor zwei Tagen bei ihm waren. Paul ist noch ein Kind. Sie konnten sich nicht darauf verlassen, dass er Sie deckt.«

»Das ist doch völliger Unsinn …«

»Ach, tatsächlich?« Grange agierte wie ein Killerhai, der seine Beute in die Enge treibt. »Uns erscheint das ganz und gar nicht unsinnig. Sie sind so anständig, dass es kaum auszuhalten ist, Sarah. Sie leben mit Ihrer Mutter zusammen, unterrichten tagein, tagaus an dieser Nobelschule und bekommen alles Mögliche vorgeführt, das Sie selbst nicht haben können. Für die Mädchen dort ist alles so leicht, und es ist ihnen nicht einmal bewusst. Wir haben Ihr Haus durchsucht und mit Ihrer Mutter gesprochen – ziemlich trostloses Leben für eine junge Frau, nicht wahr? Trist und freudlos.«

Damit musste ich erst einmal fertigwerden, dass sie unser Haus einschließlich meines Zimmers und meiner Sachen durchsucht hatten. Mein Gesicht brannte angesichts der Vorstellung, dass fremde Hände meine Kleidung durchwühlt und meine Briefe und Bücher durchforstet hatten, damit man sich eine Meinung über mich bilden konnte. Und schlimmer noch: Was, wenn die Hände gar keine fremden waren? Ich stellte mir Blake vor, wie er mit verächtlichem und zugleich mitleidigem Blick auf meinem Bett saß. Mitleid war so ziemlich das Letzte, was ich von ihm haben wollte.

Ich zwang mich, mit meinen Gedanken wieder in den kleinen, stickigen Raum zurückzukehren. »Wenn Sie mit meiner Mutter gesprochen haben, dann hat sie Ihnen bestimmt auch erzählt, dass ich gar nichts damit zu tun haben kann, weil ich bei ihr war, als Jenny verschwand.«

Grange zuckte nicht mit der Wimper. »Sie war leider keine allzu große Hilfe. Falls Sie wegen eines Alibis auf sie gebaut haben, werden Sie sich anderweitig umsehen müssen.«

Resigniert lehnte ich mich zurück. Selbstverständlich war sie keine Hilfe gewesen. Als Leumundszeugin war sie nicht zu gebrauchen – so feindselig, wie sie der Polizei gegenüberstand, und so nachlässig, wie sie mit Kalender und Uhr umging. Wie war ich bloß darauf gekommen, dass das der Ausweg aus diesem ganzen Albtraum sein könnte?

Grange nahm die Treibjagd wieder auf. »Sowohl Sie als auch Danny Keane – Sie beide sind Übriggebliebene. Sie beide mussten immer ums Überleben kämpfen. So etwas schweißt zusammen. Bonnie und Clyde, Sie wissen schon – nur dass Banküberfälle heutzutage nicht mehr so in Mode sind. Da ist es schon wesentlich einfacher, ein kleines Mädchen aufzutreiben, ihm mit Schmeicheleien und vorgegaukelter Freundschaft den Kopf zu verdrehen und es dann vor laufender Kamera zu missbrauchen.«

Ich sank in meinen Stuhl zurück und fühlte mich wider Willen eingeschüchtert. Grange schaute auf sein Notizbuch und lehnte sich dann erneut über den Tisch. »Wir nehmen an, dass Sie und Daniel Keane sich in krimineller Weise zusammengetan haben, um Jennifer Shepherd zuerst zu missbrauchen und sich ihrer zu entledigen, als Sie feststellten, dass sie schwanger war.«

Ich schüttelte fassungslos den Kopf. »Nein. Niemals.«

»Aber ja«, beharrte Grange. »Sie kannten sie aus der Schule und wussten, dass sie nicht besonders stabil ist. Sie war ja noch ein Kind. Sie vertraute Erwachsenen, nicht wahr? Sie war den Umgang mit Ihnen gewohnt, sodass es kein Problem war, sich mit ihr allein zu treffen und sich mit ihr anzufreunden. Sie wohnte ja nicht weit von Ihnen entfernt, da konnte sie problemlos unter einem Vorwand abends und am Wochenende herüberkommen. Sie hat ihre Eltern belogen, und Sie haben ihr dabei geholfen, irgendwelche Geschichten zu erfinden. Und Daniel Keane hat ihr etwas vorgeschmeichelt, bis sie Recht von Unrecht nicht mehr unterscheiden konnte. Und ehe sie sichs versah, wurde sie von Fremden benutzt, wieder und wieder – damit Sie daraus Kapital schlagen konnten. Wahrscheinlich hat sie sich sogar noch bei Ihnen dafür bedankt.«

Er wandte sich um, und Cooper reichte ihm unaufgefordert einen Ordner, den Grange durchblätterte, ehe er den Blick wieder auf mich richtete.

»Diese Bilder haben wir auf den Computern im Haus sichergestellt. Möglicherweise finden wir noch mehr, wenn wir die Rechner fertig ausgewertet haben, aber das hier reicht aus, um die Beteiligten wegen Missbrauchs an dem Mädchen anzuklagen.«

Er schlug den Ordner auf, blätterte erneut darin und wählte dann etwas aus. »Wussten Sie, dass wir ein System zur Klassifizierung von Bildern mit pädophilem Inhalt haben? Es umfasst die Stufen eins bis fünf, wobei Stufe eins die harmloseste ist. Das ist beispielsweise ein Bild aus dieser Kategorie.«

Er schob ein Foto über den Tisch, auf dem ich Jenny sah, wie sie über die Schulter in die Kamera lächelte. Sie trug Unterwäsche – Hemd und Slip mit rosa Blümchenmuster – und kniete, eine Hand in die Hüfte gestützt. Der Stoff ihres Hemdes lag an der Brust eng an; es war erkennbar, dass sie noch ganz flach und kindlich war. Im Haar hatte sie eine Blumenspange und sah sehr jung und unschuldig aus.

»Stufe eins bedeutet sexualisiertes Posieren«, erklärte Grange und betonte dabei jede einzelne Silbe. »Nicht zwangsläufig nackt. Keine weiteren Handlungen. Aufreizend könnte man es nennen.«

Ich schluckte angewidert. Die Vorstellung, dass jemand dieses Bild erotisch fand, war für mich vollkommen absurd.

»Stufe zwei.« Grange schob ein weiteres Foto über den Tisch, dessen glänzende Oberfläche mich förmlich anschrie. »Solomasturbation. Oder nichtpenetrative Sexualhandlungen zwischen Kindern. Aber in diesem Falle ist es Solomasturbation.«

Für den Bruchteil einer Sekunde schaute ich auf das Bild, wandte dann schnell den Blick ab und spürte, wie mir die Tränen in die Augen schossen. »Stopp«, brachte ich mühsam hervor. Ich wollte nichts mehr sehen. Ich wollte nicht wissen, dass es so etwas gab.

»Stufe drei.« Ein weiteres Foto wurde herübergeschoben. »Nichtpenetrative Sexualhandlungen zwischen Kindern und Erwachsenen.«

Ich hatte die Augen geschlossen, wandte mich ab und konnte das Weinen nicht mehr unterdrücken.

»Das Gesicht des Mannes ist unkenntlich gemacht«, fuhr Grange ungerührt fort, »aber wir nehmen an, dass es Daniel Keane ist. Er hat eine Tätowierung am rechten Arm, nicht wahr? So eine? Ein keltisches Motiv?«

»Ich habe keine Ahnung«, entgegnete ich und hielt den Blick noch immer abgewandt. Manche Dinge durfte ich einfach nicht sehen, weil ich genau wusste, dass ich sie nie wieder vergessen konnte. Mir lief die Nase, und ich schniefte verzweifelt. »Könnte ich bitte ein Taschentuch haben?«

»Dann gibt es noch Stufe vier«, fuhr Grange fort, ohne auf meine Bitte einzugehen. »Penetrative Sexualhandlungen aller Art – Kinder untereinander, Kinder mit Erwachsenen. Dazu gehört auch Oralsex, wie Sie hier sehen können.«

Zwei weitere Fotos wanderten über den Tisch, wobei eines über die Kante glitt und auf dem Boden landete, sodass ich es aus dem Augenwinkel wahrnahm. Noch ehe ich meinen Blick abwenden konnte, hatte ich seinen Inhalt erfasst. Ich reagierte prompt und buchstäblich aus dem Bauch heraus, indem ich meinen Kopf zur Seite beugte und mich erbrach. Mit einem erstickten Schrei stieß Grange seinen Stuhl zurück und sprang beiseite, allerdings nicht schnell genug, sodass Spritzer von Erbrochenem auf seinen makellosen Hosenbeinen und Schuhen landeten, doch mir war viel zu übel, um mir darüber Gedanken zu machen.

»Halten Sie das Band an, Chris«, wies Grange seinen Kollegen an, woraufhin dieser mit einem eilig gemurmelten »Vernehmung um 18.25 Uhr unterbrochen« das Tonbandgerät ausschaltete.

Ich bekam nur halb mit, dass Grange den Raum verließ und eine uniformierte Polizistin hereinkam. Cooper und die Beamtin brachten mich in ihrer Mitte in einen anderen Vernehmungsraum, und ich bekam einen Becher Wasser. Ich spülte meinen Mund aus und fühlte mich grauenhaft. In meinem Kopf hämmerte es, und mein Rachen war wie entzündet. Da ich seit Stunden nichts gegessen hatte, hatte ich fast nur Magensäure erbrochen.

Sie warteten ungefähr zwanzig Minuten und machten dann mit der Vernehmung weiter. Als Grange hereinkam, fiel mein Blick unwillkürlich auf seine Hosenaufschläge. Sie hatten noch feuchte Flecken, weil jemand versucht hatte, den Stoff mit einem Schwamm sauber zu wischen. Er hielt die Zähne fest zusammengepresst, beherrschte sich aber, als er wieder mit mir sprach.

»Fühlen Sie sich in der Lage, diese Vernehmung fortzusetzen?«

»Ja.« Meine Stimme war rau, sodass ich mich räuspern musste, was recht unangenehm war.

»Möchten Sie noch ein Glas Wasser?«, erkundigte sich Cooper.

»Nein danke«, flüsterte ich.

Grange lehnte sich zurück. »Gut, machen wir also da weiter, wo wir aufgehört haben.«

»Bitte keine Fotos mehr«, sagte ich hastig. »Sie haben sich deutlich genug ausgedrückt.«

»Stufe fünf fehlt noch. Wollen Sie nicht wissen, was es damit auf sich hat?«

Ich ballte die Fäuste und versuchte mich zu beherrschen. Der Detective litt unverkennbar am Kleiner-Mann-Syndrom. Laut zu werden und seine Autorität in Frage zu stellen würde also rein gar nichts bringen. Ich musste es mit Höflichkeit versuchen. »Bitte zeigen Sie mir keine Bilder mehr.«

»Also gut. Wir wollen ja nicht schon wieder den Vernehmungsraum wechseln«, erwiderte er und versuchte dabei witzig zu klingen. Cooper lachte auf. Ich bekam nicht einmal ein Lächeln zustande.

»Kommen wir also zurück zu Ihnen und Daniel Keane«, erklärte Grange, und seine gute Laune war wie weggeblasen. »Ich bin bereit zu glauben, dass Sie nicht direkt an den Missbrauchshandlungen beteiligt waren. Ebenso nehme ich Ihnen ab, dass Sie derartige Fotos noch nie zuvor gesehen haben. Dennoch bin ich nach wie vor davon überzeugt, dass Sie das ganze Szenario um Jennifer Shepherd maßgeblich mitgeplant haben, um einen persönlichen Vorteil daraus zu ziehen.«

»Das ist vollkommen absurd.«

Grange kniff die Augen zusammen. »Es muss eine katastrophale Erkenntnis für Sie gewesen sein, dass Jennifer schwanger war. Möglicherweise wussten Sie gar nicht, dass sie schon ihre Tage hatte. Obwohl sie noch sehr kindlich aussah, menstruierte sie schon seit etlichen Monaten. Ihnen war klar, dass die ganze Sache auffliegen würde, sobald ihre Eltern von der Schwangerschaft erfuhren. Sie wussten, dass Sie dafür vor Gericht enden würden und mit einer beträchtlichen Strafe zu rechnen hätten. Immerhin haben Sie ein Mädchen zu Missbrauchszwecken vermittelt und sich daran bereichert. Sie mussten davon ausgehen, dass Ihnen nach Ihrer Entlassung aus dem Gefängnis – was ganz sicher keine angenehme Erfahrung sein dürfte, das ist Ihnen vermutlich klar – nicht mehr gestattet würde, mit Kindern zu arbeiten, und dass Sie auf dem Arbeitsmarkt kaum noch vermittelbar wären. Für Sie stand also eine Menge auf dem Spiel. So viel, dass Sie zu dem Schluss kamen, dass das Mädchen, das Sie wie eine Ware zu Ihrem finanziellen Vorteil ausgebeutet hatten und das nun nicht mehr von Nutzen war, beiseitegeschafft werden musste.«

»Nein«, entgegnete ich kopfschüttelnd. »Nichts davon ist wahr.«

»Nein? Haben Sie sich demnach auch nicht mit Daniel Keane darauf geeinigt, sobald die Wogen sich geglättet hätten, Ausschau nach einem neuen Opfer zu halten – falls Sie ungeschoren davonkämen? Es war doch eine hübsche Einnahmequelle für Sie beide, viel zu lukrativ, um vollständig darauf zu verzichten. Schließlich hatten Sie ja nun einmal alles in Gang gesetzt, und die Kunden forderten neues Material.«

»Das ist doch absolut lächerlich.«

»Das war also nicht der Grund, weshalb Daniel Keane es auf Geoff Turnbull abgesehen hatte?« Grange beobachtete sehr genau, wie ich reagierte, als er Geoffs Namen erwähnte. »Weil Geoff Ihr Haus belagerte, nicht wahr? Und Ihre Kunden, die regelmäßigen Besucher Ihres kleinen Clubs, wenn ich so sagen darf, wollten ja ungehindert kommen und gehen können. Wir haben bislang Bilder von vier verschiedenen Männern gefunden, die an dem Missbrauch beteiligt waren. Die meisten von ihnen sind offensichtlich ein ganzes Stück älter als Sie und Daniel Keane, sodass wir nicht genau wissen, wie der Kontakt zu ihnen zustande gekommen ist – vielleicht können Sie uns ja etwas dazu sagen? Nein? Wahrscheinlich wären die Kunden auch nicht gerade begeistert gewesen, wenn zu jeder Tages- und Nachtzeit ein Lehrer aufgetaucht wäre und mitbekommen hätte, was da abläuft, und vielleicht sogar das Opfer erkannt hätte, wenn es das Grundstück betrat oder verließ.«

»Wie kommen Sie denn darauf, dass Danny derjenige war, der Geoff überfallen hat?«, fragte ich und kam gedanklich gar nicht über den ersten Teil dessen hinaus, was Grange gesagt hatte.

»Bei der Hausdurchsuchung haben wir eine Eisenstange gefunden, die in einem schwarzen Müllsack unter einem Bett versteckt war. Daran klebte Blut und anderes Spurenmaterial. Es befanden sich zum Beispiel Haare daran, die optisch denen von Geoff Turnbull gleichen. Die DNA-Untersuchung zur Bestätigung steht allerdings noch aus. Aber wir gehen stark davon aus, dass dies die Waffe ist, mit der Mr. Turnbull angegriffen wurde.«

Verwirrt lehnte ich mich zurück. Geoff war für Dannys unseliges Tun im Haus gegenüber also ein Hindernis gewesen. Aber die Art und Weise, ihn zu vertreiben, kam mir doch reichlich extrem vor. Wie Vickers schon gesagt hatte, sah das eher nach einer persönlichen Angelegenheit aus. Ich verschob diese Überlegungen jedoch auf später und konzentrierte mich vorerst auf das, was Grange weiter zu sagen hatte. Sein Tonfall war inzwischen ein wenig milder geworden.

»Schauen Sie, Sarah, wir wissen ja, dass Sie mit dem Verschwinden Ihres Bruders und dem Tod Ihres Vaters viel Schlimmeres in Ihrem Leben verkraften mussten. Wir verstehen, dass Sie sich möglicherweise zu Daniel Keane hingezogen fühlten, weil er zu den wenigen Menschen gehörte, die nachvollziehen konnten, wie Sie aufgewachsen sind.

Vielleicht war das alles ja seine Idee. Womöglich hat er Sie ebenfalls ausgenutzt. Vermutlich haben Sie gedacht, alles würde ganz anders ablaufen. Es kann ja sein, dass Sie anfangs gar nicht begriffen haben, wo Sie da hineingeraten sind – und dann war es irgendwann zu spät.«

Grange machte ein aufrichtiges Gesicht. Dennoch glaubte ich ihm kein Wort.

»Sie stecken gerade mächtig in Schwierigkeiten. Aber wir können Ihnen helfen, wenn Sie sich kooperativ zeigen. Wenn Sie uns sagen können, was tatsächlich mit Jennifer passiert ist. Wenn Sie die Ungereimtheiten aufklären, dann können wir Ihnen ebenfalls entgegenkommen. Ihre Strafe wird dann geringer ausfallen. Wir könnten dafür sorgen, dass Ihre Haftzeit verkürzt wird oder dass Sie Hafterleichterungen bekommen.«

So dumm war ich nicht, tatsächlich zu glauben, was Grange da sagte, aber ich begriff sehr wohl, was es bedeutete. Sie hatten zwar eine Menge Vermutungen, aber keine brauchbaren Beweise. Sie waren darauf angewiesen, dass ich mich einerseits selbst bezichtigte und ihnen andererseits half, Danny zu überführen. Selbstverständlich war es mir mehr als recht, dass Danny für lange Zeit – am besten für immer – ins Gefängnis wanderte, seit ich die Bilder von der missbrauchten Jenny gesehen hatte. Aber ich musste ihnen unbedingt begreiflich machen, dass ich zum einen nicht der Kopf dieser kriminellen Bande war und zum anderen nicht einmal bemerkt hatte, was sich direkt gegenüber von meinem Haus abgespielt hatte.

»Es handelt sich hierbei also«, sagte ich und wählte meine Worte mit Bedacht, »um eine Verkettung unglücklicher Umstände. Ich kann nachvollziehen, warum Sie mich verdächtigt haben. Es war seltsam, dass ich immer wieder in Ihr Blickfeld gekommen bin – das ist mir jetzt auch klar.

Aber ich habe mich nur aus einem einzigen Grund in die Ermittlungen eingemischt: weil ich dachte, dass ich helfen kann. Als mein Bruder verschwunden ist, hat uns niemand geholfen. Ich wollte, dass derjenige, der Jenny das angetan hat, gefasst wird, und hoffe inständig, dass Sie Danny Keane erwischen, das können Sie mir glauben. Aber ich hatte nicht das Geringste mit dem Missbrauch zu tun. Ich wusste ja nicht einmal, dass Jenny und Danny sich kannten.«

Ich machte eine kurze Pause und überlegte, was ich als Nächstes sagen sollte. »Sie haben darauf verwiesen, dass Sachen von mir im Haus gefunden wurden. Das stimmt. Aber wie ich DCI Vickers schon gesagt habe, wurde ich diese Woche Opfer eines Raubüberfalls. Ich glaube inzwischen, dass der Täter wohl Danny Keane war.«

Ich stand auf, wandte den Beamten den Rücken zu und zog mein T-Shirt hoch. Die Prellung an meiner Schulter hatte sich in den letzten Tagen von schwarz zu gelblichgrün verfärbt, war jedoch noch immer deutlich erkennbar. Dann drehte ich mich wieder zu ihnen um und krempelte mein Hosenbein hoch, um ihnen mein Knie zu zeigen. Es war blass und geschwollen, und ich hörte, wie Cooper bei seinem Anblick einen mitfühlenden Laut ausstieß.

»Meine Handtasche wurde gestohlen. Weil mein Autoschlüssel darin war, konnte ich nicht mit dem Auto fahren.« Ich setzte mich wieder. »Hätte ich Zugang zu dem Haus gehabt, hätte ich mir doch als Erstes meinen Schlüssel wieder geholt. DS Blake hat bei dem Gedenkgottesdienst für Jenny mit mir gesprochen. Er kann bestätigen, dass ich zu Fuß dort hingekommen bin, obwohl es an diesem Abend stark geregnet hat, und dass ich anschließend eine Mitfahrgelegenheit nach Hause brauchte.

Ich weiß nicht, wie Danny auf Jenny als potenzielles Opfer aufmerksam wurde. Ich kann nur sagen, dass Jenny und Paul Keane zusammen die Grundschule besucht haben. Ich weiß nicht, weshalb Geoff überfallen oder warum ich ausgeraubt wurde. Das sind vermutlich Fragen, die nur Danny beantworten kann. Aber ich versichere Ihnen, dass ich zuletzt als Teenager mit ihm gesprochen habe.«

Grange wurde unwillig. »Das ist leider nicht besonders glaubwürdig. Sie wohnen schließlich nur wenige Meter von ihm entfernt.«

»Das ist richtig. Aber wir haben uns zerstritten.« Ich erinnerte mich noch mehr als deutlich an die Umstände und hoffte inständig, dass die Vernehmer nicht von mir wissen wollten, was vorgefallen war. »Ich bin diese Woche zu ihm hinübergegangen, weil ich ihn fragen wollte, ob er weiß, was mit meinem Bruder passiert ist. Bei der Gelegenheit bin ich auf Paul getroffen. Um ehrlich sein, wusste ich gar nicht mehr, dass es ihn überhaupt gibt. Ich hatte ihn seit Jahren nicht mehr gesehen.«

»Weshalb wollten Sie ihn denn gerade jetzt nach Ihrem Bruder fragen?«

Ich rutschte unruhig auf meinem Stuhl herum und überlegte, wie ich ihnen das erklären sollte. »Was mit Jenny geschehen ist, hat mir alles wieder bewusst gemacht. Ich musste immerzu daran denken, wie es den Shepherds wohl geht. Und dann habe ich an meine Eltern gedacht – vor allem an meinen Vater. Niemand fragt noch nach Charlie; niemand außer meiner Mutter. Daran ist sie zerbrochen. Jahrelang habe ich versucht so zu tun, als hätte es Charlie nie gegeben. Ich habe versucht, vor dem, was meiner Familie zugestoßen ist, davonzulaufen, aber man kann so etwas nicht ewig leugnen. Ich hatte gehofft, möglicherweise doch noch etwas herauszufinden. Ich hatte befürchtet, dass vielleicht keiner je die richtigen Fragen gestellt oder mit den richtigen Leuten geredet hat. Ich dachte … Ich dachte, dass ich alles wieder in Ordnung bringen könnte.« Es hörte sich so naiv an, kaum dass ich es ausgesprochen hatte, und ich saß da und betrachtete meine Hände, weil ich den Vernehmern nicht ins Gesicht schauen wollte.

Da klopfte es leise an die Tür. Cooper hielt das Band an, während Grange öffnete. Er ging in den Korridor hinaus und schloss die Tür hinter sich. Ich blieb schweigend sitzen und machte keinerlei Anstalten, mich mit Cooper zu unterhalten. Ich saß einfach da und wartete darauf, dass Grange wiederkam. Ich hatte alles getan, was ich konnte, und alles gesagt, was ich zu sagen hatte. Jetzt gab es nichts weiter zu tun als zu warten, und das tat ich.

1997

Seit fünf Jahren vermisst

Das Telefon klingelt. Ich liege auf dem Sofa, schneide mit einer Nagelschere den Spliss aus meinen Haaren und mache keine Anstalten ranzugehen, obwohl es ganz in meiner Nähe steht.

Mum kommt aus der Küche und nimmt den Hörer ab. An ihrer spitzen Stimme erkenne ich, dass sie ungehalten ist.

Sie spricht betont kurz und knapp, fast schon unhöflich. Einen Moment später lehnt sie in der Tür. »Sarah, dein Vater ist am Telefon. Kommst du bitte – er will mit dir sprechen.«

Ich reagiere nicht sofort. Zunächst konzentriere ich mich auf eine letzte Locke. Sorgfältig halte ich die Schere im richtigen Winkel, um ein einzelnes Haar zu kürzen, von dem sich drei verschiedene Enden in alle Richtungen kringeln.

»Das ist ja ekelhaft«, schimpft Mum. »Hör sofort auf damit. Dein Vater wartet auf dich.«

Ich erhebe mich vom Sofa und gehe zu ihr. Wortlos und ohne sie eines Blickes zu würdigen, nehme ich ihr den Hörer aus der Hand.

»Hallo.«

»Hallo, mein Schatz. Wie geht's?«

»Geht so.«

»Und was macht die Schule?«

»Geht so.«

Dad klingt gut gelaunt. Anstrengend gut gelaunt.

»Bist du schön fleißig?«

Anstelle einer Antwort seufze ich ins Telefon. Ich wünsche mir, er könnte mein Gesicht dazu sehen. Es ist gar nicht so leicht, per Telefon »Ist mir scheißegal« zu übermitteln unter Vermeidung dieser Worte, die ich mich dann doch nicht so recht traue auszusprechen.

»Ach Sarah, ich weiß, das Leben ist nicht einfach. Aber du musst dich bemühen. Schule ist wirklich wichtig.«

»Ja ja«, sage ich und trete langsam und bedächtig gegen die Scheuerleiste. Ich habe schwere Stiefel an – schwarze Caterpillar-Stiefel mit dicken Sohlen und Stahlkappen, die mir Dad nach langem Betteln gekauft hat. Ich fühle nicht mal, wie mein Fuß auf die Wand trifft.

»Hör auf damit«, sagt Mum hinter mir. Sie steht in der Küchentür und belauscht mich. Ich wende mich noch demonstrativer von ihr ab, klemme mir den Hörer zwischen Schulter und Ohr und beuge mich nach vorn. »Dad, wann kann ich dich denn nun besuchen kommen?«

»Bald. Die Wohnung ist fast fertig. Gerade habe ich das zweite Schlafzimmer zu Ende gestrichen. Sobald es eingerichtet ist, kannst du herkommen.«

»Das dauert jetzt schon so lange«, brummle ich ins Telefon.

»Ich weiß. Aber ich tue, was ich kann. Du musst noch ein bisschen Geduld haben, Sarah.«

»Ich habe schon endlos lange Geduld gehabt«, versetze ich. »Langsam habe ich keine Lust mehr dazu.« Ich verpasse der Scheuerleiste noch einen derben Tritt, sodass ein Stück Farbe abblättert. »Dad, ich muss jetzt Schluss machen.«

»Oh, geht klar.« Er klingt überrascht und ein bisschen enttäuscht. »Hast du was vor?«

»Nein. Mir fällt bloß nichts weiter ein, was ich dir sagen könnte.« Es tut gut, gemein zu ihm zu sein. Er hat es verdient, finde ich.

Eine kleine Pause entsteht. »Na dann …«

»Tschüss«, sage ich und lege schnell auf, damit ich seine Antwort nicht mehr höre.

Als ich mich umdrehe, steht Mum immer noch da, mit verschränkten Armen und dem Anflug eines Lächelns im Gesicht. Ich weiß, dass sie mit mir zufrieden ist, und bin für einen Augenblick froh darüber, doch dann meldet sich mein schlechtes Gewissen, und meine Abneigung gegen sie gewinnt wieder die Oberhand. Es ist mir doch völlig schnurz, was sie denkt.

Ich gehe zurück ins Wohnzimmer, lasse mich wieder aufs Sofa fallen und wünsche mir, ich wäre am Telefon netter zu Dad gewesen, aber das ist jetzt zu spät. Jetzt ist er nicht mehr da.

14

Sie ließen mich noch eine ganze Weile im Vernehmungsraum sitzen. Dann kam Grange zurück, um Cooper abzuholen. Zu mir sagte er kein Wort. Eine uniformierte Beamtin betrat leise den Raum und nahm schweigend neben der Tür Aufstellung, wobei sie meine Anwesenheit komplett ignorierte. Ich folgte ihrem Beispiel, schlang die Arme um die Knie und starrte Löcher in die Luft. Ich erwartete, nach dem Verhör, das meinem Gefühl nach jetzt vorbei war, wieder in die Zelle gebracht zu werden.

Als die Tür das nächste Mal aufging, sah ich zu meiner Überraschung Vickers dort stehen. Mit einer Kopfbewegung ließ er die Beamtin abtreten und kam herein. Er zog Coopers Stuhl hinter dessen Schreibtisch vor, sodass er mir gegenüber Platz nehmen konnte, ohne dass der Tisch zwischen uns stand. Langsam, so als täte ihm der Rücken weh, ließ er sich auf den Stuhl sinken und stieß erst einmal einen Seufzer aus.

»Wie geht es Ihnen?«

Zur Antwort zuckte ich mit einer Schulter. *Was glauben Sie wohl?*

»Es wird Sie bestimmt freuen zu hören, dass wir im Krankenhaus mit unserem Paul Keane gesprochen haben und er kategorisch bestreitet, dass Sie an einem Verbrechen beteiligt waren. Er hat alles bestätigt, was Sie ausgesagt haben. Sofern keine anderen Hinweise auf eine Beteiligung Ihrerseits zum Vorschein kommen, gehe ich vorerst davon aus, dass Sie an dem Plan zum Missbrauch oder Mord an Jennifer Shepherd tatsächlich nicht beteiligt waren.«

Als Bestätigung meiner Unschuld war das nicht gerade überwältigend, aber ich nahm es einfach als das, was es war: gewissermaßen eine Entschuldigung und die Zusicherung, dass ich nicht weiter verhört werden sollte.

»Sie werden keine anderen Hinweise finden. Ich sagte Ihnen doch, dass ich damit nichts zu tun habe.«

»Sieht wohl ganz danach aus«, sagte Vickers, faltete die Hände vor sich und vertiefte sich in die Betrachtung seiner Fingerknöchel, als seien diese für ihn ein Quell besonderer Faszination. Schweigend saß er da, und ich fragte mich, worauf er wartete.

»Kann ich jetzt gehen?«

»Hm. Na ja, natürlich können Sie, wenn Sie wollen. Könnte ich gut verstehen, wenn Sie nach Hause wollen. Sie sind wahrscheinlich müde und auch ein bisschen sauer auf uns.«

»Nur ein kleines bisschen«, antwortete ich lakonisch.

»Ja. Nun ja. Es wäre nur allzu verständlich, wenn Sie erst einmal heimfahren wollten.«

Eine kleine Pause entstand. Ich wusste, dass er noch etwas im Sinn hatte, aber ich war mir nicht sicher, ob es zu unhöflich von mir war, Nein zu sagen, bevor ich überhaupt wusste, worum es ging. »Aber?«

»Aber – also, ich sagte ja, dass wir mit Paul gesprochen haben, aber leider sind wir nicht besonders weit gekommen.« Mit seiner faltigen Hand rieb er sich den Hals. Ganz offensichtlich spielte er den erschöpften alten Mann, um mein Mitgefühl zu gewinnen. Ungerührt wartete ich darauf, dass er endlich zur Sache kam.

»Das Problem ist, dass er uns nicht viel erzählen will,

Sarah. Alles, was wir aus ihm herausbekommen konnten, war seine Beteuerung, dass Sie nichts damit zu tun haben. Er verkündet immer nur »kein Kommentar« hierzu, »kein Kommentar« dazu – am Anfang war er noch nicht einmal bereit, seinen Namen und sein Alter zu bestätigen. Erst als wir uns nach Ihnen erkundigt haben, fing er an zu reden. Sie haben offenbar mächtig Eindruck auf ihn gemacht. Er sagt, Sie seien nett zu ihm gewesen.«

Paul tat mir unendlich leid. Ich hatte doch nicht mehr getan, als mit ihm zu reden und ihn einigermaßen menschlich zu behandeln. Wie konnte ihn das so tief beeindruckt haben, dass er sogar sein Schweigen brach, um mich zu verteidigen? Das musste ihn großen Mut gekostet haben. So schlimm es auch für mich war, eingesperrt und vernommen, oder besser gesagt, verhört zu werden – war ich doch wenigstens erwachsen und hatte eine gewisse Vorstellung von meinen Rechten. Und ich wusste, dass ich unschuldig war.

»Eigentlich sollten Sie ihn überhaupt nicht vernehmen. Natürlich bin ich ihm sehr dankbar, dass er meine Aussagen bestätigt hat. Aber er ist doch noch ein Kind. Er ist extrem labil und hat eben erst versucht, sich umzubringen, verflixt noch mal. Und falls Ihre Annahme richtig ist, dass er an Jennys Missbrauch beteiligt war – damit sage ich nicht, *dass* Sie Recht haben; schließlich haben Sie sich bei mir ja auch getäuscht –, dann kann ich mir vorstellen, dass er sich angesichts dessen in Grund und Boden schämt.«

»Das lässt sich nicht völlig von der Hand weisen«, sagte Vickers und versuchte, betreten dreinzuschauen. Sein zur Schau gestelltes Unbehagen passte nicht zu dem, was ich von ihm wusste, denn unter der Oberfläche war er stahlhart. Ich fixierte ihn reglos und schweigend.

Vickers schlug sein mageres Bein über und verwendete

einige Zeit darauf, den Hosenstoff über der Kniescheibe zu glätten. Schließlich hob er den Blick und sah mich an. »Angesichts dessen, was wir Ihnen gerade zugemutet haben, ist es wahrscheinlich nicht unbedingt angemessen, Sie darum zu bitten, uns zu helfen, aber ich bin in einer sehr schwierigen Situation, müssen Sie verstehen. Es ist uns nicht gelungen, einen vernünftigen Draht zu dem Jungen zu finden. Er steckt voller Misstrauen. Schon seit Jahren hat er keinen Rückhalt bei vertrauenswürdigen Erwachsenen gehabt und reagiert folgerichtig nicht eben freundlich auf uns oder seine ehemaligen Lehrer. Und andere Angehörige gibt es nicht. Wir haben sogar eine Sozialarbeiterin dazugeholt. Sicherlich leisten diese Leute gute Arbeit, aber in unserem Fall ist sie ungefähr so hilfreich wie ein Stück Bindfaden bei Durchfall. Bitte entschuldigen Sie die Wortwahl. Ich appelliere jedenfalls hiermit an Ihr soziales Gewissen und Ihr Bedürfnis nach Gerechtigkeit.«

»Und was soll ich Ihrer Ansicht nach tun?«

»Fahren Sie mit mir zum Krankenhaus. Jetzt gleich.« Vickers hatte die Nummer mit der zittrigen Greisenstimme aufgegeben, und wieder einmal fiel mir auf, wie durchdringend sein eisblauer Blick sein konnte. »Ihnen vertraut er. Er mag Sie. Wir haben ihn gefragt, mit wem er überhaupt sprechen würde, und Ihr Name war der einzige, auf den er positiv reagiert hat. Er hält Sie wohl für so eine Art Engel.«

»Ich begreife das alles nicht«, antwortete ich und gab mir Mühe, dem Gesagten zu folgen. »Wie können Sie mich von einer Minute zur anderen erst des Mordes bezichtigen und anschließend um meine Hilfe bitten?«

»Wir hatten unsere Gründe, Sie einer gewissen Mitwirkung an diesem Verbrechen zu verdächtigen«, sagte Vickers missbilligend. »Im Zuge unserer Ermittlungen sind wir allerdings zu der Überzeugung gekommen, dass Sie nicht beteiligt waren. Aber Sie zu verhaften entsprach der juristisch korrekten Vorgehensweise und hat Sie obendrein rehabilitiert.«

»Jetzt soll ich wohl auch noch dankbar sein?« Ich bebte vor Wut.

»Das habe ich nicht gesagt«, schlug Vickers wieder etwas sanftere Töne an. »Ich weiß, dass das heftig für Sie war, Sarah. Und wenn ich die Wahl hätte, würde ich Sie jetzt liebend gern nach Hause gehen lassen und Ihnen eine Verschnaufpause gönnen. Aber mir bleibt nicht viel anderes übrig. Ich muss herausbekommen, was Paul weiß, und ich habe einfach nicht die Zeit, mich erst umständlich mit ihm anzufreunden. Ich habe ständig Jennifer Shepherds Eltern am Telefon, die wissen wollen, was es Neues gibt. Ich habe die Presse auf dem Hals, die mich mit allen möglichen Fragen löchert, und ich versuche unter massivem Druck von oben, die Fahndung nach Daniel Keane zu koordinieren. Ich will doch nichts weiter, als diesen ganzen Leuten sagen zu können: Ja, wir sind auf dem richtigen Weg. Auch wenn wir ihn derzeit noch nicht gefasst haben, ist es nur eine Frage der Zeit. Wir sind ihm jedenfalls auf der Spur.«

»Ich will da nicht mit reingezogen werden«, entgegnete ich und schüttelte den Kopf. »Ich will nicht dazu beitragen, wenn das arme Kind unter Druck gesetzt wird, um ihm belastende Informationen über seinen Bruder zu entlocken.«

»Bitte Sarah. Sie wissen, wie das ist – diese Ungewissheit. Helfen Sie uns bitte – um der Eltern willen.«

Das war's. Damit hatte er mich weichgeklopft. Vickers fand irgendwie immer den richtigen Hebel. Ich war nicht gerade darauf versessen, die Polizei zu unterstützen, aber ich brachte es auch nicht übers Herz, Jennys Eltern unnötig lange auf die Wahrheit warten zu lassen.

Wenigstens, das musste man ihm lassen, verzichtete Vickers auf Überlegenheitsgesten, als er mich aus dem Vernehmungsraum, durch das Treppenhaus, bis zum Ausgang des Polizeireviers führte. Unterwegs plauderte er locker über die verschiedenen Zimmer, an denen wir vorüberkamen – »und hier haben wir mit Ihnen gesprochen, in der Nacht, als Jennifers Leichnam gefunden wurde, erinnern Sie sich? Und hier drüben habe ich mein Büro.« Das Meiste überhörte ich einfach, während die Blicke seiner Kollegen auf mir brannten. Offenbar dauerte es geraume Zeit, bis die Nachricht von meiner Entlassung die Runde gemacht hatte. Kaum verhohlene Feindseligkeit begleitete mich, während ich mit Vickers die Flure entlanglief.

Schließlich kamen wir im öffentlich zugänglichen Foyer des Polizeireviers an und liefen direkt in einen Einmannaufstand hinein. Vickers und ich blieben gleichzeitig wie angewurzelt stehen. Wir waren völlig perplex. Ein großer, breitschultriger Mann rang mit zwei uniformierten Beamten und einer Frau. Die Frau klammerte sich an seinen Arm, als gelte es ihr Leben. Daraufhin versuchte der Mann, sie abzuschütteln. Dabei drehte sie den Kopf ein Stück, und ich erkannte Valerie. Er brüllte ohrenbetäubend und stieß wüste Beschimpfungen gegen die Zivilangestellte an der Rezeption aus. Sie saß wie gelähmt hinter ihrer zerkratzten, vergilbten Plexiglasscheibe, was man ihr angesichts der Situation wirklich nicht verübeln konnte.

Der Mann war außer sich vor Wut. Entgeistert erkannte ich nun auch, wer es war. Michael Shepherd befand sich offenbar an der äußersten Grenze seiner Selbstbeherrschung und schien völlig unberechenbar. Falls er von meiner Verhaftung wusste – falls ihm bekannt war, dass die Polizei mich verdächtigt hatte, etwas mit dem Tod seiner Tochter zu tun zu haben –, wollte ich mich auf keinen Fall im selben Raum mit ihm befinden, Polizeipräsenz hin oder her.

»Ich will den Inspektor sprechen, und zwar *sofort!*«, verlangte er mit erregter, unkontrollierter Stimme.

»Nun beruhigen Sie sich doch mal einen Moment …«, keuchte Valerie, und ich dachte bei mir, dass diese Worte und vor allem ihre Art, sie auszusprechen, wahrscheinlich eher das Gegenteil bewirkten.

»Halten Sie das Maul«, kläffte Shepherd. »Sie haben doch von nichts eine Ahnung!«

Ich hatte Vickers' Bewegung nicht wahrgenommen, aber plötzlich stand er neben der kleinen Gruppe. Als Shepherd ihn sah, seufzte er lautstark und hörte auf, sich zu wehren.

»Kein Grund zur Aufregung, Mr. Shepherd. Tut mir leid, dass ich nicht eher zur Verfügung stehen konnte. Ich war dienstlich leider stark eingebunden.«

»Die sagen in den Nachrichten, dass jemand verhaftet wurde. Ist das wahr?«, wollte Michael Shepherd eilig und gehetzt wissen.

»Wir gehen einem ganz bestimmten Ermittlungsansatz nach.«

Ich zuckte zusammen, als Shepherds Faust auf den Empfangstresen vor ihm niederkrachte.

»Das sagen Sie mir jedes Mal, und ich erfahre überhaupt nichts. Ich habe keine Ahnung, was eigentlich vor sich geht. Ich weiß einfach nicht …«

Shepherd schüttelte fassungslos den Kopf, seine Wut verwandelte sich in Ratlosigkeit und Verzweiflung. Unterdessen konnte Vickers nicht der Versuchung widerstehen, einen Blick in meine Richtung zu werfen. Er war sichtlich erfreut, dass ich Jennys Vater in diesem Zustand zu sehen bekam. Ihm war klar, dass ihm dieser Zwischenfall mehr als alles andere helfen würde, mich zu überreden, das zu tun, was er sich von mir erhoffte. Ich hasste ihn dafür, aber er hatte Recht.

Allerdings hatte Vickers nicht bedacht, wie schnell Shepherd sich aufrappeln konnte und wie aufmerksam er alles verfolgte, was sich um ihn herum abspielte. Als er merkte, dass ihm Vickers' Aufmerksamkeit kurzzeitig abhandenkam, fuhr er herum, um die Blickrichtung des Polizisten zu erkunden. Sein pechschwarzer Blick traf auf mich, seine Brauen zogen sich bedrohlich zusammen, und ich wich unwillkürlich zurück.

»Sie«, schnaubte er atemlos und kam auf mich zu, »Sie stecken da mit drin, nicht wahr? Sie sind diejenige, die heute verhaftet wurde, oder?«

Auf Vickers' panikartigen Befehl hin kamen die beiden uniformierten Beamten herbeigeeilt und brachten ihn wenige Schritte vor mir zum Stehen. Ich wich weder von der Stelle noch Shepherds loderndem Blick aus.

»Ich wollte Ihnen gerade von Miss Finch erzählen«, erklärte Vickers und stellte sich zwischen uns, was freilich kaum etwas nützen würde, falls Shepherd sich losriss. Trotzdem war ich ihm dankbar für diese ritterliche Geste. »Wir sind überzeugt, dass sie mit dem Mord an Ihrer Tochter nichts zu tun hat, Mr. Shepherd. Im Gegenteil, sie ist uns dabei behilflich, mehr darüber herauszufinden, was vor Jennys Tod geschehen ist, und unterstützt uns auch weiterhin nach Kräften.«

Shepherds Blick bohrte sich noch immer in meine Augen, und ich hatte das Gefühl, wenn man ihn ließe, würde er mich umbringen, weil er davon überzeugt war, dass ich seiner Tochter etwas angetan hatte.

»Sind Sie sicher?«, fragte er barsch.

»Absolut. Sie hat weder mit dem Missbrauch an Ihrer Tochter noch mit ihrem Tod etwas zu tun.« Vickers klang nun zwar wesentlich überzeugter als eben noch im Vernehmungsraum, aber jetzt musste er Shepherd beschwichtigen, und das schnell.

Sein Worte bewirkten zwar, dass Shepherd sich zu ihm umdrehte, doch sie beruhigten ihn nicht – ganz im Gegenteil. »Mit dem *Missbrauch*?«

Für den Bruchteil einer Sekunde huschte ein Hauch von Unsicherheit über Vickers' zerfurchtes Gesicht. »Darüber hat man Sie bereits informiert, denke ich. DC Wade hat heute Nachmittag mit Ihnen und Ihrer Frau darüber gesprochen.«

»Sie hat uns angelogen«, zischte Michael Shepherd. »Es ist nicht wahr. Nichts davon ist wahr. Und wenn Sie das noch irgendwem erzählen, gehe ich vor Gericht.«

Vickers streckte die Hand aus und klopfte unbestimmt ins Leere, als ob das den vor ihm stehenden Mann besänftigen konnte. »Ich weiß, dass das nicht einfach zu verkraften ist, aber Sie müssen Bescheid wissen über das, was geschehen ist. Wir müssen davon ausgehen, dass die – äh, Belästigung – direkt zu Jennys Tod geführt hat, Mr. Shepherd. Es ist leider wahr, und es existiert auch ausreichend Beweismaterial, das wir heranziehen werden, um die Verantwortlichen zu überführen. Das bedeutet auch, dass ein Teil davon frei zugänglich sein wird, und wir haben keine Chance, die Medien da herauszuhalten. Selbstverständlich haben wir nicht vor, Fotos oder Videos zu veröffentlichen, so viel kann ich Ihnen versichern. Aber einige davon werden vor Gericht zum Einsatz kommen, und es wird darüber berichtet werden, selbstverständlich ohne Einzelheiten preiszugeben.«

»Fotos«, wiederholte Michael Shepherd und hatte offensichtlich nicht ganz verstanden, was Vickers gerade gesagt hatte. Er drehte sich wieder zu mir um. »Haben Sie die Bilder gesehen? Haben Sie meine Jenny gesehen?«

Auch ohne dass ich etwas sagte oder auch nur nickte, wusste er, dass ich sie gesehen hatte. Ich hätte ihm gern gesagt, dass ich eigentlich nicht hatte hinsehen wollen und mein Bestes tat, um das Gesehene zu vergessen, falls das überhaupt möglich war. Aber noch bevor ich den Mund öffnen konnte, fuhr er wieder zu Vickers herum.

»Sie haben es ihr also erzählt? Sie hat es gesehen? Wer noch? Wie viele andere Leute haben diese Bilder gesehen? Jeder wahrscheinlich. Und jetzt lachen sich alle kaputt und reißen Witze darüber. Alle machen sich über meine Tochter lustig. Meine kleine Tochter. Für Sie ist sie doch nichts weiter als eine Schlampe, hab ich Recht? Eine kleine Nutte, die es nicht besser verdient hat.« Sein Gesicht war außer Kontrolle, und sein Kinn bebte. Valerie versuchte ein »Beruhigen Sie sich doch« beizutragen, das allerdings gänzlich ungehört verhallte.

»Alle werden es wissen. Alle werden davon erfahren, und es gibt nichts, was ich dagegen tun kann.« Er fiel auf die Knie, schlug die Hände vor das Gesicht, und raue, ungelenke Schluchzer brachen aus ihm heraus. Alle anderen standen in stummem Entsetzen daneben, gebannt von dem totalen Zusammenbruch dieses kräftigen Mannes.

»Val, nehmen Sie sich doch bitte seiner an, und holen Sie ihm einen Tee oder so, Herrgott noch mal«, sagte Vickers, dem die Anspannung deutlich anzumerken war. »In meinem Schreibtisch steht eine Flasche Whiskey. Schenken Sie ihm einen Doppelten ein, und bringen Sie ihn dann nach Hause. Und sorgen Sie bitte dafür, dass die Presse ihn so nicht zu Gesicht bekommt.«

Er fasste mich am Arm und schob mich an der kleinen Gruppe vorbei zum Ausgang. »Hier gibt es momentan nichts zu tun, aber im Krankenhaus wartet jede Menge Arbeit auf Sie«, sagte er und zog ungeduldig an meinem

Ärmel, als ich zögerte. »Verstehen Sie jetzt, warum es so wichtig ist? Der Mann richtet sich selbst zugrunde, wenn wir das nicht bald zu Ende bringen.«

Eigentlich mochte ich Vickers ja und verstand auch, was ihn antrieb. Aber mir ging auch durch den Kopf, dass es wahrscheinlich nicht ausreichen würde, Jennys Mörder zu finden, um ihren Vater zu retten. Doch das sagte ich ihm nicht.

Wir verließen das Polizeirevier durch eine Nebentür, die direkt auf den Parkplatz führte. Im Gefängnis hatte ich jegliches Zeitgefühl verloren und war überrascht, dass die Sonne bereits unterging. Ich blieb einen Moment lang in der Tür stehen und holte tief Luft. Es war die herrlichste Luft, die ich je eingeatmet hatte. Ich ließ Vickers absichtlich ein paar Meter Vorsprung, um wenigstens einen Augenblick für mich allein zu gewinnen. Als ich ihm dann zum Auto nachfolgte, blitzte es plötzlich. Verwirrt sah ich mich um und erblickte rechts von mir einen Fotografen, der etwas vornübergebeugt stand und eine riesige Kamera in der Hand hielt. In dem Moment, als ich mich umgedreht hatte und ihm die gewünschte Position lieferte, schoss er sechs oder sieben Fotos direkt hintereinander, wobei das Blitzlicht grell und unbarmherzig flackerte wie ein Stroboskop. Instinktiv riss ich den Arm nach oben, um mein Gesicht vor der Kamera zu schützen. Aus dem Augenwinkel nahm ich wahr, wie Vickers auf dem Absatz kehrtmachte und auf uns zugerannt kam. Mir war völlig rätselhaft, was gerade passiert war – zum Beispiel, woher der Fotograf wusste, wer ich bin –, aber mir war auch schmerzlich bewusst, dass ich soeben etwas verloren hatte, worum ich immer gekämpft hatte. Ein einziges Foto reichte aus, um mir meine Anonymität dauerhaft zu nehmen. Sicher hatte die Polizei gerade zähneknirschend meine Unschuld eingestanden, aber Unschuld lieferte keine gute Story. Verdächtigungen und Spekulationen hingegen schon, wie ich nur allzu gut wusste.

Ich musste nicht sehr lange überlegen, wer hinter dem Ganzen steckte, denn als Vickers den Fotografen gepackt hatte, kam hinter einem der Autos eine Gestalt hervor.

»Sarah, wollen Sie mir nicht von Ihrer Verhaftung erzählen? Warum hat die Polizei Sie verhört? Was haben Sie mit Jennys Tod zu tun?«

Eines musste ich Carol Shapley lassen. Auch wenn sie nur eine skrupellose kleine Reporterin bei einem mickrigen Lokalblättchen war, hatte sie eine absolut sichere Nase für Storys, von denen große Blätter nur träumen konnten.

»Wer hat Sie hierherbestellt?«, herrschte Vickers sie über die Schulter an. Er hatte den Fotografen an die Hauswand gedrängt und presste ihn mit dem Gesicht gegen das Mauerwerk. Mir fiel auf, dass er dabei ein wenig keuchte. Doch Vickers war kräftiger als er aussah, und obwohl der Mann sich wehrte, hatte er aus meiner Sicht keine Chance, sich loszureißen.

Carol lächelte. »Ich habe eben meine Quellen überall, Chief Inspector Vickers. Von denen werde ich auf dem Laufenden gehalten.«

»Dann haben Ihre Quellen Sie diesmal irregeführt. Hier ist keine Story zu holen. Und im Übrigen befinden Sie sich auf Polizeigelände. Sie haben hier keinen Zutritt.«

Sie beachtete ihn gar nicht. Ihre Augen waren wie Suchscheinwerfer, denen nichts entging, als sie über mich hinwegglitten. Ich fühlte mich ihr hilflos ausgeliefert. »Sarah, wir könnten eine Fortsetzung des vorigen Beitrags bringen, in der wir berichten, was Ihnen heute alles widerfahren ist. Wir können Ihren Namen damit vollständig reinwaschen.«

»Bestimmt nicht.«

»Wollen Sie den Leuten denn nicht mitteilen, dass Sie unschuldig sind?«

Ich wollte eigentlich nur so weit wie möglich weg von ihr sein. Schweigend wandte ich den Blick ab in dem Wissen, dass sie jedes Wort von mir nur benutzen würde, um eine noch ergiebigere Story zu stricken.

Hinter mir krachte die Tür, und zwei uniformierte Polizisten verließen lachend das Gebäude. Anfangs merkten sie gar nicht, was gerade vorging.

»Hierher, Jungs!«, presste Vickers hervor, worauf die beiden sofort und ohne Fragen zu stellen reagierten – wie ein gut ausgebildeter Hund auf ein Pfeifsignal. Der Fotograf tat mir fast ein bisschen leid, als sie ihm die Arme auf den Rücken drehten und ihn gewaltsam zu Boden beförderten. Vickers ging beiseite und wischte sich mit dem Handrücken über den Mund. In der anderen Hand ließ er die Kamera des Fotografen baumeln.

»Schauen Sie lieber nach, dass Ihrer Kamera nichts passiert ist. Wäre doch schrecklich, wenn sie kaputt gegangen wäre, nicht wahr?« Während er das sagte, öffnete er die Hand und ließ die Kamera zu Boden fallen. »Ach, oje. Bin ich aber ungeschickt!«

Der Fotograf trat nach den Beamten, die ihn am Boden festhielten, und erntete dafür ein Knie in den Rippen. Vickers ignorierte ihn, hob die Kamera auf und schaltete sie ein.

»Geht noch«, rief er erfreut. »Ist das nicht wunderbar? Moderne Technik vom Feinsten.« Er hockte sich neben den Fotografen. »Darf ich mir die Bilder mal ansehen, die Sie gerade gemacht haben?«

Dieser fluchte mit leiser, hasserfüllter Stimme vor sich hin.

»Mäßigen Sie sich, oder Sie werden verhaftet.«

»Sie können mich nicht wegen ein paar Ausdrücken verhaften«, schimpfte der Mann aufgebracht.

»Laut Absatz fünf des Gesetzes zur öffentlichen Ordnung kann ich das durchaus«, erklärte Vickers und schaute sich die Bilder auf der Kamera an. »Fluchen Sie doch einfach noch einmal, dann merken Sie, ob ich es ernst meine. Was macht diese Taste hier eigentlich? Löschen, oder?«

Carol stand jetzt neben Vickers. »Das können Sie nicht machen. Ich werde darüber berichten – über diese Form von Zensur, über die brutalen Methoden der Polizei, über Ihren Machtmissbrauch. Ich werde dafür sorgen, dass Sie so viel Ärger bekommen, dass Sie nie wieder als Polizeibeamter arbeiten werden.«

»Oh nein, meine Liebe, Sie haben da was falsch verstanden. Ich kann dafür sorgen, dass Sie nie wieder ein Wort für den *Elmview Examiner* schreiben. Eddie Briggs ist ein guter Freund von mir, und er ist nicht gerade ein Bewunderer von Ihnen, Mrs. Shapley, obwohl er Ihr Chef ist. Und dann hätten wir da außerdem noch Ihr Auto – ich bin mir ganz sicher, dass ich bei genauerem Hinsehen ein paar gute Gründe finde, die eine Beschlagnahmung ratsam erscheinen lassen – im Interesse Ihrer eigenen Sicherheit, versteht sich.« Er lächelte sie an und fügte hinzu: »Kleiner Tipp für Sie am Rande: Legen Sie sich nicht mit der Polizei an. Wir gewinnen sowieso.«

»Wollen Sie mir drohen?«

»Ja«, erwiderte Vickers schlicht. »Und wenn Sie schlau sind, dann vergessen Sie das hier ganz schnell. Miss Finch ist vollkommen unschuldig, davon bin ich absolut überzeugt. Auf dem Polizeirevier befragt wurde sie aus rein operativen Gründen. Sie war sehr hilfreich und verständnisvoll und hat ein bisschen Respekt für sich und ihre Privatsphäre mehr als verdient.«

»Warum tun Sie das?« Carols Lippen waren schmal, und es kam mir so vor, als könne sie nur mühsam die Tränen zurückzuhalten. »Warum setzen Sie sich so für sie ein?«

Er beugte sich nach vorn, sodass sein Gesicht nur noch wenige Zentimeter von ihrem entfernt war. »Weil ich Paparazzi nicht ausstehen kann, Mrs. Shapley, und weil ich Ihren Arbeitsstil nicht mag. Ich werde Sie im Auge behalten. Keine anonyme Weitergabe von Informationen. Falls ich auch nur ein einziges Wort über Miss Finch in einer Zeitung finde oder eine einzige Silbe über sie in irgendeiner Nachrichtensendung höre, mache ich Sie persönlich dafür verantwortlich. Ich werde dafür sorgen, dass Sie nie wieder eine Information von der Polizei in Surrey erhalten. Mir wird jedes Mittel recht sein, um Ihnen das Leben schwer zu machen. Und glauben Sie mir, Mrs. Shapley, ich meine das genau so, wie ich es sage.« Er drückte ihr die Kamera in die Hand. »Haben wir uns verstanden?«

Sie nickte beleidigt.

»Lasst ihn los, Jungs.«

Die zu Hilfe geeilten Polizisten ließen von dem Fotografen ab, und er rappelte sich auf. Seine Kleidung war arg mitgenommen und schmutzig und sein Blick voller Abscheu.

»Geben Sie meine Kamera her!«

Carol gab sie ihm, und er besah sich das Gerät, fuhr mit der Hand darüber und rubbelte über eine zerkratzte Stelle. »Das ist eine sehr teure Technik. Wenn sie beschädigt ist …«

»Wenn sie beschädigt ist, schicken Sie die Rechnung an Carol. Und jetzt verschwinden Sie endlich. Ich kann Sie nicht mehr sehen, alle beide.« Sein Auftreten ließ keinen Zweifel daran, dass er nicht die geringste Lust auf weitere Diskussionen hatte. Klugerweise machten sich die beiden, ohne noch ein Wort zu verlieren, aus dem Staub. Carol ließ es sich allerdings nicht nehmen, mich noch mit einem wütenden Blick zu bedenken. Ich hielt diesem Blick stand, obwohl der unverhohlene Hass in ihrem Gesicht mir eine Gänsehaut machte.

Vickers nickte den beiden Uniformierten zu. »Danke, Jungs.«

»Keine Ursache«, antwortete der eine mit einer derart tiefen Stimme, dass seine Worte sich wie ein Grollen anhörten. »Aber immer doch. Können wir sonst noch was für Sie tun?«

»Im Augenblick nicht. Gehen Sie einfach Ihrer Wege.«

Die beiden Beamten verschwanden über den Parkplatz und wirkten dabei so gelassen, als sei das, was gerade passiert war, nichts Besonderes – aber vermutlich war es das für sie auch nicht.

Ich war überrascht, wie gekonnt Vickers den Fotografen in Schach gehalten hatte, doch das war wahrscheinlich unnötig. Bestimmt hatte auch er seine Zeit im uniformierten Streifendienst absolviert, nur dass es inzwischen schon ein paar Jährchen zurücklag.

»Alles in Ordnung mit Ihnen?«, erkundigte er sich.

Erst jetzt fiel mir auf, dass ich zitterte und meine Hände ganz feucht waren. »Ja, ich denke schon. Vielen Dank für das eben.«

Vickers lachte. »Keine Ursache. War mir ein Vergnügen. Diese Shapley ist eine üble Figur. Und sie hat Ihnen wahrlich schon mehr als genug Ärger eingebracht.« Er musterte mich mit einem Seitenblick. »Außerdem gefällt mir der Gedanke, dass ich mich damit ein wenig für die andere Sache von heute revanchieren konnte.«

»Das hier wäre nicht passiert, wenn Sie mich gar nicht erst verhaftet hätten«, erinnerte ich ihn.

»Wie Recht Sie doch haben. Und dann schulde ich Ihnen ja außerdem noch einen Gefallen, weil Sie sich bereit erklärt haben, uns mit Paul zu helfen. Keine Sorge, ich behalte es im Hinterkopf.«

»Ich auch, keine Sorge.« Aber das sagte ich mit einem Lächeln. Ich hatte keine Vorstellung, wie Vickers mich dafür entschädigen wollte, aber darum ging es auch gar nicht. Was er mir eigentlich gerade gesagt hatte, war nämlich, dass ich wieder auf seiner Seite war, auf der Seite der Guten, und das war ein sehr gutes Gefühl.

Ich war auf dem besten Wege, den Tag dort zu beenden, wo ich ihn begonnen hatte, wie mir auffiel, als ich Vickers durch die Flure der St.-Martins-Klinik zur Kinderstation folgte, wo Paul sich unter den wachsamen Augen von DS Blake erholte. Blake sprang auf, als Vickers die Tür öffnete. Ich kam hinter Vickers' Rücken vor und warf einen Blick auf das Bett, in dem Paul mit geschlossenen Augen und angezogenen Beinen auf der Seite lag.

»Danke, dass Sie gekommen sind, Sarah«, begrüßte mich Blake und vergrub die Hände in den Hosentaschen.

Ich überging ihn und widmete mich ganz Paul. Sein Atem war kratzig, seine Wangen fleckig, und das Haar klebte ihm verschwitzt an der Stirn.

»Geht es ihm besser?«, fragte ich mit gedämpfter Stimme.

»Es geht schon den ganzen Tag mal so, mal so. Die Ärzte sind so weit ganz zufrieden mit ihm – das heißt er erholt sich gut, den Umständen entsprechend. Sie lassen uns aber nicht lange mit ihm sprechen, wenn er wach ist. Und wir können ihn jetzt auch nicht aufwecken, fürchte ich, auch wenn Sie extra hergekommen sind.«

»Das würde ich auch gar nicht zulassen«, sagte ich überrascht und kein bisschen verärgert. »Ich kann warten. Mir liegt vor allem Pauls Wohlergehen am Herzen.« Auf den

Nachsatz, *auch wenn Sie das anders sehen,* verzichtete ich, doch die Worte schwebten gewissermaßen in der Luft.

Noch bevor Blake etwas erwidern konnte, mischte sich Vickers ein. »Da wir gerade von Pauls Wohlergehen sprechen – das ist Audrey Jones, Pauls Sozialarbeiterin.« Er deutete in eine Ecke des Raumes, wo eine Frau mittleren Alters saß, die Arme unter ihrem riesigen, weichen Busen verschränkt. »Mütterlich« war das erste Wort, das mir zu ihr einfiel – was auch immer das heißen mochte. Weder Paul noch ich hatten je so eine Mutter erlebt. Wahrscheinlich erinnerte Paul sich überhaupt nicht an seine Mutter, schließlich war er noch sehr klein, als sie starb. Audrey sah mich einigermaßen freundlich an und blieb in ihrer Ecke sitzen. Energiegeladen wirkte sie nicht gerade und auch nicht sonderlich interessiert an der neuen Besucherin. Es leuchtete mir ein, dass sie sich für Vickers als nicht sonderlich hilfreich erwiesen hatte.

Im ganzen Zimmer gab es nur zwei Stühle, und auf einem davon saß Audrey. Blake hatte den anderen geräumt, doch ich bezweifelte, dass ich darauf Anspruch erheben konnte. Ich war so müde, dass ich mich ganz benommen fühlte. Ich musste mich erst einmal setzen und brauchte dringend Koffein, und zwar in großen Mengen.

»Glauben Sie, dass er noch ein Weilchen schläft?«

»Bestimmt noch eine halbe Stunde«, antwortete Blake mit einem Blick auf seine Armbanduhr. »Er pendelt zwischen Schlafen und Wachen, aber bald ist wieder Zeit, etwas zu essen – das wird ihn sicher aufwecken.«

»Hätten Sie was dagegen, wenn ich mal losgehe und mir einen Kaffee besorge?«, wandte ich mich an Vickers. Ich wusste zwar, dass ich keine Gefangene mehr war, aber ich hatte immer noch das Gefühl, dass ich ohne seine Zustimmung nicht einfach aus dem Zimmer gehen konnte.

Für einen kurzen Moment zögerte er, gab dann aber sein Einverständnis. »Nehmen Sie am besten Andy mit«, schlug er vor, als ich schon an der Tür war. Es klang, als sei ihm der Gedanke in dem Moment erst gekommen. »Ich passe hier auf unseren Paul auf, und Ihnen wird ein Tässchen auch gut tun, denke ich, Andy. Die Kantine ist im Untergeschoss, soweit ich weiß.«

Ohne meine Antwort abzuwarten, kam Blake mit zur Tür. Ich hatte eindeutig keine Wahl. Ich warf Vickers einen Blick zu, der ihm sagen sollte: *Ich durchschaue Ihr Spielchen*, und bekam seinen wasserklaren, himmelblauen Blick zurück. Er hätte ebenso gut eine glänzende Verbrecherkarriere hinlegen können, wenn sein Leben anders verlaufen wäre, ging es mir durch den Kopf. Kein Mensch auf der Welt wäre fähig gewesen, ihm eine Missetat zuzutrauen. Zumindest nicht auf den ersten Blick.

»Wir sind dir wirklich sehr dankbar, musst du wissen«, setzte Blake an, nachdem sich die schwere Tür hinter uns geschlossen hatte. »Besonders in Anbetracht dessen, was heute passiert ist.«

»Weil man mich der Pädophilie und des Mordes bezichtigt hat? Ach, weißt du, macht doch nichts. Kann schon mal vorkommen.«

»Hör mal, ich hab nie geglaubt, dass das wahr ist.«

Das ließ mich aufhorchen. Ich schaute ihn kurz an und folgte ihm dann kopfschüttelnd weiter. Es war höchst ärgerlich, dass seine Beine so viel länger waren als meine. Er hatte so einen ungerecht großen Vorteil, wenn es ums Schritthalten ging.

»Wir mussten dich verhaften, weißt du. Wir hatten keine andere Wahl. Du hattest schließlich mehr als einmal gesagt, dass du die Zusammenarbeit verweigerst.«

»Und meine Wohnung durchsuchen? In meinen Sachen

herumkramen? Mit meiner Mutter sprechen? Dazu musstet ihr mich auch verhaften, ja?«

In seinem Unterkiefer zuckte ein Muskel. »Spaß hat es jedenfalls nicht gemacht.«

Er war also dabei gewesen. Ich wandte mich ab und hätte am liebsten mein Gesicht versteckt, weil ich fürchtete, dass mir das Gefühl der Demütigung zu deutlich anzusehen war.

»Ich hab's wirklich nicht geglaubt, Sarah. Aber was hätte ich denn sagen sollen? ›Sie kann unmöglich schuldig sein, weil ich nämlich mit ihr geschlafen habe‹? Ich kenne dich doch nicht mal – zumindest nicht richtig. Ich hatte nichts Konkretes in der Hand, um es der Beweislage entgegenzuhalten. Bauchgefühl allein reicht eben nicht aus.« Er hatte mit voller Lautstärke gesprochen, und ich sah ihn missbilligend an. Zu spät kam ihm wieder zu Bewusstsein, wo er gerade war, und er schaute prüfend den Korridor auf und ab, um zu sehen, ob es Ohrenzeugen gab.

»Ich glaube, das ist weder die richtige Zeit noch der richtige Ort, um darüber zu reden.« Energisch pikte ich mit dem Finger auf den Knopf, um den Fahrstuhl zu rufen; dabei stellte ich mir den Knopf als Blakes Auge vor.

Er lehnte sich an die Wand und verschränkte die Arme vor der Brust. »Ich möchte nicht, dass du glaubst, ich hätte nichts getan, um dich da heute rauszuholen. Ich habe mich wirklich für dich eingesetzt.«

Ich lachte. »Du begreifst es einfach nicht, stimmt's? Es ist mir egal. Es spielt nicht die geringste Rolle für mich, ob du nun geglaubt hast, ich sei schuldig oder unschuldig. Es ist mir egal, was du gedacht hast oder jetzt denkst. Ich bin nicht deinetwegen hier, und ich bin auch nicht hier, weil Vickers mich so nett gebeten hat. Ich möchte nur Paul und den Shepherds helfen und dann von hier verschwinden.«

»Gut«, sagte Blake und biss die Zähne fest aufeinander. »Reden wir nicht mehr drüber, okay?«

Ich erwiderte nichts. Der Fahrstuhl war leer, und ich stellte mich mit dem Rücken an die eine Wand, so weit weg von Blake, wie ich nur konnte. Er drückte den Knopf für das Untergeschoss, lehnte sich an die andere Seite und verfolgte interessiert die Etagenanzeige, während sich der Fahrstuhl abwärtsbewegte.

Mir lag noch etwas anderes auf der Seele.

»Was ist?«, fragte er, ohne mich anzusehen, so als hätte ich gesprochen.

»Musstest du das vorhin sagen?«

»Was sagen?«

»Über Paul, dass etwas zu essen ihn bestimmt aufwecken wird. Hast du überhaupt eine Ahnung, wie sehr ihn das verletzen würde, wenn er dich gehört hätte?«

»Lieber Himmel, so meinte ich das doch nicht – ich hab noch nicht mal über Paul gesprochen.« Blake seufzte. »Hör zu: Alle zwei Stunden taucht die Verpflegungsmannschaft mit diesem Servierwagen auf. Die rammen praktisch die verdammte Tür damit nieder. Das klingt dann jedes Mal, als würde der Himmel einstürzen, und es würde mich sehr wundern, wenn er davon nicht wach wird.«

»Oh«, antwortete ich kleinlaut und schaffte es nicht, mehr dazu zu sagen, bevor wir nach geraumer Zeit in der Warteschlange unsere Styroporbecher mit dampfender Flüssigkeit in der Hand hielten. In Blakes Becher schwappte ein graues Gebräu, das als Tee firmierte. Ich hatte mich für Kaffee entschieden. Dieser verhielt sich im Becher wie Teer, und ich hoffte, dass er so stark war, wie er aussah. Blake suchte uns einen Tisch, der weit genug von den anderen Kantinengästen entfernt war, damit wir wenigstens ansatzweise ungestört waren. Wir befanden uns im Altbau des Krankenhauses, und der Raum hatte etwas Höhlenartiges, viktorianische Architektur der düstersten Sorte. Die Wände waren weiß getüncht und mit Bögen verstärkt, und trotz des milden Wetters bollerten die gusseisernen Heizkörper ringsum auf höchster Stufe. Die Fenster, die nur wenig Tageslicht einfallen ließen, reichten vom Boden bis zur Decke, wo sie in einem Halbkreis abschlossen. Zu dieser Abendstunde gab es jedoch ausschließlich künstliches Licht, das von grellen Energiesparlampen unter großen Glasschirmen stammte. Runde Laminat-Tischchen und Stapelstühle aus Plastik bildeten das Mobiliar und nahmen sich vor der schwergewichtigen viktorianischen Kulisse recht armselig aus. Der Kantinenbetrieb war eher ruhig – nur einige der Tische waren besetzt, teilweise von Krankenhauspersonal, teilweise von Patienten im Bademantel, entweder mit ihren Familienangehörigen oder auch allein. Die warmen Speisen, die an der Theke unter Wärmestrahlern vor sich hin dampften, sahen erbärmlich aus, und ich konnte mir nur schwer vorstellen, dass es die Mühe lohnte, aus dem Bett aufzustehen und zum Abendessen in die Kantine zu kommen.

Auf der gegenüberliegenden Seite des Tischchens rührte Blake mit äußerster Konzentration in seinem Tee und beachtete mich nicht weiter. Vielleicht hatte Vickers ihn nur mitgeschickt, damit ich ihm nicht entwischte. Vielleicht war er aber auch wirklich der Meinung, dass sein Untergebener eine Pause gebrauchen konnte. In dem unerbittlichen Licht wirkte Blakes Haut fahl und ziemlich grau. Er sah erschöpft aus.

»Wie geht es dir?«, fragte ich mit plötzlichem Interesse.

»Geht schon. Bisschen müde.«

»Wenigstens kommt ihr voran.«

»Indem wir Leute verhaften, die mit dem Fall nichts zu tun haben.«

»Hör mal, ganz im Ernst jetzt. Vergiss es einfach. Ich werd's schon überstehen.«

Er nahm einen Schluck von seinem Tee und verzog das Gesicht. »Du liebe Güte. Wie ist dein Kaffee?«

»Heiß«, antwortete ich und beobachtete, wie die Dampfkringel aus dem Becher vor mir aufstiegen. Ich musste unaufhörlich an etwas denken, das Grange zu mir gesagt hatte. »Andy – ich möchte noch etwas wissen. Sie haben heute zu mir gesagt – sie haben gesagt, das Ermittlungsteam hat mich von Anfang an verdächtigt.«

Er rückte auf seinem Stuhl herum. »Das ist doch nur Routine, Sarah.«

»Tatsächlich? Weil ich dachte … Als du mich gefragt hast, ob wir zusammen Mittag essen wollen, das gehörte auch dazu, nicht wahr? Du wolltest mehr über mich in Erfahrung bringen. Wahrscheinlich hatte Vickers dich geschickt, oder?«

Blake war anständig genug, betreten dreinzuschauen. »Das war bestimmt nicht der unangenehmste Job, der mir je übertragen wurde, das kannst du glauben.«

Während der vergangenen Tage hatte ich mich redlich bemüht, im Hinblick auf Blake keinerlei Mutmaßungen anzustellen. Jegliche Erwartungshaltung hatte ich sorgfältig vermieden. Und ganz sicher hatte ich nicht von einer gemeinsamen Zukunft geträumt. Aber erst in diesem Moment wurde mir restlos klar, dass sich zwischen uns nie wieder etwas abspielen würde. Ich rang mir ein sprödes Lachen ab. »Ich hatte gedacht, du magst mich.«

»Ich mochte dich auch – ich meine, ich mag dich. Hör mal, Sarah, alles, was seitdem passiert ist, hat nichts mit meinem Dienst zu tun. Ich habe dich vor wie vielen Tagen getroffen? Sechs? Am Anfang wollte ich nur mehr über dich herausfinden. Aber dann haben sich die Dinge geändert.« Er lehnte sich über den Tisch zu mir. »Offenbar denkst du, dass es mir egal ist, was zwischen uns passiert ist. Wenn es rauskommt, kann mich das meinen Job kosten. Es war riskant, Sarah, und dumm, aber ich bereue es keinen Augenblick.«

Und das Risiko war ein hübscher Nervenkitzel, dachte ich missmutig. »Das passiert dir sicher ziemlich oft – dass Frauen sich dir an den Hals werfen.«

»Weil ich so ein irre toller Hecht bin«, sagte Blake und seine Stimme triefte vor Sarkasmus. »Ja, das passiert schon ab und zu – natürlich.«

Mir fiel die Polizistin ein, die mich auf der Wache angestarrt hatte, und Valeries verzweifelte Bemühungen, Blake und mich voneinander fernzuhalten, und ich nahm an, dass es ein bisschen öfter als nur ab und zu passierte.

»Das heißt aber nicht, dass ich darauf eingehe«, fuhr Blake fort. »Das tue ich nie, wenn es mit meinem Job zu tun hat. Nur bei dir war es anders.«

»Wie schmeichelhaft«, entgegnete ich lapidar, noch immer in Verteidigungshaltung. »Und trotzdem hast du mich verhaftet – und mich dann nicht mal selbst verhört.« Trotz aller Bemühungen schwang ein verletzter Unterton in meiner Stimme mit.

»Das ist bei uns Routine«, erklärte Blake hastig. »Glaub bloß nicht, was du im Fernsehen zu sehen bekommst – das ist nie Aufgabe der Ermittlungsbeamten. Grange und Cooper sind speziell dafür ausgebildet. Und sie machen ihre Sache wirklich gut.«

»Das glaub ich dir sofort.« Trotzdem fand ich ihre Art nicht eben angenehm.

»Sarah, ich war mir ganz sicher, dass du nichts damit zu tun hast, auch wenn du mir das nicht abnimmst.«

»Und wenn es doch so wäre? Wie du schon sagtest,

kennst du mich ja gar nicht. Was wäre, wenn sie mir nachgewiesen hätten, dass ich daran beteiligt war? Würdest du mich dann immer noch mögen?«

»Tja – dann wahrscheinlich nicht.« Er lehnte sich zurück und zuckte die Schultern. »Wenn du ein solches Verbrechen begehst, musst du die Konsequenzen tragen. Sobald du die Grenzen überschreitest, war es das.«

»Und da gibt es keinen Weg zurück?«

»Nicht was mich betrifft. Deshalb mache ich diesen Job – weil es einige Leute gibt, die nicht in diese Gesellschaft gehören. Ihre Art zu leben verletzt andere Menschen, und mein Job ist es, sie daran zu hindern. So einfach ist das.«

»Was ist mit Paul?«

»Was ist mit ihm?«

»Er ist noch ein Kind. Wahrscheinlich wurde er gezwungen, bei der ganzen Sache mitzumachen. Ich fühle mich nicht sonderlich wohl dabei, ihm dazu Fragen zu stellen. Ich will nicht diejenige sein, die ihn überlistet, sich selbst zu bezichtigen. Ich meine, was wird mit ihm passieren?«

»Es ist Sache der Justiz, das zu entscheiden, nicht deine.« Blake sah mich stirnrunzelnd an. »Du musst akzeptieren, dass er etwas wirklich Verwerfliches getan hat, Sarah. Er hat ein schweres Verbrechen begangen, und ungeachtet der Umstände hat er es verdient, dafür bestraft zu werden. Verbrecher – völlig egal wer – müssen für das, was sie getan haben, auch die Verantwortung übernehmen. Ich finde es immer schwer erträglich, womit sie so ankommen, wenn sie dann vor Gericht stehen. Es ist niemals ihre Schuld. Sie haben immer eine Ausrede, selbst wenn sie sich schuldig bekennen. Aber für so etwas gibt es keine Entschuldigung. Er ist alt genug, um den Unterschied zwischen Recht und Unrecht zu kennen, und falls mildernde Umstände bestehen, wird das Gericht diese berücksichtigen.«

»Alles ist entweder schwarz oder weiß, oder?«

»Aus meiner Sicht schon, ja.« Wieder ganz dienstlich, zog er ein zusammengefaltetes Blatt Papier aus der Gesäßtasche seiner Jeans und reichte es mir. »Das ist eine Liste der Fragen, die du ihm bitte stellen sollst. Es gibt ein paar Dinge, die wir unbedingt wissen müssen, bevor wir mit seinem Bruder sprechen.«

»Falls ihr ihn erwischt.«

»Wir werden ihn kriegen«, erwiderte er selbstsicher. Andererseits hatten sie genauso überzeugt gewirkt, als sie mich verhafteten. Ich ertappte mich bei der Überlegung, ob Vickers und sein Team wirklich immer so genau wussten, was sie taten.

»Lies sie dir einfach mal durch«, empfahl Blake und deutete mit einer Kopfbewegung auf den Zettel, der noch immer zusammengefaltet vor mir lag. »Sie sind nur dazu gedacht, dir etwas für den Anfang in die Hand zu geben. Du musst dich nicht exakt an die Fragen in der angegebenen Reihenfolge halten, aber versuch bitte unbedingt, die Antworten zu bekommen, die wir brauchen.«

»Ich werde mein Bestes tun«, sagte ich und spürte, wie mich Aufregung überkam. Er merkte es und lächelte.

»Das kriegst du hin. Lass dir einfach Zeit, und sieh zu, dass du Ruhe bewahrst. Wir werden mit dabei sein, uns aber nur dann einschalten, wenn du echt in der Klemme steckst.«

»Es ist doch nur ein Gespräch.«

»Sobald du da drinsitzt, wirst du überrascht sein, wie schnell es passieren kann, dass du die wichtigsten Fragen vergisst«, warnte Blake. »Von hier aus betrachtet erscheint es ziemlich einfach, aber wenn man auf die Antworten hört und Anschlussfragen stellt, lässt man sich leicht ablenken und schafft es dann nicht mehr, wieder auf den richtigen Kurs zu kommen.«

»Verstehe.«

»Hier.« Er gab mir einen Stift. »Mach dir Notizen, wenn es nötig ist.«

Ich zog die Hülle von dem Stift und faltete den Zettel auseinander. Die Liste war kürzer als ich erwartet hatte. Woher Paul Jenny kannte. Wie sie auf die Idee gekommen waren, Jenny zu missbrauchen. Wer sich den Plan ausgedacht hatte. In welcher Weise Paul daran beteiligt gewesen war. Warum er nichts unternommen hatte, um der Sache ein Ende zu bereiten.

»Ich glaube nicht, dass es fair ist, ihn das zu fragen«, sagte ich und verwies auf die letzte Frage. »Er ist doch noch ein Kind und vollkommen abhängig von seinem Bruder. Was hätte er denn deiner Meinung nach tun sollen? Die Polizei rufen?«

Blake seufzte. »Weißt du, wenn er dir sagt, dass er zu viel Angst hatte, um was zu sagen, oder dass er bedroht wurde, kann ihm das helfen. Du hast Recht, wahrscheinlich hatte er keine andere Wahl, als mitzumachen, aber das müssen wir eben wissen, ehe wir mit seinem Bruder reden.«

»Geht klar.«

»Falls sich die Möglichkeit ergibt, möchten wir auch wissen, wie sie Jennifer dazu gebracht haben mitzuspielen, ohne jemandem etwas davon zu sagen. Haben sie ihr gedroht? Haben sie sie mit Geschenken bestochen? Während der Hausdurchsuchung bei den Shepherds ist uns nichts Außergewöhnliches aufgefallen – weder teure Elektronik, die die Eltern nicht selbst gekauft haben, noch Schmuck. Der Drogentest war auch negativ.« Offenbar sah ich überrascht aus, denn Blake erklärte mir daraufhin: »Wenn man sie süchtig macht, dann tun sie für einen Joint so ziemlich alles.«

Trotz der überheizten Luft in der Kantine fröstelte ich.

»Vielleicht haben sie ihr ja was gegeben, worauf ihr sie nicht getestet habt?«

»Unwahrscheinlich«, erwiderte Blake knapp. »Auf jeden Fall muss es etwas gegeben haben, weswegen sie immer wieder hingegangen ist und nichts gesagt hat. Wir müssen herausfinden, was das war.« Er rührte wieder in seinem Tee. »Wir möchten auch, dass du ihn nach den anderen Tätern fragst – wir müssen sie so schnell wie möglich identifizieren, aber bis jetzt haben wir noch niemanden gefunden, der sie erkennt. Unsere Computerspezialisten sind noch dabei, die verpixelten Gesichter wiederherzustellen. Bis dahin lassen wir ein paar nichtsexuelle Bilder von ihnen in den anderen Dienststellen herumgehen in der Hoffnung, dass Kollegen vielleicht eine Tätowierung oder ein Muttermal wiedererkennen. Aber viel gibt das nicht her.«

Ich nickte. In dieser Hinsicht hatte ich nicht die geringsten Vorbehalte. Diejenigen, die Jenny missbraucht hatten, sollten auf jeden Fall ihre gerechte Strafe bekommen.

Blake musste etwas in meinem Gesicht gelesen haben, denn er langte über den kleinen Tisch und berührte meine Hand. »He, lass dich davon nicht zu sehr runterziehen.«

»Ich komme schon zurecht damit«, antwortete ich und versuchte, es auch selbst zu glauben.

»Ja klar, kann schon sein. Aber wir verlangen hier was von dir, wofür du nicht ausgebildet bist, und es lastet einiges an Verantwortung auf dir. Ich hab dem Chef gesagt, dass ich das für keine gute Idee halte.«

»Warum? Glaubst du, ich bin nicht in der Lage, ein paar Fragen zu stellen?«

Er schüttelte den Kopf. »Es sind die Antworten, die du aushalten musst, was möglicherweise nicht einfach ist, Sarah. Du musst darauf gefasst sein, ein paar recht unangenehme Dinge zu hören.«

»Danke, aber ich habe heute schon so einiges gehört«, entgegnete ich gleichmütig, und gegen meinen Willen fielen mir wieder die Hochglanzfotos ein, die mir Grange so genüsslich präsentiert hatte.

»Ja, schon. Aber dabei musstest du nicht unbedingt die Fassung bewahren. Du warst nicht diejenige, die die Fragen abarbeiten musste. Du hast noch keine Vernehmung gemacht, die ins Leere läuft.« Er lehnte sich zurück und streckte sich. »Du denkst sicher, dass du da einfach reingehst und er dir alles erzählen wird, was passiert ist – einschließlich dass und wie sein Bruder Jennifer Shepherd ermordet hat. Aber ich muss dir leider sagen, dass du wahrscheinlich nichts dergleichen erfahren wirst. Er hat keinen echten Grund, dir zu vertrauen, und er hat verdammt viel zu verlieren, wenn er ehrlich zu dir ist. Nun siehst du auch nicht gerade furchteinflößend aus. Sieh mich nicht so an, ich zittere ganz bestimmt nicht vor lauter Angst. Nimm's bitte nicht persönlich. Es könnte nur sein, dass du nicht das zu hören bekommst, was du erwartest.«

Natürlich wusste ich, dass er Recht hatte, aber trotzdem fand ich es enttäuschend, so direkt gesagt zu bekommen, dass ich vermutlich scheitern werde. »Gehen wir zurück?«

Blake schaute prüfend auf seine Uhr. »Ja. Aber trink ruhig noch deinen Kaffee aus.«

Ich beäugte den halb leeren Becher vor mir. Jetzt in kaltem Zustand wirkte der Kaffee noch unappetitlicher als frisch gebrüht, falls man das, was man damit angestellt hatte, so bezeichnen konnte. »Nein danke.«

»Kann ich nachvollziehen.«

Auf dem Rückweg unterhielten wir uns nicht. Der Fahrstuhl hielt in der vierten Etage, und Blake marschierte geradewegs zurück zur Kinderstation, während ich mir Zeit nahm und noch einmal die Fragen durchlas. Ich spürte, wie es mir im Rücken und an den Fingerspitzen kribbelte. Die Wörter tanzten auf dem Papier, und ohne mein Zutun wurde ich immer langsamer. Vor der Tür zu Pauls Krankenzimmer blieb ich stehen. Ich bemühte mich, gleichmäßig zu atmen. Blake drehte sich um.

»Na komm schon. Je eher du reingehst, desto eher ist es vorbei.«

»Ich will mich bloß … noch kurz sammeln.«

»Geh schon«, sagte er leise und schob die Tür auf. Ich holte ganz tief Luft, so als wollte ich in sehr tiefes Wasser springen, und ging hinein.

1998

Seit fünf Jahren und sieben Monaten vermisst

Mein Vater verspätet sich. Sehr sogar. Ich liege im Bett, kuschle mich an mein Plüschschwein und schaue traurig auf die Uhr auf meinem Nachttisch. Es ist schon fast 23 Uhr, und er hat immer noch nicht angerufen. Sonst kommt er eigentlich nie zu spät. Sobald – selten genug – ein Auto an unserem Haus vorbeifährt, stehe ich auf und sehe nach, ob er es ist. Ich weiß nicht, warum ich so beunruhigt bin. Alle zwei Wochen kommt er her, und immer läuft alles haargenau gleich ab. Er fährt am Freitagabend mit dem Auto aus Bristol bis zu uns und sagt kurz hallo zu mir. Er wartet immer draußen im Auto, weil Mum ihn nicht ins Haus lässt. Die Nacht und auch die folgende schläft er in einem Motel. Am Samstag unternehmen wir immer etwas zusammen, was eigentlich Spaß machen soll. Wir gehen zum Beispiel wandern, fahren zu einem Schloss oder in einen Freizeitpark. Meistens finde ich das ziemlich öde und hätte es mir selbst niemals ausgesucht, aber ich komme mit, um Dad eine Freude zu machen.

Er zeigt mir Fotos von der Wohnung in Bristol, von dem Zimmer, das für mich gedacht ist, und dem Schrank, in den ich meine Sachen räumen kann. Ich bin noch nie dort gewesen, weil Mum es mir nicht erlaubt. Also kommt Dad alle vierzehn Tage und setzt diesen schuldbewussten Dackelblick auf, weil er genau weiß, dass es viel zu wenig ist, und er hofft, dass ich damit kein Problem habe. Aber ich habe ein Problem damit und bin alt genug, es ihm auch zu zeigen.

In letzter Zeit habe ich schon manchmal überlegt, ob ich ihm sagen sollte, dass er nicht unbedingt alle zwei Wochen kommen muss, sondern dass mir einmal im Monat auch ausreichen würde. Aber andererseits weiß ich ja, dass es ihm wichtig ist.

Oder doch nicht? Ich liege auf dem Rücken und betrachte die Schatten der Bäume an der Zimmerdecke. Vor dem Einschlafen werde ich noch die Vorhänge zuziehen müssen. Er kommt nicht. Vielleicht hat er es ja satt, immer wieder die lange Strecke zu fahren, um dann zwei Nächte in einem blöden Hotel zu verbringen. Aber immerhin ist es mein Geburtstagswochenende. Vielleicht bin ich ihm ja schon ganz egal.

Die Tränen laufen mir die Schläfen hinunter bis ins Haar. Nach einer Weile konzentriere ich mich nur noch auf meine Tränen und versuche, dass es gleich viele an beiden Seiten sind. Aus irgendeinem Grund tränt mein rechtes Auge stärker als das linke. Für einen Moment vergesse ich, warum ich weine, doch dann fällt mir alles wieder ein. Aber das ist doch sowieso alles Quatsch und mir außerdem völlig egal.

Schon zwei Sekunden später stellt sich heraus, dass ich mich damit selbst belüge. Ein Auto hält vor dem Haus, und augenblicklich springe ich aus dem Bett und renne zum Fenster. Doch da steht nicht Dads klappriger Rover, sondern ein Polizeiwagen. Wie erstarrt stehe ich da und beobachte, wie die Beamten aussteigen. Sie setzen ihre Mützen auf und kommen langsam auf das Haus zu. Sie haben es alles andere als eilig, und das beunruhigt mich.

Als die Polizisten vor der Tür stehen und ich sie nicht mehr sehen kann, schleiche ich aus meinem Zimmer und setze mich auf die oberste Treppenstufe. Dort kann ich unbemerkt alles mithören. Mum öffnet die Tür, und das Erste, was sie sagt, ist: »Charlie!«

So was Dummes. Selbst ich weiß, dass sie nicht wegen Charlie hier sind.

Murmel, murmel, murmel. Mrs. Barnes. Murmel, murmel. Mr. Barnes war auf der Autobahn unterwegs. Sehr dunkel. Murmel, murmel. LKW-Fahrer konnte nicht ausweichen …

»Er hatte keine Zeit mehr, sich in Sicherheit zu bringen«, höre ich plötzlich klar und deutlich von einem der Beamten.

Schlagartig wird mir klar, was passiert ist. Ich will gar nicht wissen, was sie noch sagen, aber ich höre es trotzdem. Ich will das alles nicht. Ich will nicht, dass es so ist. Meine Füße sind nackt und eiskalt geworden. Es ist ein Februarabend, und die Tür steht sperrangelweit offen. Ich halte meine Füße fest umklammert, kralle die Zehen zusammen und wünsche die Polizisten aus dem Haus, zurück durch die Einfahrt, in ihr Auto – als könnte ich ihr Kommen und den Rest des Tages zurückspulen. Ich spule und spule, bis zu Dads letztem Besuch, zum vorletzten, zu der Zeit, bevor er ausgezogen ist. Nichts von alldem ist wirklich passiert. Nichts davon ist real.

Es ist immer noch Zeit, alles so umzukehren, dass es gutgeht. Es ist immer noch Zeit, dass alles endlich gut wird.

15

Diesmal lief im Krankenzimmer der Fernseher, und Paul hatte sich mit einem Kissen im Rücken im Bett aufgesetzt. Mit Hochgeschwindigkeit zappte er durch die Programme und wandte den Blick nicht vom Bildschirm, als ich gefolgt von Blake hereinkam. Am Fußende des Bettes blieb ich stehen und schaute Vickers fragend an, der zusammengesackt auf einem Stuhl saß und aussah wie jemand, der mit seiner Geduld restlos am Ende war.

»Wir haben etwas gegessen«, erklärte er mit einem Nicken in Pauls Richtung, »waren aber nicht sonderlich gesprächig.«

Obwohl Pauls Augenlid kurz zuckte, starrte er unverwandt auf den Fernseher. Im Krankenhaus gab es nur fünf Sender, von denen kein einziger etwas Akzeptables zu bieten hatte. Aber das störte ihn offensichtlich nicht. Auf einem der Sender lief gerade eine Nachrichtensendung, und ich erschrak, als die Hauptstraße eingeblendet wurde, von wo aus eine Reporterin die Nation über die neuesten Entwicklungen bei der Suche nach Jennys Mörder informierte.

Paul zeigte keine erkennbare Reaktion und zappte weiter. Ich nahm an, dass der Fernseher nur Teil seiner Verzögerungstaktik war und er gar nicht richtig hinsah. Jener Paul, den ich am Freitag – war das wirklich erst gestern gewesen? – kennen gelernt hatte, war alles andere als stumpfsinnig. Das sinnlose Gezappe war nichts weiter als ein Ablenkungsmanöver.

Unter seinen geröteten Augen waren blaue, geschwollene Schatten zu sehen. Jetzt, da er aufrecht saß, konnte ich auch den Abdruck auf seinem Hals erkennen – eine dunkelrote, entzündete Linie, die unter seinem Kinn bis hinauf zu den Ohren verlief. Das war kein Hilferuf, das war bitterer Ernst gewesen. Wenn er ein anderes Seil genommen hätte, wenn die Polizei ein wenig später gekommen wäre … Ich wagte kaum, darüber nachzudenken.

Ich spürte, wie mich jemand sacht von hinten anschubste. Blake warf mir einen ungeduldigen Blick zu.

»Schon gut«, erwiderte ich lautlos und bedachte ihn mit einem genervten Blick. Langsam ging ich um das Bett herum, sodass ich schließlich zwischen Paul und dem Fernseher stand.

»Hallo. Schön dich wiederzusehen, Paul. Wie geht's dir denn?«

Einen Moment lang sah er mich an und senkte dann den Blick.

»Hier gibt's nicht genug Stühle. Macht es dir was aus, wenn ich mich auf die Bettkante setze? Und darf ich den Fernseher ausschalten, damit wir uns unterhalten können?«

Er zuckte die Schultern, legte dann die Fernbedienung aus der Hand und schaltete ab. Ohne den Fernseher war es plötzlich sehr still im Raum. Ich wartete einen Moment und lauschte, wie die Atemluft in Pauls Lunge rasselte. Nach dem Abdruck zu urteilen, musste sein Hals gewaltig wehtun.

»Möchtest du was trinken?«

»Ja«, krächzte er, und ich goss ihm aus dem Krug auf dem Nachttisch ein Glas Wasser ein. Er nahm einen Schluck und stellte das Glas wieder ab.

»Paul, die Polizei hat mich gebeten, mit dir zu sprechen. Sie hofft, dass du mir ein paar Fragen beantworten kannst.«

Er blickte kurz auf und starrte dann wieder schweigend seine Hände an.

»Ich weiß, dass du Angst hast, in der Patsche zu sitzen, aber es wird alles gut«, sagte ich und versuchte, zuversichtlich zu klingen, obwohl ich genau wusste, dass es eine glatte Lüge war. »Wir müssen herausfinden, was passiert ist. Bitte sag mir die Wahrheit, Paul, wenn du kannst. Falls du auf etwas nicht antworten willst, sagst du mir das einfach, und wir überspringen diesen Punkt, okay?«

Blakes Reaktion darauf war für mich mehr spür- als hörbar, doch Vickers hob missbilligend die Hand und nickte mir zu, als ich ihn anschaute. Ich würde Paul die Fragen zwar stellen, aber ihn ganz bestimmt nicht unter Druck setzen. Schließlich wusste Vickers ebenso gut wie ich, dass auch *nicht* beantwortete Fragen Bände sprechen konnten.

Da Paul nichts dazu gesagt hatte, beugte ich mich ein Stückchen näher zu ihm hin. »Ist das in Ordnung?«

Er nickte.

»Also.« Für die erste Frage musste ich nicht auf den Zettel in meiner Hand schauen. »Woher kanntet ihr denn Jenny, dein Bruder und du?«

»Hab ich Ihnen doch schon gesagt.« Paul sprach langsam und deutlich und verschluckte jeweils die Wortenden. Sein Gesicht hatte wieder Farbe angenommen, und er war sichtlich genervt.

»Ich weiß, Paul«, erwiderte ich besänftigend. »*Ich* erinnere mich daran, aber die Polizeibeamten nicht. Sag's mir einfach noch einmal, damit sie es auch erfahren.«

»Schule«, murmelte Paul schließlich und sah mich finster an.

»Aus der Grundschule«, stellte ich klar.

»Ja doch. Wir waren Schulfreunde. Ich hab ihr in Mathe geholfen, und sie … sie war halt nett zu mir.«

»Und als sie dann auf eine andere Schule gekommen ist, seid ihr in Kontakt geblieben?«

Er zuckte die Schultern. »Sie wusste halt, wo ich wohne – wir hatten uns darüber unterhalten, weil wir die Einzigen in der Klasse aus der Siedlung waren. Eines Tages hat es dann an der Tür geklopft, und da stand sie. Hatte Probleme in Geometrie – hat's eben einfach nicht gerafft – und wollte wissen, ob ich ihr das zeigen kann.«

»Und das hast du gemacht«, sagte ich.

»Ja.« Sein Tonfall war gereizt und leise. Er klang aufgebracht, soweit man das bei seiner Heiserkeit beurteilen konnte.

»Du hast also bei euch zu Hause Zeit mit Jenny verbracht. Und ihre Eltern wussten nichts davon.«

»Ihr Dad konnte mich nicht leiden. Hat mich immer bloß fetter Idiot genannt.« Paul stiegen die Tränen in die Augen, die er schniefend wegblinzelte.

»Wie hat sie es denn dann geschafft, zu dir nach Hause zu kommen?«

»Sie hat ihnen gesagt, dass sie ihre Freundinnen besucht. Eine davon wohnte bei ihr in der Nähe. Dorthin durfte sie mit dem Fahrrad fahren – haben sie zumindest gedacht. Sie hatte ja ein Handy. Das wollte ihr Dad unbedingt, damit er ihr nachspionieren kann. Sie hat ihnen dann immer was vorgelogen, wo sie angeblich gerade war.« Bei dem Gedanken daran kicherte Paul. »Wenn sie angerufen haben, hat sie manchmal gefragt, ob sie die Mutter von der Freundin sprechen wollen. Und ich hab dann immer dagesessen und mir fast in die Hosen gemacht vor Lachen. So war sie halt, immer lustig drauf und für Späße zu haben.«

Ich nickte und schaute auf meinen Fragenkatalog. Es fiel

mir schwer, die Worte auszusprechen, aber ich konnte es ja nicht ewig vor mir herschieben.

»Paul, du weißt ja, dass die Polizei … Sachen in euerm Haus gefunden hat. Bilder und Videos, auf denen Jenny so Dinge tut. Hast du … Ich meine, war es … Bist du zuerst auf diese Idee gekommen?«

Er sah gekränkt aus und schüttelte mit bebenden Wangen den Kopf. »Nein. Das kam nur von den beiden, von ihm und ihr.«

»Von ihm?«

»Von Danny. Ich hab ihm ja gesagt, dass es nicht richtig ist. Er hätte ihr nie zu nahe kommen dürfen, egal was sie gesagt hat. Er ist doch viel zu alt für sie.« Paul versuchte mühsam sich aufzusetzen und trat dabei widerwillig mit den Beinen um sich. Um nicht getroffen zu werden, stand ich hastig auf.

»Beruhige dich, Paul. Trink noch einen Schluck Wasser.«

Zitternd holte er ein paarmal tief Luft und trank dann ergeben etwas. Das Wasser gurgelte beim Schlucken, ansonsten gab niemand im Raum einen Laut von sich. Ich konnte förmlich spüren, dass die Polizisten händeringend darauf warteten, dass ich endlich aufhörte, um den heißen Brei herumzureden.

»Irgendwann muss dann etwas passiert sein«, sagte ich ruhig und setzte mich wieder, »weil sie sich mit deinem Bruder eingelassen hat, oder?«

»Weißnich«, entgegnete Paul. Sein Gesicht war dunkelrot.

»Hatte sie Angst vor ihm?« Ich versuchte so sanft wie möglich mit ihm zu reden. »Ist sie deshalb immer wieder gekommen? Hat er sie bedroht?«

»Nein, überhaupt nicht«, antwortete Paul. »So war das gar nicht. Sie … Sie hatte ihn gern.«

»Also war er für sie so etwas wie ihr Freund.«

»Schätze schon. Irgendwie komisch, weil er ja total viel älter ist als sie.« Paul seufzte. »Für Danny war sie nicht wichtig. Jedenfalls nicht besonders. Sie ... war einfach gern mit ihm zusammen. Sie hätte alles für ihn getan.«

Dieses »alles« öffnete der Erniedrigung Tür und Tor. Mein Mund wurde ganz trocken, ich musste schlucken und versuchte mich auf meine Aufgabe zu konzentrieren. Blake hatte bezweifelt, dass ich dazu in der Lage sein würde, doch ich wollte ihm das Gegenteil beweisen. Ich brauchte ein paar Atemzüge, ehe die Bilder wieder aus meinem Kopf verschwanden. Dann setzte ich erneut an.

»War es deine Idee, das Internet zu nutzen, um Videos und Bilder von ihr zu verkaufen?«

Paul schüttelte wiederum den Kopf und zuckte dann die Schultern. »Mehr oder weniger. Danny hat es vorgeschlagen, aber ich musste rauskriegen, wie es funktioniert – unsere IP verbergen, Webspeicher für die Bilder auftreiben, Websites bauen.« Trotz allem hörte es sich an, als sei er stolz auf das, was er geleistet hatte. »Wir haben echt Geld verdient. Leute überall auf der Welt haben unsere Sachen gekauft.«

Ich konnte es nicht mehr ertragen. »Aber Jenny musste leiden, damit ihr diese Bilder machen konntet.«

»Kann schon sein«, murmelte Paul und verzog das Gesicht.

»Nein, kann eben nicht sein. Du sprichst darüber wie über ein ganz normales Geschäft, aber Jenny wurde missbraucht, Paul. Erzähl mir nicht, dass du nichts davon wusstest.«

Er versuchte sich herauszureden. »Ich wusste eigentlich nicht so richtig, was da vor sich ging. Ich musste immer in meinem Zimmer bleiben, wenn sie ... Sie wissen schon.«

Ich konnte es mir vorstellen.

»Hast du die anderen Männer gesehen, wenn sie zu euch kamen?«

»Nein, ich musste oben bleiben.«

»Weißt du, was sie bei euch gemacht haben?«

»Hörte sich an wie 'ne Party.« Man sah jetzt deutlich, dass ihm unbehaglich zumute war. Ich fragte mich, was er wohl gehört hatte und wie es Danny gelungen war, seine »Freundin« zu überreden, diesen Männern gefügig zu sein. Ich fragte mich, ob sie manchmal geschrien hatte.

»Du hast also nie etwas gesehen, wenn die Bilder und Videos entstanden sind. Hast du dir hinterher die Aufnahmen angesehen?«

»Nein.« Das war eine faustdicke Lüge. Seine Ohren glühten tiefrot, aber er wich meinem Blick nicht aus. »Danny hat immer gesagt, dass er die ganze Geschichte sofort abbläst, wenn er mich dabei erwischt. Er hat gesagt, dass er mich grün und blau prügelt. Ich sollte nur alles vorbereiten, damit er es hochladen kann.«

»Hat er dich geschlagen?« Absurderweise hoffte ich, dass er das bejahen würde. Wäre er misshandelt worden, hätte er zumindest einen überzeugenden Grund gehabt, den Plan mitzutragen.

»Nee. Alles nur Gelaber, nichts dahinter. Ich zieh dir das Fell über die Ohren. Ich schlag ihm den Schädel ein. Ich reiß ihr den Kopf ab. Scheiß dies, scheiß das …« Paul lachte. »Er muss sich ständig wegen irgendwas aufregen. Ich höre meistens gar nicht mehr zu.«

»Du hast gesagt, dass er Schluss machen wollte, falls du dir die Bilder anschaust. Wolltest du denn nicht, dass er damit aufhört?«

»Auf keinen Fall. Es war wirklich toll, wissen Sie. Jenny war meistens bei uns. Sie hatte immer gute Laune; vielleicht ab und zu mal ein bisschen verheult, aber das ist bei Mädels nun mal so. Und Danny war heilfroh, dass wir nicht mehr ständig pleite waren. Ich konnte dabei helfen. Es war klasse, dass endlich Geld reinkam. Ich hab mitgemacht, wegen Danny.«

Ich räusperte mich. »Und bekam Jenny Geld für das, was sie getan hat?«

Er schaute mich fragend an. »Ich glaube nicht. Wahrscheinlich wollte sie nichts dafür haben. Denn das hätte sie ja dann vor ihren Eltern verstecken müssen, und das wäre ein bisschen viel Mühe gewesen, nehme ich an. Sie wollte einfach nur mit Danny zusammen sein.«

Dieses arme, naive Mädchen – vernarrt in einen Mann, der sie missbrauchte, um seinen Lebensunterhalt zu finanzieren. Welche Tragik, dass sie in so jungen Jahren einen solchen Typen kennen lernen musste. Noch tragischer war, dass Danny mit seinen Rehaugen und den feinen Gesichtszügen nicht übel aussah – genau der Typ, auf den Teenie-Mädels stehen. Und die größte Tragödie war die Tatsache, dass er bereit war, sie umzubringen, als sie ihm nichts mehr nützte.

»Dann erzähl doch bitte mal, wie sie ums Leben gekommen ist.« Mein Tonfall war neutral, als wäre die Frage nicht sonderlich wichtig, aber meine Hände waren schweißnass dabei. Verstohlen wischte ich sie an der Bettdecke ab und merkte, wie Vickers und Blake sich nach vorn beugten, kaum zu atmen wagten und warteten, dass Paul redete.

Er runzelte die Stirn. »Darüber weiß ich nichts. Wirklich. Das habe ich Ihnen doch schon gesagt, als Sie bei uns waren.«

Ich nickte. Das hatte er tatsächlich gesagt. Und soweit ich es beurteilen konnte, klang es auch durchaus glaubwürdig. Dann war es Danny also gelungen, Jenny zu töten und hinter Pauls Rücken beiseitezuschaffen. Vermutlich wollte Danny ihm manches dann doch nicht zumuten.

»Wann hast du sie denn zum letzten Mal gesehen?«

Er überlegte einen Augenblick. »Mitte letzter Woche, nach der Schule. Sie hat sich mit Danny im Wohnzimmer eingeschlossen, aber nur kurz. Danach ist sie einfach weggerannt. Nicht mal verabschiedet hat sie sich von mir. Sie war total aufgelöst, aber Danny hatte keinen Schimmer, warum.«

Ich war hundertprozentig sicher, dass Danny Keane haargenau wusste, was los war. Ich konnte mir die Situation lebhaft vorstellen. Jenny sucht völlig verwirrt und verängstigt den Mann auf, den sie liebt, und sagt ihm, dass sie schwanger ist, woraufhin Danny in Panik verfällt. Er konnte keinesfalls zulassen, dass sie ihn ihren Eltern gegenüber erwähnt. Möglicherweise hatte sie eine Abtreibung abgelehnt. Vielleicht hatte er es nicht einmal vorgeschlagen. Die einfachste Lösung war wohl, zwei Leben auf einmal auszulöschen und damit das Problem ein für allemal aus der Welt zu schaffen. Aber das Gegenteil trat ein: Es war noch da. Jetzt hatte er sich erst recht in die Bredouille gebracht und mich auch.

»Und wie hat sich Danny seitdem benommen – seit Mitte voriger Woche?«

»Mal so, mal so. Er war voll geschockt, als er gehört hat, dass Jenny – Sie wissen schon. Er ist reingekommen, hat sich gar nicht mehr eingekriegt und stundenlang *Sky News* geguckt. Er konnte echt nicht fassen, dass sie nicht mehr lebt.«

Oder er fühlte sich schuldig für das, was er getan hatte. Oder die Flut der detaillierten Nachrichten wühlte in ihm die Erinnerung an die begangene Tat wieder auf. Oder er wollte einfach aus den Meldungen erfahren, ob ihm die Polizei schon auf den Fersen war.

In kindlicher Offenheit erzählte Paul weiter. »Jedes Mal wenn ihr Bild kam, war er total fertig und hat nur noch vor sich hin geheult. Beim ersten Bericht dachte ich, er dreht gleich durch. Dabei hat er auch das eine Stuhlbein abgetreten – wissen Sie noch? Das ich Ihnen gezeigt habe?«

Ich erinnerte mich an den Stuhl. Ich konnte mir gut vorstellen, wie Danny am Tisch saß und vor lauter Angst und Zorn aufsprang. Aus Zorn darüber, dass man sie gefunden hatte und aus Angst davor, dass man ihm auf die Spur kam. Er rastete aus, weil die Sache nicht nach Plan verlief.

Ich weiß nicht, was an meinem Gesicht abzulesen war, jedenfalls schaute Paul mich besorgt an. »Sie glauben mir doch, oder? Er war fix und fertig. Alles war damit aus und vorbei. Alles, wofür er gearbeitet hatte.«

»Alles, wofür er gearbeitet hatte, war illegal und nur möglich, weil deine Freundin dafür gelitten hat.«

»Das war schon okay für sie«, widersprach Paul trotzig. »Sie wollte doch helfen. Es war ihre eigene Entscheidung mitzumachen.«

»Das kann ich mir kaum vorstellen«, gab ich zurück, und es war mir egal, dass es ärgerlich klang. »Und wenn es ein so toller Job gewesen ist, dann hättest du ja problemlos ein neues Mädchen als Ersatz für sie besorgen können. Oder Danny hätte jemanden engagieren können.«

»Ja, aber sie war einfach perfekt. Jenny sah genau richtig aus, und außerdem hatte sie einen Draht zu Ihnen. So gut wird das nie wieder klappen.«

Ich hakte nach. »Was meinst du denn damit? Weshalb spielte es eine Rolle, dass sie mich kannte?«

»Danny ist, na ja, besessen von Ihnen.« Paul lachte. »Er wollte, dass Jenny ihre Haare offen trägt, so wie Sie damals, als Sie so alt waren. Außerdem wollte er, dass sie sich so kleidet wie Sie. Mit Sachen wie Sie welche hatten, an die er sich noch erinnern konnte – Oberteile und so was. Er hat oft Klamotten für Jenny gekauft. Die hat er ihr dann geschenkt, damit sie die Sachen bei uns zu Hause anziehen konnte. Mit nach Hause nehmen ging ja nicht wegen ihren Eltern. Sie hatte keine Ahnung, dass es dabei eigentlich um Sie ging. Aber er hat Jenny immerzu bequatscht, dass sie ihm von Ihnen erzählen soll – was Sie in der Schule gesagt haben, was Sie für Laune hatten und so. Er konnte gar nicht genug davon kriegen. Ihr ist es schon langsam auf die Nerven gegangen.«

»Warum«, fragte ich mühsam, »hat sich dein Bruder denn für mich interessiert? Wir haben doch schon seit Jahren kein Wort miteinander geredet. Er kennt mich ja gar nicht.«

»Oh, er kennt Sie sogar ziemlich gut«, widersprach Paul selbstsicher. »Er hatte Sie immer im Blick: wann Sie kommen und gehen und ob es Ihnen gut geht. Er wollte alles über Sie wissen. Eigentlich«, fügte er hinzu und wurde rot dabei, »ist er verliebt in Sie, sagt er.« Bei diesem letzten Satz war seine Stimme so leise und widerwillig, dass ich zunächst dachte, mich verhört zu haben. Ich schaute zu den beiden Polizisten hinüber. Vickers nickte mir ermutigend zu, damit ich fortfuhr. Blake zog die Augenbrauen hoch. Sie hatten es also auch gehört.

»Aber das kann doch nicht sein«, widersprach ich entschieden. »Man kann niemanden lieben, den man gar nicht kennt.«

»Er schon«, erklärte Paul überzeugt. »Es ist halt so. Er liebt Sie schon seit Jahren.«

Vor meinem geistigen Auge tauchte ein Bild auf. »Im Wohnzimmer stehen doch Regale mit einem Sammelsurium von Dingen, wie Schlüsseln, Stiften, alten Postkarten – bunt zusammengewürfelter Müll eigentlich. Sachen, die man normalerweise nicht in ein Regal legen würde.«

Paul nickte. »Danny nennt das seine Trophäensammlung. Das sind alles Sachen, die ihm echt wichtig sind. Er hat sie dort, weil ich da nicht rein darf und er Angst hat, dass ich was kaputt mache oder so. Aber wenn er arbeiten ist, gucke ich sie mir trotzdem an, und es ist noch nie was passiert.«

»Paul, viele von diesen Sachen gehören mir. Weißt du, wie sie dorthin gelangt sind?«

»Jenny hat sie für ihn besorgt«, erklärte er ganz sachlich. »Sie hat in der Schule alles mitgenommen, was sie von Ihrem Schreibtisch oder aus Ihrer Tasche fischen konnte. Sie hat immer versucht, als Erste da zu sein, und dann Ausschau nach Sachen für Danny gehalten.«

Mir fiel ein, dass ich einmal um die Mittagszeit in mein Klassenzimmer kam und Jenny eine halbe Stunde zu früh zum Englischunterricht da war. Ich hatte damals noch einen Witz darüber gemacht, erinnerte ich mich mit einem bitteren Beigeschmack. Ich hatte angenommen, dass sie sich auf die Englischstunde freute und Spaß am Lernen hatte. Aber da hatte ich mich ein weiteres Mal getäuscht.

Als ich nichts weiter dazu sagte, seufzte Paul: »Das ist doch alles voll verkorkst, oder? Wir haben alle versucht, für andere was zu tun. Jenny hat das mit den Videos gemacht und das Zeug geklaut, um Danny zu beeindrucken. Ich hab mitgemacht, weil ich sie dadurch immer sehen konnte.« Er sah mich flehend an. »Bloß meinetwegen wäre sie doch nicht gekommen. Ihr ging es immer nur um Danny. Aber es war wirklich nicht so schlimm, dass sie nicht wegen mir da war.«

»Sie kam also wegen Danny, und du hast ihretwegen mitgeholfen.«

»Sie hätte alles für ihn getan und ich alles für sie. Und auch wenn Sie es nicht verstehen, würde Danny alles Mögliche dafür machen, um Ihnen näherzukommen. Das ganze

Geld, das wir verdient haben, hat er gespart, damit er ein Haus kaufen kann. Und ein vernünftiges Auto. Er wollte mit Ihnen ausgehen. Er hat von nichts anderem geredet als von Ihnen.«

Niemand sagte etwas. Schlagartig war klar, weshalb Paul mir unbedingt helfen wollte und mir alles anvertraute, was er und sein Bruder getan hatten. Danny wollte mich vermutlich schützen – *wieder einmal,* dachte ich schaudernd und verbannte eine unselige Erinnerung in den hintersten Winkel meines Gedächtnisses. Paul tat wie immer sein Bestes für seinen Bruder. Ich fragte mich, warum es in Krankenhäusern immer so schrecklich warm sein musste. Die Luft im Zimmer war verbraucht und stickig – und plötzlich nicht mehr auszuhalten.

In diesem Moment klopfte jemand leise an die Tür. Blake öffnete sie eilig einen Spalt und sprach flüsternd mit jemandem. Für einen kurzen Moment tauchte ein massiger Schädel auf, der zu meinem alten Bekannten gehörte – dem, der vor Geoffs Zimmer gesessen hatte. Beim Gedanken an Geoff spürte ich eine Art schlechtes Gewissen, denn ich hatte ihn den ganzen Tag über so gut wie vergessen. Aber schließlich hatte ich ja selbst reichlich Ärger am Hals gehabt.

Paul lehnte sich in seine Kissen zurück und sah aus dem Fenster. Vickers war aufgestanden und lockerte bedächtig und gedankenverloren seinen Hosenbund. Ich merkte, dass seine ganze Aufmerksamkeit dem Gespräch an der Tür galt. Vermutlich war ihm gerade gar nicht mehr bewusst, dass ich noch da war. Die Sozialarbeiterin blieb sitzen und schaute weiter gütig drein. Sie sah aus, als hätte sie Pauls Geständnis überhaupt nicht mitbekommen. Wie konnte man nur so dasitzen und derart ungerührt den widerwärtigen Einzelheiten der Verbrechen dieses Brüderpaares lauschen? Fairerweise muss man natürlich zugeben, dass lautstarke Empörung einer Sozialarbeiterin nicht angemessen ist. Aber eine winzige Regung wäre wohltuend gewesen.

Blake ließ die Tür zufallen und sagte zu Vickers, so als wären sie allein: »Wir sind auf der richtigen Spur.«

Vickers produzierte einen kehligen Laut, der sich anhörte wie das zufriedene Schnurren einer Katze, die ihre Beute zur Strecke gebracht hat. Er wandte sich an Paul. »Wir lassen dich jetzt in Ruhe, junger Mann. Erhol dich, und mach dir keine Gedanken wegen dieser ganzen Sache hier.«

Seine Worte waren freundlich gemeint und ausgesprochen, doch Paul wirkte vollkommen ungerührt. Er schloss die Augen und sperrte uns aus seiner Welt aus. Mich beschlich das Gefühl, dass Vickers falsch lag und Paul allen Grund zur Sorge hatte. Ich fragte mich, wie man mit einem solchen Fall umgehen würde – ob er mit einer Anklage zu rechnen hatte oder ob er wegen seines Alters und seiner Kooperationsbereitschaft lediglich unter Fürsorge gestellt werden würde. Er hatte ja niemanden, der sich um ihn kümmern konnte. Wie auch immer man es nahm, er war ganz auf sich allein gestellt.

Als ich merkte, dass sie mich zurücklassen wollten, sprang ich auf und rannte hinter Blake her, der seinerseits Vickers aus dem Zimmer folgte.

Die drei Beamten steckten bereits die Köpfe im Flur zusammen, als ich sie erreichte. Leise schloss ich die schwere Tür hinter mir und wartete, bis sie fertig waren. Der Stiernacken empfing seine Anweisungen. Beflissen nickte er, während Vickers so leise mit ihm sprach, dass ich nichts verstehen konnte. Nach ein paar Minuten löste sich der stämmige Beamte aus der Gruppe, murmelte ein »Entschuldigung« in meine Richtung und ging zurück in Pauls Zimmer. Dieser Wachwechsel bedeutete vermutlich, dass Vickers und Blake etwas Wichtigeres zu tun hatten.

»Haben Sie ihn gefunden?«

Sie drehten sich erschrocken um, und Blake schaute fragend zu Vickers, ob er mir sagen durfte, was los war. Der alte Mann nickte.

»Daniel Keane wurde vor einer Stunde am Busbahnhof *Victoria Coach Station* aufgegriffen. Man hat ihn abgepasst, als er in einen Bus nach Amsterdam steigen wollte. Er wird gerade überstellt, deshalb müssen wir schnell ins Revier zurück.«

»Das ist ja großartig«, sagte ich und war ehrlich froh. »Bestellen Sie ihm schöne Grüße von mir, falls Sie Gelegenheit dazu haben.«

»Oh, wir werden ihn auf jeden Fall auf Sie ansprechen, darauf können Sie sich verlassen. Er wird uns eine Menge zu erklären haben.«

Vickers sah ungeduldig aus. »Wir müssen los, Andy. Tut mir leid, Sarah, aber wir sind ziemlich in Eile.«

»Alles klar, verstehe.«

»Ist es okay für Sie, von hier aus allein nach Hause zu fahren?«, erkundigte sich Blake noch. »An der Anmeldung können Sie sich ein Taxi bestellen.«

»Ich komme schon zurecht. Wahrscheinlich schaue ich noch mal bei Geoff vorbei, ehe ich heimfahre.«

Keiner der beiden reagierte. Ich schaute von einem zum anderen und sah jeweils den gleichen Gesichtsausdruck. »Was ist denn los?«

»Sarah …«, setzte Blake an, doch Vickers fiel ihm ins Wort. »Es tut mir leid, aber er ist tot.«

»Tot?«, wiederholte ich dümmlich in der Hoffnung, mich verhört zu haben.

»Er ist heute kurz nach vierzehn Uhr gestorben«, teilte mir der Inspektor mit sanfter Stimme mit. »Er ist nicht wieder zu sich gekommen.«

»Aber … aber sie waren doch eigentlich zuversichtlich gewesen.« Ich konnte es kaum fassen.

»Er hatte eine schwere Gehirnblutung durch die Kopfverletzungen infolge des Überfalls«, erklärte Blake im Zeitungsstil. »Sie konnten nichts mehr für ihn tun. Es tut mir leid.«

»Nun sind es schon zwei«, flüsterte ich.

»Zwei?«

»Jenny und Geoff. Zwei Menschen, die noch leben könnten. Zwei Menschen, die nicht verdient haben, was ihnen zugestoßen ist.« Meine Stimme kam mir fremd vor – leblos und hart. »Lassen Sie ihn auf keinen Fall entkommen.«

»Bestimmt nicht«, antwortete Blake entschlossen.

»Suchen Sie sich am besten ein ruhiges Plätzchen, und setzen Sie sich noch einen Moment lang hin«, schlug Vickers vor. »Atmen Sie kurz durch, und dann fahren Sie nach Hause und ruhen sich aus. Sollen wir jemanden benachrichtigen?«

Ich schüttelte den Kopf.

Er zog eine dicke, braune, speckig glänzende Brieftasche hervor und nahm eine Visitenkarte heraus. »Wenn Sie etwas brauchen, meine Nummer finden Sie hier«, sagte er. »Rufen Sie mich an, wenn es nötig ist.«

»Vielen Dank.«

»Das meine ich ernst.« Er streckte die Hand aus und strich mir über die Schulter.

»Gut.« Ich tat geschäftig und verstaute die Karte in meiner Handtasche. »Machen Sie sich bitte meinetwegen keine Sorgen. Ich komme schon klar.«

»So ist's recht«, erwiderte Vickers. »Wir bleiben auf jeden Fall in Kontakt. Sie erfahren dann von uns, was er gesagt hat.«

Ich nickte und deutete mühsam ein Lächeln an, das sie

beruhigen sollte. Mit schnellen Schritten gingen sie zum Fahrstuhl. Ich stand inmitten des Ganges und schob wieder und wieder den Henkel meiner Tasche durch die Finger, bis eine kleine Patientin im Schlafanzug mich bat, sie durchzulassen. Ich machte ihr Platz und sah ihr nach, wie sie an mir vorbeiging und dabei einen Tropfständer hinter sich herzog, der viel höher war als sie. Ich hatte keine Ahnung, wohin sie wollte, aber sie strahlte so eine Zielstrebigkeit aus. Erschöpft lehnte ich mich an die Wand und fragte mich, wie das wohl sein mochte. Noch nie in meinem ganzen Leben hatte ich mich so nutzlos gefühlt.

Der Flur war nicht gerade der beste Ort, um planlos herumzustehen, und nachdem ich zum dritten Mal jemandem Platz gemacht hatte, wandte ich mich langsam zur Tür mit der Aufschrift »Ausgang«. Ich schob sie auf, fand dahinter eine Treppe und schleppte mich bis ins Erdgeschoss hinunter. Ich zwang mich, einen Fuß vor den anderen zu setzen, und musste mich am Geländer festhalten. Unten angekommen ging ich durch eine Tür, die jemand offen gelassen hatte, und kam hinaus auf eine gepflasterte Fläche mit ein paar Bänken – offensichtlich eine Raucherinsel für Patienten, die fit genug waren, sich ab und zu eine Zigarette zu genehmigen. Seitlich an den Bänken waren Metallbehälter angebracht, die allesamt von Zigarettenkippen überquollen, und in der Luft hing der beißende Geruch von verbranntem Tabak. Der Platz war menschenleer und die Nachtluft einen Hauch kälter, als es angenehm war. Ich setzte mich auf die am weitesten von der Tür entfernte Bank, verschränkte die Arme, und ein heftiger Schauer, der nichts mit der Lufttemperatur zu tun hatte, schüttelte mich.

Es war alles zu viel. Dieser Satz ging mir nicht aus dem Kopf. Viel zu viel. Zu viel Leid. Zu viele offene Fragen. Es war mir absolut rätselhaft, was die Nachricht von Geoffs Tod in mir auslöste. Nur weil er ein Nein nicht hinnehmen konnte, war er in dieses ganze Chaos hineingeraten. Sein Ehrgefühl hatte ihn ins Visier eines Mannes gebracht, der einer fixen Idee verfallen war und es nicht zuließ, dass etwas zwischen ihm und dem stand, worauf er fixiert war. Und Danny Keane war ganz offensichtlich auf mich fixiert.

Ich zog die Knie zu mir heran, schlang meine Arme darum, drückte sie fest zusammen und legte die Stirn auf die Knie. Nichts von alledem war meine Schuld. Zu nichts von alledem hatte ich etwas beigetragen. Ich war in keiner Hinsicht besonders oder bemerkenswert. Danny hatte etwas in mich projiziert, das ich gar nicht war. Er hatte sich eingebildet, dass ich in einer Weise außergewöhnlich sei, die ich nicht einmal im Traum für mich in Anspruch genommen hätte. Ich war doch ein ganz normaler Mensch. Das einzig andere an mir waren die Schuldgefühle, die mich in meinem öden Leben gefangen hielten wie einen Falter auf der Steckplatte eines Insektenkundlers. Trotzdem hat Danny Keane meinetwegen blutige Spuren im Leben so vieler Menschen hinterlassen: bei den Shepherds, in Geoffs Familie und bei dem armen dicken Paul. Ich krallte die Fingernägel in meine Oberarme. Ich war ein Opfer – genauso wie die anderen, deren kleine Trophäen in Dannys Regal lagen. Das hatte ich alles nicht gewollt.

»Ich hoffe, dass sie dich grün und blau schlagen«, sagte ich laut und stellte mir dabei Dannys Gesicht vor. Seine leuchtenden Augen und die hohen Wangenknochen wirkten auf Mädchen im Teenageralter unwiderstehlich. Doch noch während ich die Worte aussprach, wurde ich schon wieder abgelenkt. Etwas nagte in meinem Unterbewusstsein. Ich konzentrierte mich und überlegte, was es wohl sein mochte, spürte sämtlichen Gedanken noch einmal nach. Was konnte es nur sein? Es war etwas Wichtiges … etwas, das ich gesehen hatte, aber nicht einordnen konnte.

Trophäen.

Die Erkenntnis überkam mich so plötzlich, dass ich mich mit offenem Mund und rasendem Puls an der Bank festhalten musste. Mit zittrigen Händen durchwühlte ich meine Tasche, suchte nach dem Handy und dieser verdammten Visitenkarte von Vickers. Wo war sie nur? Nein, das war sie nicht. Wieso schleppte ich nur so viel Müll mit mir herum? Quittungen … Einkaufszettel … Vielleicht hatte ich sie ja oben auf der Kinderstation vergessen? Oder auch nicht.

Ich hielt die Karte wie einen wertvollen, zerbrechlichen Schatz in der Hand, während ich die Handynummer eintippte und dabei jede Ziffer zweimal überprüfte. Ich zwang mich zur Ruhe. Natürlich meldete sich nur die Mailbox. Ich hielt mich nicht damit auf, eine Nachricht zu hinterlassen, sondern wählte stattdessen sofort die Nummer des Polizeireviers.

Die Frau in der Zentrale hörte sich an, als hätte sie einen endlos langen Dienst hinter sich.

»Er ist momentan nicht zu sprechen. Kann ich Sie mit seiner Mailbox verbinden?«

»Für mich ist er ganz bestimmt zu sprechen«, entgegnete ich und versuchte, meiner Stimme einen gewissen Nachdruck zu verleihen. Dabei dachte ich, dass es bestimmt noch wirkungsvoller wäre, wenn ich das Zittern darin unterdrücken könnte. »Richten Sie ihm aus, dass ich ihm dringend etwas sagen muss, ehe er mit Danny Keane redet. Sagen Sie ihm, dass ich unbedingt mit ihm sprechen muss.«

Mit einem missgelaunten Murmeln parkte sie mich in der Warteschleife, sodass ich wohl oder übel ausharren musste, während ich ungeduldig mit dem Fuß auf und ab wippte und eine quäkende Instrumentalversion von »Islands in the Stream« meine Ohren malträtierte. Trotz des Hier-geht-es-um-Leben-und-Tod-Dramas, das ich gerade aufgeführt hatte, rechnete ich eigentlich nicht damit durchzukommen, und erschrak beinahe, als sich nach einer Weile tatsächlich Vickers am anderen Ende meldete.

»Ja, hallo?«

»Sie müssen ihn unbedingt nach dem Halsband fragen«, verlangte ich ohne jede Vorrede. »Es ist aus Leder mit Perlen und liegt im Regal. Ein dünnes Lederband.«

»Warten Sie«, erwiderte Vickers kurz angebunden. Dann hörte ich Papier rascheln und stellte mir vor, wie er in der Akte blätterte. »Ich habe ein Foto davon, ja. Es liegt auf dem obersten Regalbrett. Was ist daran so wichtig? Gehörte es Jenny?«

»Nein«, entgegnete ich finster. »Es gehörte meinem Bruder. Und es ist praktisch ausgeschlossen, dass es sich in Danny Keanes Besitz befindet. In dem Sommer, als Charlie verschwand, hat er dieses Halsband nie abgenommen, nicht einmal beim Baden. Er hat es auch an dem Tag umgehabt, als er verschwand, und ich war die Letzte, die ihn gesehen hat – abgesehen von dem, der ihn auf dem Gewissen hat.«

»Sind Sie sicher?«, fragte Vickers.

»Ohne jeden Zweifel«, antwortete ich. »Können Sie mich anrufen und mich wissen lassen, was er dazu gesagt hat?«

»Ohne jeden Zweifel«, wiederholte Vickers meine Worte und legte auf.

Ich setzte mich, lauschte der Stille und hantierte mit meinem Handy. Immerzu nahmen die Dinge eine ganz andere Wendung als erwartet. Jahrelang war ich davon ausgegangen, dass sich meine Mutter irrte mit ihrer Vermutung, ich könne das Rätsel um Charlies Verschwinden lösen. Diesen vermeintlichen Unsinn hatte ich ihr sehr übel genommen.

Das alles hatte unsere Beziehung zerstört und den Boden, auf dem sie stand, so versalzen, dass nichts mehr darauf wachsen konnte. Und nun sah es ganz danach aus, als hätte sie Recht gehabt – so zuwider es mir auch war, das zuzugeben.

Ich fühlte mich vollkommen leer, aber ich musste es irgendwie schaffen, mich zu bewegen. Es war höchste Zeit, nach Hause zu fahren.

1999

Seit sieben Jahren vermisst

Nachts ist der Park ganz anders. Unter den Bäumen, dort, wo die Straßenbeleuchtung nicht hinkommt, herrscht Dunkelheit, und ich sehe nur den roten Glutkegel von Marks Zigarette. Immer wenn er daran zieht, glüht das Rot auf und verblasst dann wieder. Ich erkenne sein Gesicht von der Seite, die Kontur seiner Wange und die langen Wimpern. Manchmal denke ich, er mag mich, und dann bin ich mir wieder gar nicht sicher. Er ist drei Jahre älter als ich. Gerade hat er seine Fahrprüfung im ersten Anlauf bestanden. Und er sieht so gut aus, dass er reichlich Blicke auf sich zieht, wenn er die Hauptstraße entlangstolziert. Sämtliche Mädchen aus meiner Schule sind in ihn verknallt.

Ein scharrendes Geräusch verrät, dass Stu neben Mark die Position wechselt. Ich rücke ein Stück beiseite und versuche, weniger Platz einzunehmen. Es hat angefangen zu nieseln, und unsere kleine Gruppe rückt enger zusammen. Ich spüre Annettes Ellbogen in der Seite. Immer wenn alle lachen, weil Stu wieder einen Witz gerissen hat, stößt sie damit zu. Das ist Absicht. Sie kann mich nicht leiden.

»Los, wir spielen Flaschendrehen«, schlägt sie vor, hält die Wodkaflasche hoch und schüttelt sie, sodass der letzte Schluck, der noch darin war, herausschwappt. Ich drücke mich fester an Mark und hoffe, dass er Nein sagt. Mir ist schlecht. Ich möchte eigentlich nur, dass er den Arm um meine Schultern legt und mit mir redet, in seiner lustigen, aber ruhigen Art. Es ist gar nicht so wichtig, was er sagt. Es geht nur um das gute Gefühl, das er mir gibt.

»Es ist zu dunkel«, sagt ein Mädchen, und ein anderer – Dave – holt eine Fahrradleuchte und schaltet sie ein. Die Gesichter in der Runde sind schlaff vom Alkohol, die Augenlider schwer und die Lippen speichelfeucht. Ich habe nicht so viel getrunken wie die anderen und überhaupt keine Lust auf Flaschendrehen, nicht mit denen, nicht jetzt und nicht hier. Es ist spät, und ich bin müde. Immer wieder taste ich nach dem Schlüssel in meiner Hosentasche – ich werde mich leise ins Haus schleichen, ehe Mum merkt, dass ich draußen war.

Ganz unvermittelt fasse ich einen Entschluss. Ich stehe auf, und sofort prustet Annette los. »Na, keine Lust mehr, Sarah?«

»Ich geh heim.« Ich steige über diverse Beine und krieche unter überhängenden Zweigen durch, bis ich im Freien stehe. Da raschelt es hinter mir, und Mark taucht auf – begleitet vom Gespött seiner Kumpels. Er legt den Arm um mich, und mir wird warm. Ich fühle mich behütet. Erst denke ich, dass er mich nach Hause bringen will – doch er führt mich weg vom Weg, zur Hütte des Parkwächters, die ein paar hundert Meter entfernt steht.

»Bleib«, flüstert er in mein Haar. »Geh noch nicht.«

»Ich möchte aber.« Ich reiße mich halb von ihm los und lache verunsichert. Er hält mich fester am Arm. »Au. Du tust mir weh!«

»Halt die Klappe. Halt einfach die Klappe«, sagt er und zerrt mich hinter sich her bis zu der kleinen Hütte.

»Mark«, protestiere ich, aber er drückt mich so heftig an die Wand, dass ich mit dem Kopf dagegenschlage. Dann fühle ich auch schon seine Hände auf mir, er begrapscht mich, befühlt mich, forscht. Vor Schreck und Schmerz schnappe ich nach Luft. Er kichert leise und macht immer weiter, traktiert mich mit seinen Händen. Plötzlich höre ich ganz in der Nähe ein Geräusch. Ich drehe mich danach um und sehe Stu, und gleich danach taucht Dave neben ihm auf. Ihre Augen sind ganz groß und neugierig. Sie sind da, damit ich nicht weglaufen kann. Sie sind da, um zuzusehen.

»Das gefällt dir doch, gib's zu«, sagt Mark. Er packt mich an den Schultern und stößt mich zu Boden, sodass ich direkt vor ihm auf die Knie falle. Ich verstehe, ich weiß, was er von mir will. Schwer atmend fummelt er an seiner Jeans herum. Ich mache die Augen zu und fühle, wie die Tränen hinter meinen Lidern hervorquellen. Ich will nach Hause. Ich habe Angst vor dem, was er von mir will, aber ich habe auch Angst, Nein zu sagen.

»Mach den Mund auf«, sagt er und ohrfeigt mich, damit ich ihn ansehe, damit ich sehe, was er in der Hand hat. »Jetzt mach schon, Schlampe. Wenn du nicht willst, gibt es genug andere, die sich nicht zweimal bitten lassen.«

Ich kann nicht sehen, was passiert, doch plötzlich ist da ein helles Licht, das rot durch meine geschlossenen Augen scheint. Dave flucht, und vor Angst hat er eine ganz hohe Stimme. Die beiden Jungs rennen davon, ihre Füße rutschen auf dem nassen Gras aus, und noch bevor Mark reagieren kann, gibt es ein hohles Geräusch, er krümmt sich und fällt mit zuckenden Beinen zur Seite. Ich springe auf. Meine Augen sind halb blind von dem grellen Licht, das ein gebündelter Strahl ist. Er stammt aus einer Taschenlampe, wie ich jetzt erkenne. Die Person, die die Lampe hält, wendet das Licht wieder von mir ab und lässt es über Marks Körper gleiten, über seine untere Körperhälfte, wo sich seine Hose und Unterhose an den Fußgelenken stauen.

»Du mieses Stück Dreck«, sagt der mit der Taschenlampe, und zuerst denke ich, er meint mich. »Hast du keine in deinem Alter gefunden? Statt andere auszunutzen …«

Er geht auf Mark zu und tritt nach ihm. Er trifft ihn hart am

Oberschenkel, und Mark stöhnt auf. Der Schein der Taschenlampe schwankt, und für einen kurzen Augenblick sehe ich in ein Gesicht, das ich kenne: Es ist Charlies Freund Danny Keane. Das verstehe ich nicht. Ich weiche zurück, und die Taschenlampe leuchtet für einen Moment ins Leere, findet mich wieder, leuchtet über meinen Oberkörper. Mein T-Shirt ist zerrissen, wie ich entsetzt feststelle. Ich zupfe an den Fetzen und versuche, sie zusammenzuziehen.

Einen Moment lang herrscht Stille. Danny starrt mich an, und ich starre geblendet zurück.

»Geh nach Hause, Sarah«, sagt Danny mit erstorbener Stimme. »Geh nach Hause, und mach das nie wieder. Du bist noch ein Kind. Benimm dich gefälligst auch so. Das ist nichts für dich. Und jetzt scher dich nach Hause.«

Ich drehe mich um und laufe los. Ich renne über die Wiese, als ob mich jemand verfolgt. Dann höre ich hinter mir ein dumpfes Geräusch, und noch eins. Ich muss mich einfach umdrehen und sehen, was los ist. Danny hockt neben Mark. Langsam und systematisch schlägt er ihm mit seiner schweren Taschenlampe die Schneidezähne aus, während Mark schreit und schreit.

Ich renne weiter, und dabei werden mir zwei Dinge klar. Mark wird nie wieder mit mir reden. Und ich werde Danny nie wieder ins Gesicht sehen können, solange ich lebe.

16

Es war nicht das erste Mal, dass ich neben meiner Mutter auf dem Sofa saß und nicht die leiseste Ahnung hatte, was sie dachte. Offenbar konzentrierte sie sich vollkommen auf den Fernseher, wo gerade eine Quizsendung lief, die ich noch nie gesehen hatte und deren Konzept mir schleierhaft war. Die grelle Studiodekoration und das Geschrei des Publikums gingen mir auf die Nerven. Es wäre mir lieber gewesen, ganz in Ruhe dazusitzen. Mein Mund fühlte sich trocken an, und ich verspürte eine enorme innere Unruhe. Nervös rutschte ich auf meinem Platz hin und her und pulte unaufhörlich an der Armlehne unseres betagten Plüschsofas herum. Das tat dem Möbel zwar nicht gerade gut, aber wenigstens konnte es auf diese Weise noch einen Beitrag zu meiner Nervenberuhigung leisten. Die Beine hatte ich angezogen, um nicht ständig mit den Füßen im Rhythmus meines heftig schlagenden Herzens auf den Boden zu klopfen, doch nun kribbelten sie, und es stach wie tausend Nadeln. Mein Magen krampfte, denn ich hatte schon seit Stunden nichts mehr gegessen – allein der Gedanke an etwas Essbares war mir zuwider. In meinem Kopf rotierte unablässig ein einziger Gedanke: *Was hat er gesagt?*

Der Anruf war vor zwanzig Minuten gekommen, nach einem langen Tag endlosen Wartens. Es war Vickers, der sich sehr höflich erkundigte, ob meine Mutter zu Hause sei und ob er kommen und mit uns beiden sprechen könne, da er

Informationen habe, an denen wir sicher beide interessiert seien. *Sagen Sie es mir jetzt gleich,* hatte ich nahezu gebettelt, obwohl ich wusste, dass das nichts nützte. Aus seiner Stimme sprach dienstliche Unverbindlichkeit, und ob es nun Absicht war oder nicht, fühlte ich mich wieder einmal ausgeschlossen. Ich befand mich wieder auf der falschen Seite der Trennwand zwischen Polizei und Zivilleben.

Unmittelbar nach dem Telefonat mit Vickers hatte ich Mum vorgewarnt. Ich hatte ihr gesagt, dass uns die Polizei zum zweiten Mal in Folge aufsuchen würde, was im Zusammenhang mit Charlies Verschwinden stand. Sie hatte kein bisschen überrascht gewirkt, keine Hand auf der Brust, keine weit aufgerissenen Augen, kein plötzlicher Bluthochdruck. Sie hatte schon so lange darauf gewartet. Ich konnte nur vermuten, dass dieser Moment in ihren Gedanken schon weitaus öfter abgelaufen war, als ich ahnte, und wahrscheinlich konnte sie nichts mehr dabei überraschen. Sie saß neben mir, so fern und unerreichbar wie die Sterne, und ich fand einfach nicht die richtigen Worte, um nachzufragen, wie es ihr ging. Nicht einmal über die Hausdurchsuchung tags zuvor und die Fragen, die ihr dabei gestellt wurden, hatte sie mit mir gesprochen. Als ich aus dem Krankenhaus kam, hatte ich eine ganze Weile in meinem Zimmer gestanden und alles genau betrachtet. Ich versuchte, es mit Blakes Augen zu sehen und überlegte, was geöffnet und von der Stelle gerückt war. Mein Zimmer wirkte fremd auf mich – irgendwie verändert, und als ich schließlich hinausging, blieb ein Gefühl der Enge in mir zurück, das die Beschämung überlagerte, mit der ich seit der Nachricht von der Durchsuchung zu kämpfen hatte.

Und nun saß ich da und wartete, dass die Polizei wiederkam, diesmal allerdings voller Ungeduld. Als sie dann endlich klingelten, war ich nicht einmal im Wohnzimmer, sondern kurz in die Küche gegangen, um den Wasserkessel aufzusetzen und uns einen Tee zu kochen, den wir beide eigentlich gar nicht trinken wollten. Außerhalb von Mums Sichtweite konnte ich endlich unruhig auf und ab laufen und so nervös sein, wie ich wollte. Das langgezogene Pfeifen des Wasserkessels überdeckte alle übrigen Geräusche im Haus, und als es aufhörte, zuckte ich zusammen, weil ich plötzlich Stimmen im Flur hörte. Mit hämmerndem Herzen schoss ich aus der Küche und hatte den Tee augenblicklich vergessen.

»Hallo Sarah«, begrüßte mich Vickers und schaute an meiner Mutter vorbei, die gerade die Tür geöffnet hatte. Neben ihm stand eine hübsche Beamtin, die ich aus dem Revier kannte. Kein Blake. Aber das machte nichts.

»Bitte«, sagte ich und deutete auf das Wohnzimmer. »Nehmen Sie doch Platz. Möchten Sie einen Tee? Das Wasser ist schon heiß.« Nach all dem ungeduldigen Warten wollte ich jetzt, wo sie endlich hier waren, auf einmal Zeit schinden und am liebsten gar nicht hören, was sie uns zu sagen hatten. Und außerdem konnte ich nicht abschätzen, wie Mum damit zurechtkommen würde.

»Wir hatten schon Tee«, antwortete Vickers und ging voran ins Wohnzimmer. »Aber lassen Sie sich bitte nicht davon abhalten, selbst ein Tässchen zu trinken.«

Wortlos schüttelte ich den Kopf und ließ mich auf einen Holzstuhl gleich neben der Tür sinken. Mum nahm würdevoll in Dads altem Sessel Platz. Die Polizei hatte sich für das Sofa entschieden, wobei die Beamtin etwas unbequem in der Ecke hockte. Vickers beugte sich nach vorn, seine Ellbogen ruhten auf den Knien, und rieb unaufhörlich mit den Fingerspitzen über die Knöchel seiner linken Hand. Zunächst sagte er gar nichts, sondern ließ nur seinen Blick von Mum zu mir wandern und wieder zurück.

Ich konnte mir auf seinen Gesichtsausdruck keinen Reim machen – gab es denn nichts zu berichten? Vielleicht hatte ich mich ja mit der Halskette geirrt. Vielleicht mussten sie sich von Danny hinhalten lassen. Vielleicht hatte er die Aussage komplett verweigert. Ich strich mit den Handflächen über meine Jeans und wusste nicht so recht, wie ich anfangen sollte.

»Wie können wir Ihnen behilflich sein, Inspektor?«

Diese Worte kamen von Mum. Überrascht blinzelte ich zu ihr hinüber. Sie saß dort so seelenruhig wie eine Königin und hatte sich vollkommen in der Gewalt. Ich versuchte schnell zu überschlagen, wie viel sie an diesem Tag schon getrunken hatte, ließ es aber wieder sein. Auf jeden Fall genug, um mit steifem Rückgrat dazusitzen, allerdings nicht so viel, dass sie diesen Besuch nicht wie eine Lady empfangen konnte. Sie hielt die Hände im Schoß gefaltet, wodurch das verräterische Zittern kaum auffiel.

»Mrs. Barnes, wie Ihnen sicherlich bekannt ist, ermitteln wir derzeit in dem Mordfall an einem Mädchen, der sich vor ein paar Tagen in dieser Gegend ereignet hat. Bei diesen Ermittlungen haben wir Hinweise auf das Verschwinden Ihres Sohnes gefunden. Wir haben Grund zur Annahme, Mrs. Barnes, dass Ihr Sohn ganz kurz nach seinem Verschwinden im Jahr 1992 ermordet wurde. Und wir wissen auch, wer für diese Tat verantwortlich war.«

Mum wartete, immer noch sehr gefasst. Mir stockte der Atem.

»Charlie war mit einem Jungen namens Daniel Keane – genannt Danny – befreundet, der mit seinen Eltern Ada und Derek in der Curzon Close Nr. 7 wohnte. Charlie und Danny haben damals viel Zeit miteinander verbracht, und Danny wurde nach Charlies Verschwinden auch vernommen. Damals leugnete er jedoch jegliche Kenntnis über

Charlies Verbleib, und wir hatten keinerlei Anlass, ihm zu misstrauen. Im Zusammenhang mit dem Mord an Jennifer Shepherd – dem Mädchen, das ich gerade erwähnte – sind wir nun allerdings erneut auf ihn gestoßen. Nach seiner Verhaftung haben wir ihn noch einmal zu Charlies Verschwinden befragt, wobei er sich höchst kooperativ zeigte. Er offenbarte uns sehr vieles, wovon wir noch nichts wussten.«

Vickers Stimme war leiser geworden. Ein nicht vorhandener Luftzug ließ die Härchen auf meinen Armen zu Berge stehen. Ich bekam kaum Luft.

»Was uns nicht bekannt war, als Charlie verschwand, ist der Umstand, dass Derek Keane ein umtriebiger und skrupelloser Sexualverbrecher war. Er war vor allem hier in dieser Siedlung aktiv und überfiel immer wieder Frauen, und zwar über einen Zeitraum von fünfzehn bis zwanzig Jahren hinweg. Gleichzeitig missbrauchte er seinen Sohn und mehrere andere Kinder sexuell und misshandelte sie.«

»Nicht Charlie«, sagte Mum kopfschüttelnd.

»Zunächst nicht«, erwiderte Vickers sehr ernst und mit Bedauern in seiner Stimme. »Daniel Keane behauptet, immer sehr darauf geachtet zu haben, dass sein Vater nie mit Charlie allein blieb und dass es ihm gelungen sei, den Missbrauch, dem er selbst ausgesetzt war, vor Ihrem Sohn zu verbergen. Derek Keane war hinter Mädchen und Jungen aus ärmeren Verhältnissen her – das waren vor allem Kinder, die unter staatlicher Obhut lebten. Kontakt zu ihnen fand er über den Jugendklub, der sich auf seinem Grundstück befand. Ich glaube, dass er niemals in seinem Lebens einer ehrlichen Arbeit nachgegangen ist, doch in diesem Klub spielte er sich als unentbehrlicher Tausendsassa auf. Es war der perfekte Ort, um Kontakt und Vertrauen zu schutzlosen Kindern aufzubauen, und das nutzte er gnadenlos aus.«

Diesen Jugendklub gab es schon seit zehn oder zwölf Jahren nicht mehr. Das Gebäude – eigentlich nur eine Backsteinhütte mit hohen, vergitterten Fenstern, die in den Fünfzigerjahren zu einem Klub hergerichtet worden war – wurde irgendwann abgerissen. Ich selbst war nie dort gewesen. Vor Charlies Verschwinden war ich noch zu klein gewesen und danach zu überbehütet. In meiner kindlichen Fantasie war mir dieser Klub wie ein Märchenland vorgekommen – ein Ort, wo Kinder an der Macht waren und Erwachsene nur geduldet wurden. Ich hatte mich so danach verzehrt, auch dorthin zu dürfen. Ich wollte unbedingt erleben, wie es dort zuging. Rückblickend bekamen die hohen Fenster, die damals so verlockend wirkten, nun den Anschein des Düsteren. Dahinter hatte sich also keineswegs nur harmloser Spaß abgespielt. Ich schluckte heftig und zwang mich, Vickers weiter zuzuhören.

»Derek war zu Hause und anderswo äußerst gewalttätig und hatte immer wieder kürzere Haftstrafen zu verbüßen. Danny zufolge lebte die Familie in ständiger Angst vor Derek, und der Ablauf ihres Alltags wurde fast vollständig von seinen Launen bestimmt. Sie hatten gelernt, dann glücklich zu sein, wenn er es war, und versuchten ihm aus dem Weg zu gehen, wenn er wütend, in sich gekehrt oder betrunken war.

Im Sommer 1992 war es schon mehrere Monate lang ziemlich ruhig und stabil im Hause Keane zugegangen. Derek war mit einer Idee befasst, zu ein bisschen Geld zu kommen – es ging wohl um Kfz-Versicherungsbetrug. Er verbrachte viel Zeit mit seinen Kumpanen, fuhr mit ihnen durch die Gegend und inszenierte Autounfälle. Danny meinte, dass es in dieser Zeit deutlich entspannter zuging. Wenn Derek nicht da war, konnte auch Charlie zu ihm kommen und Zeit bei ihm zu Hause verbringen. Sie trafen sich lieber bei Danny, weil sie dort nicht mit Sarah spielen mussten.« Bevor er weitersprach, warf Vickers mir einen entschuldigenden Blick zu, aber ich war nicht enttäuscht – so war es eben gewesen.

»Am zweiten Juli ging Charlie am späten Nachmittag von hier los. Es gibt keinen Hinweis darauf, dass ihn jemand, der ihn kannte, nach Sarah – wie sie ja wissen –, noch gesehen oder gesprochen hat. Inzwischen ist uns bekannt, dass er nicht weit ging, sondern nur über die Straße lief, um seinen besten Freund zu besuchen.«

Mum lehnte sich nach vorn. Durch die gespannte Haut über ihren Fingerknöcheln wurden weiß die Knochen sichtbar. Nur ihre im Schoß zusammengepressten Hände verrieten mir, dass es sie große Nervenkraft kostete, dem Polizisten bei seinem nüchternen Vortrag der Fakten zuzuhören.

»Unglücklicherweise war Danny gerade nicht zu Hause. Er war mit seiner Mutter zum Supermarkt gegangen, unter anderem auch deshalb, weil er mit seinem Vater nicht allein im Haus bleiben wollte. Derek hatte vorgehabt, sich nach einer langen Autofahrt zu Hause auszuschlafen. Danny wollte also auch vermeiden, ihn versehentlich aufzuwecken.

Wir vermuten, dass Derek die Tür öffnete, als Charlie anklopfte. Und statt ihm ans Herz zu legen, auf der Stelle zu verschwinden, bat Derek ihn herein. Wenn er wollte, konnte er sehr freundlich sein, und wie wir wissen, hatte Danny ja den selbst erlebten Missbrauch vor Charlie verschwiegen. Charlie hatte also keinen Grund, sich zu fürchten.«

Vickers hielt kurz inne und räusperte sich. Er hatte schon ziemlich lange und ohne Unterbrechung geredet, doch ich begriff, dass das seine Art Verzögerungstaktik war. Jetzt kam der schwerste Teil. *Bring es endlich hinter dich,* suggerierte ich mit aller Kraft. *Sprich es einfach aus.*

»Wir wissen nicht genau, was sich im Haus abgespielt hat,

aber basierend auf dem, was Derek seinem Sohn erzählt hat, vermuten wir, dass Charlie in der Zeit, als sie allein im Haus waren, etwas zugestoßen ist. Angesichts der Vorgeschichte gehen wir davon aus, dass Derek die Gelegenheit nutzte, die das leere Haus ihm bot, und sich an Charlie verging. Allerdings war Charlie anders als seine üblichen Opfer. Er war mutig und klug und hatte ein gutes Verhältnis zu seinen Eltern. Er wusste, dass es falsch war, was gerade passierte. Er würde sich nicht beschwichtigen oder mit Drohungen zum Schweigen bringen lassen. Wahrscheinlich geriet Derek in Panik, weil ihm klar wurde, dass er in echte Schwierigkeiten geraten würde, wenn Charlie nach Hause ging und sich seinen Eltern anvertraute. Als Danny und seine Mutter vom Einkaufen nach Hause kamen, war Charlie bereits tot.«

Das letzte Wort schlug dumpf in die absolute Stille, die im Wohnzimmer herrschte. Mum lehnte sich mit der Hand auf der Brust in ihrem Sessel zurück. Sie sah sehr erschöpft aus. Obwohl ich es so erwartet hatte – obwohl ich es schon seit Jahren wusste –, spürte ich den Schock der Gewissheit.

»Derek war nicht unbedingt clever zu nennen, aber er war durchtrieben und verfügte über einen gewissen Selbsterhaltungstrieb.« Nach einer kurzen, respektvollen Unterbrechung fuhr Vickers fort. »Er wusste, dass Sie und Ihr Mann, Mrs. Barnes, sehr bald Alarm schlagen würden, wenn Charlie nicht nach Hause käme. Er versteckte Charlies Leichnam zunächst im Kofferraum seines Autos – was, nebenbei bemerkt, der riskanteste Teil seines Planes war, da das Auto in der Einfahrt zu seinem Haus stand. Die Häuser hier haben ja keine Garagen, also waren diesbezüglich kaum Heimlichkeiten möglich. Doch er hatte Glück, und niemand beobachtete ihn. Als Danny und seine Mutter nach Hause kamen, deutete wohl nur Dereks merkwürdige Stimmung darauf hin, dass etwas nicht stimmte. Er war nervös und abwesend. Er schickte Ada fort, sie sollte den Abend bei Bekannten verbringen und es sich bloß nicht einfallen lassen, nach Hause zu kommen, bevor er ihr Bescheid gab. Sie versuchte noch, Danny mitzunehmen, doch das untersagte Derek mit der Begründung, er brauche die Hilfe seines Sohnes. Auch wenn Ada später den Verdacht hegte, dass ihr Mann für Charlies Verschwinden verantwortlich war, sprach sie doch nie mit Danny oder sonst jemandem darüber, soweit wir das beurteilen können.«

Mum nickte mit leerem Blick. »Aber sie muss etwas geahnt haben. Sie hat mir Blumen gebracht, erinnere ich mich«, murmelte sie, mehr zu sich selbst. »Rosa Nelken. Dabei ist ihr kein Wort über die Lippen gekommen. Es waren rosa Nelken.«

Da ich wusste, dass Mum stundenlang so reden konnte, schnitt ich ihr kurzerhand das Wort ab. »Danny blieb also zu Hause. Wann wurde ihm klar, was passiert war?«

»Als sein Vater ihm Charlies Leichnam zeigte«, antwortete Vickers bitter. »Derek wartete, bis es dunkel war, was schwierig gewesen sein muss, da die Tage nun mal zu dieser Jahreszeit sehr lang sind. Dann zwang er Danny, mit ihm ins Auto zu steigen. Sie fuhren ein paar Kilometer in Richtung Dorking, also in eine ziemlich verlassene Gegend. Dort führte hinter einer kleinen Häusersiedlung ein schmaler Pfad entlang, von dem aus man ein Tor hinunter zu den Schienen erreichte, das von den Gleisarbeitern benutzt wurde. Einer von Dereks Bekannten war bei der Bahn als Wartungsarbeiter beschäftigt und hatte ihm davon erzählt. Dieser Pfad war von den Häusern her nicht einsehbar, da dort der Bahndamm sehr dicht mit Bäumen und Sträuchern bewachsen ist. Darüber hinaus gehörten die Gleise zu einer Nebenstrecke, die zu jener Zeit nicht bedient wurde. Bestens geeignet also, um eine Leiche loszuwerden.« Vickers seufzte. »Ich denke, Danny hat nie den Schock verwunden, den er erlebt haben muss, als er den Kofferraum öffnete und seinen besten Freund tot darin liegen sah. Derek hatte ihn nicht ansatzweise vorgewarnt, sondern ihn nur angewiesen, Taschenlampe und Schaufel zu tragen, während er Charlie zum Bahndamm trug.«

Ich brachte es nicht fertig, das Mitleid zu empfinden, das Vickers offenbar erwartete. Ja, sicher war das traumatisch für Danny gewesen. Und er hatte eine grauenhafte Kindheit gehabt. Zugegeben. Aber er hatte meine Eltern in lähmender Ungewissheit über das Schicksal ihres Sohnes gelassen. Er hatte das Geheimnis seines Vaters bewahrt, selbst als Erwachsener noch. Mit der Wahrheit war er erst herausgerückt, als er nicht mehr anders konnte. Hätte ich Charlies Halsband nicht entdeckt, wäre Vickers nie darauf gekommen, ihn danach zu befragen, und Mum hätte weiter in ihrer sinnlosen Hoffnung gelebt und wäre Tag für Tag ein Stückchen mehr gestorben. Und schließlich durfte man Jenny nicht vergessen. Danny hatte die Lektionen seines Vaters gründlich gelernt. Aus dem Opfer, dem missbrauchten Jungen, war ein Täter geworden. Der Sohn des Mörders war selbst zum Mörder geworden. Außer Hass konnte ich nichts für ihn empfinden.

Mum rührte sich auf ihrem Sessel. »Wie ist Charlie gestorben? Sie haben mir noch nicht gesagt, wie er meinen Sohn umgebracht hat.«

Die Frage war Vickers sichtlich unangenehm. »Das wissen wir leider noch nicht. Das können wir erst herausfinden, wenn wir den Leichnam gefunden und obduziert haben. Und selbst dann, nach so vielen Jahren, werden wir wahrscheinlich nur skelettierte Überreste vorfinden. Knochen also«, erklärte er und hatte wahrscheinlich meinen entsetzten Blick fehlinterpretiert. Selbstverständlich konnte ich mit dem Begriff etwas anfangen, ich verstand nur nicht, warum er ihn vor meiner Mutter verwenden musste.

Doch statt völlig zusammenzubrechen, wie ich es eigentlich erwartet hatte, nickte Mum. Als ich das sah, hatte ich zwar nicht unbedingt ein allumfassendes Aha-Erlebnis, aber mir dämmerte etwas. Es war die ganz leise Ahnung, dass jene Frau, die ich glaubte zu kennen, in Wirklichkeit ganz anders war, als ich dachte. Was ich sah, war Stärke. Stärke und Unerschütterlichkeit, auch wenn ich das bis dahin weder erlebt noch wahrgenommen hatte.

Vickers fuhr fort und zog einen Vorhang wieder auf, der vor sechzehn Jahren gefallen war. »Es dauerte sehr lange, das Grab auszuheben. Danny meint, dass sein Vater über zwei Stunden dazu brauchte. Vermutlich war der Boden hart und voller Wurzeln. Es war schwer, in eine auch nur annähernd ausreichende Tiefe vorzudringen. Doch er muss wild entschlossen gewesen sein, denn er erledigte diese Arbeit gründlich. Die meisten Gräber erkennt man schon aus der Ferne. Tiere werden davon angelockt. Sie nehmen die Verwesung wahr und graben die Leiche aus – oder Teile davon – und geben uns damit Hinweise, dass dort etwas nicht stimmt. Oder man kann noch sehen, wo die ausgehobene Erde über der Leiche aufgehäuft wurde – Grabhügel sind unverkennbar. Bei Derek Keane aber muss man sagen: Er fand eine Stelle, an der kaum Leute vorbeikamen, und das Loch, das er grub, war tief genug. Und das ist wahrscheinlich der Grund, warum Charlie nie gefunden wurde.

Außerdem darf man nicht vergessen, dass seine Frau und sein Sohn viel zu große Angst vor ihm hatten, als dass sie jemandem von diesen Ereignissen erzählt hätten. Und obendrein war er clever genug, Danny in die Beseitigung der Leiche einzubeziehen. Ada wollte ganz bestimmt ihren Sohn nicht in Schwierigkeiten bringen, ganz egal wie verlockend es auch gewesen sein mag, ihren Mann für immer hinter Schloss und Riegel zu bringen. Er hatte sie ja fortgeschickt, während er mit der Leiche beschäftigt war, sodass sie sich vielleicht nicht hundertprozentig sicher war. Aber selbst wenn sie einen Verdacht hegte, wird sie dem nicht weiter nachgegangen sein. Und Derek hatte Danny erfolgreich eine Höllenangst eingejagt. Der Junge hat nie ein Sterbenswörtchen zu jemandem gesagt. Er war sich ganz sicher, dass auch er im Knast landen würde. Sein Vater hatte ihm auseinandergesetzt, dass seine Tat als die schlimmere angesehen werden würde, denn während er, Derek, im Affekt gehandelt hatte, war seine Hilfe beim Beseitigen der Leiche ja eine kaltblütige Tat.«

»Armes Kind«, erwiderte Mum, und ich sah sie überrascht und schockiert an, bevor mir einfiel, dass sie ja nicht wusste, was er Jenny angetan hatte. Ich war überzeugt, dass Danny böse war, durch und durch böse, und es interessierte mich nicht im Geringsten, warum er so geworden war.

»Warum hat er Ihnen das alles jetzt erzählt?«

Vickers rutschte ein wenig auf der Sofakante herum. Ich starrte ihn beschwörend an, denn ich wollte nicht, dass Mum von meiner Verstrickung in diese Sache erfuhr. Allein der Gedanke, ihr das alles erklären zu müssen, ließ mich fast ohnmächtig werden.

»Ähm … Wir haben neue Informationen erhalten, die dazu führten, dass wir Recherchen zu Mr. Keanes Umfeld durchgeführt haben. Um ganz ehrlich zu sein, Mrs. Barnes, ich glaube, er hat förmlich darauf gewartet, dass man ihn dazu befragt. Kaum hatten unsere Vernehmungsbeamten Charlies Namen erwähnt, fing er an, uns alles zu erzählen. Wir haben auch noch über eine andere Sache mit ihm gesprochen, und man darf sagen, dass er dabei weniger mitteilsam war.« Er warf mir einen vielsagenden Blick zu, und ich unterdrückte ein Seufzen. Natürlich würde Danny den Mord an Jenny niemals zugeben – nicht wenn es niemanden gab, dem er die Schuld in die Schuhe schieben konnte.

»Woher wollen Sie denn wissen, dass er sich das nicht alles bloß ausgedacht hat?« Mums Stimme war fest, doch ihr Blick wirkte angestrengt.

»Wir denken, dass er uns die Wahrheit gesagt hat, Mrs. Barnes. Andernfalls wären wir nicht hier«, erklärte Vickers geduldig. »Danny hat keinen Grund, uns wegen Charlie zu belügen.«

Ich räusperte mich, und alle drei schauten plötzlich zu mir. Die Beamtin war sogar zusammengezuckt, als hätte sie vergessen, dass ich auch noch da war. »Was ist eigentlich mit Dannys Mutter passiert? Derek hat sie auch umgebracht, nicht wahr – nur wenige Jahre nach Charlie?«

Vickers seufzte. »Es gab damals jede Menge Klatsch und Tratsch über den jüngeren Sohn Paul. Die Leute behaupteten, er sei gar nicht Dereks Kind, sondern gezeugt worden, als Derek 1995 im Gefängnis saß. Die Daten passen allerdings nicht zusammen, und Ada hätte sich niemals getraut, ihren Mann zu betrügen, selbst als dieser sicher verwahrt in Pentonville saß. Aber allein die Gerüchte reichten aus, um Derek auf die Palme zu bringen. Ada endete mit gebrochenem Genick am Fußende ihrer Treppe, und es lagen jede Menge Beweise vor, dass sie verprügelt worden war. Man hätte ihn wegen Mordes anklagen sollen, aber sie hielten eine Verurteilung wegen Totschlags für angebrachter.« Vickers schüttelte den Kopf. »Geschworene sind manchmal seltsam, wenn es um Tötungsdelikte im häuslichen Umfeld geht. Man weiß nie, wie sie sich entscheiden. Es muss nur so ein Großmaul dabei sein, das seiner eigenen Frau nicht ganz traut und sich deshalb für den Beschuldigten stark macht, und schon hat man die Partie verloren. Die sind wie die Schafe – wo einer hinrennt, kommen die anderen hinterher, selbst wenn es wider alle Vernunft ist. Fünf Jahre hat er bekommen, nach drei Jahren war er schon wieder draußen. Aber es dauerte nicht mehr lange, bis seine Glückssträhne vorbei war.« In Vickers Stimme schwang unüberhörbar eine gewisse Genugtuung mit. »Er war erst ein paar Monate wieder zu Hause, da musste er schon vor seinen Schöpfer treten. Eines Nachts war er spät aus der Kneipe wiedergekommen und stürzte zu Hause die Treppe hinunter. Schädelbruch. Er ist nie wieder aufgewacht.«

Diese Duplizität der Ereignisse konnte Vickers unmöglich entgangen sein. Ada war auf dieselbe Weise gestorben. Ich fragte mich, und dabei lief es mir kalt den Rücken hinunter, ob das möglicherweise Dannys erster Mord gewesen war. Doch danach zu urteilen, was wir an diesem Abend gehört hatten, hatte Derek es mehr als verdient. Es ist ziemlich sicher, dass niemand Derek Keane eine Träne nachgeweint hat.

»Die beiden Jungs waren also nun auf sich gestellt. Danny war achtzehn, als seine Mutter starb, und hat Paul so ziemlich allein großgezogen. Sie wollten Paul zu Pflegeeltern geben, doch Danny gelang es, sie zu überzeugen und Paul bei ihm zu lassen. Zu dieser Zeit war es gerade angesagt, Familien möglichst nicht auseinanderzureißen – ob das nun gut war, sei dahingestellt.« Vickers zuckte die Schultern. »Man möchte annehmen, dass es ihm in einer Pflegefamilie oder als Adoptivkind wohl besser ergangen wäre. Mit einem solchen Erbe hatte er doch eigentlich keine Chance.«

Wir saßen einen Moment lang schweigend da und sinnierten über das Schicksal der Familie Keane. Doch plötzlich rührte sich Mum wieder. »Und was passiert jetzt?«

Ich schaute sie an und musste ein zweites Mal hinsehen, ja eigentlich starrte ich sie regelrecht an. Ihre Gesichtszüge hatten sich auf geheimnisvolle Weise geglättet – sie hatten den verkrampften Ausdruck, den ich so sehr hasste, verloren. Einen Augenblick lang konnte ich die Frau erkennen, die ich nur von Fotos aus der Zeit vor Charlies Verschwinden kannte. Sie war sehr schön.

»Jetzt müssen wir noch Charlie finden«, sagte Vickers ruhig. »Wir werden das Gebiet absuchen, das Danny uns beschrieben hat. Morgen früh um sieben fangen wir an. Wir nehmen Danny mit, damit er uns zeigen kann, wo sein Vater seiner Erinnerung nach gegraben hat. Die beiden sind damals vom Absperrtor noch ein gutes Stück weitergelaufen. Ich hoffe, dass er den Ort wiedererkennt, wenn er ihn sieht, damit er uns helfen kann, die in Frage kommende Fläche etwas einzugrenzen. Ansonsten kann die Suche Wochen dauern.«

»Haben Sie denn keine Hightech-Ausrüstung, so wie man es immer im Fernsehen sieht?«, erkundigte ich mich.

»Das Zeug funktioniert nie. Meiner Erfahrung nach bekommt man entweder den entscheidenden Tipp oder man stolpert über die Leiche, das ist alles. Aber wir haben Danny, und er zeigt sich sehr kooperativ. Machen Sie sich mal keine Sorgen, wir werden Charlie schon finden.«

Er erhob sich unter dem lautstarken Protest seiner Gelenke, die krachten wie Pistolenschüsse, und streckte meiner Mutter die Hand hin. »Ich weiß, dass das ein furchtbarer Schock für Sie sein muss, Mrs. Barnes. Dürfte ich vorschlagen, dass meine Kollegin Sie erst mal mit einem Tee versorgt?«

»Ich bin nicht …«, setzte Mum an, doch er schnitt ihr sanft das Wort ab.

»Bevor wir uns auf den Weg machen, würde ich gern

noch ein paar Worte mit Sarah wechseln, wenn Sie nichts dagegen haben.«

Die Beamtin stand gleich neben Mums Ellbogen, und auf ein Nicken von Vickers half sie ihr beim Aufstehen. Ich war darauf gefasst, dass Mum mit ihnen zu streiten anfing, und daher umso überraschter, als sie der Frau widerstandslos zur Tür folgte. Als sie dort ankam, blieb sie noch einmal stehen – mit einer Hand am Türrahmen, entweder um sich festzuhalten oder um dramatischer zu wirken, oder auch beides.

»Ich habe Ihnen zu danken, Chief Inspector Vickers.«

»Nicht nötig. Überhaupt nicht nötig.« Vickers schob die Hände in die Hosentaschen und zog den Kopf ein. »Wenn Sie noch Fragen haben oder sich noch einmal vergewissern wollen, rufen Sie mich bitte an. Sarah hat meine Telefonnummer. Wir informieren Sie, sobald wir etwas gefunden haben.«

Kaum wusste er Mum sicher in der Küche hinter einer geschlossenen Tür, steuerte Vickers auf den Ausgang zu, und ich folgte ihm.

»Er hat den Mord an Jenny nicht gestanden, für den Fall, dass Sie sich das noch nicht selbst zusammengereimt haben.«

»Warum bin ich jetzt eigentlich nicht überrascht?« Ich verschränkte fest meine Arme und versuchte mich damit auch vor der Kälte zu schützen. Gerade find es wieder an zu regnen, und dicke Tropfen fielen rings um uns her wie Hammerschläge zu Boden.

»Das mit dem Sex war natürlich alles ihre Idee. Er hat nur mitgemacht, weil er damit ein bisschen Geld machen wollte – sein Job gibt eben nicht so viel her.« Vickers klang sarkastisch. »Die diversen Vergewaltiger hat er aus den Reihen der ehemaligen Kumpane seines Vaters rekrutiert. Offenbar hatten sie eines gemeinsam – ihre Vorliebe für Kinder.«

»Ich glaube nicht, dass ich noch mehr hören will«, sagte ich, und meine Zähne fingen an zu klappern.

»Was er uns gesagt hat, bestätigt Pauls Aussagen – er hat das alles nur für Sie getan.«

»Großer Gott …«

»Offenbar glaubte er immer, nicht gut genug für Sie zu sein. Für ihn standen Sie unerreichbar auf einem Podest. Also fing er an, seine Fantasien mit Jenny auszuleben, die es nicht besser wusste. Er ist unreif. Defizitär. Er hat Angst vor Frauen. Kinder sind für ihn leichter zu handhaben.«

»Verstehe«, brachte ich hervor. »Vielen Dank für die Erklärung.«

Vickers nickte. »Ich weiß, dass es Ihnen lieber gewesen wäre, wenn ich Ihnen das erspart hätte, aber es ist besser so. Es muss offen gesagt werden. Es wird ohnehin ans Licht kommen, wenn der Fall vor Gericht verhandelt wird – Sie müssen sich auf das öffentliche Interesse vorbereiten.«

»Muss ich als Zeugin auftreten?« Ich konnte mir nichts Schlimmeres vorstellen, als vor Gericht zu stehen, Danny zu beschuldigen und ihm in die Augen zu sehen …

»Hängt von der Staatsanwaltschaft und den Anwälten ab, aber ich wüsste nicht, warum. Sie haben ja im Grunde nichts Relevantes beizutragen, finde ich. Jetzt, wo Danny gestanden hat. Es ist ja nicht so, dass Sie da drüben je etwas Ungewöhnliches bemerkt hätten.« Ruckartig wandte er den Kopf in Richtung Hausnummer 7.

»Nein«, bestätigte ich wie betäubt. »Mir ist wirklich nichts aufgefallen.« Ich war in meiner eigenen Tragödie gefangen und dadurch blind für die nächste, die sich im Haus gegenüber abspielte. Ich hatte den Kopf hängen lassen, den Blick abgewendet und sämtliche Anzeichen übersehen.

Vickers lehnte sich an mir vorbei und rief: »Anna!«

Die Küchentür öffnete sich, und seine Kollegin kam herausgeeilt. Sie wirkte erleichtert. Vickers machte sich auf den Weg zu seinem Auto, und ich folgte ihm noch einmal, während ich mir die Ärmel meines Pullovers über die Hände zog.

»Inspektor, was ich noch sagen wollte – vielen Dank, dass Sie vor meiner Mutter nichts von Danny und mir erwähnt haben.«

»Sie ist eine echte Lady, finde ich. So würdevoll.«

»Manchmal ist sie das«, erwiderte ich und dachte an die vielen Gelegenheiten, wenn sie das ganze Gegenteil war. Aber er hatte Recht, sie hatte mich vor der Polizei nicht im Stich gelassen.

Vickers war bereits dabei, sich ins Auto zu bemühen. Ich lief um den Wagen herum und stellte mich neben die Fahrertür. »Inspektor ... wegen morgen, könnte ich auch mitkommen?«

Er erstarrte förmlich. »Zur Grabung meinen Sie? Warum denn das?«

Ich zuckte mit einer Schulter. »Ich finde nur, jemand von seiner Familie sollte mit dabei sein.«

»Sie wissen aber, dass Daniel Keane auch dort sein wird.«

Ich nickte. »Ich werde mich von ihm fernhalten, versprochen. Ich bin wirklich nicht an einem Gespräch mit ihm interessiert.«

Vickers hievte auch sein rechtes Bein ins Auto und langte an mir vorbei nach dem Türgriff. Ich sprang beiseite. »Sie können ausgesprochen überzeugend sein, wenn Sie es wollen. Aber keine Szenen bitte. Das ist bestimmt keine Gelegenheit für Sie, Rache zu nehmen.«

»Würde mir nicht im Traum einfallen – ich möchte bloß dabei sein. Für Charlie da sein.«

Er seufzte. »Wir versuchen in solchen Situationen immer die Wünsche der Familie zu berücksichtigen. Begeistert bin ich nicht, aber ich schicke morgen früh Blake vorbei, damit er Sie abholt. Halten Sie sich bitte für sechs Uhr dreißig bereit.«

Ich strahlte. »Vielen Dank.«

»Nichts zu danken. Und ziehen Sie Gummistiefel an, wenn Sie welche haben. Haben Sie den Wetterbericht gehört? Wenn es nicht bald aufhört zu regnen, brauchen wir eine Arche.« Er schüttelte den Kopf und zog die Autotür zu. Ich sah ihm nach, wie er davonfuhr, und war auf seltsame Weise froh, dass er es war, der uns über Charlie informiert hatte. Ich hatte keine Ahnung, wie Mum reagieren würde, wenn die Nachricht erst richtig bei ihr angekommen war, aber wenigstens hatte sie alles mit Fassung aufgenommen und als Wahrheit akzeptiert.

Der Regen wurde gleichmäßiger und stärker. Trotzdem zwang ich mich, noch einen kurzen Blick auf das Haus mit der Nummer 7 zu werfen, ehe ich zurück in unser Haus ging. Die Fenster waren dunkel und die Vorhänge zugezogen. Es wirkte verlassen. Die vielen kleinen Schäden, die mir schon zuvor aufgefallen waren, sahen jetzt viel schlimmer aus, als finge das Haus direkt vor meinen Augen an zu bröckeln und zu verfallen. »Hoffentlich stürzt du bald ein«, sagte ich laut vor mich hin. Ich hasste es. Ich hasste es für alles, was es verkörperte. Die vielen Jahre des Wartens. Den vielen Schmerz.

Für mich war Daniel Keane immer noch ein Monster, kein Opfer. Er hatte sich entschlossen, in die Fußstapfen seines Vaters zu treten, obwohl er besser als jeder andere hätte wissen sollen, wie viel Schaden er damit anrichtete.

Es war schwer zu akzeptieren, dass direkt gegenüber, keine fünfzig Meter von meiner Haustür entfernt, ein solch katastrophales Versagen von Vorstellungskraft, Selbstwahrnehmung und schlichter Menschlichkeit stattgefunden hatte. Und das Wissen, dass es geschehen war, machte es keineswegs leichter zu verstehen.

Als ich wieder ins Wohnzimmer kam, hielt Mum ein Glas in der Hand, was mich nicht überraschte. Doch die Veränderung, die ich zuvor an ihr wahrgenommen hatte, war noch immer sichtbar. Sie schaute auf, als ich ins Zimmer kam.

»Sind sie weg?«

Ich nickte.

»Hat dich das, was sie gesagt haben, überrascht?«

Ich wusste nicht, was ich darauf antworten sollte. Meinte sie das mit Danny? Oder dass Charlie tot war? »Ich hatte keine Ahnung, dass Derek Keane so bösartig war«, brachte ich schließlich unsicher heraus.

»Ich habe ihn nie gemocht«, sagte Mum und nahm einen tiefen Schluck aus ihrem Glas. Whiskey, wie es aussah. »Es hat mir nie gefallen, dass Charlie mit Danny gespielt hat. Dein Vater« – ich erstarrte und war sofort auf dem Sprung, um ihn zu verteidigen – »hat mich immer für einen Snob gehalten, weil die Keanes finanziell nicht so gut dastanden und Danny immer irgendwie – nun ja, schmutzig aussah. Aber ich konnte Derek einfach nicht leiden. Kurz nachdem wir eingezogen waren, ist er rübergekommen und wollte wissen, ob ich Arbeit für ihn hätte – du weißt schon, so Handwerkersachen. Eigentlich gab es ja jede Menge zu tun, denn das Haus war ganz schön runtergekommen. Etwa so wie jetzt«, sagte sie mit einem leisen Lachen und sah sich um, als hätte sie es seit ungefähr einem Jahrzehnt nicht mehr gesehen. »Aber irgendetwas stimmte nicht mit ihm. Seine Augen. Sie wirkten so ... gierig. Und ich war allein im Haus, nur mit dir. Du warst noch ein Baby. Ich sagte, nein danke, wir kommen schon zurecht, und machte die Tür gleich wieder zu. Nicht mal auf Wiedersehen habe ich gesagt. Im Grunde genommen war das sehr unhöflich. Eigentlich wollte ich das gar nicht. Aber er hatte etwas an sich, das mir Angst machte.« Sie seufzte. »Ich bin froh, dass ich es jetzt weiß. Das mit Charlie.«

»Es ist besser, wenn man Bescheid weiß.« Es war das erste Mal seit Jahren, dass wir einer Meinung waren.

Sie leerte ihr Glas und stellte es ab. »Ich gehe jetzt schlafen.«

»Ich bin wahrscheinlich schon weg, wenn du morgen aufstehst. Ich will zeitig los.«

»Dahin, wo sie graben wollen?«

Mir schossen ein Dutzend Ausreden gleichzeitig durch den Kopf, doch ich ließ es sein. »Ja.«

»Das würde ich an deiner Stelle auch machen.«

Ich schnappte nach Luft. Ich war darauf eingestellt, ihr sämtliche Gründe aufzuzählen, weshalb ich dort sein sollte, sämtliche Argumente, weshalb es das einzig Richtige war. Sie nicht anbringen zu müssen, war ein wahrhaft absonderliches Gefühl.

Sie stand auf und kam auf mich zu. Sie zögerte einen Moment, legte dann die Arme um mich und drückte mich an sich. »Du bist eine gute Tochter, Sarah«, flüsterte sie. Dann ging sie an mir vorbei die Treppe hinauf, noch ehe ich auch nur über eine Erwiderung nachdenken konnte. Und so setzte sich die gute Tochter aufs Sofa und heulte Rotz und Wasser. Sie weinte um ihre Mutter, um ihren Vater, um Charlie und Jenny und all die anderen Opfer – länger als ich es je eingestehen werde.

2002

Seit zehn Jahren vermisst

Das Zimmer ist klein, überheizt und vollgestopft mit Leuten, die ich nicht kenne. Ich sitze mit angezogenen Knien auf dem Fußboden, und aus den Boxen dröhnen Techno-Bässe. Es ist so laut, dass der Beat in mir vibriert. In einer Ecke knutschen zwei Mädchen ungeniert herum, während ein paar Jungs sie – halb amüsiert, halb ehrfürchtig – vom Bett aus anfeuern. Ich habe eine Kaffeetasse mit Wodka Cassis in der Hand, der so klebrig wie Hustensaft ist und auch ungefähr so verlockend schmeckt.

Der Raum ist in Schummerlicht getaucht, das von einer Schreibtischlampe ausgeht, die jemand gegen die Wand gedreht hat. Ich weiß weder, wem dieses Zimmer eigentlich gehört, noch, wie die Bewohner es geschafft haben, es innerhalb von zwei Tagen mit Kissen, Postern und einem Teppich wenigstens so weit aufzuhübschen, dass es nicht mehr trist und anonym aussieht wie mein eigenes am anderen Ende des Korridors. Die Leute tanzen, lernen sich kennen und unterhalten sich brüllend. Ich überlege, was für ein Gesicht ich aufsetzen soll und entschließe mich zu einem vorsichtigen Dauerlächeln. Ich bin wie gelähmt und weiß ganz genau, dass ich nie richtig dazugehören werde. Es war ein Fehler, mich für diese Uni, diesen Studiengang, dieses Wohnheim zu entscheiden.

Ein großer, sportlicher Typ schiebt sich durch die Meute und entdeckt mich. Er studiert ein Jahr über mir; ich habe ihn am Vormittag bei einer Einführungsveranstaltung kennen gelernt. Er kommt mir wahnsinnig erwachsen und erfahren vor. Er greift nach meiner Hand und zieht mich hoch.

»Komm mit«, schreit er mir ins Ohr.

»Wohin denn?«, frage ich zurück, doch er hört es nicht. Er schiebt mich aus dem Zimmer, durch den Korridor bis zur Treppe, wo eine kleinere Gruppe versammelt ist. Die meisten von ihnen kenne ich nicht, nur ein oder zwei Leute sind aus meinem Studienjahr. Auf der Treppe ist es kühl und still. Ein Mädchen mit Nasenpiercing und abwesender Miene hat das Fenster geöffnet und raucht gegen alle Vorschrift. Halbherzig versucht sie, den Rauch mit der Hand nach draußen zu wedeln, doch das meiste davon zieht wieder herein und bildet dicke Schwaden um uns herum. Ich würde auch gern eine Zigarette nehmen, dann hätte ich wenigstens etwas zu tun.

Ich schiebe die Wodkatasse durch das Geländer auf eine freie Stufe und lasse mich an der Stelle nieder, wo mir die anderen Platz gemacht haben. Der Typ aus dem zweiten Studienjahr setzt sich neben mich und legt mir den Arm um die Schultern. Seinen Namen habe ich vergessen, und jetzt kann ich ihn unmöglich danach fragen. Er stellt mich den anderen vor. Sie reden über Leute, die ich nicht kenne, über Partys vom vorigen Jahr und Aufgaben, die für die nächste Woche anstehen. Die anderen Studienanfänger erzählen sich, was sie erlebt haben, und stellen Fragen. Sie kommen mir alle so ungeheuer witzig und cool vor. Wenn mich jemand etwas fragt, antworte ich nur kurz und lächle, bis mir das Gesicht wehtut. Einige von ihnen sind ziemlich angetrunken. Andere eher sturzbesoffen. Nüchtern ist außer mir niemand, und ich fühle mich gelangweilt und langweilig zugleich.

Ich weiß nicht, wer damit angefangen hat, aber plötzlich dreht sich das Gespräch um die Familie.

Einer der mir unbekannten Jungs dreht sich zu mir um. »Und wie sieht's bei dir aus? Hast du vielleicht kleine Schwestern, die ich kennen sollte?«

Alle lachen. Ich schließe daraus, dass er in dem Ruf steht, mit sämtlichen zu Besuch kommenden jüngeren Schwestern zu schlafen.

»Weder kleine noch große Schwestern. Sorry.«

Das Mädchen am Fenster zündet sich eine neue Zigarette an. »Und wie sieht's mit Brüdern aus?«

Es ist eine ganz beiläufige Frage ohne tiefere Bedeutung. Ohne viel nachzudenken, höre ich mich sagen: »Nein, Brüder auch nicht.«

Das war's. Mehr habe ich nicht dazu zu sagen. Niemand fragt noch einmal nach, niemand vermutet irgendwas. Es ist so einfach zu lügen, so einfach, sich als Einzelkind auszugeben, als jemand ohne Vergangenheit, als jemand, den man so nehmen und mögen kann, wie er ist. Auf einen Schlag lasse ich die letzten zehn Jahre hinter mir. In meinem Kopf klickt etwas, das ich für Freiheit halte. Erst später, viel später begreife ich es als Verlust.

17

Lange bevor Blakes Auto vor unserem Haus hielt, war ich fertig und abfahrbereit. Ich hatte wieder einmal eine ruhelose Nacht hinter mir und war schließlich um halb fünf von einem sanften, anhaltenden Trommeln auf dem Dach aufgewacht. Als ich die Vorhänge öffnete, starrte ich wie hypnotisiert in den Regen, dessen gewaltige Wassermassen im Rinnstein wirbelten und die Straße hinunterjagten. Der Boden war schon vollgesogen, und die Rasenflächen in der Nachbarschaft sahen matschig und aufgeschwemmt aus. Ich beobachtete das Schauspiel ein Weilchen, bis mir schlagartig einfiel, dass bei solchem Wetter die Grabung möglicherweise verschoben wurde. Denn wer außer Mum und mir hatte es nach all den Jahren schon eilig damit? Ich nagte an meiner Unterlippe und war ganz sicher, dass wir nicht länger warten durften.

Als Blakes Wagen auftauchte, war ich unendlich erleichtert. Er war überpünktlich: fünf Minuten zu früh. Beim Duschen und Anziehen war ich sehr bemüht gewesen, leise zu sein und Mum nicht zu stören. Ich hatte eine alte Jeans angezogen, die sich allerdings als viel zu groß erwies und kaum noch auf den Hüften hielt. Ein Blick in den Spiegel zeigte meinen Bauch nach innen gewölbt und meine Rippen, wie sie sich unter der schlaffen Haut spitz abzeichneten. Ich konnte mich nicht erinnern, wann ich in Ruhe die letzte vernünftige Mahlzeit zu mir genommen hatte. Morgens bekam ich kaum einen Bissen hinunter, denn mein Hals war schon bei dem Gedanken daran wie zugeschnürt. Wohl oder übel musste ich mir einen Gürtel suchen und ließ ihn unter einem langen T-Shirt und einer Steppjacke mit Kapuze verschwinden. Das war zwar alles andere als topmodisch, erfüllte aber seinen Zweck.

Bevor Blake den Motor abstellen konnte, rannte ich in meinem Kapuzenchic auf das Auto zu.

»Das Wetter passt wie die Faust aufs Auge, oder?«, begrüßte er mich und schaute missbilligend in den Fußraum. »Hast du Stiefel dabei? Die Turnschuhe halten bestimmt nicht lange.«

»Wieso interessieren sich eigentlich alle für meine Schuhe?« Ich schwenkte einen Plastikbeutel in der Hand. »Meine Stiefel habe ich hier drin.«

»Das, wo wir gerade hinwollen, ist zurzeit eher eine Art Sumpflandschaft. Die Böschung wird nur noch von ein paar Baumwurzeln und ein bisschen Glück zusammengehalten. Wenn es weiter so schüttet, wird uns der ganze Laden wahrscheinlich runter auf die Gleise rutschen.«

»Du übertreibst hoffentlich«, erwiderte ich entgeistert.

Er lachte. »Nein, wird schon gutgehen. Aber wir sind gestern schon mal kurz rausgefahren und haben uns die Gegend angeschaut, damit wir wissen, was für Gerätschaften wir brauchen. Es sah scheußlich aus. Vickers hat sich seine Schuhe total ruiniert. Und er hat doch nur zwei Paar, der arme Kerl.«

Ich lächelte. Zum Lachen war ich viel zu nervös. In mir herrschte Gefühlschaos – Aufregung und Angst überschlugen sich, und alles war überlagert von dem Gedanken, lieber nichts zu erwarten, falls Danny Keane doch gelogen hatte und an der Stelle nichts zu finden war.

»Wie geht's deiner Mutter?«

»Erstaunlich gut. Sie hat die Nachricht besser verkraftet, als ich dachte. Ich hatte nicht erwartet, dass sie so ruhig bleibt.«

Er schaute mich von der Seite an. »Der Chef war recht angetan von ihr. Sonst ist sie wahrscheinlich anders, oder?«

»Stimmt«, gab ich zu. »Sie kann ziemlich schwierig sein. Manchmal ist ihre Anwesenheit wirklich kein Vergnügen.«

»Hab ich mir schon gedacht.« Na klar, Blake hatte sie ja schon bei der Hausdurchsuchung kennen gelernt. Die bloße Erinnerung bereitete mir Magenschmerzen.

»Und wie geht's jetzt weiter?« Er schaute auf die Straße, sodass ich seinen Gesichtsausdruck nicht erkennen konnte.

»Wie meinst du das?«

»Ich meine …« Er brach ab und setzte erneut an. »Vielleicht irre ich mich ja, aber ich habe den Eindruck, dass du bei deiner Mutter geblieben bist, um Charlies Verschwinden ein Stück weit wiedergutzumachen. Wenn wir ihn heute finden, wird das alles vorbei sein. Letzter Akt sozusagen. Du könntest also langsam mal überlegen, was du jetzt vorhast, was du als Nächstes tun willst. Du kommst mir nicht gerade vor wie die engagierteste Lehrerin der Welt.«

»Ist das so offensichtlich?«

»So kann man nicht leben, Sarah. Du musst das tun, was *du* für gut und richtig hältst, nicht irgendjemand anders. Du bist jung genug, dein Leben umzukrempeln, in welcher Form auch immer. Du musst dir nur darüber klar werden, was du eigentlich willst.«

»Das ist nicht so einfach.«

»Doch, das *ist* so einfach. Nichts ist einfacher als das.« Als wir an einer Ampel anhielten, wandte er sich mir zu. »Und du brauchst keine Angst davor zu haben. Du wirst glücklicher sein.«

»Vielleicht.« Ich konnte es mir allerdings nicht vorstellen. Mums Probleme hatten zwar mit Charlies Verschwinden begonnen, aber das bedeutete nicht, dass sie sich automatisch in Luft auflösen würden, sobald man ihn gefunden hatte. Möglicherweise brauchte sie mich jetzt, wo sie wusste, was geschehen war, sogar mehr denn je. Wir würden so lange so weitermachen, wie es nötig war. Damit hatte ich ja reichlich Erfahrung.

Die Scheibenwischer bewegten sich etliche Male hin und her, ehe ich wieder etwas sagte. »Ist Danny heute auch dabei?«

Blakes Augenlider zuckten angesichts des Themenwechsels ein wenig. »Ja, aber halt dich unbedingt von ihm fern. Er wird zwar von Beamten eskortiert und in Handschellen sein, aber ich will dich trotzdem nicht in seiner Nähe sehen.« Ohne mich anzusehen, fügte er hinzu: »Er ist total besessen von dir, verstehst du?«

»Das kommt mir alles so absurd vor. Er kennt mich doch gar nicht.«

»Umso schlimmer. Er ist in seine Vorstellung von dir verliebt. Er kann dich zu allem machen, was er will«, erläuterte Blake nüchtern. »Lass dich nicht täuschen, er ist wirklich gefährlich.«

Bei dem Wort klingelte etwas in meinem Kopf. »Hat er denn schon gestanden? Den Mord an Jenny, meine ich.«

»Nein, den nicht. Aber mitten in der Nacht haben wir von ihm ein Geständnis im Fall Geoff Turnbull bekommen. Da die Kollegen ihn ziemlich hart rangenommen haben, hat er es letztendlich zugegeben. Die Beweislage war aber auch erdrückend: Die Eisenstange, die wir bei ihm zu Hause gefunden haben, war definitiv die Tatwaffe. Er sagte, er habe Geoff beobachtet und ihn kommen und gehen sehen. Ihm missfiel, wie er sich ausdrückte, die Art und Weise, wie er sich dir gegenüber benommen hat. In der fraglichen Nacht ist Danny dann einfach ausgerastet.« Blake runzelte die Stirn ein wenig und konzentrierte sich auf die Straße. »Ich weiß nicht, was genau da passiert ist. Aber was auch immer Danny von gegenüber beobachtet hat – es brachte ihn dazu einzugreifen. Geoff hatte keine Chance. Danny kann wahrlich nicht behaupten, dass es ein fairer Kampf war – obwohl das selbstverständlich keine Entschuldigung wäre. Zugutehalten könnte man ihm nur, dass er dich damit schützen wollte.« Blake warf mir einen kurzen Seitenblick zu. »Aber fühl dich jetzt bloß nicht wieder schuldig, verstanden? Du hast ihn ja schließlich nicht darum gebeten.«

Trotzdem hatte ich mir Geoff vom Hals gewünscht, und als ich erfuhr, dass er im Krankenhaus lag, hielt sich mein Mitgefühl auch eher in Grenzen. Aber ich konnte ja die Zeit nicht zurückdrehen und alles noch einmal durchmachen, nur damit ich kein schlechtes Gewissen mehr hatte. Das ließ sich nicht so einfach abschütteln, egal was Blake sagte.

»Aber was den Mord an Jenny angeht, da können wir ihm nichts nachweisen. Er beißt einfach nicht an, warum auch immer. Über alles andere gibt er bereitwillig – fast mit einem gewissen Stolz – Auskunft. Jedes Mal wenn er ins Schwärmen gerät, wie clever er mit der ganzen Sache Geld verdient hat, ist er kaum zu bremsen. Aber sobald wir auf ihren Tod zu sprechen kommen, macht er dicht und streitet alles ab. Da sind wir noch nicht viel weiter gekommen. Aber das wird schon noch.«

»Gut«, antwortete ich mit Nachdruck. Ich wünschte mir so sehr, dass er alles zugab und alle seinen Verbrechen gestand. Er hatte seinem Vater dabei helfen müssen, Charlies Leichnam fortzuschaffen, und ich konnte nachvollziehen, weshalb er Geoff überfallen hatte – auch wenn ich es verurteilte. Aber wie er Jenny behandelt hatte, das war in meinen Augen nichts als niederträchtig. Sie derart zu benutzen und dann einfach zu beseitigen, als sie ihm nichts mehr nützte … Ich wandte meinen Kopf ab und musste tief durchatmen, um die Fassung zu wahren.

Der Wagen bog jetzt in einen schmalen Fahrweg ein, der von Sommerfliederbüschen gesäumt war, die auf verwahrlosten Grundstücken wucherten. Ihre ledrigen Blätter streiften das Auto, als Blake im Schritttempo die rechterhand parkenden Fahrzeuge passierte.

»Sind wir da?«, fragte ich und spürte, wie meine Hände feucht wurden. »Ich hätte nicht gewusst, dass es hier ist.« Die von Vickers beschriebene Stelle hatte ich mir nicht richtig vorstellen können und war nun überrascht, sie zu sehen und zu erfahren, wie nahe sie bei unserem Haus lag.

»Solche Stellen kennt man nur, wenn man aus der Gegend stammt oder bei der Bahn arbeitet. Normalerweise stehen hier auch keine parkenden Autos, die sind allesamt von uns.«

Also war das hier eine große Aktion, schloss ich daraus und spürte ein seltsames Kribbeln, das ich als Verlegenheit identifizierte. So lange hatte ich nun meinen persönlichen Kummer mit mir herumgeschleppt, dass es mir fast egoistisch vorkam, jetzt damit so viele Leute – schätzungsweise dreißig – in diesen trostlosen, abgelegenen Winkel zu holen. »Vielen Dank dafür«, sagte ich schließlich.

Blake knurrte nur: »Nichts zu danken. Das ist unser Job.«

»Hmm. Aber danke auch für alles andere.«

Das bescherte mir einen langen Seitenblick, ehe er sich wieder abwandte und sich auf den schmalen Pfad konzentrierte, der vor uns lag. Ein junger Beamter hob die Absperrkegel beiseite, damit Blake durchfahren und am Ende des Weges parken konnte. Ich erkannte das Auto von Vickers, hinter dem Blake einschwenkte. Er stellte den Motor ab, und wir blieben noch einen Moment lang sitzen. Es war nichts weiter zu hören als der Regen, der aufs Wagendach trommelte.

»Wenn das hier vorbei ist …«, fing er an.

»Ich hab darüber nachgedacht …«, begann ich im selben Moment und musste lachen. »Du zuerst.«

»Ich glaube, das ist alles falsch herum gelaufen, oder? Wenn das alles vorbei ist, dann würde ich dich gern richtig kennen lernen, Sarah. Ich will wissen, wie du wirklich bist.«

Der Regen lief in kleinen Bächen an der Windschutzscheibe hinunter. Ich sah den Schatten zu, die über sein Gesicht huschten und war so glücklich, dass es schon fast wehtat. »Das wäre schön«, erwiderte ich schließlich.

Blake beugte sich zu mir und zog mich an sich. Hingebungsvoll und dankbar küsste ich ihn und vergaß für einen atemlosen Moment beinahe, warum wir hier waren. Ich spürte nichts anderes als ihn und fühlte mich zur Abwechslung einmal sicher und geborgen. Seine Mundwinkel verzogen sich auf meinen Lippen, und als ich mich von ihm löste, sah ich, dass er lächelte.

»Na dann. Gut, dass wir das geklärt haben. Und jetzt solltest du mal deine Stiefel anziehen.«

Als er aus dem Auto stieg und den Regen verfluchte, schob ich meine Füße in die Gummistiefel, und bei der feuchten Kälte, die von den Fußsohlen her in mir aufstieg, schüttelte es mich. Meine Beine fühlten sich ganz fremd an beim Aussteigen. Mit der Kapuze auf dem Kopf wartete ich, bis Blake so weit war. Die Luft war erfüllt vom Geruch nach nassem Gras und Laub. Von der Stelle aus, wo ich stand, konnte ich eine Treppe sehen, die hinunter zu einem hohen Metalltor führte. Dahinter standen Bäume.

»Hier geht's lang«, sagte Blake und zeigte in Richtung

Tor. Ein Teil von mir wäre am liebsten davongelaufen. Doch der andere Teil wollte auf der Stelle los, ohne auf Blake zu warten, der noch mit seinem Handy hantierte. Endlich war er fertig und geleitete mich mit dem Hinweis »Pass gut auf, wo du hintrittst« durch das Tor.

Rings um das Tor wucherten Brennnesseln, die bereits jemand niedergetreten hatte, um zwischen den Bäumen einen schmalen Pfad zu schaffen. Die Pflanzen waren vom Regen ganz glitschig geworden, sodass ich meinen Blick auf den Boden richtete und jeweils in Blakes Fußstapfen trat. Der Weg führte nach rechts, parallel zur Bahnlinie, die durch die Bäume nur schwach erkennbar war. Zu meiner Linken ging es steil bergab. Ich hatte Mühe, mit den Füßen Halt zu finden, und versuchte das Gleichgewicht nicht zu verlieren, indem ich mich immer wieder an Baumstämmen festhielt. Nach ein paar hundert Metern bog Blake nach links ab und begann den Abhang hinunterzusteigen, nachdem er sich vergewissert hatte, dass ich ihm folgte. Vorsichtig tastete ich mich abwärts und hatte mächtige Angst, abzurutschen und in einer Mischung aus nassem Laub und Schlamm den Abhang hinabzuschlittern. Vor uns hörte ich Stimmen, und als wir eine kleine Gruppe junger Birken passiert hatten, kam der Schauplatz der Grabungsaktion in Sicht. Die Arbeiten waren schon in vollem Gange. Über den Beamten, die unermüdlich schaufelten und die Erde sorgfältig absuchten, war ein weißes Zelt aufgebaut. Beaufsichtigt wurde das Ganze unter anderem von DCI Vickers.

Blake war am Rand der Lichtung stehen geblieben und drehte sich zu mir um: »Willst du noch ein Stück näher ran?«

»Nein, ist schon okay hier.« Die Luft roch intensiv nach frisch aufgeworfener Erde, und in der Ferne hörte man den wehklagenden Pfeifton eines Zuges. Es war friedlich hier, aber auch sehr einsam, und ich fühlte mich unwohl.

»Warum hat er Jenny wohl im Wald abgelegt?«

»Wer, Danny?« Blake zuckte die Schultern. »Wer weiß.«

»Diese Stelle wäre doch viel besser geeignet gewesen, oder? So gut wie er sich offenbar daran erinnert, hätte ihm doch auch diese Stelle einfallen können. Niemand hätte das Mädchen hier gefunden. Wie bei Charlie. Dann wäre er ungeschoren davongekommen.«

»Glück für uns, dass er nicht daraufgekommen ist.« Blake berührte meinen Arm. »Alles in Ordnung mit dir?«

In Gedanken sah ich wieder die Lichtung vor mir. »Er hat sie nicht einmal vergraben, er hat gar nicht erst versucht, sie zu verstecken – zumindest nicht ernsthaft. Sie lag da, als hätte er gewollt, dass jemand sie findet.«

»Vielleicht war er ja stolz auf seine Tat.«

»Vielleicht.«

Jetzt hatte Vickers uns entdeckt und kam auf uns zu. »Morgen allerseits. Alles klar?«

Ich nickte. »Haben sie schon was gefunden?«

»Noch nicht«, antwortete der Chefinspektor knapp, »aber das liegt nur daran, dass sie sich Zeit lassen. Wir sind uns ziemlich sicher, dass wir an der richtigen Stelle graben. Danny hat uns die Stelle gezeigt, wo seiner Erinnerung nach die Leiche vergraben liegt. Er wusste allerdings nicht mehr ganz genau, ob es hier war oder ein kleines Stück weiter drüben. Die Leute von der Spurensicherung haben es sich angesehen und denken, dass wir hier richtig sind«, erklärte er und zeigte über die Schulter zur Grabungsstelle, »außerdem hat der Hund ebenfalls an dieser Stelle angeschlagen.«

»Was für ein Hund denn?«

»Der Leichensuchhund. Man kann Hunde auf alles trainieren: Drogen, Lebensmittel, Sprengstoff, Geld – alles, was einen spezifischen Geruch hat, den sie zuordnen können«, erläuterte Blake.

»Aber nach so vielen Jahren ist doch gar kein Geruch mehr vorhanden.«

Vickers zuckte die Schultern. »Für uns nicht, aber Hunde sind da wesentlich sensibler als wir. Und unserer hier ist ganz sicher, dass dort zwischen den Bäumen etwas zu finden ist. Wir arbeiten nur sehr langsam, um die Leiche nicht zu beschädigen. Wir wollen sie ja im Ganzen bergen.«

»Wie lange dauert das?«, wollte ich wissen. Aber in diesem Moment rief jemand unter dem Zelt nach Vickers, und er eilte ohne eine Antwort davon.

»Das kann sich schon ein Weilchen hinziehen«, erklärte Blake an seiner Stelle. »Willst du hier stehen bleiben oder lieber dort oben warten?«

Er deutete an mir vorbei auf eine große blaue Plane, die ein Stück weiter oben am Hang zwischen ein paar Bäumen aufgespannt war. Unter diesem provisorischen Dach hatten sich etliche Leute eingefunden und beobachteten den Fortgang des Geschehens. Unter ihnen war auch der Hundeführer mit seinem braunweißen Spaniel. Die Vorstellung war wirklich verlockend. Die Bäume hätten zwar auch einen gewissen Schutz vor dem Regen bieten können, aber da die Blätter bereits völlig durchnässt waren, kam gelegentlich ein kräftiger Schwall Wasser heruntergerauscht. Meine Steppjacke saugte den Regen eher auf, als dass sie ihn abhielt, und hing schwer und kalt auf meinen Schultern und an mir herunter. Ich wandte mich zu Blake um.

»Ich gehe dort hoch. Sag Bescheid, wenn sich was tut.«

»Das wirst du schon merken. Wenn sie finden, wonach sie gesucht haben, gibt es immer ziemlich viel Wirbel. Aber ich halte dich auf dem Laufenden.«

Damit ging er zu den anderen unter das weiße Zelt, und ich stapfte die Böschung hinauf. Meine nassen Füße rutschten in den Gummistiefeln herum, an deren Sohlen schwerer Matsch klebte. Als ich bei der blauen Plane ankam und die anderen mir Platz machten, fühlte ich mich plötzlich verlegen. Ich schob meine Kapuze zurück und hockte mich neben den Hund. Er saß kerzengerade und registrierte wachsam sämtliche Geräusche und Bewegungen um ihn herum. Seine schokoladenbraunen Augen glänzten neugierig.

»Ist es in Ordnung, ihn zu streicheln?«, fragte ich den Hundeführer. Er nickte zustimmend, und ich strich dem Hund mit der Hand über den Kopf und kraulte ihm sanft die Ohren. Er steckte seine Nase in die Luft und genoss die Zuwendung. Es war nicht schwer, die grausige Arbeit zu vergessen, die er verrichtet hatte.

Als noch mehr Leute unter der Plane Zuflucht suchten, schaute ich nicht auf, sondern rückte nur ein Stück beiseite. Es wurde zwar gesprochen, aber ich hörte nicht hin. Meine Gedanken waren unten bei dem weißen Zelt, als eine Stimme sagte: »Hallo Sarah.« Ohne nachzudenken, drehte ich mich um und sah mich unversehens Danny Keane gegenüber.

Er stand höchstens einen halben Meter von mir entfernt, sodass ich in der Hocke erstarrte und vor Schreck nicht aufstehen konnte. Während er mich mit starrem Blick fixierte, konnte ich an nichts anderes denken als an Blakes Gesichtsausdruck zuvor im Auto, während er von ihm gesprochen hatte. *Er ist total besessen von dir … Lass dich nicht täuschen, er ist wirklich gefährlich …*

Es dauerte einige Sekunden, bis mir klar wurde, dass Danny von zwei Polizisten gesichert wurde und weitere Beamte um uns herum und am Fuß des Abhangs waren, die mich hören würden, wenn ich schrie. Nach allem, was ich von Danny und seinen Taten wusste, bedeutete er im Moment keine Gefahr für mich. Ich erhob mich langsam und trat ein Stück zurück. Seine Kleidung triefte vor Nässe und klebte ihm am Körper, der spindeldürr war wie bei einem Langstreckenläufer. Seine klatschnassen Haare waren ihm in die Stirn gefallen, und als ich zu ihm hinsah, hob er beide Hände, um sie zurückzustreichen. Dabei sah ich, dass seine Handgelenke in Handschellen steckten. Er hielt eine Zigarette, an der er gierig zog, während er beobachtete, wie ich mich aufrichtete.

»Alles in Ordnung mit dir?«

Ich starrte ihn an. »Wie bitte?«

»Ich meine nur – das muss alles ziemlich heftig für dich sein.« Er deutete den Abhang hinunter. »Nach so langer Zeit herzukommen und nach Charlie zu suchen.«

»Ja, das ist wirklich … seltsam.« Sicher längst nicht so seltsam wie mit einem Mann zu reden, der als gewalttätiger, skrupelloser Mörder bekannt war – aber immer noch merkwürdig genug. Ich fragte mich, ob Danny Keane nervös war. Er leckte sich die Lippen, als wären sie trocken, neigte den Kopf leicht von mir weg und musterte mich von der Seite. Das war wirklich beängstigend.

Wahrscheinlich hätte ich einfach der Plane den Rücken kehren und wieder den Abhang hinuntergehen sollen, um Abstand zu Danny zu gewinnen. Aber als ich in seiner Nähe stand, kam ich ins Nachdenken. Er schuldete mir noch eine Erklärung. Angeblich hatte er das alles ja meinetwegen getan. Jetzt bekam ich die einmalige Chance, ihn nach dem Warum zu fragen. Wenn ich ihn dazu bringen konnte, mit mir zu reden, musste er mir glauben, dass ich ihn nicht hasste.

»Danke, dass du ihnen gesagt hast, wo sie suchen müssen. Nach Charlie, meine ich.« Ich versuchte, betont ruhig zu sprechen und ihn ein wenig anzulächeln. Obwohl es mir vollkommen aufgesetzt vorkam, lächelte er zurück.

»Nichts zu danken. Das war ja das Mindeste, was ich tun konnte.«

Ich räusperte mich. »Tja also, wie ist dir denn wieder eingefallen, wo er vergraben wurde?«

»So etwas vergisst man nicht.« Dann beugte er sich näher zu mir heran und sagte halb flüsternd: »Ich hätte gedacht, dass du Angst vor mir hast.«

»Wegen der Sachen, die du getan hast? Oder weil du mich überfallen hast?« Ich spürte das Zittern in meiner Stimme, das er hoffentlich überhörte.

»Das habe ich nie getan.« Er schüttelte den Kopf. »Das hast du alles falsch verstanden.«

»Doch, du hast mich überfallen«, widersprach ich. »Du hattest alle möglichen Sachen von mir bei dir zu Hause und fandest es wahrscheinlich aufregend, mir Angst einzujagen.«

»Nein, das stimmt nicht. Ich wollte dich nicht erschrecken. Das hatte ich wirklich nicht vor.« Seine Miene wurde freundlicher. »An diesem Abend, als ich dich festgehalten habe – da konnte ich deinen Herzschlag spüren, wie bei einem kleinen Vogel.« Er sprach jetzt ganz sanft. »Wo warst du denn bloß? Ich habe stundenlang gewartet.«

Ich ignorierte die Frage. Ich bebte vor Zorn, wahrte nach außen hin jedoch die Fassung. »Wenn du mir keine Angst machen wolltest, was genau wolltest du denn dann damit erreichen?«

Er wandte sich ab und ließ den Kopf von einer Schulter zur anderen kreisen. Das sollte wohl locker wirken, war aber nichts als ein Versuch, Zeit zu schinden. Schließlich antwortete er: »Weißt du, ich brauchte einfach eine Gelegenheit, um dir nahezukommen, verstehst du? Ich dachte, ich könnte dir deine Sachen wiedergeben und dabei mit dir reden. Seit Jenny nicht mehr da war, wusste ich nicht, wie ich den Kontakt zu dir halten sollte.«

Kontakt halten? Er hatte nicht die leiseste Vorstellung, dass von einer echten Beziehung keine Rede sein kann, wenn man jemanden ausspioniert und beklaut. Er tat mir beinahe leid. Aber nur beinahe.

»Aber wir hatten doch gar keinen Kontakt zueinander. Du kennst mich überhaupt nicht. Du hast keine Vorstellung davon, wie ich wirklich bin.«

»Ich kenne dich schon mein ganzes Leben«, erwiderte er schlicht. »Und genauso lange liebe ich dich schon. Was du auch getan hast, ich habe dich immer geliebt. Ich wollte einfach für dich da sein und dich beschützen.«

»Hast du deshalb Geoff zusammengeschlagen?«

»Dieser Wichser«, sagte er verächtlich und lachte. »Er hat gekriegt, was er verdient hat.«

»Und Jenny? Was hatte sie deiner Meinung nach verdient?«

Ehe er antworten konnte, schallte von unten ein Ruf den Hang herauf. Der Hund jagte aufgeregt mit dem Schwanz wedelnd auf das weiße Zelt zu, und der Hundeführer rannte neben ihm her. Danny drehte sich um und starrte hinterher. In diesem Moment sah ich ihn zum ersten Mal richtig von der Seite und erschrak. Auch das Dämmerlicht dieses verregneten Morgens konnte nicht verbergen, dass an seiner Wange ein Bluterguss prangte, der nicht von schlechten Eltern war. Die Schwellung war bläulich angelaufen und ging in der Mitte zu Dunkelrot über. Es war nicht zu übersehen, dass man ihn nicht gerade mit Samthandschuhen angefasst hatte.

Obwohl ich wusste, was die heraufdringende Geräuschkulisse zu bedeuten hatte, entschied ich, dass das im Moment für mich nebensächlich war. Ich konzentrierte mich auf Danny und wartete ungeduldig auf seine Antwort.

»Jenny?« Sein Blick wurde leer. »Was meinst du damit?«

»Bist du der Ansicht, dass sie es verdient hatte zu sterben?« Meine Stimme bebte, und ich musste erst einmal tief durchatmen.

»Natürlich nicht.« Er sah mich an, als sei ich von Sinnen. »Sie war doch noch ein Kind.«

»Also bist du traurig. Weil sie tot ist, meine ich.«

»Ja. Ich werd sie vermissen. Also ...« Er unterbrach sich kurz und lächelte dann. »Sie würde mir weniger fehlen, wenn wir beide – du und ich – Freunde sein könnten. Oder so was Ähnliches.«

Ich bekam eine Gänsehaut. »Aber weshalb hast du sie denn dann umgebracht, wenn sie dir so fehlt?«

Beleidigt sah er mich an. »Wie kannst du mich so was fragen? Ausgerechnet du. Ich war es nicht. Das musst du mir glauben. Ich war es wirklich nicht.«

»Und wer dann? Einer von diesen Typen, die du angeschleppt hast, damit sie sich an ihr vergehen können?«

»Ausgeschlossen«, entgegnete Danny überzeugt und schnippte seine Zigarettenkippe weg. Sie landete ein Stück weiter unten funkensprühend an einem Baumstamm. »Das kann überhaupt nicht sein. Sie wussten ja gar nicht, wer sie war. Ich hab sie beschützt. Ich hab immer auf sie aufgepasst, damit keiner ihr wehtut.«

Wehtut ... Er hatte ja keine Ahnung, was dieses Wort bedeutete. Angewidert wandte ich mich ab und stieß dabei fast mit Blake zusammen, der heftig keuchte, als wäre er den ganzen Hang hinaufgerannt. Er packte mich am Arm und zerrte mich so heftig weg von Danny, dass ich fast hinfiel.

»Was ist denn hier los, Milesy?«, fuhr er den jungen Beamten an, der Danny bewachen sollte und jetzt mit schuldbewusster Miene angestolpert kam. »Ihre Anweisung war, ihn zu isolieren!«

Dannys Blick huschte zwischen Blake und mir hin und her, und ein leichtes Runzeln erschien auf seiner Stirn. Ich fragte mich, was er wohl in Blakes Gesicht gesehen hatte. Doch noch bevor er etwas sagen oder Milesy eine Erklärung stammeln konnte – dass sie sich wegen des Wetters schließlich unterstellen mussten und es keine andere Möglichkeit gab –, schob ich Blakes Hand von meinem Arm und lief los nach unten, nur weg von den anderen und ohne zu wissen, wohin ich wollte. Ich musste sehr aufpassen, wohin ich trat, damit ich auf dem Weg zwischen den Bäumen hindurch nicht an Wurzeln hängen blieb. Ich vergaß, meine Kapuze aufzusetzen. Die Regentropfen fielen mir auf den Kopf und liefen mir die Haare hinunter. Der Boden glitzerte vor Nässe, die Baumstämme sahen aus wie glasiert, und überall fielen fette Tropfen von den Blättern. Einer davon landete in meinem Nacken. Ich spürte, wie er mir den Rücken hinunterlief und von meinem T-Shirt aufgesogen wurde.

Hinter mir hörte ich Geräusche: Blätterrascheln und knackende Zweige. Jemand hatte es ziemlich eilig, und es überraschte mich nicht, als Blake mich zu sich herumwirbelte. Sein Gesicht war wutverzerrt.

»Bist du jetzt zufrieden? Hast du erreicht, was du wolltest?«

»Das hatte ich so nicht geplant. Wie hätte ich auch? Du hattest mir ja versichert, dass er nicht in meine Nähe kommen würde.«

»Und ich habe dich auch dringend gebeten, dich von ihm fernzuhalten. Schon vergessen?«

»Ich wollte ja gerade von ihm weggehen …«

»Aber dann dachtest du dir, du könntest ihm ja auf die Schnelle noch ein paar Fragen stellen.«

»Ich hatte gehofft, dass er mir vielleicht Dinge erzählt, die er euch gegenüber nicht äußern würde«, verteidigte ich mich hilflos. »Ich dachte, dass er mir eher die Wahrheit sagt, da er ja offensichtlich Gefühle für mich hegt.«

»Wenn das in unserem Sinne gewesen wäre, dann hätten wir dich darum gebeten. Und bestimmt hätten wir dafür einen geeigneteren Ort gewählt als eine Eisenbahnböschung, wo ein eventuelles Geständnis weder aufgezeichnet noch überprüft werden kann.« Blake ging ein paar Schritte weiter und blieb kopfschüttelnd wieder stehen. Dann drehte er sich zu mir um. »Für so was gibt es ganz bestimmte Vorgehensweisen, Sarah. Einfach wahllos Fragen zu stellen ist nicht sehr professionell.«

»Stimmt«, fauchte ich zurück und fühlte Wut in mir aufsteigen. »Und weshalb kriegst du dann keine brauchbare Strategie zustande, wenn du so ein toller Experte bist? Wieso habt ihr ihn noch nicht dazu gebracht, den Mord an Jenny zu gestehen? Dafür muss es doch Beweise geben. Spuren, DNA, was weiß ich. Ihr müsst doch Möglichkeiten haben zu verhindern, dass er ungestraft davonkommt. Den Shepherds ist der Mord an Geoff völlig egal. Sie wollen nichts weiter als Gerechtigkeit für ihre Tochter.«

»Tja, da werden sie noch ein bisschen Geduld haben müssen. Die Staatsanwaltschaft will im Moment noch keine Anklage gegen ihn erheben. Alles beruht ihrer Ansicht nach derzeit nur auf Indizien. Für jeden einigermaßen fähigen Verteidiger wären unsere spärlichen Erkenntnisse im Gerichtssaal ein gefundenes Fressen. Wir brauchen mehr Beweise, und denen sind wir auch auf der Spur, davon kannst du ausgehen. Wir können ihm schon einiges nachweisen: den Überfall auf Geoff, die Vergewaltigung von Jenny und die Herstellung und Verbreitung von Kinderpornographie. Dafür wird er sich vor Gericht verantworten müssen. Das kann zwar ein Weilchen dauern – die juristischen Mühlen mahlen bekanntlich langsam –, aber man wird ihn zur Verantwortung ziehen. Von Davonkommen kann keine Rede sein, Sarah.«

Enttäuscht kehrte ich ihm den Rücken zu. »Aber das reicht nicht.«

»Mehr haben wir zur Zeit nicht zu bieten.« Blake machte eine kurze Pause und sprach dann mit weitaus sanfterer Stimme weiter. »Aber deshalb sind wir nicht hier. Vielleicht hast du es dir schon gedacht – ich bin zu dir hochgekommen, weil ich dir sagen wollte, dass wir auf menschliche Überreste gestoßen sind.«

Nun war es also offiziell. Ich wusste es schon, seit ich den Aufruhr gehört hatte, aber der Schock fuhr mir trotzdem in die Knochen.

»Seid ihr sicher, dass es Charlie ist?«, brachte ich leicht schwankend hervor.

»Der Gerichtsmediziner hat nach dem ersten Augenschein bestätigt, dass die Knochen zum Alter des Opfers und der Dauer, die sie in der Erde lagen, passen. Trotzdem bekommt man von Wissenschaftlern nicht so schnell klare Antworten. Eine Laboruntersuchung wird auf jeden Fall genauere Erkenntnisse bringen. In ein paar Tagen bekommen wir einen Befund auf Grundlage zahnmedizinischer Unterlagen und DNA-Proben. Bisher stimmt alles mit dem überein, was Danny uns erzählt hat. Vom Fundort bis zur Lage der Leiche – einfach alles. Es müsste schon ein unglaublicher Zufall sein, wenn es sich nicht um Charlie handelt.«

»Danke, dass du es mir gesagt hast«, sagte ich und meinte es ernst, obwohl meine Stimme gleichgültig klang.

»Möchtest du einen Blick drauf werfen?«

»Nein. Ich … ich möchte die Knochen nicht sehen. Kannst du mich nach Hause bringen?«

»Natürlich.« Obwohl er sehr höflich klang, entging mir das kurze Zögern vor seiner Zustimmung nicht. Er suchte in der Hosentasche nach seinem Autoschlüssel und hielt ihn mir hin. »Ich muss Vickers noch Bescheid sagen, wohin wir fahren. Kannst du schon mal allein zum Auto gehen?«

Wortlos nahm ich den Schlüssel entgegen und stapfte zurück zum Auto, immer an den Bahngleisen zu meiner Rechten entlang. Ohne viel nachzudenken, konzentrierte ich mich darauf, immer einen Fuß vor den anderen zu setzen, und schaute nur gelegentlich auf, ob das Tor schon in Sicht war. Den Weg zu finden war ganz einfach, weil ich eigentlich nur dem Knarzen folgen musste, das vom Funkgerät des Beamten kam, der das Tor bewachte. Wortlos ging ich an ihm vorbei und schleppte mich die Stufen hinauf wie eine sehr, sehr alte Frau. Erst als ich bei Blakes Wagen ankam, bemerkte ich, dass ich den Schlüssel so fest umklammert hatte, dass ein rötlicher Abdruck auf meiner Handfläche zurückblieb. Ich setzte mich auf den Beifahrersitz und wartete. Dabei dachte ich an gar nichts und strich mit dem Finger immer wieder und wieder über die Delle auf meinem Handteller.

Die Rückfahrt kam mir viel kürzer vor als der Hinweg. Blake fuhr zügig, bremste an den Ampeln abrupt und fluchte leise über die anderen Autofahrer. Der Berufsverkehr an diesem Montagmorgen war ziemlich dicht. Blake wollte so schnell wie möglich wieder zurück zum Schauplatz der Grabung, falls noch etwas anderes zum Vorschein kam. Inzwischen suchten sie nach weiteren Personen, die im Laufe jener fünfundzwanzig Jahre verschwunden waren, in denen Derek

Keane seine Verbrechen begangen hatte. Die Stelle war zum Verscharren von Leichen viel zu gut geeignet, um sie nur ein einziges Mal zu nutzen, meinte Blake. Deshalb rechneten sie damit, dort noch mehr zu finden. Doch ich konnte seine Aufregung nicht teilen. Allmählich bekam ich Platzangst. Ich fühlte mich, als würde mir jemand Mund und Nase zuhalten. Der Schrecken, den Derek Keane verbreitet hatte, nahm offenbar kein Ende. Mit seinen Perversionen hatte er unser Leben vergiftet, und sein schreckliches Erbe lebte in seinem gestörten und gefährlichen Sohn weiter.

Vor unserem Haus verabschiedete ich mich kurz und ohne Umschweife von Blake. Er war sehr förmlich und in Gedanken ganz bei seiner Arbeit. Als ich zur Haustür ging, ließ er noch einmal das Fenster herunter und rief mir nach: »Ich melde mich in ein paar Tagen und sage dir, was der Pathologe herausgefunden hat.«

Ich winkte ihm dankend zu, wusste jedoch schon jetzt, wie das Ergebnis ausfallen würde. Danny hatte keinen Grund zu lügen. Was Charlie zugestoßen war, lag auf der Hand. Die letzten Momente seines Lebens mussten entsetzlich gewesen sein – voller Angst, Schmerz und Wut. Das Bild, das ich von meinem Bruder hatte, war inzwischen von so viel Sentimentalität geprägt, dass ich mir nicht mehr vorstellen konnte, was er dabei wohl getan haben mochte. Der Held meiner Kindheit, der immer clevere und einfallsreiche große Bruder, hatte sich natürlich gewehrt. Aber ein Kind in einer so angstvollen, verzweifelten Lage hat wahrscheinlich einfach nur nach seiner Mutter geschrien. Und genau das war es sicher, was Mum in all den Jahren am meisten zu schaffen gemacht hatte, überlegte ich, während ich meine matschigen Stiefel auf der Fußmatte abstellte. Sosehr sie ihn auch geliebt hatte – und ihre Liebe zu ihm war grenzenlos gewesen –, hatte sie es nicht geschafft, ihn zu beschützen.

Im Haus war er sehr still. Ich hob die Post vom Boden auf und legte einen gepolsterten Umschlag mit Tante Lucys Handschrift beiseite. Es war mein lang erwarteter Ersatzschlüssel. Wenn ich mit der Hausarbeit fertig war, konnte ich also endlich mein Auto holen oder zumindest den Pannendienst rufen.

Die Post war voller Regentropfen und fühlte sich klamm an. Ich ließ sie einfach auf dem Tisch im Flur liegen und ging in die Küche. Mir fehlte schlicht die Energie, um die Umschläge zu öffnen. Von der Küchenuhr hörte man die Sekunden ticken wie bei einem Totenuhr-Käfer. Verblüfft starrte ich auf das Ziffernblatt. Es war erst neun Uhr morgens. Ich hatte gedacht, es sei mindestens schon Mittag.

Bei dem Gedanken an etwas zum Essen drehte sich mir der Magen um. Wahrscheinlich hatte ich Hunger, sagte ich mir, zog meine triefend nasse Jacke aus und hängte sie über einen Küchenstuhl. Der Hersteller hatte offensichtlich eine ganz andere Vorstellung von wasserdicht als ich. Mein T-Shirt war an den Schultern klatschnass und klebte eiskalt auf der Haut.

Im Kühlschrank fand ich eine Packung Schinkenspeck und ein paar nicht mehr ganz so frische Eier, deren Zubereitung ich riskieren wollte. Ich nahm eine Pfanne aus dem Schrank und machte mich daran, das fettigste und ungesündeste Frühstück zuzubereiten, das ich mir vorstellen konnte. Im zischend heißen Öl vereinigten sich die Spiegeleier mit den sich kräuselnden Speckstreifen. Das war jetzt haargenau das Richtige. Außerdem goss ich Tee auf, toastete ein paar Scheiben Brot und deckte den Tisch auch für Mum mit, falls der Bratgeruch sie hungrig machte. Der Schinkenspeck verströmte einen himmlischen Duft – vielleicht bekam sie ja Appetit davon. Ich nahm die Pfanne von der Kochstelle und ließ sie auf dem Herd stehen, falls sie hinzukam.

Es war ein ziemlich grandioses Frühstück. Das Eigelb ergoss sich satt und dickflüssig über den Toast, und der Schinken war zu salzigen Streifen geschrumpft, die hier und da von weißen Fettadern durchzogen waren. Ich aß ganz systematisch; das heiße Essen und der starke Tee wärmten mich. Ich musste Mum sagen, dass man Charlie gefunden hatte, verbot mir jedoch, während des Essens daran zu denken. Ich war noch nicht so weit. Sie liebte Charlie abgöttisch und erbittert und hatte mir so oft gesagt, dass ich das erst verstehen würde, wenn ich selbst Kinder hätte, dass allein der Gedanke daran mich frieren ließ. Wenn das Liebe war, wollte ich lieber darauf verzichten.

Auch als ich die letzten Eigelbreste vom Teller getupft hatte, war von oben noch kein Geräusch zu hören. Ich musste sie also wecken, dachte ich und stellte mein Geschirr ins Spülbecken. Den Teerest goss ich in eine saubere Tasse. Er war zwar vom langen Stehen schon so dunkel wie Bratensauce geworden, aber das würde sie vermutlich nicht stören. Ich machte noch einen kleinen Umweg in den Hausflur, nahm die Post vom Tisch und sah sie schnell durch. Nur Rechnungen und Werbung – das Übliche, nichts von Interesse. Ich klemmte mir die Umschläge unter den Arm, stieg vorsichtig die Treppe hinauf und hielt dabei die Tasse mit beiden Händen fest. Die Tür zu ihrem Zimmer war zu, nicht anders als am frühen Morgen, als ich das Haus verlassen hatte. Alles sah ganz normal aus. Eigentlich gab es keinen Grund, beunruhigt zu sein. Trotzdem zitterte meine Stimme, als ich rief: »Mum?«

Von drinnen war kein Laut zu hören. Mit einem Blick auf den schwappenden Tee in der Tasse klopfte ich noch einmal. »Kann ich reinkommen?«

Schon als ich die Tür öffnete, spürte ich, dass etwas nicht stimmte. Noch ehe ich das Zimmer betreten hatte, wusste ich, was geschehen war. Mum war überlegter vorgegangen als Paul und hatte keinen Fehler gemacht. Auf dem Nachttisch standen ordentlich aufgereiht diverse Arzneigläschen – allesamt ohne Deckel und leer. Auf dem Fußboden stand eine Whiskeyflasche, in der sich noch ein kleiner Rest befand, daneben eine leere Flasche. Im Bett ruhte – sorgfältig zugedeckt – eine schmale Gestalt, die meine Mutter war. Sie lag auf dem Rücken, die Arme seitlich ausgestreckt. Im spärlichen Licht, das durch die leicht geöffneten Vorhänge fiel, sah ihr Gesicht aus wie Wachs. Im Zimmer roch es leicht säuerlich, was von einem Fleck auf ihrer Schulter und der Matratze herrührte. Sie hatte sich übergeben, jedoch nicht gründlich genug, um zu überleben. Ohne nachzudenken, war ich bis an ihr Bett herangegangen. Ganz sanft berührte ich ihre Hand. Sie war kalt. Es erübrigte sich, ihren Puls zu kontrollieren. Sie lebte nicht mehr. Sie hatte genug gehört, um endlich sicher zu sein, dass Charlie nie mehr wiederkommen würde, und sich dann davongestohlen, während ich nicht aufgepasst hatte.

Ich begann – zunächst ganz ruhig – nach dem Abschiedsbrief zu suchen, den ich irgendwo vermutete. Auf dem Nachttisch fand ich nichts. Auch nicht auf dem Fußboden, in ihren Händen oder im Bett. Ich suchte ihre Kommode ab und die Taschen ihrer Kleidung. Aber nirgends konnte ich etwas finden. Nichts, nichts, nichts. Sie hatte mich verlassen und es nicht einmal für nötig gehalten, sich zu verabschieden.

Die Erkenntnis, dass sie nun auch tot war, so wie die anderen, traf mich wie ein Schlag, und ich stürmte aus ihrem Zimmer ins Bad, weil das ganze gute Frühstück in mir rumorte. Ich schaffte es gerade noch zur Toilette, ehe ich alles, was ich an diesem Tag gegessen hatte, wieder erbrach und schließlich nur noch den brennenden Geschmack von Galle im Mund hatte, während mein Magen immer noch darauf bestand, sich umzukrempeln. Als es endlich vorbei war, glitt ich an der Badezimmerwand hinab, zog die Knie an und stützte meine Ellbogen darauf. Ich presste die Handballen auf meine Augenhöhlen, bis helle Lichter hinter meinen Lidern zu tanzen und zu wirbeln begannen.

Nach einer Weile stand ich auf, beugte mich über das Waschbecken und spülte meinen Mund mit kaltem Wasser aus. Teilnahmslos registrierte ich, dass meine Hände zitterten. Mein Spiegelbild sah abgehetzt aus. Meine Wangen waren hohl und meine Haut bleich. Plötzlich wusste ich, wie ich aussehen würde, wenn ich alt war.

Vom Flur aus warf ich durch die geöffnete Tür einen Blick in Mums Zimmer. Ihre Füße zeichneten sich unter der Bettdecke ab. Sie würde sich nie wieder bewegen. Nie mehr. Ich konnte es einfach nicht fassen. Es war, als würde mein Gehirn sich weigern, das Geschehen zu verarbeiten. Vielleicht war es der Schock, aber ich konnte nicht mehr als zwei Schritte vorausdenken.

Ich wusste schon, dass ich ein paar Leute benachrichtigen und einiges erledigen musste. Aber statt mich darum zu kümmern, ging ich zu dem Briefstapel, den ich in der Tür hatte fallen lassen, und fischte den Umschlag mit meinem Autoschlüssel heraus. Ich brauchte jetzt einfach jemanden, der den Arm um mich legte und mir sagte, dass alles wieder gut werden würde. Ich brauchte jemanden für mich, mit dem ich reden konnte und der vernünftig und rational erklären konnte, was meiner Familie zugestoßen war. Der einzige Mensch, dem ich das zutraute – und mit dem ich jetzt reden wollte, weil er sicher wusste, was zu tun war –, war Blake.

Ich wollte mein Auto holen, wie ich es vorgehabt hatte, und zu ihm fahren, und er würde alles wieder gut machen.

Manche Menschen sterben im Feuer, weil sie sich weigern, ihre Pläne zu ändern. Manche Menschen begeben sich sehenden Auges in Gefahr, weil sie Angst vor dem Unbekannten haben.

Mein Leben stand gerade lichterloh in Flammen, und das Einzige, was ich mich gerade fragte, war, ob mein Auto immer noch dort stand, wo ich es geparkt hatte.

2005

Seit 13 Jahren vermisst

Ich bin auf dem Weg nach Hause. Dort will ich noch ein paar Sachen abholen, und das war's dann. Alles andere ist geregelt. Ben hat in Manchester ein Haus für uns gefunden, in dem wir mit vier Freunden von der Uni eine WG gegründet haben. Ich habe eine Stelle bei einem Reisebüro bekommen. Das Gehalt ist nicht gerade umwerfend, aber es gibt ein paar wirklich tolle Vergünstigungen: billige Flüge und Hotels weit über dem Standard, den wir uns leisten könnten. Ben und ich haben schon unsere Reisen für nächstes Jahr geplant: Marokko, Italien, und über Weihnachten wollen wir nach Phuket. Trifft sich alles bestens.

Eigentlich muss ich nur noch Mum Bescheid sagen, meinen Kram schnappen und dann zusehen, dass ich verschwinde.

Aber schon bei dem Gedanken daran wird mir schlecht. Ich schaukle im Rhythmus des Zuges. Draußen vor dem Fenster gleiten die Wiesen und Felder vorbei. Ich versuche krampfhaft den Gedanken zu verscheuchen, dass ich nach der Ausbildung vielleicht wieder zurück nach Hause gehen könnte, und endlich zu akzeptieren, dass ich die richtige Entscheidung getroffen habe. Dieser Teil meines Lebens ist abgehakt. Ich kann mir nicht mal vorstellen, dass Mum mich wieder zu Hause haben will. Aber noch habe ich es ihr nicht gesagt. Ich habe ihr auch noch nicht von Ben erzählt, der seit über zwei Jahren mein

Freund ist und weiß, dass er meine Mutter wahrscheinlich nie zu Gesicht bekommen wird, allerdings nicht, warum. Und ich habe Ben auch nie etwas von Charlie oder meinem Vater oder all den Dingen erzählt, die mich zu dem gemacht haben, was ich bin. Ich habe zu viele Geheimnisse vor ihm. Zu vieles, das ich für mich behalte. Irgendwann dieser Tage werde ich wohl reinen Tisch machen müssen, damit er eine Vorstellung davon bekommt, in wen er da verliebt ist. Aber nicht jetzt.

Zuerst ist Mum an der Reihe.

Das Haus kommt mir leer vor, als ich mit meiner schweren Tasche darauf zugehe. Die Fenster sind dunkel. Mum ist eigentlich immer zu Hause, aber es kommt mir komisch vor zu klingeln. Ich schließe also auf und gehe ins Haus, wobei mir gleich ein strenger Geruch auffällt, der an verdorbene Lebensmittel erinnert, und auch noch etwas anderes liegt in der Luft.

Ich schalte das Licht an und sehe sie sofort, wie sie seltsam verdreht vor der Treppe liegt. Ich weiß nicht mehr, wie ich meine Tasche abgestellt oder mich von der Stelle bewegt habe, aber plötzlich stehe ich neben ihr und rufe: »Mum! Kannst du mich hören? Mummy?«

So habe ich sie schon seit Jahren nicht mehr genannt.

Sie gibt einen kaum hörbaren Laut von sich, und vor Erleichterung japse ich nach Luft. Doch sie fühlt sich ganz kalt an, und ihre Hautfarbe ist furchterregend. Das eine Bein liegt in einem eigenartigen Winkel unter ihr, und ich begreife sofort, dass es gebrochen ist. Mir ist auch klar, dass sie schon länger so hier gelegen hat. Auf dem Teppich unter ihr zeichnet sich ein dunkler Fleck ab, und der strenge Geruch ist hier besonders intensiv; es ist Ammoniak.

»Ich rufe den Notarzt«, sage ich laut und deutlich und will zum Telefon gehen, das die ganze Zeit nur wenige Zentimeter von ihr entfernt gestanden hat. Fast schreie ich auf, als sich eine Hand mit überraschender Kraft um mein Fußgelenk legt. Sie versucht zu sprechen, und ihre Augen flackern dabei.

Ich beuge mich über sie und versuche, ihren strengen Körpergeruch und ihren faulen Atem zu ignorieren. Ich spüre Entsetzen und Mitleid und Scham. Es dauert ein paar Sekunden, ehe sie wieder sprechen kann.

»Geh … nicht …«

Ich schlucke heftig und versuche, den Kloß in meinem Hals zu lösen, der sich dort gebildet hat. »Auf keinen Fall, Mum. Versprochen.«

Ich rufe den Notarzt, sitze an ihrem Bett, spreche mit den Ärzten und bringe das Haus in Ordnung. Dann rufe ich Ben an und sage ihm, dass ich es mir anders überlegt habe. Ich lasse ihn in der Überzeugung, dass ich ihn nie richtig geliebt habe. Ich lasse ihn glauben, ich hätte ihn belogen. Mein Handy lasse ich einfach klingeln, und Textnachrichten von meinen Freunden beantworte ich nicht mehr. Ich breche alle Brücken ab. Ich ziehe einen Schlussstrich.

Und dabei komme ich nie auf den Gedanken – nicht ein einziges Mal –, dass ich mich irren könnte, dass ich meine Mutter wieder einmal nicht richtig verstanden habe.

Geh nicht?

Vielleicht meinte sie eher:

Geh! Nicht!

Das wäre doch viel einleuchtender.

18

Der Polizist, der bei den Shepherds vor dem Haus stand, wirkte gelangweilt. Er hatte unter dem Kirschbaum im Vorgarten Zuflucht gesucht, und dennoch lief der Regen in kleinen Bächen an seiner Mütze und seiner Warnweste hinab. Die Journalisten hatten sich längst neuen, interessanteren Storys zugewandt. Nur hie und da sah man noch jemanden in seinem Auto hinter beschlagenen Scheiben sitzen und warten.

Jetzt bei Tageslicht erkannte ich Einzelheiten, die ich bei meiner letzten Visite nicht wahrgenommen hatte. Der Rasen war von den Füßen der vielen Besucher zertrampelt und zerwühlt. Ich hielt einen Moment inne, um noch einen Blick über das Gartentor zu werfen, bevor ich zu meinem Auto ging.

»Sarah!«

Ich wusste sofort, wer da nach mir rief, noch ehe ich mich umgedreht und Valerie Wade erblickt hatte. Sie stand im Hauseingang der Shepherds und lugte durch den Regen nach draußen. *Na großartig*. Ich hatte völlig vergessen, dass sie ja da drin sein musste. Das fehlte mir gerade noch, dass sie jetzt bei Vickers anrief, um ihm mitzuteilen, wo ich war. Ich hatte das Gefühl, dass er davon wenig begeistert sein würde.

»Dachte ich mir doch gleich, dass Sie das sind«, ließ sie mich triumphierend wissen. »Gerade habe ich aus dem

Fenster geschaut und Sie da stehen sehen. Wollten Sie was Bestimmtes?«

Am liebsten wäre ich davongerannt, ins Auto gesprungen und für immer aus Elmview verschwunden, doch dieser Gedanke schien wenig brauchbar, vor allem weil mein Auto ja noch immer keinen Pannendienst gesehen hatte und somit auch noch nicht wieder fuhr. Aber meine Unlust, ihr zu erklären, was ich in dieser Straße zu suchen hatte und weshalb mein Auto schon so lange hier stand, hatte in letzter Zeit noch beträchtlich zugenommen. Ich musste mir also etwas einfallen lassen. Davon abgesehen wollte ich den beiden Shepherds unbedingt etwas sagen. Eine bessere Gelegenheit würde sich wohl kaum finden lassen. Vielleicht sollte es ja so sein.

Ich ging also durch das Gartentor zum Eingang, begleitet vom prüfenden Blick des Polizisten, der mich unter den Kirschbaumzweigen hervor beobachtete.

»Ich hatte gerade überlegt, ob es vielleicht möglich wäre, mit dem Ehepaar Shepherd zu sprechen? Ich hatte bisher nie Gelegenheit, mit ihnen über das zu reden, was Jenny zugestoßen ist, und – na ja, das wäre mir eben sehr wichtig.«

Hinter Valeries Rücken bewegte sich jemand im Haus, und ich hörte das Grummeln einer Stimme, die zu tief war, als dass ich von meinem Standort aus die Worte hätte verstehen können. Valerie trat einen Schritt beiseite.

»Na meinetwegen. Dann kommen Sie mal rein, Sarah.«

Im Flur fühlte ich mich plötzlich verlegen und beschäftigte mich damit, eine Abstellmöglichkeit für meinen tropfenden Schirm zu finden und meine Jacke auszuziehen. Der Raum war angefüllt von schwerem, aufdringlichem Liliengeruch, doch die leicht modrige Nuance darin ließ ahnen, dass die Blumen schon im Verblühen waren. Als Quelle machte ich ein aufwändiges Bouquet gleich neben dem Telefon aus. Die dicken weißen Blütenblätter waren weit zurückgerollt und zeigten schon welke braune Flecken. Der Strauß war achtlos in die Vase gestopft worden – niemand hatte sich die Mühe gemacht, die Klarsichtfolie aus dem Blumenladen zu entfernen.

»Wollen Sie einen Tee?«, fragte Valerie und verschwand auf mein Nicken in der Küche, sodass ich im Flur zurückblieb und nicht recht wusste, wohin mit mir. Ich sah mich um und erstarrte, als mein Blick auf die Treppe fiel. Auf der vorletzten Stufe saß Michael Shepherd mit den Unterarmen auf den Knien. Er drehte seine großen Hände, um die Innenseiten zu studieren, dann ließ er sie fallen. Als er aufblickte, erschrak ich wieder einmal über seine pechschwarzen Augen, wie schon so oft. Sie brannten noch immer mit unbändiger Intensität, die mir allerdings jetzt mehr wie das letzte Auflodern eines fast ausgebrannten Feuers vorkam. Er wirkte erschöpft, aber kein bisschen milde. Aus seiner anfänglichen Selbstsicherheit und Energie war purer Durchhaltewillen geworden. Ich musste plötzlich an meinen Vater denken und fragte mich, ob er wohl genauso stark oder genauso zerstört gewesen war wie dieser Mann, der hier vor mir saß.

»Was wollen Sie?« Seine Stimme klang rau und heiser, als hätte er in letzter Zeit nur wenig gesprochen.

»Ich würde gern mit Ihnen und Mrs. Shepherd sprechen«, brachte ich hervor und versuchte, dabei möglichst ruhig und gelassen zu wirken. »Ich – na ja, ich kann möglicherweise besser als die meisten anderen Menschen verstehen, was Sie gerade durchmachen. Und ich möchte Ihnen gern etwas sagen. Etwas, das Sie wissen sollten, wie ich finde.«

»Tatsächlich?« Sein Ton war so desinteressiert, dass es

schon an eine Beleidigung grenzte, und triefte vor Sarkasmus. Mir schoss das Blut in die Wangen, und ich biss mir auf die Unterlippe. Er seufzte, erhob sich dann aber. »Na, dann reden Sie mal mit uns.«

Ich folgte ihm ins Wohnzimmer, wo alles auf ein einst sicheres und aufstrebendes Leben hindeutete, das nun grausam und unumkehrbar zerstört war. Auf nahezu jeder verfügbaren Fläche und an den Wänden hingen Fotos von Jenny. Fotos mit Pony und Balletttröckchen und Bikini – all den Insignien eines Mädchens aus der Mittelschicht, dem es an nichts fehlte. Sie hatten ihr alles Erdenkliche ermöglicht, was ihren Freundinnen aus besser gestellten Familien vermutlich auch zuteilwurde. Ich sah die Fotos und Jennys Lächeln und dachte unweigerlich, dass wahrscheinlich niemand sie wirklich gekannt hatte. Trotz allem, was ich mittlerweile über ihr geheimes Leben erfahren hatte, verstand ich kein bisschen mehr über sie. Ich wusste, was sie getan hatte, aber ich hatte nicht die geringste Ahnung, warum. Und so ging es allen anderen vermutlich auch. Das Einzige, worauf wir bauen konnten, waren Daniel Keanes Lügen.

Das Haus stand auf einem eher bescheidenen Grundstück, doch auch hier hatte sich das Bedürfnis nach sozialem Emporkommen ungezügelt seinen Weg gebahnt. Es war irgendwann einmal vergrößert worden, und das Erdgeschoss kam mir doppelt so groß vor wie das Haus, in dem ich mein ganzes bisheriges Leben verbracht hatte. Verglaste zweiflügelige Türen trennten das Wohnzimmer von einem Esszimmer. Von dort aus führten optisch passende Türen hinaus auf eine Terrasse, die mit Gartenmöbeln vom Feinsten und einem eingebauten Grill ausgestattet war. Die Küche, in die ich durch die offene Tür sehen konnte, war mit cremefarbenen Einbauschränken und Arbeitsflächen aus schwarzem Marmor teuer ausstaffiert. Ein gigantischer Fernseher dominierte das Wohnzimmer. Der Bildschirm war so groß, dass das Bild verzerrt wirkte. Der Ton war ausgeschaltet, und man sah nur eine Sprecherin von *Sky News* mit überdeutlicher Artikulation und bemüht wirkendem Ernst Nachrichten vom Teleprompter ablesen. Gegenüber dem Fernseher stand ein großes Sofa, auf dem Mrs. Shepherd saß und mit verschränkten Armen und leerem Blick auf den Fernseher starrte. Sie blickte nicht auf, als ich ins Wohnzimmer kam. So blieb mir genug Zeit, die enorme Veränderung festzustellen, die auch mit ihr stattgefunden hatte. Ihre Haut war fleckig und um Augen und Nase herum entzündet. Wie schon beim letzten Mal hingen ihre Haare dünn und strähnig herunter. Sie trug Sweatshirt, Jeans und Turnschuhe. Von dem glamourösen Stil, den sie einst gepflegt hatte, war nichts geblieben. Ihre Kleidung war allenfalls zweckmäßig und hing schlaff an ihrem Körper. Während Michael Shepherd vor Zorn glühte, schien seine Frau in Trauer erstarrt zu sein.

»Setzen Sie sich«, befahl er barsch und wies auf einen Sessel, der schräg zum Sofa stand. Er selbst setzte sich neben seine Frau, nahm ihre Hand und drückte sie so fest, dass sich seine Knöchel weiß verfärbten. Das provozierte zwar einen kurzen Aufschrei des Protests bei ihr, schreckte sie aber immerhin aus ihrer Traumwelt auf.

»Diane, hier ist … eine von Jennys Lehrerinnen.« Er starrte mich ausdruckslos an und wischte sich mit der Hand über die Stirn. »Tut mir leid, aber ich habe Ihren Namen vergessen.«

»Sarah Finch. Ich war Jennys Englischlehrerin.«

»Und was genau wollten Sie uns sagen?« Er klang argwöhnisch, fast schon böse. Hoffnungslos starrte mich Diane Shepherd an. Ich richtete mich auf und presste die Hände aneinander.

»Ich wollte eigentlich nur mit Ihnen reden wegen – wegen dem hier.« Ich deutete auf den Fernseher, wo ein Reporter vor einem waldartigen Hintergrund stand und sprach. Das rote Schriftband am unteren Rand des Bildschirms verkündete: »Polizei findet Leiche an Bahndamm – möglicherweise den seit 1992 vermissten Schüler Charlie Barnes.« Die Live-Schaltung wurde ausgeblendet, und das üblicherweise in den Medien gezeigte Foto von Charlie kam ins Bild – das Klassenfoto, wo er offen und lebensfroh in die Kamera grient. Ich drehte mich wieder zu Mr. und Mrs. Shepherd um, die verständnislos auf den Bildschirm schauten. »Charlie ist – oder, besser gesagt, war – mein Bruder. Ich war acht Jahre alt, als er verschwand. Heute morgen hat die Polizei seinen Leichnam gefunden.«

»Tut mir leid, das zu hören.« Michael Shepherd hatte seine Zähne so fest aufeinandergepresst, dass die Worte kaum hindurchpassten.

»Die Sache ist die, dass er von Danny Keanes Vater ermordet wurde.« Ich wusste, dass dieser Name augenblicklich ihre Aufmerksamkeit wecken würde. Und jetzt kam der schwierige Teil. »Als Jenny verschwunden war, hat das all meine Erinnerungen wieder geweckt. Ich war von Anfang an – ich war irgendwie einbezogen. Also, ich war es, die Jenny gefunden hat, im Wald – aber das wissen Sie bestimmt schon.«

Die beiden starrten mich an. Dianes Mund stand leicht offen, sie wirkte wie benommen. Ihr Mann runzelte die Stirn, ohne dass ich es mir recht erklären konnte. »Aber ja, ich erinnere mich. Sie sind doch ständig überall aufgetaucht.«

»Tee ist fertig!« Valerie kam mit einem Tablett voller Teetassen hereingeklappert. »Ich wusste nicht, ob Sie Zucker wollen, Sarah. Ich hab ihn einfach mit aufs Tablett gestellt und Milch auch. Nehmen Sie sich einfach, was Sie brauchen. Wie Sie beide Ihren Tee mögen, weiß ich ja inzwischen«, verkündete sie und kicherte unangebracht, als sie sich herabbeugte und die Shepherds ihre Teetassen vom Tablett nehmen ließ. Danach standen noch zwei Tassen auf dem Tablett, und mich beschlich das bange Gefühl, dass sie vorhatte, sich zu uns zu gesellen. Doch Michael hatte das ebenfalls bemerkt, und noch ehe sie sich setzen konnte, schritt er ein.

»Ich denke doch, dass dieses Gespräch nur unter uns dreien stattfinden sollte. Wenn Sie uns also bitte ein paar Minuten gestatten?«

»Selbstverständlich.« Die Röte schoss ihr ins Gesicht. »Ich bin in der Küche, falls Sie mich doch noch brauchen.« Hoch erhobenen Hauptes, die Teetasse in der Hand, stolzierte sie wieder zur Tür hinaus. Ich konnte sie nicht leiden, wirklich kein bisschen, aber in dem Moment tat sie mir schon beinahe wieder leid. Was sollte sie eigentlich hier bewirken, abgesehen von dem Tee, den sie unablässig kochte? Ich wusste, dass sie auf die Nachricht von einem Geständnis warteten, und die konnte auch jeden Moment eintreffen. Aber vor allem hatte ich den Eindruck, dass Michael und Diane Shepherd dringend etwas Zeit für sich brauchten.

»So, wie war das jetzt noch mal?«, forderte Michael Shepherd mich zum Weiterreden auf. Ich hatte irgendwie ganz und gar keine Lust mehr dazu.

»Also, die Sache ist so, dass meine Eltern sehr gelitten haben, nachdem Charlie verschwunden war. Sie konnten mit dem, was geschehen war, nicht leben, und sie konnten auch miteinander nicht mehr leben, und letzten Endes hat es sie beide zerstört. Ich möchte nicht, dass Ihnen beiden dasselbe widerfährt. Niemand sollte so etwas durchmachen müssen wie sie. Aber ich würde mir wenigstens wünschen, dass das, was meine Eltern erleben mussten, noch zu etwas Gutem nütze ist.« Ich holte tief Luft. »Und dann ist da noch etwas.«

»Ja?«

»Daniel Keane … Was er getan hat, ist furchtbar. Entsetzlich. Aber Sie sollten wissen, *warum* er das getan hat.« Ich war drauf und dran, ihnen zu sagen, dass es meine Schuld war und dass sie sich selbst keine Schuld geben sollten. Was spielte es schon für eine Rolle, wenn sie mich beschuldigten?

Michael Shepherd rührte sich. »Hat er also gestanden? Der Keane?«

»Nicht dass ich wüsste«, musste ich eingestehen.

»Ich hatte nur gedacht, dass Sie sicherlich vor uns davon erfahren. Sie scheinen sich ja mit der Polizei prächtig zu verstehen.«

Sein Ton war unangenehm, und ich wurde wieder rot. »Ich habe sie eben einfach kennen gelernt, das ist alles. Wie Sie schon sagten, ich bin eben ständig überall aufgetaucht.« Um Zeit zu gewinnen, tat ich, als würde ich an meinem Tee nippen. Zum Trinken war er noch viel zu heiß. Ich sah mich nach einer geeigneten Stelle um, wo ich meine Tasse abstellen konnte, denn ohne Untersetzer traute ich mich nicht an den auf Hochglanz polierten Tisch heran. Schließlich entschied ich mich, die Tasse auf dem Fußboden zu platzieren.

»Also, was ich Ihnen eigentlich sagen wollte …«

Da waren plötzlich Tierpfoten auf dem glatten Fliesenboden zu hören. Aus der Küche kam ein kleiner, schmutziger West Highland Terrier ins Wohnzimmer geschossen, direkt auf mich zu, und richtete sich freundlich schnaufend und mit zur Seite gelegtem Kopf vor mir auf.

»Dieser dämliche Köter!« Michael Shepherd sprang vom

Sofa und baute sich über dem Hund auf, der sich mit zaghaft wedelndem Schwanz zu meinen Füßen duckte.

Diane regte sich. »Lass ihn doch. Er tut doch niemandem was.«

»Ich hätte ihn sofort wegschaffen sollen«, zischte Michael über die Schulter zu seiner Frau und zog den Hund am Halsband in die Küche. Er behandelte ihn ausnehmend grob, und der kleine Hund winselte und duckte sich vor ihm. Ich merkte, wie ich mich an die Armlehnen meines Sessels klammerte, und wäre am liebsten dazwischengegangen, doch ich wusste, dass das nicht möglich war. Nachdem er durch die offene Tür verschwunden war, hörte ich, wie er Valerie zusammenstauchte. »Hatte ich nicht gesagt, dieser Hund kommt mir nicht mehr ins Haus? Sein Platz ist draußen.«

»Er ist einfach an mir vorbeigerannt, als ich die Tür aufgemacht habe.«

»Das interessiert mich nicht, Valerie. Sie haben einfach besser aufzupassen.«

Ich sah zu Diane hinüber, die mit geschlossenen Augen dasaß. Ihr Mund bewegte sich, als ob sie betete. Ihre Lippen waren trocken, mit kleinen Fetzen abgeplatzter Haut daran, und ihre Augenlider waren entzündet. Offenbar spürte sie meinen Blick und schaute mich an.

»Ist das Jennys Hund?«

Es dauerte einen Moment, bis sie antwortete. »Das ist Archie. Mike kann ihn nicht ausstehen.«

So wie er ihn behandelte, war das kaum zu übersehen. »Vielleicht liegt es ja an der Erinnerung. Es muss schrecklich gewesen sein, als Archie ohne sie hier aufgetaucht ist.«

Da begann sie so heftig zu zittern, dass ich es vom anderen Endes des Raumes sehen konnte, und augenblicklich tat es mir leid, dass ich sie wieder daran erinnert hatte. Ihr

Blick ging ins Leere, und ich spürte, dass sie wieder völlig abwesend war und vergessen hatte, dass ich mich mit ihr im selben Raum befand. Als sie anfing zu reden, musste ich mich anstrengen, um sie zu hören.

»Hier aufgetaucht? Aber Archie war doch die ganze Zeit hier …« Ihre Stimme verlor sich, und es war, als käme sie erst dann wieder zur Besinnung. Sie straffte den Rücken und räusperte sich. »Ich meine, ja natürlich. Wir waren so entsetzt. Wir hatten Archie nicht vor der Haustür erwartet, denn er hätte ja bei Jenny sein sollen.«

Aber das war gar nicht das, was sie gerade gesagt hatte.

Ich saß wie festgenagelt in meinem Sessel, starr vor Schreck. Ich hatte das Gefühl, dass mein gesamtes Weltbild um einige Grad verschoben war und ich mich in einer neuen, ganz und gar makabren Wirklichkeit befand. Ich musste mich einfach irren, sagte ich mir. Wahrscheinlich stand ich noch unter Schock, wegen Mums Schicksal und Charlies Leichnam. Deshalb konnte ich nur noch Tod und Gewalt überall und in allem sehen, und was mir gerade durch den Kopf ging, war vollkommen unmöglich. Es war undenkbar.

Was nicht hieß, dass es nicht sein konnte.

Sie hatte den Kopf abgewendet und lauschte konzentriert auf die Geräusche aus dem hinteren Teil des Hauses. Die Stimmen verloren sich, und es klang, als ob Valerie und Michael hinaus in den Garten gegangen waren. Das verschaffte mir ein wenig Zeit – nicht viel, aber ein bisschen. Vielleicht sogar genug.

»Diane«, sagte ich vorsichtig, so leise und ruhig wie möglich, »wenn manches ein bisschen anders gewesen ist, als Sie das der Polizei erzählt haben, ist das kein Problem. Aber wenn es etwas gibt, das die Polizei über das wissen sollte, was mit Jenny geschehen ist, dann ist jetzt bestimmt eine gute Gelegenheit, es ihnen zu sagen.«

Sie ließ den Kopf sinken und starrte auf ihre Hände, die verkrampft auf ihrem Schoß lagen. Sie zitterte vor Anspannung. Ganz offensichtlich kämpfte sie mit sich, wollte reden. Ich wartete und wagte kaum zu blinzeln.

»Er bringt mich um.« Der Satz stand wie ein ihrem Atem entstiegenes Gespenst im Raum, und ich erschrak, als ich die Angst in ihren Augen sah.

»Sie werden Sie beschützen. Sie können Ihnen helfen.« Ich musste sie bedrängen, und obwohl ich wusste, was ich tat und mich dafür hasste, sagte ich: »Wollen Sie nicht lieber die Wahrheit sagen, Diane? Für Jenny?«

»Alles, was wir getan haben, haben wir immer nur für sie getan.« Ihr Blick ruhte auf einem Bild, das auf dem Tisch neben ihr stand – ein Urlaubsfoto von einer kleinen Jenny, die vor blauem Himmel steht und in die Kamera lacht. Schweigen breitete sich aus, und ich zuckte beinahe zusammen, als Diane schließlich doch weitersprach. »Das ist alles so sinnlos, oder? Völlig sinnlos. Und ich hatte gedacht, es gibt einen Sinn. Keine Ahnung, warum.«

»Ich verstehe, dass Sie Angst haben, Diane, aber wenn Sie einfach …«

»Ich hatte Angst«, unterbrach sie mich, und ihre Stimme war jetzt fester. »Ich hatte Angst, deshalb habe ich getan, was er wollte. Aber ich werde nicht mehr für ihn lügen. Er glaubt, dass es richtig war, was er getan hat, aber wie kann denn so etwas richtig sein? Ich konnte ihn nicht mehr aufhalten. Ich konnte nichts tun, um sie zu retten, denn für Michael muss immer alles perfekt sein. Er kann es nicht ertragen, wenn etwas nicht … perfekt ist.«

»Sogar Jenny?«

»*Ganz besonders* Jenny. Sie wusste, dass er Ungehorsam nicht hinnehmen würde. Sie hätte wissen müssen, dass es gefährlich war, was sie tat.«

Mir fiel Michaels Auftritt auf dem Polizeirevier ein, als ihm gerade klar geworden war, dass der Missbrauch an seiner Tochter bald allgemein bekannt sein würde. Zu jener Zeit hatte ich angenommen, er wollte sie beschützen, noch über den Tod hinaus. Aber da hatte ich wohl falsch gelegen. Er wollte lediglich ihren Ruf schützen. Und vor allem sich selbst.

Dianes Stimme war wieder ganz leise geworden, so leise, dass ich die Worte gerade noch verstehen konnte. »Das mit dem Baby hat ihn völlig erledigt.«

»Das kann ich mir vorstellen.«

»Nein. Nein, das können Sie nicht. Wissen Sie denn, was er von mir verlangt hat? Ich musste sie dort allein zurücklassen. Mein Kind. In der Finsternis, in der Kälte, im Regen, völlig schutzlos. Bis jemand – Sie – vorbeikam und sie gefunden hat. Und ich habe ihn nicht daran gehindert.«

Tränen liefen ihr die Wangen hinunter. Sie wischte sie mit einer heftigen Handbewegung ab und rieb sich die Nase mit dem Ärmel. Es war nicht mehr nötig, sie zu drängen. Die Geschichte brach jetzt wie ein Sturzbach aus ihr heraus, den ich nicht mehr aufhalten konnte, selbst wenn ich es versucht hätte. Es war, als ob sie nur auf eine Gelegenheit gewartete hatte, um jemandem die Wahrheit über die Taten ihre Ehemannes anzuvertrauen.

»Er hatte eben die Sache mit ihrem Freund rausgefunden. Also, er kannte nicht die ganze Geschichte. Von diesen … anderen hatten wir keine Ahnung. Wir nehmen an, dass Jenny uns angeschwindelt hat, damit sie mit Danny zusammen sein konnte, denn sie wusste ja, dass wir damit nicht einverstanden gewesen wären. Michael hatte ihr gesagt, dass sie erst mit achtzehn einen Freund haben durfte. Also selbst wenn Danny in ihrem Alter gewesen wäre, hätten wir nicht zugelassen, dass sie sich treffen.«

Sie zwinkerte und zog leicht die Nase hoch. »Ich frage mich wirklich, ob sie vielleicht gerade deshalb mit diesem Danny gegangen ist. Weil sie immer perfekt zu sein hatte – Daddys braves Töchterchen – und weil es so schwer für sie war, dem gerecht zu werden. Aber vielleicht war es ja auch nur, weil sie gewöhnt war, immer zu tun, was man ihr sagte. Vielleicht war das der Trick, wie dieser Kerl sie gefügig gemacht hat. Sie wirkte noch so jung, oder? Sie war doch noch ein Kind, und als sie mir gesagt hat, dass sie schwanger ist, habe ich das erst gar nicht geglaubt.« Diane sah mich gequält an. »Ich hätte einfach nichts sagen sollen. Ich hätte ihr einfach helfen sollen, es loszuwerden und gut. Sie wäre mir dankbar gewesen, weil sie solche Angst hatte und ganz genau wusste, dass sie viel zu jung war für ein Baby und ihr Vater deswegen durchdrehen würde. Aber ich habe sie beruhigt. Ich hab ihr gesagt, das kommt schon in Ordnung. Ich habe gesagt, wir kümmern uns um sie, so wie sonst auch. Ich wusste ja nicht … Ich wusste doch nicht …«

Bei den letzten Worten schrie sie fast. Erschrocken presste sie den Handrücken gegen den Mund, und ihr Brustkorb hob und senkte sich angestrengt, während sie um Fassung rang.

Selbstverständlich wusste ich, dass Trauer seltsame Dinge bei Menschen bewirkt und dass Hysterie lebhafte Halluzinationen hervorrufen kann, dass Schlafmangel und innerer Aufruhr zu einer Vermischung von Fantasie und Wirklichkeit führen können. Ich wusste auch, dass Schuldgefühle zu den destruktivsten Gefühlen überhaupt gehören und dass alle Eltern Schuld empfinden, wenn sie ihr Kind nicht beschützen können. Trotzdem glaubte ich Jennys Mutter jedes Wort, das sie mir gerade erzählte. Ich sah durch die Glastüren des Esszimmers nach draußen, wo ihr Mann im

Garten stand. Es hatte jetzt aufgehört zu regnen, doch die Wolken hingen noch immer bleigrau und schwer am Himmel. Er hatte sich eine kleine Zigarre angezündet, von der blauer Rauch in kleinen Kringeln aufstieg. Ich wollte unbedingt noch mehr erfahren, aber dazu musste ich mich beeilen.

»Wie hat er sie umgebracht?«

Sie schüttelte den Kopf mit geschlossenen Augen und wiederholte: »Ich wusste doch nicht …«

»Ich weiß, Diane. Sie konnten es nicht wissen.« Ich versuchte es noch einmal. »Was ist dann passiert?«

»Als wir es ihm erzählt hatten, hat er sie *geschlagen.*« Der Schreck war ihrer Stimme noch immer anzuhören. »Er konnte nicht ertragen, dass sie ihn belogen hat. Dann hat er gesagt, dass sie schmutzig ist und ein Bad braucht. Von mir verlangte er, dass ich ihr in die Badewanne helfe. Ich habe ihr gesagt, sie soll sich ausziehen … Ich dachte, das würde helfen. Ich dachte, dass er sich vielleicht beruhigt, wenn sie aus seinen Augen ist. Außerdem hätte ich nicht gedacht, dass er ihr die Schuld gibt …«

»Und dann?«

Ihre Augenlider zitterten, und sie runzelte die Stirn. »Also, ich bin bei ihr im Bad geblieben. Jenny war verzweifelt – so verzweifelt – und wollte nicht, dass ich sie allein lasse. Und dann kam er ins Bad und war furchtbar wütend, als er mich dort sah. Da hat er auch mich eine Nutte und die Mutter einer Hure genannt, und dann er hat er gesagt, dass ich gern zuschauen kann, wenn ich möchte. Mit beiden Händen hat er sie an den Schultern gepackt, hier …« Sie zeigte auf ihre eigenen Schlüsselbeinknochen, genau auf die Stelle, wo ich blaue Flecken auf Jennys Haut gesehen hatte. »Er hat sie runtergedrückt, ihren Kopf ganz unter Wasser getaucht. So lange, bis sie sich nicht mehr gewehrt hat. Es hat nicht lange gedauert. Er ist sehr stark. Ich wollte ihn davon abhalten, aber ich konnte nicht. Er hat so viel Kraft.

Und dann hat er sie genommen und in den Wald geschafft. Nicht mal zugedeckt hat er sie. Ich habe ihn angefleht, sie in eine Decke zu packen, aber er hat nicht zugehört. Sie hatte nichts Warmes …«

»Diane, Sie müssen der Polizei sagen, was passiert ist.«

Ihre Augen weiteten sich. »Nein. Er bringt mich um. Glauben Sie mir. Er bringt mich auf der Stelle um.« Sie war pures Entsetzen.

Ich holte mein Handy aus der Tasche und scrollte durch die Telefonnummern. »Lassen Sie mich DCI Vickers anrufen. Er wird das verstehen, wirklich. Er kann Ihnen helfen.«

Meine Hände zitterten, und meine Fingerspitzen waren taub. Diane zuliebe versuchte ich, souverän zu wirken, aber ich war kaum in der Lage, mein Handy zu bedienen. Ein plötzliches Geräusch aus der Küche ließ mein Herz bis zum Hals schlagen.

»Alles in Ordnung?«

Valerie stand in der Tür. Noch nie war ich so froh gewesen, sie zu sehen. Ich sprang aus meinem Sessel, rannte auf sie zu und schob sie zurück in die Küche. Ich wollte sie außer Dianes Hörweite bringen, damit ich ungehindert sprechen konnte. Ich musste ihr unbedingt klarmachen, was Michael Shepherd getan hatte. Sie musste doch wissen, was jetzt zu tun war.

Widerstandslos ging sie zurück, aber sobald wir außerhalb des Zimmers waren, blieb sie wie angewurzelt stehen und rührte sich wie ein Maulesel keinen Zentimeter mehr von der Stelle.

»Was ist denn auf einmal los? Sie waren doch nur für ein paar Minuten allein.«

»Hören Sie mir einfach zu, Valerie. Ich muss Sie informieren …«

»Sie sind doch hoffentlich Diane nicht zu nahe getreten …«

»Jetzt halten Sie endlich den Mund, verdammt noch mal!«

Wütend starrten wir einander an. Eine Sekunde lang gestattete ich mir den Wunsch, jemand anders von der Polizei vor mir zu haben. Ich holte tief Luft. »Tut mir leid, Valerie. Das hier ist ganz, ganz wichtig. Würden Sie bitte einfach zuhören?«

Hastig berichtete ich ihr von Dianes Schilderungen. Dabei verhedderte ich mich in meinen eigenen Sätzen. Meine Gedanken waren schneller, als ich sprechen konnte, und an manchen Stellen musste ich noch einmal zurück zum Ausgangspunkt, um mich ihr verständlich zu machen. Als ihr schließlich dämmerte, was sie da hörte, wurde sie kreidebleich im Gesicht.

»Oh mein Gott! Wir müssen sofort jemanden informieren!«

»Ich wollte gerade DCI Vickers anrufen«, setzte ich an, doch in dem Moment schauten Valeries himmelblaue Porzellanpuppenaugen über meine Schulter hinweg und weiteten sich vor Schreck. Ich spürte, wie mir die Angst kalt den Rücken hinunterlief und drehte mich um. Als ich sah, was Valerie gesehen hatte, entfuhr mir unwillkürlich ein Schrei. In der Tür stand Michael Shepherd und hielt seine Frau im Nacken gepackt. In der anderen Hand hielt er eine gefährlich aussehende, schwarze Armbrust mit einer Spannweite von etwa einem halben Meter direkt auf uns gerichtet. Ein Bolzen war abschussbereit, und einen weiteren hatte er sich an den Gürtel geklemmt.

»Kein Wort mehr, alle beide.«

Instinktiv rückte ich von Valerie ab und vergrößerte so den Zielbereich. Vor lauter Angst waren meine Bewegungen plump und ungeschickt. Ich war zu langsam gewesen. Ich hatte wertvolle Zeit mit Valerie vergeudet. Ich hätte ihr nicht erst alles erklären sollen. Ich hätte fliehen sollen. Ich hatte zu lange gewartet, wie immer. Meine Wut brannte sich wie ein rotglühender Draht durch den weißen Nebel des Entsetzens, und verzweifelt klammerte ich mich daran, denn wenigstens hielt sie mich hellwach und bewahrte mich vor dem Aufgeben. Ich tastete mich weiter rückwärts, bis ich eine Küchenarbeitsplatte im Rücken spürte. Mit der Hand langte ich hinter mich und versuchte mich verzweifelt zu erinnern, ob ich darauf irgendetwas gesehen hatte, das als Waffe taugte. Shepherd stierte auf Valerie, sein Gesicht war dunkelrot vor Zorn.

»Hände hoch«, fauchte er, »los, hoch damit – sofort.«

»Jetzt warten Sie doch mal, Michael«, sagte Valerie und versuchte zu lächeln. »Ich verstehe ja, dass Sie ungehalten sind, aber so kann man mit der Situation doch nicht umgehen. Legen Sie erst mal die Waffe hin, lassen Sie Diane los, und dann reden wir über alles.«

»Mit dieser Situation *kann* man nicht umgehen. Weil nämlich diese Schlampe hier«, und dabei schüttelte er Diane brutal, »ihre Klappe nicht halten konnte. Und nun wissen *Sie* es, und *Sie* wissen es.« Mit der Armbrust zeigte er nacheinander auf Valerie und mich. Als er die Waffe zu mir herumriss, fühlte ich, wie sich mir der Magen zusammenkrampfte. *Guter Gott im Himmel.* Ich hob die Hände auf eine Höhe mit meinen Schultern, und nahm nur undeutlich wahr, dass sie dabei unkontrolliert zitterten.

»Damit erreichen Sie doch nichts, Michael. Sie bringen sich nur in immer mehr Schwierigkeiten und lösen überhaupt nichts. Was mit Jenny gewesen ist, können wir zusammen bereden. Zusammen können wir eine Lösung finden«, sagte Valerie.

Meine Hoffnung, dass Valerie mit ihrem tantenhaften Ton Michael auch nur ansatzweise beeindrucken konnte, belief sich auf exakt null. Nur wenige Meter von uns entfernt stand ein Polizist, und gleich hinter ihm Reporter aller erdenklichen Zeitungen und Fernsehsender. Wenn niemand etwas unternahm, würden wir alle in dieser Küche sterben, ohne dass auch nur einer von ihnen etwas davon ahnte. Valerie machte alles nur noch schlimmer. Und Diane sah aus wie eine kaputte Puppe; ihr Kopf hing wie leblos auf der Seite. Ich bezweifelte, dass sie überhaupt etwas mitbekam. Blieb also nur noch ich. Ich nahm meine Hände wieder herunter und steckte sie in die Hosentaschen, um möglichst ruhig und natürlich zu wirken.

»Michael, es tut mir leid, dass ich zu viel gefragt habe. Ich glaube, ich habe Diane damit ganz durcheinandergebracht. Sie wollte nur über alles reden mit mir. Nur reden. Ich kann mir nicht vorstellen, dass das irgendjemand ernst nimmt.«

Und wenn du nicht diese Armbrust auf mich gerichtet hättest, wäre das sicher noch überzeugender …

Michael Shepherd lachte. Es war ein grässliches Lachen, ohne jeden Humor. »Netter Versuch. Aber Sie wollen mir doch nicht ernsthaft einreden, dass *Sie* das nicht ernst nehmen.«

»Ich glaube jedenfalls nicht, dass Sie hier jemanden erschießen müssen«, erwiderte ich leise und bediente mich dabei jener Selbstbeherrschung, die ich mir über all die Jahre angeeignet hatte, in denen ich mit Mum und ihren bedrohlichen Gemütszuständen zurechtkommen musste. Natürlich hatte ich furchtbare Angst, doch ich wusste sehr wohl, dass ich das nicht zeigen durfte. »Das würde weder Ihnen noch uns weiterhelfen. Ich meine, was wollen Sie denn danach tun? Jeden abknallen, der das Haus betritt, um nach uns zu suchen? Klingt nicht gerade nach einem cleveren Plan, finde ich.«

Seine Augen funkelten. »Ich habe sehr wohl einen Plan. Und dazu gehört unter anderem, mir alle vom Hals zu schaffen, die mir auf die Nerven gehen. Damit meine ich auch solche wie Sie, Sie feige kleine Schlampe, die Sie hier auftauchen und uns schlaue Vorträge halten wollen.«

»Ich dachte, ich könnte helfen, aber das war falsch. Es tut mir leid.«

»So einfach ist das nicht. Meine Frau hat über Dinge geredet, die sie lieber für sich behalten hätte. Damit hat sie bewiesen, dass man ihr nicht trauen kann. Sie ist mir in den Rücken gefallen. Kaum hatte sie Gelegenheit, mich zu hintergehen, hat sie es getan. Das ist in-ak-zep-ta-bel.« Dabei presste er ihren Nacken zusammen, und Diane entfuhr ein kleines, angstvolles Stöhnen. Ich hörte noch ein anderes, leises Geräusch und sah nach unten, wo sich zu ihren Füßen eine Urinpfütze ausbreitete. Auch Shepherd hatte es bemerkt. »Du ekelst mich so an, du elendes Miststück«, flüsterte er ihr zu. »Du kannst dich einfach nicht beherrschen. So was Erbärmliches. Genau wie deine Tochter. Das hatte sie von dir, nicht wahr? Stimmt's?!«

Diane schluchzte jetzt haltlos. Die Augen hielt sie fest geschlossen, und ihr Gesicht war vor Schmerz und panischer Angst fast bis zur Unkenntlichkeit verzerrt. Ich konnte die Anspannung im Raum förmlich schmecken – es hatte etwas Metallisches, das an Blut erinnerte. Er war im Begriff, sie zu töten. Ich sah es in seinem Gesicht.

»Wo haben Sie eigentlich die Armbrust her?«, plapperte ich drauflos und versuchte krampfhaft, seine Aufmerksamkeit wieder auf mich zu lenken. »Hätte ich gar nicht gedacht, dass Sie so ein Ding im Haus haben.«

Er warf mir einen kurzen Blick zu, der nichts als Hass verriet. Doch nach einer kurzen Denkpause antwortete er. »Hab ich von meinem Kumpel aus dem Fitnessstudio. Der hat sie aus dem Internet. Steht halt auf solche Sachen. Ich hab ihn gefragt, ob ich mir die mal borgen kann. Bei uns sind ständig die Klatschreporter und die Paparazzi im Garten rumgestiegen, bis zu den Fenstern sind sie raufgekletterт. Tag und Nacht haben sie uns genervt. Ich hab ihm gesagt, dass ich die irgendwie vertreiben muss. Keine Angst, Val, ist völlig legal. Hübsch, oder?« Er drehte die Armbrust ein Stück, damit ich sie besser sehen konnte. Beim Anblick des tödlichen Drahtmechanismus wurde mir endgültig schlecht. Auf diese Entfernung hatten wir keine Chance, selbst wenn er ein noch so schlechter Schütze sein sollte.

Während Shepherd und ich miteinander redeten, hatte Valerie die Gelegenheit genutzt, sich langsam zum Hinterausgang zu bewegen. Jetzt war sie nur noch zwei Schritte davon entfernt und wagte es. Sie wirbelte herum, packte die Türklinke und zerrte verzweifelt daran. Ich hatte Michael Shepherd weder zielen sehen, noch hatte ich einen Schuss gehört. Ich sah nur auf einmal, dass zwischen Valeries Schulterblättern ein kleiner schwarzer Stab herausragte und dass sie nach vorn kippte, direkt durch die Tür, die sie gerade geöffnet hatte. Von da, wo ich stand, konnte ich jetzt nur noch ihre Füße sehen. Sie war ganz merkwürdig gestürzt – die Zehen des einen Fußes waren gegen den Boden gestemmt, sodass der Schuh halb abgefallen war. Der andere Fuß war eigenartig verdreht. Wie gelähmt wartete ich, dass sie sich bewegte und ihren Schuh vollständig verlor. In dieser Position konnte jemand unmöglich längere Zeit verharren. Doch sie bewegte sich nicht.

Ich sah zu Michael Shepherd, der mit einem seltsamen Gesichtsausdruck auf Valerie starrte. Aus ihm sprach halb

Stolz, halb Ehrfurcht vor seiner eigenen Leistung. »Ein einziger Schuss«, kommentierte er und ließ seine Frau los, um den zweiten Bolzen aus seinem Gürtel zu ziehen und sorgfältig in die Armbrust einzulegen.

»Mike, bitte.« Diane weinte so sehr, dass ihre Worte nur schwer zu verstehen waren. »Tu es nicht. Du musst damit aufhören.«

Es kam mir vor, als entspannte er sich, nachdem er gesehen hatte, wie einfach diese Armbrust zu bedienen war – wie einfach es war zu töten. Er bewegte sich ohne jede Eile, aber hoch konzentriert. Wahrscheinlich hatte er seine Frau überhaupt nicht gehört. Ich spürte Panik in mir aufsteigen und versuchte, dagegen anzukämpfen. Ganz egal was als Nächstes passierte – Panik war auf keinen Fall ratsam.

Diane versuchte es noch einmal. »Du machst es doch nur immer schlimmer. Bitte hör auf.«

Jetzt schaute er auf. »Schlimmer? Wie könnte ich es denn noch schlimmer machen? Was soll denn noch schlimmer werden, so wie ihr – du und deine Tochter – mich zum Idioten gemacht habt? Was gibt es denn Schlimmeres, als dass du mir vorsätzlich an allem die Schuld gibst? Das könnte dir so passen – ich wandere in den Knast, und du kommst davon, oder wie? Dann kannst du von hier verduften, ein neues Leben anfangen und das ganze Affentheater vergessen.« Er stieß den Bogen in ihre Richtung. »Aber so läuft das nicht. Das habe ich dir doch gesagt. Lieber bringe ich dich um, als dass ich dich gehen lasse, und das werde ich auch tun. Der einzige Unterschied ist, dass ich es genießen werde, denn – glaub mir, Diane – du bekommst genau das, was du verdienst.«

Diane hatte jetzt jegliche Fassung verloren und schüttelte nur noch hysterisch den Kopf, unfähig, sich noch zu artikulieren. Verzweifelt dachte ich, dass der Polizist vor der

Tür sie doch hören musste, aber von der Eingangstür her war keinerlei Geräusch zu hören. Die Welt war auf diesen einen Raum zusammengeschrumpft, einen Raum, der nur noch nach Hass, Elend und Blut stank. Es kam mir vor, als seien wir die letzten Menschen auf dieser Erde.

Er war fertig mit Nachladen, drehte sie zu sich um und küsste sie seitlich auf den Kopf, vergrub sein Gesicht in ihrem Haar. Die Augen hatte er geschlossen, und für den Bruchteil einer Sekunde überlegte ich, ob sich mir gerade meine einzige Chance bot, doch ich war unfähig, mich zu bewegen. Vorsichtig langte ich wieder mit der Hand hinter mich und suchte in der Hoffnung auf ein Wunder die Arbeitsfläche in immer größeren Kreisen ab. Da ertasteten meine Fingerspitzen etwas, schoben es aus Versehen ein Stück weg, und schon fast schluchzend angelte ich danach. Er hatte nicht einen Moment gezögert, Valeries Leben ein Ende zu setzen. Dasselbe würde er mit mir tun.

Halte durch, sagte ich mir, *halte einfach durch.*

Mit verrenktem Arm tastete ich weiter, und meine Finger berührten kühles Metall.

»Mein Schatz«, hörte ich Michael Shepherds gedämpfte Stimme. »Ich habe dich so sehr geliebt. Gestorben wäre ich für dich. Aber du hast alles weggeworfen.« Er gab Diane einen kleinen Stoß, sodass sie einige Schritte von ihm wegtaumelte. Als sie das Gleichgewicht wiedererlangt hatte, wandte sie sich schwerfällig zu ihm um. Jeglicher Widerstand war aus ihr gewichen. Da ich hinter ihr stand, konnte ich zwar ihr Gesicht nicht sehen, dafür aber das von Michael Shepherd. Einen Moment wirkte er wie von Schmerz überwältigt, und ich dachte: Das kann er nicht tun.

Aber er war ein Mann mit Prinzipien, ein Mann, der das Leben seiner eigenen Tochter beenden konnte, weil er von ihr enttäuscht war, ein Mann, der absoluten Respekt verlangte. Er konnte so etwas tun. Und er tat es. Diesmal hörte ich das Geräusch. Diane brach auf der Stelle zusammen, ohne einen einzigen Laut. Noch während sie fiel, langte ich wieder hinter mich und streckte mich die fehlenden Zentimeter, um endlich zu fassen zu bekommen, was dort lag. Noch bevor Diane endgültig auf dem Fliesenboden aufschlug, hatte ich dieses Etwas in meiner Gesäßtasche verschwinden lassen. Damit hatte ich mir einen Vorteil verschafft, von dem Michael Shepherd nichts ahnte, doch wenn ich es falsch anstellte, konnte ich damit meine Lage dramatisch verschlechtern. Ich durfte einfach nicht darüber nachdenken. Was mir im schlimmsten Fall bevorstand, lag direkt zu meinen Füßen.

Er hatte auf ihr Gesicht gezielt, und der Bolzen war in ihr rechtes Auge eingedrungen. Es sah grotesk aus. Bösartig. Nach einer Schrecksekunde zwang ich mich wegzusehen und presste die Hand auf den Mund, weil ich mich sicher gleich übergeben musste und weil ich wahrscheinlich die Nächste war. Die Arbeitsplatte des Küchenschranks drückte gegen meinen Rücken, und ich war dankbar für den Schmerz. Er hielt mich wach. Jetzt war ich ganz auf mich gestellt. Niemand war da, um mich zu retten. Alles hing ganz allein von mir ab.

Michael Shepherd hatte zu Boden geschaut, auf seine Frau. Jetzt hob er wieder die Armbrust, betrachtete sie leidenschaftslos und legte sie dann beiseite. »Keine Bolzen mehr. Für dich muss ich mir was anderes ausdenken.«

»Weshalb denn?« *Bring ihn zum Reden, Sarah. Los schon, denk dir was aus.*

Er verzog die Augenbrauen. »Komische Frage. Ich kann Sie doch nicht zur Polizei gehen lassen, damit Sie denen alles haarklein erzählen.«

»Die Polizei weiß alles«, sagte ich mit fester Stimme.

Schwäche machte ihn nur mächtiger. Wie würde er mit jemandem fertigwerden, der sich nicht furchtsam zeigte, auch wenn ich vor Angst schlotterte? Hoffentlich merkte er es nicht. »Die haben doch nur darauf gewartet, dass Sie sich selbst belasten. In Ihrer Küche liegen zwei Tote – ich würde sagen, das reicht vorerst für eine Verhaftung.«

»Die denken doch, dass Jenny von Danny Keane ermordet wurde. Das haben Sie selbst gesagt.«

Ich lachte und sah mich um. »Ich glaube, Sie haben gerade so ziemlich bewiesen, dass sie damit wohl eher danebenlagen. Wie wollen Sie denen das als das Werk eines anderen verkaufen?«

Er zuckte die Schultern. »Was soll's, ist doch völlig egal. Ich werd jedenfalls nicht hier rumhängen und warten, bis ich verhaftet werde. Jetzt kümmere ich mich noch kurz um Sie, und dann bin ich weg.«

»Es interessiert mich nicht die Bohne, ob Sie entkommen oder nicht. Eigentlich bin ich nur hier, weil mir Danny Keane leidgetan hat – ich hatte ein schlechtes Gewissen, weil er mit seinen Taten vor allem mich beeindrucken wollte. Und jetzt, wo ich weiß, dass Sie Jenny getötet haben, ist es mir scheißegal, was passiert. Sie brauchen mich nicht umzubringen, Michael, und das hier war auch nicht nötig.« Ich deutete auf den Leichnam seiner Frau.

»Sie hat es nicht anders verdient.«

»Und Valerie?«

»Die ist mir auf die Nerven gegangen«, antwortete er lakonisch.

»Mir auch.« *Bitte verzeih mir, Valerie. Ich meine es nicht so. Ich muss nur das hier irgendwie überleben.* »Aber ich hätte sie deshalb wahrscheinlich nicht umgelegt.«

Michael Shepherd sah mich an und lachte, es war wirklich ein Lachen. »Sie sind mir ja 'ne ganz Coole.«

»Ich hab schon so einiges gesehen. So schnell haut mich nichts mehr um.« Ich lächelte ihm ins Gesicht, und es fühlte sich an wie eine Grimasse.

»Im Ernst?« Er streckte sich und gähnte, ohne sich die Mühe zu machen, die Hand vor den Mund zu halten, sodass ich seine rosa Zunge und die schneeweißen Zähne sehen konnte. Sein Hals schwoll an, und die Adern und Sehnen traten hervor wie bei einer anatomischen Darstellung. Er war unglaublich kräftig und etwa doppelt so groß wie ich. Mir blieb nichts weiter übrig als immer weiterzureden. So gelassen wie möglich schob ich die Hände in die Gesäßtaschen meiner Jeans und packte fest an, was ich darin versteckt hatte.

»Wissen Sie, ich verstehe ja, warum Sie das getan haben.«

»Tatsächlich?« Skeptisch, mit zusammengekniffenen Augen, schaute er mich an.

»Ja, klar. Jenny hat Sie echt enttäuscht. Dabei hatte sie alle Chancen.« Voll Bewunderung schaute ich mich um. »Ich meine, sehen Sie sich das doch an. Sie haben ihr alles gegeben, und sie hat sich benommen, als wäre das alles nichts.«

Tief aus seinem Hals kam ein Geräusch, das wie Zustimmung klang. Wachsam tastete ich mich weiter, während ich versuchte mir vorzustellen, wie er selbst seine Tat rechtfertigte. Mir kam in den Sinn, wie er sich selbst belogen hatte. Diane hatte mir genug Hinweise auf seine Denkweise gegeben. Denen brauchte ich nur zu folgen. Doch es war ein gefährlicher Pfad.

»Ich kann das schon verstehen«, ackerte ich weiter. »Aber ein Geschworenengericht vielleicht nicht. Sie müssen von hier verschwinden, bevor die Polizei alles mitkriegt. Vielleicht schaffen Sie es ja – Sie könnten untertauchen oder ins Ausland gehen oder was auch immer – wenn Sie jetzt gehen. Ich bin auf Ihrer Seite, Michael. Ich will nicht, dass Sie die Fehler anderer Leute auszubaden haben. Die anderen haben es alle nicht besser verdient, aber Sie gehören nicht ins Gefängnis. Ich bleibe hier und tue noch ein paar Stunden so, als ob alles in Ordnung ist. Das sollte Ihnen genug Zeit verschaffen, um zu verschwinden.« Noch während ich das sagte, stieg Wut in mir auf und verfestigte sich zu einem harten, heißen Stein hinter meinem Brustbein, der mir das Atmen schwer machte.

Er runzelte die Stirn. »Warum sollten Sie mir helfen wollen?«

»Sagen wir mal, ich habe in meinem Leben schon viele Ungerechtigkeiten gesehen. Warum sollte ich Ihnen nicht helfen? Sie sind ja nicht wie Danny Keane. Sie hatten einen guten Grund für das, was Sie getan haben. Ich weiß nicht, ob ich an Ihrer Stelle den gleichen Mut gehabt hätte.«

Für einen Moment fürchtete ich, zu weit gegangen zu sein und seinen Anflug von Vertrauen verspielt zu haben. Aber ich hatte völlig zu Recht vermutet, dass Michael Shepherd felsenfest an seine eigene Unfehlbarkeit glaubte, denn er nickte. »Okay, ich bin bereit. Halten Sie jetzt aber mal einen Moment den Mund. Ich muss nachdenken.«

Ich dachte auch nach. Ich dachte, dass es ihm vermutlich niemals in den Sinn kommen würde, dass *er* seine Tochter zu dem gemacht hatte, was sie war. Er hatte sie ihrer Selbstachtung beraubt. Er hatte sie in die Unterwürfigkeit getrieben. Er hatte diesen Hunger nach Liebe und Anerkennung in ihr angelegt, den Danny Keane eiskalt ausgenutzt hatte. Es war Michael Shepherds Schuld, alles war seine Schuld, und diese Erkenntnis war ausgesprochen bitter.

»Ich könnte Sie fesseln und hier zurücklassen. Ich kann mir nicht vorstellen, dass Sie nicht doch um Hilfe rufen, aber wenn Sie gefesselt sind, können Sie ja nicht viel tun.«

Ich schüttelte den Kopf.

»Ich muss einen Strick auftreiben. Und einen Knebel.« Er wandte sich halb von mir ab, rieb sich den Kopf mit der einen Hand, und in diesem winzigen Augenblick dachte er nicht an mich. Ich stieß mich vom Küchenschrank ab und ging direkt auf ihn zu. Gleichzeitig nahm ich die Schere aus der Hosentasche, die ich mir hinter meinem Rücken geangelt hatte, stieß die Klinge seitlich in seinen Hals und drehte sie mehrmals hin und her, bevor ich sie wieder herauszog. Ich glaube nicht, dass er meine Bewegung wahrgenommen hatte oder wusste, wie ihm geschah, ehe der Strahl von heißem, rotem Blut aus ihm herausbrach und er mit der Hand nach seinem Hals fasste. Es war katastrophal, was ich angerichtet hatte. Das Blut pulste in dicken Schüben aus ihm heraus und tränkte sein Hemd, dessen Farbe von Khaki zu glänzendem Schwarz wechselte. Geistesgegenwärtig war ich auf Abstand gegangen – nicht schnell genug, um dem ersten Strahl vollständig auszuweichen, aber flink genug, damit er keine Zeit mehr hatte, mich zu packen. Aber er versuchte es auch gar nicht. Er war voll und ganz mit sich selbst beschäftigt. Er versuchte das Blut aufzuhalten, indem er seine Hände stöhnend auf seinen Hals presste. Doch das Blut sickerte durch seine Finger und lief ihm die Arme hinab, bis es auf die weißen Fliesen spritzte. Mit weit aufgerissenen, erschrockenen Augen taumelte er rückwärts gegen die Küchenschränke, sackte zusammen und landete auf einem Knie. Das Blut fing an, sich in Lachen um ihn herum zu sammeln und auf dem Küchenboden auszubreiten, wobei es seinen Weg zuerst in den Fugen zwischen den Fliesen nahm. Unglaublich, wie viel es war, dachte ich, und fast augenblicklich traf mich der Widerhall des Gedankens. *Aber wer hätte gedacht, dass der alte Mann noch so viel Blut in sich hätte*? Ich hatte getan, was richtig war. Es ließ sich genauso wenig rückgängig machen, wie man Jenny nicht wieder zum Leben erwecken konnte.

»Bitte …«

Wieder wich ich zurück, noch mit der Schere in der Hand und glitschigem, klebrigem Blut am Arm und im Haar. Ich sah ihm in die Augen und dachte daran, auf wie vielfältige Weise er seine Familie im Stich gelassen hatte. Dabei musste ich auch an meinen eigenen Vater denken und begriff, dass er mich auf seine Art auch im Stich gelassen hatte, und an meine Mutter, die so viel hatte erdulden müssen und dabei so wenig Respekt für mich gezeigt hatte, und ich war froh – froh, dass ich es endlich jemandem heimzahlen konnte. Froh, dass jemand leiden musste für all das Unrecht, das man mir und meiner Umgebung angetan hatte, froh, dass er es war. Jenny war gleich in zweifacher Hinsicht zum Opfer geworden. Sie hätte schließlich von ihm erwarten können, dass er sie beschützt, statt sie zu ermorden.

In diesem Augenblick hasste ich sie alle, all diese Männer, die glaubten, dass andere nur dazu da waren, ihre Bedürfnisse zu befriedigen. Ich hasste Daniel Keane und seinen grausamen Vater; ich hasste die gesichtslosen Männer, die Schlange standen, um sich an unschuldigen Kindern zu vergehen. Und ich hasste den Mann da vor mir, der in meinen Augen stellvertretend für alle anderen stand – er war der einzige innerhalb meiner Reichweite. Ich schaute ihm in die Augen und wartete darauf, dass er starb. Nicht einen Finger rührte ich, um ihm zu helfen. Es dauerte kaum länger als eine Minute. Nicht lange. Aber es kam mir endlos vor.

Erst als er noch die letzten Zentimeter hinunter auf den Boden gerutscht war und sein Blick starr wurde, bewegte ich mich wieder und legte die Schere zurück. Auf allem, was ich berührte, hinterließ ich rote Schmierflecken. Ich drehte den Hahn auf und ließ das Wasser in meinen Mund fließen, spülte sehr gründlich und spuckte es wieder aus. Der metallische Geschmack verursachte mir einen Brechreiz. *Noch immer riecht es hier nach Blut …*

Ich wusch mir die Hände mit viel Seifenschaum und färbte das Wasser rosa mit Michael Shepherds Blut. Selbst unter meinen Fingernägeln war Blut, und ich versuchte hektisch, es zu entfernen. Als meine Hände endlich sauber waren, setzte ich mich an den Küchentisch. Plötzlich fühlte ich mich sehr erschöpft. Ich nahm mein Telefon in die Hand und starrte es an. Ich musste Vickers anrufen. Ich musste ihm sagen, was passiert war, weil ich schnellstens hier rausmusste. Aber bevor ich jemanden anrief – bevor irgendjemand sah, was ich getan hatte –, brauchte ich eine glaubwürdige Geschichte.

Doch im nächsten Augenblick waren sämtliche Überlegungen, wie ich mich selbst retten konnte, schon wieder verflogen. Hinter mir hörte ich ein Geräusch, und ohne hinzusehen wusste ich, dass ich mich gewaltig verschätzt hatte.

Als ich mich umdrehte, schaute Valerie mir direkt ins Gesicht. Sie hatte es geschafft, sich aufzusetzen und lehnte an einem der Schränke. Der Bolzen steckte ihr immer noch im Rücken, aber sie lebte.

Als ich aufstand und zu ihr ging, sah ich, wie ihre Augen flackerten. Ich begriff, dass sie Angst hatte – vor mir. Deshalb blieb ich einige Schritte von ihr entfernt stehen.

»Großer Gott, Valerie. Ich dachte, Sie sind tot. Wie geht es Ihnen?«

»Ich habe …«, sagte Valerie leicht keuchend, »alles mit angehört. Sie hätten ihn nicht töten müssen. Er wollte … Sie … gehen lassen.«

»Das wissen Sie doch gar nicht.« Ich fing an zu zittern.

»Ich habe ihn genau gehört.« Ihre Augen waren kalt.

»Ich werde … allen sagen, was Sie getan haben. Sie … haben ihn … ermordet.«

Ich sah auf sie herab und hasste sie. Ich hasste sie wirklich.

»Ja und? Denken Sie tatsächlich, das interessiert jemanden? Denken Sie wirklich, dass er den Tod nicht verdient hat? Ich habe der Welt einen Gefallen getan, Sie blöde Kuh.«

Statt einer Antwort hob sie den Arm, um mir das Handy zu zeigen, das sie in der Hand hielt. Es war ihres. Und das Display leuchtete. »Haben Sie das gehört? … Im Haus der Shepherds. Ja … Einen Notarzt, ja. Mir … mir geht's so weit gut.«

Sie beendete die Verbindung und ließ das Telefon scheppernd auf den Boden fallen, so als sei es zu schwer für sie. »Selbst wenn er es … verdient hatte, war es bestimmt nicht … ihre Aufgabe, das zu entscheiden.«

Ich ließ sie da liegen und setzte mich wieder an den Tisch, legte die Hände flach vor mich hin und sagte nichts mehr. Ich war gerade dabei, etwas zu lernen, das ich eigentlich längst hätte wissen sollen. Nie hätte ich mir träumen lassen, einmal genau das zu bekommen, was ich wollte, und im gleichen Augenblick zu sehen, wie es in meinen Händen zu Staub zerfiel.

Vor dem Haus wurden jetzt Geräusche laut. Das Funkgerät des Polizisten plärrte, während er gegen die Tür hämmerte und sich schließlich mit der Schulter voran den Weg nach drinnen bahnte. Ganz am Rande nahm ich wahr, dass weitere uniformierte Beamte in die Küche kamen und sich über die Leichen beugten und dass die Rettungssanitäter, die sich um Valerie kümmerten, mich fragten, ob ich ebenfalls ärztliche Hilfe brauchte. Ich schüttelte den Kopf. Ich wollte nur in Ruhe gelassen werden. Der Raum war schwarz vor Menschen und voller Lärm, und ich wünschte mir nur, dass sie alle weggingen.

Als Blake kam, hörte ich zuerst seine Stimme, und als ich aufschaute, schob er gerade einen anderen Beamten beiseite. Er hatte seine Augen nur auf mich geheftet, und sein Gesicht wirkte verstört. Er hockte sich neben mich und strich mir das Haar aus dem Gesicht. »Ich dachte, ich habe dich verloren. Ich dachte, du bist auch tot. Wie geht es dir? Hat er dich verletzt?«

Ich saß einfach nur da, starr und unfähig zu sprechen, als er mich so in seinen Armen hielt. Die neugierigen Blicke der Beamten und Sanitäter um uns herum schien er überhaupt nicht wahrzunehmen.

»Was ist denn bloß passiert? Du kannst mir alles erzählen, Sarah, ganz egal was. Es ist okay. Alles wird gut.«

Wenn er es erst wusste, würde er mich nicht mehr wollen. Diese Entscheidung hatte ich getroffen. Und damit musste ich leben.

Über seine Schulter hinweg sah ich Vickers. Er erfasste die Situation mit einem Blick, und ging um Diane Shepherds Körper herum, um mit Valerie zu sprechen. Er beugte sich zu ihr hinunter. Sie lag schon auf der Trage, mit der sie gleich zum Krankenwagen gebracht werden sollte. Ihr Gespräch konnte ich nicht hören, doch als Vickers sich wieder aufrichtete, war sein Blick sehr finster.

»Andy«, sagte er und berührte Blake an der Schulter, »stellen Sie doch bitte sicher, dass mit Val alles klargeht. Bringen Sie in Erfahrung, in welches Krankenhaus sie gebracht wird. Ich muss mit Sarah reden.«

Ich sah, dass Blake widersprechen wollte, und schaffte es, ihm ein winziges bisschen zuzulächeln und zu flüstern: »Geh schon.«

Da ging er. Ich sah ihm nach, und mein Herz wollte zerreißen, denn ich wusste, was sie ihm erzählen würde. Und ich wusste auch, was er dann dachte.

Dann sah ich Vickers an und sagte: »Er war also nicht bei Ihnen. Er hat nicht gehört, was Sie gehört haben.«

Er schüttelte den Kopf. »Ich habe ihn nur angerufen und ihm gesagt, dass wir uns hier treffen. Aber er wird es natürlich erfahren.«

Ich sah zur Seite. »Natürlich.«

»Sarah, hören Sie mir gut zu.« Vickers zog sich einen Stuhl heran und setzte sich. Er beugte sich zu mir und griff nach meinen Händen. Seine Stimme war so leise, dass niemand außer mir ihn verstehen konnte. »Hören Sie bitte einfach zu. Sie sind eine verletzliche junge Frau.«

Ich lachte. »Erzählen Sie das mal Michael Shepherd.«

Eindringlich drückte er meine Hände, und ich schaute überrascht auf. Sein Gesicht wirkte ernst, und seine Stimme klang sehr bestimmt. »Sie sind halb so groß wie Michael Shepherd. Er hat Valerie angeschossen, seine Frau vor Ihren Augen ermordet und gestanden, seine Tochter getötet zu haben. Ist doch so?«

»Ja.«

»Sie hatten Angst um Ihr Leben.«

»Ja.«

»Er hat damit gedroht, Sie umzubringen.«

»Ja.«

»Dann hat er Sie angegriffen.«

Ich sah Vickers Gesicht und wusste, dass ich jetzt lügen sollte.

»Sie hatten keine andere Wahl, als sich zu wehren. Sie haben irgendwie eine Schere zwischen die Finger bekommen und blindlings zugestochen.«

Ich nickte.

»Als er zusammenbrach, wussten Sie nicht, was Sie tun

sollten. Sie standen unter Schock und waren verwirrt. Er starb, noch bevor Ihnen einfiel, Hilfe zu holen. Sie haben sich die Hände gewaschen. Währenddessen hatte Valerie sich so weit erholt, dass sie mich anrufen konnte. Daraufhin habe ich Personal hergeschickt, um Ihre Sicherheit zu gewährleisten, und Sie wurden unter Schock stehend angetroffen. Erst als ich hier war, haben Sie sich sicher genug gefühlt, um mir zu erzählen, was vorgefallen ist. Können Sie sich das alles merken?«

»Valerie …«

»Vergessen Sie Valerie«, erklärte Vickers sehr energisch. »Sie wird tun, was ich ihr sage.«

»Ist ja auch egal,« seufzte ich, und der verzweifelte Ton in meiner Stimme erschreckte sogar mich. »*Er* wird es erfahren. Und er wird mir nie verzeihen.«

»Andy? Wie kommen Sie denn darauf? Er wird es verstehen, Sarah. Gerade er wird Sie verstehen. Er hätte es selbst getan, wenn Sie zu Schaden gekommen wären.« Er sprach jetzt noch leiser, und seine Worte zogen sich wie ein silberner Faden durch die Dunkelheit, die mich gerade zu verschlingen drohte. »Leben Sie Ihr Leben, Sarah. Lassen Sie das alles hinter sich, und leben Sie Ihr Leben.«

Wie gern hätte ich geglaubt, dass das möglich ist. Ich wollte es wirklich, aber ich wusste es besser. »So funktioniert das nicht, Inspektor. Alles hat seinen Preis.«

Aber insgeheim hoffte ich auch, dass ich mich irrte. Im selben Moment kam mir der Gedanke, dass ich eigentlich schon genug bezahlt hatte. Ganz bestimmt hatte ich inzwischen mehr als genug bezahlt.

Das Haus ist leer. Die Möbel sind fort: verkauft, verschenkt, auf dem Sperrmüll. Der Fußbodenbelag ist herausgerissen, nur die Dielen bleiben. Die Wände sind kahl, bis auf die dunklen Ränder, wo einmal Bilder hingen. Ich mache einen letzten Rundgang und vergewissere mich, dass ich nichts vergessen habe. Die Räume wirken jetzt viel größer, und die Zimmerdecken kommen mir höher vor. Nichts stört die Stille. In meinem Haus gibt es keine Geister – jetzt nicht mehr.

Mit der Hand auf dem Geländer gehe ich die Treppe nach unten. Meine Schritte hallen wider. In der Küche ist es totenstill. Der tropfende Wasserhahn ist repariert. Die Uhr gibt es nicht mehr. Der Kühlschrank ist ausgeschaltet.

Ich höre ein Geräusch im Eingang und gehe zurück in den leeren Flur. Er steht da und schaut auf den Pappkarton am Boden.

»Ist das alles?«

Ich nicke. »Das ist alles.«

Er hockt sich daneben, klappt den Deckel auf und schaut hinein. Ein paar Fotos. Einige Bücher. Eine Kindertasse und ein Teller mit Erdbeermuster.

»Ziemlich wenig Ballast, oder?«

Ich lächele ihn an und finde, dass ich in gewisser Weise eine Menge mitnehme, und er sieht mich lächeln und weiß genau, warum.

»Komm her«, sagt er, und ich gehe auf ihn zu. Ich schmiege mich in seine Arme, als wäre ich dafür gemacht. Er küsst mich auf den Scheitel. »Ich trage schon mal den Karton zum Auto. Sag mir Bescheid, wenn du fertig bist.«

Ich sehe ihm nach, schlendere in das leere Wohnzimmer und wieder zurück. Ich weiß nicht, was ich noch suche. Alles was ich brauche, habe ich.

Ich gehe hinaus und schließe ein letztes Mal die Tür hinter mir. Ich gehe fort, und ich schaue mich nicht noch einmal um.

Danksagung

Ich bin zahlreichen Menschen zu Dank verpflichtet, die – wissentlich oder unwissentlich – zu diesem Buch beigetragen haben.

Frank Casey, Alison Casey, Philippa Charles und Kerry Holland haben mir immer wieder Mut gemacht; ohne sie wäre ich um einiges langsamer vorangekommen. Ihnen allen habe ich viel zu verdanken. *Go raibh míle maith agaibh go léir.*

Anne Marie Ryan ist eine begnadete Lektorin und gute Freundin. Messerscharf erkannte sie, was im ersten Entwurf einer Kürzung bedurfte.

Rachel Petry entdeckte nicht nur einen logischen Bruch in der Handlung, sie hatte auch sofort die perfekte Lösung parat, womit sie mich vor einem Nervenzusammenbruch bewahrte.

Absolut unverzichtbar war mein wundervoller Agent, der ebenso unermüdliche wie unterhaltsame Simon Trewin. Seine exzellente Assistentin Ariella Feiner hat mich mit ihrer Begeisterung angesteckt. Beiden werde ich immer dankbar sein. Mein Dank geht außerdem an Jessica Craig und Lettie Ransley sowie an alle Mitarbeiter von United Agents für ihren beharrlichen Einsatz.

Gillian Green ist die perfekte Lektorin – verständnisvoll, hilfreich und ermutigend – und hat dieses Buch Wirklichkeit werden lassen. Sie und Justine Taylor haben hervorragende Arbeit geleistet, indem sie die Fehler, Ungereimtheiten und Widersprüche aufspürten, die ich eingebracht hatte; jegliche noch verbliebenen gehen allesamt auf mein Konto.

Die Zusammenarbeit mit dem Verlag Ebury Press empfinde ich als großen Glücksfall und möchte allen danken, die engagiert und professionell am Erscheinen meines Buches mitgewirkt haben.

Zum Schluss möchte ich meinen beiden Komplizen, Kater Fred und meinem Mann James, Danke sagen. Fred hat mir beim Schreiben dieses Buches unentwegt Gesellschaft geleistet. Obwohl er es bei seinen zahlreichen Streifzügen über die Tastatur nicht geschafft hat, den kompletten Roman zu löschen, hinterließ er dabei doch den einen oder anderen amüsanten Kommentar.

Und ohne James wäre das alles nicht denkbar gewesen. Seine Beiträge sind so zahlreich, dass ich sie hier unmöglich aufzählen kann. Ihm gehören mein Dank und mein Herz.